マックスとアドルフ
―その拳は誰が為に―

上

MAX SCHMELING & ADOLF HITLER

大鐘稔彦
Ohgane Naruhiko

文芸社

この稀有なる物語を真の読書人諸兄姉に捧ぐ

（一）

アウグスト・クビツェクが学び家「音楽院」の夏休みが終わってウィーンに戻って来た一九〇八年十一月二十日、アドルフ・ヒトラーの姿はどこにもなかった。二人の生まれ故郷リンツから一週間先に旅立ったアドルフの後を追うようにして、シュトゥンパー小路三一番の彼のアパートに荷を解いたのは、まだほんの九ヵ月前だ。

その日、二月二十二日、とっぷり日の暮れたウィーン西駅に降り立ったアウグストを、アドルフは歓喜の面持ちで出迎えてくれた。

アパートは、前年の秋、アドルフが造形美術アカデミーの受験に際して見つけていたもので、間借り人のマリア・ツァクライスという老婦人が又貸しする形の部屋を借り受けていた。

「ピアノを置いたら一杯一杯だね」

荷を置いて部屋をひと渡り見回したアウグストが言った。

「うん。何とかしよう。それより、外へ出ようよ。いい所を案内するから」

荷に手をかけたアウグストを制して、アドルフは彼の背を押した。旅の疲れもあり、せめて一服したかったが、アドルフに逆らえないアウグストは促されるまま外に出た。

アドルフが案内したのは市の中心部の、宮廷オペラ劇場やシュテファン寺院、更に旧市内、ドナウ川沿いのマリーア・アム・ゲシュターデ教会、ルプレヒト教会などだった。

「後で見せるけど、この辺はスケッチの材料に事欠かないんだよ」

街灯に淡く浮き出た建物を次々と指さして、アドルフは目を輝かせた。アウグストは無言で相槌を返しながら、全く別のことに思いを馳せていた。ピアノはどこで手に入れられるか、手に入れたとして、あの狭い部屋にどう納めようか、と――。

アウグストがアドルフと知り合ったのは一九〇四年の秋、リンツの劇場でだった。しがない椅子張り職人の父を手伝って僅かな小遣いしかもらっていなかったから、チケットは常に一階立見席のものしか買えなかった。立見席も壁際になると中央に立つ二本の木柱が邪魔になるので、アウグストは早い時間に出かけて我先にとその木柱に寄りかかった。舞台を一望の下に見渡せ、音響効果の点でも勝れていたからである。

柱は二本しかなく、寄りかかれるのは一人がやっとだったから、遅くても二番手にはならないとその良い特別席は確保できなかった。

そのためにアウグストは、傷んだ壁を修復して新しい壁紙を張りつける、ほとんど一日中脚立に上がっての仕事を早々に切り上げると、食事もそこそこに劇場へ駆けつけるのだが、目指した木柱の一つ、大概は右側を先客に占められていた。

その人物は、ほとんど黒ずくめのいでたちで、帽子やオーバー、手袋、さてはステッキまで黒一色だった。それが彼の華奢な体をいっそう華奢に、青白い顔をいっそう青白く際立たせていた。口髭を蓄えていたが、年恰好は自分と同じか精々一つ二つ違い、向こうが年長だろう、と思われた。

その少年は、柱に背をもたせたまま身じろぎもせず舞台に目を凝らしていた。青い独特の光を放つ大きな目で。

ステッキを握った手は自由を奪われていたが、もう一方の空いた手はせわしく気に動き、時に拳を作って前後左右に振られた。男にしては小さ目の口も、声は放たなかったが、間断なく開いたり閉じたりしている。完全に没我の状態で、幕間になってもほとんど同じ状況だったので、声をかけるのも憚られた。

だが、シェークスピアの「真夏の夜の夢」が出し物とされた夜、幕間に、不意に黒ずくめの少年がこちらを振り返って言った。

「このテナーは適役じゃないね。そう思わないかい？」

　単刀直入の物言いに戸惑いながら、アウグストは大きく頷いて相好を崩した。

　これをキッカケに、二人は劇場の外でも会うようになった。話題は専ら音楽のこと、最近観たオペラに尽きていた。リンツの劇場は古い建物で、舞台装置も衣装もお粗末そのもの、背景画が突如崩れて床に落ちることもあった。オーケストラも幾つかの楽器が欠けていた。アウグストにはそれが不満だったが、アドルフはその点では寛大だった。物語そのものに酔い痴れていたからである。やがて二人はプライベートなことも話すようになった。そうしてお互いの境遇が驚く程似通っていることを知り、親密度を深めた。

　アウグストには三人の妹があったが、幼くして次々と病死し、彼だけが生き残った。

　アドルフも兄弟四人を失い、七歳年下の妹パウラと二人だけになっていた。

　アウグストの父親は椅子張りを生業とし、母親も健在だったが、アドルフの父親アロイスは二年前、年が明けて間もなく、行きつけの居酒屋で倒れ不帰の人となっていた。享年六十五歳。オーストリア・ハンガリー帝国の税関の次長にまで昇りつめたが、定年前に退職し、趣味の養蜂に入れ込んでいた。父親は息子アドルフを自分と同じ役人にしたがっていたが、アドルフには全くその気がなかった。

　アウグストもまた、親の意向に沿わぬ淡い夢を描いて悶々としていた。九歳の時、クリスマスプレゼントにバイオリンをもらったのがきっかけで音楽に目覚めた。リンツの音楽学校に初級生徒として入学したが、オーストリア帝国軍楽隊の元軍曹コベツキーに個人レッスンを受けた。中級に進んでからはトランペット、トロンボーン、一般音楽理論も学び、更にヴィオラも習得した。指導教官の、「オーケストラでバイオリン奏者は余っているが、ヴィオラを弾く者は不足している」

　との一言に触発されたからである。

　リンツでは毎年数回のコンサートが開かれており、

アウグストは音楽好きの母親に連れられて毎回欠かさず聴きに出かけた。年に一度の特別コンサートでは、オーケストラ付きの大規模な合唱団が演目の目玉だった。このオーケストラに加わってヴィオラかトランペットを吹きたいと思った。

その夢は、ある日、父親に言いつけられて修繕したロココ調のソファを劇場へ届けに出かけたことがキッカケで更に膨らんだ。

折しもオペラのリハーサルが行われていた。テノールやソプラノの歌手が信じられない程高く澄んだ声で朗々と歌い、オーケストラが合いの手を入れる、単なる楽器の演奏とはまるで違う世界がそこには展開されていた。

アウグストは、自分に歌い手の素質がないことはわきまえていたが、オーケストラの指揮はできる、と思った。

以来、劇場通いが病み付きとなった。傷んだソファのカバーを剝がしてクッション用の詰め物を取り替えたり、埃だらけのマットレスを引き剝がしたり、部屋の壁紙を張り替えたりする椅子張り職人の未来に明るいものは見えなかった。いつしかこの境涯から抜け出して音楽の道にいそしみたいとの熱い思いがアウグストの胸を焦がし続けた。

劇場で知り合ったアドルフの口から、

「僕は芸術に人生を捧げるつもりだ」

との言葉が放たれた時、この男も音楽の世界に身を浸したいのかと思った。アドルフが少年時代ベネディクト修道院の聖歌隊に加わっていたことを聞き知って、アウグストは宜なるかなと頷いた。自分にはない、澄んだ、それでいて響く声を持っていたから、ひょっとして彼はオペラ歌手を目指しているのではないかとさえ思った。

だが、オペラに関しては一家言をなし、並々ならぬ感性を示していたアドルフも、アウグストが学び取った音楽の専門的知識には事欠いていた。楽器も何も弾けなかった。しかし、アドルフはある時から果敢にピアノに挑戦し始めた。母親にねだってピアノを手に入れ、個人レッスンを受け始めたのである。

ヨーゼフ・プレヴラツキーというこの教師は、正確な運指法を繰り返しアドルフに説いた。アドルフはこれに耐えられなかった。

「指使いよりもインスピレーションだよ。プレヴラツキー先生のレッスンはインスピレーションを涵養するものでないからつまらない」

レッスンの捗り具合を尋ねるアウグストに、アドルフは決まってこんな愚痴を返した。

フンボルト通りのアドルフの家を訪ねると、ピアノの音が聴こえてくることがあり、思わずアウグストは門前で立ち止まって耳を澄ましてみるが、半年経ってもさ程上達しているようには思えなかった。

母親のクララがアウグストを玄関に迎え入れるや、ピアノの音はピタリと止むのだった。

ピアノはクララが息子の為に奮発して買ったハイツマン製の上等なものだったが、「続けて弾いてみてよ」とアウグストが促しても、アドルフは首を振り、頑として応じなかった。

一年と経たないうちに、アドルフはピアノのレッスンを止めてしまった。しかし、音楽そのものに背を向けた訳ではない。それどころか、相変わらず熱心に劇場通いを続け、終わった後は感想をひとしきりまくしたてた。

帰途はまずアウグストがアドルフをフンボルト通りの家まで送って行くのだが、アドルフの興奮はそこで尽きることはなく、また引き返し、今度はアドルフがクラム通り沿いの家までアウグストを送って行く。しかし、大概はそれでも収まらず、また二人はフンボルト通りに足を向けなおす。アウグストはしばしば眠気に襲われ、「もういい加減休もう」と切り出すのだが、アドルフが自分からその台詞を吐くことは一度もなかった。

秋も深まり、冬に入りかけた頃の出来事だった。

二人は大分前から、州立劇場でその夜催されるリヒャルト・ワーグナーのオペラ「リエンツィ」を観に行く約束をしていた。

演目がワーグナーの時は劇場は早々と満席になる。例の柱に寄りかかれる立見席を陣取る為には、開演の二時間前に劇場へ着かなければならない。アドルフは自由の身だから時間のやりくりがついたが、アウグストには日々のノルマがあった。

仕事を終えてすぐに劇場へ馳せる訳にはいかない。ソファの修繕や壁剝がしで埃まみれになった顔や髪や体を清拭し、汗にまみれた下着も替えなければならない。

だが、出し物がワーグナーの作品の時となると、アドルフは殊の外せっかちとなり、落ち合う場所と時間を決めてあるのに、それを待ち切れず、アウグストの家に押しかけ、盛んに催促の口笛を鳴らすのだった。

その夜も、追い立てられるようにしてアウグストは家の前で待ち構えるアドルフに合流し、劇場へ急いだ。お陰で例の指定席は確保できたが、劇が終わって劇場を後にするや、アドルフはコートのポケットに手を突っ込んだまま、まるでこちらの存在は忘れたかのようにむっつりと押し黙り、深刻な面持ちで歩き出した。いつもなら、すぐに感嘆や批判の言葉がその口を衝いて出るはずだ。

「どうしたんだい、アドルフ。今夜のワーグナーはどうだった？」

わだかまった沈黙の息苦しさに耐えかねてアウグストが口を開くと、アドルフはキッとこちらを睨み返し、

「今は話したくない！　黙っていてくれないか！」

と返すなり、コートの襟を立てて歩き続けた。

夜も更け、霧の立ち込めた市街に人影はなかった。だが、アドルフはひたすら歩いて行く。やがて、向かっている先が「フラインベルクの丘」だと気付いてアウグストは漸く気持ちが落ち着いた。これまで何度も二人で登ったところだ。そこではアドルフがおもむろに手帳を取り出し、走り書きした詩を朗読してアウグストに聴かせたものだ。

丘の頂きに至ると、霧はなく、頭上には星が瞬いている。

足を止めたアドルフが、アウグストに向き直るや、その両手を捉えて握りしめた。

親友のエキセントリックな言動に慣れていたはずだったが、この唐突なパフォーマンスには戸惑った。

「素晴らしかった！　僕は完全にリエンツィに同化してしまったよ！」

白い息を吐き、夜目にもはっきり青いと分かる目をキラキラさせながらアドルフは言った。そうしてもう一度アウグストの手を痛い程握り直した。

結局、その夜二人が家路に就いたのは明け方になってからだった。アウグストも当初は興奮の余韻に浸っていたからアドルフに相槌を打っていたが、夜が白み始める頃にはさすがに眠気に襲われた。しかし、アドルフは睡魔に乗ずる隙を与えぬかの如く、目を爛々と輝かせ、「リエンツィ」がいかに自分の心を動かしたかを滔々と語って尽きない。

「いい加減に寝ようよ。僕は仕事があるし、君は学校へ行かなきゃならないんだから」

アウグストが意を決して話の腰を折ると、アドルフは忽ち目を曇らせ、不機嫌に言い放った。

「学校なんか、もうどうだっていいさ」

実際、暫く前から彼が学校をさぼり出していることにアウグストは気付いていた。夜は時が経つにつれ雄弁になるが、その分朝は弱く、昼まで起きて来ないこともあるらしいことを、アドルフの母親クララから聞き出していた。

アウグストが訪ねて行っても、時にアドルフは不在で、出迎えたクララが驚いて問い返すことがあった。

「もう二日姿を見ないから、アドルフはてっきりあなたの所へ行っているかと思っていたのに。一体、どこへ行っているのかしら？」

当初はクララと共に首をかしげ、友の身を案じたが、やがて謎が解けた。数日後に姿を現したアドルフは、やつれて青白さを増した顔とは裏腹に、こともなげにこう言ってのけたのだ。

「ちょっと考えることがあってね。郊外の森や山へ行っていたのさ」

「まるで、ゲッセマネのイエス・キリストみたいだね。まさか、サタンの誘惑と闘っていた訳じゃないだろうけど」

　アウグストの応答に、アドルフは満更でもないといった、しかし寂し気な微笑を返し、おもむろにアウグストの肩に手をやった。

「君は僕の唯一の友達だが、でも、僕そのものじゃないから、何もかもは分かってもらえない」

「リエンツィ」を観劇したその夜、アウグストは親友のこの言葉を改めてかみしめることになった。

「学校なんか……」

　とふてくされた言葉に出鼻を挫かれてアウグストが口を噤んでいると、アドルフが二の句を継いだ。

「いいよ、帰ろう」

　丘を降りると市街を覆っていた霧も消え、教会の塔の時計が午前三時を示しているのがハッキリ読み取れた。

　アドルフはアウグストの家まで来ると、手を差し伸べた。二人は固く握手して「おやすみ」を言い合った。

　踵を返した友の後ろ姿をアウグストは暫く見送った。が、ややもして疑惑に捉われた。彼の足は自宅のあるフンボルト通りではなく、またフラインベルクの丘に向いていたからである。

　アウグストは慌てて後を追い、闇に吸い込まれて行きそうな友の後ろ姿に呼びかけた。

「アドルフ、どこへ行くんだい？」

　アドルフは立ち止まりかけたが、前を向いたまま、素っ気なく言った。

「放っといてくれ！　一人になりたいんだ！」

　翌日の夕刻、日中眠気に襲われながら何とか仕事を終えてアドルフの家を訪ねると、母親のクララが待ち構えたようにアウグストを出迎え、「アドルフがまた夕べも帰ってこないのよ。あなたと一緒だったはずだけど」と訴えるように言った。アウグストも驚き呆れたが、動揺しているクララを慰めるのが先決だった。

「大丈夫ですよ。彼はワーグナーのオペラを観た後は暫く興奮が醒めやらないんです。ほとぼりが醒めるまで歩き回る癖があるんですよ」

クララは半ば安堵の面持ちを取り繕いながら、半ば寂し気な目をアウグストに凝らした。

「あの子は一体何を考えてるのか、将来どうしようとしているのか、さっぱり分からないのよ」

クララが息子に望んでいたのは、父親と同じ官吏の道に進んでくれることだろう。だが、アドルフと深く付き合えば付き合う程、母親のそうした願いは叶えられそうにないことを確信するばかりだった。

アドルフはいつもスケッチブックと分厚い手帳を持ち歩いていた。音楽談義を突如打ち切ったかと思うと、おもむろにノートを開いて自作の詩を朗読し始める。詩作などには無縁だったアウグストは、アドルフの詩の優劣を論ずることはできなかったが、こちらのそんな思惑などにはお構いなく澄んだ良く通る声で朗々と詩を読み上げる友に黙って耳を傾け、時折その没我の面持ちを盗み見るだけだった。

アドルフはまた、街中の建築物や周囲の景観に並々ならぬ関心を示し、ここにこんな物があっちゃいけないとか、この建物は改造修正する必要があるとか、ブツブツ言い出すのだった。さては、気に入った建物や景観を見出すと、手帳に鉛筆でスラスラとスケッチ画を描き、時にそれをアウグストにくれたりした。

フンボルト通りのアドルフの家を初めて訪ね、アドルフの部屋に入った時、アウグストは目を瞠った。部屋中にスケッチや素描画、建物の構想図のようなものが所狭しと散らかっていたからである。おまけに製図板まであり、そこにも何やら描かれている。思わず覗き込んだアウグストに、これは僕の理想の州立劇場さ、と言って、観客席、バルコニー、音響効果まで配慮した巨大な丸天井のホールなどについてアドルフは得々と講釈を始めるのだった。いつしかアウグストは、さながら設計事務所に迷い込んだような錯覚に捕らわれる。そうして、この男は音楽家や詩人ではない、建築家になるのではないか、と思うのだった。

だが、アウグストのその予感は外れた。

「ウィーンに行って、美術アカデミーに入ろうと思うんだ。君も一緒に行かないか?」

知り合ってほぼ二年を経た頃、例によってフラインベルクの丘に出かけた時、アウグストは突如アドルフからこう持ちかけられた。

「この片田舎で椅子張り職人として生涯を終えるなんて勿体ない。君には間違いなく音楽の天分がある。是非ともその天分を生かすべきだよ」

心を動かされながらも、アウグストは首を振った。

「母さんはまだしも、父さんは全く音楽に理解がないんだよ。僕が真面目に仕事を手伝って職人試験にも合格したから、音楽などは趣味でやってるだけで、息子は自分の跡取りになる、と固く信じているんだ」

「それでも諦めたら駄目だよ。君は絶対音楽家になれる。君はその為に生まれて来たんだ」

音楽に無知な人間の言葉だったらさ程ではなかっただろうが、人の何倍も音楽への造詣が深く、感性の鋭いものを持っている友人のそれは、アウグストの琴線を痛い程爪弾いた。

「僕の母もウィーン行きを快く思っていないけれど、必ず説得してみせるよ」

アドルフはその言葉通り、美術アカデミーの試験を受けるために一九〇七年九月、ウィーンに旅立った。一次試験はパスしたが、二次試験合格者二八人の中には入れなかった。腑に落ちないとアドルフは不合格の理由を学校に問い合わせた。

「君の絵は、建物はよく描けているが、人物がお粗末だ。君はむしろ、建築に向いているように思う。建築科を受け直してみたらどうだ?」

穿った回答だった。アドルフのスケッチの対象物は専らリンツの町の建造物か、精々自然の景観で、人物画など滅多に描いたことがなかったからだ。

実際、自分でも建築科の方が向いており、建築科なら合格する自信があった。しかし、学校をなまけたツケが肝心な時に回ってきた。建築科を受けるには、ギムナジウムか上級レアール・シューレの「マトゥーラ」の資格が必須とされたのに、アドルフは初級レアール・シューレしか終了しておらず、受験資格がなかったのである。

受験に失敗したことを、母親にも親友アウグストにも知らせないまま、アドルフはウィーンに留まっていた。

アウグストにはアドルフから託されていたことがあった。リンツを出る少し前に、アドルフはアウグストとラント通りを散策中に一人の女性を見かけ、心を奪われていた。アドルフにそそのかされて、アウグストは彼女が何者かを探り出していた。自分達よりも二歳年上で、名はステファニー、父親は高級官吏だったが既に他界しており、未亡人の母親と二人暮らしであること、二人はいつも判で押したように、夕刻連れ立ってラント通りを散策しているが、橋を渡り、中央広場を通って来ることから、ドナウ川対岸のウアファール地区に住んでいるようだ、等々。

ラント通りはリンツのメインストリートで、商店が建ち並び、夕刻ともなると、ウィンドーショッピングや買い物客で賑わった。

人混みの嫌いなアドルフは、ラント通りから離れたシュミートトーア通りの角でステファニー母娘を待ち伏せた。無論アウグストも一緒だ。

だが、いざ双方の距離が縮まり、アウグストにけしかけられても、アドルフは一点に佇んだまま、会釈をするでもなく、唯じっとステファニーを見据えているだけだった。

その視線に気付いたステファニーが、訝った目を和らげて口元を綻ばせながら通り過ぎると、アドルフは彼女の後ろ姿に目を凝らしながらアウグストをつついた。

「見たか！　彼女は僕に微笑みかけたよ！　僕に気があるんだっ！」

それからというもの、アウグストは観劇の度に友の口からステファニーの為に作ったという詩の朗読を聴かされる羽目になった。

しかし、ステファニーはアドルフやアウグストの視線にいつも笑顔を返す訳ではなかった。全く素知らぬ顔で通り過ぎることもあった。その時の友の落胆振りは、アウグストには見るに見かねる程だった。

時に若い男が母娘に付き添って屈託なく話しながら歩いていることがあった。その制服姿から、軍の青年士官であると知れた。アドルフは激しい嫉妬をたぎらせ、「恰好ばかりつけた見栄っ張りの空っぽ頭だ」と散々ライバルをこきおろした。

「そうは言っても、このままじゃ君に勝ち目はないよ。あの士官のようにもっと彼女達に接近しなければ」

アウグストの進言に、アドルフは頭を抱え込んだ。

「それはできない。彼女の母親はきっと尋ねるだろう。僕の職業をね。浪人中だなんて答えようものなら、それでもうおしまいだ」

「だったらどう仕様も無いじゃないか」

アウグストが冷たく言い放つと、アドルフはすっかり塞ぎ込み、挙句は、「ステファニーを強引に母親から引き離して誘拐するか、ドナウ川に一緒に飛び込む」とまで言い出した。そうして、自分達が逐電ないし死んだ後の始末をアウグストが取り仕切るよう、アレコレとめぐらした計画を打ち明けるのだった。アウグストは必死になって傷心の友をなだめすかし、やっとのことで狂気じみた計画を思い留まらせたが、幾晩も悪夢にうなされた。

アドルフが死神から解き放たれ、晴れやかな顔でアウグストにある決意を打ち明けたのは、一九〇七年の夏の終わり頃だった。

毎年この時期になると、華やかな花馬車のパレードが開催される。

その日は日曜で、アウグストは両親と共にカルメル派教会の礼拝に出ていたが、終わって外に出るとアドルフが待ち構えていた。両親への丁重な挨拶はいつものように欠かさなかったが、アドルフはすかさずアウグストの腕を摑んでシュミートトーア通りに急いだ。

軍楽隊の賑やかなマーチと共に、数台の馬車が通りに入って来た。

アドルフの目がそのうちの一台、赤いヒナゲシと白いマーガレット、青いヤグルマギクなどに飾りつけられた馬車に吸い寄せられていることにアウグストは気付いた。そこにはステファニー母娘が乗っていた。

母親はライトグレーの絹のドレスをまとい、赤い日傘を差していた。その日傘に差し込んだ光が、やはり薄手の絹のドレスを着て隣に座ったステファニーの顔をほの赤く染めている。

アドルフが痛い程アウグストの腕を摑んで二歩、三歩、前へ進み出た。

馬車が目の前に迫った。アドルフは縋るような目つきでステファニーを見据えた。

ステファニーは愛らしい顔に満面の笑みをたたえていた。ドレスの胸に馬車を飾り立てているのと同じ花の束を抱えていた。友の痩せた首が伸び、高い喉仏が忙し気に上下するのをアウグストは見て取った。

刹那、一本のヒナゲシが彼の頭上に舞い落ちた。ステファニーが花束から抜き取って投じたものだ。アドルフは顔の前でうまくそれを捉えた。

馬車は通り過ぎた。

アウグストはまた痛い程腕を摑まれた。

「来いよ」

アドルフがヒナゲシを胸に押し当てたままアウグストの腕を引っ張っていた。

「見ただろ！」

小さなプロムナードに入ったところで立ち止まると、アドルフはアウグストに向き直った。いつもの青白い頰にかすかな赤味がさしているように思われた。何よりも、青い目がギラギラと燃え立っている。

「間違いない！　彼女も僕に気があるんだっ！」

「もし本当にそう信じられるのなら」

アウグストは友の目を見返して言った。

「思い切って名乗り出たらどうだい？」

「うん、そうだな。考えてみるよ」

しかし、パレードが終わると、元の木阿弥だった。

二人は以前のようにウアファール地区からドナウ川の橋を通ってラント通りに出てくるステファニー母娘をシュミートトーア通りの角で待ち伏せ、アドルフは熱い視線をステファニーに送り続ける。アウグストは、友が二人に駆け寄って話しかけるのは時間の問題と思っていたが、いっかなその気配はなかった。

夏の間、アウグストは友の一喜一憂に翻弄され、彼をなだめすかすのに疲れ果てた。

夏が終わりかけたある日、例によってステファニーを待ち伏せし、視線を交わしただけで引き返した二人は、イエーガーマイヤーヴァルトの森に向かった。そこは人気のない所で、アドルフのお気に入りの散歩道だった。森の中は何本もの小道に分かれていたが、どれを辿ってもやがて小高い見晴らし台に連なり、そこからはドナウ川の流れを一望できた。

「寝ても醒めても彼女のことが頭から離れない」

見晴らし台に立ったところで、アドルフが長い沈黙を解いた。

「だから言ったじゃないか。思い切って告白すべきだと」

アウグストが返すと、アドルフはすかさず首を振った。

「いや、今はまだその時じゃない。今僕がしなければならないのは、むしろ、彼女から離れることだよ」

アウグストは驚いて友の顔を見返したが、思い詰めた表情の中にも決然たる意思が見て取れる。

「ステファニーを諦めるのかい?」

アドルフはまたすかさず、ブルブルッと頭を振った。

「逆だよ」

「えっ!」

「彼女に相応しい人間になって戻ってくる。彼女の思いに応えるためにも」

アウグストにはどう見てもステファニーがこのエキセントリックな男に格別の好意を抱いているとは思えなかったが、それを口にすれば友をいたく傷つけることをわきまえていた。

「具体的に、どうするつもりだい?」

ステファニーと離れるとはどういうことなのか? それは自分との別れも意味しているのではないか?

「ウィーンへ行って、美術アカデミーの試験を受けるよ。母さんもやっと折れてくれたんだ」

アドルフの母親クララは、その年の初め、乳癌の手術を受けていた。

初診医は、ラント通りで医院を開いていたエドゥアルド・ブロッホ医師で、まだ壮年のユダヤ人だったが、真夜中も厭わず往診に来てくれる、見立てもいい、というので評判を取っていた。

ブロッホ医師はクララの診察を終えて数日後、アドルフに診断の結果を告げ、相当に進行しているが手術をすれば助かるかも知れないからと、市内の「慈悲友の会修道女病院」への紹介状を手渡した。

同病院の外科医師ウルバンが執刀したが、癌は取りきれなかった。肺や骨への転移も疑われた。術後のケアはブロッホ医師に託されたこと、それまでの住まいはアパートの四階で階段の上り下りも術後の身にはこたえること等で、同年五月、ドナウ川を渡ったウアファール地区ブリューデン通りの三階建てのアパートの二階にアドルフ達は引っ越していた。

ブロッホ医師はまめに往診に来てくれ、残った癌がはみ出ている前胸部の手術創にガーゼをあてがい、それにヨードフォルムを滴らせた。それは焼けるような痛みとのどの渇きをもたらしたが、クララは健気に耐えていた。

「おばさんはしかし、君がいなくなったら寂しがるだろうね。あんまり具合もよくないようだし……。妹さんのパウラだってまだ小さいしね」

「でも僕は行かなければならないんだ。母さんとパウラのこと、頼むよ。母は君のことが好きだし、随分頼りにしているようだから」

自分に不都合なことを言われると、「それでも君は僕の友達か！」と眉間に青筋を立てて怒り出すのがアドルフの常だったが、この時ばかりは表情を曇らせなかった。

ずっと後になって、何かを悟ったような友のゆるぎない表情の原因にアウグストは思い至る。

ウィーンに旅立つ前、アドルフはステファニーに宛てて手紙を認めていたのだ。短いものだった。自分はこれから美術アカデミーに行き、画家となるべく修業をする、どうか待っていて欲しい、リンツに戻って来た暁には結婚して欲しい、云々と。しかし、差出人の名前は書いてなかった。

アドルフが旅立った後、アウグストは家業に追われ、気になりながらなかなかクララを見舞いに行けなかった。しかし、数週間後プロムナードで開かれた青空市場でクララに出くわした。息子から便りがあった、元気で勉強に励んでいるそうよ、とクララは嬉しそうに話した。

アウグストは安心して忙しくなった家業に専念した。新設された産婦人科病棟に入れる五〇床のベッド作りに追われた。しかし、寸暇を割いて楽団での演奏にも出向いた。

仕事が一段落したのは十一月も下旬になった頃で、気がかりだったクララを暇を見つけては見舞いに赴いた。

出迎えるのはクララでなく、クララの出産時などにヴァルトフィアテルから手伝いに来ていたクララの妹ヨハンナ・ベルツルか小さなパウラだった。ヨハンナは表情に乏しくほとんど喋らない。頭が少し弱いのではないかとアウグストは疑った。

クララはすっかり様変わりしていた。いつも青く澄んでいた明眸に影がさし、ゲッソリと落ち窪んだ頬にもはや生気は感じられなかった。まだ四十代半ばなのに、六十を過ぎた老女に見えた。

アウグストに差し伸べる腕もか細く、痩せ細った手には弾力性を失ってしなびた静脈が浮き出ている。

「ブロッホ先生には入院を勧められているんだけど、この子の面倒を見てくれる人はいないしね」

パウラを指さしてクララは弱々しく言い、更に愚痴を重ねた。妹のヨハンナはもう一つ頼りにならず、パウラもなついていない、唯一頼りになるのはアドルフの異母姉アンゲラだが、アンゲラは二人目の子供を宿しており、自分のことで手一杯、アンゲラの夫ラウバルは、アドルフが父親のような堅実な道に歩まず、学校も中退し、挙句ウィーンの美術アカデミーなんぞへ行くと知って激怒し、あいつにはもう構うなと妻に言い渡しているのだ、等々。

アウグストはアドルフから何の連絡もないことを訝りながら、手紙を出せないでいた。もし美術アカデミーに首尾よく合格していたら、すぐさま報告があるはずだ。

十月が過ぎ、十一月に入ってもアドルフからはなしのつぶてだった。アウグストが見舞いに行くと、クララは時に起き上がって話すこともあったが、暫くもすると咳き込んだり息苦しそうに肩で息をした。見かねたアウグストが、「アドルフに帰って来るよう伝えましょうか?」と尋ねると、クララは首を振った。

「一生懸命勉強しているだろうから、余計な心配をかけたくないの」

ところが、十一月末のある日、アウグストが家でマットレスに詰め物をしているところへ、不意にアドルフが現れた。リンツを出た頃より一層痩せ、頬は凹み、目にも生気がなく、暗く淀んでいる。

後日、アドルフのこの帰省は母親のクララの要請によるものだと知れた。先行き短いことを悟って、まだしも話や食事ができる間に息子に会いたいと思ったのだと。

「母さんの病気はもう治らないと言うんだ」

自分のところへ来る前にラント通りのブロッホ医院へ寄ってクララの病状と見込みを詳しく聞いて来たとアドルフは言った。入院した方がよいと言われたが、自分が面倒を見るからと断った、とも。

「それで君はどうするつもりなんだい?」

アウグストの問いかけに、一瞬口ごもった風に見えたが、すぐにアドルフは決然たる口調で言った。

「ウィーンには帰らない。リンツに留まって母さんの面倒を見るよ」

「学校は?」

「学校?」

アドルフは鸚鵡返ししてから眉間に青筋を立てた。

「学校より、今は母さんのことが大事だよ」

実際、アドルフは驚嘆するばかり粉骨砕身、母親の看病に当たった。アウグストは数日後友の家を訪ねて我が目を疑った。アドルフが青いエプロンをつけてキッチンの床をピカピカに磨いていたのだ。居間に寝起きしていたはずのクララが、いつの間にかキッチンに移されたベッドに身を横たえている。

「ここの方が昼間は陽が当たって温かいからって、アドルフが言ってくれたのよ」

　アウグストの問いた気な目に答えるように、クララが目を細めて言った。

　食器棚は居間に運び込まれていた。その分空いたスペースに簡易ベッドが置かれ、アドルフはそこで妹のパウラと、叔母のヨハンナは居間で寝起きしているという。

「食事も私の好きな物をアドルフが色々工夫して作ってくれるのよ。それがまたおいしいの」

　アウグストはこれにも耳を疑った。食事は買物からすべてヨハンナが切り盛りしていると思っていたし、アドルフ自身は食事にはほとんど無関心で、唯一こだわったのは甘いケーキの類くらいだったからだ。

　アドルフは妹パウラの勉強も見てやっていたが、パウラは勉強に余り気乗りがしない風だった。

「お前が一生懸命しないと母さんが悲しむよ。そうしたら母さんの病気も良くならないんだよ」

　ある日アドルフは妹をこう諭し、彼女を母親の許に連れて行って、これからは真面目に勉強します、と誓わせた。

　しかし、クララの小康状態はいっときの間だった。

　師走に入ると、リンツの町は霧に覆われ、陽も差さなくなった。

　アウグストは一日置きにアドルフの家を訪れたが、クララの様態が日に見えて衰えていくのが分かった。

　クリスマスが近付くと、雪が舞った。寒さがクララを苛んでいた。仰向けに寝ているよりも座っている方が楽なようだった。アドルフは母親の上体を支えながら、その背を懸命に撫でさすっていた。いい加減疲れるだろうから代わろうかと申し出たが、アドルフは首を振って、いやいい、君はパウラの勉強を見てやってくれ、と言った。

　十二月二十日の夕刻、アウグストがいつものように訪ねていくと、アドルフではなくパウラがキッチンのドアを開けてくれた。アドルフはクララを抱え込むようにしてその背を撫でていた。クララは閉じていた瞼をうっすらと上げてアウグストの挨拶に瞬きと会釈を返したが、その顔にはもう生気は残っていなかった。思わず立ちすくんだアウグストに、アドルフが目配せした。こんな状態だから、今日はもう帰ってくれていい、とその目は語っていた。アウグストは頷いて踵を返そうとした。

刹那、

「グストル」

とクララがか細い声で呼びかけた。「グストル」とは、アドルフがしばしばアウグストのことをそう呼ぶことがあったが、クララはいつも「クビツェク」と呼んでいたから、アウグストは戸惑った。

しかし、アウグストの思惑などには委細構わず、クララは手を差し伸べたまま続けた。

「私がいなくなっても、アドルフとはいいお友達でいてね」

アウグストはベッドに寄ってクララの手を握り締めた。

「約束します、おばさん。僕はいつまでもアドルフの友達でいますよ」

クララは翌日の早朝に息を引き取った。四十七歳だった。ブロッホ医師が最後の脈を取り、本当によくお母さんの面倒を見てくれたねとアドルフをねぎらった。アドルフも主治医に繰り返し礼を述べた。

葬儀は十二月二十三日の早朝に行われた。アウグストは母親と共に葬送の列に加わったが、参列者の少ないことに驚いた。

馬車は一頭立てのが一台だけで、そこには出産間近の異母姉アンゲラが乗った。夫のラウバルとアドルフが棺の左右につき、アウグストと彼の母親、アドルフの妹パウラ、アパートの隣人達数人が棺を取り巻いた。ヨハンナはアドルフがヴァルトフィアテルに帰していた。

葬列がウアファール地区の中央通りに差し掛かった時、弔意を告げる教会の鐘が鳴り響いた。

アウグストは思わず上を見上げた。窓の開く物音を耳にしたからである。アドルフもチラと目を上げた。

開いた窓には、手摺りに寄りかかってこちらを見下ろしているステファニーの姿があった。遠目にも、彼女のつぶらな瞳に戸惑いと同情が浮かんでいるのが見て取れた。アウグストはアドルフに声を掛けたい衝動に駆られた。

「ステファニーが見てるよ。見たかい？」

と――。

クララの棺はその日のうちに亡き夫アロイスが眠るレオンディングの墓地に運ばれた。

翌日の午前、アウグストはアドルフの訪問を受けた。面やつれ、魂が抜けたような風情に、アウグストのみか彼の母親もいたく心配した。

「クリスマスイヴをどこで過ごすの？」

アドルフの好きなケーキとティーをふるまいながら、母親が尋ねた。

「よかったら、うちへ来ない？」

アウグストも相槌を打ったが、アドルフは礼を述べてから小さく首を振った。

「妹と一緒に、アンゲラの家に招待されていますから。パウラはもう夕べから行ってます」

だが、帰途に就いてアウグストと肩を並べた時、アンゲラの所へは行かない、とアドルフは前言を翻した。

「そうだと思ったよ」

アンゲラの夫のラウバルはアドルフが美術アカデミーに行くことに強く反対し、そのために二人の仲がぎくしゃくしていることを知っていたからである。長男の身でありながら病身の母親を置いてウィーンへ旅立ったこともラウバルは快く思っていなかったはずだ。

「だったら、やっぱりうちへおいでよ」

行き場のない友の心中を慮ってアウグストは言った。

「いや、いい。僕はステファニーのところへ行くよ」

（ああ、そうできたらどんなにいいだろう！）

友の返事に驚き呆れながら、アウグストは心からそう思った。

だが、ラント通りで目を合わせるだけでまだ一度も口をきいたことのない相手の家族団欒の場、殊にクリスマスイヴのそれに赤の他人が踏み込むことは、およそ非常識極まりないことだ。もしアドルフがそれを決行に及んだら、その瞬間二人の関係にはピリオドが打たれるであろうことは容易に想像できた。

しかし、アウグストはそんな懸念を口にできなかった。暗く沈んでいた友の顔が、その時ばかりは、パッと明るく輝いたからである。

年の明けた元旦の朝、アウグストはアドルフの訪問を受けた。

「レオンディングの墓まで一緒に行ってくれないか。色々話したいこともある」

数日前の尾羽打ち枯らしやつれ切った表情はもはやなかった。この数日間でアドルフが一段と大人びたことにアウグストは目を瞠った。

雪が積もっていたが、天気は良く、レオンディングまでの長い道のりも苦痛ではなかった。

道々アウグストは新たな事実を聞き知った。アンゲラが無事女の子を出産したこと、パウラはアンゲラと夫のラウバルが引き取ってくれること、アドルフは孤児年金を受け取れるようになったこと、等々。こうした目処がついたので、自分は安心してウィーンに戻れる、でもその前に、今度こそステファニーとその母親に名乗り出るつもりだ、とアドルフは語気を強めた。

「クリスマスイヴは彼女の所へ行かなかったんだね？」

（やはりそんなことだったか）

との思いは隠してアウグストは尋ねた。

「彼女の家の前までは行ったよ。そうしたら、彼女の兄のリヒャルトが家に入っていくのを見かけたんだ。クリスマス休暇でリンツに帰ってきたんだろう。それなら家族の団欒を妨げちゃいかんと思ってね。引き返したんだ」

ステファニーに兄が一人いることは自分が調べ上

げてアドルフに知らせてあったが、アドルフがリヒャルトと顔を合わせたことはないはずだった。それにしても、自分はステファニーの兄の名をすっかり失念していたのに、アドルフの口から旧知の人間のように〝リヒャルト〟の名が出てきたことにアウグストは驚いた。ステファニーに思いを馳せる時、その兄のことも一緒に思い浮かべていたからだろう。

「じゃ、イヴを君はどこで過ごしていたんだい？」

ずっと気にかかっていながら口に出せなかった言葉をアウグストは吐いた。

「あちこち歩き回っていたよ」

アドルフは一瞬記憶を辿るような素振りを見せてから答えた。

「家に帰ったのは明け方だった」

アウグストは黙って頷いた。リヒャルトと会ったかどうかはさておき、夜の町を徘徊していたことは事実だろう。夜は、アドルフにとって少しも恐れるものではなかったからだ。しかし、その夜に限っては、底知れぬ孤独感を嚙み締める余り、一瞬なりとドナウ川に身を投じたい衝動にも駆られたのではあるまいか？　一度限りだがアドルフは、ステファニーがこちらの投ずる眼差しにそっぽを向き続けた時、

「もう駄目だっ！　彼女を道連れにドナウ川に身投げするっ！」

とわめき散らしたこともあったからだ。

「今日は君にどうしても話したいことがあってきたんだ」

アロイスとクララの墓参りを済ませて帰途に就くや、アドルフが先に口を切った。

「僕は二月に入ったらウィーンへ戻るが、君も後から来ないか？　できるだけ早く」

寝耳に水の話ではなかった。前年の夏にアドルフがウィーンへ旅立つ前も、彼は繰り返しアウグストをウィーンに誘っていた。君の音楽の才能をリンツで埋もれさせてはいけない、断然ウィーンへ行くべきだ、と。

音楽家――それはアウグストの悲願でもあったし、自分の才能を認めてくれる友の熱弁に激しく心を揺

さぶられ、いっとき両親に自分の思いを切り出したこともあった。だが、「音楽で身を立てようなんて白昼夢を見るようなもの」と二人とも一笑に付し、取り合ってくれなかった。

それでもアウグストの胸の中では、一介の椅子張り職人で人生を終えたくない、音楽家にこそなりたい、との思いがくすぶり続けていた。

「君の優柔不断には呆れるよ。僕がご両親を説得してみせる」

アドルフが自信満々言い切ったことにアウグストは驚いた。自分はいつもやり込められ、言い含められるが、他人の両親まで屈服させることはできまいと思われたからである。

しかし、造形美術アカデミーの下調べに初めてウィーンへ旅立ったアドルフは、戻ってくるなり、まずアウグストの母親にウィーンの音楽状況を詳しく話し、アウグストはウィーンに出て一流の音楽家を目指すべきだ、彼にはその才能がある、と熱っぽく説いた。元々音楽好きだった母親は、ウィーンの宮廷劇場のオペラ公演の情景をさながら映画のスクリーンに映し出す如くアドルフが語って聴かせたから、いつの日かそんな晴れの舞台に息子が立てるなら、との夢想を抱くに至った。

現実的な父親は、さすがに甘い夢には乗って来なかった。漸く軌道に乗って来た家業を継ぐのが、息子にとっても一番の幸せだと固く信じ込んでいた。

「アドルフは礼儀正しいいい青年だが、どうも足が地にしっかり着いていないのがな」

アドルフと話し込んだ後、父親はいつもこんな感想を嘆息混じりにもらした。

だが、そんな父親も、いつしかアドルフの話術に負けて頑なな態度を軟化させていったからアウグストは驚いた。母親に対するように、何が何でも、といった物言いではなく、ためしに彼をウィーンへやってみてくれませんか、そこで才能が花を咲かせることがなかったら、彼は早晩諦めてリンツへ戻ってくるでしょう、と、アドルフにしては珍しく柔軟な物言いで根気良く説得を続けたのだ。

「お前がどうしてもと望むなら、ウィーンの音楽院とやらを受けてみてもいいぞ」

父親がこんな風に譲歩を見せたのには、医師の忠告も少なからず与かっていた、アウグストもアドルフに負けず劣らず華奢な体つきをしていたが、父親の仕事を手伝い出してからよく咳き込むようになった。

「埃が原因だ、この仕事を長く続けていたら肺をやられてしまうよ」

実際父親も肺を病んでいて、時々熱を出して寝込むことがままあったから、こうした医師の忠告に頷かざるを得なかった。

かくしてアウグストが愈々ウィーン行きを決意した矢先に、頼みの綱だったアドルフがリンツに戻って来てしまったのだ。

母親の看病に明け暮れるようになったアドルフは、まるで人が変わったように芸術の話をしなくなった。母親の傍らにいることが唯一無二の生き甲斐であるかのように。だからアウグストも、ウィーン行きはほとんど諦めかけていた。

だが、今やアドルフは、以前にも増して強い口吻でウィーンへ来るようにと迫ってきた。

「部屋は借りたままだから、取り敢えずは僕の所へおいでよ」

アドルフにとって今や心の拠りどころとなるのは自分しかいないのだろう。しかし、自分にとっても親友と呼べるのはこの世にアドルフしかいないこと、アドルフが二度目にウィーンへ旅立つ日、駅頭まで見送ってひとりになった時、言い知れぬ空虚感、喪失感に襲われたことをアウグストは忘れていなかった。

「分かった。もう一度両親に話してみるよ」

アウグストの返事に、アドルフはほくそ笑んだ。

母親は息子のウィーン行きに異を唱えなかった。落ち着く先がアドルフの下宿だと知って、「それなら安心よ」と言ってくれた。

父親は「どうしてもその考えは変わらないのか?」と憮然たる面持ちで息子を見返し、「思い通りにならなかったらリンツに戻って家業を継ぐという、先にアドルフが呈示していた妥協案に間違いないか？」と念を押し、「間違いありません」とアウグストが答えると、それ以上何も言わなかった。

ウィーンに着いてアドルフの部屋で一夜を明かしたアウグストは、なかなか起きて来ないアドルフにしびれを切らせながら待った。アドルフに連れ出されてひとしきり夜の街を歩き回り、夜半に戻って来た時にはもう半分瞼が塞がっていた。母親が食料品や菓子類をギッシリ詰め込んでくれた重いトランクを下げてきた所為もある。

グッスリ寝入ったお陰で疲れは取れていたが、昼前になってやっと起きて来たアドルフと一緒に部屋を捜しているうちに足が重くなって来た。アドルフのアパートにできるだけ近い物件を当たったのだが、一階の空き部屋はなく、大抵二階で、おまけに狭かった。唯一、ピアノを置けるだけの広さがある部屋を見出したと思ったら、ピアノは隣近所から苦情が来るのでご法度、と言われた。

四時間も歩き回って諦めかけた時、瀟洒な家に「貸し部屋あり」の貼り紙がかかっているのが目に止まった。

呼び鈴を鳴らすと、小綺麗な身なりの若い女が出て来て二人を中へ通した。

部屋は幾つもあったが、女が案内したのは、その中でも一番広い部屋だった。二人は目を瞠った。豪華なダブルベッドが置かれ、気の利いたインテリアが隅々に飾られている。

（分不相応だ）

とアウグストは思った。多分、アドルフが借りている部屋代一〇クローネでは済まないだろう、と。

「今、奥様をお呼びしますから」

若い女の言葉に二人は我に返った。彼女はどうやら小間使いらしかった。

ほとんど足音を立てずに中年の女性が現れた。エレガントに見えたのは絹のガウンの所為ばかりではなかった。相応に上品な顔立ちをしている。

彼女はまずアドルフを、次いでアウグストを、品定めするように上から下まで見やってから、視線をアドルフに固定した。

会話は専らアドルフと彼女の間で交わされ、アウグストは聞き役に回った。

「ベッドはダブルでなく、シングルにしてもらえますか？　彼は音楽家でピアノを置きたいので」

アウグストを振り返ってアドルフがこう言うと、女は目を曇らせた。

「あなたがお借りになるんじゃないの？」

「僕はシュトゥンパー小路のアパートを借りていますから」

女はしきりにガウンの腰紐をいじりながら肩先で髪を揺らした。

「それでしたら、そちらにこのお友達が入って、あなたがここへいらしたらどーお？」

アドルフは絶句し、アウグストは耳を疑った。女は不意に身をよじってベッドを指した。

「このベッドはここに置いておきたいの。素敵だと思わない？」

アドルフは苦笑してアウグストを返り見た。刹那、女が半身の姿勢をこちらへ戻した。

「あっ……！」

と思わずアウグストは小さく声を挙げた。

「えっ……？」

アドルフが女に視線を返した。アウグストは息を呑んだ。女のガウンの紐がほどけ、乳房も腹も、股に食い込んでいるような小さな下着も露になっている。

「あら、ご免あそばせ」

女は些かも慌てず、羞う様子もなく、ゆったりした仕草でガウンの前を合わせた。

「グストル、来いっ！」

アドルフはいきなり立ち上がるとアウグストの腕を痛い程の力で引っ張った。驚いて見やった友の顔は真っ赤に染まっている。

「あの女は淫売だっ！　ポテパルの妻だっ！」

通りに走り出たところで放った一言で、アドルフの顔面の紅潮は、純粋に憤怒によるものであることをアウグストは悟った。

アパートに戻ると、アドルフは改めてアウグストを紹介し、家主のツァクライス夫人にかけ合った。この友人と同居したいから、夫人の広い部屋と自分の部屋を交換してもらえないか、その代わり、部屋代は倍の二〇クローネ出すから、と。夫人は了解し、ピアノを部屋に運び込むことも認めた。

翌朝、アドルフはまだ寝ていたが、アウグストはそっと起き出して音楽院に出向き、リンツの楽友協会の証明書を呈示して入学願書を出した。すぐにテストを受けるよう言われた。

音感試験、歌唱の実技試験の後、和声学、音楽史の筆記試験と続き、最後にピアノを弾かされた。リンツでの勉強は無駄ではなかった。音楽史以外はしてやったりとの手応えを覚えた。暫く待たされた後、校長のカイザーに呼ばれ、合格を告げられた。

肩に羽が生えたような気分でアパートに戻り、アドルフに事の次第を告げた。喜んでくれるかと思いきや、アドルフは少し驚いたように青い目をクルクルッと動かし、肩をすくめただけで、にこりともせず言った。

「僕にそんな賢い友達がいたとはね、知らなかったよ」

それでも彼は、

「じゃ、早速ピアノを見つけなくっちゃね」

と部屋のスペースの寸法取りをするようなジェスチャーを見せた。

翌日、アウグストはアドルフが眠っている間に起き出して街に出かけ、あるピアノギャラリーで賃貸に出ているグランドピアノを見つけた。月々の賃料は一〇クローネだった。

ピアノが運び込まれると、二つのベッド、ナイトテーブル、衣装戸棚、洗面台、テーブル、二つの椅子で、部屋はほとんど満杯状態となり、ドアとピアノの端までは三歩しかなくなった。

共同生活を始めてみると、アウグストはいくつもの謎に包まれた。自分は音楽院の授業があるから朝は定時に起き、食事もきちんと取って出かけて行くが、アドルフは死んだようにベッドに横たわってい て、少々の物音でも目を覚ます気配がない。母親の看病や葬儀等で数ヵ月のブランクはできたが、ウィーンに戻ってからは再び美術アカデミーに通っているはずだった。

「午前中の講義はないのかい?」

と問いただすと、

「ああ、午前中のはどうでもいい。午後のが大事なんだ」

とアドルフは素っ気なく返した。

確かに、音楽院の午後の授業がない時はアパートに戻って昼食を摂るようにしていたが、アドルフの姿を見かけることはなかった。しかし、食事を終えてピアノに向かい出した頃アドルフが帰ってくることがあった。アドルフは黙って自分の机の前に座り読書を始めるのだが、そのうち癇癪を起こし、「いつまで弾いているつもりだい! 君も本を読んだらどうだ!」と怒鳴り出した。

「本なら、ほら、幾らでもあるぞ。君もこういうものを読むべきだ」

アドルフは机の横に床からうず高く積み上げた本を指さした。それらはアドルフが宮廷図書館から借り出してきたもので、建築や美術関係、史書以外に、ゲーテの「ファウスト」や「若きウェルテルの悩み」、シラーの「群盗」や、「ヴィルヘルム・テル」、ダンテの「神曲」、さてはニーチェ、ショーペンハウエルの哲学書もあった。

だがアドルフの読書は、アウグストにとっては頭痛の種だった。感動した本の内容を、ルームメイトは延々と語り出し、止むことがなかったからである。

万事につけてアドルフは型破りだった。眠っている時間以外は片時も休むことがなかった。アウグストの目には、アドルフがほとんど丸一日勉強しているように思えた。事実、音楽院から戻ると、部屋中至るところ、自分のベッドのみならずアウグストのベッド、床やテーブル、さてはピアノの上にも、夥しいスケッチが散らかっている。

アドルフは床のスケッチの間を爪先立って歩きながら、あちこちに置いたスケッチを興奮の面持ちで眺めやる。そうして、「ここはこうじゃない」とか、「うん、こうすべきだ」などとぶつぶつ独り言を吐きながら手にした木炭で修正を入れ、「よしっ。これでいいっ！」と大仰に腕を振ったりした。

アウグストはそんな光景に暫く見惚れているのだが、いつまでも手を拱いて見物している訳にはいかない。

「そろそろピアノを弾きたいんだけどな」

アウグストが遠慮気味に放つと、アドルフは我に返ったようにスケッチをかき集めて戸棚にしまい、パンとバターと牛乳だけの簡単な夕食を済ませ、本を小脇に抱えて外へ出て行くのだった。

行く先はシェーンブルン公園と分かっている。そこでひとしきり読書に没頭し、日が暮れるとアパートに戻ってくるのだ。

戻ってきてもアドルフの手は休まることなく、またスケッチブックを取り出して絵を描いたり作図を始める。そうかと思うと、何やらしきりに文字を連ねている。その作業は深夜まで、いや、大抵は明け方まで続き、それから漸く眠りに就くようなのだった。

ある夜、アドルフの机のランプの明かりと石油の匂いが気になって眠れなくなり、アウグストは起き出してアドルフの手もとを覗き込んだ。

「何を書いているんだい？」

と問いかけたのが藪蛇だった。

「劇作だよ」

と答えるや、アドルフはくるりとアウグストに向き直り、そのストーリーを滔々と語り出した。アウグストは睡魔と闘いながら友の熱弁に耳を傾ける羽目に陥った。

もっとも、夜の睡眠を妨げられるのは日常茶飯だった。

アウグストがベッドに潜り込むや否や、アドルフは部屋の狭い空間を行きつ戻りつし始める。その間口は淀みなく開き、延々とお喋りが始まる。モノローグではなく、アウグストに語りかけるのだ。

話の内容は、一緒に観劇した後は専らオペラにまつわるものだったが、さもない時は政治論、それも、ドイツ民族の過去の歴史と現状、未来はどうあるべきかについての持論の展開だった。テーマが余りに遠大過ぎてついて行けず、退屈を覚えていつしかうつらうつらしてしまう。するとアドルフはすぐにアウグストの肩に手をかけて揺さぶり、

「僕の話を聴く気がないのか？」

と怒鳴る。

「いや、そんなことはないよ」

アウグストは眠い目をこすりこすり、必死に眠気を払い、横になっていてはまた寝入ってしまいかねないので、上体を起こしてアドルフの一挙手一投足に目を凝らす。アドルフは満足気に頷いて、また延々と講釈を始める。

アウグストの知る限り、アドルフが自分より先にベッドに入ることはなかった。狭い部屋を行ったり来たりせず、ベッドに横になるか、椅子に座って話せばよいものを、と当初は思ったが、歩き回り、身振り手振りを交えなければアドルフの脳は働かないのだろうと考え直した。それに、運動の嫌いなアドルフにとって、こんな風に手足をのべつ幕なしに動かしていることが運動不足の解消につながっているのだろう、とも。

夜はいつまで起きていても平気、その代わり朝は眠り込むと決めていたはずのアドルフが、アウグストが目を覚ますと、疾うに着替えを済ませて待ち構えている時があった。

「今日は君をいい所へ案内するから、早く仕度し給え」

と急がせる。

「駄目だよ。僕は講義に出なきゃならないし、それに、ピアノの試験の準備もしなきゃならないんだから」

着替えながらアウグストが抗弁すると、

「君の分のチケットも取ってあるんだ。今日は僕に付き合い給え」

とアドルフは譲らない。

アウグストの方が九ヵ月年長だったが、イニシアティブは常にアドルフに取られていた。自分がこうと決めたことには有無を言わさず従わせる、アドルフのそんな流儀を時に疎ましく思うこともあったが、彼の真面目さ、一途さには一目置くところがあったから、アウグストは大方言われるままに従った。

その日アドルフに連れて行かれたのはスタディオン通りに面した国会議事堂だった。尻込みするアウグストの袖を強引に引っ張って、アドルフは見学席に誘った。

議場の景観はアウグストの目を引いた。半円形に並んだ立派な椅子、天井は高く、壁には古典的な装飾が施され、音楽会の公演会場にもなりそうだ。

だが、いざ議事が進行し始めると、そんな甘い夢想はあっさり吹き飛んだ。場内は、ドイツ語のみか、イタリア語、ポーランド語、チェコ語が飛び交い、野次や口笛も入り混じって騒然となった。しかし、その内容はほとんど理解できなかったから、ややもすると退屈を覚えた。アドルフもさぞやと横を流し見ると、意外にも彼は身を乗り出し、拳を握り締め、ありありと興奮の体で、普段は青白い顔が赤らんでいる。アウグストは黙って見ている他なかった。

一度で懲りた国会見学に、アウグストはその後も再々連れ出され、その度にアドルフの長舌を聴かされた。このままではドイツ民族は多国籍民族国家の中で埋没してしまう、とアドルフは叫び、時に、感極まって涙ぐみさえした。チェコ系のオーストリア人であるアウグストは、自らもオーストリア生まれで生粋のドイツ人とは言えないはずのアドルフが、なぜそこまでドイツ民族の存亡に思いを馳せるのか解しかねた。

アウグストが政治の話に関心を示さないのを見て取ると、アドルフはもっと卑近な話題を持ち出した。たとえば、ウィーン市民の間でも顕著な貧富の差の問題である。

「これを生み出している元凶は何か、分かるかい？」

とアドルフは問い掛ける。アウグストが首を振る

と、

「ユダヤ人だよ」

と、やや間を置いてから、吐き捨てるようにアドルフは言った。アウグストはこれにも困惑した。音楽院の教師や生徒仲間にもユダヤ人がおり、格別親しくしている者もいたからである。この時期、ウィーンの全人口は二〇〇万人であったが、そのうちユダヤ人は八・八パーセントを占める程度だった。しかしウィーン大学の学生に限ると二七・五パーセントの多きを数えていた。

「ことに東方ユダヤ人を何とかしなければならない」

とアドルフは畳みかけた。その根拠となったのは、ある日の出来事だった。

マリアヒルファー通りに面したデパート「ゲリングロス」の入口に、一人のみすぼらしい男がいて物乞いをしていた。帯付きの長袖服カフタンと長靴という いでたちから、アドルフにはすぐに男が〝ハンデレー〟だと分かったという。ハンデレーとは東方ユダヤ人の異称で、ユダヤ人の中では最下層民だった。

男は靴ひもやボタン、サスペンダーなどの小物を広げて売っていたが、いかにも哀れっぽい仕草で通行人に手を差し出していた。奇特な通行人が何がしかの金を恵んでやっていた。

警官が通りかかり、男を見咎めた。ハンデレーの物乞いは禁止されていたからである。身分証を見せるようにと警官は男に迫った。ハンデレーであることを確認すると、警官は男に一緒に来るようにと言った。男は必死の形相で抗い、自分はここで物を売っているだけで金銭をねだったりはしていない、と言った。

警官は二人を取り巻いた野次馬連中に向き直って、この男が物乞いをしている現場を見た者はいないか、と尋ねた。

誰も名乗り出そうにないので、アドルフは手を挙げて前に進み出たという。警官はハンデレーと共にアドルフを警察署に連行し、調書を作成するための証人として供述することを求めた。

警官がハンデレーの身体検査をすると、なんとカフタンから三〇〇〇クローネの金が出てきた。

「驚いたが、同時に、ユダヤ人に抱いていた僕の観念が間違っていなかったことを確信したよ」

とアドルフは興奮冷めやらぬ面持ちで言った。

「つまり、貧乏人を装っているが、その実ウィーンの民を搾取しているのは東方ユダヤ人だ、とね」

それはちょっと極論に過ぎるんじゃないかい、とアウグストは反論したかったが、口には出さなかった。またすぐに否定されることが目に見えていたからである。

しかし、その沈黙は更に誤解を招いた。何も言い返さなかったことを、アドルフは自分の都合のいいように受け止めたのだ。友は自分の考えに異存はないのだ、と。

それとアウグストが悟ったのは、数日後、外出から帰ったアドルフが、いきなりこう切り出した時だった。

「反ユダヤ同盟に加入したよ。君の分も申し込んでおいた」

開いた口が塞がらなかった。アドルフに抵抗したところで無駄とわきまえていたから黙認の形になったが、音楽院では迂闊にもこのことを口にしてはならないと自戒した。

アドルフが反ユダヤ主義に傾いた理由は幾つか考えられた。東方ユダヤ人のみすぼらしい身なりに、生来潔癖症だったから生理的に嫌悪を覚えたことが一つ。

「全く彼らのあの恰好ときたら、ウィーンの美観を損なうも甚だしいよ」

とよくアドルフは言った。牛乳とパンとバターだけで夕食を済ますつましい生活に甘んじながら、アドルフはいつも小ざっぱりした身なりを心がけていた。下着も毎日取り替え、丹念に洗っていた。鼻の下に髭を蓄えかけていたが、その手入れも怠らなかった。

二つ目の理由は、当時のウィーン市長ルエーガーにぞっこん惚れ込んでいたことである。この時ルエーガーは既に六十歳を過ぎていたが、独身で、端正な風貌と相まって、彼の反ユダヤ主義、反資本主義はウィーン市民から絶大な支持を得ていた。アウグストはアドルフに誘われてその演説を聴きに行ったことがあるが、その日は深夜までアドルフのルエーガー賛美にあてられっ放しだった。

そしてもう一人ルエーガーの同時代人ゲオルク・シェーネラーにもアドルフは入れ込んでいた。父親アロイスは居酒屋で専ら政治談議にうつつを抜かしていたが、アロイスの口からしばしば放たれるのがシェーネラーの名だった。二人はヴァルトフィアテルという地を郷里としている共通点があり、そんなことからもアロイスはシェーネラーに親近感を抱いていた。

アドルフはよく母親クララに、酔い潰れる前に父親を連れて帰るようにと頼まれて居酒屋に出向いた。そこで父親が滔々と政治論をぶち、わけても地元のシェーネラーの名を誇らし気に口にするのを聞いて、いつしかシェーネラーに憧れを抱いた。

シェーネラーはルエーガーの反ユダヤ主義運動に共鳴し、自らも汎ゲルマン主義、反ユダヤ主義を掲げた「ドイツ人民党連合」を結成、ユダヤ人移住法案をウィーン市議会に提出、ルエーガーがこれを支持した。

シェーネラーは農業アカデミーで学び、ヴァルトフィアテルで農業家となり、模範的な農業経営を実践した。自分が会得したノウハウを惜しみなく地域住民に教え、次々と農業団体を創設し、後進の指導に当たった。消防隊の創設や図書館の創立にも資金を提供した。こうした慈善行為で、シェーネラーは多くの人民、殊に貧困層に慕われるようになっていった。

彼の反ユダヤ主義は苛烈を極めた。ユダヤ人モーリッツ・セブスが編集長を務める「新ウィーン新聞社」を襲撃、「人種の純潔主義」を掲げ、ユダヤ人排斥運動を扇動した。国家公務員、学校、新聞社、大学、軍隊にユダヤ人を入れるな、と主張した。

次第に膨れ上がりつつあったシェーネラーの一派

は、集会を開く度、会場に入って来るシェーネラーを起立して迎え、右腕を差し上げると「ハイル・ヒューラー（総統）！」と叫んだ。

シェーネラーのそうしたカリスマ性に魅せられ、圧倒されたと、ある晩、その集会から帰ったアドルフが興奮して話すのをアウグストは聞かされた。いや、既にリンツのレアール・シューレ時代、父親の感化を受けてシェーネラーびいきになっていたアドルフは、彼の〝汎ドイツ主義〟のシンボルである黒、赤、金三色の旗を作り、級友達と「ハイル！」と呼び合って〝政治ごっこ〟をしていたという。

いつしかアドルフのベッドの上に、「ユダヤ人を撲滅せん、さればゲルマンのドームは建たん、ハイル！」

というシェーネラーのイデオロギーが掲げられていた。

更にもう一つの理由は、反ユダヤ主義を掲げる雑誌や新聞をアドルフはよく購入し目を通すようになったことである。

中でも、「オスターラ（春の女神）」という雑誌は、たまたま通りかかったタバコ屋で見つけたと言ってアドルフに見せられたが、アウグストには薄気味悪いものに思われた。雑誌の発行者の名は期せずして親友と同じ〝アドルフ〟で、姓はランツ、一九〇〇年に「新しい神殿の騎士団」を設立、それに入会できるのは〝ブロンドの髪〟と〝青い目〟を持つゲルマン民族の男性だけだった。一九〇七年、ランツはドナウ川沿いのグラインに「騎士団の城ヴェルフェンシュタイン」を設け、その古城の塔に〝ハーケンクロイツ〟の旗を掲げた。

「君はまさか、そのオカルト集団に入るつもりじゃないだろうね？」

アドルフが余りに熱心に「オスターラ」に読み耽っているので、アウグストは不安に駆られた。アドルフは口をうごめかしただけで答えなかったが、アウグストの知る限り、入会した形跡はなかった。

午前中は大抵寝ていると知れたが、他の時間をアドルフがどう過ごしているかは暫く謎だった。少なくとも午後は美術アカデミーに通い、夜、夢中になってスケッチや作図に取り組んでいるのはアカデミーの課題をこなしているのだと信じていたが、それにしては腑に落ちない点が多々あった。毎夜のように人の睡眠を妨げるのもお構いなく政治談義を始めること、そうかと思うと、突然自作の詩を聞かせたり、さては、「オペラを作るから協力してくれ」と言い出し、「僕が浮かんだメロディーを弾くから、君はそれを五線譜に書き取ってくれ」と真顔で言ったりする、かと思うと、午後に音学院から戻ってくるとアドルフがピアノの前に陣取っていたこと、等々――それらはどう考えても、美術アカデミーの生徒の言動ではなかった。余暇と大目に見ても、余りにも多くの時間が美術以外のことに割かれている。

いっときの気紛れに終わらなかった。アドルフが創り上げようとしていたオペラは、「鍛冶屋ヴィーラント」と題するもので、彼の心酔するワーグナーの未完の楽劇を彼なりに完成させようとの試みだった。ワーグナーの遺稿に「鍛冶屋ヴィーラント」の断片があることを知ったのはアウグストの方で、音楽史の講義で教えられたのだ。それをうっかりアドルフに話してしまったことをアウグストは悔いた。ワーグナーに目のないアドルフは、早速図書館で「神々と英雄」という本を引っ張り出し、そこに〝ヴィーラント伝説〟があるのを読み取ると、夜を徹して彼なりのオペラの戯曲を書き上げ、舞台のスケッチ画も何枚も手がけたのだった。

曲付けに関して言えば、アドルフはゲルマン民族の楽器であるラットル、太鼓、骨笛、ルールに固執した。しかし、それでは登場人物達の感情を充分に表現できない、近代的楽器を駆使すべきだとアウグストは提案し、これにはアドルフも頷いた。

それにしてもアドルフが弾いて聴かせるピアノはもたもたしておよそリズミカルでない。胸に響くものがない。まるで駄目だよ、と喉まで出かかった言葉を押しやり、「ちょっと僕に弾かせてみてくれないか」とアウグストはアドルフに取って代わった。

不思議なことに、自分が弾いてみると、アドルフの演奏した時より良いものに思われた。ピアノの弾き方がお粗末なだけだったのだ。アドルフが本気で音楽理論やピアノを学び練習すればひと角の音楽家になれるものをと、アウグストはその才能の浪費を惜しんだ。

「鍛冶屋ヴィーラント」に、アウグストは一ヵ月近くも付き合わされた。挙句、半ばで挫折した。アドルフが諦めたのである。

人の思惑を無視して自分の意のままに従がわせようとするアドルフの強引なやり方に、アウグストは次第に苛立ちを覚え、二人の間にヒビが入りつつあるのを感じ始めていた。しかし、それが決定的な亀裂に至らないで済んでいるのは、やはり、音楽という仲立ちがあったからだ。

リンツ時代は専らオペラの観劇に通ったが、ウィーンに来てからは、コンサートにも二人でよく通った。アウグストの誘いにアドルフが応じたのである。と言うのも、音楽院で毎週二、三枚の無料チケットが手に入ったからだ。アウグストが試験勉強に追われて時間を割けない時も、アドルフは一人で出かけた。モーツァルトとベートーベンのピアノ協奏曲やバイオリン協奏曲、メンデルスゾーンのバイオリン協奏曲ホ短調、シューマンのピアノ協奏曲イ短調を彼は絶賛し、例の如く興奮の面持ちで感想を述べ、講釈を垂れた。弁舌は昂じ、やがて、奇抜なアイデアが飛び出した。

こんな素晴らしい音楽を、コンサートホールに集う僅か数百人の観客だけが聴いて終わるのは勿体ない、いや、いけない。地方に住む人間も楽しむべきだ。それには〝移動オーケストラ〟を作るべきだ、と。

「鍛冶屋ヴィーラント」騒動の二の舞をアウグストは演じさせられる破目に陥った。もっとも、門外漢ではなく、専門の音楽に関わるものだったし、アドルフはいつになくこちらの意見を求めたり、いざオーケストラが実現した暁には君をその指揮者に任じてもいい、などと言ってさり気なくアウグストの自尊心をくすぐったから、いつしかアウグスト自身

〝移動オーケストラ〟の構想にのめり込んでいた。実際、一〇〇人規模のオーケストラを編成するとして、それに必要な楽器、楽譜、譜面台や椅子などの備品等々、総じてどれくらいの費用がかかるかを、オーケストラ協会や楽器奏者が所属する音楽家組合に出向いて尋ね、大方の見積もりを算出したりした。

〝移動オーケストラ〟の会場や出し物についてもアドルフは独断的にふるまった。

「会場は野外がいい。何人でも集まれる」

とアドルフは言った。

「なるほど。星空の下のコンサートなんて情緒満点だよね」

アウグストは同意を示してから、皮肉をこめてつけ加えた。

「但し、音響効果の点では最悪だけどね」

「じゃ、教会を借りよう。ウィーン少年合唱団だって、人々は教会で聴いているんだ」

アドルフの思いつきに、アウグストはまた呆れ返った。

「合唱団とオーケストラじゃ規模が違うよ。それに、教会に何人の聴衆が入れると思うんだい？　君の言う数千人の観客なんて到底無理だよ」

アウグストの返しに、アドルフは機嫌を損ねた。

「いいから教会の事務局に問い合わせてみてくれよ。移動オーケストラの趣旨をよーく説明して」

この高飛車な物言いにはさすがにムッと来て、アウグストは首を縦におろさなかった。アドルフの思い付き、夢物語に付き合っていたら、自分の時間がどんどんなくなる、肝心の勉強も疎かになる、いっそこの同居生活を解消すべきではないか、との思いがしきりに胸によぎるようになった。

そんなうっ積した思いが、ある夜、遂に極限に達した。一日中雨が降り続いて、いつもなら本を抱えてシェーンブルン公園に出かけるアドルフも、部屋にこもったまま読書に耽っていた。

音楽院から戻ったアウグストは、遠慮気味にピアノを弾き始めたが、やがて夢中になり、背後のアドルフのことなど念頭から失せてしまった。そうしてものの一時間も経った頃だった。パタンと聴こえよがしに本を閉じる音を聞いたように思ったが、構わずキーを叩き続けた。

「いつまでそのへたくそな雑音を響かせるつもりだ！」

ピアノの音を打ち消すような大声が放たれ、次の瞬間、アドルフの骨張った手がアウグストの肩に食い込んでいた。

アウグストは驚いて立ち上がり、アドルフに振り向いた。

青い目が血走っている。

アウグストはアドルフの手を振りほどき、机に置いた鞄から音楽院の週間の時間割を取り出すと、二人の机の間の戸棚に画鋲で貼り付けた。

「これが音楽院の週程表だ。君のアカデミーの週程表もここに貼ってくれ給え。毎日それを見てお互いのスケジュールを確認し合おうよ」

アドルフの顔が青ざめた。唇をワナワナと震わせたまま、食い入るように時間割りに見入った。親の仇でも見つけたように、カッと見開かれたそれは憎悪で燃えたぎっている。

「どうしたんだい？　アカデミーの時間割は持ってないのかい？」

ある不吉な予感に戦きながら、アウグストは凍りついたような静寂を破った。

「ないよ、そんなものは！」

アドルフが吐き捨てるように言った。

「奴らは僕を拒んだんだっ！　僕の才能を、あいつらは理解しようとしなかった！　アカデミーなんて、消し飛んでしまうがいいっ！」

握り締めた両の拳を振り上げてアドルフは叫んだ。

そのパフォーマンスをじっと見やりながら、同居を始めてからの謎が一気に氷解していくのをアウグストは覚えていた。瀕死の親の看病とは言え、ウィーンから戻ってあれ程長くリンツに留まっておれたのも、どう考えても専門分野とは無関係な詩や戯曲、さてはオペラに夜を徹して取り組んでいたのも、午前中は国会に自分を引っ張り出す時以外はずっと寝ていたのも、要は、美術アカデミーの試験に落ちて浪人の身だったからなのだ。

爆発的な怒りの発作が治まると、アドルフは自ら興奮が鎮まるのを待つかのようにじっと佇んでいた。

アウグストは駆け寄って友を抱きしめたい衝動に駆られた。しかし、思い留まった。自尊心の強いアドルフは、恐らく
「止してくれ」

と言って跳ねのけるだろう。

代わりにアウグストは、戸棚に寄って時間割を剥がしに掛かった。アドルフが制した。

「いいよ、貼っておけよ」

先刻までとは打って変わって静かな口調で言うと、アドルフはテーブルに座り直した。

「ピアノも、弾いていいよ」

ボソリと、つけ足すように言って、アドルフは再び本を開き、読み始めた。

だが、アウグストはもう弾く気はしなかった。

程なく、アウグストは一通の手紙を受け取った。満二十歳となる八月の誕生日までに兵役検査に出頭せよ、との令状であった。

アドルフに見せると、忽ち顔をしかめた。

「こんなものに応じちゃ駄目だ！」

強い口調で言い放つと、アウグストの手から令状を取り上げ、破ろうとした。アウグストは慌てて奪い返した。

「いずれ君にだって来るんだよ。徴役を忌避したら国家反逆罪に問われるよ」

「国家って何だ？」

アドルフが睨み返した。

「その令状はオーストリア帝国が送って寄越したものだ。つまりハプスブルク家の末裔だ。ハプスブルク家がのさばっている限り、ドイツ人に真の平和と独立はもたらされない！　君も僕も、徴兵されるならドイツ軍にだ」

一気に口走ると、アドルフは例によって顎に手をやり、部屋の中を行ったり来たりし始めた。

「しかし、君のお父さんは税関官吏としてオースト

リアの為に働いた人じゃないか！」

アドルフと知り合った頃にはアドルフの父アロイスは既にこの世の人でなかったから直接会ったことはないが、リンツのアドルフの家にはアロイスの写真が飾られており、カイゼル髭を生やした男臭い堂々たる風貌は強く脳裏に焼きついている。

「父は単純な男だから僕のような問題意識は持たなかったんだ」

アドルフはクールに言い放った。母親のクララは溺愛していたが、時折機嫌を損ねると母や自分に手を上げる父親は嫌いだったとアドルフが言ったことをアウグストは思い出した。

「そうか。でも、九ヵ月後には、君にも出頭令状が来るよ。どうするつもりだい？」

「多分」

アドルフは、顎に手をやり、それを支点に、首を左右に振った。

「破り捨てるだろうね」

アウグストは唖然として友を見返した。

翌日、アウグストは音楽院に出向いて校長に出頭令状を見せ、どうしたものか、できれば兵役を逃れたい、越境してドイツへ行く手立てはどうか、とアドルフに入れ知恵されたことをアレンジして相談に及んだ。

「それは良くない。いや、絶対に駄目だ」

校長は言下に首を振った。

「君がそんなことをしたら、ご両親も悲しまれるよ」

校長の言葉通りだった。数日後リンツに戻って両親に事と次第を話し、アドルフの提案を話題に乗せると、父親は唇をふるわせ、母親は涙を浮かべて、そんな恐ろしいことは止めてくれ、お前は二度と故郷に帰れなくなるよ、と嘆いた。

「校長先生が、君は職人の一人息子だから後備兵に志願したらどうか、と言ってくれたんだけど。後備兵なら八週間の基礎訓練で済むからって」

アウグストが別の案を持ち出すと、それがいい、と即座に返した父親は、早速市役所に出向き、後備兵の志願書を取って来てくれた。

アウグストは結膜炎を患っていたが、視力まではは冒されていなかったから、期待に反して兵役検査にパスしてしまった。ウィーンに戻ると、アドルフがひやかし半分にアウグストの肖像画を描いた。羽根飾りのついた軍帽を頂いた似顔絵だった。

「見ろ、古参兵のようだろ」

アドルフの人物画は建築物の写生画程うまくなかったが、それでも確かに似顔絵にはなっている。アウグストは苦笑を返す他なかった。

「君がこんな兵隊になるなんて、どうにも考えられないよ」

アドルフは自分の描いた絵とアウグストを交互に見やりながら言った。異論はなかった。軍服を着て銃を手にしている自分など、アウグスト自身、全く想像ができなかったし、戦場に駆り出されることを考えるだけで怯気がふるった。

だが、ともかく一件落着した。アウグストは優秀な成績を通し、入学一年後、音楽院恒例のイベントである学期末の演奏会で指揮者の栄に浴した。翌日には、彼の作曲したオーケストラ歌曲を宮廷歌手ロッシが歌ってくれた。更には、弦楽六重奏のうちの二楽章がオーケストラで奏でられ、拍手喝采を得た。

大役を終えて楽屋に戻ったアウグストをアドルフが待ち構えていて手を差し出した。「素晴らしかったよ。僕にこんな有能な友達がいるとは知らなかった」

皮肉を込めた祝福に友情を覚える一方で、アウグストは友の心情を思いやった。次々と祝辞を述べに来てくれる音楽院の教授や校長に囲まれている自分を、アドルフは間違いなく誇りに思ってくれている。貧しい食生活と夜行性の生活ですっかり落ち込んで青白さを増していた顔にも、興奮の証である赤味がさし、青く澄んだ目もキラキラと輝いている。が、アウグストは友の胸の奥深くに渦巻いているであろう何ものかに思いを馳せずにはいられなかった。

別れの時が近付いていた。アウグストは郷里に帰って秋まで両親と過ごし、その後後備兵として二ヵ月の基礎訓練を受けた後、遅くとも十一月の後半にはウィーンに戻ってくる計画だった。学業を続けながらウィーンのどこかのオーケストラにヴィオラ奏者としての口を捜すつもりでもいた。だからまたここへ戻ってくる、それまでの家賃は払い続ける、と家主のツァクライス夫人にアウグストは約束した。アドルフはひとりになっても部屋を借り続ける、と言って夫人を更に喜ばせた。

帰省の日、アドルフは来た時と同じウィーンの西駅まで見送ってくれた。列車に荷を置いてプラットフォームに戻ったアウグストの手を、アドルフは両の手で握りしめた。アウグストは感極まって自分のもう一方の手をアドルフの手に重ねたが、こちらの手の温もりが伝わる程、アドルフはじっとしていなかった。列車が動き出すや、さっさと踵を返し、見送るアウグストを一度も振り返ることなく立ち去った。

リンツに戻ったアウグストは、ウィーンの生活をつぶさに両親に物語り、音楽家として自立して行けそうだと話した。母親は目を潤ませて聞き入っていたが、父親はいくらか寂し気な表情を見せた。アウグストは翌日から作業衣を纏って家業を手伝った。

夜、ベッドに就くとしきりにアドルフのことが思い出された。彼の孤独を慰めるにはステファニーの情報を伝えるのが何よりと考え、かつてアドルフとそうしたように、暇を盗んではラント通りに出て待ち構えたが、彼女はいっかな姿を見せなかった。

一度はステファニーの家の前まで足を伸ばした。しかし、森閑として人の居る気配はなかった。アドルフの母クララの葬儀の折、教会の鐘の音に誘われるようにステファニーが顔をのぞかせた二階の窓もカーテンに閉ざされている。

結局、ステファニーのことは何も書けなかった。その代わり、バターやチーズ、パンなどをアドルフに送った。ウィーンにいる時は、二週間に一度は母親が自分とアドルフの為に送って寄越したものだ。

「母親がいるといないとでは、やっぱり違うね」

送られて来たものは、いつもアドルフと分かち合ったが、ある時、アドルフがボソリとこう呟いたことを、母親がアドルフ宛の包みを作るのを眺める度アウグストは思い出していた。

アドルフは、まめに絵葉書で近況を伝えてきた。短いものも長文のものも、末尾には必ず例の如く、「尊敬するご両親様に宜しく」と書き添えられてあった。

だが、「ヴァルトフィアテルに来ている」と書き出されたヴァイトラ城の絵葉書が八月二十日に届いて以来、アドルフからの連絡はぷっつり途絶えた。その無沙汰の限りに思い至ったのは、秋に始まった憂鬱な八週間の兵役訓練が終わり、ウィーンへ戻る仕度にかかった時だった。

アウグストも数ヵ月振りにアドルフに葉書を出し、十一月二十日午後三時にウィーン西駅に着く予定である旨を認めた。

だが、その日、母親からアドルフ宛の贈物を詰め込んだ重いトランクを引きずって西駅に降り立ったアウグストは、期待に膨らんだ胸がややにして萎んで行くのを覚えた。見渡す限りアドルフの姿はなかったからである。

手を拱いたまま駅頭に佇みながら、アウグストの脳裏を三つのことが掠めた。一つは、そんなことはまずあり得ないが、葉書が何かの手違いでアドルフの手に渡っていないこと、二つ目は、葉書は届いていても、アドルフはどこか遠方の旅に出かけていて葉書のことは知らないでいること、三つ目は、最も可能性が高いと思われたもので、アドルフが体調を崩して寝込んでいること、であった。

ものの三十分もロスしたところで、アウグストは意を決してトランクを手荷物預かり所に置き、シュトゥンパー通りへと急いだ。

ツァクライス夫人は意表を突かれた面持ちでアウグストを出迎えた。

「部屋はおとつい、ヒトラーさんが引き払って空っぽよ」

「ええっ⁉」

アウグストは茫然自失の体で立ち尽くした。

「ピアノは？」

「ヒトラーさんが出て行く前に、どこかの業者が引き取りに来たみたい」

ピアノは借り物で私有物ではなかったが、それにしても自分に無断でアドルフが部屋はおろかピアノまで処分してしまったことが不可解至極だ。しかも、せめて何らかのメッセージは残しているはずと思いきや、何も預かっていないと夫人は言う。

「で、彼は、どこへ……？」

「分からないの。行く先も何も言わなかったし……でも、あなたまで知らないなんて……どういうことなの？　仲違いでもしたの？」

アウグストは力なく首を振った。

喧嘩は日常茶飯だったし、いっそ離れて暮らしたいと思ったことも再々だったが、今回の帰省で痛切に思い知ったのは、いざ離れてみると無性にアドルフが懐かしく、殊に苦痛極まりない兵役訓練の八週間は、しきりに彼のことが思い出され、アドルフはもはや自分の分身であり、切っても切れない友達だ、ということだった。それだけに、この唐突な別れは何としても解せなかった。

アウグストも下宿を払った。一〇クローネの家賃が安くなかったこともあるが、それよりも何よりも、アドルフとの思い出が一杯詰まった部屋に、いわば置き去りにされた恰好でひとり留まるのは耐えられなかったからである。

十日経ち、一ヵ月が過ぎ、やがてクリスマスを迎える頃に及んでもアドルフの消息はつかめなかった。リンツに帰った時、アウグストはアンゲラを訪ね、アドルフから何らかの連絡がないか尋ねたが、「何もないわよ」と素っ気ない答えが返った。そもそもアドルフが根なし草になっていまだに定職を持たずどこかをうろついているのは、あんたがアドルフを芸術家気取りにさせたからだ、才能も無いのに造形美術アカデミーなど受けて失敗したことから彼の人生は狂ったのだ、と喚《わめ》き立てた。才能が無いことはない、彼はその気になればひと角の画家、建築家になれる素質を持っている、とアウグストは友の弁護にこれ努めたが、アンゲラはまるで聞く耳を持たなかった。

ウィーンに戻ったアウグストは、ひょっとしてひょっとすると、との思いに駆られ、ある日、造形美術アカデミーに問い合わせた。

果たせるかな、アドルフは、アウグストが兵役訓練についているさ中、再受験していたが、前回と同じく合格を果たせていなかった。

激しい口論の夜、音楽院の時間割表を突きつけ、君のも見せろ、と迫った時のアドルフの狼狽振り、蒼ざめた顔が思い出された。結局、もはや自分に合わせる顔がない、無為徒食の生活もいつまでも続かない、さりとて友の援助には甘んじたくはない、等々の思いから、ひとりで生きる道を選んだのだろう、と結論づけた。こうも思った。あのまま同居生活を続けていたら、アドルフの卑屈さと不機嫌はいや増し、いつか爆発して、決定的な決裂に至っていたかも知れない、そうなる前に、まだしも相手の身を思う気持ちを残したまま破局に至ったことをよしとすべきではないか、と――。

遠く闇の中に去ってしまったかに思われたアドルフを、それからもアウグストは時々思い出し、何度か夢にも見た。

その実アドルフは、目と鼻の先にいたのだった。二人が住んでいたシュトゥンパー小路のアパートから歩いて十分もかからない、ウィーン西駅北側沿いのフェルバー通り二二番のアパート一六号室に移り住んでいたのだった。しかし、生活苦のためそこにも長くはおれず、更に安い家賃のアパートに移り、次いで、富裕なユダヤ人銀行家の寄付による慈善宿泊所に移ったりもした。カソリック女子修道院が提供する慈善スープの列に並び、飢えを凌いでいた。

仕事はと言えば、工事現場の日雇い、ウィーン西駅の荷物運搬人、ホテルの雪掻きなどで日銭を稼いでいた。

やがて、一時宿泊所で知り合ったハーニッシュという得体の知れない男に誘われ、ウィーンの建築物の絵を描いて糊口の資を稼ぐようになった。ハーニッシュが絵を売り捌き、儲けを折半した。

絵を描くためにウィーン北東部メルデマン通りの公営の「男子アパート」に入所した。宿泊費は一ヵ月一〇クローネ、食費は一五クローネで、アドルフはここに一九一三年五月末まで三年以上住みついた。

そして翌年、第一次世界大戦が勃発し、アドルフは身もとをミュンヘン警察に突き止められ兵役に取り立てられた。

終戦間際の一九一八年十月十四日、ベルギー・フランドル地方のイープルでイギリス軍の糜爛《びらん》性毒ガスに目をやられ、野戦病院に入院した。辛うじて失明は免れたが、母国は破れ、莫大な賠償金を課されて疲弊に陥って行った。

（二）

第一次大戦が終わった時、マックス・シュメリングは十三歳になっていた。ベルリンの北東、ブランデンブルク州のクライン・ルッカウという小さな町で生を享けたが、マックスが記憶にない程幼い時に、一家はハンブルクに移り住んだ。父親がハンブルクアメリカライン社の航海士をしており、港町ハンブルクは会社の拠点地だったからである。

住まいはハッセルブルック通りに面したアパートの五階で、窓を開けるといつも霧がかかっていた。通りには大勢の帰還兵が、靴直しの店や、食料雑貨店や居酒屋を出入りしていた。

一年後、義務教育を終えて十四歳になったマックスは、二つの衝撃的な出来事を経験した。

最初のそれは、敗戦国ならではの、飢えと貧困を象徴する事件だった。

　アパート近くの食料品店の店頭に細切れ肉の缶詰が並んだ。野菜や芋類で辛うじて飢えを凌いできた民衆や帰還兵達は、競って店に押しかけ缶詰を求めた。

　ところが、ややにして彼らは首を捻った。中には吐き出す者もいた。口コミで噂は広まり、人々は額を寄せ合った。戦場で空腹に耐えかねて手当たり次第あらゆるものを口にしたという帰還兵の一人が、これは鼠の肉だぜ、と言い出した。そうだ、俺も食べた覚えがある、食えたシロモノじゃなかったぜ、ともう一人が相槌を打った。

　これで決まりだった。怒り心頭に発した人々は、なだれを打って店に押しかけ、店主を詰問し、泥を吐かせると、引きずり出して荷馬車に括り付け、「こいつは悪徳商人だっ！」「呪われて地獄に行けっ！」と叫びながら町中を引き回した。

　たまたまこの光景に出くわしたマックスは、荷馬車とそれを囲んで喚き散らす人々の群れに野次馬根性でついて行った。

　一行はアルスター川に架かる橋で荷馬車を止めると、荷台に括り付けていた店主の縄を解き、四、五人掛かりで男を抱え上げると、橋の欄干から川に放り投げた。

　マックスは他の野次馬と共に欄干に走り寄って下を覗き込んだ。失神したまま川底に沈み切ってしまうのではないかと思ったが、男は気丈にも川面に浮き出ると、岸に向かって必死に泳ぎ出していた。

　助かってよかったという安堵感と共に、男がそんな目に遭わされた理由を同じ野次馬連中から聞き取っていたマックスは、これくらいの懲らしめでは足らないのではないかと思った。

　興奮を抑え切れないまま家路に就いた。休暇で家にいた父親を摑まえると、今しがた目にしてきた出来事をつぶさに話した。

　だが、父親はマックスが期待したような反応はまるで示さなかった。「そうか」「フム」と軽く相槌を打っていたが、「もうその話は止めなさい」と不機嫌な顔で言った。「そういう野次馬の後なんかについて行くんじゃない！」と叱責まがいの言葉が続いた。シュンとなったマックスに母親が慰めるように口を添えた。「貧すれば鈍する、と言ってね。貧乏が極まると、人間は心根も卑しくなるのよ。でも、一番いけないのは戦争。ドイツは負けて大変な賠金を負わされたからね。当分、いい時代は来ないと覚悟しなきゃ」

しかしマックスには、母親の悲観的な言葉が実感として迫らなかった。戦時中の食料欠乏時期も、食べ盛りのマックスや弟、妹達が空腹を抱えることはなかったからである。

母親は郵便局で働いていたが、特別の伝なりルートを持っていたのか、いつも充分な配給食料品を持ち帰った。お陰で子供達は痩せ細ることなく、それどころかマックスは既に身長一八〇センチ、体重七五キロと堂々たる体格を誇り、スポーツ万能で、何をやらせても同級生を凌いでいた。

「ところでマックス」

父親が母親と息子の間に割って入った。

「お前はこれからどうするつもりだい？　将来、何になるつもりだ？」

その頃マックスは、広告代理店のウィリアム・ウィルケンズで時々使い走りをし、小遣い程度の駄賃を貰っていた。

一方で、スポーツに熱中していた。陸上競技、レスリング、サッカー。とりわけサッカーには魅せられていたから、将来はプロのサッカー選手になりたいと思っていた。

「サッカー選手ねえ……」

父親は小首をかしげ、母親は眉根を寄せた。

「団体競技の中で個人が抜きん出るのは余程でないとなあ。プロとしてそれなりの報酬を得られるのは、ほんの一握りの選手でしかない」

「それに、サッカーは危険よ。何人もの選手が怪我で選手生命を断たれているでしょ」

母親が言い添えた。

「なるならゴールキーパーだよ」

とマックスは返した。

当時の覇者ニュールンベルクチームの守護神ハイネル・ストゥールファウスが憧れの選手であり、ゴールキーパーなら怪我も少ないと話した。両親は顔を見合わせたなり、それ以上何も言わなかった。

そうこうするうちに、広告代理店主のウィリアム・ウィルケンズが、見習社員として雇いたいがどうだ、とマックスに打診して来た。両親に相談すると、願ってもない話だ、スポーツ選手もいいが、まずは生活の糧を得るのが先決だ、有り難くお受けしなさい、と言った。

ウィルケンズはマックスの均整の取れた体格に惚れ込んで、大いにスポーツをやり給え、サッカーの試合があれば仕事を抜けてもいいとまで言ってくれた。が、それ以上に、マックスの正直で素直な性格、真面目な仕事振りに好感を抱いていたのだ。

事実、マックスはどんな小さな仕事、たとえば広告原稿や小切手のコピーをとったり、謄写版原紙をハンブルクの二つの新聞社に届け、そのコピーを会社に持ち帰るなど、当初の使い走りとほとんど変わらないノルマも嫌がらずにこなした。

だが、何より好きな仕事は、ウィルケンズの自家用車イゾッタを洗い、ピカピカに磨き上げることだった。ウィルケンズは時々マックスを横に乗せてドライブに誘ってくれた。

初めて給料を手にした日、十六歳になっていたマックスは映画を観に行った。ウィルケンズがドライブに連れて行ってくれた数日前、たまたま通りすがりの映画館のポスターが目に入り、それが脳裏に焼きついて離れなくなっていたのだ。

それは、トランクス姿の筋骨隆々とした大きな二人の裸の男がグラブを交えているポスターだった。

「世界ヘビー級タイトルマッチ」と銘打たれてあった。

「ボクシング」というスポーツのことは、時折父親から聞いて知っていたが、他のスポーツに比べればあくまでマイナーで、市中にボクシングジムなるものがあるとも聞いていなかった。

初めて足を踏み入れた映画館は、人で一杯だった。ほとんどが男達だったが、中には若い女性も見受けられた。

試合が行われたのは一九二一年七月二日、アメリカのニュージャージー州ボイルズ・サーティ・エイカーズ競技場に九万三〇〇〇人の観客が押し寄せた。二人のボクサーの名は、ジャック・デンプシーとジョルジュ・カルパンチェ。前者はアメリカのヘビー級チャンピオン、後者はフランスのライトヘビー級チャンピオンだった。アメリカもフランスも第一次大戦ではドイツの敵国だったが、アメリカは遠い国、大戦にも後半になって連合国側に加担したのに比し、フランスは隣国で最初から敵対、敗戦国となったドイツは国境のアルザス・ロレーヌをフランスに奪われた上に、巨額の賠償金を課せられて経済が逼迫していたから、フランス人のカルパンチェがデンプシーのパンチを浴びてよろめく度に観客は歓声を挙げた。

しかし、学校を出たばかりのマックスには、そうした政治的意味合いはまだよく分からなかった。純粋に格闘家としてデンプシーに惹かれるものがあった。二十歳のデンプシーは顔つきが自分とよく似ていて、本物の兄貴のように思えたからである。

二人のボクサーの立姿が美しい、とマックスは思った。それに比べると、レスリングの前傾姿勢、組んずほぐれつの闘いがいかにも鈍くさいものに思われた。

二人のボクサーの一進一退の攻防を固唾を呑んで見据えながら、ボクシングは単なる殴り合いではない、勝利を物にするためには、多くの高度なテクニックを身につけていなければならないことをマックスは悟った。相手は次にどう出るか、パンチを出してくるのかジャブを繰り出すのか、それを読み取る勘の冴え、それらをかわす身のこなし、足の運び、相手のガードをかいくぐっていかに有効なパンチやボディブローを叩き込むか、僅か数秒の間にそのタイミングを見極める目の良さ、力のため込み方等々。

試合は第二ラウンドで長身のカルパンチェの右の

フックがデンプシーをぐらつかせたが、第三ラウンドでは逆にデンプシーのパンチとボディブローにカルパンチェは防戦一方になり、クリンチに出た。そうして第四ラウンド、デンプシーの左の強烈なフックが決まり、カルパンチェはダウンを喫した。カウント8で立ち上がったもののデンプシーが左右の連打を顔と腹に浴びせてカルパンチェはマットに沈んだ。KOが告げられたところでデンプシーは、必死に起き上がろうともがいているカルパンチェに駆け寄って助け起こした。マックスは興奮を抑えきれないまま家路につくと、夕餉の話題に試合のことを持ち出した。

翌日もマックスは映画館に足を向けた。前日と同じように興奮した。そして、家に帰るとまたひとしきり試合の話をした。

三日目も、四日目も、五日目も、マックスは映画館に通った。七日目になると、給料の大半はチケット代に失せていたが、父親を映画館に連れ出すことに成功した。デンプシーは兄貴かと思うくらい僕に似ているから、とにかく見てみてよ——これが口説き落とす殺し文句になった。

父親は意外に冷静にスクリーンを見つめていた。今に見ていろ、第四ラウンドできっと目の色が変わるぞと、マックスは心臓をドキドキさせながらその横顔を盗み見ていたが、期待は裏切られた。父親の表情は終始変わらなかった。

映画館を出るや、マックスは話しかけた。

「どう？　デンプシーは僕に似ているでしょ？」

父親はうっすらと笑った。

「確かにな。ドイツ系アメリカ人なのかな？」

それには答えようがなかったが、一週間、毎晩見続けていっぱしの評論家になっていたマックスは、ボクシングの何たるかを熱っぽく語った。父親は時々相槌を打つだけで、黙々と歩き続けていたが、やがて、不意に立ち止まると、息子を見返った。

「お前、ボクサーになりたいのかね？」

思いがけず優しい目が注がれていた。

（いや……そこまでは、考えていないけど……）

口ごもって言葉にならなかった。

父親は「うん？」とばかり息子の目をのぞき込んだ。

「本気でボクシングをやるつもりなら、私は反対しないよ」

「ほんと？　有り難う」

父親のお墨付きを得たマックスは、寝ても醒めてもボクシングのこと、格別デンプシーの勇姿を思い浮かべた。自分も彼の年齢になったら世界チャンピオンのタイトルマッチでリングに上がるようなボクサーになりたいと思った。

仕事に身が入らなくなった。ウィルケンズ社長のイゾッタを洗車している時は我を忘れたが、デスクワークにはややにして飽きて来た。

建設会社オットー・マイヤーに鉛管工の求人があると知り、そちらに移った。

そこでマックスは自分と同じボクサーを夢見ているマシアス・ユングという男と知り合い、意気投合した。

マシアスはマックスよりもボクシングに詳しかった。ボクシングは十八世紀初頭にジェイムズ・フィッグというイギリス人が最初のボクシングスクールを開設したこと、当初は素手で打ち合っていたが、半世紀後、ジョン・スコルテというスコットランド人が、グラブを着用すること、一ラウンド三分とすること、ローブローによる急所の打撃は反則行為とみなすこと、等を規定し、ボクサーの生命の安全に配慮したことなど、色々教えてくれた。

マックスは、一週間毎日デンプシーの記録映画を観に通い詰めたことを物語った。

「僕もあの映画を二度観に行ったよ」

マシアスは声を弾ませた。

「それでボクサーになりたいと思ったんだ」

マックスは、古物屋を漁って漸く見つけ、宝物のようにベッドに飾っていたボクシンググラブを家から持って来てマシアスに見せた。

「僕も持ってるよ」

とマシアスはニタッと笑って返した。翌日彼はやはり似たような、擦り切れて継ぎの当たったグラブを得意気に見せた。

二人はグラブをつけて仕事の合間にボクシングの真似事をした。

すっかり気心の通じ合った二人は、本格的にボクシングを始めるにはどうしたらいいかを語り合った。

「ここにいては駄目みたいだ」

とマシアスが色々調べ上げた情報をもたらした。

「イギリス軍占領下のラインラントにボクシングジムが沢山できているそうだ」

「だったら行こうよ。ラインラントへ」

マックスはその日のうちに決意を両親に告げた。

「幾ら何でも、早過ぎるだろう。ハンブルクにも、捜せば小さなジムくらいあるだろうに」

だが、ラインラント熱に取り憑かれたマックスは聞く耳を持たなかった。

「友だちが一緒に行ってくれるんだ。だから大丈夫だよ」

両親は顔を見合わせて溜め息をついた。素直に育って来て性格も穏やか、親思い、兄弟思いで申し分のない息子だが、終戦間もない混乱の時期に親の庇護を断って他郷へ旅立てば、ひとかたならぬ苦労をするであろうことは目に見えていた。

二人はかたみに言葉を繰り出して、体はもう一人前だがまだ少年の身で独り立ちすることの無謀さ、それも、ボクシングという異次元の世界に身を投ずることのリスクを並べ立てて何とか思い留まらせようとしたが、マックスの決意はゆるがなかった。

「お前がそこまで言い張るなら、自力でやり抜くことだ。仕送りなど一切しないが、それでもいいか」

映画館の帰途、本気でボクシングをやる気があるなら反対しないよ、と言ってくれた時の優しい目とは裏腹に、怒って血走った目で父親は言った。

(親子の縁を切られても自分は行く)

打ち明ける前にこう腹をくくっていたはずだったが、さすがに気持ちが動揺した。親をこんなに嘆かせ怒らせたことはついぞなかったからである。

「すぐにプロのボクサーになれる訳じゃないでし

ょ？　生活の為には仕事をしなきゃならないし、でも、こんなご時勢に、まして学校を出たばかりのよそ者のあんたに、仕事なんか宛てがってくれる人はいないよ。世間はそんなに甘くないってこと、ここであんたも思い知ったでしょ？」

　胸に腕を組んだなり黙りこくった父親を流し見ながら、母親が駄目押しをするように言った。

　痛い言葉だった。ウィルケンズ社のオフィスワークには早々に飽きてしまったマックスは、建設会社に鉛管工の口があるのを知って転職したが、慣れない作業でうっかり右手に怪我を負って仕事ができなくなった。何とか片手でごまかしていたが、作業は捗らず、それと見て取った主任からあっさり引導を渡されてしまった。傷は数週間で治ったが、新しい職場は見出せないでいたのだ。

「とにかく、やってみるよ」

　二人の興奮が鎮まるのを待ってからマックスは言った。

「友達とも約束しちゃったから」

　両親はそれ以上何も言わなかった。

　出発の日、身支度を整えているところへ、母親がそっとマルク紙幣の入った封筒を差し出した。

「一ヵ月分もないと思うから、それまでに仕事を捜すのよ」

　マックスは母親を抱きしめ、額に別れのキスをした。父親は新たな航海に出ていて家にいなかった。弟と妹も学校に行って留守だったから、その日見送ってくれたのは母親だけだった。

　だが、後ろ髪は引かれなかった。新天地に託す熱い思いが胸にたぎっていた。

　マシアス・ユングとは夕方の五時にハンブルク駅の改札口で落ち合う約束だった。列車はその一時間後にデュッセルドルフに向かう便だ。

　約束の時刻ギリギリに駅へ着いたが、マシアスはまだ来ていない。

　十分も待ったところで漸く姿を現したが、驚いたことに手ぶらで、およそ旅仕度のいでたちではない。

「マックス、ご免よ」

マックスの訝った目を、マシアスはおずおずと見返して言った。

「僕は行けなくなった。と、言うより、やっぱり、自信がないいんだ」

トランクでも下げていれば強引に腕を取って「ともかく行こうよ」と引っ張ったかも知れなかったが、迷いの段階でもない、完全に白旗を挙げてしまっている人間を道連れにはできなかった。マシアスはまだオットー・マイヤー社に勤めている。自分と違って背水の陣を敷いた状況ではないのだ。両親は僕がボクシングに取り憑かれているのを快くは思っていないからね、二人を説得するのが最大の難関だよ、とマシアスは言っていた。猛烈な二人の反対にあって、土壇場で決心が揺らいだのだろう。

「寂しいけど、僕は行くよ」

萎えかけた気持ちを奮い立たせるように語気を強めてマックスは言った。

「本当に済まない。君の成功を祈ってるよ」

プラットホームまで見送りに来たマシアスは、列車のデッキでこちらに振り返ったマックスに手を振って踵を返した。

乗客はさ程多くなかった。車内は暗く、褐炭の放つ厭な匂いが立ち込めていた。人々はそれを嗅ぐのを避けるようにコートにしっかり身を包み、立てた襟に顔を埋めるようにして座っている。大方は、眠ろうとするかのように目を閉じている。

しかし、マックスはカッと目を見開いていた。慌ただしい一日だったから疲れているはずなのに少しも眠くない。それどころか、列車がホームを離れると同時に、心臓がドキドキと音を立て始めた。もう後戻りはできないという切羽詰った思いと、何の保証もない未来への畏怖による武者震いだった。

デュッセルドルフに着いての当面の問題は塒《ねぐら》を見つけることだった。幸い家具付きの部屋がすぐに見つかった。

次に仕事だが、事務所らしき建物を目にしては仕事の口を尋ね歩く他なかった。

数日間は歩き回って疲れただけだった。目ぼしい工場の前には大勢の人間が列を成しており、入り込む余地がなかった。何とか職にありつこうとする失業者の群れと知れた。

ところが、あるガラス工場は、朝から人の気配が全くない。怪訝に思いながら事務所を捜し当て、職を捜している旨伝えると、今からすぐ働いてくれと言われた。余りにスムーズな運びを訝ったが、謎はややにして解けた。

指示通りの仕事をこなして外へ昼食に出かけたが、工場に戻ってみると、門の前に十数人の男達が立ちはだかっている。

「このスト破り！」

一人がマックスの前に進み出て肩を摑んだ。

「何のことだい？　僕は今朝ここに雇われたばかりだよ」

「嘘を抜かせっ！」

マックスは男の手を払いのけて言い返した。

男が再びマックスの肩を鷲摑んだ。と、見る間に、四、五人の男達が押し寄せて来て両腕を捉え、肩や背を押した。そのままマックスはズルズルと引きずられ、気がつくとドナウ川が眼下に迫っていた。

男達はマックスの足を持ち上げようとした。

郷里でアルスター川に投げ込まれた男のことが思い出された。あの男にとっては当然の報いだった。

しかし、自分は何も悪い事をしていない、濡れ衣を着せられて同じ目に遭わされようとしている、父親がこんな自分を見たらどう思うだろう、どんなに悲しむだろう——こんな想念が脳裏を駆け巡った。見せしめに街中を引き回された挙句、川に放り込まれた男の一部始終を興奮して物語った時、意外にもまなじりを決して自分をたしなめた父親の気持ちが分かったように思った。刹那、マックスは力まかせに足を蹴り上げ、体をよじっていた。弾みに、マックスの体に手をかけていた数人の男達がのけぞった。

間髪を入れず、マックスは両の拳を握り締めて身構えた。

「僕は数日前にハンブルクから出て来たばかりなん

だっ！　ストライキのことなんか何も知らない！　信じない奴は、一対一で掛かって来いっ！」

　顔にはまだ少年のあどけなさを残しているが、それにしても堂々たる体格の若者が形相凄まじくボクシングのファイティングポーズを取ってにらみつけたから、男達は一瞬たじろいだ。

「お前はどこに住んでいる？」

　ものの十秒程も睨み合いが続いたところで、一人の男が一歩前に進み出て言った。

「グラフェンバーグの家具付き部屋だよ」

　どうやらもう襲い掛かっては来ないと見て取って、マックスは拳を解いた。

　男が更に一歩にじり寄った。

「じゃ、その部屋を見せてくれ」

　マックスは拳を握り直した。

「何の為に？」

「部屋を見りゃ、お前の言ってることが本当かどうか分かる」

　マックスは男を寓居へ案内した。備え付けの家具以外トランク一つあるだけ、シャツとパンツが狭い洗面所に干してあり、後は洗面道具だけが散見されるのを見届けると、男はポンとマックスの肩を叩き、自得するように頷いた。

「分かってもらえましたか？」

　マックスは男の目を覗き込んだ。男はもう一度頷き、ベッドの端に腰を下ろした。マックスも男と少し距離を置いてベッドに腰掛けた。

「それにしても、何故ハンブルクからここへ？　ここには夢も希望もないぜ」

　男は改まった物言いをしてマックスを流し見た。

「いいボクシングクラブがあると聞いたからです」

「ボクシング⁉　ああ、それでさっきのこれか……？」

　男は拳を握ってファイティングポーズを取り、ニヤッと笑った。

「ハンブルクで、ボクシングをやってたのかい？」

　マックスは頷いて、トランクから一対のグラブを取り出し、男に差し出して見せた。デンプシーの映画を観た後中古店で買い求め、肌身離さず持っていたものだ。

「随分年期が入ってるな」

男はグラブを手にはめて繁々と見やった。

「親父さんがボクシングをやってたのかい？」

マックスは失笑した。三十代半ばかと思われるが、この男は悪い人間じゃないと思った。

「本気でボクサーになるつもりなのか？」

グラブを外しながら男は言った。

マックスは頷いた。

「お前、幾つだ？　十八か、九かな？」

「十六になったばかりです」

九月二十八日がマックスの誕生日だった。

「十六⁉」

男は吃驚の声で鸚鵡返しすると、顔から顎にかけて髭の剃り跡が青々とした、自分よりも体格の良い少年をつくづくと見返した。

「俺の息子と言ってもいいくらいの年なんだ。そうか……お前は夢があっていいなあ」

男はグラブを揃えてポンとマックスの手に返し、立ち上がった。

男は部屋の小さな窓際に寄って外に目をやった。

「俺の夢は戦争で潰れちまったよ」

「戦争で……？」

「跡を継ぐはずだった親父の工場は敵の焼夷弾で焼け、親父もお袋も、女房も、戦争前生まれた子供も皆死んでしまった。さんざお国の為に尽くしたのにな。最後はイギリス軍の毒ガスにやられ、片目をつぶされた」

男がこちらに振り向いて左の目を指差した。

「見えないんですか？」

「ああ。しかし、どうせ世の中真っ暗だからな。片目がありゃ充分だ」

マックスは息を呑んだ。

爆撃機が郷里のクラインルコフ村の空を高く行き交っていた記憶はあるが、この男が物語るような悲惨な光景を見たことはない。物心がついた頃には戦争は終わっていた。

「片目を奪った憎んでも余りあるイギリス軍の管轄下の土地で働いてるんだからな。皮肉なものだ」

男の唇に薄ら笑いが浮かんでいる。

「もっとも、今の会社は早晩つぶれるだろう。もう二ヵ月間給料が出ていない。つまり、俺達はただ働きをさせられているんだ。会社は不景気不景気と口にするだけで、いつ給料を出すかハッキリ言わない。もうこれ以上ただ働きは我慢ならないと、ストライキに踏み切ったんだ」

「じゃ、僕の給料も出ないんですかね？」

「最初は雀の涙程は出してくれるかもな。しかし、我々ストライキをやってる者達の面当てに。全員が団結している。その辺の事情を知らずに、というより、知らされずに入って来たんだから仕方がないが、知った以上は、俺達と足並みを揃えるか、別の働き口を見つけるかだな」

マックスは暫く考え込んだが、選択肢は一つしかないと思い至った。

「分かりました。他を当たってみます」

男は一瞬意外といった顔を返したが、次の瞬間には目元に微笑が浮かんでいた。

男は窓際から離れてマックスに近付き、手を差し出した。戸惑いながら、マックスはその手を握った。

「大きな手をしとるな。もう立派な大人だ。グッと握ってみてくれ」

マックスは言われた通り、しかし、少し加減して手に力をこめた。男の手にも力がこめられたが、大した圧迫感はなかった。マックスは強く握り返した。

「イテテ」

男が悲鳴を上げたので、マックスは手を放した。

「握力も大したもんだ。いつかお前の夢が叶うといいな」

マックスは段々この男が好きになっている自分に気付き、別れ難い気持ちがした。

しかし、男は半身の姿勢から踵を返し、ドアに向かっていた。

「あ、そうだ」

見送りに出たところで、男が振り返った。

「念の為、アンちゃんの名前を聞かせてくれ。将来、新聞か何かで見かけるかも知れんからな」

「シュメリングです」

「上の名前は？」

「マクシミリアン・アドルフ・オットー・ジークフリード。略してマックスと呼ばれてます」

「なるほど。マックス・シュメリングだな。しかし、お前のミドルネームに似た男がいたぞ」

「アドルフ・オットー・ジークフリード、にですか？」

「うん。そいつは、俺よりも七つ八つ下だったが、アドルフ・ヒトラーと言った」

「ほんと、似てますね」

「お前は素直な優しい子だが、そいつは癇癪持ちで気難しい男だった。生粋の愛国主義者だったけどな。俺と同じ塹壕に潜んでいたところをイギリス軍の毒ガスにやられ、同じ病院に運ばれた。悪運の強い奴で、両目とも助かったようだが……」

「じゃ僕にも運が回ってくるかも……」

「ははは」

男は初めて屈託のない笑い声を立てた。

「そうだな。そうなるといいな。夢が叶うことを祈ってるよ」

男は背を向けた。

「あ、あなたのお名前も聞かせて下さい」

男は少し驚いた目でマックスを見返してから、ニッと笑った。

「俺の名前なんぞいい。夢も希望も失った戦争の犠牲者、それでも死に物狂いで生きている男がいた、とくらいに覚えておいてくれ。マクシミリアン・アドルフ・ヒトラー、じゃない、オットー・――えーと……」

「ジークフリード・シュメリング」

「うん、通称、マックス・シュメリング君、あばよ。元気でな」

「あ、はい……さようなら……」

男はもう一度一瞥を投げ、ニッと笑ってドアの向こうに消えた。

（三）

無二の親友と信じたアドルフ・ヒトラーにいわば置き去りにされた恰好だったが、アウグスト・クビツェクは友が逐電した理由を自分なりに思い巡らし、納得し、彼を恨むことなく、その後の日々を送った。

音楽院の方は真面目に熱心に通い、四年間の勉学を終えると、マールブルク・アン・デア・ドラウの市立劇場の副指揮者に抜擢された。

マールブルクはリンツよりも小さな町だが、芸術活動はリンツに劣らず活発だった。

夏にはオーケストラと共に保養地バート・ピスチャンに移動して避暑客の為に演奏をした。

オーケストラの中に若く愛らしいバイオリニストがいた。ロルツィングの「刀鍛冶」で指揮者としてデビューした時、リハーサルの間、彼女が自分を見詰めているのに気付いた。（ステファニーに似ている！）

と思った。アドルフが一方的に思い詰めていたステファニーに、アウグストも密かに思い焦がれていた。口が裂けてもその思いをアドルフに打ち明けることはできなかったが。

アドルフが去った後、帰省の度にランツ通りを散策したのも、ステファニーの面影を求めてのことだった。

だが、毎日のようにランツ通りに出ても、ステファニーを見かけることはなかった。常に娘と連れ立っていた母親に会うこともなかった。

一九〇八年、アウグストとアドルフがウィーンで共同生活を始めて間もなく、ステファニーはリンツのヘッセン連隊の大尉と結婚し、家を出ていたのだ。アウグストがそのことを知るのは、それから半世紀も後のことになる。

かわいらしいバイオリニストは、アウグストの求愛を受け入れてくれた。

仕事も順調で、マールブルク市立劇場の副指揮者に就任して二年後、クラーゲンフルト市立劇場の主席指揮者にとお呼びがかかった。

恋人を両親に引き合わせるため帰省した一九一四年の初夏、翌年に仕事を始めることになったクラーゲンフルトに立ち寄った。指揮を執ることになったオーケストラと劇場の下調べをするために。

オーケストラは四〇人の楽員から成り、劇場の音響効果、舞台の造りも文句なかった。いつの日かここで、アドルフと共に興奮して見た「ローエングリン」や「ニュルンベルクのマイスタージンガー」を出し物とし、そのオーケストラを仕切ることも夢ではないと思われた。

だが、その月末の二十八日、一ヵ月前にサラエボでオーストリア皇位継承者夫妻が狙撃され暗殺された意趣返しに、オーストリアがセルビアに宣戦布告、直後の八月一日にはドイツがロシアに宣戦、ヨーロッパの戦火は第一次世界大戦へと引火した。

アウグストの夢は断たれた。数ヵ月後、オーストリア後備第二歩兵連隊に招喚され、ロシア戦線へと駆り出されたからである。

翌年の冬、カルパチア山地での交戦で重傷を負い、ハンガリーのエペリエミュの野戦病院に収容された。重傷者と病人は、そこから更にブダペストへと移送されたが、ほとんど飲まず食わずの七日間の旅に耐え切れず、命を落とす者が続出した。死者は途中の駅で列車から運び出され、異郷の土の下に葬られた。

もともと華奢な体つきであったから、寒さと飢餓に体力を消耗してアウグストは見る見る痩せさらばえ、骨と皮になった。

一旦は死を覚悟したが、望郷の念と、自分を待ってくれている恋人への思い故に気力を振り絞って耐え抜いた。

ブダペストでの入院生活は数ヵ月に及んだ。傷が癒えて退院の許可が出た折、一時の帰省も許された。

肺を病んでいた父親は、見る影もなく痩せ衰えていた。仕事場をたたみ、エファーディング近郊の小さな農地を買って移り住み、静養に努めていた。

「お前はお父さんの跡を継がなくて良かったよ」

父親の様変わりに眉をひそめた息子の耳元で母親が囁いた。

「遅かれ早かれ、お前もあんな風になっただろうから」

アウグストは黙って頷いた。

実際、父親は少し歩くだけで息を切らしていた。戦場での負傷や病気で動けなくなりブダペスト行きの列車に押し込まれていた兵士達の目はうつろで、中には生命の灯が完全に消え去ったかと思われる者もいたが、父親の表情もそれに似ていた。

再び戦地に赴いたアウグストは、二年後、ウィーンの車両部隊で終戦を迎えたが、父親はその直前の一九一八年九月、還らぬ人となっていた。

晴れて除隊し自由の身となったものの、新たに仕事を見つけるのは容易ではなかった。地方の劇場は、戦火に焼かれたか、爆撃を免れたものの、戦後の混乱のさ中、オーケストラやオペラの人集めがままならず、オープンの見込みは立たずじまいだった。

やっとの思いで得た就職口は、無声映画の伴奏をする六人のオーケストラの指揮を執ることだった。多少の糊口の資にはなったが、仕事自体はつまらなかった。それでも何とか一年余りが過ぎた頃、エファーディングの役場で事務員を募集しているから応募してみないか、と母親が手紙を寄越した。音楽と無縁の仕事には就きたくないと思ったが、「戦時中に解散した楽友協会を新たに設立したいそうよ。採用した暁にはその指揮者として取り仕切ってもらってもいいとか、あんたの音楽家としての経歴を話したら是非応募するようにと、市長さんが言ってくれました」

と書き添えられてあるのに食指が動いた。

早速帰省して面接を受けたが、給料は少なく、楽友協会設立云々も母親の手紙とは裏腹に確約はされなかった。

「折角だけど、余り魅力的な仕事とは思えないな。それに四〇人近い応募者があるそうだから、採用される見込みは乏しいよ」

アウグストは悲観的な言葉を残してウィーンに舞い戻った。

ウィーンでは相変わらず音楽で生計を立てる道を捜し求めた。バイオリニストの婚約者の為にもそうしたかった。

年が明けて一九二〇年の一月半ば、エファーディングの役場から採用通知が届いた。

アウグストは三十一歳になっていた。条件面では多々不満があったが。失業者が溢れ出ているご時勢に、ともかく安定した収入が得られること、採用されたことには母親の懸命の執り成しが功を奏したこと、郷里リンツに近い所に住めること、婚約者をこれ以上待たすことは忍び得ないこと、等々、種々思い巡らした末に、プロの音楽家としての道は断念することを決意した。

しかし、好きな道は諦め切れなかった。まずまず生活が落ち着いたところで、アウグストは身近を物色し始めた。ささやかでもいい、オーケストラを作ろうと思い立ったのである。手始めに思いついたのは弦楽四重奏楽団だった。自分はヴィオラを、妻はバイオリンを弾ける。もう一人のバイオリニストと後はチェロ奏者が加われば出来上がる。

アウグストのささやかな夢は程なく現実のものになった。彼が結成した楽団は何やかやの催しや式典に呼ばれ、好評を博した。

いつしか同好の士が集い来って、吹奏楽団も結成できた。団員を引き連れて、夏の夕べには野外コンサートも開いた。それは、マールブルク市立劇場の副指揮者だった頃、避暑地バート・ピスチャンに赴いて保養客の為にコンサートを開いたことがヒントになった。

野外コンサートには予想以上に多くの聴衆が集い来った。戦争に疲弊し、莫大な賠償金を課されて経済が完全に破綻、マルク紙幣の価値が暴落して極度のインフレーションに陥っていたから、民衆は音楽に慰めを求めたのだ。

ミュンヘンやベルリンの都市部では、反動的に文化は退廃し、人々はデカダンスに陥り、刹那的な快楽に身を委ねている、との噂を耳にして、アウグストは田舎にいる幸せをかみしめた。傷ついた人々の心を、自分の音楽が多少なりとも癒やしていることに喜びを覚えた。

そんなさ中にふっとアドルフの面影がよぎることがあった。リンツやウィーンのような都会の人間だけがオペラやコンサートを享受しているのは不公平だ、田舎の人間も聴けるようにしなければならない、それには〝移動オーケストラ〟を作るべきだ、と口角泡を飛ばさんばかりに力説していた真剣な表情を。

（アドルフ、小さなオーケストラで、そんなにあちこちで演奏する訳でもないけれど、君が熱っぽく語った夢を、今僕はささやかながら現実のものにしたよ）

もしアドルフに会ったら、真っ先にこう話しかけるだろうな、とアウグストは思った。

アドルフのことをしきりに思い出すようになった理由がもう一つあった。どこからか、ミュンヘンにアドルフ・ヒトラーという、「国家社会主義ドイツ労働者党」という反ユダヤ、反共産主義を掲げた国粋主義者の政党の党首がいて、大変な演説上手だ、との噂が耳に聴こえて来たのだ。ひょっとしてあのアドルフかとの思いが脳裏をよぎったが、まさか！同姓同名の他人だろう、との思いがいや勝った。アドルフが一角の人物となり世に名を成すことは考えられなくはなかった。いや、天才肌の男だったから、むしろ大いにあり得た。しかし、そうなるとしても、政治の世界ではなく、建築か芸術の分野であると思い込んでいた。

そもそもアウグストは、政治にはほとんど関心がなかった。戦争にも嫌々駆り出されたから、終戦を迎えた時は心から安堵した。

しかし、政情は不安定で、様々な事件が連日のように新聞紙上を賑わしている。

ドイツ連邦は崩壊にさらされていた。ベルリンでは皇帝ヴィルヘルム二世が退任してオランダに亡命した。バイエルン王ルートヴィヒ三世は、社会主義

急進派のユダヤ人ジャーナリストが率いる民衆の暴動に屈してミュンヘンを脱出した。当代一の作家トーマス・マンは、

「バイエルン及びミュンヘンは、今やユダヤ人文士や詐欺師や金の亡者と化した〝ユダヤ人野郎〟によって統治されている」

と嘆いた。

実際、政情不穏な主都ベルリンを回避して、チューリンゲン地方の小都市ワイマールに共和国が樹立されたが、その憲法を草案したのはユダヤ人法学者プロイスであったし、復興大臣に任命されたのは、その財力を見込まれたユダヤ人実業家ヴァルター・ラーテナウであった。

ヴァルターの父親エミールが創設したAEG（アーエーゲー）はジーメン社と並ぶドイツ最大の電気メーカーであった。エミールは、発明王エジソンの白熱電球の特許を買い取って電気メーカーを興し、第一次大戦直前にはアメリカのGE（ゼネラルエレクトリック社）と協定を結び、全ヨーロッパの電気業界の大半を傘下に納めた。

エミールもヴァルターも、生粋のドイツ人ではないという負い目を意識しながら、自分達の祖国はドイツであり、ドイツの為にはいかなる奉仕も惜しまぬ愛国精神の持ち主だった。その豊かな経済力を頼みとし、皇帝ヴィルヘルム二世はヴァルター・ラーテナウに戦時下の資材、原料の補給を託した。

共和国の初代大統領はF・エーベルト、首相はP・シャイデマンで、いずれも社会民主党に属していたが、ブルジョア政党である中央党や民主党との連立内閣で、土台骨はお世辞にも堅固とは言えなかった。

一九二〇年に講和条約が発効して軍隊の縮小が施行されると、これに不満を抱いた軍部の一団が極右政治家カップを担ぎ出して三月にクーデターを起こし、知事グスタフ・リッター・フォン・カールによって組閣された政府をベルリンから駆逐した。しかし、〝カップ政権〟はややにして大衆のゼネストに屈し、倒壊した。

一九二一年五月、ドイツの賠償金が一三二〇億マ

ルクと定められると、フェーレンバッハ政権は〝支払不能〟を理由に総辞職、中央党のヴィルトが首相に就任したが、物価は戦前の一〇倍、賃金は三割減で窮乏生活を強いられ続けた国民の憤懣は納まらず、八月には蔵相エルツベルガーが、翌年の六月には外相ラーテナウがテログループ〝コンスル〟の帝政派将校の凶弾に倒れた。手引きしたのは、お抱え運転手でその実右翼グループの一員であったE・W・テーヒョウだった。

右翼をしてラーテナウの暗殺に駆り立てた最大の動機は、ヴェルサイユ条約の緩和と、条約の批准を急き立てるフランスを牽制する目的で、ソ連と外交通商友好関係を基調とした条約をイタリアのラパロで締結したことであった。見返りに、ソ連にあったドイツの資産、債権を放棄した。共産主義国と手を結んだことで、右翼国粋派は頭に来たのである。国家人民党の議員達は、ラーテナウを〝売国の奴〟と罵った。それは彼が生粋のドイツ人ではなくユダヤ人であることと無縁ではあり得なかった。

ラーテナウの追悼演説で首相ヴィルトは、「共和国の敵は右翼だ」と叫んだ。

だが、一方で、数年前から左翼も台頭してきていた。中でも目立ったのは、その知的な美貌で辺りを払うオーラを放っていたローザ・ルクセンブルクだった。

彼女は当時ロシア領であったポーランド出身の東方ユダヤ人であった。ワルシャワでの高校生時代に社会主義運動に身を投じ、一九〇五年、日露戦の戦況不利に端を発した革命運動に参画したが、挫折してドイツへ逃れて来た。

ベルリンで市民権を得て社会民主党に入党した。第一次大戦勃発と同時に共産主義急進派の組織〝スパルタクス〟を結成して反戦運動を展開したために投獄された。終戦と共に釈放され、翌年カール・リープクネヒトらと共にドイツ共産党を結成したが、僅か二週間後、新政府の義勇軍に捕らえられ、虐殺された。

ローザの出自は紛れもないユダヤ人であったが、

ユダヤ教徒たる慣習や儀式は一切遵守しなかったと言われる。にも拘らず彼女が右翼のテロの犠牲になったのは、その激しい反戦運動で挙国一致の体制を著しく乱した、それがドイツの敗戦の大きな一因となった、とみなされたからである。

ワイマール時代の一九一八年十一月、バイエルン王制を倒した中心人物で首相の座に就いたK・アイスナーもユダヤ人であったが、ローザと同様、ユダヤ教には無関心であった。彼は左派のドイツ独立社会民主党の創立者の一人であった。

同じく急進派の社会主義者で作家でもあったG・ランダウアは、ルクセンブルクやアイスナーと異なってユダヤ教に熱心で、その宗旨から非暴力を訴えた。

だが、アイスナーもランダウアも右翼の凶弾に倒れた。

こうした目まぐるしい世の中の動きを、アウグストは新聞で読む度に嘆息を漏らすばかりだった。戦争に駆り出されただけでもう充分、政治には関わりたくなかったし、関心もなかった。音楽をこよなき趣味とし、一公務員として平穏に人生を送りたいと心から願っていた。子供も生まれていた。

ある夕べ、散策に出た町の広場で、とある本屋の前に差し掛かった。店は既に閉まっていたから、ショーウィンドー越しに雑誌や本をざっと眺めて帰ろうとしたが、ふと足が停まった。見覚えのある顔がやや上目遣いながらヒタとこちらを見据えている。

三十代半ば、自分とほぼ同年かと思われるその男の顔は、「ミュンヒナー・イルストリアーテ紙」の表紙を飾っていた。

（アドルフ……⁉）

思わずショーウィンドーに顔を寄せたアウグストの目を射抜いたのは、紛れもないかつての友の顔だった。相変わらず青白く瘦せているが、特徴のあるあの青い目は、炯々として自信と力強さにみなぎっている。

「国家社会主義ドイツ労働者党党首、著名な大衆演説家アドルフ・ヒトラー」

と写真の下には書かれてあった。

ウィンドーの前から動けなくなったアウグストの脳裏に、過ぎ去った日々の思い出がほろ苦くも懐かしく蘇った。わけても、ウィーンで同宿していた日々のことが。狭い部屋で自分をベッドに追い立てたアドルフの、待ってましたとばかり、ドアとピアノの間の方尺の空間を忙し気に往き来しながら時の政治情勢を論じ、ありとあらゆるものに怒りをぶちまけていた姿が。よくもまあ次から次へ止め処なく言葉が口を衝いて出るものよと、半ば呆れ、半ば感心しながら、こちらは「ああ」とか、「なるほど」とか、「ほー」とか間投詞を発するだけでひたすら聴き手に徹していたのだが、思えばその弁舌こそが、友の最大の才能だったのだ。

国家社会主義労働者党ことNSDAP（National-sozialistische Deutsche Arbeiterpartei）は、アウグストの知る限り、ミュンヘンに拠点を置くマイナーな政党だ。しかし、ともかくもその党首に昇りつめたこと、こうして新聞に大きく取り上げられていることだけでも奇跡的なことだった。戦争さえなければ、自分も小規模ながらオーケストラの指揮者として多少とも名を馳せて、いつかはこんな風にマスメディアに大きく顔写真が載ったかも知れないのだ。

自分を置き去りにして闇の中に消えたアドルフが、それからどのような過程を経て政治の舞台にのし上がって来たのか知りたかった。すると、無性に会いたい、膝を突き合わせてこの十余年の歳月のあれこれを語り合いたい、との激しい衝動に突き上げられ、動悸がし、胸苦しさを覚えた。

ものの半時もショーウィンドーの前に立ち尽くして、漸く胸の高鳴りが治まった。今更自分が顔を出しても、相手にとっては有難迷惑以外の何ものでもないだろう、との結論に至ったからである。

第一に、アドルフがいるらしいミュンヘンやバイエルンではめまぐるしい政変劇が展開されており、血生臭い殺傷事件も跡を断たない。アドルフもその渦中の人に相違なく、素っ気無く門前払いすることはなくとも、再会の感傷に浸っている暇など無いだろう。

高望みは諦めたが、自分は唯一音楽を心の拠り所としている。一方アドルフは、かつてあれ程心酔していたワーグナーのオペラをゆっくり鑑賞する暇もなく、演説の草稿を練り、少数党をいかに躍進させるかに腐心しているだろう。つまりは政治一色の人生に浸っているに相違ない。お互いの住む世界は、もう完全に異なってしまったのだ。

自分の期待には反したが、曲がりなりにもアドルフが無事でいてくれたことを突き止め得た、それだけで今は事足れりとすべきだ――通りすがる人々が、ショーウィンドーの前で〝ロトの妻〟のように凍りついて動かないアウグストを訝り見、時にはその視線の注がれるところに流し目をくれたりして行くのも気がつかないまま、アウグストは思いをめぐらし、自問自答の挙句アドルフに別れを告げた。

（四）

マックス・シュメリングは夢をつなぎつつあった。スト破りの濡れ衣を着せられて一日で職を失ったものの、数日後には新たな職場を見つけた。戦後の水不足で需要が急増した井戸を掘削する会社だったが、野外での仕事は望むところだった。

仕事を終えると、近くに見つけたスポーツクラブに通った。ボクシングもやっていると聞いたからだが、早々に失望した。そこで行われていたのは肉体の強化で、組体操やバーベルを持ち上げるなど筋肉トレーニングが専ら、ボクシングも型にはまった何ら工夫のないものだったからだ。

運が回ってきたのは数年後だった。コローネ・ムエルハイムに転勤を命じられたが、そこには二つのボクシングジムがあった。一つはコローニャ・コロネクラブ、もう一つはムエルハイム・ボクシングクラブで、マックスは後者に入った。

初心者コースの指導に当たっていたのはアドルフ・ディーベルズという、かつてプロの試合も二、三回経験したことがある男だった。

メンバーは夜、週に数回集まってディーベルズからボクシングの基本を学んだ。フットワーク、ウィービングによるディフェンス、パンチの出し方、等々。

ディーベルズの教え方はなかなか理に適っていた。たとえば彼はパンチの繰り出し方のレッスンでこんな風に言った。

「手首を曲げちゃいかん。曲がった棒を無理矢理押し込むと折れるだろう。それと同じで、手首を曲げてパンチを出すと、手首の骨や筋を痛めるんだ。それに、曲げたままではグラブの先にストレートに力が加わらないから、パンチの威力がない。特にジャブでストレートを繰り出す時だ」

「拳はグラブの中でしっかり握らなきゃいかんが、赤ん坊みたいにギュッと握ったままじゃいかん。柔軟に握るんだ。弛めたり、固くしたりして、血の流れが滞らないようにしなきゃいかん」

等々。そうして彼は自らデモンストレーションをして見せたり、テニスボールをグラブをつけたまま握らせたりした。

分かり易いレッスンだった。マックスは素直に、この基本的なテクニックを繰り返すシャドウボクシングに励んだ。

新米のメンバーにはサンドバッグを相手の練習が専らだったが、リングでは上達したメンバー達による練習試合が行われた。クラブは出入りが自由で、試合ともなると大勢の観客がどこからともなく押し寄せた。

マックスが目を瞠ったのは、観客の中にカソリックの司祭の姿が散見されることだった。しかも驚いたことに、彼らが一番大声を挙げてボクサーの一挙手一投足にエールや野次を送っている。マックスの育った北部地域ではおよそ見られない光景だ。マックスの生地ブランデンブルク州のクラインルッカウも、後に父親の仕事の都合で移り住んだハンブルクも、プロテスタントが支配的で、人生は苦に満ちた闘争の場である、というペシミスティックな考え方が染み込んでいた。

しかし、ここラインラントでは全く異なっていた。人生は歓びに満ちており、大いに楽しむべきものである、とカソリックの司祭はオプチミズムを説いた。

一人の司祭はマックスにこんな話をした。

「今を遡る七世紀前の一二〇一年、トスカーナ州のシエナで日夜繰り返されていたナイフを用いての血生臭い闘いに心を痛めた聖ベルナールは、ナイフを捨て、正々堂々と素手で打ち合おうじゃないか、それこそが真に男らしい闘いである、と人々に説いて回った。最初はそっぽを向いていた男達も、次第にベルナールの言い分に首肯するようになり、ナイフを捨て、拳で打ち合うようになって血を流すことはなくなった。だから聖ベルナールをボクシングの守護聖人に祭り上げようとする動きさえあるんだ」

マックスは納得し、ラインラントの気風が好きになった。

ボクシングの歴史も熱心な愛好家であるカソリックの司祭から学んだ。それまでは、ボクシング発祥の地はイギリスで、彼国の船員を介してドイツに伝わったと、耳学問で漠然と聞き知っていた程度だった。

その頃の娯楽は映画くらいだった。と、言っても無声映画だ。チャーリー・チャップリンの〝カルガリ博士〟などが人気を博していた。マックスは乏しい給料から少しずつ貯金をしてチャップリンを観に行ったが、それ以外はボクシング漬けの日々を送った。

誰に言われた訳でもないが、酒もタバコも嗜まなかった。ガールフレンドが欲しいと思ったこともなかった。仕事を終えてボクシングクラブに行く。そこでシャドーボクシングや、サンドバッグを相手の基本的な練習をみっちりやる。それだけで若者のエネルギーは使い果たされた。

やがて、リングに上がり、練習試合をこなすようになると、益々ボクシングに取り憑かれた。

「どこかで見た顔だと思ったが……」

初めてのラウンドをこなしてリングを降りると、すっかり顔なじみになった司祭が近付いて来て言った。

「ジャック・デンプシーというアメリカのボクサーだ。君は彼にそっくりだ。デンプシーを、知ってるかい？」

マックスは得たりや応とばかり頷き、ハンブルクの映画館で彼の試合を見たことが自分の人生のターニングポイントになったことを話した。

「それは素晴らしい。是非ともデンプシー二世を目指して精進し給え。体つきもデンプシーに似ているし、パンチ力もありそうだ。きっと物になるよ」

司祭はマックスの体を上から下までねめ回しながら言った。

クラブに入って四年目、西部ドイツアマチュア選手権試合が開催され、マックスは初めて真剣勝負の場に臨んだ。

初戦の相手は、ダイスバーグ出身のウィリー・ルイスという、金髪のスリムな少年だった。体格は貧相でも、この手のタイプは意外に運動神経が発達していて身のこなしが敏捷で、的確なパンチを当てることが難しいと予想された。その代わり、細い顎はいわゆる〝glass jaw（ガラスの顎）〟と呼ばれ、一発パンチが当たればダウンを奪えること必至と思われた。

試合は四ラウンド制だった。果たせるかなルイスは軽快なフットワークでマックスのパンチを巧みにかわした。ルイスのパンチは大した威力はなかったが、手数でマックスを上回った。

判定にもつれ込み、僅差でルイスに軍配が上がった。

敗戦のショックはさ程ではなかった。相手は自分より多少試合慣れしているだけで、キャリアを積めば容易に倒せると思ったからだ。

それから間もなくケムニッツで開かれたアマチュ

アドイツ選手権試合に、西部地区チームの一員として出場した。階級はライトヘビー級だった。

マックスは順当に勝ち上がって決勝戦まで進んだ。相手はオットー・ニスベルという、アマチュアの間では名の知れた左利きのボクサーだった。ガッシリした体格の持ち主で、威圧感がある。その体に物を言わせ、ガムシャラに突進してパンチを繰り出して来る。マックスはしばしばロープ際に追い込まれたが、ロープを背にカウンターパンチを放ってかなりの確率でヒットさせた。

ニスベルは見かけ倒しではなかった。その頑丈そうな顎、鍛え上げた肉体は、マックスの重いパンチにも耐え抜いた。

タフな試合は延長戦にもつれ込んだが、ポイント差で軍配はニスベルに上がった。

だが、マックスの将来性を見込んだ男達がいた。ボクシング関係の雑誌の編集者アルトゥール・ビューローは、マックスを評してこう言った。

「冷静な試合運びをする男だ。まだボクシングの何たるかがまるで分かってないが、コツを呑み込めば世界チャンピオンだって夢じゃない」

コローニュでボクシングマネージャーをしているフーゴー・アベルスは、マックスに直談判に来た。

「君の試合を何度か見たよ」

と彼は気さくに話しかけた。

「荒削りだが、本格的に練習すれば君はもっともっと強くなれる。プロになる気はないかい？」

「勿論、なりたいです」

マックスは率直に答えた。

「でも、僕はまだ十九歳です。もう少しアマチュアで経験を積んでからでないと……。生活のこともありますし……」

「生活？　プロになる気なら、俺が一切の面倒を見るよ。君はもう立派な体をしている。後はテクニックを身につけるだけだ。ヘビー級チャンピオンのジャック・デンプシーを知っているだろ？」

頭のどこかで電気が走り、マックスは目をパチクリさせた。

「知っていますとも！　僕は彼に憧れてボクシングを始めたんですから」

「そうか！　じゃ、彼は何歳でプロになったか知ってるかい？」

「あ……いえ……」

「十五歳だ。まだ体が出来上がっていない少年期に彼はプロの道に入った。それからチャンピオンベルトを締めるまでに十年近くかかっている。その見返りに、チャンピオンをもう五年も維持しているがね」

デンプシーが自分より十歳年上であることは知っていたが、郷里の映画館に通いつめて彼の勇姿に憧れを抱いた少年期に、デンプシーは既にプロデビューしていたとは！

「分かりました、アベルスさん、僕を第二のデンプシーにしてください」

アベルスはにっこり頷いてマックスの肩をポンポーンと叩いた。

「いい子だ。そう来なくっちゃあ。善は急げだ。すぐに今のアパートを引き払って俺の所へ来給え」

マックスは二つ返事でアベルスの指示に従い、ケルンのハインズバーグ通りにある大きなアパートの一室に移った。アベルスは回転ブラインドとドアの販売をビジネスにしており、アパート全体が彼の所有物だった。

ボクシング漬けの日々が始まった。アベルスがつけてくれたトレーナーに従って、マックスは来る日も来る日も規則正しく練習メニューをこなした。

「アルコールとタバコはボクサーの命取りになる。無論、女もな」

トレーナーが最初に釘をさした戒めを、マックスは忠実に守った。それでなくても、ハードな肉体トレーニングにエネルギーを使い果たし、アパートに帰りつけばバタンキューの生活が続いた。

アベルスは夕方になると、ボクシングジムに顔を出してマックスの練習に目を凝らした。

「デビュー戦を組んだぞ」

一ヵ月も経たないある日、練習試合を終えてリングを下りて来たマックスにアベルスが言った。

「八月二日だ。相手はクルト・ツァップというデュッセルドルフの男だ。ファイティングマネーは一〇〇マルク。勝てば新聞に載るぞ」

敗戦後のインフレでマルクの価値は暴落していた。失業率は二〇パーセント以上で、労働に見合わぬ低賃金を不満としたゼネストがあちこちで起こっている。政情も依然として不安定で、一体誰が国政の舵を取っているのか定かならぬ状況だった。前年にはミュンヘンで、極右政党ナチスを率いたアドルフ・ヒトラーなる政治家が政権奪取を図ってクーデターを起こしている。だが失敗し、囚われの身となった、とのニュースがマスコミを賑わした。

マックスは政治には無関心だったから、新聞の一面を賑わしているこうした政変劇も自分とは無縁な異次元の出来事だった。まして、見知らぬ都市ミュンヘンやベルリンでの血生臭い事件などは小市民たる自分とは全く無縁のことに思われた。そうした異質の世界で鎬《しのぎ》を削り合っている人間がいつの日か自分と関わりを持つことになるなどおよそ考えられなかった。毎日好きなボクシングをやってきた、そして遂にプロデビューの日を迎え、勝てば賞金も手にできる、それだけで充分幸せだった。

試合は八ラウンド制だった。六ラウンドにマックスの右のパンチが顎を捉え、ツァップは呆気なくマットに沈んだ。深追いはしなかった。コーナーに戻って静かにレフェリーのカウントを聞いた。

アベルスの言葉に嘘はなかった。試合の模様が翌朝の新聞に載った。マックスはその記事を切り取って故郷の親もとに送った。

二戦目は一ヵ月半後にやって来た。九月十九日と二十日の連続だったが、二戦目は三ラウンドで、三戦目は一ラウンドでのＴＫＯ勝ちだった。三戦目の相手は、アマチュアで初めてリングに上がり僅差の判定で敗れたウィリー・ルイスだった。

初戦で判定負けした時、この男には近い将来必ず勝てる、との直感は当たった。

デビュー戦の八月からその年の暮れまでに一〇回リングに立ち、敗戦はただの一度だけだった。

その相手マックス・ディエックマンは当時のライトヘビー級で最強のボクサーとみなされていたが、悪評も買っていた。

「あいつはしつこく耳を狙って来るんだ。つまり、テンプルだ。で、大抵初戦の相手は耳の付け根を切られて出血が止まらずレフェリーストップになる。お前も気を付けろ」

アベルスからこうした忠告を受けながら、現実はその通りになった。第二ラウンドに受けたパンチで耳の付け根が切れた。セコンドは何やかやと止血を試みたが、結局止め切れず、レフェリーは四ラウンドで試合を止め、ディエックマンの手を挙げた。

しかし、マックスは着実に頭角を現し、ボクサー仲間はもとより、批評家やジャーナリストからも注目されるようになった。

一九二五年の初頭、ディエックマンと一戦を交わしたベルリンに来た。駅のキオスクの前で思わず立ち止まった。

「メーリング対シュメリング」と大書されたポスターが目についたからである。

試合は六ラウンド制でマックスの判定勝ちとなった。名高いボクシング誌編集者のアルトゥール・ビューロー他ジャーナリスト達がこぞってマックスを称賛する記事を書いた。

思いも寄らぬ出来事が起こった。雲の上の人であったジャック・デンプシーが、海の向こうからやって来て目の前に現れたのだ。

大きな瞳がややかげりを帯びた美しい女性を伴っていた。映画女優のエステル・テイラーで、二人はハネムーンにヨーロッパを選んだのだった。

コローニュのルナ・パークで、デンプシーは三人のボクサーと二ラウンドずつグラブを交わすエキジビションマッチを行うことになった。

マックスはその一人、三人目の対戦相手に選ばれた。幸運だった。前の二人との試合をじっくり眺められたからだ。

いざリングに上がると、数千人の観客がドッとどよめいた。

「似ているっ！」

「まるで兄弟だな」

という声が聞こえた。デンプシーもその声を耳にしたのか、リングの中央で相対した時、まじまじとマックスの顔を覗き込み、ニヤッと笑った。

上背はほとんど変わらず、体重でややマックスが劣っている。デンプシーはそれでも八五キロで、ヘビー級のボクサーとしては軽量の方だった。しかし、その胸と肩の筋肉は隆々と盛り上がって逞しく、威圧感があった。

デンプシーが世界ヘビー級チャンピオンになったのは一九一九年、相手はジェス・ウィラードという巨漢で、体重が一一一キロ、デンプシーを三〇キロも上回っていた。身長も一三センチ上で、自伝の中でデンプシーは、「リングの中央に呼ばれた。レフェリーの口がぱくぱく動いているのは見えたが、何を言っているのか、ひとことも耳に入らなかった。私に分かっているのは、ウィラードの見上げるような巨体が目の前に立っているということだけだった」と書いている。

しかし、ゴリアテを倒したダビデのように、小兵デンプシーは僅か三ラウンドでウィラードをKOしたのである。

まるで他の宇宙からやって来たような超人と、たとえエキジビションにせよグラブを交えている――マックスはこの瞬間を郷里の家族、とりわけ父親に見てもらいたかった。あの時一緒にスクリーンで見た偉大なボクサーが、今僕の目の前にいるよ、と叫びたかった。

先にリングに上がった二人のボクサーとの試合に目を凝らしていたマックスは、パンチを重ねた後デンプシーのガードがやや甘くなるのを見て取った。そこを狙ってガードをかい潜り、パンチを繰り出した。顎を捉え、手応えを覚えたものが二、三発あった。実際、デンプシーの顔が傾き、場内がどよめいた。元より王者はダウンもしなかったし、終わってみればケロリと涼しい顔をしていたが、グラブの中で握りしめたマックスの拳には確かな感触が残った。

それは、僅か二ラウンドの報酬にしては高額な一〇〇マルクよりも遥かに手応えのあるものだった。

　翌日、デンプシー夫妻の止宿先のドム・ホテルで歓迎の昼食会が開かれた。ケルン市長は病気療養中で副市長が代理でホストを務めた。地方の議員、カソリックの司祭、スポーツ関係のジャーナリストら五〇名程が招かれた。

　まだ二十歳そこそこの田舎出の若者にとって、それは華やか過ぎるレセプションだった。一介のアスリートも頂点を極めれば当代の花形女優を妻とし、錚々たる顔ぶれに囲まれて主役を張れる、ということを思い知らせてくれたが、そうした栄光の座に腰を落ちつけられるのは、余程選ばれた人間であり、神に愛でられたヒーローでしかないと思われた。

　マックスは片隅でただただ主役の二人に見惚れていた。デンプシーは一体どのようにしてこんな美しい新妻を得たのだろうか？　ボクサーと映画スターには、どう考えても接点がないように思われた。出会えばお互いに惹かれ合うのは分かるが、どこでどう出会う機会を得たのか？　二人をじっと見据えながら、マックスはしきりにそんなことを思い巡らしていた。

　夫妻は別々にゲストの間を回り始めた。マックスの所まで来ると、エステルが意味あり気な微笑を浮かべて夫に合流し、まじまじとマックスを見た。

「彼女がね。君を見て僕とそっくりだと言うんだよ」

　握手を交わし終えるや、デンプシーが目を細めて妻を顧みながら言った。

「君は無論、生粋のドイツ人だよね？」

「ええ、そうです。父も母も」

「僕はアメリカ人だが、祖先は勿論イギリスのクェーカー教徒だから、ま、同じゲルマン民族だ。似ていて不思議ではないが」

　デンプシーは同意を求めるように妻を振り返った。エステルはやや小さ目の花弁のような唇の間から白い歯を覗かせて頷いた。

「あなたに出会う前にこの人と会っていたら、こちらと一緒になっていたかも知れないわね」

（悪い冗談だ！）

マックスは思わずデンプシーを盗み見た。てっきり気を悪くしたに相違ないと思ったからだ。

デンプシーは目を丸めておどけたように肩をすくめて見せた。

「君が僕をKOしたら、この人は君に乗り換えるかもね。顔や体つきが同じなら若くて強い方がいいものな」

「ウッフッフ」

エステルが更に白い歯を見せて笑った。

「だが」

不意に真面目な顔つきになると、デンプシーは人差し指をマックスの鼻先に突き出した。

「その日は当分来ないよ。君は昨日の三人の中では一番見込みがありそうだし、ひょっとしたら、そう、俺が引退した後にはワールドチャンピオンになれるかも知れないがね」

マックスは舞い上がった。この一言をすぐに手紙で父親に知らせたかった。


後年（一九七七年）発表されたデンプシーの自伝――本人が語った話を義姉がまとめたものだったが――の中に次のような一節がある。

「私は、慌ただしくパリを見物してからケルンへやって来て、ここで熱烈な歓迎を受けた。ドム・ホテルというところに泊まったが、私達が出て行く度に、ロビーを通り抜けられないような騒ぎが起きた。皆がチャンピオンとその妻の映画スターを一目見ようと望んでいた。人々は手を伸ばしてエステルに触れ、彼女はファンに囲まれて助けを求めることもできなかった。こんな押し合いへしあいの中で、私はドイツボクシング界のホープ、マックス・シュメリングを紹介された。彼は驚く程私によく似ていた。ケルンに滞在中、私は何度か彼とスパーリングをした。彼はなかなか優秀で、私は彼に幾つかアドバイスをした。

『マックス、君はいまにチャンピオンになるぞ』

彼は微笑して肩をすくめた。私がなおも間違いないと太鼓判を押すと、笑みが彼の満面に広がった」

（五）

ヨーゼフ・ゲッベルスは、アドルフ・ヒトラーより八年遅れの一八九七年十月二十九日にカソリック風土のラインラントの小さな町ライトで生まれた。五人兄弟の五番目だった。

幼児期のある日曜日、家族連れ立って長い散歩に出かけたが、翌朝起きてみると右足が麻痺していた。両親は近くのマッサージ師に連れて行ったが一向に回復せず、匙を投げたマッサージ師はボンの大学病院で診てもらうようにと言った。しかしそこでも、原因不明、治療の手立てはないと診断され、整形用の靴だけがあてがわれた。

軽い跛行を残したこの病気は、ヨーゼフの思春期に暗い影を落とした。仲間達がダンスに興じている一方で、彼は家に引きこもり、書物に没頭した。

青年期に差し掛かった時、ドイツはロシアに宣戦布告し、戦争が勃発した。ヨーゼフは人並みに兵役を志願したが、軍医は彼の右足をチラと見やっただけで不合格にした。

両親は、肉体のハンデを負った息子にとって最善の道はカソリックの神父になることだと思った。上の息子達も七年間のギムナジウムに進ませたが、卒業できたのはヨーゼフだけだったからである。ラインラントでは聖職者はこの上ない名誉であり、エリートとみなされていた。実際両親は、ヨーゼフが肉体の十字架を負いながらも神を呪うことなく、むしろ信仰心に富んだ若者に育っていたこと、学校の成績も優秀で申し分なかったことから、聖職者こそ息子の天命だと思い込んだ。

ヨーゼフ自身、その選択肢に心動かぬでもなかった。だが、もう一つの選択肢、文学の方がより魅力的だった。

一九一七年の春、ヨーゼフはラインラントの名門ボン大学に入学し、古典文学を専攻課目に、ドイツ文学と歴史を副専攻にした。

子沢山の家庭は決して裕福ではなかったから、プチブルの子弟の多くがそうしたように、大学では奨学金を受けた。カソリックの慈善団体「アルベルトゥス・マグヌス協会」から四年間で一〇〇〇マルク近い奨学金を受け取ることになる。

しかし、聖職者への道をためらわせたもう一つの理由が、内に潜む情念、多情多感な性格であることを、ヨーゼフ自身深く認識していた。にも拘らず、そうした性格性情をコントロールできず、大学生活は気ままに送った。それ自体は一般的なことで珍しくもなかったが、大学も転々とした。ボンからフライブルクへ、フライブルクからヴュルツブルクへ、そしてまたフライブルクに戻り、更にミュンヘンへと移り住んだ。

フライブルクでヨーゼフは、内に潜む情念の捌け口を得た。アンカ・シュタールヘムという女性と恋仲になったのである。彼女はヨーゼフの足の異常には気付いたが、そのハンデは長いしなやかな指を持った手の美しさと黒みがかった目の深さで帳消しにされた。

しかし、蜜月の期間は長くはなかった。ヨーゼフの理想主義とアンカの現実主義が次第に相容れないものになってきた。

ヨーゼフは文学こそが自分の目指す究極の道であると熱っぽく語り、ユダヤ人ハインリッヒ・ハイネの詩集をアンカに贈り、自作の詩を添えたりした。アンカは二股をかけていた。ヨーゼフと肉体関係まで持つ一方で、若い弁護士ともいい仲になっていた。

程なく破局が訪れた。アンカは地に足の着かない感じのヨーゼフより、確たる仕事を持って経済力のある弁護士を選び、姿をくらました。

アンカへの未練を断ち切れぬヨーゼフは彼女の跡を追った。ギムナジウムの七年生の時知り合った友人リヒャルト・フリスゲスの情報で、彼女がミュンヘンにいることを突き止め、リヒャルトの手引きで彼女のアパートを訪れた。が、蛻《もぬけ》の殻だった。二日前にフライブルクに旅立ったと管理人が告げた。

「どうする？　フライブルクにまで追って行くかい？」

リヒャルトがヨーゼフの顔を覗き込んだ。

「いや、もう縒《よ》りは戻せないだろう」

ヨーゼフは力なく首を振った。

絶望の余り自殺願望に捕らわれながら、一九二〇年の夏に学籍登録していたハイデルベルクへ辿り着いた。

そこで彼が取り組んだのは博士号論文の作成だった。指導教授の名はヴァルトベルク、ユダヤ人であった。

十ヵ月余りで二一五頁に及ぶ論文「劇作家としてのヴィルヘルム・フォン・シュッツ――ロマン派演劇史への一寄与」が完成、口述試験にも合格し、博士号を得た。そうして意気揚々と郷里に帰ったが、定職に就く訳でもなく、家にこもってひたすら読書と小説の執筆に明け暮れた。

読書は、ドストエフスキーとシュペングラーに夢中になった。それと共にカソリック信仰は次第に色褪せ、新しいキリスト観がヨーゼフの内で醸成されつつあった。再臨のキリストは天から舞い降りてくるのではなく、当時のイエスと同じく、人間として生まれ、育ち、そして、祖国の救世主になるのだ、と。

〝博士号〟は何の実利ももたらさなかった。二十五歳になってもヨーゼフは職に就かず、親の脛をかじりながら半ば自伝的小説「ミヒャエル・フォーアマン」の執筆に没頭していた。

しかし、親の脛ももはやかじり甲斐がなかった。ドイツ経済は一九二三年に至って極端なインフレに陥り、マルクの対ドル為替相場はそれまでの一兆分の一にまで暴落していた。バター一ポンドが三兆マルク、小さなパン（ブロートヘン）一個が四〇〇億マルクという天文学的値にまで物価が上昇し、それまでの貨幣価値はほとんど無に帰した。

貯えが紙屑同然となって全財産を失った絶望感に、多くの自殺者が出た。

慌てた政府は、苦肉の対応策としてそれまでのパピルスマルク数千万、あるいは数億に相当するライヒスマルクを発行したが、それでも追いつかず、一兆マルク相応のレンテンマルクを三二億分発行し、そのうち一〇億を初年度の賠償金に当て、残りを市場にばら撒いた。

こうした混乱は、反政府運動に拍車をかけた。十月、ザクセンとチューリンゲンで共産党を主軸とした左翼政府が名乗りを挙げた。モスクワのコミンテルンが背後でこれを操りドイツ征服を目論んでいる、と勘繰った中央政府は慌ててその制圧にかかった。

一件落着して安堵したのも束の間、今度はミュンヘンでアドルフ・ヒトラーなる極右政治家が武装蜂起を起こした。十一月八日（木曜日）午後八時半頃、ヒトラーはエミール・ゲーリングを長とする突撃隊と共にバイエルン州総督グスタフ・フォン・カールの演説会が開かれているビヤホール「ビュルガーブロイケラー」に突入した。突撃隊とは、遡る二年前にNSDAPの集会を守ると共に他党の演説会などを妨げるべく設けられた武装組織である。ホールに踏み込んだヒトラーは、「革命が始まった。バイエルン州政府の機能を停止する」と叫び、機関銃から弾丸を一発天井に打ち込んで威嚇、カール他、国防軍総司令官ハンス・リッター・フォン・ザイサー大佐、警察部長オットー・フォン・ロッソウ少将に銃口を突き付けて一室に閉じ込め、忠誠を誓わせた。第一次大戦中の幕僚長で、クーデターが成功し新共和国誕生の暁には大統領に就任する予定のルーデンドルフや、バイエルンの右翼政治家達もこれに加担した。ヨーゼフ・ゲッベルスのギムナジウム時代の校友フリッツ・プラングもこれに加わっていた。

ヒトラーが先の三名に持論を展開している一方で、ゲーリングはビヤホールの聴衆にクーデターの意義と目的を諄々と説き聞かせていた。

聴衆の反応はいまひとつだったが、やがてヒトラーがホールに戻って来て演説を始めると、空気は一変した。敗戦の汚名を今こそ雪がなければならない、ユダヤ人に席巻されているベルリン政権を打ち倒し、新共和国、新しいドイツ政府を樹立するのだ、と彼は説いた。

翌朝、ヒトラーはミュンヘン中心部に右翼過激派二〇〇〇人を集結させた。彼の思惑は、まずバイエルンを制圧してからベルリンへ進軍し、大衆を鼓舞して時の政権を打倒しようとするもので、前年の秋、ローマへ進軍してファシスト政権を樹立したイタリアのムッソリーニにあやかろうとしたのだ。

だが、一時はヒトラーへの協力を誓いながら、カール州総督らは解放されるや密かに示し合わせ、クーデターの鎮圧にかかった。ヒトラーが行動を始めるより早く、ロッソウ少将は真夜中の午前三時前、ラジオを通じてミュンヘン一揆の無効を告げた。翌朝、デモ行進に及んだヒトラーや仲間達を待ち受けていたのは、軍隊の一斉射撃だった。ヒトラーの両脇にいた突撃隊員が射殺された。ヒトラーは敷石に身を伏せ、待機していた車に飛び込んで脱出した。が、三日後、身を潜めていたNSDAPの後援者エルンスト・ハンフシュテルンゲルの湖畔の家で逮捕された。NSDAPの党員一六人が死亡したが、ゲーリングやルーデンドルフは危機一髪逃げ延びた。

クーデターに失敗したヒトラーは、意気消沈し、別荘で遺書めいた文章を書き綴っていた。そこへバイエルン州政府の警察隊が突入し、身柄を拘束した。ランツベルク刑務所に収容されるや、一変してヒトラーは大声で叫び、怒鳴り、ピストルをくれ、自殺する、さもなければ食を断って餓死する、と喚き散らした。すぐに法務医官が駆けつけ、〝ヒステリー状態〟と診断した。

が、この狂操状態も長くは続かなかった。落ち着いて周りを見回した時、独房は意外に清潔で、鉄格子からは田園風景も眺められることに気付いた。

食堂は開放的で、同じく拘束されていた仲間と顔を合わせ、屈託なく談笑することもできた。食事もかなり贅を尽くしたもので、空腹感に苛まれることはなかった。

面会も自由で、支援者達が毎日のように押しかけ、平均して二人、多い日には一〇人もが訪れた。

ルドルフ・ヘスや運転手エミール・モーリスも捕らえられ、ランツベルク刑務所に幽閉の身となった。ヒトラーは禁固五年の刑を言い渡された。

ヨーゼフはこうしためまぐるしい政変劇にも傍観者でしかなかった。アンカに去られた失恋の痛みは、新たな恋人エルゼ・ヤンケを得て和らいで行った。彼女の伝《つて》で一九二三年初頭にはケルンのドレスデナー銀行支店に糊口の資を得たが、年柄年中金の計算に追われている仕事はすぐに飽きてしまった。仮病を使っては仕事をさぼり、エルゼと北海に海水浴に出かけたりした。不良行員のレッテルを貼られたヨーゼフは、折からの不況も相俟って、早々にリストラされてしまった。

なけなしの金でその日暮らしをしながら多分に自己陶酔的な半自伝的小説「ミヒャエル・フォーアマン」を書き続けた。

めまぐるしい政治の動きにはノンポリを決め込んでいたヨーゼフも、小説の中では主人公を政変の渦中に置いた。

ドイツの賠償不履行の補償としてフランス、ベルギー両軍は一九二三年一月十一日、石炭の産地でドイツ復興のシンボルと目されたルール地方を占領した。これに憤った右翼急進派のアルベルト・レオ・シュラーゲターなる青年が、三月十五日、デュッセルドルフ近郊の鉄橋を爆破して石炭の運搬車を通れなくした。フランス軍はこの蛮勇を許さず、犯人を捕らえると、五月二十六日、銃殺刑に処した。死を代価に、シュラーゲターは殉教者に祭り上げられた。

ヨーゼフは、小説「ミヒャエル・フォーアマン」の主人公に、このシュラーゲターを色濃く投影させた。更に同年七月、アンカを追っての失恋行に寄り添ってくれたリヒャルト・フリスゲスがバイエルンの鉱山で事故死を遂げると、彼を労働者の英雄に祭り上げて描いた。

こうして心血を注いだ作品「ミヒャエル・フォーアマン、日記に記された一人の人間の運命」をその年の秋に書き上げ、勇躍出版社に送り込んだが採用されなかった。それでも文士への夢は断ち切れず、年が明けるや、有力紙「ベルリン日報」に履歴書を添えた求職の手紙を送った。

ハイデルベルク大学の〝博士号〟が頼みの綱だった。名誉ある称号に「ベルリン日報」のお歴々は威儀を正し、三顧の礼を尽くして自分を迎え入れるだろう、と高を括っていた。

だが、結果は不採用だった。慰めを与えてくれるはずのエルゼも、ヨーゼフの意のままにはならず、求める時にそばにいてはくれなかった。

悶々たる日々が続いた。自暴自棄な言葉を吐き続けるヨーゼフを見かねたフリッツ・プラングが、NSDAPの集会に来ないかと誘った。党首アドルフ・ヒトラーやルドルフ・ヘスら幹部は抜けたが、党自体は息の根まで止められてはいなかった。グレーゴア・シュトラーサーがヒトラーの代役を務め、ルーデンドルフがパトロンとなって党の維持と再生を図っていた。

「君は今こそドイツにジャンヌ・ダルクが必要だと言ったね。女ではない、男の救世主が。僕もそれを求めてきた。そして、遂に見つけたんだ。アドルフ・ヒトラーこそ、その人だ」

ヨーゼフがエルバーフェルトでのNSDAPの隠れ蓑「国民社会主義自由運動党」の集会に赴く気になったのは、フリッツのこんな熱い物言いに動かされたからだった。

「しかし、ヒトラーは禁固五年の刑を受けたんだろ？　彼が出てくるまでに、世の中は様変わりしているだろう。もう彼の出番は無くなっているかも」

「そんなことはない」

ヨーゼフの言葉を、フリッツはすかさず否定した。

「ドイツは屈辱的な莫大な債務を負わされ、インフレに喘いでいる。この苦境から一年やそこらで抜け出ることはできないだろう。僕の勘では、ま、十年はかかる。ヒトラーは頃合に自由の身となり、飢え渇いた大衆に求められて、君の言う救世主、再臨のキリストになるだろう」

無論、これまでヨーゼフがヒトラーに会ったことはない。通りすがりのポスターでちらとその風貌に接したただけだ。炯々たる眼光には魅せられたが、とっつき難そうで親近感は湧かなかった。しかし、フリッツはぞっこんだった。彼に言わせれば、その演説は陶酔と興奮に誘う催眠術的且つ覚醒剤的魔力を秘めているという。抑々が、三五〇〇席を擁するビアホール「ホーフブロイハウス」でのドイツ労働者党の集会にひょっこり姿を現した無名の青年が、いきなり前に進み出てヴェルサイユ条約の不当性、大ドイツ主義を訴え滔々と二十分程の演説をぶった、当初は不意の闖入者を怪訝な面持ちで見やっていた面々も、いつしか煽られ、そのアジ演説に引き込まれ、聞き惚れ、彼が演説を終えた瞬間には割れるような拍手と大喝采がホールに響き渡った、そんな伝説の持ち主なんだ、と、フリッツは、NSDAPに入ると伝えて来た時、誇らしげにヨーゼフに語ったものだった。

しかし、六月二十九日、勇躍エルバーフェルトに赴いたものの、カリスマ的党首を欠いた集会は、ヨーゼフには烏合の衆の集まりとしか見えなかった。

一つだけ収穫があった。その年の春から『民族の自由』なる週刊誌を発行し、国政に打って出る野心を秘めたヴィーガースハウスなる人物と面識を得たことだ。

ヴィーガースハウスは、ヨーゼフがドクター（博士）の称号を持っていると聞いて、口髭を捻りながら慇懃に、編集の手助けをして欲しい、何なら〝ヘル・ドクター〟の署名付きで新聞に論説も書いて欲しい、と申し出た。

処女作「ミヒャエル」も日記風のスタイルを取っていたが、ヨーゼフは日頃からまめに日記をつけ、心の憂さを晴らすよすがにしていた。七月四日の日記に、こんなことを書いている。

「夏の大地が雨を求めているように、ドイツはただ一人の男を求めている。力を結集し、余すところなく熱狂的に献身することだけが我々を救ってくれる。主よ、ドイツ民族に奇跡を示して下さい！　奇跡を！　一人の男を！」

だが、〝奇跡〟は起こらず〝一人の男〟も現れなかった。フリッツ・プラングと共に「国民社会主義自由運動」の集会に参加しながら、ヨーゼフの心は満たされなかった。憂さの捌け口は唯一、ヴィーガースハウスの『民族の自由』誌に国粋論的持論を発表することだった。

十月四日付けの第三〇号から、彼の肩書きは〝編集長〟となった。青臭い文士気取りの青年は、今や路線変更を遂げ、その関心はひたすら世の中の動き、政治に向けられた。

グラートバッハに「国民社会主義自由運動」の地方支部が誕生した。ヨーゼフは設立者の一人として一時間半の記念講演を行った。終わったところでフリッツが駆け寄って手を差し出した。

「君は生まれながらの弁士だよ」

ヨーゼフは感極まって友の手を握り返した。

「君のその一言を、ギムナジウムの校長に聞かせてやりたいよ」

「えっ、どうしてだい？」

「卒業式で僕が式辞を述べたことは覚えているだろう？」

「ああ、なかなかのものだったよ」

「ところが校長は、あの後僕の所へ来て、おもむろにこう言ったんだ。君は文章の能力には勝れているが、残念ながら雄弁家には生まれついていない、とね」

「へえ、そんなことを！　ま、そのうち、鼻をあかせてやれるさ」

だが、フリッツの二の句に、ヨーゼフは半分喜び、半分しょげ返った。

「ひょっとしたら君は、弁舌だけなら第二のヒトラーになれると思うよ」

（そうか！　あくまでヒトラーが、この男の崇拝者、絶対的な神なのだ）

ヨーゼフは何としてでも、一刻も早く、ヒトラーの謦咳に接したいと思った。

ＮＳＤＡＰは〝ミュンヘン一揆〟の失敗以来一切の政治活動を禁止されていたが、隠れ蓑「国民社会主義自由運動党」は細々とながら党員の増員を図り、国政に打って出ようとしていた。

その機は十二月七日に訪れた。世情混乱の中にも国会議員選挙が行われた。「自由運動党」は二五人の候補者を立てたが、一八人が落選した。

同月二十日付の『民族の自由』誌にヨーゼフは、敗北を認めながら同志の結束を求める檄文を書いた。

夕刻、フランツが興奮の面持ちでヨーゼフのアパートに飛び込んで来た。

「ボスが、禁固刑を解かれて我々の所へ帰ってくるぜ」

「ええっ、まだ一年にもならないのに⁉」

吃驚の声を放ちながら、ヨーゼフは胸の裡に独白を落とした。

(奇跡だ！　奇跡が起こった！　主は我が祈りを叶え給うたのだ！)

アドルフ・ヒトラーが仮出所を果たした一九二四年十二月二十日、空はどんよりと曇って凍てつくような寒さが人々の身を縮ませた。

だが、ヒトラーの胸には熱いものがたぎっていた。手にした鞄の膨らみ、その膨らみをもたらしているものに思いを馳せると、我知らず笑みが漏れた。

そこに秘められていたのは、タイプで打った分厚い原稿の束だった。

ランツベルク刑務所での九ヵ月間、ヒトラーは寝食を忘れてタイプを打ち、時にはルドルフ・ヘスや、エミール・モーリスに口述筆記させた。

タイプライターは、NSDAPの支援者だったドイツ銀行の社長エミール・ゲオルグが差し入れた。当時の最高級品、レミントン社製のものだった。タイプ用紙や机も支援者達が工面した。その中には、アドルフが終生心酔した作曲家リヒャルト・ワーグナーの義理の娘ヴィニフレート・ワーグナーもいた。

早期の仮出所は刑務所長ライボルトの配慮によるものだった。ライボルトはヒトラーの思想に共鳴し、多分に同情も寄せていたのだ。ヒトラーが求めた仮釈放の請求書にも易々諾々と応じ、「ヒトラーは模範囚である。政界に返り咲いても、もはや暴力を以て権力に抗することはなく、法に則って行動することを誓っている。出所後に彼が報復の拳に出ることはあるまいとみなされる」との報告書をバイエルン州政府に書き送った。

　対して、事件の始末に当たった当事者であるミュンヘン警察は、「ヒトラーは依然として国家の安全を脅かすことが危惧される要注意人物である」とのコメントを出していた。

　しかし、何と言ってもＮＳＤＡＰは弱小政党であり、たとえまた暴挙に出ても制御し得ぬ訳ではない、その際は今度こそ決定的に息の根を止めて見せることもできよう、との判断を州政府は下した。

　自由の身となったヒトラーは、書き溜めた原稿の出版先を捜し求めたが、大手の出版社には軒並み断わられた。弁舌には長けていたヒトラーも、文才は今一つで、持って回った言い回し、意味不明な文章が目立った。それに、スキャンダラスな事件を引き起こした張本人が著者であることの宣伝効果はあっても、もはや実体があるかないかも不透明な弱小政党の党首が書いたものがベストセラーになる見込みはない、との断を下されたのだ。

　ヒトラーは止む無くマックス・アマンに相談した。アマンは第一次大戦中第一六歩兵予備連隊の軍曹でアドルフの上官であった。終戦後もアドルフと同じくＮＳＤＡＰの党員になった。一九二〇年、ＮＳＤＡＰは二十世紀の初めにフランツ・エーアが創立した出版社を買収し、党員向けの小冊子や、機関誌『フェルキッシャー・ベオバハター』を刊行していた。ヒトラーはこの編集長にアマンを抜擢していた。

　ヒトラーの原稿を手にしたアマンは、ミュンヘン一揆の舞台裏が書かれているものと期待して読み進んだが、ややにしてその期待は裏切られた。第一章の「生家にて」から始まり、第二章の「ウィーンでの修業と苦難の時」に続き、更に「わがウィーン時代の一般的政治的考察」、そして漸く第四章で「ミュンヘン」と銘打たれ、ここにこそ蜂起の一部始終が書かれていると思いきや、これも肩透かしを食わされた。大戦前にミュンヘンへ出て来た当時の政治状況が述べられているだけだったからである。そして第一二章まで延々と持論を含めた政治論、社会批評が続いたが、それでも尚、政治家として第一歩を印したミュンヘンのビヤホール「ホーフブロイケラー」での、制限時間二十分を超えた処女演説の件に及んだだけだった。

だが、アマンはこの原稿を何とかして世に出したいと思った。当時の判決通り五年もの禁固刑に服した後だったら、〝ミュンヘン一揆〟もアドルフ・ヒトラーも人々の記憶から薄れ、その間にNSDAPも乱立したあまたの小党と同じ運命を辿ってしまうかも知れなかったが、僅か九ヵ月前に社会を揺るがし、新聞のトップ記事となった〝ミュンヘン一揆〟とヒトラーの名はまだ新鮮度を保っている、と踏んだのだ。この時期、NSDAPの党員は当初の七人から三万人近くに膨れ上がっていた。ヒトラーの著作を、少なくとも党員の半分は手に取るだろう。それだけでも充分に採算は取れる――と算盤《そろばん》を弾いたのだ。

アマンはヒトラーに惚れてもいた。

戦時下のヒトラーのストイックな姿が彼の脳裏に強く焼きついていた。極端な愛国主義者で、自分はドイツの為なら喜んで死ねると口癖のように言っていた。疲れ果てて兵士達が皆眠っている真夜中も、ヒトラーだけは目を覚ましていた。アマンが「伝令兵！」と呼ぶと、他の誰も動かなかったが、ヒトラーだけは即座に馳せて来た。「いつもいつも君ばかりに遣い走りをさせてはな」と気の毒がると、「私は夜は平気ですから構いません。他の者は寝かせてやって下さい」と答えた。アマンの目に、ヒトラーは無私無欲の男に見えた。

『わが闘争』の刊行が水面下で進められる一方で、NSDAPは着々と党の再建に取り組み始めた。

ヒトラーが出所して間もない一九二五年二月二十七日、ビュルガーブロイケラーで党大会が開かれ、武力ではなく、選挙に勝利を納めて政権奪取を狙う合法的戦法に路線変更した。

ヒトラーはオーガナイザーとしての才覚を如何なく発揮し、党の組織をガウ（大管区）、クライス（管区）、オルト（地区）に区分けし、党大会に紛れ込んで野次を飛ばし進行を妨害する対抗勢力を駆逐する「突撃隊」を再編成した。

ヨーゼフが編集長を務めて論陣を張った『民族の自由』誌は、一九二五年一月十七日号で廃刊となった。発行人のヴィーガースハウスと次第にそりが合わなくなっていたのである。

ヴィーガースハウスとは極右主義という点では相通じていたが、彼のブルジョア保守主義は、ヨーゼフの急進主義、過激論とは相容れない点があった。

惨敗を喫したが、選挙運動中に知り合った義勇軍の頭領カール・カウフマンと親密になったことも、ヴィーガースハウスと袂を分かつきっかけの一つとなった。

しかし、『民族の自由』誌の編集長を降りることは、職を失うことにも通じていた。そこでヨーゼフは、最終号の最終頁に、自己のＰＲ広告を掲載した。

《編集長。勝れた論説家、オルガナイザー。仕事に意欲あり。政治的な事情で編集長を降り、勤め口を求む。場合によっては商業的業務も可》

しかし、どこからもお呼びはかからなかった。止む無くヨーゼフはカウフマンと共にＮＳＤＡＰに活路を求めた。こちらは、〝来る者は拒まず〟だったし、〝ヘル・ドクター〟の肩書きも効いた。

ヨーゼフの目はミュンヘンに向いていた。そこで党の指揮を執るアドルフ・ヒトラーに一日も早く会って話がしたかった。

だが、配属されたのは、エルバーフェルトに設立された「ラインラント北部大管区」だった。カウフマンも一緒だった。

この大管区のボスはグレーゴア・シュトラーサーという人物で、ヨーゼフは肌が合うのを感じた。シュトラーサーもヨーゼフを見込んで、機関紙を発行したい、ついては君の経歴を生かして編集を担当してくれないか、と持ちかけた。ヨーゼフは二つ返事で引き受けた。「国民社会主義通信」と銘打った機関紙を、十月に創刊することに決まった。

九月三日、党員の拡大を意図した北部大管区主催の演説会がデュッセルドルフで開かれた。四〇〇人近い聴衆が会場を埋めた。疎遠を極めたヨーゼフの恋人エルゼ・ヤンケの姿もあった。ヨーゼフの演説に拍手を送ったエルゼの手は、集会の後、顔の前で横に振られた。

翌日、エルゼは去って行った。遠からぬ永遠の別れをほのめかして。

その日の日記に、彼はこう記している。

「雨と灰色。惨めな孤独。僕は絶望の前に立っている。僕は余りに多くを求め過ぎた。恐ろしい孤独。お母さん、助けて！　僕はもう駄目だ」

シュトラーサーが送って寄越した手紙が更にヨーゼフを意気消沈させた。ヒトラーがどうやら我々の言動に不快感を示しているらしい、取り巻き連中が我々を妬んで有ること無いことをヒトラーに吹き込んでいるのだ、成り行き次第で我々はヒトラーと対立しなければならぬ、云々。

折しも、ヒトラーの『わが闘争』が世に出た。初版一万部。価格は一二マルク。大版四〇〇頁。表紙カバーは、ダークスーツに身を包んだヒトラーのモノクロの写真で占められている。女性のみならず、男達も一瞬にして惹きつけた青い星のような輝きを持つ明眸ではなく、額の半ばを斜めによぎる柔らかそうな前髪の下で、その双眸は炯々として読者を睨み据えている。

カバーを外すと、青褐色の厚紙の表紙が現れ、そこに黒々と、後にナチスのシンボルとなった〝ハーケンクロイツ〟が印されている。このシンボルマークは、歯科医のフリードリッヒ・クローンによって考案され、アーリア人の優越性を象徴したものだという。

因みに、一般的呼称となった〝ナチス〟は、〝Nationalsozialist〟から〝Na〟と〝zi〟を抜き取ったもので、NSDAPの対抗勢力が勝手につけた、いわば蔑称であり、〝ナチ野郎〟、〝ナチ公〟といったニュアンスのものでNSDAPの党員は決して口にしない呼称であった。〝Nazis〟は〝Nazi〟の複数形だから、〝ナチ野郎達〟、〝ナチ公達〟の意になる。

『わが闘争』は無論NSDAP党員の間に広まって行ったが、この大部な著書を通読した者はほとんどいなかった。幹部の一人であったオットー・シュトラーサーもほとんど目を通していなかった。

だが、ヨーゼフは刊行と同時に買い求め、二度繰り返して読んだ。最初に読み終えた時、彼は日記にこう書いた。

「この男は一体何者だ？　平民の姿をまとった神？　将来のキリスト？　それとも、単なる預言者ヨハネ？」

十一月六日、ヨーゼフはミュンヘンの党大会に飛び、遂にヒトラーと相見えた。

ヒトラーは食事中だったが、立ち上がってヨーゼフを迎え、手を差し伸べた。

「まるで旧知の友人のように彼はにこやかに微笑んで僕の手を握り締めてくれた。大きな青い目は星のように煌いている。

彼は二時間半演説をした。機知、アイロニー、ユーモア、真摯さ、激情、情熱――王者に必要なすべてをこの男は持っている。生まれつきの護民官、未来の独裁者だ」

ヨーゼフの激白に呼応するように、同月二十一日、『南ドイツ月報』誌は『わが闘争』の売れ行きを報じつつこう書いた。

「すべての国民は苦難の時に予言者の怒りを具えた人物を必要とする。アドルフ・ヒトラーは間違いなくその一人である」

しかし、新聞はこぞって『わが闘争』を酷評した。フランクフルター・ツァイトゥング紙は書評のタイトルを「ヒトラーの終焉」としたし、ベルリンのある新聞は「ヒトラーは自分以外のすべての人間に恨みを晴らさんとしている」と書いた。

ミュンヘン一揆に加担したエーリヒ・ルーデンドルフは、『わが闘争』にこめられた余りにも激烈な反ユダヤ思想に嫌悪感を抱き、ヒトラーと距離を置くに至った。

刊行から一年で、『わが闘争』は初版一万部のうち九四七三部を売り上げた。ヒトラーは直ちに第二巻の執筆に取りかかった。

（六）

一九二五年のマックス・シュメリングの戦績は六勝二敗二分けだった。

ボクシングは国際化し、マックスの対戦相手も、この年は三人がアメリカ人、一人がカナダ人で、海を越えてやって来た相手だ。三人のアメリカ人ボクサーとは一勝一敗一分け、カナダ人ボクサーには二回TKO負けした。全一〇試合のうち九試合は八月までに消化された。

一回一〇〇～二〇〇マルクのファイトマネーから、マックスは将来に備えて幾許かを蓄えていた。一ヵ月の生活費は大体一〇〇マルクだったから、微々たるものではあった。

デンプシーのように長年に亘って世界の頂点に立ち、桁違いのファイトマネーを手にできるのはほんの一握りのボクサーでしかない。デンプシーは自分の才能を認めてくれ、将来チャンピオンになれるぞと言ってくれた――後に、それはデンプシー流の社交辞令で、出会う若いボクサーには常套句のようにそんなことを口にした、と知れた――が、デンプシー二世になるだけの才能は多分自分にはない、とマックスは、引き分けたり敗北を喫する度に気落ちした。

所詮ボクサーの寿命は短い。グラブを脱いだら即生活苦との闘いが始まるだろう。副業として何かを見つけ、第二の人生に備えなければ、とも考えた。

思いついたのが、アイスクリームの製造だった。

試合が多く行われたコローニュの夏は湿気が高くてうだるような暑さが続く。街中でアイスクリームをしゃぶっている若者を多く見かけたのがヒントになった。

マックスはアベルス・フーゴーに相談を持ちかけた。アベルスの事務所の階下にスペースがあることに目をつけていた。

「アイスクリームの製造機をここに据え付けたらどうだろう。五、六〇〇マルクなら投資するよ」

「そいつは面白そうだ」

アベルスは二つ返事で頷いた。大不況の煽りを食って、彼の仕事も思うような収益を挙げられないでいたからだ。

マックスの勘は当たった。カラフルなワゴン車にアイスクリームを詰めて街中に繰り出すと、人々が群がって来た。

「マックス、お前は商才もあるぞ。ボクシングで食えなくなっても大丈夫そうだな」

アベルスの冷やかしめいた賛辞を、マックスは満更でもないといった顔で受け止めた。

八月の末にカナダのボクサーとの試合を終えて間もないある日、一通の手紙がマックスのもとに舞い込んだ。差出人のサンドヴィエネルは、マインツにテントを張っていたサーカスの興行師で、彼の妻は〝世界最強の女〟という触れ込みのサーカス団の花形だという。二人の間には一人息子がいて、両親の血を受け継いで体格に秀で、力も強いが、ボクサーになりたがっている、ひいては彼にボクシングの基本を教えてやってもらえないだろうか、それ相応の礼はする、という内容であった。

アベルスに相談した。

「その馬鹿力を持った女のことは聞いてるぜ。ま、次の試合までに時間はあるからな。いいだろう。但し、彼女に悩殺されるなよ」

アイスクリームの副業が軌道に乗って従業員も二人抱えるようになっていたから、アベルスは機嫌良く送り出してくれた。

サンドヴィエネル夫人は正しく大女だった。ドラムと共にスポットライトを浴びて登場すると、彼女は次々にその怪力を見せ付けた。錆び付いた蹄鉄を折り曲げ、鎖を引きちぎった。圧巻は、寝転んで仰向けになった彼女を車が轢いて通るパフォーマンスだった。腕を突っ張り、胸と腹に渾身の力を込めて車の重さに抗うのだろうが、下手をすれば肋骨が折れて内臓破裂を起こしかねない。息を殺して見据えながら、自分だったら無傷では済まないぞとマックスは思った。それだけに、車が通り過ぎ、暫く彼女が仰向けになったまま身じろぎ一つしないのを見た時は、思わず無事を祈った。が、数秒後、死んだかと思われた彼女は勢い良く跳ね起き、聴衆に向かって華やかな笑顔を向けた。

女だてらに数トンもの車——因みに車はドイツの自動車市場を席巻していたアメリカのフォードだった——の重みに耐えられるまで肉体を鍛え上げた夫人に、マックスは畏敬の念を覚えた。

彼女のみならず、サーカスの芸人達はそれぞれ一流のアーチストだった。奇術師、火を呑み込む男、板の壁に背をつけて立った半裸体の女をめがけ、その全身を隅取るようにナイフを板にめがけて投げる男、象使い、そして綱渡りの芸人。彼らは本番前もリハーサルを欠かさなかった。

マックスは、午前中はサンドヴィエネルジュニアにボクシングの基本を教えたが、それは自分のトレーニングにもなった、午後はサーカスの雑用を手伝った。馬や象を洗ってやったり、ポスター貼りや飾りつけを手伝った。

サーカスはライン・マイン地区を巡回して回った。約束の一ヵ月があっという間に過ぎ、楽しい思い出とファイトマネーを上回る報酬をみやげに一行と別れを告げる日が来た。

その日、アクシデントが起きた。空中に渡した綱を自転車で渡るリハーサルをしていた若い綱渡り師が、バランスを失って転落したのだ。下は砂が敷かれていたし、頭は打たなかったから命に別状はなかったが、片方の鎖骨が折れていた。自転車の綱渡りも人気ショーだっただけに、サンドヴィエネル夫妻は落胆の色を隠さなかった。

彼を介抱しながら、ボクサーも似たような境涯にあるとマックスは思った。スポットライトを浴びる華やかさと、次の瞬間にはマットに沈むリスクとが隣り合わせている。サーカスの芸人もボクサーもスキルと肉体の不断の鍛錬を欠かせないが、それも自ずと限界がある。反射神経、視力、筋力を維持して第一線で活躍できるのは精々十年かも知れないのだ。

最後は少しばかりしんみりとさせられたが、サーカス団と過ごした一ヵ月は、マックスにとってこよなき気分転換の日々であり、芸人達の命を削るような真剣そのものの生活を目にしたことは、とにかく今日一日を大事にし、明日への活力につなげねば、との思いを新たにさせてくれた。

だが、ケルンに戻ってみると、ショッキングな事態が待ち構えていた。出だしは好調であったアイスクリームの売れ行きが、秋の訪れと共に激減し、フーゴー夫妻は二人の従業員を解雇、機械とワゴン車も二五〇マルクで売却してしまっていた。マックスが投資した六〇〇マルクは戻って来なかった。

「相談の仕様もなかったからな、悪く思わんでくれ」

頷く他なかったが、しこりは残った。

「実は、女房の具合が悪いんだ。暫くそっちにかかりっきりになりそうだ」

少し合点が行った。妻が病気なら治療費も馬鹿にならないだろう。自分のファイトマネーの取り分はほんの僅かばかり生活の足しになるくらいだろう。少なくとも今の一〇倍のファイトマネーを稼げるボクサーならしがみついてでも放さないだろうが、どうやらアベルスは自分の将来性をさ程高くは見込んでいないようだ。

アベルスの言葉は嘘ではなかった。年が明けて程なく、「女房が死んだ」と告げられた。

「いい潮時だ。俺はボクシングから足を洗うよ。君の健闘を陰ながら祈ってるぜ」

年が明けてからマックスは二試合をこなしていた。最初の相手マックス・ディエックマンとは三度目の対戦だった。一昨年のデビューの年は八勝一敗の好成績だったが、その一敗を喫したのがディエックマンだ。パンチを受けて切った耳の付け根からの出血が止まらず、四ラウンドでレフェリーストップとなりＴＫＯを宣告されたのだ。前年の八月、カナダのラリー・ゲインズに敗れたのも、この古傷からの出血が災いし、二ラウンドでＴＫＯ負けを喫していた。

ディエックマンは相変わらずテンプルを狙ってきたが、そこはうまくブロックした。しかし、やはりしたたかだった。ブロックに気をとられた分、アタック不足となり、決め手を欠いてドローとなった。

二ヵ月後の三月十九日に二試合目が組まれた。場所はケルン、相手はウィリー・ルイスでやはり三度目の対戦だった。上背はあるが、全体にスリムで顎も細いこの男がまだプロの世界に生きていたのが不思議だった。

試合前ロッカールームでもマックスは落ち着いていた。アマチュアでのデビュー戦では判定負けを喫したが、その記憶はもう薄れている。プロになって三戦目、一ラウンドでルイスをＫＯした記憶こそまだ生々しく残っている。あれからルイスがどれだけ成長したか分からないが、少なくとも自分は一年半前に比べれば場数を踏み、ボクシングの何たるかも分かってきている、ルイスは物の数ではないだろう――。

突然、ロッカールームのドアを押し開ける物音が響いたかと思うと、小柄な男が勢いよく部屋に入って来た。

マックスは軽く会釈した。

「これから試合かい？」

男が気さくに話しかけた。マックスは頷いた。

「名前は？」

「マックス・シュメリング」

「ああ、聞いたことがあるな。マネージャーは？」

マックスは肩をすくめた。

「この間までいたけど、今はいません」

今度は男が肩をすくめた。

「それは良くない。俺がやってやるよ」

マックスが啞然として見返すと、男は片目をつぶってニヤッと笑い、手を差し出した。

「俺もマックスだ。但し、姓はマッホン。昔は騎手だったが、いつの間にかこの世界にのめり込んでしまった。普段はベルリンにいる」

マッホンはシャドーボクシングのジェスチャーをしてマックスのグラブにその小さな拳を当てた。笑いを誘われた。

(騎手か！　道理で小さいんだ)

馬に負担をかけない為に騎手は体重が軽い程有利とされることを何かで読んだ記憶がある。

「さし当たり、今夜の試合についてやるよ」

マッホンが矢継ぎ早に言った。有無を言わせぬ口吻に、マックスは頷いた。

「じゃ、リングでな」

ポンとマックスの肩を叩くと、マッホンは入って来た時と同じように勢い良く部屋を出て行った。

順番が来てリングに出て行くと、マックス・マッホンがリング・サイドで待ち構えていた。

ルイスは前に比べれば幾らか逞しさを増していたが、〝ガラスの顎〟は相変わらずだった。マックスの右パンチで、ルイスの顔は横向きになり、そのまま足がもつれてマットに沈んだ。前回と同様、一ラウンドであっさりけりが付いた。

「大したものだ」

ほとんど一滴の汗もかかずリングから降りて来たマックスを迎えて、マッホンは上機嫌で言った。

「ラウンドの合間にクールオフするヘルパーも用意したのに、出番がなかったな」

彼は傍らの男をマックスに紹介しながら続けた。男はクールオフ用のバスタオルを肩にかけていた。

「君は才能がある。その気になってやればヨーロッパのチャンピオンは狙えるぜ。それには、しっかりしたマネージャーとトレーナーが必要だ。ベルリンへ来て、俺達と一緒にやらないか？」

マッホンの親切は胸に響いた。ベルリンは未知の土地ではない。ついこの前のディエックマンとの試合を含めて、これまでに三度行っている。ほとんどとんぼ返りだったのと、戦績は一敗二分けに終わっているから、昂揚した気分でベルリンの風情を楽しんだ記憶はない。

ケルンは所詮地方都市だ。ベルリンで勝利を重ねて頭角を現さなければ、ドイツを、ヨーロッパを、さてはデンプシーのように世界を制することはできないだろう。

それでも心を決めかねた。自分のような田舎育ちの人間が、ベルリンという大都市に落ち着けるか不安だった。マックス・マッホンは気のいい男で自分の才能に折り紙もつけてくれたが、本当に頼って行ってよいものか、その点も不安だった。

優柔不断が回り道をさせた。もう少しケルンに留まり、ここで活路が開けないものか探ることにしたのだ。

その為には、何はともあれどこかのジムに所属することが先決だ。人伝に、ケルンで最も有力なのはヴィリー・フックスのクラブだと聞き、彼の門を叩いた。

ジムは活気を呈していた。有望なボクサーが二、三人いたが、中でもフックスが目をかけていたのは、ドイツのミドル級チャンピオンのハイン・ドムゲリゲンで、フックスはほとんど付きっ切りで世話を焼いていた。

確かにドムゲリゲンは勝れたファイターでテクニシャンだった。しかし、グラブを交えれば彼に勝てそうだ、とマックスは思った。階級が一つ下だから対戦することは当面ないだろうが、ドムゲリゲンの体重は普段はライトヘビー級並みで、試合の度に減量に苦慮していたから、いつか彼がワンランク上げて自分と同じクラスで闘うかも知れないと思った。

三月にウィリー・ルイスと一戦を交えて以来試合に遠ざかっていたから、蓄えも底を尽きかけている。一日も早く試合を組んで欲しいとマックスは申し入れたが、そのうちな、と言葉尻を濁すばかりで、フックスは一向に親身になってくれない。相変わらず彼の目はドムゲリゲンにだけ向いていた。

春が過ぎ、夏に入りかけても試合の話は持ち込まれない。

思い余ったマックスは、かつて、初めてベルリンに遠征してマックス・ディエックマンと対戦した時、耳の付け根を切られて血が止まらず四ラウンドでT

KO負けを喫したにも拘わらず、「シュメリングは可能性を秘めた男だ。闘い方さえ学べば世界チャンピオンも夢ではない」と『ボックススポーツ』紙に書いてくれたアルトゥール・ビューローに手紙を書いて苦しい心境を訴えた。すぐに返事が来た。

「相談に乗ろう。ボックススポーツ社に私を訪ねて来たまえ」

地獄で仏に会った思いだった。

数枚の下着、替えズボン、スーツ、ボクシンググラブを詰めた段ボール箱を手に、蒸し暑い夏のある日、夜行列車に乗り込んだ。

十時間後の朝早くにベルリンへ着いた。夜が明けかかったばかりだ。ボックススポーツ社でのビューローとの待ち合わせ時間は九時だから、まだ三時間余りもある。段ボール箱を駅に預け、あてもなく市の中心であるフリードリッヒ通りを歩き回った。

ケルンでは、ベルリンを「現代のバビロン」と人々は蔑んでいた。〝堕落した都市〟の意だ。

確かに、前夜の歓楽の余韻が漂う空気は淀んでいる。目に飛び込むものの大多数は、けばけばしいポスターだ。しかしそこには活気が漲っており、好奇心をくすぐるものがある。

退廃的なムードを醸し出しているものもあったが、ケルンでは見られなかった、垢抜けした文化の香りも馥郁と匂っている。

やがて街が活気付いて来た。牛乳を積んだ馬車や新聞配達の少年が通り過ぎた。始発の市電や地下鉄の車両からドッと人が溢れ出て来た。夜勤を終えて帰途に就く者、これから仕事に急ぐ者、どちらかだろう。その忙し気な足取りは、確かな目的地に向かっている。家庭にせよ、職場にせよ。それに比べて自分は、差し当たっては〝ボックススポーツ社〟なる目的地はあるが、それから先は何ら確かな保証はない。

スタンドバーでコーヒーを一杯すすってからシックバウエルダムのボックススポーツ社に向かった。

約束の九時少し前に着いた。ビューローは愛想良く迎えてくれた。

「君の試合はよく覚えている。書いた記事のこともな。その後の戦績を教えてくれないか」

マックスはこれまでの試合をメモしたノートを示した。

「立派な成績だ。何故フックスが君を引き止めなかったのか、不思議だよ、確かにドムゲリゲンはいいボクサーだが、君とは階級が違うんだからな」

マックスは胸に熱いものがよぎるのを覚えた。

「フム」

ビューローはまたノートに目をやり、その一点を指でつついた。

「差し当たっての敵はディエックマンだな。彼はドイツライトヘビー級のチャンピオンになってるぜ」

「えっ、そうなんですか⁉」

新聞だけは読む習慣を身につけていたつもりだったが、バタバタしている間に見逃したのだろう。

「君はそのディエックマンと互角の闘いをして来たんだ。みっちりトレーニングすれば、近い将来、奴からタイトルを奪取できるさ」

自分を無視し続けたフックスにこの言葉を聞かせてやりたかった。

「明日、もう一度来給え。会わせたい男がいる」

翌日、約束の時刻にボックススポーツ社に赴くと、二人の男が談笑していた。

（マックス・マッホン！）

ビューローの傍らにいたのは、ケルンでのウィリー・ルイスとのマッチで即席のセコンドを務めてくれた小柄で陽気な男、元騎手と聞いたその人物に相違なかった。

「ようこそベルリンへ」

マッホンは立ち上がって手を差し出した。

「ちょっと見せたいものがある」

コーヒーを飲み終わったところで、マッホンがビューローに目配せしてから言った。

二人に連れて行かれたのは、ベルリンの郊外の古いリゾート地ランケ・バイ・ベルナウで、車で三十分の道のりだったが、都会の喧騒とは裏腹に、静かな田舎の佇まいが広がっている。

マッホンは一軒のホテルをトレーニングキャンプの根城にしていた。ホテルのオーナーはビューローの友人で、ビューローはここをその男から安く借り受けてマッホンに又貸ししていた。

何人かのボクサーがトレーニングに励んでいる。

「この中で、少なくとも三人は有望株、金の卵だ」

とマッホンは言って、アレとアレとアレだと指さした。

「しかし、俺が一番期待しているのは君だ」

娯楽施設もあるぜ、と案内されたホテルのビリヤードルームに誘ったところでマッホンは言った。

「どうだ、ここに腰を落ち着けてトレーニングに励まないか。二、三ヵ月のうちに対戦相手を見つけてやれると思うよ」

マッホンは器用にキューで玉を突いてから、おもむろに顔を上げた。

「勿体ない話です。けれど、それには相応の費用が要ると思いますが、生憎僕は素寒貧で……」

マックスは恐縮の体でマッホンを、次いでビューローを見返した。

「五〇マルクでどうだ」

ビューローも器用に玉を散らしてから、おもむろにマッホンに言った。

「それでこの前途ある青年を引き受けてくれるなら、喜んで出すぜ」

五〇マルクは当時の労働者の一ヵ月分の生活費としてはかつかつの金額だ。ホテルに寝泊りして三食付、しかも、ビューローに言わせれば一流のトレーナーであるというマッホンの指導を受けられるのだから、安過ぎるくらいだ。ビューローに恩義があるとは言えマッホンは渋るのではないか、とマックスは恐る恐るマッホンを窺い見た。

「いいだろう。引き受けるよ」

キューに顎を乗せたまま、マッホンは破顔一笑した。

「その代わり、出世払いをしてもらうぜ」

マッホンの課したトレーニングは予想以上に厳しかった。起床は六時半、ランニングから始まった。

湖や丘のある広大な森の中の長距離走、一〇〇メートルの全力疾走、柔軟体操と続いた。長距離走は最初は一五キロだったが、すぐに二〇キロに増えた。いい加減へばったが、ホテルに戻ってマッサージを受け、朝食を摂る頃には回復した。

朝食後はホテルの集会室でマッホンの講義を受けた。著名なボクサーの試合のフィルムを交えてのものだったから退屈はしなかった。

正午に昼食。二時間の昼寝。それからリングに上がって実践のトレーニング。夜、夕食後に漸くフリータイムが得られる。中にはベルリンの紅灯の巷に出かける者もいたが、マックスはキャンプにこもってサンドバッグを相手にシャドーボクシングに勤しんだ。部屋に戻っては、本を読むか、ラジオを聴くか、たまに家族に宛てて手紙を書くかして過ごした。

日中の唯一の息抜きは、夕食前の散歩、戻ってホテルのカフェでの一杯のコーヒー、そして週末のビリヤードだった。

週末には、ベルリンから何人かの男達がキャンプに来てボクサー達の仕上がり具合をチェックしている。ビューローも勿論その一人だったが、彼は大抵マスコミ関係者を伴っていた。マッホンの見込んだボクサー達を売り込む為だ。

「右のパンチは必殺だが、左がもう一つだな。ジャブだけでなく、左のパンチも出せないと上へは行けんぞ」

ベルリンでの初対面の折、ビューローはこう批評してマックスに発破をかけたが、何度かキャンプに来た後、目を細めて言った。

「左も良くなった。見違えるばかりの仕上がりだ」

傍らでマッホンがしきりに頷いた。

その数日後、

「ビューローが試合を組んでくれたぞ」

とマッホンがタイプライターで打った一枚の紙を手にして言った。七月十三日、ベルリンで、相手はベルリン出身のドイツ人アウグスト・フォンゲール。ファイトマネーの八〇マルクは、ケルンでウィリー・ルイスを倒した時のそれより少なかったが、文句をつける筋合いはない。何より、こんなに早くリングに上がれるのが嬉しかった。

試合はあっさり一ラウンドで決着した。マックスの右パンチでフォンゲールはいとも簡単にマットに沈んだ。

〝ハードパンチャー、マックス・シュメリング〟を、ビューローは抜け目なく宣伝し、あれよあれよという間に、ライトヘビー級のドイツチャンピオンにのし上がっていたディエックマンとのタイトルマッチをお膳立てしてしまった。一ヵ月少々先の八月二十四日と定められた。

これまで一敗一分けしている因縁の相手だ。フォンゲールのように簡単にあしらえるとは思わなかったが、二度目のドローに終わった試合は八ラウンド闘っていて相手の手の内、弱点も見えていたから、勝算はあった。半年前に比べれば、マッホンやビューローが認めてくれる通り、テクニックは格段に進歩しているとの自負があった。

試合会場はルナパーク。遊園地だったが、園内には射的場、メリーゴーランド、幾つかのレストラン、そして池の岸にはボート・ハウスがあって、日頃は親子連れや恋人達で賑わっている。

だが、その日は射的場もメリーゴーランドも営業を停止し、ボクシングだけの興行となった。

リングは野外に設けられた。タイトルマッチとあって四〇〇〇人の観客が集まった。しかし、決して安くない入場券は、反古同然となった。

第一ラウンド、マックスの右の拳がディエックマンの顎を捉えた。ディエックマンが一発目のパンチを繰り出そうとした端だ。

ディエックマンは白目をむき、そのまま起き上がってくる気配はなかったから、レフェリーはカウントを取る必要もないくらいだった。

入場料に見合わぬ試合を見せられて憂さ晴らしをしたいであろう観客を吸収すべく、遊園地は慌てて射的場やメリーゴーランドを開いた。

ビューローやマッホン、トレーニングセンターの仲間達、それに、マスメディアの人間が加わって新チャンピオンの誕生を祝った。

「パンタグリュエル物語」に出てくる巨人カルガンチュアのような大男ポール・レムデが商売用の屋台船を空けて、祝宴の場に提供してくれた。更に、遊園地に日頃出演しているダンサーや手品師も呼び寄せて座を盛り立ててくれた。

二〇人足らずの少人数だが、心から自分の勝利を喜び祝ってくれる仲間との楽しい時間は瞬く間に過ぎた。

後年になっても、この夜の愉快なひとときを思い出す度、マックスの口元は自ずと緩んできたものだ。

懐も潤った。ディエックマンに勝利を収めて得たファイトマネー一五〇〇マルクは優に一年分の生活費だったが、まずはビューローからの借金を返した。

新聞は賑々しくマックスの勝利を写真付きで記事にした。

「ドイツのボクシング界は新しいスターを得た」

とボックススポーツ紙も書いた。

ディエックマンとの試合の後は、ほとんど一ヵ月間隔、時には一ヵ月に二度の試合をこなすこともあった。最後の試合は相手の反則負けだったが、翌年からの試合は六試合連続でKO勝ちを収め、七試合目、デンマークのロベルト・ランセンとは一〇ラウンド判定勝ち、八試合目はフランスのレイモン・ペイローを三ラウンドTKOで破った。

「フェルナンド・デラージとの試合を確約したぜ」

ペイローに勝った余韻を楽しんでいた矢先、ビューローが興奮の面持ちでキャンプに駆け込んで来た。デラージはベルギー人でライトヘビー級のヨーロッパチャンピオンだ。

「六月十九日だ。それまでに体重を少し落とさなきゃいかんな」

マッホンが頷いた。一ヵ月先なら慌てることはない、数日で調整できるだろうと高を括ってのんびり構えていたが、当日になっても数ポンドオーバーしている。マッホンは一時間のランニングを強いた。

初夏なので汗をグッショリかいたが、まだオーバーしている。マッホンは血相を変え、もっと汗をかかなきゃと、分厚い布でマックスをグルグル巻きにしてベッドに寝かせた。

お陰で漸く試合前の計量をクリアしたが、短時間に多量の汗をかいた体は、何となく気だるく、拳をギュッと握り締めてもいま一つ力が入らないと感じた。

これまでは最短で一ラウンド、長くても八ラウンドまでに片を付けていたが、一〇ラウンドに及んでも相手は倒れなかった。フットワークがいつものように軽快に行かず、何度かヒットはするものの、パンチ力も精彩に欠けていることにマックスは苛立った。

デラージは流石に試合巧者だった。右フック、左アッパーと、パンチを巧みに組み合わせ、時にマックスをロープ際に追い詰めた。ロープを背に、ウィービングやダッキングで相手のパンチをかわしながら、マックスは重いカウンターパンチを食らわした。

一二ラウンドに進んだところで、デラージがいい加減消耗しているのが読み取れた。相手はもはやおざなりにパンチを繰り出すだけで、ほとんどは空振りに終わっている。

一三ラウンド、チャンピオンの気力が失せた。一四ラウンドのゴングが鳴ってもコーナーから立ち上がって来ない。ウェストファーレンホールはシュメリングコールに沸き立った。

「ヨーロッパチャンピオンベルト、ドイツへ！」

「新時代来る！」

「新しいスター、マックス・シュメリング！」

等々、翌日の新聞に大見出しの活字が躍った。

「ご褒美に海外旅行だ」

数日後の朝、マッホンが上機嫌で言って二枚のチケットを見せた。

「ロンドンとパリへ行くぞ。ロンドンではトミー・ミリガンとミッキー・ウォーカーが世界タイトルマッチをやる。それを見よう」

次の対戦相手はアメリカのジャック・テイラーで、七月三十一日と決まっていた。一ヵ月以上ある。その間に骨休めしろ、という訳だ。

ビューローが、自分も行くと言い出し、結局三人で旅立った。

フランスはつい数年前まで敵国だった。終戦翌年のヴェルサイユ条約で定められた賠償金をドイツが支払わないとの理由で、四年前、フランスはベルギーと語らってドイツ経済の心臓部ルール地方を占拠、工場や物資を接収し、賠償の担保取り立てを強行した。

この一大危機を救ったのが、デンマークのティングレフで一八七七年に生を受けたヒャルマール・シャハトだった。弱冠三十八歳の若さで大戦のさ中ドイツ国立銀行の理事に就任していた。

シャハトは、一九二三年十一月二十五日、アドルフ・ヒトラーがハイパーインフレに伴う内政の混乱に乗じて政府転覆を図った「ミュンヘン一揆」の直後、一兆マルクと同価とする新紙幣「レンテンマルク」を発行した。対外的には、一ドル四・二レンテンマルクと定めることでアメリカと折り合いをつけた。

レンテンマルクが市場に流れ出すと、ハイパーインフレは津波が引くように収束に向かい、ドイツは財政破綻を免れた。

シャハトはその年の十二月には、「帝国銀行総裁」に就任した。と、同時に、アメリカと共同で「ゴールド・ディスカウント銀行」を作り、アメリカのドイツへの投資を促した。

一九二五年には、首相から外相に転じたシュトレーゼマンの呼びかけで、十二月一日、スイスのロカルノに、ドイツの他イギリス、フランス、イタリア、ベルギー、ポーランド、チェコスロバキアの七ヵ国が集まり、中部ヨーロッパの安全保障についての協議が行われた。ドイツはラインラントの非武装化を約束した。見返りにフランス、ベルギーはルール地方を解放した、お陰で石炭産出量は増加、ドイツ経済は復興の兆しを見せ始めた。

しかし、国内の政情は流動的で不安定だった。一九二五年、ワイマール共和国の初代大統領フリードリヒ・エーベルトが急死し、代わって元参謀総長のヒンデンブルクが跡を継いだが、それでドイツ国家の統制が取れた訳ではなく、右翼、左翼の諸政党が自衛団を組織して鎬《しのぎ》を削り、時に暴力沙汰に及んでいた。

それでもドイツは一九二六年九月に国際連盟への加入を認められ、自立した一国家として国際的に承認された。

シュメリングとビューロー、マッホンの一行が大手を振ってかつての敵国、しかも母国を敗戦に追いやったフランス、イギリスを闊歩し、羽を伸ばせたのも、こんな社会的情勢によった。

パリではエッフェル塔からパンテオン、モンマルトルを見学したが、立ち寄った〝ムーラン・ルージュ〟でマックスは意外な人物を見かけた。十五歳の時、郷里の場末の映画館に通いつめて繰り返し見た世界ヘビー級タイトルマッチでデンプシーの挑戦者であったジョルジュ・カルパンチェだ。彼は他の二人のボクサーと共にエキジビションボクシングを舞台で演じていた。デンプシーはまだ現役の世界チャンピオンだったから、端正な顔立ちのカルパンチェがこんな余興で糊口の資を稼いでいるのが何とも哀れだった。

マックスは躊躇したが、ビューローとマッホンが強引に誘い込んで楽屋に乗り込み、カルパンチェと引き合わせた。

「デンプシーが若作りして現れたかと思ったよ」

マックスの手を握り返してから、カルパンチェは、繁々とマックスを見て言った。

居合わせた連中も相槌を打った。

「体つきまでそっくりだ」

カルパンチェの二の句に、マッホンがほくそ笑んだ。

「あなたの仇をこいつに取らせたかったんですがね、ジーン・タニーに先を越されて残念ですよ」

マックスは慌ててマッホンの口を手で覆った。ジャック・デンプシーに敗れた相手に、初対面でいかにも失礼な物言いと思われたのだ。

ただけだった。

だが、カルパンチェはちょっと肩をすくめて見せ

「デンプシーはまた復帰してくるかも知れんよ。近々、ノンタイトル戦だがジャック・シャーキーとやるらしいからね」

前年の九月二十五日、ヤンキースタジアムに押しかけた一二万人の観衆の前で、デンプシーは一〇ラウンドの死闘の末タニーに判定負けを喫した。スポーツ新聞でその記事を目にしたマックスは暫く茫然として身動きできなかった。〝偶像地に堕つ〟思いだった。「デンプシーはショックの余り引退を表明した」とも書かれてあった。

「それは楽しみだ」

マッホンがまた口を出した。

「万が一デンプシーがチャンピオンベルトを取り戻したら、こいつにチャレンジさせますよ」

マックスはマッホンの袖を引いたが、カルパンチェは軽く笑って、マックスを指差した。

「観衆は戸惑うだろうね。どっちがどっちだか見分けがつかないだろうからな」

これには皆が笑った。

デンプシーがまだ引退していないと知り、マックスの胸には熱いものが込み上げていた。

ロンドンに飛んだ。ビューローとマッホンは市内のあちこちへ行きたがったが、マックスの関心はオリンピアホールでのタイトルマッチしかなかった。

試合前の予想ではチャレンジャーの英国人トミー・ミリガンが優勢とされていた。しかし、ミッキー・ウォーカーは、自分がタイトルを防衛すると宣言していた。

オリンピアホールに詰め掛けた——と言っても入場料が高かったので一万人そこそこだったが——観衆を見てマックスは驚いた。カジュアルないでたちの若者もいたが、多くの観客は燕尾服やタキシードを着こなし、女性達もフォーマルな着こなしでエレガントに回り木戸をくぐって行くのだ。遊園地や競輪場にリングを設けていたドイツでは、ボクシングはいかにも大衆娯楽の一つという感があったが、こ

こイギリスでは違う。世界タイトルマッチで挑戦者が本国のボクサーだからかも知れないが、ボクシングはここでは一種の社会的行事なのだ！

マックスはスーツを身に付けていたが、いい加減くたびれていたから、華やかな装いの男女に混じると気後れがした。

「参ったぜ。さすがはレディース・エンド・ジェントルマンの本場だな」

「いわゆる貴族のお歴々も来ているみたいだぜ」

ビューローとマッホンが前でボソボソと囁き合っている。

否が上にも胸の高鳴りを覚えながら、二人の後について回り木戸を通り抜け、待ち構えている案内係にチケットを渡した時だった。

「ようこそ、ミスター・デンプシー」

半券をマックスに戻しながら、男は相好を崩し、帽子を取って恭しく一礼した。

ビューローとマッホンが振り返った。マックスの困惑の体を見て二人は笑った。

「本物のデンプシー様の顔を拝みたいものだ」

ビューローが冷やかし半分に言った。マッホンが笑い、マックスもつられて笑った。

試合は初っ端から激しい打ち合いとなり、会場は興奮の坩堝《るつぼ》と化した。無論大多数の観衆の声援はミリガンに注がれている。ウォーカーにとっては敵地に乗り込んで冷たい視線を浴びながらの闘いだ。

一進一退の攻防にマックスは手に汗を握った。アウェーのハンデを負い、耳をつんざくトミーコールを浴びながら、怯まず果敢にチャレンジャーにパンチを繰り出すウォーカーの勇姿に見惚れた。

（タフだ！　凄い集中力だ！）

自分もこれまでアメリカ人ボクサー三人とグラブを交えて来たが、一度も倒せていない。ローブローで相手が早々と失格を宣せられた一戦を除き、八ラウンドないし一〇ラウンドをフルに闘った挙句の判定試合にもつれ込んでいる。一〇ラウンドまでグラブを交えたジャック・テイラーには敗れている。マックスのこれまでの戦績は二七勝三敗三分けだが、その三分けのすべてと三敗の一つはアメリカ人ボクサーとの試合だ。二七勝のうち二一勝はKOかTKOによるもので、一ラウンドで仕留めたものも六試合ある。ハードパンチャーの異名を取り、事実KOはほとんど右のパンチ一発によるものだったが、アメリカ人ボクサーは仕留められなかった。

ミッキー・ウォーカーもタフさの権化のようなボクサーだった。ミリガンのパンチを相当食らったが倒れない。

試合は第一〇ラウンドにもつれ込んだ。六ラウンドまではミリガンがポイントを稼いでいたが、七、八、九はウォーカーのもので、ミリガンは六回もダウンしていた。コーナーから立ち上がったものの、ミリガンは半ば意識が遠退いている。両手が下がり、顔は腫れ上がって血だらけだ。

悲鳴が上がった。顎にパンチを食らったミリガンが片膝をリングのマットについたのだ。次の瞬間、ミリガンは仰向けに倒れ、マットに伸びたまま起き上がれなかった。

場内を揺るがしていた怒号、歓声、悲鳴が嘘のように引いた。

「敵地に乗り込んで来て、やってくれるよな」

マッホンが呟いた。

「どうだ、マックス、お前がアメリカへ行ってこれだけの試合ができるかな？　たとえば、デンプシーと」

「僕も今それを考えていたところだよ」

「で？」

「気が遠くなりかけた」

マッホンとビューローが肩をすくめて互いの目をみやった。

「何にせよ、いい試合を見せてもらった。来た甲斐があったぜ」

「お前の次の相手は因縁のアメリカ人ジャック・テイラーだからな。アメリカ人ボクサーのタフさを見ておいた方がいいと思ったんだ」

マッホンがしたり顔で鼻をうごめかしながら言った。

「堪能したよ。ミッキー・ウォーカーに小突かれる夢を見そうだ」

「精々夢でパンチを食らっておくことだな。本番では浴びた分テイラーに返すことだ」

一行は浮かれた気分のまま旅を終えた。

マックスは幸福の極みにいた。オリンピアホールの案内人が自分をデンプシーと思い込んで恭しく一礼した瞬間を思い出す度に口元が緩んだ。誰彼にこの幸せな出来事を語って聞かせたかった。手っ取り早いのはケルンから呼び寄せて一緒に住むようになっていた母親と妹だ。病気がちだった父親が船を降りハンブルクの自宅で亡くなったからだ。まだ五十二歳の若さだったから家族は悲しみに暮れた。

週末、マックスは母親と妹をドライブに誘った。サイドカー付きの大型オートバイ、ハーレイ・ダビッドソンに二人を乗せた。

この頃は、〝ハーレイ・ダビッドソン〟か、もう一つの大型バイク〝ノートン〟を持つことが都会の若者の夢であり、ステータスシンボルでもあった。オートバイ熱はベルリン郊外のランケにいたマックスにも伝わって来た。車も好きだったが、オートバイはなお魅力的だった。金銭的なゆとりが拍車をかけ、憧れのダビッドソンを手に入れた。

毎日のように手入れをし、ピカピカに磨き上げた。母親と妹のエディットは歓声を挙げた。七月下旬に入って暑い盛りだったから、風を切って走るオートバイはいかにも心地良かった。途中で休息を取ったら、そこでロンドン、パリのみやげ話を思いっ切り二人に聞かせるつもりでいた。

だが、幸せな思惑は一瞬にして吹き飛んだ。迂回路で進路を変更する際に道路工事の瓦礫に乗り上げ、バランスを失った。三人共、傾いた車体から掘削《くっさく》跡の溝に投げ出された。我に返ったマックスの目に、傍らで苦笑しながら体を起こしている母親が映った。

(良かった！　助かった！)

打ち据えた臀部は痛いが、自分もすぐに起き上がれた。

しかし、妹は？　と見ると、エディットは仰向けになったままピクリとも動かない。マックスと母親が駆け寄って呼びかけ体をゆすったが、反応がない。

「駄目だっ！　病院へ運ばなきゃ！」

マックスはエディットを抱え挙げてサイドカーに寝かせた。

ベルリンの病院に運んだが、蘇生術も空しく、エディットは二時間そこそこで還らぬ人となった。

父親を失った悲しみがまだ尾を引いているさ中に、かわいい妹まで失ってしまった。父親は病死だったから止むを得ないが、妹は事故死、それも自分の過失によるものだ。浮かれ過ぎていた身をマックスは恥じた。

母親も平常心を失い、自責と後悔の言葉ばかりが口を衝いて出る。マックスは彼女を慰めながら、その実、自分こそ慰めてもらいたかった。

五日後に、非情なノルマが迫っている。アメリカのジャック・テイラーとの二度目の対戦だ。前回は一〇ラウンドを闘った挙句判定負けしている。ヨーロッパチャンピオンとしてもリベンジを果たさなければならない。

しかし、妹エディットのまだあどけなさを残した死に顔が脳裏を離れない。こんな意気消沈した状況では闘えそうにない。マッホンに試合を延期してくれるよう頼んだ。

「ボクサーも生身の人間だ。苦しい気持ちは分かるし、同情もするが、幸いお前は無傷で済んでる。身内の不幸だけでは延期の絶対的理由にはならんだろう。しかし、ま、どれだけ延ばせるか、プロモーターに打診してみるよ」

ドイツのボクシング界を牛耳っていたのは相変わらずヴァルター・ローゼンブルグだった。

「長くは認められない。四日間延期ということで相手も納得した」

それではほとんど意味がないと思ったが、マッホンは強く首を振った。

「いつまでもクヨクヨしていたら妹さんも浮かばれまい。彼女の弔い合戦のつもりで、歯を食いしばってやれ。いい試合をやることだ。それが彼女への何よりの供養になる」

マックスは涙の滲んだ目で頷いた。

七月三十一日、試合はハンブルクで行われた。

テイラーはさすがに試合巧者だった。マッホンに発破を掛けられて気を取り直したつもりだったが、ラウンドの終了を告げるゴングが鳴ってコーナーに戻り目を閉じると、エディットの顔が浮かんで来る。その度に自責と後悔の念が胸に突き上げ、お前はそんな所で何をしているんだ、エディットを死なせておきながら、よくもおめおめと大衆に顔を曝け出せるものだ、メッタ打ちにされてマットにひっくり返る事こそお前に相応しいぞ、と、声無き声が耳元で囁く。

だが、次のラウンドを告げるゴングの音と共に、「エディットの為にも勝つんだ」とのマッホンの檄と手に押し出されて重い腰を上げる。

それにしても、早く終わらせたい、終わって欲しいと焦りながら繰り出すパンチは、テイラーの巧みなブロックとダッキングにかわされ、必殺打に至らない。逆に相手のカウンターパンチを食らって危うく膝をつきそうになった。いっそこのままダウンしてマットに寝そべりたい――、そんな誘惑に駆られながら、自分の名をコールしてくれる観衆の声援に気を取り直し、クリンチでダウンを逃れた。

いつ果てるとも知れぬ攻防は、規定の一〇ラウンドまで続いた。

負けた、いや、負けを宣告されても仕方がないと思ったが、レフェリーはマックスの手を挙げた。

心身共に辛く苦しい試合を闘い抜いたことで、憑依《ひょうい》のようにつきまとっていたエディットの幻影から解放された。

自分にはボクシングしかないはずだが、なまじブランクがあると気が緩んで遊びの方に行ってしまう。結果、取り返しのつかない惨事を引き起こしてしまった。

「休みを与えてくれなくてもいい。ひと月に二試合でもやるよ」

マックスの言葉に、マッホンは得たりや応と頷いた。

「オファーが目白押しだ。一週間後でもいいかと言って来ているが、どうする？」

「受けるよ」

八月七日、エッセンでの試合は、オランダのボクサー、ヴィレム・ヴェストブルックとのノンタイトル戦だったが、マックスはあっさり第一ラウンドでKO勝ちした。

ほぼ一ヵ月後の九月二日には、ベルリンでデンマークのロバート・ラルセンと対戦、四ラウンドでTKOした。

二十日後、悲しいニュースを新聞のスポーツ欄に見出した。

ジャック・デンプシーが、九月二十二日、チャンピオンのジーン・タニーとリベンジをかけた一戦をシカゴで交えたが、一〇ラウンドで判定負けを喫した、との。

今度こそデンプシーは引退を表明するだろう、と記事は結ばれていた。その試合が、本当は第七ラウンド、デンプシーのKO勝ちと宣するべきだったのを、レフェリーのミスカウントでタニーは救われ、持ち直したタニーが八ラウンドでデンプシーからダウンを奪い、第九、一〇ラウンドもポイントを稼いで逆転した、と知ったのは、数年後、アメリカでデンプシーと再会したときだった。

一ヵ月後の十月二日にはドルトムントでスイスのルイス・クレメントとグラブを交えたが、これも第六ラウンドで斥けた。

「お前の怨念を晴らす時が来たぞ」

数日後、マッホンがやや興奮の面持ちで次の試合の予定を話した。

「ハイン・ドムゲリゲンから挑戦状だ」

マックスは耳を疑ったが、あり得なくはないと思い至った。ドムゲリゲンは太る体質で試合前にはいつも減量に苦労していたから、四、五キロ上げるのはいとも容易いことだろう。

それにしてもこれはヴィリー・フックスの仕掛けた遺恨試合に相違なかった。ドムゲリゲンばかりを依怙贔屓していたから飛び出したんだ、とこちらの言い分はあったが、フックスにしてみれば、行き場を失っていたところを拾ってやったのに、マックスはろくすっぽ恩返しもせず後足で砂をひっ掛けて姿をくらました忘恩の輩なのだった。俺の目に狂いはない、ドムゲリゲンがお前より目をかけるだけの玉だってことを思い知らせてやる、と言わんばかり、フックスは強引な取引に打って出て来た。ファイトマネー二万マルクは勝者が丸々受け取り、敗者はゼロということで行きたい、と。

それまでマックスが得たファイトマネーの最高額は対ディエックマン戦の一五〇〇マルクだったから、半分の一万マルクでも桁違いの額で、喉から手が出る程欲しかった。

「べらぼうなことを言ってきやがる。幾ら何でも、〝alles oder nichts〟（全か無か）ってことはあるまい」

ビューローもマッホンも苦り切っている。

「どうだい、マックス、勝算はあるかね？」

無くはない、問題は減量だ、とマックスは答えた。向こうは体重を四、五キロ上げるくらい訳ないが、こっちは逆に四、五キロ落とさなきゃならん、そのハンデがどう影響するかだ……と。ライトヘビー級は七九・四キロが上限だ。マックスの体重は試合後すぐに増えて四キロオーバーしている。四、五キロ落とすには、二、三日前から節食し、大汗をかいてのどの渇きは少量の水分で補う程度に留めねばならない。計量を終えた後は飲み食い自由だが、それとて限界がある。胃袋がふくれた状態では闘えないのだ。ボディにストレートを食らったらひとたまりもない、それこそ胃の破裂を起こしかねない。

「敵はその辺も見越してやがるな」

マッホンは腕を抱え込み、顎をしごきながら、上目遣いにマックスを見据えた。ビューローはそんなマッホンとマックスを交互に見やりつつ、こちらも思案の体でいる。

「断ってもいいぞ。イタリアのミケル・ボナリアからもオファーが来ている。そっちを優先する手もある」

マッホンが重苦しい沈黙を破った。

「いや、受けるよ」

マックスはまた一分ばかり沈黙を続けてから言った。

「負けても、また取り戻すチャンスはあるだろうから」

「フーム……」

マッホンが首を捻り、ビューローと目配せした。

「負けても、か――その弱気が気になるな」

ビューローがやっと口を開いた。

「二万マルクにベルトも失ったら、泣きっ面に蜂だ。それに、フックスの奴、鼻高々であちこちに触れ回るぜ。どうだ、俺の目に狂いはなかっただろうってな」

フックスに虚仮《こけ》にされたケルン時代のあれこれの場面が蘇った。

(己こそ目が無かったことを思い知らせてやりたい)

秘蔵っ子ドムゲリゲンに格別目をかけ、自分をないがしろにしたことの正当性を世に訴えようというフックスの魂胆が忌々しかった。

「そう易々とはベルトは渡さないさ」

暗い目を自分に凝らす二人にマックスは言い放った。

十一月八日、大群衆がライプチッヒに押しかけた。

マックスは懸念していた通り減量に苦心し、リングに上がった時は、五キロも減量したに拘らず、体が重かった。

これまでマックスは第一ラウンドで早々とKO勝ちする試合もあったが、基本的にはスロースターターだ。殊に初めて手合わせする相手には、いきなり打ち合いに出ることは避け、精々左のジャブで攻勢を阻みながらじっくりと相手を観察することに努めた。腕の振り、フットワークは元より、目つき、顔面の造り、顎の形、更には筋肉の付き方までを入念にチェックした。細長い顎は〝ガラスのジョー〟で恰好の捉え所だったし、腹筋が薄ければボディが狙い所だ。フットワークが軽快で常に踵が上がっているボクサーは運動能力に長け反射神経にも勝れているから簡単にこちらのパンチを食いそうにない。ベタ足でマットを歩いているようなボクサーは運動神経が鈍く、大抵早いラウンドでノックアウトできる。相手の体調の善し悪しは、肌の艶、目つき、汗のかき方で見て取れる。

ドムゲリゲンは、フックスが見込んだだけの勝れたボクサーだった。軽快なフットワークから繰り出す左のジャブは刺すような痛みを顔面にもたらした。ディフェンスも巧みで、マックスのパンチは相手の巧みなダッキングにかわされ大方空を切った。

回を重ねる毎に相手がポイントを重ねているのが分かった。

「そろそろエンジンをフル回転させろ。このままでは二万マルクがぱあだぞ」

第六ラウンド、肩で息をつきながらコーナーに戻って来たマックスにマッホンが発破をかけた。

「向こうも相当打ち疲れている。フットワークも鈍くなってる。ガードも下がり気味だ。一発パンチを見舞え」

相手側のコーナーでセコンドに付いたフックスが勝ち誇ったように拳を握り締めているのが見て取れる。打ちのめしたいのは、ドムゲリゲンよりフックスの方だ。

第七ラウンドのゴングが鳴った。マックスはブルンと頭を一つ振って腰を上げた。ドムゲリゲンが一、二秒遅れて立ち上がるのをマックスは（おや？）と思った。それまでの回は、自分と同時か、待ち切れぬとばかり先に立ってリングの中央に走り出て来ていたからだ。

マッホンの目は確かだった。ドムゲリゲンのフットワークはおよそ軽快さを欠いてベタ足になっている。前のラウンドで終盤手応えを覚えたボディがまだ利いているようだ。右の肋骨の下にストレートを放った時、ドムゲリゲンが「ウッ！」と呻いて顔を歪め、背を屈めてクリンチに来たのは確かだ。左のジャブの応酬はマックスの方が上回った。ドムゲリゲンがそれをブロックしようとした時、右肩が下がり、顔もそちらに傾いた。

マックスはその一瞬を見逃さなかった。腰を回転させ、渾身の右フックを相手の顔面に放った。鈍い音と共に、熱い衝撃がグラブの裏に走った。

次の一撃をと身構えた時には、相手はもはや目の前にいなかった。

完全に意識を失って、ドムゲリゲンはマットに沈んでいた。レフェリーがカウントを取る必要もなかった。フックスらセコンド陣が血相を変えてドムゲリゲンをコーナーに引きずって行った。

この年、マックスはもうひと試合こなした。一ヵ月後、イングランドのジプシー・ダニエルズとのノンタイトル戦をベルリンで行った。八ヵ月前にハンブルクで対戦したやはりイングランドのスタンレイ・グレンは一ラウンドで片付けたが、ダニエルズには手古摺《てこず》った。結局最終の一〇ラウンドまで闘い、辛うじて判定勝ちに持ち込んだ。

年が明けると早々に防衛戦が待ち構えていた。相手はイタリアのミシェル・ボナリアで、会場はやはりベルリンのスポーツパレスだった。ここは八千人の観客を収容できた。

イタリアのボクサーとグラブを交えるのは初めてだ。ボナリアはハードパンチャーで、イタリア人らしい熱い気質にまかせて一ラウンドから積極果敢に打って出て来るタイプと聞いていた。

実際、その通りの運びになった。やたらパンチを繰り出すボクサーは身の程知らずだというのがマックスの信条だ。当たればまだしも、空振りの方が確実に多い。それでは体力を消耗させるだけではなく、荒っぽいボクシングになって必ず隙が生ずる。

ボナリアもこの種の悪いタイプのボクサーだとマックスは見て取った。第七ラウンド、パンチが空を切ってボナリアの体勢が崩れたところを、狙い済ました右のパンチで顎を捉えた。

ボナリアは自分のコーナーに吹っ飛び、崩折れた。ゴングまでにまだ一分を残していた。

観衆は騒然となった。狂喜したファンがリングに駆け上がりマックスを取り囲んだ。リングの近くにいたファンは総立ちとなってドイツ国歌を歌い始め、それに和した大群衆の歌声がスポーツパレスに轟き渡った。

数日後、アルフレッド・フレクトハイムと名乗る男から電話がかかって来た。

「あなたの熱烈なファンの一人です。是非一度お目にかかりたいので、小宅までお越し願いたい」

丁重な、しかし上澄った口吻だ。

「何者か知らないが、ファンは大事にしないとな。気晴らしに行ってきたらいい」

電話を取り次いだマッホンが機嫌良く言った。ドムゲリゲンとの一戦で一か八かの賭けに出て大儲けをして以来、マッホンは格別機嫌が良い。

ビクトリア通りに面したフレクトハイムのアパートに赴くと、下にも置かないもてなしを受けた。

スリムで学者風の上品な風貌の持ち主で、いかにも紳士然とした佇まいに似ず、熱い言葉がほと走り始めた。

「いやあ、お目に掛かれて嬉しい。あなたは多分私のことなどご存知ないでしょうが、私の方はもう何年も前からあなたのことを知ってましてね、大抵の試合は見てますよ。ま、いわば追っかけですな。ハッハ」

フレクトハイムは快活に笑い、メードが運んで来たコーヒーを、マックスにも勧めながらうまそうに二口三口すすった。

「この前のドムゲリゲンとの試合もね」

と彼は続けた。

「友人二人を誘ってライプチッヒまで見に行ったんですよ。第七ラウンドのKOシーン、興奮しましたなあ」

友人二人とは、彫刻家のルドルフ・ベーリングと指揮者のレオボルド・ストコフスキーだとフレクトハイムは言った。

「二人ともね、ボクシングに目がないんですよ。今日は他用があって来れないが、そのうち紹介します。ライプチッヒでのあの試合以来あなたのファンになってますから。あ、因みに私はこんなものを出しています」

フレクトハイムはコーヒーカップを置いて立ち上がると、デスクの上の雑誌を手に戻ってマックスに差し出した。

『クエルシュニット』

が誌名だった。パラパラめくってみると、レーニンによる新経済政策（ネップ）や、ソヴィエト社会主義共和国連邦の結成、一九二四年の新憲法の発布に至るロシアの社会変遷についての論説など硬派の記事の反面、マレーネ・ディートリッヒの映画やパブロ・ピカソら現代アーチストの紹介、さてはヌード写真の際物もあった。

すべては物珍しく、マックスの好奇心をくすぐった。

やがて、次々と見知らぬ人間が集まって来た。その一人一人をフレクトハイムはマックスに紹介した。芸術家、銀行家、ショーガールズ、俳優、ジャーナリスト、作家、レーサー等々。各々の顔は個性的で見飽きなかったが、彼らの話題にはついて行けなかった。

マックスはつくづく自分が無教養の野暮ったい田舎者であることを思い知らされたが、無視されたり蔑視されたりはしていないことも感じていた。

彼らは畑違いの世界にいる人間だったが、皆多少ともボクシングに興味を抱いており、弱冠二十二歳のヨーロッパチャンピオンの生い立ちや日常生活がどんなものであるかを知りたがった。

ハインリッヒ・マンと紹介された人物もその一人だった。四歳違いの弟のトーマスは『ヴェニスに死す』、『魔の山』を書いた高名な作家でユダヤ人嫌いだと知らされた。同時に、台頭しつつあったNSDAPも嫌っている、と。

ハインリッヒ・マンも作家で、その作品『嘆きの天使』は後にマレーネ・ディートリッヒの主演で映画化された。それを監督したのがヨーゼフ・シュテルンベルクで、彼もまたこのフレクトハイム家のパーティーの常連だった。

ハインリッヒ・マンは五十代半ばかと思われた。

ハンサムではないが、味のある顔をしており、大人の風格があった。

娘かと見紛う、目の覚めるような若い女性を伴っていた。彼女が何者であるか知りたかったが、マンにはおよそ近寄り難いものを覚えたから、マックスは少し離れたところで二人を盗み見るばかりだった。

ところが、意外にもハインリッヒ・マンは、グラスを片手に優雅にマックスに歩み寄って来た。そうして、自分がいかにボクシング好きであるかを滔々と語り出した。専門用語を駆使し、細かいテクニックにまで話が及んだ。そこへドイツ系イタリア人の彫刻家エルネスト・デ・フィオーリが割り込んで来た。

「いやあ、驚いた。ジャック・デンプシーが僕のアトリエから抜け出てきたかと思ったよ」

フィオーリは爪先から頭の天辺までマックスをねめ回しながら嘆息をついた。

「今僕はデンプシーを彫っているんだよ。彼がケルンに来た時、あ、こいつは俺のモデルになる為に来た男だ、と閃いてね。しかし、私の手もとに残ったのは彼の写真だけだ。それを手がかりに彫っているが、やはり生きたモデルとは違う。ここでデンプシーの生き写しさんにお目に掛かるとは夢にも思わなかったよ。どうかね、後少し手直しして完成だが、それまでモデルになってもらえないか」

拒絶する理由はなかった。憧れのデンプシーの彫像に僅かなりと自分の面影が宿るならば光栄至極だ。

彫刻家はフィオーリの他にもいた。ジョセフ・トラックは精悍な風貌をした、いかにも芸術家風情の人物で、専ら頭部像を手がけていた。レネ・ジンテニィスはノーブルなインド人を思わせる容貌の女流彫刻家だった。二、三度顔を合わせるうちに、やはりマックスの彫像を彫りたいと申し出た。これも断る理由を見出せなかった。

レネはマックスにファイティングポーズを取るよう求めた。筋肉が盛り上がった男の裸体は、まろやかな女の裸体に匹敵する美の極致だとレネは言った。

実際、クエルシュユニット誌も女性のヌード写真と共にボクサーの半裸体のファイティングポーズの写真を掲載しており、マックスもそれに一役買った。

芸術家達との思いがけない邂逅は、マックスの中にくすぶっていた火種を発火させた。ボクシング以外の彼らの会話に加われるだけの知識を身につけたいと思った。

新聞で目を通すのはスポーツ欄くらいなものだったが、今や隅から隅まで読むようになった。シェークスピアやスチーブンス、ゲーテやシラーの古典、現代文学ではトーマス・マンや、ヘルマン・ヘッセも読んだ。

劇場や映画は初日に出かけるようになった。

服装にも気を配るようになった。それまでは専らラフなカジュアルウェアで通していたが、フレクトハイム家に出入りするようになって、フォーマルなタキシードや燕尾服も買い求めた。

当時のモダンな紳士スタイルは、ハイカラーをのぞかせたダブルのスーツに山高帽だった。ジョージ・グロスという画家がいつもこのスタイルをバッチリ決めて現れた。山高帽を取ると、やや薄い髪と、それに不思議にマッチした広い額がのぞいた。そしてクールな眼、ギリシャ彫刻を思わせるガッシリした鼻梁、引き締まった薄目の唇が続いていた。

フレクトハイムは独自のギャラリーをルエッツォプラッツに持っていて、そこにグロスの絵が展示されていた。大方人物画だが、正面を向いている人物はおらず、皆そっぽを向いている。しかも一人一人が劇画風に描かれている。その頭には傷があり、腹部からは大きな内臓が飛び出している。骸骨も混じっている。画家のクールな風貌とは何となくマッチしないな、というのが第一印象だった。

ギャラリーには他にも不思議な絵が展示されていた。顔の中にもう一つ顔があったり、左右異なっていたり、ギターらしい楽器の中に人間の顔が混在していたり、まるで出鱈目、小学生の悪戯書きかと思わせる絵ばかりだ。

「パブロ・ピカソ、スペインの鬼才だ」

フレクトハイムは得意気に言った。

「この絵は値打ちもんだぞ、マックス。今が買い時だ。もう五、六年もしたら手の届かない価格がつく。今のうちに買っておかないか」

値段はと見ると精々二千マルクだ。買えない額ではない。

「でもいいよ。僕の趣味には合わないから」

フレクトハイムは両手を広げ、肩をすくめた。

「ボクサーの寿命は短いからな。君がグラブを脱いでからの生活の為と思って言ってやってるんだが。このピカソって男は百年に一度出るか出ないかの天才だ、と私は信じてる。今はまだ理解者が少ないがね。そのうち世界を席巻するよ」

マックスはフレクトハイムの言葉を聞き流しながら宣伝用のチラシにあるピカソの写真に見入った。

(穏やかな人物ではない。野獣の目だ)

「ピカソがボクサーになったら、この目だけで相手を威圧できそうだな」

独白のつもりが、充分フレクトハイムの耳に届いた。

「ピカソはアトリエでいつも半裸体だ。きっとボクシングが好きだと思うよ。どうだい、彼のモデルにならないか」

「じょ、冗談でしょ。彼にかかったら、僕はきっと半獣半人にされますよ」

「フーム。君はボクサーとしては一流で、対戦相手のウィークポイントを素早く見抜く才能も持ってるんだろうが、芸術を見る目はなさそうだな。ピカソはね、人間の本性を描いてるんだよ。この、歯をむき出しながら泣いているような顔」

とフレクトハイムは一枚の絵を指さした。

「悔しさと悲しみをこんな風に表現できる画家は今までいなかった。その意味でも不世出の天才だよ」

「そう言われてみれば、そんな気がしないでもないですが……でも、この絵を家に飾りたいとは思わないなあ」

「フーム」

フレクトハイムはまた嘆息をついてからすぐに続けた。

「ま、ピカソのモデル云々の話は冗談だが、真面目な話がある。ジョージ・グロスが君をモデルに絵を描きたがっている。どうかね？」

マックスは苦笑した。ピカソの怪異な絵程ではないが、グロスの人物画にもなじめなかったからだ。

しかし、結局はフレクトハイムの強引な押しに屈した形で、一日、マックスはナッソーワイエッシュ通りに面したグロスのアトリエに足を運んだ。

フレクトハイム家のサロンでは流行の紳士スタイルで現れ、その口を突いて出るのは専ら政治論で、第一次大戦のドイツの敗北とそれによって負った莫大な債務、続いた超インフレは軍部と時の為政者の大失態であると口角泡を飛ばさんばかりいきまいたが、自宅でマックスを出迎えたグロスは、ウールのジャケット姿のラフな恰好で、穏かに、愛想良く応じた。

二日後、マックスは霧雨の中をボクシングトランクスを持って彼のアトリエに赴き、求められるまま拳を握ってファイティングポーズを取った。

「グラブはつけない方がいい」

とグロスは言った。

「リング上のあなたではなく、闘士の原型としてのあなたを描きたいから」

マックスは旧約聖書のゴリアテのような男に描かれるのではないかと不安を覚えた。殊にキャンバスを引っ掻いているような奇妙な音が続く時は、脳ミソが飛び出ている頭蓋でも描いているのでは、と不安が募った。

雨が止んで乳白色の光がアトリエに差し込んできた。

「グロスさん」

勇を鼓してマックスは口を開いた。キャンバスに走らせていた絵筆をパレットに戻してグロスが目を上げた。

「ピカソもそうですが、あなたの絵も僕にはよく分からないのです。描かれている人物は、皆現実には存在しないですよね？」

牽制のつもりだった。自分は絶対そんな化け物に描かないでくれ、との——。

　グロスは笑った。が、即答は返らない。黙々と絵筆を走らせている。

　ものの二、三分も経ったと思われる頃、漸く口を開いた。

「私は、いわゆる肖像画家ではないんだよ。たとえば、現実のマイエル夫人、実業家のミュラー氏、肉屋のレーマンさんをそのまま実写の如く描くことには興味がない。描きたいのは、彼らの心証だ。分かるかな？」

　マックスは首をかしげた。グロスはすかさず続けた。

「つまり、こういうことだ。マイエル夫人の貪欲さ、ミュラー氏の傲慢さ、レーマン氏の残忍さ、そういうものを描きたいのさ」

「では、僕の中の何を描こうとなさっているのですか？」

「そうだな」

　グロスは暫く押し黙ってパレットに絵筆を押し付けた。

「二、三聞かせて欲しい」

　ややあって彼は目を上げた。

「君はこれまで、大概の試合をＫＯで勝ってきてるが、相手がマットに沈んだ時、咄嗟にどんなことが頭に過ぎるかな？」

「言うまでもなく、10カウントまではそのまま沈んでいて欲しい、しかし、それが済んだら正気を戻してすぐに起き上がって欲しい、ということです」

「それはつまり、相手を思いやってのことだね？」

「そうです。ボクシングはあくまでスポーツであり、ボクサーはアスリートでありたいからです。まかり間違っても、〝殺人鬼〟などと呼ばれたくないのです」

「逆に、君がＫＯされたことはあったっけ？」

「一度だけ。プロになった最初の年、フックを受けて耳の付け根からの出血が止まらず、四ラウンドでＴＫＯ負けしました」

「そのように傷ついたボクサーは、どうかな？　手負いの獅子のようにより攻撃的になってガムシャラに打って出るか、それとも、弱気になってファイトを失うのか……？」

「出血が止まらないと、確かにファイトは殺《そ》がれます。でもグダグダしていればＴＫＯを宣告されますから、一刻も早く相手を倒したいと焦り、より攻撃的にはなりますね」

グロスは「ふむふむ」とばかり頷いてキャンバスに筆を走らせた。

三日目に絵は出来上がった。とんでもない奇怪な人物に描かれるのではないかというマックスの不安は杞憂に終わった。

絵はポーズそのまま横向きのファイティングポーズを取ったマックスの上半身で、握り締めた両の拳と左腕の筋肉が強調されている。顔も横を向いているが、驚く程写実的で、モデルはマックス・シュメリングとすぐに見て取れるものだった。フレクトハイムは大層この絵が気に入ってすぐに自分の画廊にこれを掲げた。

彫刻は仕上がるまでにかなりの時間を要したが、エルネスト・デ・フィオーリやレネ・ジンテニィスの造り上げたものはボクサーの全裸像で、ミケランジェロの〝ダビデ像〟さながら、マックスのトランクスの下に隠された男根までついていた。マックスはそうした全身像よりも、今一人知己を得てモデルにと頼まれたヨセフ・トラックの首から上の彫像が気に入った。

ルドルフ・ベリングもマックスにモデルを依頼してきた彫刻家だった。初対面は、ベルリン西部を拠点にした社交場の一つ、バイエルン州立劇場監督ヴィクトール・シュヴァンネッケのアパートでだった。

筋骨隆々とした体格の持ち主だった。

果たせるかな、彼は彫刻家であると同時に、知る人ぞ知るアスリートだった。テニス、競技ダンス、レスリングをよくし、中でもレスリングでは、所属するクラブのグレコローマンスタイルライト級のチャンピオンに何度もなっているという。

この情報をもたらしたのは、シュヴァンネッケの娘エレンだった。エレンは女優を目指して演劇学校に学ぶ好奇心旺盛な娘で、遠慮がちにパーティーの片隅に身を潜めがちなマックスにコーヒーやケーキを運んで来ては何かと話しかけた。数年後、エレンは夢をかなえ、フランスとドイツの合作映画「制服の少女達（邦題、『制服の処女』）」に脇役ながら出演した。

エレンの話に驚いているところへ、ベリングがシュヴァンネッケと共に近付いて来て手を差し出した。芸術家らしからぬ太い指を持つ大きな手だ。

「今夜はあなたに会えるというので楽しみに出かけて来たんですよ」

会釈は返したものの口を利けないでいるマックスに、ベリングはにこやかに話しかけた。「この人はね、あなたの大ファンで、ここ一年程のあなたの試合はほとんど見に行っているんですよ」

シュヴァンネッケが言い添えた。

「そう、私はボクシングも大好きで、時々ジム荒しをしています。定期的にトレーニングもしていますよ」

ベリングはシャツをまくり、前腕をむき出しにすると、マックスのシャツもまくって腕を並べた。ほとんど変わらない太さで、拳を握ると、筋肉が盛り上がった。

「ほー！」

マックスが驚嘆して眉を吊り上げると、ベリングはにっと笑ってマックスの肩に手を置いた。

「でも安心しな。あんたのタイトルを奪おうとは思わないから」

これにはドッと哄笑が起こった。マックスはベリングが好きになった。是非私のモデルにという要請に二つ返事で応じたが、試合が二つばかり控えているから一段落してから、ということで話はまとまった。

彫刻家ばかりでなく、映画俳優や歌手達もボクシング熱に取り憑かれていた。

盛名を博していた歌手ミヒャエル・ボーネンもその一人で、マックスはある小さなナイトクラブで彼と出会った。売り出し中のオペラ歌手がこんな小さな場末のクラブで歌うとは思いもしなかったが、それ以上に驚いたのは、ボーネンが本気でボクサーになろうとしていることだった。彼はマックスにボクシングのレッスンをしてくれとせがんだ。止む無く応じたが、〝好きこそものの上手なれ〟で、なかなかいい反射神経をしていて、才能が無くはないと思わせた。しかし、歌手で得た名声を捨ててまでのめり込む程のものではない。

「趣味程度に留めておいた方が無難ですよ。あなたがボクサーになるなんて、僕がオペラ歌手に挑むようなものです」

「おー、マックス」

ボーネンは大仰に肩を吊り上げた。

「それなら望みなきにしもあらずじゃないか。君のそのバリトンの声で本格的にレッスンしたら、世界中のオペラハウスをしびれさせるぜ」

マックスも大仰に両腕を広げて見せた。

「冗談はよして下さいよ。学校時代、スポーツ意外は劣等生だったけど、わけても音楽の成績が一番ひどかったんですから」

「そんなはずはない。僕が仕込んだら、君はきっと一流の歌手になれる。試しにやってみないか。その代わり、君は僕に本格的にボクシングを教えるんだ」

ボーネンの思い込みの激しさに、マックスはほとほと手を焼いた。

ボーネンは近視で眼鏡をかけていた。そのことからしてまずボクサーとしては致命傷であることを説いた。パンチは遠くから飛んでくる訳じゃなし、至近距離から繰り出されるものだから、近くが見えればいいだろ、とボーネンは屁理屈を返した。

かくなる上は少々手荒なレッスンが必要だと悟ったマックスは、半ば手加減しながら、半ば本気でボーネンとグラブを交わし、相手のパンチを軽くブロックした上で、カウンターパンチを食らわせた。ボーネンは床にカエルのように這い蹲り、暫く起き上がれなかった。二、三度手痛い目に遭わせたところで、やっとボーネンはプロボクサーになることを諦めた。

だが、一難去ってまた一難がマックスに襲い掛かった。

今度は舞台俳優のフリッツ・コルネル。「ザ・ライバルズ」という演劇で闘いのシーンがある、ひょっとしてドイツ人の大男を相手にしなければならない、僕のような小兵が大男を打ち負かすテクニックを教えてくれないか、というものだった。

コルネルのアパートを訪ねると、彼は一部屋の家具を脇へ寄せてスペースを作り、そこをリングに見立ててマックスと向き合った。二人共トランクスだけの恰好で。

驚いたことに、コルネルは玄人跣《はだし》のテクニックを身につけていた。聞けばボクシングの試合をよく見に行き、ボクサー達の一挙手一投足を頭に叩き込んできたと言う。

時々コルネルのジャブがマックスの顔面を捉えた。その度にコルネルは興奮も露に目を爛々と輝かせた。図に乗らせてはまずいと判断したマックスは、専ら受けに回っていたのを攻勢に転じて打ち返した。コルネルが顎に一発を食らってひっくり返ったところでレッスンを終えた。

社交界の付き合いは、それまで厳格に自分に課していたマックスの規則正しい生活を乱した。ボクシングマニア達と冗談半分にグラブを交えることもトレーニングの一つ、と言い訳している自分に気付いていた。ボクシング以外の話題にも付いていけるよう、劇場やコンサートホールに通い、新聞、雑誌、小説に多くの時間を割くようになったため、十時までには床に就き、夜明けと共に起きて朝食前に一汗かく、という習慣に乱れが生じていた。

芸術家達の私宅ばかりでなく、カフェ、バー、ダンスホール、ナイトクラブへも、誘われるまま出かけた。

女性が惜し気もなく裸体を曝け出すようになっていた。映画でも舞台でも、あろうことか、社交場のナイトクラブやホテルでも。

ミヒャエル・ボーネンの恋人になったダンサー、ラ・ヤナは、乳房の半ばを葉っぱで覆っただけで臍まで丸出しにした上半身をくねらせながらのなまめかしい踊りで人気を博していた。

それよりも、若いマックスを心底驚かせた光景があった。アドロンホテルのレストランで食事をしていた時だ。

スリムな体でおよそ肉感的とは言い難いが、ほんの少しの布で際どく乳房や陰部を覆っただけの、ほとんど全裸に近い恰好でエロチックなダンスを踊って、人気半分、物議半分を醸していたアニタ・ベルベルが、二人の若いダンディな男に伴われて現れた。

客達は雑談を止めて一斉に三人の動きを目で追った。

予約席と思われる一段と高いテーブルに三人は座った。エスコートしてきた男の一人が〝フューフェクリコット〟を注文した。

そこまでは極ありふれた光景で、ベルベルに注がれた視線を元へ戻した客も少なくなかった。しかし、ほんの数分後、彼らの視線は再びベルベルに注がれ、今度こそ釘付けになった。

クリコットを持参したウエイターが三人のグラスにそれを満たすや、おもむろにベルベルに近付き、毛皮のコートのダイヤモンドブローチの留め金を外したのだ。予め仕組まれたパフォーマンスに相違なかったが、彼女の肩先からコートが床にずり落ちた時、客達は等しく目を疑った。コートの下に、ベルベルは何もつけていなかったからである。そうして全裸のまま、彼女は二人の男と乾杯のグラスを合わせた。

ほぼ二ヵ月のブランクを経て、マックスはイギリスのジプシー・ダニエルズとフランクフルトでグラブを交えた。ほんの三ヵ月前にベルリンで対戦したばかりだ。

なめてかかれる相手ではなかった。前年の一九二七年はほとんどKOで勝利を納めていたが、ダニエルズとは一〇ラウンドフルに闘って判定にもつれ込んでいる。

ノンタイトル戦だから気は楽だったが、二、三日前も深夜の帰宅になっている。夜遊びのつけは見事に回って来た。

第一ラウンド、時間切れ寸前、相手の勢いに押されてロープに背をもたせたが、反動をつけてロープから離れた瞬間、両腕が垂れてガードが甘くなったところを相手は見逃さなかった。強烈なフックが顎に命中し、マックスはマットに沈んだ。

初めてのKO負けだった。折しもベルリンのスポーツパレスで六日間に亘って自転車レースが開かれていたが、「シュメリング初のKO負け、それも第一ラウンド二分四十七秒で」のニュースがラウドスピーカーで大きくアナウンスされた。

観衆はドッと笑った。そんなことはあり得ない、冗談だろう、と思ったのだ。

観衆のこうした反応をマックスが直《じか》に知ったのは、試合の数日後、自らスポーツパレスに赴いた時だった。自転車レースはマックスのお気に入りのスポーツイベントだった。

ここには名物男ラインホールド・フランツハビッシュがいた。自身は新聞を売って生計を立てている身体障害者で、いつも松葉杖をついていたから、〝クラッチ〟の異名を奉られていた。

彼は二本の指を口に差し入れて口笛を吹く特技の持ち主で、レースは彼の口笛を合図にスタートした。しかし、〝クラッチ〟のパフォーマンスはそれだけに留まらない。レース中も彼はその〝特技〟で観衆を煽り、野次らせたり、歌わせたりした。観衆の中に有名な歌手を見つけると、競技の合間に彼や彼女を名指しして歌わせた。金持ちの実業家もクラッチの餌食になった。指名を受けてスタンドアップした彼に、クラッチは有無を言わさずビールを一〇〇人の客にふるまうことを誓わせた。かくして彼はベルリンの市長よりも有名な人気者になっていた。

ジプシー・ダニエルズに敗れた二週間後、マックスはダニエルの同国人テッド・ムーアと対戦し、一〇ラウンド闘って判定勝ちを納めた。

数日後、アルトゥール・ビューローが思いがけない話を持ちかけて来た。

「一ランク上げて、無差別級でチャンピオンベルトを狙ってみないか。相手はフランツ・ディエネルだ」

「まさか、もう決めて来たんじゃありませんよね？」

「話はつけた。相手は乗り気でいる。と言うより、恰好の挑戦者だと思ってる。君は今や、ディエネルより人気があるからな」

「しかし、相手は手強そうですよ。アメリカでも相当経験を積んで来たようだし」

「そうだな。それに、お前より五、六キロ重い。スタミナもある」

「それでもやらせるんですか？」

「ボクサーの最高の栄誉は、ヘビー級のチャンピオンベルトを締めることじゃないかね？」

ビューローは人を焚き付ける才能を持っている。マッホンも乗り気になった。

「ファイトマネーも桁違いだ。勝てば三万マルクだぞ」

三万マルク——それは平均的な労働者の十年分のサラリーに匹敵する。


「分かりました、やりましょう。一二ラウンド、フルに闘うことになるかも知れませんが」

「それがな」

ビューローが片目をつぶって、その瞼を指で払った。

「ルールが変わりそうだ。ヨーロッパと世界チャンピオンシップと同じ一五ラウンド制になりそうなんだ」

確かに、ヨーロッパのライトヘビー級チャンピオンシップは一五ラウンド制で、ベルギーのフェルナン・デラージュに一四ラウンドTKO勝ちした、それがこれまでで最長の試合だった。

試合会場は自転車レースが行われたばかりのベルリンスポーツパレス、対戦日は四月四日と決まった。

マックスはマッホンやトレーナー達と共にすぐ様ランケに移り、キャンプを張った。

「左のジャブをもっと利かすんだ、相手が嫌がって顎を浮かしたところで右の一発を打ち込め」

ディエネルの試合のフィルムをできる限り取り寄

せ、ラウンド毎の彼の動きを研究した挙句にマッホンは言った。

試合当日は、夕刻、突然の驟雨《しゅうう》がベルリンを襲い、地面に忽ちぬかるみが生じた。客の出足が止まるのではと関係者は危うんだが、試合開始の一時間前にはすべての席が埋まり、五倍に吊り上げたダフ屋のチケットも売り切れた。

リングサイドは、燕尾服やタキシードを糊のついたシャツの上に着込んだ紳士や、肩も露に優雅なイブニングドレスを纏った婦人達で埋まった。この一ヵ月余り、社交界に出入りして知己を得た著名人達の顔も見えた。

晴れがましかった。ボクシングは今やドイツでも社会的な行事になったのだ。

しかし、試合は事前の計画通りには行かなかった。ディエネルはパンチに正確さを欠いて空を切ることが多かったが、こちらのディフェンスを物ともせずグラブを叩きつけてくる。そのタフさとスタミナは脅威だった。


最初のラウンドで、ガードのグラブに加えられた一撃が左の親指に激痛をもたらした。左のジャブを繰り出す戦法がそのために狂った。親指をかばってのジャブは、精彩さを欠き、相手をのけぞらせるまでには至らない。必然的に右のフックとパンチを繰り出す他なかったが、手数では劣っても正確さでは勝っているとの感触があった。実際、ディエネルは何度かよろめいてロープにもたれかかったが、マックスに連打は許さなかった。驚くばかりの回復力で、すぐに打ち返してくる。

観衆の興奮は並大抵ではなかった。ベルリンは地元だけにディエネルのファンも多かったが、それ以上に自分の名をコールしてくれる観衆が多い。彼らの声援に煽られ、いつしか左手の痛みも忘れていた。

一四ラウンドが終わった。いよいよ未経験のラウンドだ。マックスは疲労困憊していたが、向こうのコーナーに座っているディエネルも大きく肩で息をついていて疲れ切っているのが読み取れる。しかし、最終ラウンドを告げるゴングと共に、ディエネルは勢い良く立ち上がった。その果敢なファイトにマックスは畏敬の念を覚え、自らも奮い立った。

最終ラウンドは最も長く感じられた。打っても打っても相手は怯まず向かって来たからである。ディエネルの顔は腫れ上がり、目も塞がりかけていたが、それでも幾つかのパンチがマックスの顔に突きささった。

遂にゴングが鳴った。マックスとディエネルはどちらかともなく歩み寄って抱き合った。観衆は総立ちして拍手を送った。中には感極まって涙ぐんでいる者もいる。

レフェリー、ポール・サムソン・ケルナーがマックスの手を差し上げた。

翌日の新聞各紙は、シュメリングの一方的な試合だった、と報じた。

この勝利によってドイツヘビー級チャンピオンベルトを手にし、ライトヘビー級のドイツ及びヨーロッパチャンピオンと併せて三つのタイトル保持者になった。

だが、新たな勝利は高くついた。試合後のX線撮影で、左手親指の骨折が認められたのである。試合中は忘れていた痛みが、グラブを脱いだ時から始まった。

ミュンヘンのボクサー、ルードヴィッヒ・ハイマンが挑戦状を送って寄越した。ディエネルと遜色がない強豪と目されている。怪我さえなければ喜んで受けて立ったが、ヒビが入っただけではない、一部が剝離《はくり》骨折を起こして小さな骨片が飛んでいるから完治には時間がかかる、と医者は言った。事実、グラブをつけてサンドバッグを軽く叩くだけで痛みが走り、疼きが尾を引いた。

一ヵ月間、左手にグラブははめなかった。右手でサンドバッグを叩くだけで、後はシャドーボクシングに終始した。

アメリカのプロモーター、テックス・リカードから電報が舞い込んだのは、ハイマン側からの要請に応えたいと思いながらドクターストップが長引いていらつき出した頃だった。

「七月二十七日、ジーン・タニーがタイトル防衛戦を行う。その前座で試合に出ないか。ファイトマネーは六〇〇〇ドル。無論、旅費も払う」

魅力的なオファーだった。

一ドルは四マルク相当だからドイツの金に換算すれば二万四〇〇〇マルクだ。旅費も数千マルクはかかろう。しめて三万マルク近い。ディエネル戦で得た金と遜色ない。

「悪くないな。アメリカでタイトルマッチでもすればファイトマネーは跳ね上がるぜ」

ビューローが電報をヒラヒラさせながら声を弾ませた。

「まさか、二桁も上がらないでしょ?」

「いや、デンプシー、タニー戦のファイトマネーは一〇〇万ドルをオーバーしたという話だぜ」

デンプシーがタニーに敗れ、七年余り維持したヘビー級のベルトを明け渡した、とのニュースを新聞で知ったのはかれこれ二年近く前だ。当然リターンマッチに挑むものと思っていたが、一向にその気配はない。今度のタニーの相手もデンプシーではなくてヒーニーだ。

アメリカへ行けばデンプシーに再会できる、自分の成長した姿を見てもらいたい、君は将来タイトルを取れる、と言ってくれたその言葉に報いる為に、能うべくばタニーと闘ってデンプシーの無念を晴らしてやりたい、否、もしデンプシーが近い将来リターンマッチを行ってタイトルを奪還するようなことがあれば、自分はデンプシーと一戦を交えて彼の腰からチャンピオンベルトを奪ってみたい、それが、あの一言への何よりの恩返しだろう——マックスの胸を、そぞろこんな思いが熱く焦がしてきた。

ドイツのボクシングコミッショナーは、マックスの親指の骨折は公傷とすべし、当分リングに上がることは不可、との医師の診断書にも拘らず、防衛戦不履行の理由でマックスのすべてのタイトルを無効にしてしまった。

マックスは腹に据えかねたが、ビューローとマッホンが慰めた。

「アメリカへ行って一旗揚げればまた故郷に錦を飾れるさ。行こう、アメリカへ。ニューヨークへ。ディエネルももう行ってるらしいぜ」

マックスは頷いた。

五月十八日、ビューローとマックスは、クックスハーフェンから定期船「ニューヨーク号」に乗り込んだ。

（七）

女優のエステル・テイラーと結婚したことで、ジャック・デンプシーはマネージャーのカーンズと仲違いした。原因は金銭問題だった。カーンズがデンプシーのファイトマネーをごまかしているのではないかと疑ったエステルは、ちゃんとした出納報告を出させるよう夫をつついた。痛い所を探られて、カーンズはエステルを憎んだ。エステルは、私かカーンズかどちらかを選んでちょうだい、とデンプシーに迫った。

デンプシーはカーンズのことを長年〝ドク〟と呼んでいた。〝ドクター（博士）〟を縮めたものだ。別に何かの博士号を持っている訳ではなかったが、駆け出しの自分に目をかけ、これはと思う相手を見付けて来ては試合を組み、一戦ごとに自信をつけさせてくれたカーンズへの尊敬と信頼の念から極自然にそう呼ぶようになった。カーンズも秘蔵っ子がつけたこのニックネームを満更でもないという顔で受け入れた。

ドクは第一次大戦が終わる頃、友人のテディ・ヘイズをデンプシーのトレーナーにつけた。更に、プロモーターのテックス・リカードを巻き込んでデンプシーを売り出しにかかった。

リカードの経歴は特筆に値するものだ。十歳の時孤児になり、テキサスの牧場で育てられてカウボーイとなり、後には保安官になった。ゴールドラッシュに便乗して大金をせしめたが、博打ですってしまった。以後も、酒場を開いて大儲けをしたり金鉱への投資で大損したりを繰り返した。いわば酸いも甘いもかみ分けて大人になった彼は、感受性豊かな一匹狼で、デンプシーの感性にピッタリ合った。

リカードはドクを金に吝嗇《りんしょく》な男と見なしていたが、露骨に嫌悪感を示すことはなかった。ただ、デンプシーの試合のファイトマネーが話題になった時は激しくやり合って収拾がつかなくなる時もあった。二人の争いは恰好の新聞種になった。

テディは、ドクとデンプシーが袂を分かった時、「今に奴はエステルと組んでお前も裏切るぞ。所詮お前はその他大勢の一人に過ぎんのだ」とドクが警告まがいの捨て台詞を放っていったにも拘らず、デンプシーとは付かず離れずでいた。しかし、エステルには悩まされた。

ある日テディはデンプシーとエステルが泊まっているホテルに呼び出された。何事かと駆けつけてみると、顔を包帯でグルグル巻いたデンプシーがベッドに寝ている。

「どうした？　交通事故にでも遭ったのか？」

テディは驚いて素っ頓狂な声を放った。デンプシーが失笑、エステルも笑った。

「そうじゃないわよ」

エステルが笑ったままデンプシーの鼻を包帯の上から指でつついた。

「彼、鼻がひしゃげていたでしょ。みっともないから整形してもらったの。素敵になったわよ」

テディは顔をしかめ、首を振った。

「何でそんな余計なことをするんだ。鼻を高くしたら相手はここぞとばかり鼻を狙ってくるじゃないか。みすみす相手に付け入る隙をくれてやるようなもんだ。ボクサーとして命取りになりかねんぞ」

「おいおい、それはちーとばかり考え過ぎじゃないか。じゃ、何か、鼻筋の通ったハンサムなボクサーは絶対チャンピオンになれないのかね？　たとえばジーン・タニーなんかだが……」

反論を返したデンプシーと、それに相槌を打っているエステルを、テディは恨めし気に見返した。

デンプシーがエステルの勧言に乗って隆鼻術を受けたのは、映画の撮影でもいつもパテを詰めて鼻を高く見せることを強いられたこと、エステルと会った頃、彼女が女友達に

「あんな醜いボクサーは見たことがない」

と言った由を聞かされたからである。鼻さえ真っ直ぐで高くなればどこへでも連れ立って歩けるというエステルの言葉を真に受けて手術に踏み切ったのだ。

整形の結果はエステルを喜ばせたし、デンプシーも男前が上がったと満足した。

だが、テディは不満を抱き続けた。その造られた高い鼻は相手の恰好の餌食になる、と言い続けた。ジャブの標的になるし、攻撃に出ればカウンターパンチを食らう。だから無意識の裡にも守りのボクシングになっちまうんだ云々。

ドクとはエステルとの結婚を機に決裂状態になり、テディともエステルの勧めた隆鼻術のお陰でギクシャクした関係に陥って、デンプシーは身の置き所がないと感じた。エステルもまたドクとの確執に疲れ切っていた。ドクから離れたいという共通の思いに駆られて、二人はアメリカを離れ、ヨーロッパへ旅立った。

しかし、戻って来ても多難続きだった。ニューヨーク州体育コミッションが、一九二五年、デンプシーの同州での試合を禁じた。テックス・リカードがジーン・タニーとのタイトルマッチを実現させようとしている矢先だった。

「理不尽だ！　一体俺の何が気に食わないんだよ！」

デンプシーはリカードに義憤をぶつけた。

「分からん。多分、俺達がハリー・ウィルズとの試合をOKしないからだ。それを人種差別とみなしているんだよ」

ウィルズは最近めきめき頭角を現して来た黒人ボクサーだ。しかしリカードは、ウィルズは当時やはり売り出してきたジョージ・ゴドフリーとどっこいどっこいの二番手のボクサーで、人気も今一つ、デンプシー戦を組んでもそんなに客は呼べないだろう

と踏んでいた。一方ジーン・タニーは、人柄もまず まず、何よりもハンサムだから、大衆、とりわけ女性に絶大の人気がある、デンプシー対タニー戦こそゴールドカードと目していた。

だがテディは異を唱えた。三年もブランクがあり、女と映画出演などにうつつを抜かしてろくすっぽ体を鍛えて来なかったデンプシーは、バトリング・レヴィンスキーを破ってライトヘビー級チャンピオンベルトをしめ破竹の勢いのタニーの敵ではあるまい、まず絶対に勝てない、チャンピオンベルトを失うどころか、こっぴどい目、それこそ整形した鼻をへし折られてボクシング人生に留めをさされかねない、と。

デンプシー自身はテディの悲観論に反発した。確かにタニーは、三年前自分が倒すのに一五ラウンドかかったトミー・ギボンズを最近一二ラウンドで仕留めている。タニーが手強い相手であること、三年のブランクが試合勘を鈍らせていることも認めるが、みっちりトレーニングを積めばタニーと互角かそれ以上に闘えるはずだ、と。

「その通り、大丈夫、行けるさ」

とリカードが拳を振り上げた。

「そうか。あくまでタニーとやるというなら、俺は降りるよ」

テディは顔の前で手を振り、二人を置き去りにした。

「あいつはミッキー・ウォーカーに入れ上げてるからな。つまり、ジャック・カーンズと相変わらずグルだってことだ。カーンズはウォーカーのマネージャーになったらしいからな。ま、これでサバサバしたぜ」

未練がましくテディの後姿を見送っているデンプシーの肩を、リカードはグイと鷲掴んだ。

タニーとデンプシーの試合を、ニューヨーク州体育コミッションはあくまで認めなかった。しかし、リカードはひるまなかった。

「フィラデルフィアでならやれるぜ。百五十年祭記念スタジアムだ。一〇万人以上収容できる。ヤンキースタジアムやマディソン・スクエア・ガーデンよりもビッグだぜ」

すったもんだの末リカードが取りまとめたタイトルマッチは、一九二六年九月二十五日、予想を上回る一二万人の観衆を集めてフィラデルフィアで行われた。デンプシーに呈示されたギャラは四七万五〇〇〇ドルだった。

当日、デンプシーはトレーナーのジェリーやガス・ウィルソンに伴われて汽車に乗った。ドクに代わって新たなマネージャーとなっていたジーン・ノーマイルは、リカードが前払いしたギャラを金庫に預けるため先にフィラデルフィアに出発していた。ノーマイルが雇ったボディガードのトレントは見当たらなかった。

フィラデルフィアのブロード・ストリート駅に着いた時、デンプシーは吐き気を覚え、下肢に力が入らないのに気付いた。ジェリーがそれと見て取って顔色を変えた。車で迎えに来てくれていたノーマイルにジェリーが訴えた。

「デンプシーが変ですよ。試合を中止させましょう」

ノーマイルが慌ててデンプシーの顔を覗き込んだ。

「どうしたんだ？　気分が悪いのか？」

デンプシーは弱々しく頷き、頭と腹を指さした。

「ここここが、ちょっと変なんだ」

ノーマイルは小首をかしげたが、「車酔いでもしたんだろ。風に当たりゃ治るさ」と言ってデンプシーとジェリー、それにウィルソンを車に押しやった。

だが、吐き気は治まらなかった。デンプシーは何度も車を停めさせ、道の端で嘔吐した。遂には吐く物が無くなり、苦い胆汁ばかりが出た。

百五十年祭記念スタジアムに着いたものの、車から降りたデンプシーは足もとがおぼつかない。ノーマイルとジェリーが脇の下に手をあてがって支えた。

小雨が降り始めた。顔に当たる雨粒が気付け薬のようにデンプシーの朦朧とした意識を現実に引き戻した。

野外に設けられたリングはライトで煌々と照らされていたが、ロープもマットも雨に濡れて光っている。

デンプシーが先にリングに上がった。ライトが熱く眩しかったのか、早くも汗が腋や顔から噴き出すのが分かった。

一方のジーン・タニーは、海兵隊のマークの入ったローブをまとって悠然とリングに上がった。

雨足が強くなって来た。やたらに熱く燃えるような体には、雨粒がチクチクとささり、かえって快かった。しかし、相変わらず足に力が入らず、上半身が浮いた感じで、下手にステップを踏もうものなら重心を失ってよろけそうだ。それに、マットもいい加減雨に濡れて、おぼつかない足は何度もスリップしかけた。その度にガードが甘くなり、相手のジャブやパンチを顔面に食らった。

回を追う毎にポイント差が広がって行くのが分かった。無論、タニーが着々と得点を積み上げている。

ノーマイルが悲鳴に近い檄を飛ばしたが、デンプシーは上の空で聞いていた。ジェリーが鼻の下に気付け薬をあてがい、タオルをバタバタ言わせて煽いでくれたお陰でやっと我に返る有様で、ラウンドが終わる度にヘトヘトになって椅子にへたり込んだ。

「もうKOしかないぞ。何とか一発かませ」

第七ラウンドに入る直前、ノーマイルがデンプシーのうつろな目を覗き込んで発破をかけた。

（ラッキーセブンのラッキーパンチか……）

体調の不備で心細くなったデンプシーは、試合前に妻のエステルに電話をかけ、できるだけ早くこちらへ来てくれと頼んだ。その前に控え室でエステルからの手紙を手渡されていた。愛情のこもった励ましの内容にホロリとさせられた。スポーツ記者達が見せてくれと言った。エステルとの不仲説を打ち消す恰好の材料だと思ったから、デンプシーは彼らの求めに応じた。記者の中には皮肉屋もいた。

「それにしても奥さんはこちらへ来ていないんですね。リングサイドにいてくれるのが何よりの励みになるんじゃないですか？」

今の心境は確かにその通りだ。

「彼女はどこで何をしているんですかね？」

記者が畳み掛けた。

「カリフォルニアだよ」

「ええっ⁉　それじゃひとっ飛びという訳にはいきませんね」

カリフォルニアは西海岸、ここフィラデルフィアは東のはずれだ。空を飛んで来ても六、七時間はかかる。

エステルをカリフォルニアに帰したのは、トレーナーのジェリーとエステルが何かにつけ揉めたからである。ジェリーはデンプシーの三年のブランクが一番の気がかりで、試合の勘が鈍っているに相違ないし、テディと同じく、高くした鼻を狙われる、とも危惧した。整形で高くなった夫の鼻はエステルのお気に入りだったから、この点でも彼女は頭にカチンと来ていた。

「何せ相手は連戦連勝、今が絶頂期のタニーですからね、奥さん。油断はなりませんよ。ジャックはもう三十一ですし」

ジェリーの悲観論も気の強いエステルを激昂させた。

「ごちゃごちゃ言ってないで、あの人の体を三年前に戻してあげて。それがあなたの仕事でしょ」

二人のこうした口論はデンプシーを相当にいらつかせたが、神経に障ったのはそればかりではない。袂を分かったドクことジャック・カーンズが執拗に契約不履行の廉で訴状を送りつけて来ていた。その一環としてエステルのロールス・ロイスを差し押さえる挙に出た。ノーマイルが対タニー戦のギャラ四五万ドルをリカードから前払いで出させ、それを素早くフィラデルフィアの銀行の金庫にしまい込んだのも、ドクに横取りされないためだった。

第七ラウンドもラッキーチャンスにはならなかった。電話の向こうのエステルの声が遠退いた。

「ダーリン、お友達に話しておいたのよ。第七ラウンドを見てらっしゃい、ラッキーセブンになるからって」

友人達とディナー中だというエステルは、慰めを求めて電話をかけたデンプシーにこう返したのだった。

残りの三ラウンド、デンプシーは立っているのがやっとだった。KOされなかっただけで奇跡だと思った。

腫れ上がって視野の狭くなった目に、簾のような雨足の向こうでジーン・タニーのグラブが高々と差し上げられるのがぼんやりと見えた。

悄然とリングを去るデンプシーを、観衆は総立ちになって拍手喝采で見送った。

控え室には大勢の新聞記者やカメラマンが待ち構えていた。

「ちょっと、妻に電話をかけさせてくれ」

敗者の弁を求める記者達にこう断って宿舎のホテルに舞い戻ったが、メディアの人間達はデンプシーの後を追ってホテルにも詰め掛けた。

「ニュースを聞いたわ。あなた、どうしちゃったのよ?」

エステルの金切り声が痛切に胸に響いた。

「ダッキングするのを忘れちまったようだ。やっぱり、三年のブランクは大きかったよ」

エステルは声を詰まらせた。

「とにかく、君の顔を見たい。早く来てくれ」

部屋にも記者達が押しかけ騒々しくなった。

「明日の朝、一番の列車で行くわ」

トーンの落ちたエステルの涙声が辛うじて聞き取れた。

一夜が明け、エステルは言葉通り駆けつけてくれたが、デンプシーは記者やカメラマンから解放されなかった。

エステルは口を尖らせ、デンプシーの耳元に囁いた。

「この人達を追い払えないの? 早く二人だけになりたいのに、何の為に私を呼んだの?」

デンプシーは妻を部屋の片隅へ引き寄せて言った。

「僕はタイトルを失ったが、悲嘆に暮れてこそこそ逃げ隠れするようなことはしたくないんだ。これまで彼らには随分世話になってもいるからね」

「あなたはちっとも孤独じゃないのね。こんなに大勢の人に囲まれて。私なんか必要じゃないんだわ」

エステルは目尻を上げ、ぷいとむくれて踵を返すと、ドアをバタンと閉めて立ち去った。

二時間程してあらかた記者達も身を引いたが、入れ替わるようにノーマイルが駆け込んで来た。

「一晩考えたが、どうにも腑に落ちんのだ」

ノーマイルは椅子にドーンと腰を落とし、しわがれ声で言った。前夜、劣勢の自分を声の限りに叱咤し、檄を飛ばした所為だろう。デンプシーは申し訳ない気がした。

ノーマイルはジェリーを呼び寄せた。

「トレーニング中、何か変わったことはなかったか？　どう考えてもジャックは普通じゃなかった。吐いたのは試合の当日だけか？」

「吐きはしないが、前日の昼頃、ムカムカする、とは言ってたぜ」

ジェリーは同意を求めるようにデンプシーの顔を覗き込んだ。

「前の晩に変なものを食った訳でもあるまい？」

ノーマイルもまだ塞がっているデンプシーの目を覗き込んだ。

「いや、別に」

何を食べたか、記憶が蘇らないままデンプシーは首を振った。

「消化を助ける為に食事の後にオリーブ油を飲んだことは覚えている」

「試合当日の朝も飲んでなかったかい？」

「ああ、トレントが持って来たからね」

「トレントが？」

ノーマイルの眉間に縦皺が寄った。

「何故わざわざトレントが持ってくるんだ？　普段は自分で勝手に飲んでるんだろ？　それも、夜だけじゃないのかね？」

「ああ、まあ、そうだが、試合の当日なので気を利かせたんだろ」

「臭いぞ」

「えっ……？」

「そのオリーブ油に、トレントは何かを仕込んだんだ。お前をフラフラにさせるような」

ジェリーが驚いてノーマイルとデンプシーの目を探り見た。

「確かに、オリーブ油を飲んで暫くして気持ちが悪くなったが、でも、まさか……」

デンプシーは顔の横で手を振った。

「いや、怪しい。トレントの奴、アル・カポネにでもたらし込まれたんじゃないのか？」

「おいおい、カポネは俺をひいきにしてるはずだぜ」

六年前、ビリー・ミスキーとの初防衛戦に備えてミシガン州ベントン・ハーバーでトレーニング中、口に葉巻を咥え白い半袖シャツにつば広の帽子を被った、がっしりした体格の男が何度かキャンプを訪れた。それがシカゴに根城を置くギャングのボス、アル・カポネだった。新聞記者が彼に気付いてカメラマンに写真を撮らせようとしたが、「写真は駄目だ」とカポネは葉巻の前で両手をクロスさせた。

デンプシーはカポネに気に入られた。自分が持っているナイトクラブでエキジビションマッチをやらないか、金は幾らでも出す、と持ちかけられた。デンプシーが言を左右にすると、カポネは車からトランクを運び出して開けて見せた。札束がぎっしりと詰まっている。その一束を手に取って、デンプシーの目の前でパラパラとやって見せた。

「どうだ、こんな大金を見たことがあるかね？」

一束に百ドル紙幣が一〇〇枚、それが少なくとも一〇〇束はある、ざっと勘定しても百万ドルは下らない。デンプシーは目を丸め、口笛を吹き、驚いて見せた。

正直なところ、気持ちがそそられた。こんな大金はタイトルを賭けたビッグマッチを三つか四つやっても手に入らないだろう。いや、一回でもタイトルを奪われればもう永遠に手に入らないかもしれない。これだけの大金をエキジビションマッチに惜しげもなく払うということは、自分を利用して金儲けを企もうとの魂胆でないことは確かだ。俺はヘビー級の世界チャンピオンも意のままに動かせる、どんなものだ、というところを見せたいのだろう。さながら金持ちの子供が親の買ってくれた高価なオモチャを見せびらかすように札束をちらつかせているカポネは憎めなかった。しかし、喉から手が出そうな札束の山から目を離すと、デンプシーは丁重に断りを入れた。

「そうか。それは残念だな」

カポネは意外にあっさりと札束をトランクに納めた。

「何にせよ、俺は君が気に入った。サイン入りの君の写真を持って俺のオフィスに遊びに来てくれ給え。チャンピオンでいる間にな」

アル・カポネは好きになるか嫌いになるかどちらかのタイプの人間だと思われた。デンプシーはカポネを好きになったから、求めに応じて一日彼のオフィスを訪ねた。

オフィスは広く、階段状になっていて、一番高い所にカポネが例の如く葉巻を咥えながら大きなデスクの前に帝王然として座っていた。

カポネはデンプシーの試合をほとんど欠かさず見に来た。白い半袖シャツ、つば広の帽子、そして葉巻を口に咥えた男は、いつもリングサイドからデンプシーを見上げていた。

そのカポネに限って、万が一にも自分を敗北へ導くような工作をするはずがない。オートレースや自転車競技もそうだったが、ボクシングもまた賭博の対象になっていることは勿論知っている。ギャング達も当然絡んでいるだろう。カポネもまた。しかし、賭けるとしたらカポネは自分の勝ちに賭けるはずだ。だから、そんなことが現実にやられるとは思いたくないが、毒を盛るならタニーの方にだろう。

デンプシーのこうした反論に、ノーマイルは「フン」と鼻を鳴らした。

「奴らに仁義などあるもんか。金の為なら何でもやってのける連中だ。日和見主義で分のありそうな方に賭ける。いや、何らかの手で一方の分を悪くして、相手に賭ける」

デンプシーが抗弁しようとしたところへ、トレントがのそっと現れた。ノーマイルがきっとトレントを見据えた。

「今頃間抜け面を現しやがって！　どこへ姿をくらましてたんだ？」

トレントは室内をキョロキョロねめ回してから、恐る恐るといった感じでノーマイルに近付いた。

「汽車に乗り遅れて、次のに乗ったんですよ」

「わざと乗り遅れたんだろ！」

「わざと？　何故私がそんなことをしなきゃならんのです？」

「白ばっくれるな」

ノーマイルはトレントの顔の前に親指を突き出した。

「お前、ホテルでの朝食の時、デンプシーのオリーブ油に何を入れたんだ？」

トレントは蒼ざめた。

「な、何のことです？　へ、変な言い掛かりは止めて下さいよ」

「フン。昨日の朝、お前の宿に怪しげな電話が二本入っているな。一体誰からなんだ？」

「べ、別に……。多分、デンプシーのファンでしょう？　デンプシーの体調はどうか、などという問い合わせですよ」

「そうではあるまい」

ノーマイルは断定的に否定した。

「首尾よく薬を入れたオリーブ油をデンプシーに飲ませたか、確認の電話じゃなかったのか？」

「め、滅相もない。じゃ、邪推もいいところですよ」

「そうかな。その電話の後、タニーへの掛け金がピーンと跳ね上がってるんだがな」

デンプシーは驚いた。ノーマイルがそこまで調べ上げているとは！

「そ、そんなことは、よくあることじゃないですか。タニーの調子が余程良さそうだとの情報が関係筋に入ったんでしょ。とにかく、私の与り知ったことじゃありませんから」

デンプシーはノーマイルとトレントを交互に見やっていたが、トレントはノーマイルだけに目をやってデンプシーと視線を合わせようとしない。

「もういい！　お前はくびだっ！」

ノーマイルが腕を振り上げた。

「ただでお払い箱にしようってんですか？　そういう了見ならこっちにも考えがありますよ」

ノーマイルはちっと舌打ちして背広のポケットから小切手を取り出すと、書きなぐるように一とゼロを三つ並べた。手切金一千ドルでトレントはお払い箱になった。


テックス・リカードの勧めに従って、デンプシーはエステルと共にカリフォルニアの自宅へ戻って静養することにした。

エステルは女優業を再開した。手持ち無沙汰になったデンプシーはロサンゼルスのジムに通って汗を流した。それと知ったエステルは不機嫌を露にした。

「あなた、まさかまたボクシングに復帰しようなんて考えているんじゃないでしょうね？」

ボクサーを夫に選んだ癖に――というのがデンプシーの言い分だった――エステルはずっとボクシングが嫌いだ。三年のブランク時代が一番よかった、タニーとの試合は負けてよかった、これでもう年貢を納め、グラブを脱いで新しい仕事を始めるべきよ、と言い続けた。差し当たって、不動産業でも始めたらいい、その為のライセンスをお取りなさい、と。

デンプシーは抗えなかった。

しかし、ニューヨークからテックス・リカードが再起を促す電報を何度も送って寄越した。その度にデンプシーの血は騒いだ。タニーとの試合に納得していないことをリカードに見抜かれているのだ。エステルが厭がるのを尻目にジムに通っているのは、怠けて太ることを恐れたこともあったが、満を持してタニーとの再戦を期す思いを払拭し切れなかったからだ。

だが、年が明けて間もなく、デンプシーは急に体調を崩した。黄疸と高熱で動けなくなり、ハリウッド病院に担ぎ込まれた。主治医のドクター、クラークが、「敗血症だ。ひょっとしたら助からないかも」とエステルに耳打ちした。エステルは生きた心地がしないまま、甲斐甲斐しく夫の看護に当たった。

最初の一週間で一〇キロ近く痩せたが、一ヵ月後には持ち直して自宅療養ができるまでになった。

三月に入ったある日、ベーブ・ルースがひょっこり姿を見せた。ヤンキースとの再契約を控えているが、シーズンオフで暇になった、お前が引退を表明して落ち込んでいると聞いたから来たよ、と、ルースはいつもと変わらぬ快活な口吻で言った。

デンプシーがルースと初めて会ったのは一九二一年、二人が共に二十六歳の時だ。ルースはデンプシーより四ヵ月早く生まれているが、同い年ということもあって意気投合した。ルースはシーズン中は言うに及ばず、シーズンオフも映画の撮影に追われて忙しかったからほんのたまにしか会えなかったが、デンプシーはエステルを連れて時折ヤンキースタジアムに試合を観に行き、ルースのホームランでヤンキースが勝った時は祝福を伝えに控え室へ赴いた。

ルースもまたシーズンオフにはデンプシーの試合を観に駆けつけ、大きな丸々とした体をリングサイドに見せた。

ルースは漁色家で美食家でもあったが、持ち前の陽気さと愛嬌のある顔で人々を惹きつけ、メディアの人間にもあげつらわれることがなかった。

ルースは勝手知ったように台所でビールをひと瓶あけてからやおらという感じで切り出した。

「お前、引退を匂わせているらしいが、まだ早いぜ。俺を見ろ。お前と同い年だが、今が絶頂期だ」

デンプシーは改めてルースの駝鳥の卵のような巨体を見やった。

「そりゃベーブ、君は何も失っていないからだよ。俺はベルトを奪われたんだ。オール・オア・ナッシング。それがボクシングの世界さ」

「取り戻せばいい」

ルースはすかさず返した。

「スポーツ記者に聞いた話だが、お前のことを心配し、早く復帰をと願っているファンレターがアメリカ中から届いているというじゃないか。ファンはまだお前を見捨てちゃいないんだ。俺もスランプでホームランが打てない時期があった。そんな時はバッターボックスに入るのが心底恐かったよ。俺がシングルヒットを打ったってファンは喜んでくれない。それこそ、お前の言うオール・オア・ナッシングだ。ホームランか、さもなきゃ三球三振でも食らってとっとと引き揚げろってな。現金なものだが、結局俺達プロのスポーツマンはファンあってこそなんだ。今はスランプだが、そのうちまたじゃんじゃん打ち出してくれるだろう、ファンのそうした期待に、体力のある限り、気力を振り絞って応えなきゃならん。お前も同じだ、ジャック」

「そう言ってくれるのは嬉しいが、俺は今体力も衰えているんだ。訳の分からん病気にかかって、死線をさ迷っていて、やっと回復したところだ。ご覧の通り、すっかり痩せちまったよ。君の半分も無いくらいだ」

「まさか！　俺はまだ百キロそこそこだ。しかし、そう言えばお前は痩せたな。訳の分からん病気って何だ？」

「何らかの細菌による敗血症だと医者は言ってたが、それがどこからどう入ったかは分からんそうだ」

「フン、要するに気がたるんどるんだ。だから目にも見えんバイ菌なんぞにつけ込まれるんだ」

ルースはどこまでも威勢がいい。それもそのはずだ。ルースが七年前の一九二〇年にレッドソックスからヤンキースにトレードされて以来、レッドソックスはワールドシリーズの優勝をヤンキースに奪われ続けている。今やルースは押しも押されもせぬヤンキースの至宝なのだ。

さんざ発破をかけてルースは日が暮れる前に帰って行った。

彼の友情は嬉しかったが、野球とボクシングの世界は所詮違う、ルースの言い分は自分には当てはまらない、とデンプシーはそれなりの言い訳を胸の中で繰り返した。プロ野球では年間を通しての成績が評価される。一試合でルースが全打席空振りに終わっても、それで彼の野球人生が終わる訳ではない。しかし、ボクシングは一発勝負だ。タイトルマッチに破れてベルトを奪われた瞬間、天国から地獄へ落ちるのだ。

病み上がりにかこつけてジムからも遠ざかっているうちにぶくぶくと太り出し、体重はルース並みになった。

機を見計らったかのように、テックス・リカードが電話をかけて寄越した。

「どうだ、タニーともう一度やらんか？」

単刀直入の切り出しにデンプシーは困惑した。

「死にそうな病気もしたし、トレーニングを怠ってるからブクブク太り出した。もうボクシング人生は終わりだよ」

「フン。そんな弱気じゃ、登り龍のタニーとやったらサンドバッグになるだけだな」

（サンドバッグだと！　クソッ！）

タニーのパンチを浴びて防戦一方に追いやられ、意識も朦朧としたタイトル戦の悪夢が思い出された。改めて悔しさが込み上げる。

「体調さえ万全だったら、タニーなんか俺の敵じゃないよ。奴は、最初から正体のなかった俺をＫＯできなかったんだから」

「だったら、やってみるか？」

リカードがすかさず畳み掛けた。

「いや、当分無理だ。体を絞らんことにはダッキングさえできんよ」

「一体何キロあるんだ？」

「ベーブ・ルースを超えちまったよ」

「それじゃ、腹も出て来たな？」

「ああ。靴下を履くにも腹がつかえて仕方がない」

「そりゃ駄目だ。一〇キロ落とせ。今から二、三ヵ月、みっちりトレーニングをやれ。で、タニーの前に誰か他のボクサーと一戦やるんだ。小手調べにな」

デンプシーは「ノー」と言えなかった。結局胸の奥にくすぶっているものをリカードに見透かされ、その手に乗せられた。

「もう引退するはずじゃなかったの？」

夫が本格的なトレーニングを始めるのを知ったエステルは機嫌を損ねた。

「あんな無様な負け方のまま終わりたくない。もう一度やらせてくれ」

「折角整形した鼻がへしゃげたら離婚するわよ。それを覚悟の上ならね」

冷たい言葉に傷ついたが、デンプシーの闘志はかえってかきたてられた。

鋸で木を切ったり、犬と競走したり、縄跳びをやったり、岩を持ち上げて運んだり、息も絶え絶えのトレーニングを連日繰り返した。

テックス・リカードはニューヨークでデンプシーの対戦相手を物色していた。ノンタイトル戦でも客の呼べるボクサーは勿論一流でなければならなかった。

デンプシーはトレーニングの場をヴェンチュラ山脈の麓のソーパ牧場に移した。メディアが嗅ぎ付け、アレコレと質問して来たが、女房が嫌がるんで贅肉を落としているだけさ、ととぼけて煙に巻き続けた。

五月に入って、効果は着実に現れ始めた。一〇キロ近く体重が落ちた。この分ならやれる、との自信が湧いて来た。早く相手を決めてくれ、とリカードに言った。

「候補者は二人だ。一人はドイツのマックス・シュメリング」

「シュメリング⁉」

デンプシーの声が裏返った。

「知ってるのか？」

「もう五年も前になるかなあ、エステルと結婚した年にヨーロッパへ行った。途中ドイツへ寄ってエキジビションをやったよ。三人ばかりのボクサーを相手にしたが、その一人がシュメリングだった」

「そうか。どんな印象だった？」

「それが、何と、俺とそっくりだって、エステルが驚いてたよ」

「そいつはまずいな」

「えっ、何が……？」

「そんなに似てるんじゃ、お前とリングに上がったら観客が面食らうじゃねえか」

「トランクスの色が違うから分かるだろ」

「リングでクルクル動き回ったらどっちがどっちか分からんようになる」

「ふーん。ま、それはそれとして、シュメリングが相手で客は呼べるのかな？」

「ドイツでは一番人気がある。三〇戦程して三敗しかしてない。KO率は八割だ。今年に入ってもう八戦してるが、全勝で七KOだ」

「凄えな。で、タイトルは、何か取ってるのかい？」

「一年前、ドイツのライトヘビー級チャンピオンになってる。この六月十九日にはヨーロッパのライトヘビー級のタイトルマッチを控えてる。相手はベルギー人だ。多分、勝つだろう」

「一ヵ月に一試合以上こなしてるのか。タフな男だな。一ランク下でも、今の俺じゃ勝ち目はなさそうだ。止めとこう」

「いや、ところがだ。向こうへ出向いてシュメリングと闘ったアメリカのボクサーは一人もKOされておらん。ドローか判定だ」

「奴に勝った者は？」

「一人いる。ジャック・テイラーだ。二年前、一〇ラウンド闘って判定勝ちしている」

「ふーん。しかし、今やったらシュメリングが勝つだろうな」

「確かに。俺は今彼に目をつけているんだ。奴さんをこちらに呼び寄せてヘビー級で闘わせようかと思っている」

「なるほど。目をつけているもう一人は？」

「ジャック・シャーキーだ。こっちも日の出の勢いだぞ。ハリー・ウィルズをトップクラスから引きずり下ろして乗っている」

「手強そうだな」

「客は呼べるだろう。お前さえ良ければ今月末か来月初めにでも組むぞ」

「いいだろう。それまでにあと数キロ落とすよ」

二週間後に対戦の話はまとまったが、試合は七月まで延期だ、とテックスから電話が入った。

「チャールズ・リンドバーグという男に当分話題をさらわれそうなんだ」

「何者だい、それは？」

初めて耳にする名だ。

「一介の飛行機乗りだ」

「そいつが何故話題に？」

「お前、新聞を見とらんな。五月二十日に、奴は大西洋を単独飛行する」

「えぇっ⁉　そりゃ無謀だ！　丸一日以上掛かるんじゃないのか？」

「それ以上だろう」

「その間、一睡もできんだろうに。大小便はどうするんだ？　まさか操縦席じゃできんだろうし」

「蛇の道は蛇だ。その辺は抜かりないだろう」

「それにしても命知らずな奴だな。何故ひとりで飛ぶんだ？」

「二人乗りで大西洋横断をやってのけたのはいるが、単独飛行は前人未踏だからだろう。成功したら世界中が大騒ぎし、リンドバーグはマスコミの寵児となること請け合いだ。ボクシングなど霞んじまうだろう」

「ま、大西洋にドブンと落ちて一巻の終わりとなる確率の方が大きいんじゃないのかい？」

「かもな。何にせよそういう訳だから、試合は来月、いや、再来月くらいにしよう」

リカードの興行師としての勘に狂いはなかった。

五月二十日午前五時五十二分、ニューヨークのルーズヴェルト飛行場を飛び立ったチャールズ・リンドバーグの「スピリット・オブ・セントルイス」号は、三十三時間二十九分三十秒後の五月二十一日、パリ郊外のル・プルジェ空港に無事到着した。

新聞は連日のようにこの壮挙を称え、ライト兄弟の飛行機発明以来の飛行の歴史を掘り起こし、新たな航空時代の到来をもたらしたと賑々しく書き立てた。

リンドバーグとのインタビューから、狭い小型機は燃料タンクの置き場所がなく、操縦席の前にまで置いたため、正面の視野を遮られたこと、已む無くサイドミラーだけで周囲を確認したこと、一度だけ睡魔に襲われたが終始緊張と興奮状態にあったから不思議に眠気は覚えなかったこと、等が明らかにされた。正に〝鳥人〟にして〝超人〟である、今世紀最大の冒険であり壮挙と評されるであろうと、どの新聞も競うように惜しみのない賛辞を載せた。

騒ぎが漸く収まった六月下旬、デンプシーはリカードから、対戦相手はシャーキーに決めた、対戦日は七月二十一日、場所はヤンキースタジアムだ、と連絡を受けた。

「レオ・フリンがお前の新しいマネージャーだ」

「ノーマイルは？」

「ビジネス面に回ってもらう。ニューヨークで試合をこなすには、ライセンスを取らなきゃならん。弁護士やビジネスマンとの交渉もあるからな。あ、それと、俺のオフィスには顔を出すな。新聞記者がワンサと押しかけているからな。シャーキーとの顔合わせは、マディソン・スクエア・ガーデンのスケートリンクにした」

数日後、デンプシーはエステルと共にニューヨークへ向かったが、途中エステルの母親の家に寄った。母親は元々二人の結婚に反対だったから、娘とは話したが、デンプシーとはほとんど口を利かず、デンプシーが話しかけても素っ気ない返事に終始した。およそ長居のできる雰囲気ではなかったから、一晩だけ泊って、翌日はホテルに移り、そこからフリンと共にシャーキーの待つスタジアムのスケートリンクに向かった。

シャーキーは自信満々で陽気に喋った。厚い胸と太い腕、秀でた額と鋭い目つき、何もかもが威圧的で、手強いと感じさせた。

「気にするな、べらべら喋りまくって大法螺吹いてやがるが、本当はお前を見てびくついている。それを見抜かれまいとしているだけだ」

こちらの胸の思惑を見透かしたようにフリンが耳もとで囁いたが、デンプシーは自信が持てなかった。

トレーニングは以前も来たことのあるサラトガ湖畔のキャンプ地で始めた。エステルを伴っていたが、彼女は友達とつるんで適当に時間を潰してくれたから、デンプシーは思いっきりトレーニングに集中できた。

試合間近までフリンはメディアを門前払いした。その所為で、どうやらデンプシーの仕上がりは芳しくなさそうだ、との憶測を生んだ。

リカードが心配して駆けつけ、フリンにあれこれ尋ねた。

「ま、ご自分の目で確かめて下さいよ」

フリンはリカードを誘ってデンプシーのスパーリングの現場を見せた。

「おっ、引きしまったいい体になってるじゃないか」

リカードの言葉にフリンは満足気に頷いた。

「チャンピオン時代に戻ってますよ。大丈夫、勝てます」

試合当日、八万四〇〇〇人の観客がヤンキースタジアムを埋め、興行収入はノンタイトル戦としては異例の百万ドルを超えた。

声援は圧倒的にデンプシーに多くかけられたが、試合は第一ラウンドからシャーキーが優勢だった。

「ボディだ、ボディ。腹を叩き続けろ」

ゴングが鳴ってコーナーに戻って来る度フリンはデンプシーに発破をかけた。しかし、幾らボディブローを決めてもシャーキーは顔を歪めない。

(効いてない!)

デンプシーは苛立った。

フットワークやダッキングもトレーニングのようには思い通りにならない。逆に、シャーキーの重いパンチを食らい、よろめいた。三、四回はダウン寸前になり、もう一発食らったら間違いなくマットに這いつくばるだろうと観念しかけた。瞼が切れ、出血で視野も狭まった。シャーキーのマネージャーのジョニー・バックリーがリングサイドで有頂天になって両手を突き上げているのが見て取れた。

しかし、第五ラウンドに入るとシャーキーの動きが鈍くなった。ボディブローが効いて来たのだ。バックリーがコーナーに戻ったシャーキーの頬や背中をパンパーンと打ち叩き、活を入れる。

「いいぞ、相手はへばっとる。そのまま腹を叩き続けろ」

蒼ざめていたフリンが、顔面を紅潮させて叫んだ。

第六ラウンド、シャーキーはポイントを奪い返さんと遮二無二パンチを繰り出した。

デンプシーはその腕をかいくぐってボディブローを放った。

激しい応酬に、観客は総立ちになって双方に声援を送った。

決着は第七ラウンドについた。デンプシーがたて続けに二発ボディブローを決めたところで、シャーキーは、今のはローブローだといったゼスチャーでレフェリーの顔を窺った。

レフェリーは首を振った。シャーキーは不満気に肩をすくめた。両腕がダラリと下がったその一瞬をデンプシーは見逃さなかった。左からフックを彼の顎に放った。シャーキーはのけぞり、そのままマットに沈んだ。

10カウントで漸くシャーキーは起き上がったが、目はうつろで足もとはふらついている。デンプシーが肩を貸して彼のコーナーに連れて行ったが、シャーキーはもはや立っていられなかった。

バックリーがデンプシーのボディブローはベルトの下を打っており反則だとレフェリーに訴えたが、レフェリーは取り合わない。そのボディブローでシャーキーが倒れたのではなく、その後の左のフックが決め手になったからだ。


テックス・リカードは間髪を入れずデンプシーとジーン・タニーのタイトルマッチを仕組んだ。デンプシーに異存はなかったが、気がかりは妻のエステルだった。夫が再びチャンピオンベルトの奪還に意欲を燃やしていると悟って、不機嫌がピークに達した。泣いたり、笑ったり、ヒステリックに叫び出したり、感情の起伏が激しくなった。デンプシーはロサンゼルスの自宅へ帰って精神科医に診てもらうよう勧めた。エステルは渋々同意した。

デンプシーが遅れて帰宅してみると、エステルの具合は以前よりもひどくなっていた。医者は〝神経衰弱〟だと言った。暫く転地療養でもしてリラックスした時間を持つことが必要だろう、と。しかし、当面それは叶えられない。デンプシーはナースを彼女につけることにした。

テックス・リカードから、タニーとのタイトルマッチはシカゴのソルジャー・フィールドで行うことに決まったから一刻も早く来てトレーニングを始めるように、と連絡が入った。

「僕は行かなきゃならないが、君はどうする？　ここに残るかい？」

デンプシーは妻の顔色を窺いながら尋ねた。

「あなたはどうなの？　あたしに来て欲しいの？」

エステルが憂いを帯びた目で見返した。

「勿論だよ。キャンプにも来て、僕のトレーニング振りも見て欲しいさ」

「キャンプになんて行かない。ボクシングは大嫌いだって言ったでしょ！」

エステルはヒステリックに叫んだ。

「あなたと結婚したお陰で、あたしは女優業も満足にできなかった。下らない芝居にあなたと引き出されて、さんざ恥をかかされたし」

それは〝ザ・ビッグ・ファイト〟という作品で、エステルはヒロインのシャーリー・ムーア役、デンプシーはタイガー・ジャック・ディロンというボクサー役で出演した。大詰めのボクシングシーンは最もリアルでスリリングなものだったとデンプシーは自負したが、芝居全体の評価は芳しいものではなかった。デンプシーの演技はけなされたが、それ以上にエステルが酷評された。

「エステル・テイラーはスタッフを手こずらせたに相違ない。生憎彼女は演じる術を心得ていた——下手に演じる術を」

演劇評論家ギルバート・ゲイブリエルのこの評論にエステルは激怒し、周囲に八つ当りした。デンプシーは必死になだめて何とか妻の機嫌を直すことができたが、もう芝居なんぞはこりごりだと思った。

八週間の公演が終わった時、出資者の一人だったデンプシーは八万ドルを失費していた。

今回もデンプシーはひたすらなだめ役に回った。ここまで曲りなりにも人並以上の生活ができたのは、君のギャラのお陰もあるけれど、僕のファイトマネーがあればこそだ、しかし、贅沢のツケは回って、不動産以外に蓄えが尽きかけている、この前のシャーキー戦と、今度のタイトル戦のギャラで何とか一息つけるだろう、そんな大金を手にできる術《すべ》は他にはない、だからボクシングのことを悪く言わないでくれ、云々。

エステルは機嫌を取り直し、このまま看護婦をつけてくれるならシカゴへ行ってもいい、と折れた。

デンプシーは二人をノースサイドのエッジウォーター・ビーチホテルの続き部屋に入れた。

着くや否や、エステルは気分が悪いと訴えた。確かに顔色が悪い。

「もうここから出ないから。あちこち引っ張り回さないでね。取材もお断りよ」

看護婦が差し出したコーヒーをゆっくりゆっくり口にしながら、恨めしそうにエステルは言った。

看護婦にエステルを託したデンプシーは、ファンだと言うマット・ウィン大佐の好意に甘んじて彼の家にレオ・フリンと寝泊りし、至近距離のリンカーン・フィールズ・トラックでトレーニングを始めた。

前回のオリーブ油騒ぎに懲りて、試合が近付くにつれ、フリンはデンプシーの食事に気を遣った。トレーナーのジェリーが毒見係を申し出て、食事の度に試食した。

週末には五〇セントの入場料を取って練習を公開すると、数千人もの見物客が押し寄せた。しかし、中には下劣な野次を飛ばす連中も出て来たので、フリンは見物客を締め出した。

新聞も邪推、憶測入り乱れた記事を書いた。デンプシーは夫人同伴で来ているはずなのに彼女はホテルに閉じこもって出て来ない、余程具合が悪いのだろう、そのハンデを負っているだけでもデンプシーは不利だ、それに、スパーリングで簡単に右の瞼が切れて出血する、タニーの強烈なパンチを食らったら早いうちにTKOだろう、等々。

実際、フリンも瞼の古傷には顔をしかめた。シャーキー戦で負ったものだ。スパーリングも程々にしておけと言うので、デンプシーは適当に手を抜いた。それがまたスポーツライターの恰好のネタになった。デンプシーは最初から敗戦を覚悟している、破格のギャラをもらってバイバイするつもりだ、などと書きたてられた。

こんな風に勝手なことを書いている奴がいる、見返してやりたいから練習を見に来て、君が病気でないことを見せつけてやってくれ、とデンプシーはエステルに懇願した。だが、エステルはなかなかウンと言わない。楽しそうに振る舞えないから、ゴシップ種に火を点けるようなものよ、これ以上、下品なメディアの晒し者になりたくないの、と抵抗し続けた。

試合の数日前になってやっとエステルはキャンプに姿を見せた。アメリカ中から集まって来ていたスポーツライター達が一斉にカメラを向けた。エステルは愛想を振りまくことなく、ポーズも取らず、ひたすら夫の方に目をやっていた。良くは書かれなかったが、少なくとも重病説はウヤムヤのうちに消えてなくなった。

「一難去ってまた一難だよ」

テックス・リカードが浮かぬ顔を見せた。

「まさか、カーンズがまたイチャモンでも?」

ドクことジャック・カーンズとの腐れ縁は春に決着がついている。デンプシーがエステル・テイラーと結婚したのをきっかけに縁が切れたはずだったが、ドクは執拗にデンプシーを追いかけ、訴訟を引き起こしていた。エステルお気に入りのロールス・ロイスを差し押さえたのもその一端である。

しかし、タニーに敗れたことで、ドクは漸くデンプシーに見切りをつけ、ミッキー・ウォーカーのマネージャーに鞍代えしていた。二人の共有財産であったウィルシャー・アパートをドクが取り、バーバラ・ホテルをデンプシーが取った。

「いや、ドクのような小物じゃない。シカゴのアル・カポネだ」

「カポネ？　彼は今でも俺のファンのはずだぜ」

「だからこそだろう。何としてもお前を勝たせたい一心からだろうが、自分の力と金を使えばデンプシーを勝たせることができる、などとふれ回っているらしい」

「フーン、そいつは有難迷惑だな」

タニー戦当日のオリーブ油事件のことを思い出した。トレントを抱き込んでオリーブ油に何か毒物をしこんだ奴がいる、カポネか、さもなければタニーに肩入れしているギャングの一味の仕業だ、コミッショナーに提訴する、とノーマイルは試合後何日もいきまいていた。オリーブ油は飲んでしまって証拠として何も残っていないし、トレントに吐かせようとしても知らぬ存ぜぬの一点張りだろう、ましてカポネや彼に敵対するギャングを巻き込めば只事では済まなくなる、負けたのは俺で、俺が弱く、タニーが強かったということだ、だからもう面倒は起こさないでくれ、とデンプシーはノーマイルやなじみの新聞記者を説得して回った。


アル・カポネは悪漢だが侠気のある人間だと見込んでいた。毒入りのオリーブ油がカポネの仕業であるはずはない。今回の風評もそれを裏付けるものだ。カポネはあくまで自分を贔屓にしてくれているのだ。だが、暴走してもらっては困る。

デンプシーはカポネに宛てて手紙を認めた。長年目をかけてくれていることには心から感謝しているが、目前に迫った試合につきあらぬ噂が聞こえて来たので心配になった、自分はあくまでスポーツマンシップに則って正々堂々と闘いたいから、そっと見守っていて欲しい、云々。

数日後、エステル宛に大きな花束が届いた。カードが一枚添えてあり、「親愛なるデンプシー夫妻へ、スポーツマンシップ名代」と記されている。アル・カポネからだよ、きっと、と手紙のいきさつと共に話すと、エステルは眉をひそめ、二〇〇ドルはしそうな花束を投げ捨てた。

別の噂も聞こえて来た。タニーのボディガードがカポネの所に出向き、自分は絶好調だからデンプシーに賭けない方がいいですよ、というタニーの言葉を伝えた、カポネは機嫌を損ねてすぐにそのメッセンジャーを追い払った、云々。

試合の当日までに、入場券の売り上げは史上空前の二六〇万八六〇〇ドルに達した。賭け率は、五対五かタニーがやや有利で六対四となっていた。

当日、シカゴには特別列車が仕立てられ、町は人で溢れ返り、人々は列車から降りると一目散にソルジャー・フィールドへ向かった。その群れの中にエステルの姿はなかった。試合を見るのが恐いと言って、ホテルから出なかったのだ。

デンプシーは黒のトランクスに縁起かつぎの古いローブを羽織ってリングに登場した。

タニーは白のトランクスに海兵隊のマークが入ったローブをひっかけて現れた。

レフェリーのデイヴ・バリーが二人をリング中央へ手招きし、ルールの説明に入った。

「これはしっかり頭に入れておいてくれ。ノックダウンを奪ったら、私がカウントする間、最も遠いニュートラルコーナーに下がっていること。いいかね？」

デンプシーはその瞬間を思い浮かべながら頷いた。タニーもきっと同じことを考えているに相違ない――自信満々の相手の顔を窺い見ながらデンプシーは思った。

試合は第一ラウンドからタニーが有利に進めた。試合前の絶好調宣言はハッタリではないと思い知らされた。

第二ラウンド、タニーの放った顔面へのフックにデンプシーはよろめき、ロープ際まですっ飛んだ。ここぞとばかりタニーが追いつめパンチを繰り出したが、ゴングに救われた。

第三ラウンドで瞼の古傷が開き、血が流れ出した。グラブで拭いながらの闘いは士気を挫き、徒らな疲労をデンプシーの肉体に加えた。

第五ラウンドでは、足が重くステップに力が入らなくなった。相手のパンチをかわすダッキングを続けるうちに息苦しくなった。

エステルの顔が浮かんだ。彼女がリングサイドにいないことを、試合前には不満にも寂しくも思ったが、今や、来なくてよかった、と思った。

「殴り合って、鼻をへし折られて、血をタラタラ流して……ボクシングなんて醜悪よ、大嫌い！」

突如として機嫌を損ねた時のエステルの決まり文句が思い出された。

（クソッ！　負ける訳にはいかん！　絶対に勝って彼女を見返してやる！　鼻も綺麗なまま……）

第六ラウンドに至ってタニーのパンチが空を切るようになった。手数も減った。たまに当たっても威力に欠ける。

「相手は打ちつかれている。次がチャンスだ。一気に行けっ！　勝てるぞ」

レオ・フリンが瞼の傷にこってりとワセリンを塗りながら耳もとに熱い息を吹きかけた。

第七ラウンドには確かにチャンスが訪れた。タニーのガードが下がり始めている。デンプシーの右のフックが顎を捉え、タニーはひるんだ。間髪を入れずデンプシーは左のフックを繰り出した。更に数発、手応えのあるパンチがタニーの顎にヒットし、タニーは倒れ、マットに突っ伏した。

物凄い歓声がリングを覆い尽くし、デンプシーは我が目を疑って茫然と佇んだ。

「ニュートラルコーナーへ！　ニュートラルコーナー！」

レフェリーの叫び声がぼんやりと遠くで聞こえていた。

が、突如デンプシーはよろけた。カウントを取り始めていたバリーが立ち上がってデンプシーの肩を手で押しやったからである。

刹那、我に返った。バリーが試合前に言った言葉を思い出した。デンプシーがニュートラルコーナーに退くや否や、再びバリーがマットにつっ伏しているタニーの傍らに戻ってしゃがみ込み、カウントを数え直した。デンプシーをニュートラルコーナーへ押しやる為に中断された数秒がそうして永久に失われた。

カウント9でタニーは立ち上がった。歓声と怒号がごちゃまぜになってリングを覆った。バリーがファイティングポーズを取るよう指示した。タニーは身構え、リングの中央に歩み寄った。デンプシーも慌ててニュートラルコーナーから中央へ歩み寄ると、すかさずパンチを繰り出した。タニーは逃げ回り、ロープ際では執拗なクリンチでデンプシーのパンチを逃れた。ゴングが鳴り、タニーは救われた。

「何ですぐにニュートラルコーナーに戻らなかったんだ！　カウントを四つ五つ損したぞ」

フリンが怒鳴った。

「急に新しいルールを言われたからな。咄嗟に頭が回らなかったんだ」

荒い息遣いの下でデンプシーは弁明したが、フリンは舌打ちを繰り返した。

第八ラウンドに入ると、タニーは嘘のように持ち直した。デンプシーは腕の力が弱り、足にも疲労が溜まってきているのを感じた。

タニーは猛然とダッシュして来た。デンプシーはロープに追いやられ防戦一方になった。そのガードをくぐり抜けたタニーのパンチでデンプシーはダウンを喫した。

第九ラウンドもタニーの攻勢は止まず、たて続けにデンプシーの顎やテンプルを捉えた。古傷が開き、デンプシーの顔は血まみれになった。ヌルッとした生温かいものが口の中に広がった。

何とか最終の第一〇ラウンドを持ちこたえたが、完全に逆転されていた。

ゴングが鳴り、バリーが高々とタニーの手を挙げた時、俺のボクシング人生は終わった、とデンプシーは感じた。

エステルは判定の結果を付き添いのナースから伝え聞いて気絶した。

第七ラウンドの判定をめぐる是々非々論は、試合の終わった直後からその後半世紀に亘って続いた。

（八）

船がニューヨークに近付き、雑誌でしか見たことのなかった〝自由の女神〟が視野に入った時、マックス・シュメリングの胸は怪しく騒いだ。マンハッタンの高層ビル群、港に出入りするあまたの船も、郷里のハンブルクとは比較にならぬ偉容と賑々しさだ。

船が埠頭に入り錨を降ろすや否や、新聞記者とおぼしき連中がどやどやっと乗り込んで来た。彼らは乗客名簿を調べ、ネタになりそうな有名人が乗っていないかを探っているようだった。

「誰も声をかけんな。ヨーロッパチャンピオンがお出ましだってのに」

チラチラッと流し目をくれるだけで傍らをやり過ごして行く新聞記者達を見やりながら、ビューローが舌打ちと共に呟いた。

「ジャック・デンプシーと見間違えてくれる輩もおらんか」

「たとえ見間違えてくれたとしても振り返らないよ。デンプシーはもうチャンピオンではないんだから」

「そうだな。リターンマッチにも敗れたしな。今はジーン・タニーの時代か」

十五歳の時から憧れ続け、一度はその謦咳に浴し、エキジビションとは言えグラブも交えた人物がもはや過去の人になったことをマックスは惜しんだ。彼がもしまだチャンピオンであったなら、その母国に足を踏み入れた以上、真っ先に挨拶に出向いたであろうに。

ビューローとマックスは、八四番通りに面したセントラルパークに近いホテル・ランスビーに部屋を取った。

埠頭では誰も出迎えてくれなかったが、ホテルに着くとオーナーが恭しく出迎えてくれた。もっとも彼はマックスのことを〝シュメリング〟と言わず、

〝スメリング〟と発音した。

「当ホテルには二人の世界チャンピオンにお泊り頂いたことがあります。デンプシーとタニーです」

しかし、部屋はさ程広くなく、バスもなかった。洗面台と仕切りを隔ててシャワーがあるだけだ。それでも見晴らしはよかった。窓からはセントラルパークとマンハッタンのビル街を一望できた。

マックスはすぐにも試合のオファーが来るものと思っていた。ビューローは抜かりなく手を打っているはずだった。

しかし、二週間が過ぎ、三週間経ってもビューローは何一つ朗報をもたらさない。マックスは苛立って、テックス・リカードにでもコンタクトを取るよう求めた。

「そんなに焦るな」

ビューローは肩をすくめた。

「我々が来ていることは関係筋には伝わっている。こっちから物欲し気な行動に出ると値打ちが下がるぞ。悠然として待つんだ。デンプシーは三年間もタイトル戦をやらないままチャンピオンベルトをしめ続けた。だから一試合で百万ドルも稼げたんだ」

言われて見れば道理にも思われたが、現実には手持ちの金がどんどん減っている。一ドルは四マルク相当で、ニューヨークの物価はドイツより遥かに高い。アメリカは好景気に湧き、聞くところによれば不動産熱が過熱しているとか。

暇つぶしにニューヨークの市中を見て回る他なかった。野球には格別興味はなかったが、「アメリカへ、それもニューヨークへおいでになったからには、是非ともベーブ・ルースを見なくちゃ」

とホテルのオーナーがしきりに勧めるので、レキシントン通りの地下鉄に乗って一六一番通りに出、ヤンキースタジアムに足を運んだ。

ベーブ・ルースを見て驚いた。丸っこい体型はおよそスポーツマンには見えなかったし、時速一五〇キロで投げ込まれる小さなボールをバットに当てられるとも思えなかった。

だが、ルースは物の見事にホームランを放った。

六万人の観衆のどよめきの中を、ルースは大きな体をゆさぶりながらゆっくりベースを回ってホームを踏むと、チームメイトの祝福を受けるより先に、歓乎の叫びを挙げ手を打ち鳴らす観衆に向かって帽子を取り両手を差し上げた。

マックスは試合を最後まで見ることなく球場を引き揚げた。ベーブ・ルースに比べて、自分の境涯が余りにも貧しいものに思われ、居たたまれなくなったのである。

四週間後に、マックス・マッホンが何人かのボクサーを伴ってドイツからやって来た。先行きの見えないビューローとの生活にうっ憤が貯まり始めていた時だったから、頃合いの息抜きになった。

しかし、ドイツでの自分の評価を含めたその後のなりゆきを問い質しても、彼らは一様に言葉を濁した。

程なくマックスとビューローはホテルを引き払って安いバンガローを借りた。それでも無為徒食の日々はどんどん蓄えを減らして行った。

マッホンが伴って来たボクサー達は試合をこなしていた。

「来て早々の彼らに出番が回って来ているのに、何故僕にはオファーが来ないんだい？」

マックスはビューローに愚痴った。ビューローは心外といった面持ちで肩をすくめた。

「連中は皆二流じゃないか。二流のボクサー同士の試合なら幾らでも組めるさ。有象無象いるからな。しかし、お前はもう一流のボクサーなんだから、こっちでも一流のボクサーを相手にしなきゃ駄目だ」

言われて見れば一理も二理もあるが、体も心も我慢の限界に来ている。これ以上無為の日々を送っていたら体が鈍ってしまうし精神的にも落ち込むばかりだ。早くトレーニングを始めたかった。

マッホンが救いの手をさし伸べてくれた。

「元トルコ大佐の夫人のマダム・ベイと話をつけたから会いに行こう」

数日後マッホンはマックスとビューローをニューヨークの郊外、ニュージャージー州サミットへ誘った。

マダム・ベイは若い頃はさぞや美人だったろうと思わせる、気品のある女性だった。大変なボクシング好きで、貧しい若いボクサー達の為にトレーニングキャンプ場を開いたのだった。

「幸い幾つか部屋が空いているから、こっちへお移りになったらいいわ」

ニューヨークでのバンガロー生活のことを話すと、マダム・ベイはすかさずこう言った。

女神に出会った思いだった。漸くビューローとの相部屋生活から解放され、個室を持つことができたからである。しかも部屋にはバスが付いていた。

キャンプは広く、ランニングトラックも設けられ、トレーニングルームには夥しい数のマシンが備えつけられている。

アメリカのみならず、ヨーロッパからのボクサー達も大勢いた。後年、フェザー級で世界チャンピオンになるフランスのアンドレ・ルーティスもその一人だったし、「バスクの雄牛」のニックネームを奉られていたスペイン人のパオリーノ・ウズクダンもいた。

キャンプには専属のトレーナーがいて、毎日ボクサー達の健康とコンディションをチェックしているという。

マックスは勇んでトランクス一枚になり、シャドーボクシングで準備運動を試みてからやおらサンドバッグに向かった。

右のパンチはサンドバッグを大きく揺るがせて周囲を瞠目させたが、左のグラブをバッグに叩きつけた瞬間、ズキンと痛みが走り、思わず呻き声が出た。

ビューローが驚いて駆け寄った。

「駄目だ、治っていない」

マックスは早々と練習を切り上げ、トレーナーに相談した。

「マダム・ベイに頼んでドクターフラリックに診てもらうといい。ドクターはスポーツ医学のスペシャリストで、何人ものボクサーやテニスプレーヤーの手術も手掛けて復帰させている」

ビューローは眉をしかめた。

「メスなんか入れてしくじったら、それこそ使い物にならなくなるぞ」

マックスは黙って左手をビューローに見せた。親指の根元が腫れ上がっている。

「またヒビが入ったかも。それとも、完全に治っていなかったか……」

「冗談じゃない」

ビューローが腹立たし気に返した。

「ディエネル戦からもう二ヵ月以上経ってるんだぜ。どんな骨折だって治ってるはずだ」

「我慢してやれと？」

「そうは言わんが……メスを入れるのには反対だ」

「ま、とにかく一度診てもらうよ。このままじゃ、ジャブも思い切って繰り出せない」

右のパンチには絶対の自信があったが、それとても左のジャブとのコンビネーションがあってこそだ。左手が使えないと知ったら、相手はマックスの右のフックだけを警戒すればいい。

フラリックは気さくで紳士的な人物で、初対面からウマが合うのを感じた。彼はマックスの手を入念に触診してからレントゲンを撮った。

「前の骨折は完全に治っているよ。痛みが引かないのは、ホラ、ここに小さな骨片がある」

フィルムの一点をフラリックは指さした。

「骨の一部が剝がれたんだよ。これが痛みの原因だ」

「と、いうことは、それを取らないと治らないんでしょうか？」

「そういうことだ」

「では、手術に……？」

「そうだね。それがベストだ」

診察の結果を告げると、ビューローは苦虫をかみ潰したような顔を見せてから頭を抱え込んだ。

「手術に賭けるよ。ドクターフラリックは何人ものスポーツ選手の手術を手がけてカムバックさせているとマダム・ベイも言っていたから、きっとうまく行くと思う」

手術は三時間かかったが、骨片は無事除かれた。

数日後、切開創の処置にフラリックのクリニックを訪れると、自分と似たような体格の青年が先に来ていた。ジャック・シャーキーだと紹介された。

「近い将来、君達はチャンピオンベルトを賭けて闘うかもね」

スポーツマンには相違ないだろうが、どこにも傷跡のない端正な顔からして、ボクサーではない、さしずめ大リーガーの選手ではないかと思ったから、マックスは驚いた。

「目尻に傷跡があったり鼻がへしゃげているボクサーは恐るるに足らず。スキッとした綺麗な顔をしている奴こそ要注意だ」

ビューローが口癖のように言っている言葉が思い出された。

「顔が綺麗だってことは、まともなパンチを顔に受けていない、つまりはガードが固い、いいボクサーの証拠だ。手強いぞ」

シャーキーは二十五歳ということだったが、もっと年長に見えた。この時点でマックスは、シャーキーが前年にジャック・デンプシーと一戦を交えていることを知らなかった。デンプシーの消息は、チャンピオンベルトを失ったジーン・タニー戦と、そのリベンジを期した再戦のことを、ドイツのスポーツ新聞の片隅に見出した程度だ。

七月二十六日、タニーとヒーニーの試合を見るために、マックスはビューローとマッホンと共にニューヨークへ戻った。

試合はタニーの圧勝に終わった。タニーは左パンチが武器だった。手数は多くなかったが、的確にパンチを決め、ヒーニーをフラフラにさせた。ヒーニーはそれでも何とか一〇ラウンドまで持ちこたえたが、次のラウンドで力尽きた。

試合の興奮が醒めやらぬ記者会見の席で、タニーは驚くべきことを宣言した。この試合を最後に自分は引退する、空位になるチャンピオンの席をどうするかはボクシング協会に一任する、と。

マックスは焦った。一挙にチャンピオンにのし上がることは無理としても、少なくともその席を狙う何人ものボクサーの一人にはなれるはずだ、それには一刻も早く有力選手と試合をしなければならぬ、キャンプに戻ってタニー引退の報を知ったマックスはこうビューローをつついたが、

「待てば海路の日和ありだ。いよいよプロモーター達が我々の所に押しかけて来るぞ」

と、ビューローは相変わらず待ちの姿勢を崩さない。

思い余ってマックスはマッホンに悩みを打ち明けた。マッホンはアンドレ・ルーティスに相談してみると言った。自分がドイツから連れて来たボクサー達の試合は大方彼がプロモートしてくれているからと。もっとも、マッホンがトレーナーとして伴って来たボクサー達の夢と野望はほとんど打ち砕かれていた。アメリカのボクサー達から一勝を勝ち取ることさえ至難のわざで、あっさりKOされて帰国の途に就いている。ドイツ選手権を賭けてマックスと一五ラウンドをフルに戦ったフランツ・ディエネルも、マックスに先立ってニューヨークに乗り込み、数試合をこなしていた。一勝しか挙げられなかったが、彼の果敢な闘い振りは目の肥えたボクシングファンに少なからず感動を与えた――とルーティスは言った。

マックスはことさら焦りを覚えた。

「どうしたら試合を組めるんでしょうか？　こちらへ来る前、テックス・リカードからのオファーを受けたんですが、それを断ったことが尾を引いているんでしょうか？　聞くところによると、彼はアメリカのボクシング界で相当影響力を持った人物らしいですが」

「ウーン、確かにリカードは大物だが、秘蔵っ子のデンプシーが王座を降り、タニーとの再試合にも負けてからは生彩を欠いてるな。最近は若いボクサーに囲まれているようだ。無論、君程のキャリアはない連中ばかりだがね」

「でしたら、リカードさんに当たってみる余地はありそうですが……」

「でも、君のマネージャーがうんと言わないんだ

ろ？」

図星だった。リカードに当たってみてくれと、一度ならずマックスはビューローを小突いたが、こっちから下手に出たら見透かされる、もう少し待て、の一点張りだった。

「私の見るところ、どうも彼はお高くとまっているな。その癖アメリカのボクシング界の事はあんまり分かってないようだ。

よかったら、私が組んでいるマネージャーを紹介するよ。ビューロー氏と一悶着起きるかも知れないがね」

ビューローにはいい加減我慢ができなくなっていたから、マックスは二つ返事で頷いた。

ルーティスはすぐに段取りをつけ、その男ジョー・ジェイコブスとキャンプベイの外で会わせてくれた。

一目見てウマが合うと思った。〝ジェイコブス〟は英語読みで、〝Jacobs〟はドイツなら〝ヤコブ〟と呼ぶだろうことからして、ユダヤ系の人間であると知れた。事実、両親はハンガリー系ユダヤ人で、ジェイコブスが生まれる前にアメリカに移住してきたという。その所為だろう、彼の口を衝いて出る言葉は英語とハンガリー語がごちゃ混ぜになっている。

マックスは単刀直入に切り出した。

「とにかく試合をしたいんです。力を貸してもらえませんか」

ジョー・ジェイコブスはくわえタバコのままニッと笑った。

「そんな簡単なことはないぜ。お望みなら明日にでも試合を組めるよ」

マックスは唖然として相手を見返した。ジェイコブスはマックスの肩に手をかけた。

「但し、俺が君のマネージャーだったらの話だ。君のマネージャーを差し置いて出しゃばったことはできまいしな」

頷く他なかった。

キャンプに戻ると、マックスはすぐにビューローの所へ飛んで行き、ジェイコブスとの話し合いの内容を伝えた。

ビューローの顔色が変わった。尻に火がついたように彼は動き出し、テックス・リカードに渡りをつけた。リカード自身は体調が勝れないからということで、代理人のトム・マッカードルなる人物が現れた。と、見る間に、アメリカ人のジョー・モンテとの試合をお膳立てした。

喜んだのも束の間、ファイトマネーが一〇〇〇ドルと聞いてマックスは血の気が引いた。ビューローの取り分は四〇パーセントだから、自分が手にするのは僅か六〇〇ドルだ。母国ドイツでは少なくとも二万マルク、ドルにして五〇〇〇ドルが相場だった。現に、こちらへ来る前リカードから提示されたファイトマネーは六〇〇〇ドルだったではないか。

（試合を欲しがっている弱みにつけ込まれたな）

問い詰めてもビューローはそうだとは口を割らなかったが、てっきりそうに違いないとマックスは思った。自分はこれまでヨーロッパへ遠征して来たアメリカ人ボクサーとも何度かグラブを交えている。ジャック・テイラーとは二度闘い、最初は判定負けしたが二年後には雪辱を果たしている。その他のボクサーには負けていない。こうした試合の情報はアメリカのボクシング界にも伝わっているはずで、自分はアメリカで無名のボクサーではない。テックス・リカードが遥か海を越えてオファーを入れて来たのが何よりの証拠ではないか。

義憤が収まらず、マックスは単身ニューヨークのボクシング委員会に乗り込み、ビューローと交わしたサインを無効にしたい、自分と交渉し直して欲しい、と訴えた。

ジム・ファーレーという副コミッショナーが応対に出た。マックスの言い分にいちいち頷きながらも、

「ビューロー氏があなたのマネージャーである限り、彼と交わした契約書は有効で取消すことはできないでしょう」

と言った。マックスは唇をかみしめた。

「ま、今回は諦めて、精々いい試合をして下さい。そうすれば次の契約はあなたの希望通りになりますよ」

ファーレーの慰めにほだされた形で、マックスは膝の上で握りしめた拳を解き、腰を上げた。

「あ、マックスさん」

踵を返しかけたところへファーレーが呼び止めた。

「それにしても、ファイトマネーの四〇パーセントというマネージャーの取り分は多過ぎます。アメリカの標準は三五パーセントですよ。あなたが心酔していたというジャック・デンプシーも、マネージャーのカーンズに半分くらい持っていかれてましてね。それが不当だと気付いて三五パーセントに下げたら、カーンズは怒ってデンプシーを訴えました。さんざすったもんだした挙句折り合いがついたようですが。あなたも面倒なことにならないうちにビューロー氏にかけ合って彼の取り分を下げてもらうことですね」

キャンプベイに戻るや、マックスはビューローと談判に及んだ。今回ばかりは一〇〇〇ドルで応じるが、その代わりあんたの取り分は三五パーセントにする、文句があるなら今すぐにでもあんたとは手を切る、と宣言した。ビューローは顔を引きつらせたが、反論には及ばなかった。

しかし、彼がこの一件を根に持ったことは、試合の当日になって分かった。体調が勝れないと言って、姿を見せなかったのである。仮病に相違なかった。皮肉なことに本物の病気になったのはマックスの方だった。

試合の三日前、高熱と寒気、筋肉痛に襲われた。医者に診てもらうと、「多分インフルエンザだ。試合は無理だよ」と言われた。

ビューローとマッホンは頭を抱え込んだ。ドイツから伴って来たボクサー達は一、二度アメリカ人ボクサーと闘って敗れ故国に舞い戻ったが、マッホンは居残ってマックスのトレーナーを引き受けている。彼はほとんど付きっきりでマックスを看病したが、熱は杳として引かない。

「無理せん方がいい」

前日もマッホンはマックスを医者に診せた。医者は厳かに首を振った。

「このままじゃ三ラウンドも持たんだろ。後で体調不備だったと言い訳するより、潔く諦めて次の機会に賭ける方が賢明だ。何なら診断書を書いてあげるよ」

できることならそうしたかった。しかし、〝次の機会〟が保障されている訳ではない。マッホンも同じ考えだった。

「そうだろ、ビューローさん。すぐに次の試合を組めるならマックスを諦めさせるが、それだけのコネも器量もあんたにはないだろうな」

ビューローは言葉を返せなかった。

二日間で何とか回復できるのでは、との期待も空しく、試合当日になっても熱は下がらず、悪寒で歯はガチガチなり、冷たい汗が脇を伝った。しかし、マックスは勇を鼓して裸になった。

会場のマディソン・スクエア・ガーデンの客の入りは半分程だった。

マックスのセコンドを務めたのはマッホンだけだった。

「リカードが来てるぞ」

コーナーに腰を下ろしたところで、マッホンが耳もとで囁いたが、熱に浮かれたマックスは、どこか遠いところでそれを聞いていた。

自分ではない何者かに操られるまま手足を動かしているようだった。

ラウンドが終わるごとに、滝のように滴る汗をマッホンがバスタオルで拭い、水を飲ませ気つけ薬をかがせた。

ジョー・モンテは幸いハードパンチャーではなかった。何発か受けたパンチでそれと知れた。しかし、手数でマックスを上回っている。それをブロックするだけでマックスの体力は消耗した。

第七ラウンドまで持ちこたえたのが我ながら不思議だった。しかし、もう限界だと感じた。

「マッホン、もう駄目だ！　止めさせてくれ！」

マックスは哀願するように訴えた。

背中をタオルでごしごし拭っていたマッホンは、前に回って膝を折り、マックスの顔をのぞき込むと、頬に一発二発平手打ちを食らわせた。

「ここでタオルを投げるなら、お前はもうアメリカでは終わりだ。いや、ドイツでも終わりだ。リカードは二度とお前に声をかけんだろう」

マックスは我に返ってリング下に目を遣った。ジョー・ジェイコブスとテックス・リカードが固唾を呑んでこちらを見上げている。

ゴングが鳴った。

「どうだ？　行くか？　それとも、明日、荷物をまとめてドイツに帰るか？」

マックスは首を一振りし、立ち上がった。

「よし、行けっ！」

マッホンが一喝してリングを降りた。

ジョー・モンテは勝利を確信しているかのように果敢に攻めて来た。マックスは左のジャブで相手の攻勢を防いだ。親指にはもはや痛みはなかったから、ジャブはためらいなく繰り出せた。だが、モンテはマックスの左腕を上から押さえ込むようにして攻め込んでくる。その分ガードが下がっていることにマックスは気付き始めた。

ジャブの左手を引っ込めた時、その左腕を押さえようとしたモンテの右手がフェイントを食ったように空を切り、弾みに、上体がつんのめってマックスの方へ流れた。目の前に、モンテのノーガードの顔があった。マックスは渾身の力を振り絞って右のフックをモンテの顎に炸裂させた。

さながら足をすくわれたかのように、モンテの上体が一瞬にして崩れ落ちた。

マックスはニュートラル・コーナーに戻りながら、リングサイドのテックス・リカードとジョー・ジェイコブスが飛び上がってリングに駆け寄って来るのを見た。

カウント10が告げられてもモンテは起き上がって来ない。

マッホンがロープの間からリングに駆けあがってマックスに抱きついた。

「よくやった！　よくやった！　これで運が開けるぞっ！」

ロッカールームに引き揚げて着替えを始めたとこ

ろへ、ビューローが顔を出した。およそ病人風情ではない。相好を崩してマックスに駆け寄ると、その片手を両の手に握りしめた。

「やったぜ！　お前の右のパンチはやっぱり凄いっ！　世界一だっ！」

苦笑と共にマックスは手を引っ込めた。

「まるで試合を見てたようなことを言うじゃないか」

「あ……いや、寝込んでたんだが、やっぱり気になって、起き出して来たんだ。プレス連中が私に気付いてすぐに試合の結果を知らせてくれたよ。噂通りの黄金の右一発で物の見事に逆転ＫＯだってね。正直言って、ＫＯされるのはお前の方だと思ってたんだ。だって医者は、三ラウンド持つまい、ドクターストップをかける方が賢明だ、などと言ってたんだからな。で、俺は、ＫＯされるお前を見るに忍びなかったんだよ。今回はもうトレーナーのマッホンに任せよう、タオルを投げる投げないも彼の一存にかかっているんだから、と思ってな」

「一理は認めるよ」

マックスは果てしなく続きそうなビューローの弁解を遮った。

「しかし、マネージャーがリングサイドにいるいないではボクサーの士気に大いに関わる。ましてジョー・モンテとの試合はあんたがお膳立てしたものじゃないか」

ビューローは、病み上がりとは思えない、手入れの行き届いた白髪を手でかき上げてから、一息入れた後、相好を崩してマックスに向き直り、両の肩に手を置いた。

「ま、何にしてもお前は勝ったんだ。アメリカでのデビュー戦を華々しく飾ったんだ。これで道は開けた。次の相手を捜すよ」

マックスはビューローの手を払い退けた。

「悪いが、あんたとは今日限りお別れするよ」

ビューローの顔からさっと血の気が引いた。

「な、何だって⁉」

眉間に険が立ち、ビューローの上体がわなないた。

「今日の試合をお膳立てしてくれたことには感謝して

いる」

　マックスはクールに返した。

「しかし、無為に過ぎたこの半年間は悔んでも悔み切れない。どれだけの無駄金をすっちまったか、胸に手を当てて考えてくれ給え。やっとありついた試合も、雀の涙程のファイトマネーだ。ここではやはり、アメリカ人のマネージャーが必要だと分かったんだ」

「ジョー・ジェイコブスに乗り換える気か？」

「郷に入っては郷に従えだ。悪く思わんでくれ」

「じょ、冗談じゃない！　そんな身勝手なことは、ぜ、絶対に許さん！」

　握りしめた両の拳を上下させながら、啖呵を切るように吐き捨ててビューローは踵を返した。

　数日後、マックスはボクシング協会から呼び出しを受けた。

　玄関口でビューローとすれ違った。先に来ていたらしい。チラと一瞥をくれただけでやり過ごした。

　正副のコミッショナー、それに数人のメンバーが長椅子の前に座っている。マックスには椅子が用意されていない。

（これじゃ、裁判官と被告みたいじゃないか！）

　憤慨したが、ビューローもこんな風に突っ立ったまま査問を受けたなら仕方がない。

　コミッショナーが口上を切り出した。端から詰問調だ。先に面接したビューローの言い分にこそ是がある、あんたは何を血迷って彼との関係を断とうとしているのか、それはいかにも一方的で理不尽なことである、と決めつけてかかった。

　銀髪と、チョッキを着込んだ三ツ揃いのスーツ姿でいかにも紳士然としたビューローの佇まいがコミッショナー以下の面々に好印象を与えたに違いない。

「君はビューロー氏のお陰でここまで来れたんじゃないか。その恩を仇で返そうと言うのかね？」

　暫くのやり取りの後、コミッショナーがガンと一発かますように言った。

　マックスの堪忍袋の緒が切れた。自制の利かなくなった激しい感情に押し出され、委員達の前にすっ飛んでいた。

「あなた方はビューローに言いくるめられているんだっ！　こちらへ来てから半年間の、無為で惨めな日々をどうしてくれるんだっ！」

握りしめた拳でテーブルをバンバン打ち叩いて叫ぶように言い放つと、マックスは部屋を飛び出した。

「シュメリング君、待ち給え」

背後で呼び止める声に振り向くと、副コミッショナーのジム・ファーレーが足早に追いかけて来ていた。マックスは立ち止まった。

「戻って来給え」

ファーレーはマックスの肩に手を置いて言った。

「誰も君に敵意や悪意を抱いているわけじゃないんだよ。ビューロー氏との関係を詳しく知りたいだけなんだ」

マックスは気を取り直して部屋に戻った。激情に駆られて飛び出してしまったものの、さて次はどうしたらよいのか分からなかったから、内心ほっと安堵していた。


コミッショナーも先刻までとは打って変わって穏やかな表情になっている。

「我々のことを悪く思わんでくれ、シュメリング君」

口調も柔らかくなっている。

「君は前途ある有為な青年だから、何とかここニューヨークでもハッピーな日々を過ごしてもらいたいと思っている。しかし、君のその才能を見出し、育んで来たビューロー氏もハッピーであって欲しい。それぞれの生計のことも含めてね」

マックスは落ち着きを取り戻した。部屋を引き上げる頃には、自分を呼び戻してくれたファーレーへの厚い感謝の念に心満たされていた。あのまま戻ることがなかったら、アルトゥール・ビューローへの契約違反金を課せられるばかりか、〝切れる男〟の異名を奉られて、ニューヨークのボクシング界のみならず、故国ドイツでも鼻摘みになっていたかも知れない。それでなくても故国では、フランツ・ディエネルとの再戦契約を破ってアメリカに遁走した卑怯者との糾弾が続いているのだ。ドイツから送りつけられてくる〝名無しの権兵衛〟の手紙は大概そんな中傷と非難に満ちていた。ニューヨークで試合ができなくなるからと言って、おめおめと故国に帰れる状況ではない。

結局マックスはコミッショナーの妥協案を飲んだ。マネージャーをジェイコブスに代えるのはいいが、契約期限が切れるまではビューローに従来通りのマージンを支払わなければならない、との。

協会から解放されたマックスは、安堵と共に急に襲って来た疲労感に抗えず、会館の一階のロビーの椅子に身を投げ出した。

「おっ、もう終わったのかい?」

訛りのある英語が背後で聞こえた。振り向くとジェイコブスの人懐っこい顔が視野に飛び込んだ。

ジェイコブスは小柄な体を隣の椅子にすべり込ませると、改めてマックスの顔をのぞき込んだ。

「顔が上気してるぜ。相当やり合ったな」

マックスは一部始終を話した。

「そうか」

小刻みに頷いて聞き入っていたジェイコブスは、マックスが語り終えると、大きく顎を落とした。

「まずまずの裁定だ。ともかく、これで俺は晴れて君のマネージャーを拝命できる訳だからな」

「それなんだが――」

「うん? 何か都合の悪いことでも……?」

「マージンを、どうしたらいいだろう?」

「俺の取り分かい?」

「ああ……」

「ビューロー並みに四〇パーセントと言いたいところだが、三三パーセントでいい」

「しかし、ビューローにも三三パーセント払わなきゃならないので、当分、その半分、一七パーセントでやってもらえないだろうか?」

「そうすると、我々二人とあんたとフィフティフィフティになる訳か」

「ま、そういうことになるが……」

ジェイコブスが眉間に皺を寄せた。

「それはシュメリング君、飲めん話だな」

「えっ……？」

マックスはジェイコブスの渋面を見返した。

「じゃ、どれくらいなら……？」

今頼りになるのはジェイコブスだけだ。彼につむじを曲げられたら次の試合はいつのことになるや知れない。

「フーム」

ジェイコブスは顎に手をやって、ユダヤ人特有の深い眼窩の奥の目をヒタとマックスに据えた。

「二五パーセントで、どうだろう？」

万単位のファイトマネーなら八パーセントの差は大きいが、先のジョー・モンテ戦並みに高々千ドル単位のファイトマネーなら大した差はない、ままよ、という気でマックスは言い放った。

ジェイコブスが眉間の皺を解き、顎の手も外すと、マックスの肩に両の手を置いた。

「今回は、その気持ちだけもらっとくよ」

マックスが訝ると、ジェイコブスはポンポンと二度ばかりマックスの肩を叩いた。

「ビューロー氏との契約が切れるまで、俺の取り分はゼロでいい」

マックスは耳を疑った。胸に熱いものがこみ上げた。

「その代わり」

とジェイコブスは、マックスの肩に置いた手を今度は自分の胸に組み、右手の人さし指を突き出した。

「俺は君を売り出す為にあの手この手を捻り出すから、文句を言わずついて来ること、いいね？」

マックスは目尻に溢れ出した涙を拭って頷いた。

「何と言っても君はジャック・デンプシーに似ている。デンプシーはもう引退だろうが、彼の人気は根強い。デンプシーに似た君の顔がメディアに載るようになれば、デンプシーの再来だと人々は騒ぎ、人気が出る。もっとも、それなりの実績を挙げんことには駄目だがね」

マックスはジェイコブスの俠気に心打たれた。この新しいマネージャーがリングサイドで自分の勝利に歓喜の声を放つ姿を一刻も早く見たいと思った。

ジェイコブスの手際は早かった。年が明けた一月四日、ライトヘビー級から上がって来たばかりのジョー・シクラとのニューヨークでの対戦を取り付けた。

シクラは技巧派のボクサーで、重量級には珍しくフットワークが軽い。手数も多く、多彩な攻撃をしかけて来た。それを防ぐには左のジャブを多用せざるを得なかったが、幸い左手の痛みはまったく感じなくなっている。意を強くして、ジョー・モンテ戦では封じていた左のフックを放った。何発目かのそれが確かな手応えと共にシクラの顎にヒットし、シクラは足もとに崩れ落ちた。

反射的にマックスは、シクラに駆け寄っていた。シクラはマットに腰を落としたまま、自分でも一体何が起きたのか分からない様子で眼をキョロキョロさせ、両の腕を宙に泳がせている。マックスはその片腕にグラブを絡ませ、助け起こした。

マックスの意外な動きと観衆の歓乎に虚を突かれた恰好で立往生していたレフェリーが、ハッと我に返ったように二人を分け、カウントを始めた。

マックスは、レフェリーに促されて相手がしっかりファイティングポーズを取って構え、体勢を整えるまでニュートラルコーナーに引いていた。

シクラが倒れた時、マックスより早くレフェリーが駆け寄ってカウントを始めていたら、恐らくマックスのKOで終わっていただろう。

シクラは十数秒間で正気を取り戻して復活し、一〇ラウンドまで闘い終えた。マックスの判定勝ちが告げられると、観衆は総立ちになって割れるような拍手を送った。

ジャック・デンプシーはシュメリング対シクラ戦を観たいと思っていた。前年からビジネスパートナーとなっていたテックス・リカードが、ジョー・モンテとシュメリングの一戦を観た感想を熱っぽく語ったからである。

「あいつの右は凄い。奴はそのうちアメリカを征服するかも知れんぞ。もう一つ驚いたのは、奴があんたにそっくりなことだ。どこかで血がつながってるんじゃないかい？」

デンプシーは苦笑しながら、自分はかつて一度シュメリングとエキジビションでグラブを交えたことがあったこと、確かに才能を感じさせたこと、だから、半分以上は冗談だったが、君は将来世界チャンピオンになるかも知れんとおだてておいたこと、などをリカードに話した。リカードはリカードで、シュメリングのドイツでの活躍を耳にしたから、ジーン・タニーとヒーニー戦の前座にどうだとオファーをかけたことがある、と切り出した。

「しかし、断られた。理由は、ドイツのチャンピオンベルトを取ったが、その防衛戦をしなくちゃならんから、とのことだった」

「そのチャンピオンシップでシュメリングに負けたフランツ・ディエネルが暫くこっちへ来て何試合かしたよね」

「ああ、確か一勝しかしなかったが、ファイトのあるいい選手で人気は出た。そのディエネルを下したんだから、シュメリングはやはり強い。戦績を見てもほとんどKO勝ちだ。あんたが休んでた三年間に、奴は三〇試合もこなしてるぜ」

「耳が痛いな。でもまあドイツではそれくらいこなさないと食っていけなかったんだよ。ところで、シュメリングは今もドイツのチャンピオンなのかな？」

「いや、モンテ戦の前に返上している。リターンマッチをやらんということで何やかや言われ、こっちへ来たのも逃亡だ卑怯だ何だと、厭味なことをメディアが書きたてたのに腹をすえかねたみたいだ」

「何故やらなかったんだろう？」

「最大の理由は、ディエネル戦で左の親指を骨折したことだ。こっちへ来て手術をしている。しかし、ジョー・モンテを右のフックで倒しているから、もう問題はないだろう」

「そうか。シュメリングと一戦やってみたいな」

「おー、それはいい！」

テックス・リカードの目がパッと大きく見開かれた。

「シュメリングは来年早々ジョー・シクラとやる。シャーキー程ではないが昇り調子のいいボクサーだ。そいつに勝ったらシュメリングの人気は出るだろうからな」

半分冗談で言ったつもりが真に取られてデンプシーは苦笑した。シュメリングと対戦するなら、それは彼がアメリカでビッグネームとなった時でしかない。これより少し前、デンプシーはリカードから、ボクシングの対戦をプロモートするパートナーにならないかと持ちかけられ、二つ返事で承諾していた。その最初の仕事が、ジーン・タニーの引退で空席になっているヘビー級チャンピオンを狙うシャーキーとストライブリング戦だった。それをアレンジするために二人はマイアミへ出かけた。リカードは妻のマキシンと幼い娘を伴っていた。

その途次、レストランによってランチを取っていた席で、リカードがデンプシーの肘をつついた。

「シャーキーとストライブリング戦をうまく組めたら、その勝者とやってみないか」

デンプシーは意表を突かれて思わずリカードを見返した。

「何度も言ったように、本当はタニーともう一戦やらせたかったんだが、相手は降りちまったからな。しかし、お前はまだ引退を宣言していないんだから、その気がありゃいつでも試合をプロモートするぜ。お前のカムバックを待っているファンはまだまだ何百万人といるはずだから」

リカードの言葉は嬉しかったが、否とも応とも答えられなかった。何よりの不安の種は左目が〝アキレス腱〟になってしまったことだ。もう一度痛めたら失明するかも知れないと、タニー戦で負った傷を診た医者から警告されている。引退は表明していないが、そろそろ年貢の納め時かも知れない。

いずれにしても当分リングには上がれないと覚悟するものがあったから、デンプシーはビジネスに精を出した。折からの好景気に乗って、多少とも金のある連中は不動産熱に取り憑かれていたが、デンプシーもその波に乗った。二年前に長年のパートナー、カーンズと袂を分かった折共有財産を分配したが、自分の取り分として得たバーバラ・ホテルが六五万ドルの高値で売れた。

一方リカードは、チャンピオンという金づるを失って焦っていた。以前「リングサイド」というボクシング・ドラマにプロデューサーとして加わった経験があったから、今度も映画に投資して一獲千金を試みた。しかし、興行成績は上がらず、逆に大金をすってしまった。そこで、本業であるボクシングのプロモーターとして再起を期していたのだった。

リカードにとってデンプシーは、ビジネスパートナーと言うよりはまだまだ商品価値のある現役の大物ボクサーに相違なかった。

「シャーキーとストライブリング戦は多分シャーキーが勝つと思うよ」

振られた話を受けてデンプシーは返した。

「シャーキーは手強い。いや、手強かった。二度とやりたくないと思った男だ。ま、リングサイドで見物させてもらうのが手頃だな」

「えらく弱気になったもんだ」

リカードが呆れたように言って、同意を求めるように傍らのマキシンに視線を送った。

「タニーならいざ知らず、シャーキーにはKO勝ちしてるのにな」

マキシンは困ったような微笑を浮かべただけだった。

リカード一家の団欒をデンプシーが見たのはこの時限りだった。

シャーキー、ストライブリング戦は資金面で問題が生じ、まとまらないまま年が明けた。

一月二日はリカードの五十八歳の誕生日だったが、マキシンが用意したバースデーケーキを、リカードは一口も口に運べなかった。前の晩から腹痛に悩まされていたが、当日の朝からは吐き気も伴って来た。

マキシンが土地の医者に往診を求めた。医者は単なる消化不良だろうと言って〝制酸剤〟を置いて行った。しかし、昼過ぎには熱が出始め、腹痛も強くなった。

「駄目だ、入院させよう」

デンプシーはおろおろするばかりのマキシンに言った。

リカードをかつぎ込んだ病院の医師は、原因は分からないが重症の腹膜炎を起こしている、と診断した。

「手術は？　手術で助けられないんですか？」

デンプシーは医者に詰め寄ったが、医者は眉間に皺を寄せ、首を振った。

「原因が分からないからね、ナイフ（メス）の入れ様がない」

デンプシーは悲嘆にくれるマキシンを慰めながら、彼女と共に病人の傍らに座り続けた。事の重大さをまだ悟り切れない幼い娘ばかりが無邪気に病室を行ったり来たりしている。もうすぐこの子は父親を失うのだと思うと、不憫でならなかった。自分も本来ならエステルとの間にこれくらいの子供がいても不思議ではないが、恐らくエステルは妊娠し難い体質なのだろう、一度も孕んだことがない。デンプシーは子供を望んでいたが、エステルとの仲がぎくしゃくし始めた今になって、子供がいなくてよかったと考え直している。もしエステルとの絆が保たれているなら、リカードが亡くなった時、娘を養子として引き取ってもいい、と思った。マキシンはまだ若い。再婚すべきだが、そのためにも独りでいる方がいいからだ。

しかし、エステルとの夫婦生活に、デンプシーは自信を失いかけていた。エステルはもはや、自分が恋した当時の麗しい女性ではなくなっていた。

そうした感情の移ろいをもたらしたのは、数ヵ月前のある事件が発端だった。デンプシーとエステルは、サンセット・プールヴァールのあるクラブで数人の友人達をもてなしていた。近くのテーブルでは、チャーリー・チャップリンや映画監督のハリー・クロッカーが談笑していた。

ものの一時間も経った頃、チャップリンが隣のクロッカーをつついた。

「何か、臭いぞっ！」

見ればクロークの近くの床板の間から煙が立ち昇っている。デンプシーもすぐに気付いてエステルの腕を摑み椅子から立ち上がらせた。チャップリンがどこから持ってきたのか、ホースを手にして煙が上がっている床に放水した。ホテルのオーナーが駆けつけて椅子やテーブルを外に運び出すよう指示した。

「そんなことをやっていたら危ない。早く外へ！」

チャップリンがホースを投げ出して叫んだ。従業員達は及び腰になったが、オーナーはめぼしい調度を運び出すように彼らを強いた。客達はあたふたとドアに向かってなだれ打った。突如物凄い爆発音があたりをゆるがし、部屋の調度が粉々に砕け散った。

熱風がドアを衝いて逃げ惑う人々の背を押した。チャップリンが振り回していたホースからの水も飛び散った。

「キャー！」

エステルが悲鳴と共にデンプシーにしがみついた。デンプシーがその肩を抱いて走り出そうとした時、エステルは不意にその手を払いのけてハンドバッグから鏡を取り出した。

「何をしてるっ！　早く外へ出るんだっ！」

デンプシーは妻の手首をつかんだ。

「ねえねえ、顔が熱いの。あたしの顔、どうかなったんじゃなくって？」

エステルはまた夫の手を振りほどき、険しい顔を振り上げた。

「大丈夫だ。何ともない。それより早く逃げるんだっ！」

立ち止まっている二人を血相を変えた人々がやり過ごして行く。

エステルは今度は服のことを気にし出した。熱風とホースの水でブラウスやスカートがクシャクシャになっている。

「後で着替えればいいだろ。早く早くっ！」

デンプシーはエステルの手首をつかまえて走り出した。

爆発の原因はガス漏れだった。幸い死者は出なかったが、調度を運び出すのにこだわったホテルのオーナーが重傷を負った。

デンプシーとエステルはかすり傷一つ負うことなく無事に逃げ出せたが、デンプシーの胸には割り切れないものが残った。火急の場に及んで自分の顔や服のことばかり気にかけていた妻の言動に。

（女優なんだから顔のことが一番気がかりなのは当たり前かも知れない。それをおかしいと思う俺の方が多分間違っているのだろう）

デンプシーはこんな風に自分に言い聞かせて納得しようとしたが、胸の底に淀んだ澱のようなわだかまりは拭いきれなかった。鼻が気に入らないと言って整形手術をさせられ、テディ・ヘイズの失笑を買ったことまで思い出された。人間の内なるものよりも外見こそがエステルにとっては重要なんだと、あの時も、そして今度も、思い知らされたのである。

テックス・リカードが回復する見込みはなさそうだった。日に日に弱っていくのが素人目にも読み取れた。

リカードの異変を嗅ぎつけたマスメディアがしきりに取材を申し入れたが、

「お前とマキシン以外は誰とも話したくないから入れないでくれ」

とリカードは言った。

声はかすれ、時々苦し気に息をつぎながら、リカードはのべつ幕なしに喋った。大方は思い出話だった。わけても一九二一年七月、ニュージャージー州のボイルズ・サーティ・エイカーズでのジョルジュ・カルパンチェとの試合を、リカードは何度も唇を舌で湿らせながら回顧した。

「あの木造のスタジアムが溢れんばかりの客でギシギシ言ってたよな。消防隊の連中がやきもきしてたっけ。カルパンチェびいきの観衆が地団駄を踏み鳴らしていたからな。試合がもつれ込んだらぶっ壊れてたかも知れん。お前は俺の言う通り、早過ぎもせず、遅過ぎもせず、いいところで奴を叩きのめしてくれたよ。第三ラウンドでお前のボディブローが効いて、奴は途端に戦意を喪失したからな。そして次の回でケリだ」

「彼とは何年か後に会ったよ。試合の話になって、君はライオンみたいだった、僕は野獣に殺されたくはなかったって言ってたよ」

「ふん、じゃ、最初から怯気づいてたんだな。お前がオーラを放っていたんだ」

胸が詰まって声を出すのも苦しかったが、一言話す度にリカードの生命の残り火が乏しくなっていくように思われ、デンプシーは相槌を打ちながら時々相手の冗舌を遮った。

一月五日の朝、デンプシーはスポーツ新聞記事を読んで聴かせた。マックス・シュメリングとジョー・シクラ戦のそれだった。

「シュメリングは本物だな」

リカードが自得するように頷きながら言った。

「俺が元気になったら、お前とシュメリングの試合をプロモートしてやるよ。厭と言うなよ。お前は俺の息子同然なんだから、親父の言うことは素直に聞くんだぞ」

涙腺がはち切れ、デンプシーは嗚咽した。


翌日、テックス・リカードはマキシンとデンプシーに手を取られながら死んだ。

マックスはジェイコブスからリカードの逝去を知らされ、マディソン・スクエア・ガーデンでの葬儀に参列した。

数千人と思われる夥しい弔問客が押し寄せ、いつもはリングが設置されるあたりに置かれた彼の柩を取り囲んでいた。見知った顔が幾つもある。

ジェイコブスがマックスの肘をつついた。

「デンプシーだ」

数メートル先に、今にも柩に屈み込もうとしている男の横顔が捉えられた。何年振りだろう。懐しさがこみ上げ、すっ飛んで行って話しかけたい衝動に駆られた。

「泣きの涙だ。近寄れる雰囲気じゃないぜ」

ジェイコブスの耳打ちがマックスの足を止めた。

「長年パートナーだった男だからな。最近はビジネスでも組んで、シャーキー・ストライブリング戦をプロモートしていたが、これでご破算だな。お前の出番が来そうだぞ」

「えっ？」

「ケリー会長に引き合わせよう」

テックス・リカードの柩に十字を切って別れを告げると、ジェイコブスは有無を言わさずマックスの腕を取ってガーデンのＶＩＰルームに誘った。

「お、これはこれは！」

部屋に一歩足を踏み入れるなり、ジェイコブスは吃驚の体で身をのけぞらせた。ウィリアム・Ｆ・ケリー会長の傍らに、先刻チラと垣間見たジャック・デンプシーの姿を認めたからである。

マックスは反射的に足を踏み出していた。

沈鬱な面持ちでいたデンプシーも、立ち上がって相好を崩し、マックスを迎えた。

二人はガッチリと握手を交わし、闘いを終えたボクサーさながらに、抱き合って互いの肩を叩いた。

「似ているでしょう、あの二人」

デンプシーとシュメリングが再会を喜び合っている間に、ジェイコブスは素早くケリーの傍らに寄って囁いた。

「瓜二つだな。年は？　九歳違い？　フム、正にジャックの再来だな」

ジェイコブスはほくそ笑んだ。

「メディアもそれに気付いてましてね。騒ぎ出してますよ」

「フム。次の試合はいつだ？」

「今月の二十二日、ピエトロ・コッリとです。二月のしょっぱなにはジョニー・リスコと対戦します」

「リスコ⁉　コッリはさておき、リスコは手強いぞ。シャーキーを破っている」

得たりや応とジェイコブスは顎をしごいた。

「でも勝ちますよ、シュメリングは」

「フム」

「もしシュメリングが勝ったら、どうです、会長、シュメリングをこのガーデンの専属ボクサーにしてくれませんか」

ケリーはジェイコブスの目をのぞき込んでから、二、三度顎を上下させた。異存なしとのゼスチャーだ。

四人は再会を誓い合って別れた。

ケリーはデンプシーを引き止めた。テックス・リカードとデンプシーがプロモートしていたシャーキー・ストライブリング戦をお流れにしたくない、とケリーは訴えた。

「面白くなって来た。シャーキー、ストライブリング、リスコ、それに今ここにいたシュメリングで空位の世界チャンピオンを競わせるんだ。ジェイコブスも大いに乗り気だったよ」

「それはそうでしょう」

デンプシーは少し不機嫌そうに返した。

「リカードが生きていたら、今あなたが挙げた中にジャック・デンプシーの名がなかったことを嘆いたでしょうよ」

「オー・マイ・ゴッド！」

ケリーは大仰に両腕を広げ、眉と目を吊り上げた。

「君はビジネスマンになったんじゃないのかね？まだグラブに未練があるのかい？」

「ありますよ。泉下のリカードの為にも、もう一度チャンピオンベルトをしめてみたい……」

デンプシーの語尾がかすれた。目に涙がたまっている。

ケリーが立ち上がってデンプシーの肩に手をやった。

「すまなかった。チャンピオンシップのメンバーリストに、今日を期してジャック・デンプシーを入れておくよ。その代わり、と言っては何だが、リカードの弔いの意味もこめて、彼と君がプロモートしたシャーキー、ストライブリング戦を実現させてくれないか」

デンプシーは目尻に溢れた涙を拳で拭ってからコクリと顎を落とした。

ジョー・シクラとの一戦から僅か十八日後に、マックスはイタリア系アメリカ人ボクサー、ピエトロ・コッリと対戦、右のボディブローで一ラウンド、五十九秒でＫＯした。更に十日後の二月一日、ジェイコブスはジョニー・リスコとの試合を組んだ。

強敵だった。リスコはハードパンチャーで、アメリカのジャック・シャーキー、マックス・ベア、スペインの強豪パオリーノ・ウズクダンを下し、アメリカのランキングでトップに昇りつめている。それなりに人気も出て来ていたから、この対戦にはメディアも並々ならぬ関心を寄せた。

試合会場はマックスがウィリアム・F・ケリーと契約を結んだマディソン・スクエア・ガーデン、この試合でマックスが受け取るファイトマネーは二万五〇〇〇ドルと決まった。

前売りのチケットは数日で売り切れ、当日はダフ屋が何倍にも吊り上げてチケットを売りさばいた。マックスの試合のチケットがダフ屋の手に渡ったのは、アメリカに来て以来初めてだ。

タフな試合だった。ジョー・モンテやピエトロ・コッリとは勝手が違った。初回からリスコは左のフックと右のストレートで攻めたてて来た。マックスに声援を送っていたドイツ系アメリカ人達は青ざめ、口をあけたまま声を放てなくなった。一ラウンドでマックスは倒される――多くの観客がそう思った。

しかし、集中打を浴びながら、マックスは右のパンチを繰り出し、リスコをよろめかした。間髪をいれず左、右と相手のお株を奪うコンビネーションブローを放った。

リスコがダウンした。観客が一斉に立ち上がった。しかし、リスコは立ち上がり、ゴングが鳴るまでマックスのパンチに耐えた。

第二ラウンドになると、リスコは驚くべき回復力を示して、初回のダウンのダメージを全く感じさせない攻撃を仕掛けて来た。マックスはカウンターパンチでこれに応じた。その度にリスコはのけぞり、攻撃の手が止んだ。

六ラウンドまでは一進一退の攻防が続いた。興奮した観客はほとんど総立ちで二人の一挙手一投足に目を凝らした。

第七ラウンドでマックスのパンチがヒットし、リスコは再びダウンした。第八ラウンドでも同様のシーンが見られた。

第九ラウンドのゴングが鳴った。しかし、リスコはコーナーから立ち上がらない。リングに駆け上がり顔をのぞき込んで檄を飛ばすマネージャーに、リスコはイヤイヤをするように首を振り、次いで右手を差し上げた。試合を放棄したのだ。かつて一度もKOされたことがなく、鉄人の異名を奏られていたジョニー・リスコが遂にTKO負けを喫した。

場内は騒然となった。

「やったぞ！　やった！　全く、お前は大した奴だっ！」

ジェイコブスがリングに駆け上がってマックスに抱きついた。マッホンも続いた。新聞記者やドイツ系アメリカ人が次々とリングに上がってマックスを取り巻き、リング上は人、人、人で埋まった。

（九）

第一次大戦の敗北で巨額の賠償金を課された上に、経済のかなめであったルール地方をフランスに押さえられてスーパーインフレに陥り疲弊し切ったドイツ経済も、一九二三年十一月、フランス革命の折に通貨安定策として考案されたリーヴルにならって〝レンテンマルク〟を最後の切り札として発行したのが功を奏し、徐々に回復しつつあった。

このレンテンマルクを市場に流す実行責任者に選ばれたのは、既述したように、一九一六年、ドイツ国立銀行理事に就任したホレス・グリーリー・ヒャルマール・シャハトだった。

ハイパーインフレを脱し、アメリカから惜し気もなく投資金が注ぎ込まれ、二十年代後半になるとドイツ社会は打って変わってミニバブル期を迎えた。

映画、音楽、彫刻、絵画等の文化、芸術が興隆する一方で、人々は退廃的な快楽を求めて歓楽街に繰り出すようになった。

こうした社会情勢は政治の動きにも大きな変化をもたらした。ヴェルサイユ条約によって課された天文学的数値の債務を理不尽とみなし、これを易々と受け入れたつけが回ってハイパーインフレをもたらした政府の弱腰を俎上に載せ、この条約の破棄をスローガンに、過激な演説をぶって人心を掌握、次第に勢力を伸ばしていたアドルフ・ヒトラーのNSDAPは、足踏み状態となった。それは、一九二八年五月二十日、一日中降り続く雨の中で行われた国政選挙の結果に如実に現れた。

最も多くの当選者を獲得したのは社会民主党で、前回一三一名から一五三名に、カソリック中央党が六二名で第二位、共産党が五四名で第三位、中道派の人民党が五一名から四五名に減って第四位、NSDAPこと俗称ナチスは一二名で最少数派に留まった。

しかし、二三人の候補者のうち一八人が落選した四年前の選挙に比べれば倍増した訳で、ヨーゼフ・ゲッベルスは、日記にこう書いた。

「国会に我々は一二議席を得た。その中に私もいる。すばらしい成功。だが、その他は絶望的。国家人民党は破滅的敗北。両左翼はすごい増加。手段を選ばぬ血みどろの戦いになるだろう」

社会民主党は第一党になったものの、首班ヘルマン・ミュラーは組閣に難渋した。単独政権とはなり得ず、他の四党との大連合内閣に甘んじた。ミュラーはナチスには協力を仰がず、代わりにバイエルン人民党から大臣を抜擢した。

NSDAPにとって当面の課題は、共産党に流れた労働者の票をいかにこちらへ向けるかだった。このままでは「国家社会主義自由労働党」の名が廃る。ゲッベルスは〝突撃隊〟に檄を飛ばし、八月二十七日、ベルリンでの共産党の集会に殴り込みをかけさせた。二日後、共産党指導部は、

「ファシストを企業から追い出せ！」

との声明を放った。

九月三十日、ベルリンのスポーツパレスで開かれたNSDAPの集会に、今度は共産党員が押しかけ、妨害を企てた。突撃隊がこれを迎え撃って小ぜり合いを演じた。二三人が負傷、内三人の重傷者が出た。ホールにはナチス党員一万五〇〇〇人が集い、ゲッベルス他数名の幹部が壇上に上がって演説をぶった。ヒトラーは二日前に演説禁止令を解かれていたが、この集会には出ず、ミュンヘンに留まっていた。

その頃アドルフを悩ませていたのは、はかばかしくない選挙結果もさることながら、姪のアンゲリカ・マリア・ラウバル、通称ゲリの奔放な言動だった。

ゲリは、アドルフの母クララが死の床にあった時、異母姉アンゲラの胎内にいた娘である。一九〇八年六月四日にリンツで呱々の産声をあげた。ウィーンで親友アウグストの前から忽然と姿を消したアドルフは、アンゲラの夫ラウバルがゲリの誕生後僅かにして三十一歳で急死したことや、七年間の結婚生活でアンゲラがラウバルとの間にゲリを含めて三人の子供を産んでいたことなどまるで知らなかった。

若くして寡婦となったアンゲラは、一九一二年、職を求めてウィーンに移り、女子学生寮の寮母や、ユダヤ人大学生用の食堂責任者の職を得て何とか糊口の資を得ていた。

一九二〇年十月、アンゲラは突然異母弟アドルフの訪問を受けた。自党のプロパガンダで久々にウィーンに足を踏み入れたと言う。

「生きていたのね」

差し出された手を握り返しながら、成長し、大人びた異母弟をアンゲラはつくづくと見すえた。少年時代はかげりを帯びていた母親譲りの青い双眸が、今や確固たる信念と、何者かへの怒りに満ちて爛々と光を放っている。

「ここはユダヤ人の学生食堂だよね」

あたりをねめ回しながらアドルフが言った。アンゲラはこの時点ではまだ異母弟が筋金入りの反ユダヤ主義者であることを知らなかったから、素直に頷いた。

「良くないな」

アドルフは即座に眉根を寄せると、やおら、自分の政治理念を滔々とまくし立てた。亡夫ラウバルが事あるごとに難じていた青臭い芸術かぶれの若者の面影はすっかり失せ、一家言を熱っぽく吐くひとかどの政治家になっていることに驚いた。

しかし、アドルフの忠告もものかは、アンゲラはユダヤ人学生食堂に居座り続けた。大不況下で他に働き口を見出すのは容易ではなかったし、目下の職場には結構居心地のいいものを覚えていたからである。学生達も巷間噂されているようなむくつけき男達ではなく、聡明で凛々しい青年達ばかりだ。

だがともかく、多分に夫に吹き込まれていた異母弟のマイナスイメージは、十二年振りの再会を機にひっくり返った。三年後、ミュンヘン一揆に失敗してアドルフが捕らわれの身となったことを新聞やラジオのニュースで知るや、アンゲラは早速ランツベルク刑務所に慰問に赴いた。

陰気で薄暗い建物、靴音ばかりがやけに高く響く冷たい廊下、そして、ゲッソリと頬がこけ、沈鬱な囚人の顔を格子戸の向こうに窺い見るものとばかり思っていたアンゲラは、いきなり広い特別室に案内されて驚いた。

アドルフも、想像していたのとは裏腹に健康そうで活き活きとしている。部屋には他にも人がいて、忠実な従者のようにアドルフに寄り添っている。ルドルフ・ヘスとエミール・モーリスだと後に知ったこの男達も、およそ囚人らしからず、まるでホテルの宿泊客のようにリラックスしている、アンゲラはそんな情景にも目を瞠り、改めて異母弟を見直した。

半年後、アンゲラは再びランツベルク刑務所を訪れたが、この時は長男のレオ、娘のゲリ、そしてクララの没後引き取っていたアドルフの妹パウラを伴っていた。アドルフが、パウラよりも自分の娘ゲリに目を細めているのをアンゲラは見逃さなかった。

さらに半年後、アドルフは仮釈放され、翌年、獄中で書き綴り、時にはヘスやモーリスに口述筆記させた『わが闘争』が世に出て再びアドルフ・ヒトラーの名がマスメディアを賑わすようになると、アンゲラの異母弟を見る目は更に変わった。娘ゲリに、あんたのおじさんは偉大な政治家で、いつかドイツの宰相になるかも知れないわよ、と誇らし気に言うようになった。

ゲリはスラリとした長身で、茶色の明るい目と豊かなブロンドの髪が人目を惹く美しい娘に成長していた。しかし、勉強は好きでなかった。最初はマリアヒルファー女子ギムナジウムに入ったが、怠けていた所為で成績が中から下に落ちた。見かねたアンゲラは、自分が住むウィーン第六区、アマーリンググ通りに面した実科ギムナジウムに転校させた。しかし、ここでもゲリの成績は芳しくなく、入学早々躓いた。アンゲラは留年させて一から勉強をやり直させた。何とか持ちこたえたが、三年でまた落第しそうになった。

アンゲラの相談を受けた亡夫の姉マリア・ラウバルがゲリをリンツに連れ帰り、市内のアカデミッシエス・ギムナジウムに入れた。

そこでゲリは同級生の男子生徒アルフレート・マルタと親しくなった。マルタは後に第二次世界大戦後オーストリア国民党の結成に与かるが、ゲリが知り合った頃から大の政治好きだった。早熟で、アドルフの『わが闘争』が出版されるやすぐに飛びついたが、多分に批判的だった。ゲリは政治にはほとんど関心がなく、話がかみ合わなくなった。しかしマルタはゲリがヒトラーの姪と知るや、何としてもヒトラーに会いたい、引き合わせてくれと迫った。

歴史の担当教官ヘルマン・フォッパは、NSDAP程ではないが右傾化しつつあった大ドイツ民族党の支持者で、『わが闘争』に深い感銘を受けた、ついては著者ヒトラーに会わせて欲しいと、これまたゲリをつついた。

ゲリはおじに手紙を書き、面会を求めた。アドルフは快く承諾し、出版社主で自分の信奉者であるフーゴー・ブルックマンの邸宅へ来るよう指示した。

一九二七年夏、大学の入学資格試験が終わったところで、フォッパに引率される形でゲリはマルタ他クラスメート十数名と共にミュンヘンに出向いた。

ヒトラーは茶色の戦闘服姿で現れた。胸には第一次大戦時に伝令兵として功績を挙げたことに対する鉄十字勲章がポツンと付けられていた。彼は生涯これ以外の飾りをつけようとしなかった。

ブルックマン邸に整列した一人一人と、ヒトラーは愛想良く握手を交わした。傍らには、「仲間の闘士達だ」と紹介された面々が立っていた。

ゲリはおじの勇姿――と素直にそう思った――に見惚れながら、もう一人の男にも目を奪われていた。ルドルフ・ヘスと並んで側近中の側近であるとややにして知ることになるエミール・モーリスだ。

ヒトラーは全員を立たせたまま長舌をふるった。無論自分も立ったままだったが、両手を後に組み、整列した一同の前を言ったり来たりしながら、淀みなく喋った。リンツ時代の盟友アウグスト・クビツェクがこの場に居合わせたら、相変わらずだな、と失笑を漏らしただろう。


翌日、学生達は所を変えたカフェでヒトラーを囲んだ。

「昨日は私がひとり喋ったが、今日は君達の番だ。何か聞きたいこと、疑問な点があったら遠慮なく言い給え」

額に半分かかった前髪をかき上げながら、ヒトラーは上機嫌で一同をねめ回して言った。マルタが口火を切った。

「僕は『わが闘争』を読みました。多くの頁がユダヤ人への誹謗に費やされています。ユダヤ人を劣等民族だと決めつけています。でも、本当にそうでしょうか？　ノーベル物理学賞のアルベルト・アインシュタインやジェームス・フランク、グスターフ・ヘルツ、医学賞のジェームス・メイヤーホフは皆ユダヤ人です。僕が調べたところでは、ここ十五年で、八人のユダヤ人がノーベル賞を受けています。ドイツ人の受賞者は無論その三倍くらいいますが、人口の割合からすれば断然ユダヤ人の方が多いです。つまり、ユダヤ人はそれだけ優秀な民族と言えるのではないかと思いますが、如何でしょうか？」

ヒトラーの眉間に険が立った。

「君の一族に、誰か、ユダヤ人がいるのかね？」

微笑の失せた目でヒトラーはマルタをにらみすえた。

「いえ、誰もおりません」

「ならば、何故そんなにユダヤ人を擁護する？」

「擁護しているのではありません。客観的事実を述べたまでです。悪い面ばかりでなく、勝れた面も公平に評価すべきではないかと思っただけです。先の戦争ではユダヤ人の多くがドイツ軍の兵士として戦ったのではありませんか？」

「私はユダヤ民族を下等な人種とは言っていない。ユダヤ人は長い間金貸し業に携わってきた。それによって巨万の富を得、それをもとにあちこちで銀行や学校を建てた。典型的なのはフランクフルトやウィーンだ。この両都市には多くのユダヤ人が住み、わが物顔にふるまっている。故国を持たない彼らの目的は、金の力に任せてドイツ国家を買収し、彼らの目指す民族国家を樹立することなのだ。つまり、このままでは、ドイツはユダヤ人に征服されてしまうだろう」

フォッパが大きく相槌を打って何か言おうとしたが、マルタがまた口を開いた。

「それは少し誇大妄想的な考えではないでしょうか？　僕の調べたところでは、ユダヤ人のドイツ人口に占める割合は一パーセントにすぎません。そんな少数民族が、いかに財力を蓄えているとは言え、ドイツを征服するなど到底考えられません。

ユダヤ人の大多数はドイツを愛していると思います。ですから、排他主義に傾くことなく、彼らを包み込んで、その財力、叡智を国家の為に利用すればいいのではないでしょうか？」

マルタは胸のポケットから小さな紙切れを取り出した。

「アインシュタインは〝相対性理論〟を発表した一九一五年に、多少の皮肉をこめてこんなことを言っています。もし私の理論が正しいと証明されれば、ドイツ人は私のことをドイツ人と呼ぶであろう。しかし、フランス人は、私をユダヤ人と言うだろう。もし私の理論が誤りであると分かったら、ドイツ人は私をユダヤ人と呼ぶだろうし、フランス人は私をドイツ人と言うであろう——と。

でも、彼の理論は正しいことが証明されました。ですから、彼をドイツ人と呼んであげていいのではないでしょうか？」

「見せてくれ給え」

ヒトラーはマルタに手を差し出した。マルタが手渡すと、ヒトラーはそれに目をやった。両側からヘスとモーリスがのぞき込んだ。

ゲリはハラハラしながらおじとマルタのやり取りに耳を澄ませていたが、一方で、それとなくモーリスと目を交わし合っている。

「これは貰っておくよ。ドイツ人を侮辱するも甚だしい戯言《たわごと》だ。こんな風にユダヤ人はドイツ人を曲解し、思い上がっているのだ。アインシュタインがノーベル賞を取ったところで、ドイツ人が彼をドイツ人と呼ぶことなどない。ユダヤ人の血が流れている限り、あくまでユダヤ民族であり、我々ゲルマン民族とは相容れないのだ。私が政権を取ったら、ユダヤ人には二度とノーベル賞を取らせない。断じて！」

ヒトラーは右手に拳を作ってこめかみの脇で突き上げた。

帰途、マルタはゲリに、君のおじさんはエキセントリックでモノマニアックに過ぎる、といきまいた。

ゲリは適当に聞き流した。抑々彼女は政治そのものには興味がなく、おじアドルフが今ドイツでどれくらいの影響力を持つ人物かを探りたい一心で行動を共にしただけだった。ゲリの目にアドルフは、ゆるぎない信念を持ち、絶対の信奉者を何人も部下に持つ、リーダーシップに富んだ偉大な人物に映った。マルタにはほのかな好意を寄せていたし、マルタも自分のことを好いてくれていると分かっていたが、たとえマルタと訣別するようなことがあっても自分はおじの近くにいたい、と思った。

ゲリのそうした思いは、一ヵ月後、アドルフに招かれてニュルンベルクでのNSDAP全国大会に母親と共に臨んだ時点で決定的なものとなった。打ち振られる旗、熱気あふれる演説会、通りへ繰り出してのパレード——そのすべての中心に、ゲリがいつしか、母親と話す折など親しみをこめて「ヴォルフおじさん」と呼ぶようになっていた人物がいた。

アドルフはアンゲラとゲリの為に粋な計らいも見せた。エミール・モーリスの運転で、ルドルフ・ヘスにドイツ全土を案内させたのだ。ニュルンベルクからバイロイト、ワイマール、ベルリン、ハンブルク、そしてミュンヘンに至る、一週間の行程だった。

何度か逢瀬を重ねる裡に、アドルフはゲリを身近な所に引き止めておきたいと思うようになっていた。ゲリも又このおじが後楯になってくれたらどんなに心強いかと思い始めていた。幸い大学入学資格試験には通っていたから、ウィーンではなく、おじの住むミュンヘンの大学に進みたいと思い、母親のアンゲラにねだってケーニギン通りのペンションに住み始めた。そして、十一月七日、事もあろうにゲリは医学部への入学を志願した。

しかし、大学に通ったのは一学期だけだった。二学期からはカフェに通い出し、気儘に山や湖畔に出かけるようになった。

アドルフは姪を甘やかした。モーリスに命じて車にゲリを乗せて湖畔に同行したりした。ゲリがほとんど裸同然の格好で泳いでいる間、アドルフはゲリをチラチラ見やりながら読書に耽っていた。

モーリスはこうした散策を重ねているうちに、ゲリにぞっこんとなった。モーリスは三十歳、ゲリより十一歳年上だった。

ゲリもいつしかモーリスに惹かれて行き、モーリスの求婚を受け入れた。

モーリスは事を急いだ。十二月に入って間もなく、ルドルフ・ヘスが結婚した。相手はイルゼ・プレールという女性で、美人ではなかったが知性に溢れ、文筆の才もあった。ヒトラーがヘスに口述筆記させた『わが闘争』の原稿に夫から頼まれて目を通し、校正もしていた。ヒトラーはイルゼを気に入っていたから、ヘスとの結婚を祝福した。

その式には、ヒトラーは無論のことモーリスも招かれていた。ヒトラーの機嫌がいいと見て取ったモーリスは、「ちょっとお話ししたいことが」と耳打ちして別室に誘い入れると、ゲリと婚約したこと、早々に結婚するつもりであることを告げた。

「許さん！　断じて許さんっ！」

じっと聞き入っていたヒトラーは、俄かに声を荒らげ、拳を握りしめ、激昂に身を震わせた。

「何故です？　ヘスの結婚は祝福されたのに、何故私の結婚は認めて下さらないんですか？」

ヘスと同様、自分もヒトラーにとっては股肱の臣であるはず、との自負を抱いていたから、これまで一度も見たことのない憎悪の目を返したヒトラーの豹変振りにモーリスは驚き、戦いた。

「ゲリはまだ未成年だ。結婚は早過ぎる」

ヒトラーは切って捨てるように言い放った。

「では来年の六月四日、ゲリの誕生日に結婚させて下さい」

モーリスは食い下がった。

「執っこい」

ヒトラーはまた眦《まなじり》を決してモーリスを睨みつけた。

「幾ら私が父親代わりだと言っても、あの娘には実の母親がいる。彼女とも相談しなきゃならん」

時間稼ぎの口実だった。ヒトラーは逸早く手を回し、ウィーンのアンゲラに連絡を取った。ユダヤ人の学生食堂で働くことはまかりならんから即刻辞めること、アンゲラとゲリの生活費は自分が面倒を見る、その代わり、当分、少なくとも二年間はゲリを結婚させないこと、等を強要した。

一方でヒトラーは、エミール・モーリスの家系を念入りに調べ上げ、その一族にユダヤ人がいることを突き止めた。

アンゲラもユダヤ人食堂に勤め続けることには限界を感じていた。学生達が食堂で『わが闘争』を話題にし、ヒトラーのナチスの台頭を許してはならん、ヒトラーは我々の最大の敵である、とひそひそ囁き合っていたからだ。幸い自分の姓は〝ラウバル〟でヒトラーの縁故者であることにはまだ誰も気付いていないが、それも時間の問題で、そのうち自分の身許をあばく者が出てくるだろうことは容易に想像できた。

折しもアンゲラの気をそそる話が異母弟から持ち出されていた。ヒトラーはミュンヘンのティールシュ通りのアパートに住んでいたが、散策の折に目にしたベルヒテスガーデン近郊の高い丘オーバーザルツベルクの一軒家〝ハウス・ヴァッヘンフェルト〟に魅せられていた。そこが貸し出されると聞いて家主に賃貸契約を申し出ていた。

森や山に囲まれたその家の管理を託す、ついてはウィーンを引き払って〝ハウス・ヴァッヘンフェルト〟に住み込んでくれないか、相応の給料を出す、とヒトラーは異母姉の決意を促した。

ゲリはおじのこうした兵糧攻めに屈し、モーリスに別れの手紙を認めた。

自らは気付かなかった出自をヒトラーに探り出されて、モーリスも観念し、ゲリを諦めた。

追い討ちをかけるようにヒトラーは翌年早々刎頸《ふんけい》の友モーリスを解雇し給料を支払わなくなった。モーリスは『わが闘争』の口述筆記をしたこと、ミュンヘン一揆の折にはヒトラーの為にいかに尽力したかを訴え、この解雇はいかにも不当であると労働裁判所に訴えた。

裁判所はモーリスの言い分を認め、退職金として八〇〇〇マルクを支払うようヒトラーに命じた。ヒトラーはこれに応じ、元々時計職人であったモーリスは、それを元手に時計店を構えた。

一九二八年の夏、アンゲラはヒトラーが手に入れたオーバーザルツベルクの〝ハウス・ヴァッヘンフェルト〟に移り住んだ。ヒトラーは節税対策からこの家の名義人をアンゲラとした。

アンゲラは有能な管理者になった。買い物、料理、郵便物の整理、ヒトラーの熱い支持者達の接待、彼らから贈られてくる家具調度の配置など、精力的にこなした。

この頃のアンゲラは、結婚時代は娘ゲリと似て細身だったが、いつしかぶくぶくと太り出し、髪も短か目で、いかにも押し出しのいい中年女性に変貌していた。

　この山荘の家賃は月百マルクだったが、ヒトラーは気に入ったこの家をやがては買い取り、自分の好み通りに改築するつもりでいた。

　ゲリは時々ここへ遊びに来た。アンゲラもアップルパイを作って客をもてなしたが、ゲリは専ら〝ヴォルフおじさん〟の為にケーキを作った。おじが甘いものに目がないことをよく知っていたからである。

　モーリスと手を切らせた償いをするかのように、ヒトラーはゲリを甘やかした。劇場や映画館、行きつけのレストラン〝オステリア・バヴァリア〟に連れて行ったり、買い物にも付き合った。その実ヒトラーは、ゲリの優柔不断な品定めに辟易させられていた。帽子一つを選ぶのにも、ゲリはキャビネットやショーウィンドーに並べられている帽子を全部出させ、挙句、気に入った物はないと言って店を後にすることがままあった。

「これだけ出させたんだから、何か一つでも買わないと店の人に悪いじゃないか」

　ヒトラーがそっとこう囁いても、ゲリは些かも悪びれずに答えるのだった。

「そんなことを気遣う必要はないわよ、おじさん。アレコレ品定めをする客にあの人達は慣れているし、暇つぶしにもなっていいのよ」

　愛くるしい瞳をくるっとめぐらして見返されると、ヒトラーはもはや何も言い返せなかった。とにかく何かを買ってやりたい、かわいい姪っ子が早く気に入る物を探し出して欲しい、何やかや物色している時間が惜しまれる、と思うばかりだった。

　ヒトラーは遂に、当時の女性達の垂涎の的であった白ギツネの毛皮のコートまでゲリに買い与えた。

　更には、近い将来オペラ歌手として舞台に立ちたい、ついては歌唱のレッスンを受けたいとゲリが言い出したのにも二つ返事で支援を承諾した。クビツェクと共に夢中で観たリヒャルト・ワーグナーの歌劇を歌いたい、と言うゲリに目尻を下げた。ワーグナーへの傾倒は今もって変わらなかった。

ゲリにまつわる散財がこれだけできたのは、『わが闘争』の印税と、支持者からの送金で懐が潤っていたからである。

一九二五年の末までに、『わが闘争』は一万部近くを売り上げていた。版元エーア出版はこの時点で増刷に踏み切った。一二マルクは決して廉価ではなかった。キャッチフレーズは、「あなたはアドルフ・ヒトラーを知っていますか?」だった。

政敵達は『わが闘争』を〝ナチスのバイブル〟と皮肉をこめて呼んだが、確かに、辞書などに用いる薄紙のインディア紙を用いて二巻分を一冊にまとめたポケット版が黒っぽい表紙で刊行されると、見た目も「聖書」に酷似していた。エーア出版は更に、赤表紙で五百部限定、一冊百マルクの「NSDAP支援用特装版」まで出した。富裕な支援者達が競ってこの豪華版を購入した。

〝不当な〟ヴェルサイユ条約の破棄と、ドイツ資本の多くを占有しているユダヤ金融業者の排斥という過激なイデオロギーを旗印としてそれなりに熱狂的な支援者を得ていたNSDAPは、徐々に党員を増やしつつあった。とは言え、党勢は伸び悩んでいた。

だが、エーア出版のあの手この手の宣伝が功を奏し、『わが闘争』はじわりじわりと売り上げ部数を増やしつつあった。

一九二九年までに、上下巻併せて三万部が売り上げられていた。

著者のヒトラーは、売り上げ部数そのものよりも、この大著を書き上げ、自らの政治思想のすべてをそこに注ぎ込めたことに満足していた。NSDAPの党首と言う肩書きではなく、名刺には「文筆家」と記していた。税務署への届け出もその肩書で通し、印税以外の収入はないことを強調した。〝ハウス・ヴァッヘンフェルト〟の名義人を異母姉アンゲラとしたのもそんな魂胆からである。つまり、脱税を図ったのだが、ミュンヘン税務署はそう簡単に騙されはしなかった。

ゲリは〝ハウス・ヴァッヘンフェルト〟を好んで

訪れた。母親アンゲラがこの山荘を切り盛りして活き活きとしているのを見て、今更ながら〝ヴォルフおじさん〟の威光を感じた。このおじをパトロンにすればどんな望みも叶えられそうに思われた。

一方でゲリは、オペラ歌手を目指していたものの、どうやら自分にはその才能が無さそうだと気付き始めていた。レッスンも怠りがちとなり、教師を嘆かせた。最初は作曲家アドルフ・フォーゲリ、次いでヒトラーの同志ルーデンドルフの副官ハンス・ミュットレックがレッスンに当たったが、ゲリは往々にしてレッスンをドタキャンした。珍しく時間通り来たかと思えば、予習を全くしていなかったりで、およそ進歩がなかった。ヒトラーが毎月支払っていたレッスン料百マルクはどぶに捨てるようなものだったが、レッスンは数年間続いた。

それでもヒトラーはゲリを甘やかし続けた。アンゲラに管理を任せた〝ハウス・ヴァッヘンフェルト〟にゲリ専用の部屋を設け、そこには何人も立ち入らせなかった。

一方ではゲリの行動にセーブをかけた。ゲリは劇場や舞踏会に行きたがったが、ヒトラーは専属のカメラマンとなっていたホフマンと、エーア出版の幹部であるマックス・アマンをお供につけるなら、という条件で認めた。

ゲリはそれでも母親アンゲラの手助けを得てウィーンやリンツに旅行を企てた。一つにはミュンヘン滞在のビザが切れた為で、それは恰好の口実になった。

ウィーンやリンツでゲリはかつてアドルフが通いつめたオペラシアターに通って息抜きをした。その束の間の小旅行でゲリはおじに近い年齢のバイオリニストと知り合い、男の方はゲリに夢中になった。

ゲリはリンツから戻って母親アンゲラにこのことを話した。ゲリの一挙手一投足に神経を尖らせていたヒトラーは、ミュンヘンを留守にしていた間の姪の行動を根掘り葉掘りアンゲラに問い質し、バイオリニストのことを嗅ぎつけた。

「即刻、手を切らせるんだ」

アドルフは強い口調で異母姉に言った。

「ゲリももう年頃よ。いい人がいたら結婚したいと考えてるわよ」

アンゲラは言い返した。

「駄目だ」

アドルフは即座に首を振った。

「あの子の面倒は私が見る。あんたと一緒にな」

「だったら、いっそあの子と結婚したら？」

アドルフの青い目がキラリと光った。が、その光はすぐに消え、アドルフは首を振った。

「いや、私は、結婚はしない」

「どうして？　いつまでも結婚しない訳にはいかないでしょ？　ゲリだってこのままにしておいたら、いつか私達から離れて行くわよ」

「ゲリは何不自由なく暮させている。このままで幸せなはずだ」

「物質的にはそうかも知れないけど、その他の面ではどうかしらね？　あなたはあの子を束縛し、自由を奪っているわ」

ゲリを独占したがる異母弟の我欲を満たす為に自分がどれ程苦労しているか、あんたは何も知らない、とアンゲラは言いたかった。バイオリニストとの交際を止めるよう説得するにも、もし交際を続けるならヴォルフおじさんは私やお前をここから追い出すだろう、そうしたら私達は路頭に迷ってしまうんだよ、と、半ば泣き落としにかかって漸くゲリに「ウン」と言わせたのだ。

「それならあたしは、ヴォルフおじさんのお嫁になるわ」

ゲリはこう言い放った。捨て鉢な言い方に聞こえたが、ゲリの目はいつものように笑ってはいなかった。

（この子は本当はアドルフを愛しているのかも？束縛するばかりで煮え切らないアドルフの態度に苛立っているのかも……）

アンゲラの胸をその時初めてこんな疑いがよぎった。

「結婚の意義は何だね、アンゲラ」

アドルフが不意に改まった顔で言った。

「子供を産み、温かい家庭を築くことでしょ?」

「それは一般庶民のことだ。父親が余りに偉大であったらその子は必ず不幸になる。父親と比較されるからだ」

「しょってるわね。自分のことを言ってるの?」

「まあ、そうだ。しかし、歴史を見てもそのことは明白だ。たとえば、ゲーテの息子はどうだ? シラーの息子は? ベートーヴェンの息子は? およそ世の中に出ず、父親の威光に怯え、小さくなって暮らしているに相違ない。私に息子が生まれたとしても、彼は同じ運命を辿らねばならない。だから私は結婚しない。私は一人の女とではなく、ドイツと結婚するべく定められたのだ」

アンゲラは返す言葉がなかった。


（一〇）


マディソン・スクエア・ガーデンとの二年間の専属契約を勝ち取ったマックス・シュメリングは、ジャック・デンプシーとの再会を約してアメリカを去った。「もうここでの地歩は固めた、後は空白となったヘビー級チャンピオンのベルトを狙うばかりだ、暫く息抜きをしてくるがいい」というジョー・ジェイコブスの助言に従って、客船「ドイッチュラント号」に乗り、故国に向かった。ジェイコブスとマックス・マッホンも同行した。マッホンは当然ながら、ジェイコブスも父母の地ハンガリーを訪ねたくなったのだ。

遠ざかるマンハッタンとそびえ立つ〝自由の女神〟をデッキから見やりながら、マックスの脳裏には、アメリカに来る前にグラブを交えたファイターのボクサーフランツ・ディエネルのことが浮かんでいた。自分と同じようにアメリカでの成功を期してニューヨークにやってきたが、一勝しただけで空しく帰国の途に就いた。その時の船もこの「ドイッチュラント号」だった。傍らにはマネージャーのサブリ・マヒルが父親のように付き添っていたが、乗船する間際、マヒルはぽんとディエネルの肩を叩いて言った。

「フランツ、お前は王冠を手にすることはできなかったが、少なくとも王のいる城は見てきたよな」

ニューヨーク滞在中、暇にまかせてマックスはディエネルの試合を見に行き、その果敢な闘い振りにサブリ・マヒルと共に声援を送ったのだった。夢破れてディエネルが帰国の途に就いた時も、マックスは桟橋まで見送りに行った。

（マックスよ、お前もまだ王冠を頂いた王ではないが、少なくとも、王を迎える城は見てきたよな）

デッキの手摺りに寄りかかりながら、マックスはこんな独白を胸の底に落とし、ドイツへ帰ったらディエネルに会おうと思った。

人の気配を感じた。若い綺麗な女が傍らに寄っていて、やはりデッキの手摺りにもたれている。アメリカ人ではない、ヨーロッパの女だと見て取れた。

「ひょっとして、シュメリングさん？　ボクサーの……？」

女が先に声を掛けた。少し訛りはあるがドイツ語だった。マックスはたじろいだ。

「そうですが……どうして僕のことを……？」

「こちらに来てから、新聞の芸能欄とスポーツ欄だけは見てましたから」

上品な口もとが微笑と共に広がった。

「ボクシングが、お好きで……？」

「いえ、特別には……でも、ヨーロッパのボクサーがアメリカのボクサーを打ち負かして下さって、溜飲を下げました」

「アメリカが、お嫌い、なのかな？」

「ええ……と言うより、負けたから悔しいのです」

「負けた？　何に……？」

「ハリウッドに」

マックスは繁々と女の顔を見直した。派手ではないが整った顔立ちだ。

「ひょっとして、女優さん……？」

女は薄く唇を広げ、小さく頷いた。

「道理で、お綺麗なはずだ」

スタイルもいい――と続けようとして思い留まった。胸の膨らみや腰の肉付きに逸早く目を遣っていたのを悟られたくなかった。

「ドイツの方かな？」

マックスは女の首から上だけに視線を凝らして尋ねた。

「いいえ、チェコです。プラハ」

戦後の危機を脱して好景気に転じ始めた数年前から、オーストリアのウィーンやドイツの首都ベルリンに近隣諸国から出稼ぎ労働者や芸術家達が押し寄せている。マックスもその片鱗に触れた彫刻、絵画、映画、音楽、スポーツが全盛期を迎えつつあった。

しかし、その繁栄はアメリカ資本に支えられてのことであり、アメリカに一朝事あればドイツも滅ぶ、と囁かれている。世界の中心はアメリカであり、アメリカで一旗挙げてこそ世界人になれるのだと、今では袂を分かったアルトゥール・ビューローなどは力説して止まなかった。第一、金の価値が違う、一ドルは四マルクもし、デンプシーのファイトマネーは百万ドルにも達したそうだぜ、だから彼はハリウッドの美人女優を射止め、何年も試合をしなくても優雅に暮らせているんだ、と。

マックスは思わず、かつてベルリンでデンプシーと共に見かけたエステル・テイラーと、今隣にいる、まだ名も知らぬ女優を比較していた。そう言えば、デンプシー夫人は、やや憂いがちな瞳の持ち主だったが、何とも言えぬオーラを放っていた。しかし、今自分の傍らにいる女性は、美人ではあるがどことなく垢抜けない感じがし、〝女優〟と言われて初めて見直す程度だった。

「あなたも、アメリカで一旗挙げようとしてニューヨークへ？」

言い放ってからマックスは、成功者ではないと知れた女に不躾過ぎる質問だったかと後悔した。

「そうね。でも、甘い考えでした」

意外に気を損じた風もなく女は返した。

「もっと故国で足固めをしてから出て来るべきでした」

マックスは女の飾り気のなさ、気取らない物言いに好感を覚えた。

「お名前を、聞かせて下さい」

幾らか衝動的に言った。

「ジャルミラです。ジャルミラ・ヴァチェク」

耳にした覚えのない名だ。

「僕はマックス」

「あ、はい……そう言えば、シュメリングさんとしか覚えてませんでした。マックス・シュメリング……いいお名前ね。運が開けそうな」

「あなたこそ」

社交辞令でなく、本気でそう思っての言葉だった。

「あたしは駄目」

ジャルミラは小さく首を振った。

「アメリカは大きく、広過ぎました。プラハに戻って、出直します」

この謙虚さ、押し出しの弱さが多分アメリカには向かないのだろう。

「でも、凄い度胸ですね。お一人で海を渡って来られた……？」

「ええ……」

「僕はマネージャーと一緒でしたが、ニューヨークに来てからはさっぱり試合のオファーが無くて、蓄えは底をついて来るし、悶々として過ごしました」

今更ながらビューローとの確執の日々が思い出された。それでもまだビューローがいたからこそ孤独から免れたのだ。芽の出ないまま、かよわい女の身で異国での生活を送っていたジャルミラは、いかばかり孤独感にさいなまれる日々であったろう。

「でも、シュメリングさんは運が開けて良かったですね。勿論それなりの力をお持ちだったからでしょうけれど……あ、でも、どうしてドイツへお帰りになるんですか？　故郷へ錦を飾りに？」

「いえ、まだ、チャンピオンになった訳ではありませんから、そんな大それたことでは……次の試合がまだ決まってないので、骨休めです」

「お一人で？」

「いや、マネージャーとトレーナーと一緒です。二人は今頃昼寝の最中かな」

自分も昼寝から目覚め、日向ぼっこでもしようとデッキに上がって来たばかりだ。

「ドイツでは、何かご予定がおありになりますの？」

「決まったものは何も。全くのバカンスのつもりですから」

「でしたら、プラハにも足を延ばして下さい」

「ええ、是非」

マックスは住所と電話番号を記したメモをジャルミラから受け取った。

この邂逅が自分の人生を変えるキッカケになろうとは、この時まだマックスには思いもよらなかった。今はただ、見も知らぬプラハの町をこの美女と連れ立って歩いている誇らし気な自分しか想像できなかった。

マックスの帰国は、既に多くの人に知られていた。ジェイコブスがアメリカからドイツのメディアに逸早く情報を流していたのだ。

アメリカに来てからの不遇な日々に追い打ちをかけるように、やれ、彫刻家や芸能雑誌のモデルなんかになっていい気になりトレーニングを怠っていたのだの、やれ、手の骨折は仮病だろうだの、やれ、ハイマンが恐くて逃げ出したんだろう、所詮シュメリングは成り上がり者に過ぎなかっただの、ドイツのメディアはおろか、ボクシングファンからも中傷の記事や手紙が舞い込んでいい加減気を滅入らせたが、その同じメディアやボクシングファンが、アメリカで勝利を収めてからは手の平を返すように、マックスをドイツの誇り、英雄として称賛したのだ。

ライトヘビー級のヨーロッパチャンピオンとヘビー級のドイツチャンピオンのタイトルも、ボクシング委員会の求めに応じて返上していたが、帰国するや同委員会はホテル・アドロンでマックスの歓迎レセプションを開き、その場でタイトルを返還するという粋な計らいを見せた。

ベルリン市長は市庁舎にマックスを招待し、ドイツの国際的イメージを高めてくれたと言って謝意を表明した。

それよりも何よりも驚いたのは、映画に出ないかと声がかかったことだ。ドイツでは知る人ぞ知る映画監督ラインホールド・シュエンツェルからだった。ボクシング映画を作りたい、ついては君に主役で出てもらいたいんだ、とシュエンツェルは初対面の席でいきなりこう切り出した。映画なんてとんでもない、とマックスは尻込みした。

「第一、僕は演技なんてできませんよ。台詞回しだって心許無い限りですし」

シュエンツェルはにやっと笑ってマックスの肩に手をかけた。

「心配いらないよ。君が崇敬して止まないジャック・デンプシーも映画に出ているよ。それどころか、女房になったエステル・テイラーという女優と舞台にも出ている。君のマネージャーに言わせると、君はアメリカでデンプシー二世として評判だそうじゃないか。だったら映画にも出なくちゃ」

こじつけのような口説き文句に思われたが、

（そうか、それでデンプシーはあんな綺麗な女優を射止めたんだな）

と思った。「ドイッチュラント号」で居合わせたジャルミラ・ヴァチェクが思い出された。

「それにだ」

とシュエンツェルはマックスの思惑をよそに畳み掛けた。

「演技は少しばかりしてもらわなきゃいかんが、売りは何と言ってもボクシングだからな。大方は君の地でやってもらえるだろう。それに、サイレントだからね、台詞は喋らなくていいんだ。適当に口をパクパクやっていれば済むことさ。今日はいい天気だな、とか、明日は雨になりそうだぜ、とか何とかね」

ラインラントの修業時代、息抜きに専ら観に行ったチャーリー・チャップリンの映画を思い出した。そう言えばチャップリンは今でもアメリカのみならずここドイツでも絶大な人気を誇っている。シュエンツェルはそれに互して映画を撮ろうとしているのだ。

「どんなあらすじですか?」

マックスは少し乗せられて来た。

「シンプルだが、センチメンタルな物語だ。主人公の若いボクサーがチャンピオンを目指して田舎から都会に出て来る。将来を誓い合った幼なじみの少女に、必ずチャンピオンベルトを持って帰ると誓って。艱難《かんなん》辛苦の果てに若者はその悲願を遂げる。ヒーローになった彼を都会の女達は放っておかない。初《うぶ》な青年は、その中の一人、蠱惑的な女に魅せられ、のめり込み、郷里に残した婚約者のこともいつしか忘れてしまう。

女にうつつを抜かす余り、ボクシングは生彩を欠くようになる。それを案じた婚約者が、田舎から出て来て本来の青年に立ち返るよう訴える。妖艶な女の虜になっていた男は、最初はけんもほろろに婚約者をあしらうが、やがて、のめり込んでいた女の打算に気付き、一方で婚約者の無私の愛に目覚め、なおざりにしていたボクシングに再びいそしむ、という話だ。因みにタイトルは『リングの愛』」

またエステルとジャルミラの顔が浮かんだ。蠱惑的な女がエステルと、田舎の幼なじみの純真な婚約者がジャルミラと重なった。デンプシーの顔も思い出された。アメリカにいる時、スポーツ新聞にデンプシー夫妻の不仲を書きたてるゴシップ記事を目にした。エステルは確かにハッと目を引く美人だが、その大きな瞳にはどことなく険が漂い、癇が強そうで、自分なら声を掛けるのをためらうだろうと思われた。別れ話を持ち出すとしたら女の方からだろうとも。

「何とかやれそうな気がして来ました」

マックスは率直に気持ちを伝えた。

シュエンツェルは破顔一笑し、今度はポンと勢いよくマックスの肩を叩いた。

「そう来なくっちゃあ。よーし、決まりだ。スケジュールは追って連絡するよ」

シュエンツェルは立ち上がり、今度は手を差し出した。

スタジオでのロケは、思いの外楽しめた。共演の女優オルガ・チェコバとは息が合った。コメディアンのクルト・ゲロンも共演していたが、彼の天性の役者振りには脱帽した。ゲロンはユダヤ人で、ロケを見に来たジョー・ジェイコブスとも意気投合した。後に彼の身に迫害が及ぼうとは夢にも思わなかった。

ロケが始まって数日後のある朝、シュエンツェルが爆弾宣言をした。サイレント映画はそろそろ時代遅れになり、これからはトーキーの時代になりそうだ、ついては、残りのロケは音声入りでやる、と。

「そこでだ、マックス」

シュエンツェルがマックスに人さし指を突き出した。

「今後は君にも台詞を喋ってもらう。歌も歌ってもらう」

「歌なんて、とんでもない！　話が違うじゃないですか」

マックスは激しく首を振った。

「学校時代、唯一の赤点が歌唱だったんだから」

「信じられないな」

シュエンツェルが肩をすくめた。

「君はバリトンのいい声をしてるじゃないか。その気になればやれるはずだ」

「いや、無理です」

シュエンツェルのおだてに乗りかけたが、マックスは首を振り続けた。

「よし、じゃ、こうしよう」

敵もさるもので簡単には引かない。

「君にレッスンを受けさせる。それで駄目ならアテレコで行くよ」

結局は監督の熱意にほだされ、レッスンに励んだ後、吹き替えなしで歌った。

「上出来だ」

何度目かのリハーサルの後にシュエンツェルは親指を突き出した。

「全く、冷や汗ものだったよ」

ロケを終えた解放感から、マックスはプラハに足を伸ばしてジャルミラと落ち合い、ハルトシュタイン宮殿のカフェで相対するなり、撮影の話を持ち出した。

「そう？　でも楽しみね。機会があったらあたしも観に行くわ。ベルリンにはお友達もいるから」

「ひょっとして、ボーイフレンド？」

マックスの切り返しに、ジャルミラは悪戯っぽく目を瞬いた。

「だったらいいけど、女友達。プラハの演劇アカデミーで一緒だったの」

「じゃ、女優さん？」

「ええ。ドイツでは有名になってるわよ。あなたも名前くらい聞いたことがあるんじゃないかしら？」

「何て人？」

「アニー・オンドラ」

「うーん、知らないな。映画と言えばチャップリンしか観なかったから」

「でも、映画にはこれからもお出になるでしょうし、ひょっとしたら彼女と共演する日があるかも知れないわね」

「まさか！　映画はもう懲り懲りだよ。これからはトーキーの時代だから、素人の演技や台詞回しではごまかしが効かないだろうしね」

「寂しいわ。あたしも時代に取り残されそう。その点、アニーは、あ、さっき言った演劇アカデミー時代の友達ね、彼女は堅実で賢明だったわ。あたし、アメリカへ一緒に行こうって、彼女を誘ったのよ。でも、動かなかった。まずこちらで足場を築くことが先決だって。それで、ベルリンへ出て、成功を収めてる。そのうちハリウッドからお呼びがかかるかも……」

「君だって、今からでも遅くないじゃないか。主役じゃなくても一応ハリウッドで映画に出たんだから、箔がついたと思えばいい。僕だって、ドイツではチャンピオンベルトまで締めたからそれなりの自信はあってアメリカに乗り込んだけど、暫くは試合さえ組んでもらえなかったからね。井の中の蛙だと思い知らされたよ」

ジャルミラには気負わず何でも喋れる気がした。

彼女はプラハの街を案内してくれた。途中で手をつなぐこともあった。彼女の謙虚な人柄と、余り派手ではない容姿の所為だろう、〝女優〟というゴージャスなイメージではなく、友達感覚でいられる自分が不思議だった。

共演したオルガ・チェコバもよく似たタイプだった。撮影の合間や終わった後にランチやディナーを共にしたことがあるが、胸が切なくときめくまでには至らなかった。

しかし、無防備に気を緩めたつけは見事に回って来た。ジャルミラを誘ってサッカーを見に行った現場を新聞記者にスクープされていたのだ。

「おい、これは事実かね？」

ベルリンに戻ると、待ち構えていたようにマックス・マッホンが新聞の写真を指でつつきながら詰問して来た。プラハのサッカー場の観客席で身を寄せ合っているマックスとジャルミラのツーショットだ。「シュメリング、プラハの女優と婚約か？」の大見出しが躍っている。

「じょ、冗談じゃない！　デマですよ、デマ」

プラハの新聞にはこの記事が載っていないこと、載っていたとしてもジャルミラの目に触れないことをマックスは祈った。

だが、プラハでこの記事に仰天し、すぐにベルリンの娘に手紙を綴った人物がいた。ジャルミラの友人アニー・オンドラの母親だ。

「愛するアニー、信じられないことが起こったわよ。私達の知っているジャルミラが大変なことをしでかしたの。ボクサーと婚約したのよ。信じられて？　何故周りの者達が、地元の銀行に押し入ろうとしているボクサーをすぐに捕まえて閉じ込めておかなかったのかしら？」

一足先にアメリカに戻っていたジョー・ジェイコブスは、空位となっているヘビー級チャンピオンの予選トーナメントにマックスを組み入れるべく奔走していた。

最大のライバルは二十七歳のジャック・シャーキーだ。シャーキーは、ついこの前マックスが下したジョニー・リスコをその前に破っていたし、それ以後も、ジャック・デラニー、レオ・ゲイツ、アーサー・クーを連破、つい最近では、ヤング・ストライブリングをマイアミで下している。ストライブリング戦は、テックス・リカードに先立たれたジャック・デンプシーが、マディソン・スクエア・ガーデンの会長ウィリアム・F・ケリーのたっての要望でプロモートしたものだった。大赤字が予測されたが、デンプシーは見事黒字決済にした。

ジョー・ジェイコブスから程なくビッグニュースが届いた。ボクシング委員会に話をつけ、トーナメント戦にノミネートされた、相手はスペインのパオリーノ、彼に勝てば片方のトーナメントを勝ち上がってくるボクサーと世界タイトル戦を行える、ついては、できるだけ早くこちらに戻って万全の備えをするように、と。

〝追伸〟として、「ジャルミラとの噂、こっちまで聞こえてるが、今は女にうつつを抜かしている時ではないぞ」とあった。

「全く、あいつは大した男だ」

ジェイコブスの手紙をマックスに見せながらマッホンが嘆息をついた。

「アメリカには、お前より場数を踏んでそれなりの戦績を挙げているタフなボクサーが何人もいるというのに、そういう連中を押しのけてお前を世界タイトルのトーナメント戦に組み入れるなんて、ビューローじゃとてもじゃない芸当だよ」

異論はない。今更にしてジェイコブスのらつ腕に脱帽した。

「善は急げだ。船を予約するぞ」

マッホンが性急に言った。

「あ、そうだね」

「彼女には、別れを告げて来なくていいのかい？」

「うん、大丈夫だ。前にも言ったように、僕達はそういう関係じゃない、ただの友達だから」

ジャルミラとの婚約報道が世間を騒がせた時点で、マックスは一部始終をマッホンに話していた。

「油断し過ぎたな。ま、それだけお前のドイツでの知名度が増したってことだが……。それにしても、女の方は本気じゃないのか？」

「まさか！　彼女はアメリカで挫折を味わって来た人だからね。これからアメリカで一旗挙げようという僕とは住む世界が違うと思ってるよ。彼女はプラハでしっかり地に足をつけて再スタートしようとしてるし、僕はいわば根無し草だからね」

「そうか。それなら後ろ髪を引かれずに済むな」

マッホンはほくそ笑んだ。

「ま、世界チャンピオンになったら、それこそデンプシーじゃないが、ハリウッドのスターだってモノにできるからな。まずは、これだ」

マッホンは拳を握り、ファイティングポーズを取って見せた。

二日後、二人は定期船「リライアンス号」に乗り込んでニューヨークに向かった。

その晩、マッホンとディナーに赴くと、思いがけない人物に出くわした。オペラ歌手のミヒャエル・ボーネンだ。かつてボクシングに熱中し、本気でボクサーになろうと思い詰めていたのを必死の思いで断念させた男だ。

「奇遇だな。いやあ、懐かしい」

ボーネンは相好を崩してマックスの手を握った。

「チェコの麗しい女優さんとお忍びの旅行と思ったら、むくつけき男が道づれかい？」

マッホンを紹介されて、ボーネンが皮肉を飛ばした。

「君こそ、ナイトクラブのダンサーと一緒じゃないのか？」

マックスは言い返した。

「ああ、ラ・ヤナね。彼女とは今でも続いているさ」

ボーネンは悪びれずにニッと笑った。

「お堅いメトロポリタン劇場のお歴々に引き合わせる訳にはいかないからね」

「それにしても、君は国際的なテナーになったんだね。嬉しいよ」

ワーグナーのオペラ「ゲッターデメルング」のハーゲン役に抜擢されたと聞いて、マックスは祝杯を挙げた。が、一方で、ボーネンをやり返したくなった。

「ついこの前まで、テナーのキャリアを捨ててでもボクサーになる、なんて言ってたのは誰だったたっけ？」

マッホンが目を丸くして訝った。マックスがいきさつを説明に及ぶと、マッホンは腹を抱えて笑った。

「あの頃は、皆ボクシング熱に取り憑かれていたんだよ。敗戦と、それに続くハイパーインフレで、皆鬱々としていたからね。ボクシングは何よりの捌け口だった」

この思いがけない再会で船旅はひとしお愉快なものになった。

マックスとボーネンはある夕べ、いたずらを思いついた。標的にしたのはドイツ系チリ人のリカード・ニューメイヤーと、丸々と太った彼の妻、そして三人の娘達。サンデッキや食堂で顔を合わせる機会が重なって親しくなっていた。

ニューメイヤーはチリの北部に硝石の鉱山を所有していて、近い将来、北米に代わって南米が世界の経済をリードする、と熱弁を奮った。ドイツをさし置いて何を言うか、あの高い鼻を凹ませてやりたいものだ、とボーネンは拳を作り、ジャブのジェスチャーをしていきまいた。

「パンチは穏やかじゃないな。いい考えがあるよ」

マックスはボーネンに耳打ちした。ボーネンはニヤニヤしながら聞き入っていたが、やがて大きく頷き、親指を突き出した。

ディナーの後、二人は示し合わせて夜空を見上げる振りをしてデッキの手摺りに寄りかかっていた。

ニューメイヤー一家がデッキをゆっくり歩きなが

らこちらに近付いて来る。マックスはボーネンをついた。「すわ」とばかりボーネンは手摺りを離れてデッキの隅の防水布に身を潜めた。

マックスは役者に変身した。体を斜めに、半分ニューメイヤー一家に背を向ける恰好で口をパクパクさせた。

澄んだテノールの声が響いた。ドン・カルロスのアリア、「彼女は決して私を愛さなかった」だ。

ニューメイヤーの足が止まった。彼は家族にもそのまま佇んで耳を澄ますよう指図した。

マックスは胸を打ち叩き、咽び泣いているかのように顔を歪めた。

先の「リングの愛」のロケがこんな時に役立とうとは我ながら思わなかった。実際、いっぱしの役者になった気がしていた。映画ではレッスンを受けて渋々歌ったが、その時の発声法を思い出し、声は出さなくてもいかにも歌っているように見せかけられたのだ。無論、月夜の甲板に漂う朗々たるテノールは、陰に隠れたボーネンの声だ。

ボーネンが歌い終えた。マックスは興奮を鎮めるかのようなゼスチャーで水平線のかなたに目をやっていた。

「ブラボー！」

突如大きな声が響き、次いで拍手が湧き起こった。マックスがゆっくり振り向くと、ニューメイヤー一家の面々がうっとりした眼つきでこちらを見据えている。

ニューメイヤーが駆け寄ってマックスの手を、意外に小さいが部厚い両の手に握りしめた。

「いやあ、素晴らしい！　感激しました！　あなたは偉大なボクサーであるのみか、偉大な歌手でもいらっしゃるんですね」

丸々と太り満月のような顔のニューメイヤー夫人が、拝むようにそのポッチャリした手を合わせながら、一歩、二歩踏み出して言った。

「本当に、素敵なお声ですわ。たまたま散歩に出て来てこんな僥倖《ぎょうこう》に与かれるなんて、何てあたし達はついてるんでしょう」

「いや、シュメリングさん」

ニューメイヤーが妻を遮った。

「私達だけがこんな感激を独占しては勿体ない。船客全員に聴かせるべきです。明日の晩、レストランでコンサートを開いて下さい。今から早速アレンジしますよ。キャプテンに交渉して来ます」

言葉を返す暇を与えず、ニューメイヤーは夫人と娘達を促してそそくさと立ち去った。

防水布の陰から這い出して来たボーネンが、困惑の体で茫然と佇むマックスに、くつくつ笑いながら近付いて来た。

「ちょっと、悪戯が過ぎたようだな。君は大した役者だよ。ボクサーを止めても役者として食って行けるぜ」

マックスは額の汗を拭った。

「冗談じゃないよ。とんだ藪蛇だ。どうしてくれよう?」

「仕方が無い。蒔いた種だ、二人で刈り取らなきゃな」

「どんな風に?」

「君は『リングの愛』で吹き替えなしに歌ったんだろ? どんな出来栄えになったか、見てないから分からんが、それなりにレッスンも受けたんだから、その気になりゃやれるだろ。おさらいの意味で、俺がレッスンを授けるよ。今夜はもう遅いから、明日の午前中に俺の部屋へ来給え」

「そんな……幾ら練習したって君の声をそっくり真似はできないよ。感激屋のニューメイヤー氏を失望させるだけだ」

マックスは食い下がったがボーネンの笑いは止まらない。

「君は生憎バリトンだが、ま、音程を少し上げてみっちり三時間もやれば、一曲くらい何とか取り繕えるだろう。こうなったら、当たって砕けろだ。フッフッフッ」

「そんな気休めを言わないでくれ。君と僕とでは声の質が違うんだから、ニューメイヤー一家の人達にはすぐにばれてしまうよ」

「ま、そう決めつけなさんな。俺が発声法をとくと伝授してやるから」

「共犯者の癖に、まるで他人事みたいに言ってくれるよ、あんたは」

ボーネンはまた吹き出した。

「ま、ま、ともかく、今夜はゆっくり寝て、明日の朝、俺の所へ来な」

マックスの恨めし気な視線を尻目に、ボーネンは踵を返してしまった。

一旦部屋に戻ったものの、マックスは落ち着かない。マッホンに相談を持ちかけた。

「何とかこの窮地を脱する術はないだろうか？　ボーネン案にはとてもじゃないが応じられないよ」

マッホンも途中から笑い出した。

「笑い事じゃないんだ。他人事と思わず、僕の身になって真剣に考えてくれよ」

マッホンはなおも笑い転げていたが、ややあってパチンと指を鳴らした。

「何か、名案でも……？」

「名案かどうか分からんが……仮病を使うしかないだろう」

「仮病……？」

「君は明日は朝食の時もランチタイムも、ニューメイヤー一家の目につく所で、首にスカーフを巻いて現れるんだ。できれば、厚手のウールのね」

「フム……」

「言い訳は、夕べ、長いことデッキに出ていて潮風にやられ、声がかすれてしまった、ということにするんだ。それも、少しばかり演技がいるが……」

「なるほど。で、コンサートを取り止めてもらうのかい？」

「いや、それではニューメイヤー氏の面目丸潰れだろう」

「じゃ、どうしたら？」

「真打ちに、ボーネンにお出まし願うんだよ」

「フーン……しかし、ボーネンが歌ったら、ニューメイヤー氏は気付くよ。デッキで歌ってたのはボーネンその人で、自分はまんまとはめられたのだ、と」

「その時はその時さ。君が映画に出て歌も歌っていることをキャプテンに宣伝してもらえばいい。そうしたらニューメイヤー氏も、よもや疑わないだろう。ボーネンには、今夜とは違うアリアを歌ってもらうんだな。同じ曲じゃ、さすがに疑われるだろうからな」

翌朝ボーネンの部屋に押しかけると、マックスはマッホンの提案を話した。ボーネンは笑いながら承諾した。

その日マックスは一日中ウールのスカーフを首に巻いて船内のあちこちに出没した。

ランチを終えてデッキに出たところでニューメイヤー一家と出くわした。

「とっておきのディナーショーになりますな、と、キャプテンがそれはそれは大喜びでしたよ」

ニューメイヤーが揉み手をしながら目尻を下げて言った。マックスは「ゴホン、ゴホン」と咳払いをしてから、おもむろに、前夜練習したしわがれ声を振り絞り、顔をしかめて見せた。傍らでボーネンが笑いをこらえている。

「ご覧の通り」

と彼は喉もとを指さした。

「夕べずっとデッキに立って月や星を見ていた所為でしょう、喉をやられてしまって……」

ニューメイヤーも傍らの夫人と娘達も忽ち眉を曇らせた。

「それはいけませんな。ディナーまでに治して頂かないと……」

「そうですね。部屋に戻ってひと眠りします。でも、万が一の場合は、たまたま友人のオペラ歌手ミヒャエル・ボーネンと乗り合わせており、彼にピンチヒッターを頼みますからご安心を」

「そうですか」

ニューメイヤーは眉のかげりを解いたが、なお不満気な表情を続けた。

「私としては、偉大なボクサーであるあなたが歌手としても並外れた力量の持ち主であられることを、船客達に知ってもらいたいのですが……」

「お言葉は有り難く承りました」

決して楽ではないしわがれ声を作り続けてマックスは言った。

「もし私がご期待に添えない暁には、近く封切られる『リングの愛』なる映画をご覧になって下さい。そこで歌っておりますから」

「まあ、映画にもお出になったんですか⁉」

ニューメイヤー夫人が満月そのものの顔を綻ばせた。娘達も目を輝かせた。

「無論、主役でお出になったんでしょうね？」

「ええ、まあ……」

「素敵！　本当に素敵な方でいらっしゃるんですね、シュメリングさんは！　こうしてご一緒できただけでも幸せですわ」

ボーネンが笑いをこらえ切れず両手で口を覆ってその場を離れた。マックスはニューメイヤー一家の面々に丁重に会釈してボーネンの後を追った。

ディナーが一時間後に迫った黄昏時、キャプテンと一等航海士《チョーサー》が恭しくマックスに挨拶に来た。

マックスは慌ててスカーフを首に巻きつけしわがれ声を作った。

「おや、声がおかしいですな。どうかされましたか？」

キャプテンの目が上下している。首のマフラーとマックスの顔色を訝り見ているのだ。

「いやあ、面目次第もありません」

マックスはニューメイヤーに言ったのと同じ弁解を試みた。

「それはいけませんな」

キャプテンは曇った目をチョーサーに振り向けた。

「そのお声では、ちょっとご無理では？」

相槌を打ってからチョーサーがマックスの目をのぞき込んだ。

「そうですね」

マックスは渋面を返した。

「さっき、試しに発声してみたんですが、やはり声がかすれてしまって……で、これからボーネンに代役を頼みに行こうと思っていたところです」

「ボーネンさんは、ご了解頂けるんでしょうか？」

「多分、大丈夫と思います。何でしたら、ご一緒に彼の部屋へ行きましょうか？　打合せもあるでしょうから」

キャプテンとチョーサーが頷き合った。

マックスの一世一代の大芝居は何とか事無きを得た。無論マックスはスカーフを首に巻きつけたままディナーに出て衆目を欺き続けたが、〝真打ち〟ボーネンが立派に座を盛り上げ、ニューメイヤー一家の憂さも晴らした。

マックスとマッホンはハリファックスで「リライアンス号」を下船し、モントリオールでジョー・ジェイコブスと落ち合った。マディソン・スクエア・ガーデンのウィリアム会長が待ち構えていて、六月二十七日にスペインのパオリーノ・ウズクダンと対戦する契約書の署名に立ち会った。

ジェイコブスは抜かりなかった。ニュージャージー州レイクウッドにまたとないトレーニングキャンプを確保していた。そのオーナーはニューヨークのホッケーチームの共同オーナーとしても知られているウィリアム・ドワイヤーだった。

キャンプは億万長者ジョン・デイヴィソン・ロックフェラーが所有する八つのゴルフ場の一つに隣接している。

ある日、たまたまドワイヤーがマックスのトレーニングを見に来ていたが、そこへゴルフボールが転がって来た。マックスがランニングついでに拾いに出ようとした途端、一人の老人が足早に駆けて来てマックスを制し、ボールを拾い上げた。

ドワイヤーがマックスをつついた。

「ロックフェラー氏だ。紹介するよ」

マックスは目を疑った。ロックフェラーは確かもう九十歳に及ぶとジェイコブスから聞いている。さぞや腰も曲がり、ステッキをつくか人の肩につかまって歩いているよぼよぼの老人を想像していたのだ。幾つものゴルフ場のオーナーかも知れないが、まかり間違っても自らゴルフに興ずることなどあるまい、と。

一方でマックスは、ゴルフボール一個くらい打っちゃっておけばよいのに、それを必死の面持ちで追いかけて来た老人のパフォーマンスに呆れながら、納得もしていた。ロックフェラーは名うての吝嗇家で、どんな物でも粗末にしない、ケチの権化だと聞かされていたからである。

一見とっつき難そうだが、話してみると気さくで快活な老人だった。ボクシングにも驚く程通じている。

「君はジョニー・リスコを下したね。大したものだ」

骨張った眼窩の奥の細い目をマックスに凝らしてロックフェラーは言った。

「パオリーノ戦もまず楽勝だろう。しかし、タイトルを賭けたシャーキー戦は運も引き寄せないとな。ま、なんにせよ、ベストマッチを期待するよ」

言うなり老人はさっさと踵を返し、信じられない敏捷さで小走りにゴルフコースへ取って返した。

ロックフェラーはこの後八年も生き、九十八歳で天寿を全うした。

六月二十七日の夜、ヤンキースタジアムの特設リングを四万人の観客が取り囲んだ。母国アメリカ人の加わらない外国人ボクサー同士の試合としては異例の数だ。入場券の売り上げは四〇万ドルに昇った。マックスのファイトマネーは勝敗の如何に拘らず売り上げの一七パーセントと決められていたから、三〇万マルク、約七万ドルで、これまでの最高額だ。

数字を聞いてマックスは暫し感慨に浸った。つい二、三年前、三マルクの小切手を現金に換えるためにケルンからボンまでの三〇キロの道のりを歩いたことが思い出された。世間知らずだった。ボンの銀行で振り出された小切手は他の都市の銀行では換金できないと思い込んでいたのだ。電車賃を惜しむ余りに五、六時間もかけてボンまで歩いたが、銀行は既にしまっていて、ケルンまですごすごと引き返してきたものだ。その頃は、ドイツ国内でいかに頭角を現すか、思いはそればかりで、近い将来海を越えて異国のリングに立つことなど夢にも思わなかった。

その点は対戦相手のパオリーノも同様の感慨をか

みしめているだろう、とマックスは思った。同じヨーロッパの故国スペインから大西洋を渡って来たのだ。その意味で、アメリカ人のボクサーを相手にするよりは心安らぐものを覚えた。

パオリーノは闘牛のように太い首の持ち主で、見るからに頑丈そうだ。ロックフェラー翁の楽観とは裏腹に、第一ラウンドからタフな試合になった。マックスの右のパンチは数しれずパオリーノの顎を捉え、のけぞらせたが、遂に一度もダウンを奪えなかった。

一五ラウンドをフルに闘い、判定に持ち込まれた。パオリーノが二ラウンドを、マックスが一一ラウンドを取り、残り二ラウンドはイーブンだった。

その夜から次の日にかけて、夥しい祝電がドイツから舞い込んだ。パオリーノ戦は、ボクシングの試合としてはドイツで初めてラジオ放送された。

ジョー・ジェイコブスは抜け目がなかった。それからの数週間、全米の三〇都市にマックスを引き連れ、エキジビションマッチを企てた。サザン鉄道、パシフィック特急、車、飛行機を乗り継いだ。その旅には常に一群の新聞や雑誌の記者が伴っていた。

ハリウッドではパーティーに引き回された。著名な俳優達、「怪傑ゾラ」「海賊フッド」、つい最近では「鉄仮面」で勇名を博していた中年の渋いダグラス・フェアバンクス、「モダンガールと山男」「暗黒街の女」でセックスシンボルと謳われている、マックスとほぼ同年のクララ・ボウ、無声映画の華グロリア・スワンソン、まだ二十代だが、後にアニメーションキャラクター「ミッキー・マウス」で一世を風靡するウォルト・ディズニー等々の知己を得た。

華やかで、まるで夢を見ているような日々だった。五年前、少年時代から憧れていたジャック・デンプシーが目の前に現れて垣間見せてくれた光景を、今自分はあの時のデンプシーと同じく、主役として人々の注視のただ中にいる。あの時のデンプシーにあって今の自分にないものは、世界チャンピオンのベルトと、美しい妻だ。前者はもうすぐ手に入るところまで来た。しかし、後者はおぼつかない。ジャルミラ・ヴァチェクや「リングの愛」で共演した女優オルガ・チェコバの顔が浮かんだ。それぞれに魅力的ではあり、お互いに好意を抱いたが、デンプシーのエステル・テイラーにはなり得なかった。懐かしいが、矢も盾もたまらず会いに行きたい相手ではなかった。

ジャック・デンプシーと妻エステルの結婚生活は危機に瀕していた。

一介のプロモーターに変身したデンプシーは東奔西走の生活に明け暮れ、エステルと過ごす時間が激減していた。エステルは夫が仕事にかこつけて浮気をしているのだろうと疑った。そんなことは断じてない、自分が愛しているのは君だけで、他の女には目もくれないと、デンプシーは繰り返し身の潔白を訴えたが、エステルは信じてくれなかった。共通の友人ルーベ・ヴェロスがエステルの疑惑に油を注ぐようなことを吹き込んでいた。

エステルに出会う前、デンプシーは暫くルーベと付き合っていた。別れはデンプシーの方が言い出した。ルーベも納得してくれたと思っていたが、その実根に持っていたのだと思い知らされた。デンプシーは生来浮気者だから迂闊に彼の言うことを信じちゃ駄目よ、とエステルに囁いていたのだ。

悪いことが重なった。マイアミでのシャーキー対ストライブリング戦の後、プロモーター仲間のフロイド・フィッツシモンズと、知己を得たモリス・ホテルのオーナー、ハリー・モイアと歓談した後、モイアのビーチ・ハウスに泊まった。

眠りかけたところへ銃を手にした男が乱入して来て、いきなり発砲した。弾は幸いデンプシーの脇をかすめてベッドから一メートル程の壁にめり込んだ。てっきり、身代金目的で誘拐されると思った。咄嗟にデンプシーはファイティングポーズを取ってアタックをしかけた。その必死の形相に怖気付いた暴漢は、さっと踵を返してドアの向こうに消え失せた。

九死に一生を得た思いのデンプシーは、以来枕の下にピストルを隠して寝るようになった。

事件は新聞沙汰となり、カリフォルニアにいるエステルの目にも触れた。エステルは夫が女とホテルにしけ込んだところを襲われたのだと疑ってかかり、モリス・ホテルに探りを入れた。だが、潔白なデンプシーのしっぽは摑まえられるはずがなかった。

春先にもデンプシーはマスコミの餌食にされた。ニューヨークのあるディナーに出た帰り、かつての盟友ノーマイルが五番街のホテルに泊まっていると知って立ち寄った。ノーマイルは懐かしがって、ゆっくりして行ってくれと言った。

二人は屈託ないお喋りを始めたが、やがてノーマイルはジョー・ベンジャミンという友人の話題を持ち出した。

「俺に金を貸してくれと言って来たんだよ。金の無いのはお互い様さ、と言って断ると、お前がそんな友達甲斐のない奴とは思わなかったぜ、と捨て台詞を吐いて出て行きおった」

その時、ドアを激しくノックする音が響いた。ノーマイルが応対に出ると、三人の男女が入れ代わるように部屋になだれ込んだ。男一人と女二人だ。

男は〝噂をすれば影とやら〟で、ジョー・ベンジャミンその人だった。派手ないでたちの女達はいかにも水商売に携わっている人間に見えた。

「貴様だな、ノーマイルに入れ知恵して俺に金を貸させないのは」

足下をふらつかせ、焦点の定まらない目つきで、男はいきなりデンプシーに食ってかかった。

「こいつ、へべれけに酔ってやがるよ」

デンプシーがノーマイルに訴えかけた端、

「何をっ！　この野郎っ！」

と怒鳴るなり、男はいきなりデンプシーに殴りかかった。こちらは咄嗟に上体を引いたから、男の拳は空を切り、上体が大きく揺らいだ。デンプシーは立ち上がって男を抱き止めると、次には思い切りドアの方へ押しやった。男は重心を失ってよろめき、ドアに強《したた》か体をぶつけた。弾みにドアの蝶番が壊れた。

物音を聞きつけた隣室の客が驚いてホテルのマネ

ージャーに連絡した。駆けつけたマネージャーは直ぐ様警察に電話を入れた。

翌朝のタブロイド新聞は、「デンプシーとベンジャミン、コーラスガールをめぐって大乱闘」なる大見出しの記事を掲げた。

スポーツ、芸能関係の記者達は、一斉にカリフォルニアのエステル・テイラーを取り囲んだ。

記者達はデンプシーを女たらしの不貞の輩と決めつけ、それに対するエステルのコメントを涎を垂らしながら待ち構えた。

エステルはクールに答えた。

「あの人がニューヨークで独りでいるなんて思っておりませんわ」

記者達は大挙ニューヨークへ移動して、今度はデンプシーを質問攻めにした。

デンプシーは慌ててエステルに電話をかけた。

「信じてくれ。今度のことでは僕は一方的に被害者なんだ」

いきさつを逐一話しかけようとした途端、

「もう、うんざり！」

ヒステリックに言い放つと、エステルは有無を言わせず電話を切ってしまった。

チャップリンと居合わせたホテルでのガス漏れ爆発事故の折に違和感を覚えたものの、デンプシーはまだ妻に愛着を抱いていた。彼女の気持ちが自分から離れて行っていることを感じながらも、離婚などは夢にも考えなかった。すぐにもカリフォルニアに飛んで妻との関係修復に努めたかったが、幸か不幸か、仕事に忙殺されていた。

手がけた事業は順調で、笑いが止まらない程だった。懐刀は弁護士のアーサー・ドリスコル。デンプシーは彼の助言に従って土地や株への投資を続けた。

投資仲間が大型のプロジェクトを持ちかけた。メキシコのバハカリフォルニア半島のエニセナー湾に、賭博場、クラブハウス、ゴルフコース、ヨットやクルーザーの専用海岸、一マイルの遊歩桟橋などを設けたリゾートを建設しようじゃないか、と。

今は亡きテックス・リカードが、マイアミに類似のリゾートを建てることを夢見ていたことが思い出された。リカードの弔い合戦の意味もこめて、デンプシーはこのプロジェクトに加わることを決意した。エステルとのことを除いては、万事が思惑通りに捗っているように思えた。

エニセナー湾のリゾート計画も、メキシコ政府から二十年の貸与許可が降り、着工にかかっている。が、九月の末、アーサー・ドリスコルが浮かぬ顔でデンプシーの前に現れると、株価が下がり始めている、これ以上の投資は控えた方がいい、むしろ、手持ちの株は今の裡に売っちまった方がいい、但し、土地は持っておけ、と助言した。

十月二十四日、ニューヨークウォール街の株式取引所は、開設以来の暴落に見舞われた。時の大統領フーヴァーは銀行を強いてテコ入れを工作したが火に油を注ぐばかりで、同月二十九日に株価は大暴落を起こし、アメリカ経済は大恐慌に陥った。

パオリーノに勝てばマックスをシャーキーと空位のチャンピオンを賭けたタイトルマッチに臨ませる、という当初の話が怪しくなってきた。シャーキーのアメリカでの戦績に比し、マックスのそれは物足らない、せめてイギリスのフィル・スコットと対戦して勝った場合に限りさせるべきだとニューヨークのボクシング委員会が言い出している、とジェイコブスが伝えてきた。

マックスは怒り心頭に発した。

「話が違うじゃないか。納得できないよ」

メディアの人間やドイツ大使館の役人、ボクシング委員会の面々が次々とマックスの宿泊先のホテルに押し寄せた。彼らは一様に言った。

「栄光の日はもうそこまで来ている。フィル・スコットは君の敵じゃないだろ。素直に委員会の裁定に従った方がいい」

マックスは首を振った。

「アメリカ人は約束を守る国民だと僕は信じてきました。その約束を果たしてくれるまで、ひとまずドイツに帰って待ちます」

驚きと失望の声が挙がった。詰めかけた連中はマックスとジェイコブスの顔を交互に見やった。ジェイコブスは葉巻をくわえたまま瞑目の体だ。マックスも胸に腕を組んだなり、沈黙を押し通した。

業を煮やした連中が三々五々部屋を出て行った。

二人きりになったところで、ジェイコブスがマックスの肩に手を置いた。

「ま、暫く骨休めをしてくるがいい。委員会のメンバーには俺がかけ合って何とかするさ」

ビューローとの一件でボクシング委員会の査問の場に立った自分をマックスは思い出していた。啖呵を切って面々に背を向けてしまったことを。あの時に比べれば今の自分はボクシング界で確固たる地位と評価を得ているが、何と言っても外様の人間だ。ニューヨークボクシング委員会としてはチャンピオンベルトを外国人ボクサーに持って行かれたくないのかも知れない。

「そんなことはない。アメリカ人はそんなに狭量じゃないよ」

ジェイコブスはマックスの疑惑を打ち消した。

「アメリカ人は、真に力のある者、才能のある者に敬意を表する国民だ。無論、性格が悪くちゃどう仕様もないが、君はデンプシーに似ていることもあって、充分ここで愛されている。シャーキーはそれをやっかんで、マスコミの連中に何やかや言っているようだが、男を下げるばかりさ。とにかく、対シャーキー戦は実現してみせる。だから、帰ってもあんまり羽を伸ばすな。トレーニングだけはしっかりやっておけよ」

マックスはジェイコブスの手を握りしめた。

（一一）

一九二六年の十月末、アドルフ・ヒトラーによって「ベルリン大管区指導者」に任命されて以来、ヨーゼフ・ゲッベルスのヒトラーへの忠誠心は変わらなかった。

ベルリンに来てゲッベルスが最初に手をつけたのは〝粛清〟だった。この管区のNSDAP党員は僅か一〇〇〇人だったが、しょっ中揉め事が起きていた。ヒトラーの『わが闘争』を読んでいる党員はほとんどいなかった。それぞれが手前勝手なイデオロギーを振りかざし、反論する者と殴り合いを展開していた。

ゲッベルスは言い放った。NSDAPが目指すのは、反共産、反ユダヤ主義、反ヴェルサイユ条約であり、究極的には政権奪取である、この基本的政策に則り、一から出直す必要がある、かかるスローガンに同意できない者は直ちに去るべし、と。

この演説によって四〇〇人が脱党し、党員は六〇〇人に減った。

財政状態もパンク寸前だったから、ゲッベルスは残った党員に月々一五〇〇マルクの党費を負担するよう強いた。

大管区のNSDAP事務所はポツダム街の地下室にあり、党員達は自嘲気味にそれを〝阿片窟〟と称していた。実際、彼らが喫うタバコの煙が部屋に充満し、互いの顔をしかと見定め難い程だった。

ゲッベルスは翌年早々、この〝阿片窟〟からリュッツォー街のアパートの二階に事務所を移した。

何はさておき党員の増加を図ることが最大の課題だ。咄嗟に閃くのは、チラシを街頭で、あるいは家々のポストに配ることだったが、印刷費もままならなかった。それに、チラシは他党の常套手段でもあって巷に溢れており、市民はたとえ受け取ったとしてもろくすっぽ目を通さず、アスファルトの道やゴミ箱にポイと投げ捨ててしまうのが落ちだった。

ゲッベルスは一計を案じた。党員の図案家ミエルニルにNSDAPのプラカードを幾つも作らせ、街頭を練り歩いた。

それよりも何よりも頼みとする武器は、自分の得意分野である演説だった。演説会用にはチラシを作り、会場にはプラカードを掲げ、否でも人目を惹く工夫を凝らした。

当初演説会はNSDAPの牙城シュパンダウで毎週のように開いていたが、程なくゲッベルスは奇抜な手に打って出た。プロレタリア地区ウェディングのファールス会館を会場にしたのだ。同館は専ら党大会を開催する共産党の根城だ。

二月十一日、金曜日、ナチス党員達がファールス会館に入って行くと、そこには既に共産党員が群して待ち構えていた。

乱闘に備えてゲッベルスは、ベルリン管区の党員の間に〝突撃隊〟と称する武装グループを結成していた。万が一自分達の集会を妨害する者があれば力づくで排除するための連中だ。

ファールス会館は程なく修羅場と化した。ゲッベルス他執行部が壇上に上がると、聴衆に入り混じっていた共産党員が一斉に野次を飛ばし、手当たり次第に物を投げつけた。

〝突撃隊〟の一人の若者が壇上に駆け上がり、ゲッベルスらを目がけて投げつけられる物を手で払い退け始めたのみか、拾い上げたそれらを壇上へ駆け上がろうとする共産党員めがけて投げ返した。

ビール瓶がこの勇敢な若者の頭に当たった。こめかみから血を滴らせて若者は倒れた。しかし、直ぐに立ち上がり、壇上に置いてあった水差しを掴むと野次を飛ばす連中の頭上に放りやった。一人の共産党員の頭に命中し、水差しは砕け散った。

ベルリン警視総監ツェルギーベルは、この騒乱を由々しきこととみなし、ベルリン地区でのNSDAP及びゲッベルスの演説会に禁止令を出した。

ゲッベルスは対抗手段を講じた。演説が駄目なら活字でと、週刊誌「政撃」を発行した。当初槍玉に挙げたのは、ツェルギーベルではなく、副警視総監で小柄、鉤鼻の特徴を持つユダヤ人ベルハルト・ヴァイスだった。ゲッベルスはミエルニルに彼のカリカチュアを描かせたのだが、その出来栄えに「君は全く天才だよ！」と賛辞を送った。

その年の十月二十九日、ゲッベルスは満三十歳になった。独身で、まだ親の脛をかじっている。

女性からの誕生祝いはなかったが、思いがけないプレゼントがもたらされた。演説禁止令が解除されたのだ。

翌週にはもう、

「来る十一月八日（火）、午後八時、ノイケルン、ハーゼンハイデ三二—三八番地の音楽堂にて、ゲッベルス博士講演、演題『ドイツ国民の死の舞踏』、乞多数ご来場」

なるポスターがベルリンの辻々の広告柱に貼られ、人々を驚かせた。

翌一九二八年四月二十日、ヒトラーは自らの三十九歳の誕生祝賀会の席上で、ゲッベルスをＮＳＤＡＰの宣伝部長に任命した。

右翼と左翼が小競り合いを繰り返す中、時のワイマール共和国が存続し得たのは、外相グスタフ・シュトレーゼマンの外交手腕に負うところが大きかった。一九二四年、ドーズ案によって過酷な賠償金の緩和を図り、翌一九二五年には、イギリスの外相チェンバレンの呼びかけにこたえて、フランス外相ブリアンと共に、ベルギー、イタリアも混じえた五ヵ国間で、ラインラントの非武装、ヴェルサイユ条約に定められた国境の不可侵などを盛り込んだロカルノ協定を成立させた。この協定の実施に当たってはドイツの国際連盟加入が必須条件とされ、翌一九二六年九月、その条件が発効され、第一次大戦後のヨーロッパの緊張は緩和された。この功績が国際的に高い評価を受け、シュトレーゼマンはフランスのブリアンと共にその年のノーベル平和賞を授けられた。

このロカルノ条約にファシスト党を率いて独裁政権を樹立しつつあったイタリアのムッソリーニが応じたことに、ヒトラーもゲッベルスも違和感を覚えた。ヒトラーはムッソリーニに一目置くところがあったからである。

ＮＳＤＡＰはシュトレーゼマン批判を繰り広げた。一九二八年四月二十七日、ミュンヘンでのシュトレーゼマンの演説会に同地のナチス突撃隊が乱入し、集会を中止に追い込んだ。翌日、そのニュースに意気の上がったゲッベルスはエイゼンシュテインの「世界を揺るがした十日間」を観に出かけた。しかし、五月二十日に行われた総選挙で、NSDAPは僅か一二名の当選者しか得られなかった。シュトレーゼマンのドイツ人民党は五一名から四五名に減ったが、組閣したミュラーはシュトレーゼマンを外相に任命し続けた。

九月、スイスはジュネーブの国際連盟会議で、シュトレーゼマンはフランス軍とイギリス軍のラインラントからの撤兵を求めた。両国は代償として賠償問題に決着をつけることを要請、アメリカのヤングが調停に乗り出した。

一年後、オランダのハーグで開かれた賠償会議で、ヤングの調停案が承認された。ドイツは向こう五十九年間で賠償支払いを終えること、最初の三十七年間は年に二〇億マルクを支払い、以後は軽減する、というのが骨子で、ヴェルサイユ条約で課せられた一三二〇億マルクの賠償は大幅に緩和された。

ハーグから帰国したシュトレーゼマンを待ち受けていたのは、自らの属するドイツ人民党の内紛とヤング案に反対する他党の動きだった。外交交渉でいい加減神経をすり減らしていたシュトレーゼマンの体は、この内憂に耐え切れなかった。同年十月三日、心筋梗塞で倒れた。享年五十一歳。

ゲッベルスは、シュトレーゼマンの急逝を天の裁きと断じた。その日の日記にこう書いている。

「今朝五時シュトレーゼマンが死んだ。心臓発作で処刑されたのだ。ドイツの自由への道を妨げる石が一つ取り除かれた」

久々に故国に戻ったマックスの目に、世情はさ程変わっているようには見えなかった。新聞の政治面には共産党とナチスの流血騒動が報じられていたが、目新しいことではない。

渡米前に撮った「リングの愛」の試写会に招かれ、マッホンと観に行った。監督や共演者も無論参列していた。自分の歌声が流れた時、穴があったら入りたい気恥かしさを覚えた。悪戯が過ぎて危うくボーネンに救われた「リライアンス号」での一件が否でも思い出された。

しかし、周囲の反応は意外に好意的だった。

「何だ、結構歌えるじゃないか」

あの折「仮病を繕え」と窮余の一策を授けてくれたマッホンでさえこう言ってマックスの肩を叩いた。

「ボーネンには及ばんとしても、君が歌えばあの時の船客は充分満足したんじゃないか」

映画の内容そのものも概ね好評だった。マックスはファイトマネーに匹敵するギャラを得ていたが、興行収入に見合ったものと製作者達を納得させた。

ジェイコブスの忠告通り日々のトレーニングは怠らなかったが、渡米前に知己を得た芸術家や、主演した映画の共演者達との交遊をマックスは楽しんだ。

しかし、撮影中プロの芸達者と感服したコメディアンのクルト・ゲロン、ヒロインを演じたオルガ・チェコバと食事を共にした時だった。撮影中はいつも陽気で笑わせてくれたゲロンが、不意に深刻な面持ちで辺りを憚りながら囁いた。

「君はアドルフ・ヒトラーを知ってるかい？」

「極右政治家、という程度には……」

マックスも辺りを見回しながら答えた。

「俗にナチスと呼ばれている政党の党首だ。彼が書いた『わが闘争』は？　読んだかい？」

マックスは首を振った。オルガは頷いた。ゲロンは二人に顔を近付け更に声をひそめた。

「恐ろしい本だ。万が一にも奴に政権を取らせてはいけない。でないと、僕はおろか、君も苦境に立たされかねない」

オルガが相槌を打ったので、マックスは二人が自分をディナーに誘ったのは示し合わせてのことだと悟った。

「どういうことだい？」

そぞろ不安に駆られてマックスは二人の顔を見ながら見やった。

「ヒトラーは、単なる極右主義者じゃない。僕らユダヤ人をこの世から抹殺しようと目論んでいるんだ」

「まさかっ……!?」

マックスは耳を疑い、息を呑んだ。

「彼は、あなたのマネージャーのことも心配しているのよ」

　オルガが口を添えた。

「ジョーのことを？」

「彼は、ユダヤ人でしょ？」

　オルガもマックスに耳打ちするように言った。

「ああ、でも、今じゃ歴《れっき》としたアメリカ人だよ。睨まれるはずはない」

「ヒトラーが政権を取らない限りはね」

　ゲロンが眉を吊り上げ、剽軽《ひょうきん》な仕草を見せた。

「政治のことはよく分からんが、ナチスはまだまだ少数党だろう？　今のミュラー内閣は当分安泰だと思うけど」

「そうあってくれればいいが」

　ゲロンが目をパチクリさせながら眉を上げ下げした。

「心配なのは君のいたニューヨークのウォール街の株価暴落だ。アメリカ資本に頼って復興を遂げて来た我が国は、早晩煽りを食うよ。そうなったらまた極右勢力が台頭しかねない。大戦後みたいにね」

　マックスは肩をすくめた。そう言えば、ニューヨークから降り立ったブレーメルハーフェンの佇まいは何かしらよそよそしく空気が淀んでいたっけ、と思い出した。人々はドックの周りに屯《たむろ》していたが、目はうつろで、誰も彼もが不機嫌で押し黙っているように見えた。

　だが、ベルリンに来てみると、そこはうって変わった紅灯の巷で、人々は陽気に歌い、踊り、ビールを煽り、ソーセージを頬張りながら談論風発していた。

　マックスの気の乗らない様子に、オルガが話題を変え、「死の銀嶺」という映画が上映されている、雪山の映像が素晴らしいそうだから観に行きましょう、と提案した。

　翌日、三人は「死の銀嶺」を観に行った。

　監督はゲオルク・ヴィルヘルム・パープスト、主演は、男優がアーノルト・ファンク、女優がレニ・リーフェンシュタールだった。

　自然の映像美も印象的だったが、レニの知的な容貌、軽やかな身のこなしにマックスは魅せられた。ベルリンに生まれ、この時二十七歳、女優としてよりもダンサーとして名を馳せた前歴の持ち主と知った。下顎が張り、意思が強そうだ。

ゲロンは不景気を予告したが、少なくとも映画館はほぼ満員の盛況で、人々の懐が枯渇している気配はない。

「映画は成功のようね。きっとこれでレニ・リーフェンシュタールは女優としても世に出るわ」

見終わってのオルガの感想に異論はなかった。しかし、よもやこの新進女優と数年後に思わぬところで出くわそうとは、そしてその時にはゲロンはもうこの世の人でなくなっていようとは、この時、マックスは想像だにしないことだった。

不景気の兆しはまだしもだったが、マックスは恵まれない子供達への寄付を募る慈善事業に幾度か駆り出された。ミラノ・スカラ座のそれには、一世を風靡した「カリガリ博士」で主役を張ったドイツ出身の俳優コンラート・ファイト、オーストリア出身の映画監督で「ドクトル・マブゼ」「メトロポリス」を作ったフリッツ・ラング、それに、何故かアメリカの映画監督兼プロデューサーのジョセフ・フォン・スタンバーグらが顔をそろえていた。スタンバーグの横には、無口だが、ウェーブのかかった美しいブロンドの髪が魅力的な女性が控えていた。マックスらはそれぞれ自己紹介とコメントを求められたが、ブロンドの女性だけは黙したまま紫煙をくゆらせている。マックスは彼女とスタンバーグは夫婦か、さもなくば恋人同士だろうと思った。

慈善事業の旅は続いた。どこへ行っても大歓乎に迎えられた。

ラインハルト・ドイツ劇場での催しで、拍手に押し出されるようにして舞台に上がろうとした途端、ファンの一人がマックスの上衣を引っ張った。上体と足の動きがちぐはぐになり、下腿のふくらはぎに刺すような痛みを感じた。

翌日、医者に診てもらった。肉離れを起こしている、絶対安静だ、と医者は告げた。しかし、マックスは指示に従わず、スポーツパレスで行われているドイツアマチュア選手権大会にステッキをついて臨んだ。ゲストとして呼ばれていた。ヘビー級で優勝したのは、意外にスリムな体形のワルター・ノイゼルという若いボクサーだった。リングに上がって彼にトロフィーを渡しながら、かつてアマチュアで初めて対戦して僅差で敗けたルイスという金髪の青年をマックスは思い出していた。

ところが、このイベントを取材に来ていた新聞記者の何人かが、マックスが多少足を引きずっているのを見咎めた。いや、ちょっと、足の指に豆ができただけだよ、と、マッホンが横から口を差し挟んでその場を取り繕ったが、マッホンは急いでマックスを会場から引き揚げさせた。

「脛に疵を持つ身だとニューヨークのボクシング委員会に知れたら一大事だ。それこそフィル・スコットとの一戦を経てからシャーキー戦に、と言われかねない。できるだけ家の中に引っ込んでることだ。外出するなら気付かれんようにしないとな」

マッホンの忠告に従って、マックスは外へ出る時は顔の隠れる縁の広い帽子をかぶり、サングラスをかけた。

が、それでも執拗に追いかけてくる記者がいた。一計を案じたマッホンは、足が治るまで国外へ脱出しよう、シシリー島のタオルミーナに行こう、と持ちかけた。

「イタリアは大丈夫かな？　極右のムッソリーニが政権を取って独裁政治を敷いているらしいが……」

ベニト・ムッソリーニは一九二二年十一月、〝国家ファシスト党〟を結成し、時のジョリッティ首相に圧力をかけた。

一年後、約二万人のファシスト武装隊を率いてローマに進軍した。ジョリッティが退いた後首相に納まったファクタは直ちに戒厳令を放ち、国主ヴィットリオ・エマヌエーレ三世の署名を要請した。しかし、エマヌエーレの母親はムッソリーニに肩入れし、息子の署名を留めた。このために、ファクタ内閣は総辞職を強いられた。

エマヌエーレは、折しもミラノからローマに進軍して来たムッソリーニに組閣を命じた。

ファシスト隊員は、一八六〇年にイタリア統一を果たしたジュゼッペ・ガリバルディの率いる千人隊が一斉に赤シャツを身につけていたのを模倣し、黒シャツをまとっていた。

全議席数の十分の一にも満たぬ僅か三五議席のファシスト党が担った政権は、ムッソリーニが首相と外相及び内相を兼任した。翌年には黒シャツ隊を正式に国防義勇軍として国家の軍隊に組み入れた。更に一九二四年四月に行われた総選挙では、この義勇軍を国防戦力としてアピールし、ファシスト党は一挙に二七五議席を獲得した。

社会党議員のマテオッティはファシスト党が暴力で威嚇して民衆を煽動したとして新議会でムッソリーニを糾弾した。二ヵ月後、マテオッティは何者かに暗殺された。ムッソリーニが手を回してやったに相違ないとの黒い噂が立ったが、ムッソリーニは力づくでこれを抹殺した。

一九二六年までに、ファシスト政権は、基本的人権の抑圧、地方自治権の剝奪、国家公務員の罷免権掌握などを敢行、ファシスト党以外の政党、結社、組合はすべて解散させた。

一九二八年の暮れには、〝ファシスト大評議会〟が国家の最高機関となり、国家元首に対する罷免権を国王から奪い取った。つまりは、ムッソリーニが実質的には国王の上に立ったのである。唯一彼と肩を並べ、権限を維持できたのは、ローマ教皇ピウス十一世だけであった。いわゆる〝ラテラノ協定〟で、ムッソリーニはピウス十一世と政治的和解をし、カトリシズムがイタリアの唯一の宗教であること、バチカン市国に対しローマ教皇庁が支配権を持つこと、などの取り決めを応諾した。

独裁政治に対する民衆の嫌悪感、離反をなだめるべく、ムッソリーニはこの〝ラテラノ協定〟の是非ばかりは国民投票にかけるという姑息な手段を弄した。ローマ教皇に対する国民の絶対的な信頼までは覆せない、しかし、教皇とても絶対的存在ではない、民主的な投票の結果如何によってはその地位も剥脱されることがあり得るのだぞ、との威嚇をこめたものだった。

が、ムッソリーニの思惑に反し、八五〇〇万の国民は〝ラテラノ協定〟を是とし、非としたのは僅かに一三万人だった。


マックスとマッホンが逃避行の行く先に決めたシシリー島にはファシストの影は伸びていなかった。人々はのんびりと過ごし、南国の陽光を楽しんでいる。

二人は海で泳ぎ、日光浴を楽しんだ。朝と夕方には浜辺を走って足を鍛えた。

三週間も経つ頃には、マックスのふくらはぎの痛みは失せていた。

ベルリンに戻ると、ジョー・ジェイコブスが待ち構えていた。

「ボクシング協会が根負けしたぜ。前哨戦抜きでシャーキーと対戦だ。六月十二日、ヤンキースタジアムでだ」

マックスは思わずジェイコブスの手を握りしめた。

「しかし、アメリカ、殊にニューヨークは今大変だろ？　ボクシングどころじゃないんじゃないのかい？」

マッホンが自ら興奮を鎮めるように言った。

「株をやってた連中は一大パニックだろう。しかし、一般庶民の懐はまだ大丈夫だ」

ジェイコブスは大きな目をグルリとめぐらせて言った。

「フーヴァー大統領が懸命に対応策を打っている。財界指導者をワシントンに呼んで生産事業の継続と、労働者の賃金の維持を約束させた」

マッホンとマックスは肩を撫でおろした。

「ところでマックス、脚の方はもう大丈夫なんだな？」

ジェイコブスが話題を変えた。

「のんびりさせてもらったお陰で、すっかり治りましたよ」

「フム。その代わり、体が少したるんでるぞ。トレーニングは怠らなかったはずだが」

ジェイコブスはマックスの全身をねめ回してからマッホンの目を窺った。

「杖を外せない間は無理をさせられなかったんで……。シシリーではみっちり水泳で鍛えましたよ」

「それもいいが、やはりボクシングをやらんといかん。で、提案だが、ニューヨークに乗り込む前に、こちらでエキジビションツアーを組もう。時期が時期だから、慈善事業を兼ねるんだ。こっちの儲けは度外視してな」

マックスとマッホンは顔を見合わせ、異論のないことを確認し合った。

ジェイコブスは今回も抜け目がなかった。ドイツにコネは無いはずなのに、マスメディアを利用してあちこちのボクシングジムとコンタクトを取り、マックスのエキジビションの対戦相手を募った。志願者には事欠かなかった。ドイツのみかヨーロッパのチャンピオンであり、近い将来には世界チャンピオンになるかも知れないとジェイコブスは触れ回ったから、かつてマックスがデンプシーとのエキジビションマッチに胸をときめかせたように、今やマックスとたとえ一ラウンドでもグラブを交えられればこの上ない名誉なこととハートを熱くするボクサーは引きも切らなかった。

北ベルリンのホールの特設リンクでエキジビションマッチを開いた時は、ジェイコブスは居住区の子供達も招待した。そこは貧民街で、子供達の身なりはいかにも粗末なものだった。

ざっと数百人も集まった子供達に、「君達の望みは何か？」と、ジェイコブスは尋ねて回った。傍らで聞き役に回っていたマックスは、子供達の望みが数本のクレヨン、鉛筆箱、水着、等々、控え目なことに胸を打たれた。

ジェイコブスとマックスは近くの店を回ってこれらを買って帰り、子供達に分け与えた。

買って帰れないものもあった。お下げ髪の五歳の女の子がもじもじしながら後に控えていたので、マックスは近寄って、「何か欲しい物はないの？」と尋ねた。

「お父さんが、お酒を飲まないようにして欲しい」

少女は言い放った口に栓をするかのように指をくわえてじっとマックスを見返した。

「ジョー、聞いたかい？」

マックスは思わずジェイコブスを振り返った。

「何ていじらしい望みなんだ」

ジェイコブスは目をしょぼつかせた。

「なれるものなら、酒飲みの親爺さんに代わって俺がこの子の父親になってやりたいよ」

少女に分からないように、ジェイコブスは英語で言った。

「あんたが父親になったら、この子はきっと言うよ」

マックスも英語で返した。

「お父さんのタバコを止めさせて欲しいって」

ジェイコブスは慌てて葉巻を口から離した。

およそ三週間に亘るツアーを終えた時には、マックスは以前の調子を取り戻していた。

「じゃ、俺はひと足先に行ってるから。君らも、遅くとも今月末には来てくれよ」

四月一日、ジェイコブスはこう言い残してブレーメンからアメリカに旅立った。

その「ブレーメン号」には、一人の若いブロンドの女優が乗り合わせていた。チャリティイベントで一度だけ同席したことのあるマレーネ・ディートリッヒだ。その時肩を並べて座っていたジョセフ・フォン・スタンバーグの監督作品「嘆きの天使」に主演していた。この時の船旅は、ニューヨークで開かれる同映画の試写会に出るためだった。

しかし、船舷に立つ彼女の瞳には憂いが漂っていた。これから向かうアメリカは、決して前途洋々としていなかったし、故国ドイツの先行きも不安だったからだ。

マレーネはアドルフ・ヒトラーの『わが闘争』を読んでいた。まかり間違ってもこの男が首相ミュラーや大統領ヒンデンブルクにとって代わることがあってはならないと思いしめていた。

（一二）

一九三〇年四月二十五日の朝、マックスは遠洋定期船「ニューヨーク号」に乗り込んだ。ニューヨークに着いて契約のサインを済ませると、すぐにボストン郊外のエンディコットに移動した。

シューズメーカー王ジョージ・ウォルター・ジョンソンが待ち構えていた。彼は小高い丘にマックス、マッホン、ジェイコブスを誘った。

「あれが、君の自由になる私の土地だよ」

ジョンソンの指さす向こうにはゴルフコース、テニスコート、乗馬用の道など、あらゆるレジャー施設が広がっている。

「生憎、テニスや乗馬は禁じられています」

ジェイコブスが脇から口を出した。

「そうだろうね。怪我をしちゃ元も子もないからな。ま、ゴルフか水泳くらいかな」

「いや、何よりもまずランニングです」

反対側からマッホンが言った。

「そうか。じゃ、森がいい。ランニングにはうってつけだよ」

ジョンソンのこうした好遇を引き出したのは、他ならぬジェイコブスだった。

「ロックフェラーと同様、ジョンソンも名うての吝嗇家だからね、ただで彼の土地をトレーニングキャンプに提供するはずはないさ」

キャンプに落ち着いたところで、ジェイコブスが鼻をうごめかしながら得意気に言った。「最初はな、ジョンソンはシャーキーに肩入れしていたんだ。ストライブリング戦にシャーキーが勝った後、彼はシャーキーを自宅に招待したそうだが、シャーキーは何故か断ったというんだ。折角祝杯を上げてやろうと思ったのに好かん奴だ、とジョンソンは機嫌を損ねたらしい。そのいきさつを耳にして、俺はチャンスだと思ったんだ。シュメリングなら喜んでご招待に与かると思いますし、エンディコットをトレーニングキャンプ場にお貸し頂けるなら、新聞記者達が押し寄せ、エンディコットとあなたの会社のことを報道しますよ、見返りは充分だと思いますがってな、そう口説いたんだ。何せ今は大変な時期だからな。シューズ王と言えども安閑としてはいられない。広告代など真っ先に削りたいところだろう。シュメリングは立派な広告塔になりますよって言ったら、フムフムと頷いた。是非彼に来てもらってくれ、但し、実物を見て、シャーキーみたいに不遜な男だったらすぐに追い出すが、というから、これはもうしめた、こっちのもんだ、好き嫌いのはっきりして気難しい人物だが、マックスを見りゃすぐに好きになると思ったからね」

ジェイコブスの思惑は図星だった。マックスがキャンプに入ると、アメリカ中のほとんどの新聞がエンディコットとジョンソンの靴を話題に取り上げた。

ジェイコブスの商才と機転はこれだけに留らなかった。彼は忍び寄りつつある経済危機も世界タイトルマッチの好材とみなした。一年前の対パオリーノ戦の時、ジェイコブスは出版王ウィリアム・ランドルフ・ハーストの夫人に接衝し、夫人が熱心に取り組んでいる〝ミルク基金〟に試合の収益金の一部を寄付することを申し出ていた。寄付金でミルクを買って貧しい子供達に与えるというもので、子供の好きなジェイコブスならではの思いつきだった。見返りとしてジェイコブスは、ハーストコーポレーションが抱える三〇〇種の新聞に、シュメリングとパオリーノ戦の本番はもとより、双方の準備状況を取材し報道してもらうことを求めた。夫妻は二つ返事で承諾した。

今回もジェイコブスはハースト夫人のミルク基金に協力を申し出た。夫人は快諾した。銀行は既に幾つも倒産し、銀行を当てにしていた企業家達の計画は悉く丸潰れになっている。

株と土地、リゾート計画に投資していたジャック・

デンプシーも大損を食らった。株を手放そうとしたが、暴落した市場に買い手はつかなかった。三百万ドルが、手から水がこぼれ落ちるように流れて行った。デンプシーはフーヴァー大統領の無策をなじった。

エステルとの仲もこじれていた。電話口にもなかなか出なかったから、たまりかねてカリフォルニアに飛びスキンシップを求めたが、エステルは何のかのと口実を設けて一緒に寝るのを拒んだ。デンプシーは寝室に入れず、居間のソファに寝そべって空しく天井を見すえた。

やがて、ヴァレンタインデーが訪れた。デンプシーはこの日にいちるの望みを託した。懐具合は芳しくなかったが、妻の為にネックレスやコートを奮発した。

リッチなプレゼントに、エステルは頑なに閉じていた心と脚を少しばかり開いて、デンプシーをベッドに入れた。

平穏で幸福な日々が蘇ったように思った。が、二週間程経ったある朝、眠っていたデンプシーをエステルがつついた。デンプシーは寝呆け眼のまま、それでも妻の方からスキンシップを求めてきたものと思って体を寄せた。するとエステルは、腕を突っ張って夫の胸を押し退けた。

デンプシーの眠気が吹き飛んだ。エステルは腕を突っ張ったまま、パッチリと見開いた目で夫を見すえて言い放った。

「もううんざり。ここから出てって頂戴。二度と帰らないで」

「ど、どういうことだい？」

心臓が凍りつく思いでデンプシーは妻を見返した。エステルは起き上がった。

「別れたいの。世間のさらし者みたいなこんな生活はもう飽き飽き。一人にさせて」

デンプシーも起き上がり、顔を洗い、呼吸を整えてから妻に向き直ったが、エステルはもはや聞く耳を持たなかった。

「弁護士に頼んであるから。何か言い分があったら彼に言って頂戴」

デンプシーはすごすごと家を出てホテルに移った。

試合が近付くにつれ、ジャック・シャーキーは舌戦を挑んできた。

「デンプシーに似ている以外、シュメリングに何か利点があるのかい？」

「ま、奴の顔をズタズタに切ってやるさ。奴は七ラウンドまで持ちこたえられないだろう」

新聞記者達は面白がってマックスをたきつけ、報復の毒舌を引き出そうとした。

「頭に来ないかい？　やられっ放しじゃ、相手をつけ上がらせるだけだぜ」

マックスは軽く返した。

「僕に何を言わせたいんだい？　毎朝クラウトと一緒にシャーキーを食べている、とでも言えばいいのかな？」

記者の目がキラリと光った。

「クラウトって、何だい？」

「やれやれ、世界的に有名なザワークラウトを知らないのかね？」

マックスの横にいたマッホンが口を出した。

「ああ、ザワークラウト！」

記者がメモを取りながら一オクターブも声を上ずらせた。

「ドイツ名物のキャベツの漬物だね。こっちでもそれを食べてるのかい？」

「ドイツのファンが送ってくれるんでね」

記者はパチンと指を鳴らした。

「面白い！　頂きだ！　シャーキーの奴、ギャフンと来るぜ。ザワークラウトのメーカーも君にコマーシャル出演を求めてくるかも知れないよ」

マックスも我ながらこの咄嗟のジョークが気に入った。マッホンも、「グート！」と親指を突き出した。

シャーキーは言い返した。

「シュメリングくらいラッキーな男はいないぜ。本来なら奴さんはもっと手強い連中と闘って勝ち抜いてこなきゃ俺と対戦できなかったはずなんだ。ボクシング史上、稀に見る運のいい奴だ。しかし、奴さんのつきもここまでだ。泣く泣くドイツへ帰って、酸っぱいザワークラウトを悔し涙を滴らせながらたらふく食べるがいいさ」

彼はまた、記者達にこうも宣言した。

「俺はアメリカの国旗を肩に巻いてリングに上がり、星条旗をつけたまま世界チャンピオンとしてリングから立ち去るぜ」

シャーキーのこのコメントに対する反論を求められて、マックスは答えた。

「僕はどんな試合でも予言したことはないんだ。まして、これまでのキャリアの中で最も重大な試合を前に予言するつもりはないよ。しかし、祖国に名誉を持ち帰る為に、全力を尽くすつもりだ」

六月十二日が来た。

マックスは昼食の後、マッホンに誘われて車で郊外へ出た。二人だけではなかった。ジェイコブスの兄弟で小さな警備会社を経営しているキャスウェルがボディガード二人と共に付き添っていた。

マックスとマッホンは車を降りて散歩をした。二人のボディガードが足並みを揃えたが、キャスウェルは車に乗ったまま四人の後をのろのろとついて来た。

試合のことはとりたてて話さなかった。天気や周りの景色など、他愛のないことを話題にしながら歩いた。

ホテルに戻ると、マックスは睡魔に襲われ、仮眠を取った。二人のボディガードが部屋の前に座って警護に当たった。マッホンは試合会場に持って行く必需品をスーツケースに詰める作業に追われた。ベルリンの腕のいい歯科医に作らせたマウスピース、止血用の水絆創膏、気付け薬、ワセリン、ハンドラップ、鋏、タオル、ラウンドの合い間に口にするミネラルウォーター、等々。

マッホンは、ミネラルウォーターをニューヨークに停泊しているドイツ船から取り寄せていた。ジェイコブスの入れ知恵によるものだ。ジェイコブスは一九二六年九月二十五日、ジャック・デンプシーがジーン・タニーに敗れた試合でひと悶着あったことをマッホンに伝えていた。デンプシーのトレーナーをタニー側の何者かが買収して、試合当日、デンプシーが日頃愛飲しているオリーブ油に毒物を入れたらしい、と。

「ニューヨークじゃ、敵陣の中にいると思わなきゃな。タニー側も必死だからな」

マックスには初耳だ。もしデンプシーがそのせいで敗れてチャンピオンベルトを失ったとしたらいかばかり口惜しかっただろう。デンプシーはその後シャーキーを下し、ジーン・タニーに再挑戦している。第七ラウンドでダウンを奪ったが、ニュートラルコーナーに引っ込まずにいた。レフェリーに促されて戻った時には数秒のロスを生じていた。レフェリーはそれを見届けてからカウントを始め、タニーはカウント9で立ち上がり、以後不死鳥のように蘇って逆転した。

（そうだ、デンプシーはシャーキーを下しているんだ）

ヤンキースタジアムに向かいながら、マックスはスポーツ新聞の一連の記事を思い出していた。

（彼はあれ以来どうしているだろう？）

マディソン・スクエア・ガーデンで出くわした時のことも蘇ってきた。

ヴァレンタインデーのプレゼントのお返しは妻からの手痛い離縁状だった、とのゴシップ記事を読んだのはつい最近のことだ。金に飽かせてリゾートの開設や鉱山事業に投資したが、株の暴落ですってしまい、博打でも穴をあけ、デンプシーはまさに満身創痍状態で、何としても金の欲しい彼はリングへの復帰を画策している、とも。

かつて憧れ続け、その憧憬の念が自分をここまで引っ張って来た人物の零落をとりたてる記事に、胸が痛んだ。会って話をしたいと思った。もし自分がシャーキーに勝つことがあったら、近い将来、デンプシーとグラブを交えたい、そして彼に勝ち、本当の恩返しをしたい、と。

ヤンキースタジアムはギッシリ超満員だった。前座試合が行われている。

控え室は地下にあった。スタジアムの歓声や怒号が聞こえてくる。

シャーキーのコーナーからセコンドの一人がグラブをつける前のマックスの手と、グラブそのものを点検に来た。ジェイコブスも同じ手続きのためにスポーツドクターの一人をシャーキー側へ送っている。

不意に頭上の騒音が止み、控え室のドアが開いた。プロモーターの一人が顔をのぞかせた。

「さあ、出番だ、マックス」

マックスはグラブをつけた両の拳を振り上げ、大きく頷いた。マッホンとジェイコブスがその背を押すように後についた。

スタジアムに入って行くや、静まり返っていた場内が再び騒然となった。喝采とブーイングが入り混じり、帽子や小さな旗やハンカチが揺らいだ。

リングアナウンサーがマックス・シュメリングとジャック・シャーキーの名を告げると、人々の歓声は地響を立てんばかりにスタジアムを揺るがした。

アナウンサーが主だった来場者の名を読み上げた。ニューヨーク市長ジミー・ウォーカー、自動車王クライスラー、「嘆きの天使」「モロッコ」が相次いで上映されて一躍〝時の人〟となっている映画監督ジヨセフ・フォン・スタンバーグ、彼と共にアメリカに渡った主演女優のマレーネ・ディートリッヒ。そして、ジャック・デンプシー、ジーン・タニー、パオリーノ・ウズクダン、ジョニー・リスコらヘビー級ボクサー達。

(デンプシーが来てるんだ!)

歓声と拍手でかき消されそうだったが、マックスの耳はしっかりデンプシーの名を捉えた。

(父にこの瞬間を見せたかった)

と思った。が、感傷に浸っている暇はない。レフェリーのジム・クローリーがマックスとシャーキーをリングの中央に呼び寄せた。

スタジアムのライトが消え、リングだけが暗闇の中に浮かび上がった。場内が静まり返った。

クローリーが二、三の注意事項を告げた後、一歩下がって言った。

「さあ、一旦自分のコーナーに戻り給え」

コーナーに戻ったマックスに、マッホンが囁いた。

「奴はしょっ端から仕かけて来るぞ。ペースに引き込まれるな」

頷いたマックスの背を、マッホンが汗ばんだ手で押し出した。

マッホンの予測通りだった。ゴングと共に勢いよくリングの中央にダッシュして来たシャーキーは、いきなりストレートを繰り出した。早い回で勝負をつけようとの魂胆がありありと読み取れる。

マックスはロープを背負いがちになった。最初の二分間はディフェンスに終始した。手数で圧倒的にシャーキーが上回っている。

だが、最後の一分間はマックスが盛り返した。左のカウンターパンチがまともに顎を捉え、シャーキーは大きくぐらついた。マックスは一気に攻勢に出ようとしたが、シャーキーは怒り狂ったようにパンチを繰り出して来た。マックスがまたロープを背負ってカウンターパンチを狙ったところでゴングが鳴った。

一ラウンドは明らかにシャーキーのポイントだった。

第二ラウンドに入ってもシャーキーは間断なくパンチを浴びせて来た。左のフックで顔面を捉えようとするのを、マックスはダッキングでうまくかわした。

リングの中央でクリンチ状態になった。さ中、シャーキーが左の強烈なボディブローを放った。マックスは顔をしかめたが、シャーキーが期待した程のダメージはない。

こんなはずではないという訝し気な顔をシャーキーが上げた。その一瞬を見逃さず、マックスは右のパンチを思い切り相手の顔面に見舞った。

が、今度はマックスの方が訝った。グラブを通して手には強かな手応えを感じたのに、シャーキーはさしてダメージを受けたように見て取れなかったからだ。

マックスは焦って左のフックを二発浴せた。シャーキーがクリンチに持ち込んだ。レフェリーがすぐに間に割って入る。すかさずシャーキーがパンチを繰り出した。左のフックが二発マックスの顔面にヒットした。が、大した威力はない。

　クリンチ状態で接近戦になった。シャーキーはすさまじい形相でパンチを繰り出して来る。その息遣いが荒いのにマックスは気付いた。手数でポイントを奪われているが、シャーキーは早くも打ち疲れていると見て取れた。コーナーに戻ったシャーキーを流し見やると、激しく肩が上下している。

　マッホンもその辺は見逃さなかった。

「このまま、奴の攻撃をなんとか耐え抜くんだ。あの調子が続くのは精々あと二、三ラウンドだ。その後はこっちにチャンスが生まれる」

　リングを除いて、スタジアムにはすっかり夜の帳が降りている。闇の中に数千の明かりが蛍のように点滅している。タバコをつけるライターやマッチの火だ。

　観客は堪能している、しかし、恐らくシャーキーが優勢と思っているだろう——マックスの脳裏をフッとこんな思いが掠めた。次のラウンドは要注意だ。三年前、シャーキーはこのラウンドで時のワールドチャンピオン、ジャック・デンプシーをダウン寸前まで追い込んでいる。

　果たせるかな、シャーキーは遮二無二攻勢をしかけてきた。四、五発のパンチがマックスを捉え、そのうちの一発は右のボディブローだった。かなりこたえたが、ダウンを喫する程のダメージではない。時々カウンターパンチを見舞ったが、マッホンの指示通り、大方はディフェンスに徹し、ひたすら相手の疲れを待った。

「ちっとやらせ過ぎだぞ。そろそろやり返せ」

　ゴングが鳴ってコーナーに戻ったところでマッホンが檄を飛ばし、ついでと言わんばかりに気付け薬を鼻にかがせようとした。マックスは払いのけた。

「大丈夫。パンチは効いてない。そんなものをかがせないでくれ」

第四ラウンドはマックスの方が勢いよく飛び出した。シャーキーは出端をくじかれた様子で慌てて立ち上がると、疲れを見せまいとするかのように猛然とダッシュをかけて来た。

マックスはダッキングとサイドステップで相手のパンチの多くを空振りさせた。空を切ってシャーキーの体が泳ぐのを見澄ましてカウンターパンチやボディブローを放った。シャーキーはよろめいたが、顎のカバーは外さない。構わずマックスは攻め続けた。シャーキーは防戦一方になり、ロープ際に後退した。

マックスがここぞとばかり更に前に出た瞬間だった。シャーキーが左のグラブをマックスの股間に打ち込んだ。

激烈な痛みが全身に走り、足の踏んばりが効かず、マックスは片膝をマットに突いた。が、それもほんの一瞬で、次の瞬間にはへなへなと崩れ落ちた。

レフェリーがシャーキーをコーナーに押しやり、カウントを始める。しかし、6まででカウントを止めると、リングサイドのジャッジの所に走った。ジャッジは顔をしかめ、厳かに言った。

「クローリー、今のは完全にローブローだ。反則だよ」

この間にジョー・ジェイコブスとシャーキーのセコンド、バックリーがリングに上がって言い争いを始めた。ジェイコブスはローブローだ、反則だ、と言い張り、バックリーはマックスのトランクスの下ズレでローブローに見えただけだと言い返している。

場内はしんと静まり返っている。ボクシングをテーマにした作品で有名なアーサー・ブリスベーンが観客席からリングサイドに駆け寄って叫んだ。

「何を愚図愚図してるんだ、レフェリー！　シャーキーを失格にしないんなら、もうボクシングもへったくれもないぞっ！」

クローリーは顎に手をやったまま、尚も暫く思案の体でいたが、ものの一分も経ったところで、意を決したように、ロープに背をもたせかけて茫然と佇んでいるシャーキーの鼻先に人さし指を突きつけた。

「ローブローにより君は失格とする。試合はこれまで」

リングアナウンサーのジョー・ハンフリーがロープをくぐってリングに上がり、マイクも持たず、固唾を呑んでリングを見すえている観衆に向かって叫んだ。

「シャーキーは失格。勝者、新チャンピオンはマックス・シュメリング！」

ハンフリーが言い終わらないうちに、場内は上を下への大騒ぎとなった。緊迫した攻防がこんな形で終わってしまったことに、観客は失望し、怒り、やり場のない感情を爆発させた。誰しもが、簡単には席を立たなかった。半ば意識を失ったマックスがリングからかつがれて運び去られ、次いでシャーキーが闇に紛れるように姿を消しても、大半の観客は互いに不満、愚痴をつぶやきながら佇んでいた。

更衣室に運ばれたシュメリングは、リングドクターの診察を受けた。陰嚢が紫色に腫れ上がっており、ローブローによるダメージを受けたことは明らかだった。

診察の結果がラウドスピーカーで場内に告げられた。ブーイングと指笛の音が湧き起こった。

痛みが引き、意識がハッキリしてくると、マックスはやっと、我が身に起こったことの一部始終を悟った。途端に気分が滅入った。

マッホンとジェイコブスが左右からマックスの顔をのぞき込んだ。

「タイトルを受けたくない！」

マックスは髪をかきむしり、絞り出すように言った。

「何を馬鹿なことを言っとる！」

マッホンがヒステリックな声を挙げた。

「お前は勝ったんだっ！　紛れもない世界チャンピオンなんだっ！」

マックスは子供がイヤイヤをするように首を振った。

「勝ったとは言えない。こんなタイトルは欲しくない！」

「欲しくなかろうとどうしようと、歴とした判定でそうなったんだ」

ジェイコブスがマッホンの反対側からマックスの肩を摑んだ。

「腑に落ちなかったら次の試合で防衛してみせるんだ。そうすりゃお前がチャンピオンに値する男だってことが証明できる」

マックスは頭を抱えて押し黙ったままだ。

「もういい。ホテルに帰ってひと休みしよう」

ジェイコブスがマッホンに目配せして左右からマックスの体を持ち上げた。

翌朝の新聞は一斉にマックス・シュメリングの勝利を告げ、「シャーキーの失格は正しい判断だった」という元チャンピオン、ジーン・タニーのコメントを添えた。当のシャーキーはノーコメントを貫き、判定への不満や抗議は口にしなかった。

しかし、アメリカの四七州がシュメリングを新チャンピオンと認めたものの、ニューヨークのボクシング委員会だけは承認を保留した。

更には、歴代の世界チャンピオンの名が刻まれているマディソン・スクエア・ガーデンのマルドゥーントロフィにシュメリングの名を彫ることを拒否した。七四万七〇〇〇マルクのファイトマネーの支払いも保留にした。

こうした一連のペナルティは反則を犯したシャーキーにこそ科されるべきで、シュメリングに対しても科すのは不当である、とジェイコブスが強硬に抗議を申し入れた。委員会は紛糾したが、かつてアルトゥール・ビューローとのいざこざをとりなしてくれたジム・ファーレーが今回も仲介役の労を取ってくれ、ファイトマネーは支払われた。しかし、シャーキーにも支払われたから、ジェイコブスは「頭に来たよ、奴の分もこっちがもらうべきだ」といきまいた。

故国ドイツのメディアは、マックスの世界チャンピオン就任を双手を挙げて祝福はしなかった。中には悪意に満ちた記事もあった。三ラウンドまでは明らかに劣勢と見て取ったマックスは、トランクスを引き下げ、暗にシャーキーのローブローを誘導したキライがある、ニューヨークのボクシング委員会がチャンピオンの承認を保留したのももっともだ、云々。

「気にするな。大丈夫だ。国に帰ったら君はヒーローとして大歓迎されるさ。暗いご時世だからね、皆明るいニュースを求めているだろうから」

マッホンとジェイコブスがしきりに慰めてくれたが、マックスの憂鬱は晴れなかった。

陰部の腫れと痛みが回復したところで帰国の途に就いた。船が物哀しいドラの音と共に港を離れた時、船舷に寄りかかって遠去かるマンハッタンの街並みを見すえるマックスの脳裏に、かつてグラブを交じえたフランツ・ディエネルのマネージャー、マブリ・サヒルが、夢破れて故国ドイツへ戻るディエネルに投げかけた言葉がしきりに思い出された。

今の自分にだったら、サヒルはきっとこう言うだろう。

「マックス、お前は王宮を見、王冠も頂いたが、何とその王冠は輝きのないことよ」

（一三）

脚立に昇って棚のアルバムを整理していたエーファは、店に入って来たらしい客の足音に背後を振り返った。

目が合った。しかし、それより逸早く、客の目はそれまで自分の腰から下、殊にプリーツのスカートからはみ出した脚に向けられていたことをエーファは見て取っていた。

「新しく来た子です」

店主ハインリッヒ・ホフマンがにこやかに客を迎えて言った。

「ほー、愛らしいお嬢さんだ」

客は相好を崩し、カウンターの前に降り立ったエーファを改めて見すえた。

「初めまして」

エーファが口を開くと、返事の代わりに客は手を差し出した。エーファは一瞬戸惑って店主の顔をチラと見やった。

「こちらは偉い方なんだよ。ＮＳＤＡＰの党首、ヒトラーさんだ」

ホフマンはエーファに目配せした。エーファはおずおずと手を差し出した。

客はその手を恭しくつまむように持ち上げ、軽く唇を押し当てた。まだ十七歳のエーファは、どぎまぎして顔を赤らめた。

「お名前を、まだ伺ってませんでしたな」

客はエーファの手を放すと、にこやかに微笑みかけた。

「エーファです。エーファ・ブラウン……」

答えながらエーファは、この中年男の何よりの特徴は、不思議な光をたたえた、吸い込まれるような青い目であると思った。次には、角張った鼻の下に手入れ良く蓄えられたチョビ髭だ。それはかつて幼友達で親友のヘルタ・オスターマイアと観に行ったサイレント映画の喜劇王チャーリー・チャップリンを思い出させ、思わず笑いがこみ上げた。

「ブラウン嬢はどんな伝でこちらへ？」

ホフマンに促されてテーブルに腰を落ち着けたところでアドルフが訊ねた。

「ウチが出した求人広告を見て来てくれたんです」

アドルフの目はエーファに注がれていたが、答えたのはホフマンだった。

「ほー、じゃ、お住いもこの近くですかな？」

一旦ホフマンにやった目をすぐにエーファに戻してアドルフは言った。

「ホーエンツォレルン通りです」

「毎日こちらへお通いで？」

「ええ」

「何で来られるのかな？」

「父が、車で送ってくれます」

「車で？　お父さんは何をしていらっしゃる？」

「職業学校の教師です」

「ほー。お母さんはご健在で？」

「ええ」

「ご兄弟は？」

「姉と妹が一人ずつ、おります」

「じゃ、三人姉妹？」

「はい」

姉のイルゼとは四つ、妹のグレーテルとは五つ違いです――と言おうとして、エーファは思い止まった。ホフマンの娘ヘンリエッテが奥から出て来たからである。客の為にケーキとコーヒーを運んで来たのだ。ケーキはアドルフの大好物だった。ホフマン自身は甘い物は好まず、何よりも好きなのはビールだ。

一旦奥に引っ込んだが、ヘンリエッテはすぐに現像の仕上がった写真を持って来てテーブルに置いた。

写真を手にしたアドルフは、もはやエーファには目もくれず写真に見入った。

写真は八月一日から四日にかけてニュルンベルクで開催されたＮＳＤＡＰの全国党大会を写したものだった。

アドルフはこの集会に、それまで疎遠であった一族郎党を招待した。プリンツレゲンテン広場の住まいに同居していた姪のゲリに招待状を書かせていた。別荘として購入したオーバーザルツベルクの一軒家〝ハウス・ヴァッヘンフェルト〟の管理を任せていたゲリの母親アンゲラはもとより、ゲリの兄弟、異母兄のアロイス・ジュニアとその妻ヘーテ、アドルフの実の妹パウラ、郷里に近いヴァルトフィアテル地方に住む叔母達等、一族の大方が集い来った。

ＮＳＤＡＰの党員は一〇万人近くに及んでいた。その パレードの中心にいて、熱狂的な歓乎に腕を挙げ続けるアドルフの勇姿に一族は瞠目の限りだったが、大会が終わると彼らは一堂に呼び集められ、アドルフから言い含められた。君達は私が率いるＮＳＤＡＰの党員には決してならないように、もし君達が党員になったら、私は血縁者ということで君達を優遇せざるを得ないだろうが、それでは他の党員達に示しがつかないからだ、云々。

「何の写真ですの？」

ヘンリエッテと暫く話し込んでいたエーファは、ヘンリエッテが再び奥に引っ込んでしまうと、退屈紛れに、額を突き合わせてテーブルに並べられた写真に見入っている二人の大人の間に割って入った。

「ヒトラーさんが党首を務める政党の大会を撮ったものだよ。ホラ、ここにこの方が……」

ホフマンは、オットー・ヴァーゲナー率いる〝突撃隊〟の行進を観覧席から眺めているヒトラーを差し示した。

エーファは写真と、今目の前にいる人物を交互に見やった。

（この人は幾つかしら？　奥さんはいるんだろうな）

当のアドルフ・ヒトラーはエーファの好奇心に満ちた流し目に気付く風もなく、テーブル一杯に並べられた幾枚もの写真から気に入ったものを選り分けている。

エーファは逸早くアドルフの手も観察していた。弾力性のある青い血管が浮き出ている。男にしては小さ目の手だ。ホフマンの手と比べても分かる。しかし、指はしなやかで長い。爪は手入れが行き届いて、光沢がある。ホフマンの部厚い手と対称的だ。

「じゃ、これだけもらっておくよ」

選り分けた十枚程の写真を束にしてアドルフはホフマンに言った。ホフマンは一旦受け取ったそれをすぐにエーファに差し出した。

「あ、はい……」

エーファは我に返ってアドルフから目をそらし、写真を手にカウンターにとって返した。封に納める時、エーファは改めて一枚一枚の写真に見入った。ほのかに褐色に光る、銅版画を思わせる写真だ。〝突撃隊〟と〝親衛隊〟のパレード、それを見すえる群衆、そして、拳を振り上げ、あるいは拳を解いて一杯に広げた両手でバランスを取るかのように演説している党首。

こちらは偉い方なんだよ――客を迎えた時の、満面の相好を崩したホフマンの言葉が蘇った。

写真を封に納め終わると、エーファは改めて客の顔を流し見た。店主とは顔なじみらしく、すっかり打ち融けた様子で談笑している。ヘンリエッテが運んで来たケーキは、綺麗に平らげられている。

（この人は甘い物が好きなんだ！）

してみると、店主とは飲み友達ではなさそうだ。

手持ち無沙汰になったエーファは、客が入ってくるまで整理していた棚に向かった。アルバムを整理しながら、聴くとはなしに二人の男の話に耳をそばだてた。

どうやらエーファには関心の薄い政治談議に終始している。店主は専ら聞き手に回っているが、時に、単なるお愛想ではない、自分の意見も返している。しかも、かなり熱が入っている。普段とは趣きが違う。とエーファは、店主の別の一面を見る思いで聞き入る。

ホフマンは前の年に妻のテレーゼを失っている。助っ人を失い、娘の手伝いだけでは立ち行かなくなって求人募集をかけたのだ。折からのニューヨークはウォール街の株価暴落の煽りを食らって、一旦持ち直しかけていた景気も再び危うくなりかけ失業者が巷に溢れているが、ニューモードの写真の需要は少なくなかった。ミュンヘンの中心部に位置するオデオン広場に近いアマーリエン通り二五番地に構えたホフマンの店は、当初は「ホフマン写真館」の看板を掲げたが、エーファが勤める少し前に「国家社会主義ドイツ労働者党ホフマン写真館」と看板名を変えていた。つまり、ＮＳＤＡＰお抱えの写真店であることを銘打ったわけで、店主ホフマンの政治姿勢を如実に世間に知らしめるものだった。

事実ホフマンは、筋金入りの党員だった。ＮＳＤＡＰの前身で、スポーツジャーナリストのカール・ハラーとバイエルンの鉄道機械工アントン・ドレクスラーが一九一九年一月に結成したドイツ労働者党（ＤＡＰ）に、ヒトラーより半年程遅れて入党していた。そこでヒトラーと出会ったホフマンは、自己紹介代わりに一枚のくすんだ写真を差し出した。ヒトラーの相好が崩れた。

「君も西部戦線にいたのか！」

写真は伝令兵として雄叫びを挙げながら走り回っているヒトラーの一瞬を捉えたものだった。

「ええ、飛行兵予科の予備役上等兵でした」

「で、戦場にまでカメラを……?」

「祖国の為に捨身で戦っている兵士は又とない被写体ですからね」

「そうか。それにしてもすさまじい戦だった。よくぞ生きて帰れたものだ」

「本当に」

ホフマンはヒトラーより四歳年上だったから、戦争に赴いたのは二十九歳、結婚して子供もいた。

帰国して間もなく、シェリング通りに小さな写真館を開いた。しかしホフマンは一写真家に納まらず、出版業にも手を出した。「ペールギュント」や「ロレンツァッシオ」の戯曲で成功を収めて財を築いていたディートリッヒ・エッカートが、アウグスブルクの富裕な実業家ゴットフリート・グランデルと組んでホーエンアイヒェン出版社を買収、編集人となった「アウフ・グート・ドイチュ(良きドイツ語で)」と銘打った週刊誌を発行した時、ホフマンも一枚噛んだ。

エッカートはホフマンが出会った時は既に五十歳を過ぎていた。頭は禿げていたが、鋭い眼光、大きな声、雄牛のような体格の持ち主で、威風堂々としていた。

ホフマンは、エッカートがヒトラーに目をかけ、DAPを将来背負って立つのは創始者のハラーでもドレクスラーでもなくヒトラーであるとみなしていることを見抜いていた。

DAPに入党して間もなく、ホフマンはヒトラーからエッカートの豪胆さを物語るエピソードを幾つか聞かされた。

DAPがまだほんの三〇~四〇人の党員しかいなかった結成当初、ミュンヘンのビヤホール「シュテルンエッカー」で集会が開かれたが、ハラーが長々と演説をぶっていると、突如ヒトラーの背後で鼓膜を突き破るような大声が響いた。

「もういい加減戯れ言はやめてくれ。誰も君の言うことなんか聴いちゃいない」

声の主はエッカートだった。

「ハラーのだらだらした冗長な演説に僕も退屈を覚えていたから、彼に飛びついて抱きしめたくなったくらいだよ」

とヒトラーは青い目をキラキラさせてホフマンに言った。

後年ホフマンは、ヒトラーの『わが闘争』の中に、ハラーをこんな風に評している件を見出した。

「当時の党第一議長だったハラー氏は、もともとジャーナリストであり、たしかに広い教養を身につけていた。だが彼は党指導者としてはきわめて厄介な資質の持ち主だった。

彼は大衆向きの演説家ではなかった。机帳面で良心的で、仕事は正確だったが、偉大な演説家としての才能が欠けていた。何より彼は、熱弁家でなかった」

ホフマンがヒトラーと肝胆相照らす仲になったのは、第一次大戦を共に戦ったこと、国粋主義と反ユダヤ主義の信条を共有していること、お互いに芸術嗜好であること、等によった。エッカートは二人に輪をかけたユダヤ人嫌いで、ミュンヘンのある新聞は、彼の反ユダヤ主義は徹底しており、昼食のザワークラウトと共にユダヤ人を六人食べてしまうくらいだ、と書いたことがある。

エッカートは、ヒトラーの他にもう一人の人物に目をつけていた。プロイセンの貴族、ヴォルフガング・カップである。エッカートより十歳年長のカップは、ヴェルサイユ条約を国辱の極みと批判し、賠償金を払い続ける政府を舌鋒鋭く誹謗し続け、右翼過激派の筆頭格と目されていた。ハラーの演説に茶々を入れたエッカートにドレクスラーが初めてヒトラーを引き合わせて程なく、エッカートはベルリンへ飛んでカップと見え、かねてよりその言動に崇敬の念を払っていることを告げた。カップは喜んで自分の秘策をエッカートに漏らした。来る三月十三日、ヴェルサイユ条約が発効されて軍隊が縮小されたことに不満を抱く軍部指導者と語らってクーデターを起こす、できれば協力して欲しい、と。

エッカートは驚きつつも感激した。自分が探している〝ペールギュント〟は、ひょっとしてこの男かも知れない、と思った。「アウフ・グート・ドイチュ」の共同創刊者グランデルに手を回し、彼が所有する飛行機をパイロット付きで借り受けると、三月十二日、ヒトラーを誘ってベルリンへ飛んだ。

カップはアドロン・ホテルを司令本部にしていた。二人を出迎えたのは、広報担当官イグナティウス・ティモシー・トレビッチュ―リンカンだった。ハンガリーのジャーナリストだが、エッカートは彼を見た途端、全身から血の気が引くのを覚えた。その風貌はいかにもユダヤ人と見て取れたからである。

エッカートは俄かに落ち着きを失い、挨拶もそこそこに、今日は疲れたので明日改めて出直してくる、と告げるや、ヒトラーの腕を取るようにしてアドロン・ホテルを出た。

「彼は何故ユダヤ人を身内に入れてるんだ！」

別のホテルに宿を取ったエッカートは、憤懣やるかたないと言った顔でこめかみを震わせた。ヒトラーは相槌を打ちながら、これからどうするつもりかと尋ねた。

「見届けてやろう。奴のクーデターが失敗に終わるのを」

エッカートには肩すかしを食ったが、カップと軍部の指導層の一部はベルリンのワイマール政府の会議場を急襲してこれを占拠した。議員団はベルリンからワイマールへ逃避した。

カップは政権樹立を宣言したが、共産主義者の激しい抵抗に遭った。彼らはゼネストでカップ一派に抗うよう市民を煽動した。この動きに意表を突かれた軍部は、一枚岩でなかったことも手伝って忽ち浮足立った。

一週間後、カップはベルリンから逃走し、クーデターは呆気なく終焉した。

エッカートとヒトラーはベルリンに留まって高見の見物を決め込んでいた。

ワイマール共和国政府がベルリンに戻るのを見届

けて二人はミュンヘンに戻った。

カップに失望したエッカートは、改めてヒトラーに肩入れし、自分の芸術家仲間や主義主張を分かち合う友人知人に紹介して回った。

エッカートという強力な後楯を得て、ヒトラーはDAPの中で頭角を現し始めた。ハラーを党議長の座から降ろし、アントン・ドレクスラーも脇へ押しやり、党名をNSDAPと改め、二五ヵ条の綱領を作成した。

だが、ヒトラーがエッカートと共に党の機関紙「フェルキッシャー・ベオバハター」の資金調達にベルリンへ赴いている間に、ドレクスラーはアウグスブルク大学の哲学教授オットー・ディッケルに接近した。第一次大戦後に書かれてベストセラーとなっていたオスヴァルト・シュペングラーの「西洋の没落」の向こうを張ってディッケルが著した「西洋の復活」に感銘を受けたドレクスラーは、一九二一年五月十二日、ディッケルをミュンヘンのビヤホール「ホーフブロイハウス」に招き、講演者に立てた。

ディッケルは二時間に亘る演説で滔々と「西洋の没落」のペシミズムを批判し、ドイツには未来がある、それには何よりも、経済のみならず、メディア、芸術、教育界を支配しているユダヤ人を駆逐し、アーリア人の優位性を保たねばならない、と主張した。

ドレクスラーは、ディッケルがお高くとまった学者ではなく、ヒトラーと似た――奇しくも年齢も同じであった――大衆性がある、と判断した。しかもヒトラーに欠ける知性と教養を身につけているディッケルこそ、NSDAPのリーダーにより相似しい人物である、と触れ回った。

ドレクスラーは、党員は確実に増えているがそれにしてもNSDAPはミニ政党であること、政権を取るには国粋主義、反ユダヤ主義を掲げた他の政党との協力体勢が必要である、との考えで、NSDAP至上主義の立場を譲らないヒトラーと対立していることをディッケルに打ち明けた。私も他党との協力態勢が必要と考えます、とディッケルは答えた。

「ついては、その件で党幹部の皆さんと話し合いたいからアウグスブルクへ来て頂きたい」

と言い添えた。

ジャーナリストで二十歳そこそこながら党の宣伝部長の要職にあったヘルマン・エッサーが、すわ一大事とこの動きをベルリンのヒトラーに伝えた。エッサーは「ホーフブロイハウス」でのヒトラーの演説に魅せられて入党した青年だった。

ヒトラーは怒り心頭に発し、エッカートと共にアウグスブルクに馳せた。

折しもディッケルはドレクスラーら党の幹部を前に熱弁をふるっていた。そもそも「国家社会主義ドイツ労働者党」なる名称は「共産党」「社会民主党」の簡明さに比較しても長過ぎて良くない、とディッケルはぶった。前年の二月二十四日、ミュンヘンの党大会で定められた二五ヵ条の綱領も俎上に載せ、改定の余地があることをほのめかした。

綱領はヒトラー自身が起草したものではなく、主にはドレクスラーが考案してゴットフリート・フェーガーが自らの思想も加味して下書きしたもので、それに目を通したヒトラーがよしとし、議長として採択に踏み切ったものだ。

綱領の趣旨は、反ブルジョワ、反ユダヤで、大企業の利益の分配、土地投機の禁止、健全な中産階級の育成とその維持、福祉政策の推進、社会化された企業、土地産業の国有化、ルール地方を占拠したフランスの排斥等を謳い、ユダヤ人は同胞ではなく、国家の指導権及び立法権を侵食する寄生虫的存在であり、国外に追放すべき存在である、と明記した。

ディッケルは綱領の一つ一つを取り上げて分析し、その足らざる点を指摘して行った。綱領に欠くるものはないとの立場を取っていたヒトラーは、ディッケルの口を遮って持論を展開したが、多分に感情的な発言に及んだために、あくまで冷静に受け答えるディッケルに軍配が上がった。ヒトラーは唇をかんで退席した。ミュンヘンから集い来った幹部らはもちろん、エッカートでさえヒトラーの後を追おうとはしなかった。

ディッケルの話を聴き終え、帰途についた彼らは、ディッケルこそリーダーシップを取れる人物であり、ヒトラーは教養と沈着冷静さにおいてディッケルに劣り、党のリーダーとしては相応しくない、との見解で一致を見た。

敗北感に打ちひしがれてミュンヘンに戻ったヒトラーは、ディッケルの「西洋の復活」を徹底的に読み返した。そうして、この著書を読んで感激したドレクスラーがヒトラーの不在中にディッケルをミュンヘンに招いて催した講演会では、「ユダヤ人は今や新聞、芸術、教育を席巻している。その支配力を一掃し、アーリア人が支配者にとって代わらなければならない」と、反ユダヤ主義を謳い上げながら、「西洋の復活」ではユダヤ人の存在を是認するような記述が散見されることに気付いた。

第一に、父親の家系が代々ユダヤ教のラビであり、NSDAPと敵対する共産主義の祖であるカール・マルクスを「理想主義者」と善意に取れる呼び方をしていること、第二に、ユダヤ人で後に外相になるヴァルター・ラーテナウを〝愛国者〟と賞賛していること、第三に、「商売人であるユダヤの息子らは、停滞した国内産業を豊かにする。故に、彼らは我が国の経済政策にとって重要な存在である」などと、口とは裏腹にユダヤ人を是認し、ロンドンのユダヤ人実業家の経済力を頼みとしている第一次大戦下のイギリスの首相ロイド・ジョージを称えていること、等であった。

かかる二律背反な言動に及んでいる人物を君達は信用できるのか、そもそも君達は、「西洋の復活」を熟読吟味していないのではないか、とヒトラーはいきまき、「ディッケルに加担するなら自分はもはや君達と足並みを揃えることはできない」と離党宣言をした。

党幹部はうろたえた。党内のリーダーとしてはその教養、肩書きからしてもディッケルがうってつけだが、大衆へのアピール、煽動力ではヒトラーが勝っている。NSDAPがここまで党員数を伸ばして来たのは、ヒトラーの演説に魅せられ、そのカリスマ性に惹かれた者が少なくなかったからだ。否、党員の多くもヒトラーの信奉者だ。彼が抜けたと知ったら進退を共にする連中が後を断たないだろう。そうしてヒトラーと彼の追随者は新たな党を結成しかねない――あれやこれやの思惑が交錯した挙句、ヒトラーを失うことは党として致命傷になりかねない、「西洋の復活」中に彼が指摘したディッケルの矛盾点も尤も至極である、何としてもヒトラーを慰留すべきだ、との結論に達した。

アウグスブルクでの一悶着からほぼ二ヵ月を経た七月十三日、ドレクスラーはエッカートをヒトラーのもとに派遣し、党に戻るよう、そのために必要な条件は可及的呑む、との党幹部の意向を伝えた。

ヒトラーは次の諸条件をエッカートに呈示した。党幹部は速かに辞任すること、ヒトラーを議長とし、これにすべての裁量権を持たせること、オットー・ディッケルのような、本来外部の人間で生半可な反ユダヤ主義者は党に入れないこと、NSDAPの活動の中心地はベルリンでもアウグスブルクでもなくミュンヘンに置くこと、等々。

エッカートからヒトラーとの交渉の一部始終を伝え聞いたゴットフリート・グランデルは、ヒトラーの要求は幾ら何でも一方的過ぎる、冷静沈着な理論家で博識を誇るディッケルは、たとえ〝生半可〟な反ユダヤ主義者であるとしても、党には不可欠のインテリであり、駆逐すべきではない、むしろヒトラーの狂信的な反ユダヤ主義こそ本来の大ドイツ主義を霞ませるものになりかねない、と懸念を示した。ヒトラーを、個人的には私は好きだが、と念を押しながら。

エッカートは答えた。

「アドルフ・ヒトラー程無私無欲、自己犠牲の精神に富んだ人間はいない。それは彼と改めて膝を交えて話し合った時、よーく分かった。やはりヒトラーこそ党の発展に欠かせない人物なのだ」

エッカートはこの趣旨を党の機関紙「フェルキッシャー・ベオバハター」に社説の形で載せた。

八月、党大会が開かれ、ヒトラーの呈示した復帰条件は承認された。

一ヵ月後、独裁的権限を与えられたヒトラーは、ディッケルを除名した。

エッカートは自作の「ペールギュント」第二版を「親愛なる友へ」とサインしてヒトラーに贈り、新たな門出を祝福した。しかし、ヒトラーが〝ミュンヘン一揆〟を起こした一九二三年十一月の翌月、不帰の人となった。享年五十五歳であった。


こうした一連の内部抗争を、ホフマンは固唾を呑んで見守っていた。しかし、腹は決まっていた。もしヒトラーが新党を結成するなら、彼について行こう、と。その意味で、ヒトラーの復帰を誰よりも喜んだ一人だった。

ホフマンはエッカートに心酔していたし、ヒトラーの信奉者の一人であるジャーナリスト、ヘルマン・エッサーとも親しかった。

今でこそヒトラーはホフマンの写真館に足繁く出入りし、演説のポーズを自ら様々に取ったが、NSDAPの全権を掌握した当時は、暫く写真を撮らせなかった。エッカートの指示によるものだ。ヒトラーの神秘性を演出し、彼の演説集会に人を呼ぶには、多くの人間が知りたがっているヒトラーの〝顔〟を安売りしてはいけない、彼の顔を見たければ集会に来る他ないということを思い知らせなければならない、とエッカートは言った。

第一次大戦下の戦場でそれと知る由もなく撮った伝令兵ヒトラーの写真を除けば、ホフマンが初めてヒトラーの写真を撮ったのは、一九二三年七月五日、ヘルマン・エッサーの結婚披露宴会場に自宅を解放した時だった。ヒトラーは立会人としてその場に臨んでいた。ここで撮ったヒトラーの写真を何枚かホフマンはアメリカに送った。フォトエージェント「アメリカン・プレス」が、一枚につき百ドルを支払うと言って前々からヒトラーの写真を欲しがっていたからである。

その四ヵ月後にヒトラーはミュンヘンでクーデターを起こし、失敗して捕らわれの身となったが、ホフマンはランツベルク刑務所に赴いて収監されたヒトラーの写真を何枚も撮っている。狭く薄暗い監獄の房で悲嘆に暮れる囚人を予想して行ったホフマンは、広々として窓からはバイエルン中部の丘や平原を一望できる一続きの部屋に、ルドルフ・ヘスやエミール・モーリスら腹心の仲間とくつろいで談笑している、およそ囚人らしからぬヒトラーの様子に驚嘆した。一種異様なオーラが漂い、威厳に満ちていた。

（この男は不死鳥のごとく蘇るに違いない）

レンズに捉えたヒトラーを見すえながら、ホフマンはひとりごちた。

（この男とNSDAPに俺の人生を賭けよう）

改めてこうも誓った。

ホフマンの賭けは〝吉〟と出た。数年間は大した儲けは得られなかったが、NSDAPの集会があちこちで開かれるようになって撮影依頼が多くなった。ことに一九二八年四月、党の宣伝部長にゲッベルスが任命され、彼の号令一下、五月二十日の国政選挙に備えた大集会が開催される頃には大忙しとなった。

NSDAPは元より、ヒトラー、ゲーリング、ゲッベルスといった党の大物達個人からも頻々と撮影依頼が来た。

ホフマンはヒトラーの肖像写真を単独、あるいは絵葉書に組み込んで店頭に飾り、販売もした。

エーファ・ブラウンはホフマンが制作したそれらをカウンターで販売したり、客の接待に従事したが、暇を見つけてはホフマンから写真機の扱い方や現像法も学んだ。スタジオでホフマンが客の撮影に当たる時はその助手も務めた。

ヒトラーは、最も足繁く写真館に通って来る客だった。

二度目の来訪時、彼の手にはエーファへの手みやげがあった。以来、来る度にチョコレートや花束をエーファに差し出した。

エーファには、姉のイルゼや妹のグレーテルよりも気の合う親友がいた。国民学校時代のクラスメート、ヘルタ・オスターマイアーで、お互いの家にも行き来し合う仲だったが、どちらかと言えばエーファの方からヘルタの家に出向くことが多かった。

エーファはヘルタにヒトラーのことを打ち明けた。

「その人、独身なの？」

親友の上ずった口吻から、どうやら彼女はその人物を憎からず思っているらしいと見て取ったヘルタは、不倫は駄目よ、と釘をさした。

「奥さんも子供もいないそうよ」

ホフマンから聞き取った情報をエーファは口にした。

「写真でしか見たことがないけど、いいおじさんじゃない？」

ヘルタが返した。

「そうね。でも、お話ししてるとそんなに年の差を感じないの。気持ちはすごく若々しい人」

「幾つなの？」

「四十、かな。ホフマンさんより四つ下だと言ってたから」

ヘルタは苦笑した。

「それこそ、親子程違うわね。奥さんはいなくても、恋人はいるわよ、きっと」

「そうかな？　だったらオペラや映画にあたしを誘うかしら？」

「えっ？　もうそこまで進んでるの？」

エーファはにんまりとえくぼをつくって顎を落とした。

「それで、うんて言ったの？」

「ええ。だって、ホフマンさんの一番のお得意だし、ホフマンさんも、お伴しなさいって言ってくれるものだから」

「ただ映画やオペラを一緒に観るだけ？」

「そうよ。帰りはちゃんと家まで送って下さる。ベンツでね」

「へーえ。お金持ちなのね。今、大変な時なのに」

ホフマン写真館を訪れるヒトラーは、庶民の手の届かないベンツに運転手付きで乗って来たし、いつもきりっとスーツを着こなし、ネクタイを結び、寸分隙の無い紳士然として現れた。スーツも安物ではないと知れたから金持ちには相違ないだろうが、実際にどれ程の資産を持っているのかは知る由もない。

「その人、どこに住んでるの？」

ヘルタの追求は続く。

「この近くらしいけど、知らない」

「彼の家へ行ったことは？」

「ないわ」

「じゃ、一人で住んでるかどうかも知らないのね？」

「どういう意味？」

「たとえば両親と一緒に住んでるとか……」

「そんな立ち入ったこと、聞けないわ」

「そうかな？　別に隠しだてするようなことじゃないから、私だったら聞いちゃうけど。でないと、本当にどういう人か分からないでしょ？」

「そんなこともないけど」

「えっ？」

「あの人は、映画やオペラを観た後はその感想を熱っぽく話すの。凄い物知りで、私の知らないことを色々教えてくれる。感受性の豊かな情熱家。絶対に悪い人じゃない」


この時点でヘルタは、自分と同じ未成年の幼なじみが、父親にも等しい中年の男に相当入れ込んでいると見て取った。

ヒトラーの方は、人知れずエーファの家系を部下のマルティン・ボルマンに探らせていた。ボルマンは一九二七年二月にＮＳＤＡＰに入党し、会計係や運転手などの雑用をこなしている。愛用車は小型のオペルだった。真面目に仕事をこなし、上司の命には素直に従った。集会に殴り込みをかける共産主義者への対策として自衛の警備組織として設けられた〝突撃隊〟のミュンヘン支部へ配属され、突撃隊に関わる保険の責任者に抜擢された。金銭が絡み、下手をすれば賠償金を課されて党の財政に打撃を与えかねない〝突撃隊保険〟を、ボルマンは「ＮＳＤＡＰ救済基金」と改編して寄付を集め、党の台所を潤した。こうした手腕が高く評価されてヒトラーにも目をかけられた。ヒトラーが遠方に出かける時はオペルを駆って運転手にも徹したから、身近な側近となり、ヒトラーの〝私用〟もこなすようになっていた。

その親密度をことさら深めたのは、彼の結婚だった。相手のゲルダ・ブーフはＮＳＤＡＰの数少ない国会議員ヴァルター・ブーフの娘で、保母の仕事に就いていた。幼い時から両親に反ユダヤ思想を叩き込まれていたゲルダは、やがて頭角を現したヒトラーの信奉者になった。

ゲルダの方は、恰幅はいいがボルマンが上背で自分より劣る点が唯一気に入らなかった。しかし、「ナポレオンも背は低かったよ。妻のジョセフィーヌは見上げるばかりだった。私だって一七五センチだ、そんなに上背があるとは言えない。少なくともボルマンは私よりハンサムじゃないかね」というヒトラーの言葉に気を取り直した。「それに、何と言っても彼は真面目で有能な男だ。あなたも知性に富んだ賢い娘さんだ。きっといい子が生まれるよ」ヒトラーの駄目押し的な一言で迷いがふっ切れ、ゲルダはボルマンとの交際に応じた。

結婚後七ヵ月目に男子が誕生した。ヒトラーと、先に結婚していたルドルフ・ヘスの妻イルゼが名付け親になった。

「ブラウン嬢の家系を洗いましたが、ユダヤ人はおりません。純粋のアーリア人です」

ボルマンは極秘の調査結果をヒトラーに報告した。アドルフはその日一日機嫌がよかった。

（一四）

故国に戻ったマックス・シュメリングは、できる限り公の場に出ることを控えた。相手の反則で得たチャンピオンベルトを祝福してくれる声はどこからも聞こえて来ない。スキャンダル好きなタブロイド紙は、劣勢を強いられていたシュメリングが故意に急所を打たせて勝利をもぎ取ったと悪辣な記事を書いた。さもなければ故国に錦を飾れたであろうに、自ら思い当たる節があるのか、シュメリングはこそこそと人目を忍ぶようにドイツに戻り、メディアを避け、逃げ回っている、と書きたてる新聞もあった。不況の折、スキャンダラスな見出しで人々の目を引き、購買意欲をかきたてようとの魂胆がありありと見て取れた。気にするな、次の試合で目に物見せてやればいい、とマッホンはしきりに慰めてくれたが、マックスの憂鬱な気分は晴れなかった。

帰国して数日後、そんなマックスの傷心に塩をまぶすような出来事が起こった。ドイツボクシング協会の会長から呼び出しを受けたのである。

「どうかね、シュメリング君」

敢えて直視を避けながら会長は言った。

「折角持ち帰ったタイトルだが、君が実力で勝ち取った、と言うよりは、相手のミスで偶発的に得たものので、マスコミも何やかやうるさい。当協会としても、両手を挙げては祝福しかねている。ついては、いっそタイトルを返上し、次のチャンスを待ったらどうだろう？」

マックスは逸らしがちな相手の目を追った。漸く視線が合ったところでおもむろに口を開いた。

「あの試合で負った肉体のダメージが消えてから、今度は心のダメージとの闘いでした。会長に言われるまでもなく、こんな試合で得たチャンピオンベルトは欲しくないと思いました。しかし、現実に私は急所を打たれ、闘いたくても闘えない状態に追い込まれたのです。

ラインラントでボクシングを始めた時、ボクシングの歴史も勉強しました。ボクシングは格闘技ではあるが、単に殴り合えばいいというものではない、殺し合いにならずあくまでスポーツ精神に則ってフェアなプレイをしなければならないと、スコットランドのジョン・スコルテは、ボクサーが遵守すべきルールを定めました。一ラウンドを三分とし一分の休憩を入れること、一方がダウンをしたらレフェリーは試合を止め、10カウントで立ち上がらなければ敗者とすること、相手の急所を故意に狙ったら反則とし直ちに敗者とすること、等です」

「フム」

マックスの長舌を許すまいとするかのように会長は鼻を鳴らした。

「シャーキーは故意に急所を狙ったのかね？」

「それは分かりません。故意でなかったとしても、現実に僕はその一撃で倒れ、戦意を殺がれました。ローブローだ、反則だ、と訴えたのは僕ではありません。マネージャーです」

「レフェリーのクローリーは、その瞬間君の真後ろにいて、シャーキーの一発がローブローだったかどうか判断できなかった、ということだが……」

「ええ、ですから彼はリングサイドのジャッジに意見を求めたのです。と言っても、僕はほとんど失神状態でしたから、シャーキーの一撃を受けた後、何がどうなったのかは覚えがありません。後でセコンドから聞かされて初めて知ったことです。

そもそも、レフェリーがボクサーの後ろにいること自体失態でしょう。シャーキーのグラブが僕のどこに当たったか、後ろにいては確認できないんですから。リングサイドのジャッジの判断こそ事実に則していたと思われます。

何にしても、僕は当初、不甲斐無い試合だ、これで勝ったとて少しも嬉しくない、と思いました。ですから、チャンピオンベルトはいらない、とマネージャーやセコンドに言ったのです。しかし、彼らは私をなだめました。お前が不甲斐無い試合をしたんじゃない、させられたんだ、非はあくまで相手にある、シャーキーは当然ペナルティを受けるべきで、チャンピオンベルトをつける資格はない、と。

シャーキーはレフェリーの判定に異議を唱えませんでした。もし彼や彼のマネージャーが抗議してそれが通り僕が負けていたら、とも想像しました。チャンピオンにはなれなかったが、今のようなバッシングを受けることはなく、母国に戻っても、多くは同情の目で温かく迎え入れられただろう、と。一方シャーキーは、チャンピオンベルトはしめたが故国で胸を張って歩くことはできなかったでしょう。今の僕のように。屈辱の歳月を経て、誰しも認める強敵と対戦してフェアプレイで彼を下した時、汚名を返上し、今度こそ本物のチャンピオンとして喝采を浴び、胸を張って歩けたでしょう。

でもシャーキーはやはりスポーツマンでした。潔くペナルティに甘んじました。やっぱり意図的なローブローだったのだと、世間はそう思うかも知れないが、それも仕方のないこと、と。彼は判定に不服を言わず引き下がったのです。

ならば、今更僕がチャンピオンベルトを返上して何になりましょう。彼の勝利が正当なものであったと認めることになり、ひいては、ローブローが是認され、ボクシングの根幹が揺るがされることになりかねません。

ローブローは反則である――この基本的なルールを、シャーキーとの一戦は改めて世間に認知させる効果はあったと思います。そしてレフェリーやジャッジの公明正大さも。

僕がもしベルトを返上したら、ボクシングはどんな荒技も許される単なる殴り合いに堕し、ローブローの判定を下したレフェリーの権威も失墜します。

だから僕は、この苦々しい勝利の味を、今暫く、次の試合までかみしめ続けることにしたのです」

会長は先刻までの性急な仕草とは裏腹に、マックスの長舌に黙って聞き入っていた。

マックスは唇を舌で湿らし、おもむろに二の句を継いだ。

「次の試合は、引退を覚悟で闘います」

会長が静かに腰を上げた。意表を突かれた恰好でマックスは相手を見上げた。

会長が手を差し出した。マックスも立ち上がり、相手の手を握った。

「君を誤解していたよ。どうやら、君の苦しい胸の裡を我々は軽んじていたらしい。次の試合を楽しみにしているよ。そう、できれば、シャーキーを下したことのあるジャック・デンプシーが相手だといいね」

ドイツの飛行船「ツェッペリン伯号」が世界一周の旅を遂げたのは、丁度ウォール街の株価が暴落した頃だった。人々は空腹を抱えながらも、時ならず空に浮かぶクジラのような飛行船の話題に花を咲かせた。

だがデンプシーは浮かれてはおれなかった。エステルとはまだ正式な離婚に至っていなかったが、時間の問題だった。それより、エニセナー湾のリゾート地のことで頭が一杯だった。ホテルと賭博場が建ち、オープンセレモニーにはスペイン出身で「ルンバのキング」と呼ばれているラテン音楽のバンドリーダー、ザビエル・クガートの楽団を招いて華々しくスタートした。デンプシーの友人達は、アメリカ国内のみならずヨーロッパから空路飛んで来て祝福した。狭い飛行場は着陸地の奪い合いとなった。これでは先が思いやられると、デンプシーと仲間達は海路で客が来れるよう、サンディエゴやロサンゼルスとエニセナー湾を結ぶ汽船の建造を思い立った。その為に資金をつぎ込んだが、不況の波は一向におさまらず、投資家達はデンプシー達に貸し与えた金の回収に大童となり、次々と請求書を送りつけて来た。

デンプシーは逃げるようにカリフォルニアからネバダ州のリノに移り、家を借りた。リノに鉱山会社があり、デンプシーは株主の一人だった。

しかし、鉱山会社の株も暴落し、収入の見込みは乏しかった。

そぞろ懐は寂しくなる一方だったが、この不況下ではもはや事業で金を稼ぐことは望めなかった。

リングにカムバックしたい——と、ある日デンプシーは〝ロサンゼルス・エグザミナー〟の記者に漏らした。記者はスクープものと、早速記事にした。

「チャンピオンのマックス・シュメリングにチャレンジしてみたいんだ」

カムバックの真偽を問い質そうと押し寄せたメディアに、デンプシーはある時、こう宣言した。

エステルとの確執、その除け口を求めての事業への投資にうつつを抜かし、肉体のトレーニングも怠っていたが、ボクシングへの愛着は捨て切れないでいたのだ。ヤンキースタジアムでのシュメリング対シャーキー戦をリングサイドで見ていたデンプシーは、俄然ボクシングへの情熱が湧きたつのを覚えた。

あの試合は、もしシャーキーのローブローがなかったらどうなっていたか分からない。あの瞬間までは、五分五分か、むしろシャーキーが優勢のように思われた。そのシャーキーを、二年半前の一九二七年七月に自分は下している。尤も、苦しい試合で、四ラウンドまでは完全に相手のペースだった。七ラウンドでボディに打ち込んだパンチでシャーキーの足が止まった。急所には当たらなかったが、シャーキーはローブローだとクレームをつけた。その隙を衝いてデンプシーは相手の顎にフックをかまし沈めた。

(ひょっとしたらシャーキーは、あの時の俺のローブローすれすれのパンチをシュメリング戦で思い出していたんじゃなかろうか?)

勝者におめでとうを言いたかったが、それも叶わぬままスタジアムを引き揚げながら、デンプシーはこんな想像をめぐらせていた。

(俺のあのパンチが相当こたえ、シャーキーとしては無防備になったところをやられたと悔んだに違いない。シュメリング戦では自分がそれをやってやろう、と奴さんは目論んでいたのではあるまいか。たまたまその狙い所が下の方にはずれてしまってあんな結果になった。悔んでも悔み切れまい。奴もこのままでは引き下がるまい。しかし、俺はそのシャーキーを下している。シュメリングは確かに強くなって見違えるばかりだが、手に負えぬ相手ではない)

一年前のこんな自問自答を繰り返しながら、デンプシーは新たなマネージャーを捜し始めた。


マックスは煩わしい雑音から逃れたい気持ちと気分転換を図って、ベルリンの西方、郊外の新しい賃貸アパートに移り住んだ。

アパートの借家人には芸能人や作家らもいるようだったが、普段顔を合わせることは稀で、どこの誰がどんな風に暮らしているかも知らなかった。

隣の住人も芸能人らしく、アパートの前にはしばしば彼女を送迎するブルーのキャデラックが停まっている。どんな佇まいの女性なのか興味を覚えたが、彼女の部屋のそれと思われるバルコニーから時々赤ん坊の泣き声が聞こえて来るのに腰が引けた。男が一緒に住んでいる気配はなく、聞こえてくるのは複数の女の声ばかりだったから、夫と別居しているのか、あるいは離婚したのか分からないが、ともかく子供がいて、留守中はメードが面倒を見ているらしい。たとえ目の覚めるような美女でも子持ちの女はご免だ。それに、大分年上かも知れない……。

話し相手は専らマッホンで、彼はニューヨークにいるジョー・ジェイコブスとのやり取りや、その後のめぼしい試合の情報をもたらした。マックスは毎日カフェで新聞を広げたが、スポーツ新聞はおろか、一般紙のスポーツ欄も避けている。マッホンも気遣って極力ボクシングの話題は避けてくれていたが、ジョーの話は聞き逃せなかった。実際、陽気なジョーが近くにいてくれたら憂さも晴れるだろうにと思うことがしばしばある。一方で、こちらへ来たらジョーは肩身の狭い思いをするだろうとも思う。アドルフ・ヒトラー率いるナチスが、折からの大不況に伴う失業者の増大に対する政府の無策を批判、一方で、甘い汁を吸っているユダヤ人の金融業者への誹謗中傷を極めて下層階級の支持を集め、ミュンヘンやベルリンのビヤホールでの集会は満員の盛況である旨を新聞の政治欄が伝えていたからである。

「ジャック・デンプシーが、カムバックしてお前に挑戦したいと言ってるそうだぜ」

ある日、マッホンがもたらした情報にマックスは驚いた。自分の目では確かめられなかったが、対シャーキー戦のプレゼンで司会者が著名な観客の名前を呼び上げた中にデンプシーがいたことが思い出された。

（不様な試合を見せた。自分がシャーキーをＫＯしていたら、祝いに来てくれただろうに）

ニューヨークを離れる船上でこんな口惜しさに唇をかみしめたことも蘇った。

「ジーン・タニーとの再戦に破れて、デンプシーは引退を表明したんじゃなかったのかい？」

「いや、勝ったタニーが翌年あっさり引退しちまったからな。またチャンス到来と思ったんだろ」

「しかし、その後彼は一度もリングに上がってないよね？」

「の、はずだ。テックス・リカードと組んでプロモーターに転じたが、リカードが死んじまったからな」

「じゃ、今まで彼は何を……？」

「ファイトマネーをしこたま蓄えただろうから、それを元手に事業に投資したようだが、ウォール街の青天の霹靂があったからな。結婚生活もうまくいってなくて離婚寸前らしい。金の切れ目が何とやら、女の方が見限ったんだろう。女優なんて皆己の器量を鼻にかけて男を屁とも思ってやせん、しぼるだけしぼり取ったらまた次の男に乗りかえればいいくらいに考えてる人種だ。チャンピオンベルトを失ったボクサーなんて、ただの平凡な男に堕したとしか思ってないだろう。デンプシーも落ち目になって今が一番苦しい時だろうに、泣きっ面に蜂とはこのことだ。あっちの女はがめついらしいからな。身ぐるみはがされるぜ。お前も女には気を付けろよ。火遊び程度ならまだしもだけどな」

エステル・テイラーの顔が浮かんだ。確かにあの大きな目は気が強そうで、人の良いデンプシーを尻に敷いていそうだ。しかし、自分が知り合った二人の女優は違う、お高くとまってはいないし、男を尻に敷くタイプでもないよ、とマックスは反論したかった。マッホンがそんな風に釘を刺すのは、チェコの女優ジャルミラと浮き名を流されたこと、「リングの愛」で共演したオルガ・チェコバと、こちらに戻ってから親しくしているのを知っているからだ。

実際、マックスはオルガと示し合わせてレストランやカフェに出向いていた。ジャルミラと似て、オルガも控え目で、一緒にいて肩の凝らない女だ。

ある日、カフェでコーヒーを飲みながら話をしていたとき、「これから映画を見に行かない？」とオルガが誘った。

「いいね、どんな映画？」

「〝ザ・ガール・フロム・ルンメルプラッツ〟。グロリアパレスで上映しているわ」

「君が出てるの？」

「ううん。友達のアニー・オンドラ。彼女の演技が凄いって、専らの評判なの」

「アニー・オンドラ？　待てよ、どこかで聞いた名前だな」

「新聞の芸能欄で見たんじゃないの？　彼女、この頃名前が売れてきているから。レニ・リーフェンシュタールやマレーネ・ディートリッヒほどではないけどね」

「思い出したよ」

マックスはこめかみにやっていた指を勢いよく払った。

「えっ……？」

「ジャルミラだ。チェコの女優のジャルミラ・ヴァチェク。彼女から聞いたんだ」

「ああ、いっときあなたと婚約したとか噂になった人ね」

「うん？　あ、ま、そうだが……別に何もなかったんだけどね」

「ほんとに？」

オルガが悪戯っぽい目で探りを入れた。

「ほんとだよ。彼女も君と同じで尻軽な女ではなかったし……」

「でも、好きだったんでしょ？　わざわざプラハまで行くくらいだから」

「そりゃまあ、好感は持ってたよ。美人で、話題も豊富だし……」

「でも、自分のものにしたい、とまでは思わなかった……？」

「ん……？　まあ、そんなところかな」

困惑の体のマックスを、オルガはまた悪戯っぽい目で見すえた。マックスはほとんど飲み干したコーヒーカップを取り上げてオルガの視線をはぐらかした。

「あなたって――」

構わずオルガが続けた。

「ボクシングに情熱の大半を注いでいるからかしら、色恋沙汰には疎いのね」

　空になったコーヒーカップをテーブルに戻して、マックスはオルガを見返した。

「僕だって男だ。女性への憧れも、求める気持ちも人並みに持ってるつもりだよ」

「どんな女性に憧れ、求めるの？　あなたが憧れ続けたアメリカのデンプシーと一緒になったエステル・テイラー？　それとも、マレーネ・ディートリッヒ？　レニ・リーフェンシュタールにはあまり惹かれなかったみたいね？〝アルプスの銀嶺〟には随分魅せられたみたいだけど」

「うん。でも、どこか影を帯びていて……きつそうで、ちょっと恐い感じだったな」

「だったら、アニー・オンドラはきっとお好みのタイプよ」

「えっ……？」

「行きましょ。百聞は一見に如かずよ」

　一時間後、オルガが誘ってくれたことをマックスは神に感謝した。スクリーンに躍動するアニー・オンドラに目を奪われた。シリアスな場面も神々しかったが、コミカルなシーンもチャーミングだった。彼女のブロンドの髪に触れ、恐らくいかなる時にも曇ることのないだろう澄んだ瞳をじっと見すえていたかった。

「どうだった？」

　グロリアパレスを出て肩を並べて歩き出したところで、オルガがマックスに話しかけた。

「素晴らしかったよ」

　幾分感情を押さえて言ったつもりだったが、声が上擦っていた。

「アニー・オンドラはいいでしょ？」

　オルガが畳みかけた。

「うん。決して派手ではないが、目だけで演技できる人だね」

「目だけで？」

　鸚鵡返しして、オルガはマックスの横顔を見すえた。マックスは前方に目を凝らしたまま、頷いた。

「言うなれば、女性版チャップリンかな」

「ウワー、それは凄い賛辞！　アニーに聞かせたら喜ぶわ」

かつて経験したことのない熱い塊がしきりに胸を突き上げてくる。

「アニー・オンドラに、会えるだろうか？」

メラメラと炎を放つその熱い塊に、心臓が焼けただれるのではないかとマックスは思った。

「えっ？」

オルガは小さな驚きの声を放って、足を止めた。マックスも不意を衝かれ、足を止めた。

オルガが体を九〇度回転した。マックスも倣ったので、二人は道の中央で向かい合う形になった。

「会うのは、多分簡単よ」

マックスの胸の塊がマグマと化し、心臓を焦がした。喉が引きつった。今声を放てば奇妙なかすれ声になりかねない。マックスは唇を湿らせるだけでオルガの曰く有り気な顔を見返した。

「何故って、彼女はあなたのお隣に住んでるもの」

「隣っ⁉」

我ながら素っ頓狂な声が出た。途端にマグマが爆発を止めた。メラメラと燃え立っていた炎がマッチのそれのように小さくなって消えかかった。

「彼女は、人妻かい？」

気が遠くなりかかるのを覚えながら、マックスは恐る恐るオルガの顔をのぞき込んだ。

「いいえ、一度結婚してるけど、今は独身のはずよ」

「はず？　どういうことだい？」

「私の知ってる限りでは独り者だってこと。でも暫く会ってないから、新しいいい人ができて、結婚してるかも……」

「で、子供も産んだのかい？」

「子供⁉」

今度はオルガの方が素っ頓狂な声を挙げた。

「それはないでしょ。もしそうなら、タブロイド紙がとっくにすっぱ抜いているはずよ」

消えかけた炎に油が一、二滴注がれた。

「でも、ボクのお隣というなら、彼女のバルコニーにはいつも乳母車が置いてあって、赤ん坊がしょっ中泣いているんだよ」

「まさか！」

オルガが笑い出した。

「それはきっと、アニーとあなたの部屋の間の住人の赤ん坊よ。つまり、あなた方は一つ置いてお隣同士って訳。アニーが乳母車を引っ張っているなんて、想像もできないわ」

油がもう一、二滴マックスの胸の塊に注がれ、またメラメラと燃え出した。

「お願いだ」

マックスは哀訴するように頭を下げた。

「アニー・オンドラが本当に独身で、恋人も、無論、子供もいないかどうか、確かめてくれないか」

マックスが思わず両手に握りしめようとした手をオルガはさっと引っ込めた。

「駄目よ」

「えっ……？」

「私はそんなお人好しじゃなくってよ。知りたければ自分で確かめなさい。お手並みを拝見させてもらうわ」

返事は無用とばかり、オルガはクルリと前方に向き直って足を踏み出した。

翌日マックスは、ボクシングプロモーターのポール・ダムスキーに相談を持ちかけた。彼は一九一七年二月、ペトログラードの婦人労働者がストライキに入ったことから始まった革命の騒乱からドイツに逃れて来た白系ロシア人だった。がっしりした体格の持ち主だが、気のいい男で、信頼できた。

アニー・オンドラが一度結婚したことがあるというのはショックだったが、ブロンドの髪とつぶらな瞳の女性への恋情をかき消すまでには至らなかった。花束を携えて隣のアニーを訪ね、友人の世界チャンピオン、マックス・シュメリングがあなたとコーヒーを飲みたいと言っている、お付き合い願えないだろうか、とかけ合って欲しい、とダムスキーに頼み込んだ。

「お安い御用だが、相手は大物過ぎないか。今を時めく大女優じゃないか」

「僕だって、世界チャンピオンだ」

「フム……確かに……」

二日後、ダムスキーはマックスの部屋のドアをノックした。一日千秋の思いで待ち構えていたマックスは、心臓を躍らせながらドアを開いた。

刹那、体中の血の気が引くのを覚えた。肩を竦めたダムスキーの胸に、アニーの手に渡ったはずの花束が抱えられている。

「門前払いを食わされたよ」

部屋に上がってソファに腰を落とすなり、ダムスキーは花束を放り出して言った。

「何て言ってくれたんだい？」

マックスは身を乗り出したが、ダムスキーはソファに大きな体を沈めて両手を広げた。

「君に言われた通りさ」

「で、彼女は何て？」

「小首をちょっとかしげてから、肩を竦め、生憎ずっと詰まっているので、申し訳ありません、と」

「いきなり彼女が出て来たのかい？」

「いや、最初はメードらしき女が出て来たよ。すぐに取り次いでくれたがね」

「メード？　まさか子守りに来ているんじゃないだろうな？」

「君が心配してた赤ん坊の気配はなかったぜ」

「男の気配は？」

「それも、なかった……」

「じゃ、メードと二人暮らしか？」

「メードは住み込んでるんじゃあるまい。通いだろう」

「そうかな」

マックスはメードに熱い羨望を抱いた。彼女に取って代わってアニーの傍らにおられたらどんなにか幸せだろう。

「何にしても」

ダムスキーがグイと上体を起こした。

「望み薄だな。あれだけの女だ、男がいるぜきっと。

ま、諦めた方がいい。オルガ・チェコバの方がまだしも望みがあるんじゃないか。それか、いっとき噂を立てられたチェコの女優の、何とか言ったな。えーと……」

「いや、諦めない」

余りにも断乎たるマックスの物言いに、ダムスキーが驚いて目をパチクリさせた。

「もう一度トライしてくれ」

「いつ？」

「二週間後。九月二十七日、僕のバースデーの前日だ」

「ああ、そうか。君は幾つになるんだっけ？」

「二十五だよ」

「フム。彼女はもうちょっと行ってそうだぜ。二十代には違いなさそうだが」

「それは構わん。赤ん坊がいたり、人妻だったりしなきゃ、充分だ」

「恋人がいてもか？」

「それは……当たって砕けろだ、な」

「フム……で、今度は何て……？」

「シュメリングはヘビー級の世界チャンピオンの癖に気が弱くて自分から言い出せないので代理で来ました、彼の唯一の望みは、あなたに会って五分でも、いや、一分でもいいから話をすることです。それが何よりのバースデープレゼントです、と」

「ま、望み薄だと思うがね。駄目もとでやってみるか」

「恩に着るよ」

「彼氏がおらんことを祈ってな」

マックスはダムスキーの手を両手に握りしめた。

二週間は気が遠くなる程長かった。隣のバルコニーには相変わらず乳母車が置いてあって時々赤ん坊の泣き声がするが、それはもはや気にならなくなった。

アパートにはじっとしておれなかったから、日中は極力外に出た。次の試合がいつになるか予測はつかないが、ランニングや腕立て伏せ、シャドーボクシングのトレーニングは怠らなかった。

グロリアパレスで「ザ・ガール・フロム・ルンメルプラッツ」を二度三度と観た。その度にアニーへの思いは募って行った。

（恋人がいても、奪い取ってみせる）

待ち焦がれた九月二十七日が来た。マックスは神妙な面持ちでアパートに控えていた。二週間前の花はすっかりしおれていたから、新しい花束を用意してダムスキーに手渡した。

十分も経たないうちにダムスキーは戻って来た。いかつい体つきのダムスキーにはそぐわなかった花束を、今度は持ち帰っていなかった。マックスは目を疑った。

「花束、受け取ってくれたんだ？」

ダムスキーはにやりと笑い、指をパチンと鳴らした。

「押してみるもんだな」

ダイニングに入って水をごくごく飲み干してから、ダムスキーはマックスに向き直った。

「午後四時に、カフェ・コルソで会ってくれるそうだ」

「ブラボー！　やったね！」

マックスはダムスキーを抱きしめた。

「うっ、苦しいっ！」

ダムスキーはマックスを押しのけ、鼻先に指を立てた。

「一対一じゃないぜ。俺も一緒にということだ」

マックスは破顔一笑した。

「ああ、その方が助かる。何なら、マッホンも一緒に連れて行くよ。公明正大に付き合ってるってことを、マネージャーには知っておいてもらいたいからな」

「おいおい、彼女はまだ付き合うとは言ってないぜ。お隣のよしみで断り切れん、ちょっとご挨拶程度にってとこかも知れん」

「何でもいい。間近に顔を見れるだけでも幸せだ」

その日、大きな男が三人も目の前に現れたから、アニーはさすがに驚いた顔をした。

〝Jak se vam dari ?〟（初めまして）

マックスがチェコ語で挨拶したのでアニーは相好を崩し、矢継ぎ早にチェコ語で話しかけた。

「あ、いや……」

マックスは顔の前で手をクロスさせてアニーを遮った。

「僕の知ってるチェコ語はこれだけなんです。ドイツ語か、精々英語でお願いします」

「何ならロシア語でも」

ダムスキーが茶々を入れた。アニーが笑った。

(何て愛くるしい!)

マックスはアニーの小さ目の口からこぼれている小粒な白い歯に見惚れた。

「その、唯一のチェコ語はどこで覚えられたの?」

「あ……」

マックスは慌てて視線を上げた。

「ジャルミラ――ジャルミラ・ヴァチェクです。チェコの女優さんで、あなたのお友達の……」

「ああ、確かあなたといっとき婚約なさってた?」

マックスはうろたえた。マッホンがニヤッと笑った。

「あ、いや……あれは、マスコミの勝手なでっち上げです。僕とジャルミラ……いや、ヴァチェクさんとは、たまたまアメリカからドイツへ帰る船で知り合っただけで……」

「でも、プラハでデートなさったんでしょ?」

「あ、はあ、まあ、それは……」

マックスは今更ながらジャルミラとアニーが親しい間柄であることを思い知らされた。

「でも、こんな風に、コーヒーを飲んで、サッカーを見に行ったくらいで、それ以上は何も……」

マックスの脇の下を冷や汗が伝った。ダムスキーとマッホンは相変わらずニヤニヤしながらマックスとアニーの顔を盗み見ている。

「それは、ジャルミラからも聞いてます」

アニーはコーヒーを一、二口すすり、カップについたルージュを華奢な指先で拭ってから言った。その一つ一つの仕草が楚々として女らしい。それにしても、ルージュなど拭わないでいい、自分の口で吸い取ってやりたい。

「彼女とは、時々会うんですか？」

マックスは恐る恐る尋ねた。二人が会えば必然的に自分のことが話題に出るだろう。アニー・オンドラに自分がモーションをかけていると知ったら、ジャルミラは気を悪くするに違いない。オルガ・チェコバがそうであったように――。

「いえ、もう長いこと会ってません。私はベルリンに出て来て、彼女は、ご存知のようにニューヨークへ出ましたから」

「じゃ、僕のことは、電話で……？」

「ええ……」

短く答えてアニーはまたカップに手を伸ばし、コーヒーをすすりながらマックスを上目遣った。

マックスは疑った。ダムスキーを使いにやってから今日までの間にも、アニーはひょっとしてプラハのジャルミラに電話を入れ、自分のことをあれこれ詮索したのではあるまいか？

「ジャルミラ……あ、いや、ヴァチェクさんは、あなたのことをとても褒めていました」

マックスもコーヒーを二、三口すすってから言った。

「その時は何気なく聞き流してましたが、まさかこうしてお会いできるとは夢のようです」

「何故私に会いたいと思われましたの？」

アニーは一呼吸置いて、切り返すように言った。

マックスのみか、ダムスキーとマッホンも流し見やった。あなた方はつるんでいるんだから、誰が答えてくれてもいいのよ、と言わんばかりに。

「ご存知かどうか」

マックスがおずおずと切り出した。

「僕も、こちらで一度映画に出ました」

「あら、そうでしたの⁉」

アニーが目をパチクリさせた。

「何て映画かしら？」

「〝リーベ・イム・リング〟です」

「ああ、ついこの前まで上映してましたね。生憎私は見てませんけれど。ごめんなさい。ボクシングにはなじみが薄いもので……」

ダムスキーとマッホンが顔を見合わせ、肩を竦めた。（こりゃ脈無しだ！）と言わんばかりの表情を見て取ったが、マックスはひるまず続けた。

「その映画で共演したオルガ・チェコバという女優と、こちらに帰って来て久しぶりに会いました」

「デートなさったのね？」

「あ……いや、他の連中も一緒です。コメディアンのクルト・ゲロンをご存知ですか？」

「お名前だけは……」

「彼も共演者でした。根っからの役者で、プロとはこういうものだと思い知らされましたが……彼とオルガと僕は気が合って、よく三人でカフェに出かけたものです」

アニーは薄く唇を伸ばしたが、言葉は発しないままマックスを見すえている。

「答えになっていないぜ」

ダムスキーがマックスの耳許に囁いた。

「何故私に会いたいと思ったのかって、彼女は尋ねてるんだ」

「あ、それは……つまり……」

マックスは拳で自分の額を打ち叩いた。

「つまり、三人でコーヒーを飲んでいた時、オルガが、映画を見に行きましょうよ、と言い出したんです。それがあなたの〝The Girl from Rummelplatz〟でした。主演のあなたが評判になっている、というので……」

「有り難う。見て下さったんですね？」

アニーが初めてにっこり微笑んだ。マックスは大きく頷いた。

「感激しました。ジャルミラが言っていた通り、あなたは天性の女優だと思いました」

「ジャルミラがそんなことを？」

「ええ。それで、是非ともお会いしたくなったのです」

「ジャルミラこそ才能のある人よ。私はたまたま運が良かっただけ」

アニーの顔にジャルミラのそれが重なった。

ジャルミラに気がなかった、といえば嘘になる。一緒にいると気の休まる相手だった。プラハの町を歩いていて、ジャルミラの手を握った時、恋人気分に浸ったのも事実だ。しかし、その面影をニューヨークまで引きずることはなかった。

ベルリンに戻った時にはほとんど忘れていた。オルガ・チェコバがデート相手にとって代わった。オルガは無論好ましい女性だったが、胸を熱く焦がす程の存在ではなかった。

（でもあなたは違う、アニー。銀幕で見た時以上に、今こうして目の前にしているあなたは魅力的で、たまらなく僕の胸を熱くするのです）

マックスは胸の中で切ない叫びを挙げた。

「またお会いできるでしょうか？」

半時後、用があるのでと先に立ったアニーを追いかけるようにマックスは言った。

「時間の空いた時、私の方からお電話しますわ」

脈があるようでないような返事に戸惑った。

「二、三日中に頂けますか？」

マックスは性急に畳み掛けた。アニーは無言で頷き、足早に立ち去った。

不安は的中した。三日経ってもアニーからは何の連絡もない。

（単なる社交辞令だったか？　ジャルミラやオルガの話を持ち出したから気を損じたのか？）

あれこれと思い悩んだ。

（軽い男だと思われたのかも知れない。ジャルミラとの婚約騒動を、多分彼女は知っているだろうからな。いや、やはり恋人がいるのかも知れない）

五日経ち、一週間経っても音沙汰がない。赤ん坊の泣き声は相変わらず時々聞こえてくる。アニーのそれとは違う女の声が赤ん坊をあやしている。マックスはそれにも苛立った。バルコニー伝いにアニーの部屋をのぞき見たい衝動に駆られた。あるいはチャイムを鳴らすかドアを打ち叩き、何故約束を破るのかと問い詰めたい衝動にも。

八日目、我慢の限界に達した。狂おしいばかりの思いに急きたてられて、マックスは震える手で受話器を取り上げた。

「あ、ごめんなさい」

マックスが名乗るや否や、意外にもアニーは素直に謝った。

「映画の打ち合わせなどに取り紛れて……」

「二、三日中に、と仰って下さったから……」

マックスは乾き切ってヒリヒリする喉の奥から声を絞り出した。

「今日か明日かと、首を長くして待っていました。お陰で、キリンのような首になってしまいましたよ」

「ホホホ」

アニーの朗らかな笑い声に、してやったりとマックスは指を鳴らした。

「お詫びに、拙宅へご招待しますわ」

耳を疑った。(アニーの部屋へ⁉)

「この前のお友達とご一緒に、今度の日曜日、三時頃、いかがですか?」

マックスは肩を落とした。

(僕だけでは、いけないんですか?)

思わず返しかけた言葉を、辛うじて呑み込んだ。

(何てガードが固いんだ。よーし、それならこっちにも考えがあるぞ)

その日、マックスは駆けつけたダムスキーとマッホンと示し合わせてからアニーの部屋を訪れた。

ドアが開き、アニーが愛らしい顔をのぞかせると思いきや、三人を招き入れたのは別人だった。アニーよりは大分年が行っている。母親にしては若過ぎる。

リビングに通された。落ち着いた上品な調度の中に立ってアニーが出迎えた。先刻の女性がメードであることを告げてから、アニーは改めてマックスに無沙汰を詫びた。

「オンドラさん、思い出しましたよ」

椅子に腰を落としたところで、いきなりダムスキーが寛いだ様子で切り出した。

「去年僕はあなたの映画を見てます」

「あら、何をご覧下さったのですか?」

「ヒッチコックの〝恐喝〟です」

「ああ……初めてのトーキーで、戸惑いました」

「でもあなたはちゃんと英語をこなしてましたね。どこで覚えたんですか？」

「プラハの演劇アカデミー時代に少し。それこそ、ジャルミラと一緒に」

アニーの目がダムスキーから外れて自分に向けられたのでマックスはたじろいだ。ダムスキーに出し抜かれた忌々しさをかみしめながらアニーを見据えていたからだ。

「ジャルミラも私も、いつかアメリカのハリウッドに行きたいと思ってましたから」

「あなただったら、ハリウッドでも成功したでしょうに」

社交辞令ではなくマックスは言った。

「チャップリンの相手役にピッタリだと思いますよ」

「でも私はアメリカ向きではないと思います。ディートリッヒのような華かさがありませんもの」

「とんでもない」

マックスは即座に首を振った。

「ディートリッヒなんかより余程あなたの方が綺麗ですよ」

いつかミラノスカラ座で垣間見た女性を思い出していた。

「それに、彼女はしょっ中タバコをスパスパ吸ってました。バンプタイプの女で、いけ好かなかったなあ」

「お会いになったことがあるんですね？」

「ええ。シャーキーというボクサーとのタイトルマッチに出かける前、ミラノスカラ座でのチャリティに引っ張り出された時、彼女を見かけました。監督のスタンバーグやらと並んで座ってましたが……」

「二人は恋人同士と専らの噂だぜ」

大人しく聞き役に回っていたマッホンが初めて口を挟んだ。ダムスキーが相槌を打った。

「でも、マレーネは人妻で子供もいるんですよ」

アニーが抗弁するように言った。

「ええっ？　それでよくハリウッドがスーパースターとして売り出したもんだ」

ダムスキーが腑に落ちないといった顔でアニーを見返した。

「人妻で子連れの女優なんて、商品価値は半減するんじゃないのかな？」

「女優の真価はプライバシー云々で決まるものではないですから」

アニーがすかさず返した。

「でも、やっぱり、売り出し中の女優が紐付きコブ付きじゃ、彼女の映画を見に行く気はしないなあ」

ダムスキーが絡んだ。

「じゃ、女優は結婚できませんわね？」

アニーが悪戯っぽく微笑んでマックスを見た。

（ダムスキーめ、余計なことを！）

「そうですよ」

マックスの思惑もどこ吹く風とばかり、ダムスキーはアニーに返した。

「女優が憧れの的であり続けるには、永遠の処女であって欲しいですよね」

アニーは目をそらした。

（こいつは本当に図に乗り過ぎだ。彼女はバツ一と分かってるくせに！）

マックスが眉をひそめたところへ、メードがコーヒーを運んで来てダムスキーの冗舌を遮った。隣の部屋で電話が鳴った。アニーが席を立って姿を消した。マックスは素早くマッホンに耳打ちした。マッホンは笑いながらコクコクと頷いた。

隣の電話は結構長話になっている。マックスはそれとなく耳を傾けたがほとんど聞き取れない。ドイツ語でも英語でもない、チェコ語で喋っているらしい。

（まさかボーイフレンド……？）

時に朗らかな笑い声を混じえて話しているアニーの見えざる相手にマックスは嫉妬した。

（こんな愛らしい女性を世の男達が放っておくはずはない。プラハ時代に恋人ができていたとしても不思議ではない。それか、今共演している男優の誰かが……）

オルガから聞き出したところでは、最初の結婚の相手は男優だったという。

マックスはメードに探りを入れたい衝動を覚えた。四六時中一緒にいる彼女なら、アニーの私生活にも通じているはずだ。

ダムスキーとマッホンはコーヒーをすすりながらお喋りを始めた。一旦席を外したメードが今度はケーキを運んで来た。アニーはまだ電話にとりついている。屈託のない笑い声も聞こえて来る。マックスは苛立った。

「電話、プラハのお友達か、何か、ですか?」

メードが「えっ?」というように訝し気な目を振り向けた。

「チェコ語で話しているようですけど……」

メードが頷いた。

「多分、お母様です」

「ああ……」

胸に澱のようにわだかまっていたものが拭われ、マックスは思わず破顔一笑した。朗報をもたらしてくれたメードを抱きしめたい衝動さえ覚えた。


半時後、マックスを残してダムスキーとマッホンは退座した。アニーが戻ってからも相変わらず持論を展開して止まないダムスキーに、マックスの目配せを合図と察したマッホンがテーブルの下で蹴りを入れたのだ。

「イテテッ……」

顔をしかめたダムスキーに、これ見よがしにマッホンが腕の時計を見せつけた。

「遅刻だぜ。急いで行かなきゃ」

ダムスキーも我に返り、渋々の面持ちながら腰を上げた。マッホンが訝るアニーに会釈した。

「私達はお先に失礼します。ちょっと重要な会議があるので」

「僕もそろそろ……」

とマックスも腰を浮かしかけたが、これはジェスチャーだった。自分を残して中座するよう二人には言い含めてある。

「ご一緒の用事でなければ、ゆっくりなさって」

アニーがダムスキーとマッホンを中腰の姿勢で見

送っている恰好のマックスを制した。

「あ、僕は特別用事がある訳では……」

「でしたらどうぞ、お掛けになっていらして」

気が遠くなるような嬉しい言葉を残して、アニーは二人を見送りに出た。

（彼女は少なくとも僕を嫌ってはいない！）

腰を降ろして深く息を吸ってから、マックスは熱い息を吐き出した。

アニーは二人を見送ってもすぐには戻って来ない。化粧を直しにかトイレか、別の部屋に行ったらしい。メードと何やら話している声もかすかに聞こえる。

十分も経ったかと思われたが、実際は五分そこそこでアニーは戻って来た。

「音楽でも聴きましょうか？」

アニーが立ったままマックスを見すえて言った。マックスが頷くと、アニーはまた部屋を出て隣に姿を消した。
五、六分して、アニーはメードと共に現れた。メードはマックスににっこり会釈してから部屋の隅のレコードに向き直ったが、クランクを回し、音楽が流れ出すとリビングを出て行った。
サウンドトラック盤と知れた。最新のヒット映画のBGMだとアニーは言ったが、マックスにはなじみがない。

音楽は三分程で終わった。すると隣からメードが現れて新しいレコードをセットし直し、クランクを回した。

アニーは頬杖をつき、目を閉じたり開いたりしながら聴き入っていたが、マックスはひたすらアニーの髪や顔の造作や、滑らかな顎を支えている掌の動きや指の形を観察していた。

曲はまた三分程で終わった。メードが出て来てまた新しいレコードを入れ替え、クランクを回した。

マックスは些か苛立って来た。早くアニーと差し向かいで話をしたかった。

更に二、三回メードが出入りする頃には、じっとしておれなくなり、脚を組み代えたり上体を揺すったりした。

何回目かの曲が終わり、メードが更に次のレコードを抱えて来たところで、アニーが「もういいわ」と彼女を制した。

「音楽は、余りお好きじゃないのかしら？」

メードが立ち去ったところでアニーがつぶらな瞳をパチクリさせて問いかけた。

「あ……いや……」

やれやれと安堵感を覚えたばかりだから、マックスは即答できず、口ごもった。

アニーは二の句を待つかのように問いたげな目をマックスに注いだ。こちらは口ごもったままもじもじしている。

にらめっこの形になったが、ややにしてアニーが吹き出した。つられるようにマックスも笑った。

（一五）

アニー・オンドラが心を開きかけてくれたことにマックスが夢見心地でいた頃、一大事件が社会を揺るがした。アドルフ・ヒトラー率いるＮＳＤＡＰが、二年振りの国政選挙で大躍進を遂げたのである。前回の選挙ではヨーゼフ・ゲッベルス他僅か一二名の当選者しか出さなかったのが、九月三十日の選挙では実に約一〇倍の一〇七議席を得て一躍社会民主党に次ぐ第二党にのし上がった。

反ユダヤ主義とヴェルサイユ条約の破棄をスローガンに、第一次大戦後の疲弊したドイツ国民からある程度の共感共鳴を得て支持者を増やしていたＮＳＤＡＰも、アメリカ資本のてこ入れで景気が回復してミニバブル期を迎えると共に党勢は伸び悩み、共産党の後塵さえ拝していた。

しかし、ニューヨークはウォール街に発した株価の暴落から、アメリカ資本に依存し切っていたドイツ経済が再び大戦後のそれのように冷え込んだことで、反ユダヤ主義・反ヴェルサイユ条約を掲げ続けたＮＳＤＡＰに人々は起死回生の望みを託したのだ。景気が落ち込み、失業者の数がうなぎ昇りに増えている中で、フランクフルトを始め、ドイツの主要な都市の金融業界を席巻しているユダヤ人のみがぬくぬくと懐を潤している、ドイツ社会に寄生し、宿主を蝕む寄生虫の如きユダヤ人を今こそ駆逐しなければならない、一方で、尚莫大な負債をドイツに課しているヴェルサイユ条約も永久に破棄すべきである、と叫ぶヒトラーやゲッベルスに人々は熱狂した。

実際、四四〇万人にふくれ上がった失業者の多くがＮＳＤＡＰか共産党に票を投じた。

宣伝相ゲッベルスはベルリンだけで二五万票が得られるものと見込んでいたが、蓋をあけてみると、予想を大きく上回って三六万票がＮＳＤＡＰに投じられていた。ドイツ全体では六五〇万票、得票率は一八・三パーセントであった。

ＮＳＤＡＰの奇跡的な躍進にショックを受けた著名人が何人もいた。

ベルリンに生まれ、ピアニストとして出発し、グスタフ・マーラーに認められて指揮者に転向したブルーノ・ヴァルターは、政治には無関心であったが、ＮＳＤＡＰの掲げる反ユダヤ主義には安閑としておられなかった。師のマーラーと同じく、ヴァルターもユダヤ人だったからだ。

国政選挙の行われた日の夜、ヴァルターは日本の天才作曲家滝廉太郎の「荒城の月」の演奏でも知られたチェリスト、エマヌエル・フォイヤーマンと共に自宅でラジオに聴き入っていた。数分置きに開票の経過が告げられ、翌朝午前三時に結果が出た。

フォイヤーマンが頭をかきむしって苦渋の呻きを漏らした。

「これでドイツはおしまいだ！　ヨーロッパもおしまいだ！」

そう吐いて、フラフラと立ち上がると、よろめくような足取りで部屋を出て行った。フォイヤーマンもユダヤ人だった。この時まだ弱冠二十八歳、五十四歳のヴァルターから見れば息子のような存在だったが、〝ユダヤ人〟という宿命を負った肩の重さは、彼も我も同じだと、悄然たるその後姿を見送りながらヴァルターは思った。

自らはユダヤ人ではなく歴としたドイツ人で、前年に一大長編「魔の山」等の功績に対しノーベル文学賞を受賞して世界に知られるに至っていたトーマス・マンも、NSDAPの台頭に頭を抱え込んだ一人だった。

マンはワーグナーの音楽に心酔し、ニーチェの思想にも共感を覚え、その嗜好ではアドルフ・ヒトラーと共通するところがあったが、自らのイデオロギーを手段を選ばず推し進めようとするナチスことNSDAPは、我慢のならぬ非文明人の集合体としか映らなかった。

十月十三日、選挙後の新国会が開かれると、躍進を遂げたNSDAPは国会前に党員数千人を動員して気勢をあげた。警官が出動し、デモ隊を追い払いに掛かると、「ドイツよ目覚めよ！」「ユダヤ人はくたばれ！」とシュプレヒコールをあげながら市街を練り歩き、ユダヤ人商店の窓ガラスなどを叩き割った。

ゲッベルスは機関紙「攻撃」に煽動的記事を書き連ねた。

NSDAPのこうした暴挙に腹をすえかねたトーマス・マンは、十月十七日、ベルリンのベートーベンホールでNSDAP批判の演説会を開くことを企てた。題して「ドイツへの呼びかけ——理性に訴う」。

当初は共産党のシンパで〝ナショナル・ボルシェヴィスト〟と自称しながらいつしかNSDAPに傾倒し、「O・S」なるファシズム小説なども手がけていた劇作家アルノルト・ブロンネンは、「O・S」に感銘を受けたと言って近付いてきたゲッベルスにマンの動向を伝えた。

講演当日、ゲッベルスは突撃隊員二〇名をベートーベンホールに送り込み、マンが演説を始めるや否や、野次と怒号を浴びせかけた。マンは激高して〝かくの如く理性を踏みにじる野蛮人の烏合の衆〟とNSDAPを決め付けた。突撃隊員がわめきながら壇上に駆け上がり、五十四歳のマンの顔に唾を吐きかけた。マンは隊員を憎々し気に睨みすえたが、主催者の会場係に促されて退場した。

事の成行きを伝え聞いて、ブロンネンは眉をしかめた。暴力沙汰にまで及んだのは心外で、それは自分の本意ではない、あくまで言葉で論争すべきである、とゲッベルスに言った。彼はNSDAPと激しい攻防を繰り広げて来た共産党とも胸襟を開いて話し合うようゲッベルスを説得し、自らがラジオ・ドラマを担当していたベルリン放送局で左翼演劇の大物エルヴィン・ピスカトールと面談させた。ゲッベルスは当初渋ったが、ブロンネンが伴っていた女優オルガ・フェルスターの可憐な容姿に惹きつけられて承諾した。

オルガはブロンネンと婚約を交わしていたが、それを承知でゲッベルスはオルガに色目を使った。一方でゲッベルスは、ベルリンの党本部で事務員として働いていたヨハンナ・マリア・マグダレーナ（通称マグダ）とも付き合い始めていた。尤も、最初に秋波を送ったのはマグダの方だった。彼女は前年にギュンター・クヴァントと離婚していた。二人が結婚したのは一九二一年、クヴァントは繊維工業で財を成していた実業家で四十代、マグダは十九歳、親子程の年齢差があった。結婚したその年の末に生まれた息子ハーラルトはマグダが引き取っていた。独りになった途端に大恐慌に見舞われたが、夫からの慰謝料五万マルクでベルリンの西区に住居を構え、月々五千マルクの手当てを支給されていたから、生活に困窮することはなかった。しかし、教養にも知性にも富んでいた二十八歳のマグダは、夫に代わる〝生き甲斐〟を求めていた。夫の父リヒャルト・フリートレンダーがユダヤ人であった影響もあって、ユダヤ民族の国家再建運動を旨とするシオニズムに関心を示していたが、ミニバブル期を痛打した大恐慌の煽りを食らってドイツ経済が再び落ち込み、打開策を打ち出せないでいる政府と、これを批判する右派、左派の勢力が台頭する世情を見るにつけ、右か左か、いずれかに組しなければならないと考え始めていた。

折しも、何気なくNSDAPの党大会に足を踏み入れたマグダは、ゲッベルスの演説を聴き、魅せられた。空虚をかこっていた胸にヒタヒタと満ちてくるものを覚えた。女性のNSDAP党員は全体の一割にも満たなかったが、マグダはその一員に加わり、ゲッベルスに接近した。

ブロンネンの当初の計画では、ゲッベルスとピスカトールのラジオ対談は少なくとも五、六回続けるというものだったが、プロイセン首相オットー・ブラウンは看過できぬ憂事としてこの放送に待ったをかけた。対談は二回で打ち止めになった。

ゲッベルスは取って代わる獲物を捜し求めた。狙いを定めたのがエーリッヒ・パウル・レマルク原作の映画「西部戦線異状なし」だった。主人公パクル・ボイメルは十八歳。担任教師に煽られてクラス全員が第一次大戦に出征、砲弾が飛び交い、毒ガスがたち込め、巨大な戦車が行き交う戦場の凄惨さを描いている。監督はアメリカ人のルイス・マイルストンで、リアリズムを追及してはいるものの必ずしも反戦的な映画ではない。が、厭戦気分に駆り立て、ドイツの軍人精神を侮辱するものだ、とゲッベルスはかみついた。

プレミアを経てベルリンの配給会社が「西部戦線異状なし」をノレンドルフ劇場で大々的に公開しようとしているとの情報を得たゲッベルスは、劇場前でデモを敢行、突撃隊を場内に乱入させて上映の中止に追い込みたい、協力してくれないか、とブロンネンに持ちかけた。

ブロンネンが難色を示したので、ゲッベルスは同席していたオルガに目配せした。オルガから説得して欲しいと促したつもりだった。

「この人はレマルクを評価しているのよ。才能のある若者だって……」

その言葉は自分に向けて欲しい、とゲッベルスは思った。オルガに自作の「ミヒャエル・フォーアマン」を渡していたが、期待する感想はまだ得られないでいる。

NSDAPの動きに目を配っていた警察は、ノレンドルフ劇場に警戒網を敷いて騒乱に備えた。だがゲッベルスは計画通りに事を進め、上映当日の十二月五日、突撃隊に檄を飛ばして劇場を襲わせた。

突撃隊は西区の繁華街クーダムに押し寄せた。そこは裕福なユダヤ人が多く住む一帯だった。ゲッベルスも後を追って加わった突撃隊と党員の一隊は、「ユダヤ人よ出て行け！」「ハイル・ヒトラー！」のシュプレヒコールを挙げながらノレンドルフ劇場に押し寄せた。

ブロンネンも劇場に馳せていた。半時前、オルガと口論したばかりだ。今夜は行っちゃいかん、騒ぎに巻き込まれるだけだ、と制したが、「私は映画を見たいの。一緒に行ってくれないなら一人で行くわ」と言ってオルガが出て行ってしまったからだ。

劇場の前では突撃隊と警察官がもみ合っている。しかし、チケット売場の前は突撃隊員がバリケードを築いて警官隊を寄せつけなかった。数千人の野次馬が取り巻いて双方のもみ合いを固唾を呑んで見物している。ブロンネンはオルガを捜したが見当たらない。映画は既に始まっていると知って、チケットのもぎりも失せてしまった館内にもぐり込んだ。

意外にも大勢の観客がスクリーンを見つめている。ブロンネンは立ったまま館内をねめ回したが、後ろ姿からはオルガを確認できない。

突如、足もとに異常な気配を感じた。「キャー！」という甲高い女の悲鳴があちこちから挙がり、観客が次々と立ち上がった。

ブロンネンは足もとに視線を落とした。闇の中にも白い小さな生き物が何匹も這いずり回っているのが見て取れる。と見る間に、観客がなだれを打ってこちらに向かって来た。

「明かり！　明かり！」

と映写室に向かって男達が声を張り上げている。

スクリーンの映像が消え、場内の闇が散った。

ブロンネンは床を走り回っている生き物の正体を知った。夥しい数の白ネズミだ。

我先にと出口に向かった観客と入れ代わるように警官がなだれ込んで来た。

「オルガ！」

先を急ぐ観客とは裏腹に、ほとんど空になった館内をゆっくりこちらに向かってくる婚約者に気付いて、ブロンネンは思わず声を挙げた。

駆け寄ろうとした途端、警官数人が二人の間に割って入った。彼らはオルガを制止すると矢継ぎ早に質問を浴びせかけた。白ネズミを放った犯人を見かけなかったか、ネズミは何匹くらいいたか、ネズミは人を噛んだか、因みにあなたは何故そんなに悠々としているのか、まさかあなたがネズミを放った犯人ではあるまいな、等々。

オルガは適当に詰問をはぐらかしていた。ゲッベルスの仕業だと知っていたからである。ブロンネンの制止を振り切って出かけたのも、その突拍子もない仕掛けの顚末を見てみたいと物見遊山の気持ちからだった。

しかし、翌日の新聞は恰もオルガが犯人であるかの如き見出しで人目を惹いた。曰く、「白ネズミの女王」。ブロンネンは痛し痒しの思いだった。オルガ、ひいては自分の名誉が損なわれたと思う反面、この種のスキャンダルは、女優としてのオルガの名を広めるのに一役買ったことは間違いないからである。

「西部戦線異状なし」がＮＳＤＡＰによって蹂躙されたことは、監督のルイス・マイルストンにとっても原作者のレマルクにとっても不快至極なことだった。反共では一致しても、反ユダヤ主義、ファシズムはアメリカ社会では到底受け入れられるものではなかったから、ＮＳＤＡＰが第二党として躍り出たことからしてアメリカの社会と政界を震撼させる一大事件だった。

ともかくもトーマス・マンの演説会や「西部戦線異状なし」の上映を中止に追い込んだゲッベルスは、政界で第二党の地位を得たことも手伝って得意の絶頂にあったが、しっぺ返しも受けた。年が明けて間もない一九三一年二月四日、ベルリンの警視総監アルベルト・グルツェジンスキーは、専らゲッベルスが過激な舌鋒をふるっていた機関紙「攻撃」を発行禁止とした。すわとばかり、「攻撃」で槍玉に挙げられた共産党員やユダヤ人が〝名誉毀損〟でゲッベルスを訴えた。

ヒトラーはゲッベルスをワイマールの党大会に呼び出し、暫くミュンヘンに留まるように指示した。代わりに、腹心の一人とヘルマン・ゲーリングをベルリンへ遣わした。

ゲーリングは一九二三年の〝ミュンヘン一揆〟に加担したことでヒトラーの信任を得た人物だった。バイエルン州のローゼンハイムにアフリカ植民地の顧問官の息子として生まれ、第一次大戦には空軍のリヒトホーフェン戦闘機部隊の一員として出征、敵機二二機を撃墜したエースパイロットとして名を馳せた。

しかし、ドイツが敗れ、ヴェルサイユ条約でドイツは空軍を持つことを禁じられたためにゲーリングは失職した。そんなやり切れなさも手伝って、一九二二年、ヒトラーが全権を掌握したNSDAPに入党、翌年の〝ミュンヘン一揆〟に加わった。

ヒトラーはゲッベルスに自分の思惑を伝えた。次の選挙では第一党を目指しており、それには富裕層のスポンサーを得ることも肝心である、彼らインテリは暴力を好まない、よって可及的合法的な手段で党勢の進展を図らねばならない、もしゲッベルスがこれ以上過激な手段を弄するならば、ベルリンには置いておけない、ウィーンにでも行ってもらうことになる、等々。

アジテーターとしてはヒトラーに次ぐ弁舌家と自他共に認めるところのあったゲッベルスも、跛行の故に入隊を阻まれて第一次大戦に参加できなかった負い目を感じていた。一方ゲーリングは、母国の敗戦故に英雄にはなれなかったが、それにしても輝かしい戦績故に花形パイロットと称えられた軍人であり、同じく参戦して二度の鉄十字勲章を受けたヒトラーとはいわば戦友である。年齢も自分より四歳上で恰幅も勝っている。ヒトラーがゲーリングに目をかけるのは尤もだと認めつつも、妬ましさもひとしおだった。

ヒトラーも悩んでいた。党勢の拡大と共に、党内での派閥抗争が起きていたからである。SA（突撃隊）は制服の色から〝褐色シャツ隊〟の異名で呼ばれていたが、ナチスの準軍事組織ともいえるこの組織のリーダーはヴァルター・シュテンネスで、隊員の数は六〇万人を数えるに至っていた。

ヒトラーはSAに、党ではなく党首である自分への忠誠を要求した。シュテンネスはこれに反発、公然と反旗を翻した。SAは一個人の私物にあらず、あくまで党の機関であり、党首が代わっても存続し得るものである、と。

「それにしても」

とシュテンネスはヒトラーにかみついた。

「党の幹部は、あなたを始め皆裕福な暮らしをしているのに、SA隊員は貧困に喘いでいる。彼らの待遇改善を要求する」

ヒトラーはシュテンネスを解任した。これを不服としたシュテンネスは、ベルリンの「攻撃」編集局を襲って占拠した。「攻撃」も党の機関紙というよりはゲッベルスの私物と化しており、党員の意見や見解が充分に反映されていない、とシュテンネスはかねてよりゲッベルスに苦情を申し入れていた。当局から発禁処分を受けた責めもゲッベルスが負うべきであり、編集長の座を降りるべし、と。

「シュテンネスに付いているSA隊員は半分に満たない。四割弱でしょう」

ベルリンに赴いたゲーリングからの情報にヒトラーは胸を撫でおろした。

「騒ぎがおさまるまで、君はベルリンに帰らない方がいい」

ワイマールでの演説会を終えてミュンヘンへ赴く途次、ヒトラーはゲッベルスをこう諭した。シュテンネスの反乱にはヒトラーも頭を痛めていた。

発禁処分となっていたにも拘らず、シュテンネスは「攻撃」紙に声明文を書き連ね、公然とヒトラーやゲッベルス、党幹部の批判をやってのけた。

ゲッベルスがミュンヘンの止宿先のホテルに辿り着くと、マグダが憂い顔で待ち受けていた。自分に色目を使い、その愛らしさ、お茶目さにこちらも憎からず思っていたオルガ・フェルスターは、結局ブロンネンの許に戻って行った。内憂外患に失意のどん底にあったゲッベルスの目に、マグダは眩しかった。

（今はもう彼女しかいない！）と思った。

マグダは若くして年長の男に見初められただけの器量があった。ヒトラーも彼女の自立心、才気煥発さを高く評価し、ゲッベルスとの交際を後押ししていた。

「早く結婚した方がいい。立会人を務めてやるよ」

マグダのことを打ち明けた時、ヒトラーはチョビ髭を撫でながら言った。

だが、ゲッベルスには気に掛っている事があった。マグダがヒトラーを称賛して止まないことだった。

「あの方の放つオーラに震えたの。とりわけあの青い目に」

女の身で早々とNSDAPへの入党を決意した理由を尋ねると、マルガレータはこう返した。きっかけは自分の演説を聴いて打ち震えたことだったはずだ。

（俺に近付いたのも、党首のそばにいられると踏んだからではないか？）

ヒトラーの名を口にする度キラリと輝くマグダの目を見すえながら、ゲッベルスはこんな自問を胸の底に落としていた。

（しかし、ま、それでもいい。党首がマグダに手を出すことはあり得ないだろうからな）

常々ヒトラーが、自分はどんな女性とも結婚しない、ドイツと結婚したからだ、と公言していることをゲッベルスは思い返す。

（然り！　ヒトラーがもし再臨のキリストなら、一人の女に入れ込んではならぬ！　ドイツに、いや、全人類に愛を注がねばならないのだ！）

突撃隊初代幕僚長で、ゲーリングやボルマン、ゲッベルスと共に側近としてヒトラーと会話を交わすことの少なくなかったオットー・ヴァーゲナーに、ヒトラーはある時、激してこう言った。

「私にはもう花嫁がいる！　だからもはや結婚する訳にはいかないのだ！　ドイツだ！　私はドイツ民族と結婚したのだ！」

　同じく側近の一人ボルマンはヴァーゲナーからこれを伝え聞いて頭を悩ませた。ヒトラーの身辺に漂う女性の影に気付いていたからである。

　一人はヒトラー邸に同居している姪のゲリ、いま一人はNSDAPの専属カメラマンとなったハインリッヒ・ホフマンの店員エーファ・ブラウン。とりわけエーファと再々行動を共にしていることが気掛かりだった。

　アドルフ・ヒトラーの人気は今やうなぎ昇りになっている。この機に及んで、私的な問題でスキャンダルが発生しては困る、と、今やヒトラーの股肱の臣を自任するボルマンは案じた。シュテンネスの反乱によりNSDAPが一枚岩でないことを世間に露呈したばかりだ。

　ボルマンの見るところ、目下はヒトラーが女にうつつを抜かして公務を怠っている気配はない。しかし、ゲリにせよ、エーファにせよ、その若さと未熟さが心配だった。女達の方がヒトラーに夢中になり、彼の気を引こうと躍起になるのでは？

　ゲーリングが収拾に努めたことで、シュテンネスの反乱は鎮静化した。シュテンネスは党を離れ、ドイツも見限った。後に中国に渡り、国民党の実権を掌握した蔣介石に取り入り、その親衛隊長を務めることになる。

　かくしてNSDAPの分裂はかろうじて回避できた。

（一六）

一九三一年二月初旬、マックスは一年振りにアメリカの土を踏んだ。

　年が明けてすぐ、ニューヨークのジョー・ジェイコブスから防衛戦の相手が決まった旨連絡が入った、とマッホンが告げに来た。

「やはり、シャーキーかい？」

　マックスは急き込んで尋ねた。

「俺もてっきり奴かと思ったんだが、反則負けがまだ尾を引いて外されたんだろうな」

　マックスは幾らか失望を覚えた。尾を引いていると言うなら自分の方こそだ。チャンピオンベルトを持ち帰った自分に、故国は冷ややかな反応しか見せなかった。メディアのみか、ベルリンの紅灯の巷でも、嘲笑のネタにされた。キャバレーの余興でコメディアンはマックス対シャーキー戦を演じて見せ、シャーキー役の男がマックス役の相棒の陰部にグラブを当てる即興劇を演じていた。倒れ込んだマックス役の男の手をレフェリー役のバーのマスターが挙げて見せるパフォーマンスで客は爆笑し、やんやの喝采を送った。

　マックスの屈辱は、漸く心を開いてくれたアニー・オンドラを伴って招待先のスポーツパレスに赴いた時に極まった。

　試合に先立って司会者が招待客の名をアナウンスし、リングに上がらせた。

　マックスが呼ばれた。司会者は無論、「世界ヘビー級のチャンピオンベルトをドイツにもたらした偉大なボクサー」と紹介した。

　だが、拍手はまばらだった。マックスが気後れを感じながらリングに上がるや否や、それは忽ち激しいブーイングにかき消された。

「やあやあ、ローブローチャンピオン！」

「ベルトを返上しろよ！」

「負けても勝つ方法を教えてくれ！」

「いっそアメリカへ行っちまえよ！」

　野次と怒号、口笛が飛び交った。アニーが両手で耳を塞ぐのがリングの上から見えた。

　マックスは顔を引きつらせながらも精一杯愛想笑いをふりまいたが、逃げるようにリングを降り、アニーの横にドスンと腰を落とすと、膝の上で両手を組んでリングを上目遣いに見やった。

「すまない」

重苦しい沈黙が十数秒続いたところで、マックスはやっと呻くように吐いた。

「君を連れて来るんじゃなかった」

アニーは膝の上で握りしめているマックスの手にそっと自分のそれを重ねた。

「いいのよ」

体を寄せてアニーが囁いた。

「でも、どうしてなの？ どうしてあなたがこんな目に遭わなきゃならないの？」

マックスはアニーを振り返った。つぶらな瞳に涙がにじんでいるのを見届けて、マックスは拳を解き、アニーの手を握り返した。

アニーの優しさと愛情に報いるには、一刻も早く防衛戦を行って勝利を収めることだ。その意味で、待ちに待った朗報だった。

「早く言ってくれ。誰なんだい、相手は」

マックスはマッホンをつついた。

「まさか、デンプシーでは？」

マッホンは勿体振って大きく息をついた。

「いい勘をしてるよ」

マッホンが目を丸めて見せた。

「確かにデンプシーも名乗りを挙げたらしい。大分前だが、シャーキーをやっつけてるしな。しかし、選に漏れた。大クジを引き当てたのは、ストライブリングだ。ウイリアム・ヤング・ストライブリング。歴戦の強者だ」

「それは認めるが、彼は確か、デンプシーがプロモートしたマイアミでの試合でシャーキーに敗れているよね」

「うん。だから勝てない相手じゃないが、奴の戦績はすごいぞ。二七〇戦して一二七KOだ。その実績で挑戦者の座を射止めたんだろう」

マンハッタンが目の前に近付いた時、マックスは目を瞠った。一年前には建築途上と聞いていたエンパイアステートビルが自由の女神の向こうに聳えている。

（やはりここは世界一の大都市だ）

かつて一度見たパリのエッフェル塔にも度胆を抜かれたが、エンパイアステートビルは尖端の六七メートルのラジオタワーを差し引いても三八一メートルあり、エッフェル塔を一〇〇メートルも凌いでいるという。

大恐慌に喘ぎながら、その暗雲を吹き払うように天を摩すエンパイアステートビルの雄姿に、マックスはそぞろ心浮き立つものを覚えた。

（アメリカは大丈夫だ。恐慌くらいで潰れはしない。ボクシング熱も冷めてはいない。ここで、アメリカのボクサーを倒してこそ、正真正銘のチャンピオンになれるのだ！）

昂揚した気分でタラップを降りたマックスとマッホンを、ジョー・ジェイコブスが相変わらず葉巻をくわえながらにこやかに出迎えた。

ジェイコブスは既に綿密なスケジュールを立てていた。

「大分日が経っているからな。デンプシー二世としての顔を売りに出さにゃならん」

ジェイコブスの言葉に二人は首をかしげた。

「デンプシーはもう引退したのかな？」

マッホンが尋ねた。

「いや、まだだ」

ジェイコブスは首を振った。

「だからマックスへの挑戦権を得ようと色々画策していたよ。テックス・リカードに代わって彼のマネージャーになったレナード・サックスが俺に探りを入れて来たことがある」

「何て？」

「無論、デンプシーとやらせてみないかってだ。彼はシャーキーに勝っているから充分挑戦者の資格はあるだろうってな」

「デンプシーは幾つになったのかな？」

「もう三十代後半だ。かつての馬力はないだろうから、お前の楽勝だろう。だから、受けてもいいと思ってニューヨークのボクシング委員会に打診したんだが、撥ねられた」

「理由は？」

「ジーン・タニーに破れて以来、デンプシーは試合をしていない、シャーキーやストライブリングに比べて実績に乏しい、それに、私生活でゴタゴタ揉めていて、評判が宜しくない」

「彼は今どこにいるんだい？」

「さあね。何でもリノの鉱山会社に絡んでいて、このご時勢だ、そっちでも大損してアップアップの状況だから、リングに戻ってファイトマネーを稼ぎたいと言っている云々の記事を見かけたが……」

「妻君とはどうなんだろう？　エステル・テイラーとは」

「ああ、そっちも風前の灯らしいぜ」

「別れるってこと？」

「多分な。エステルは元々ボクシングが嫌いだった。それがどういう風の吹き回しかボクサーとくっついちゃったが、住む世界が違うってことに、彼女の方が気付いたんだろ。ま、最初から結末は大方予測がついてたがね。そもそも女優なんて、気儘で自己主張の強い連中ばかりだ。相手にネームバリューがあるうちはくっついているが、落ち目になったらさっさと見切りをつけて他の獲物を狙うさ」

（違う！）

思わずマックスは言い返すところだった。

（同じ女優でもアニーは違う！　彼女はそんな女じゃないっ！）

この一年の苦しみ、そのさ中で出会ったアニー・オンドラの人となり、自分の中に燃え立っている彼女への思いを、一気にジェイコブスに打ち明けたい衝動に駆られた。マッホンが証人になってくれるだろう。だが、思い留まった。今ジェイコブスの頭は対ストライブリング戦のことで一杯だろう。アニーのことを持ち出しても心配の種を植えつけるばかりだ。挙句、もし防衛戦に破れんか、女に気を取られていたからだ、なんて言われかねない。

デンプシーの話題を早々に打ち切ると、ジェイコブスは今後のスケジュールの話にマックスを誘い込んだ。

「対ストライブリング戦は七月三日、クリーブランドでだ」

ジェイコブスが声を弾ませた。

「行ったことがないけど……」

「五大湖の一つエリー湖の南岸だ。いい所だぞ。ガソリンスタンドの創始者ロックフェラーや、発明王トーマス・エジソンを生んだ町だ」

「ああ、ロックフェラー！」

マックスの頬が弛んだ。一つの記憶が鮮烈に蘇ってくる。パオリーノ戦の前、ニュージャージーのウィリアム・ドワイヤーが提供してくれたキャンプでトレーニングをしていた折のことが。キャンプはロックフェラーの持つゴルフ場にも面していて、ある日、キャンプに転がって来たゴルフボールを追い駆けて来た老人がオーナーその人だったことを。

「そうか、ロックフェラーには前に会ったことがあるんだよな」

ジェイコブスの記憶も蘇ったようだ。

「確か話したよね、ゴルフボールの一件を」

「ああ。大富豪の癖にゴルフボールの一個を惜しむ。ケチの権化の面目躍如たるものがあるって、大笑いしたな」

「あの時既に九十歳を過ぎていたと思うが、まだ健在かな？」

「元気、元気。ケチな人間は当然ながら命も惜しむからな、長生きするさ」

「いや、好奇心旺盛だからじゃないかな。彼はその年でボクシングのことにも詳しかった。パオリーノは文句なく下せるだろうが、シャーキーには気を付けろって言ってくれた」

「フム、予言者さながらだな。今度のストライブリング戦も占ってもらうか？」

「そうだね。二七〇戦もしているんだから、ロックフェラーは彼のことを知り抜いているだろうからな」

「ひょっこりキャンプ場に現れるかも知れんぞ」

「因みに、キャンプ場はどこになるのかな？」

「クリーブランド郊外のコニュートレイクパークにキープしてある」

「じゃ、早速行こうか？」

マッホンが腰を浮かせた。

「いや、その前に、暫くエキジビションツアーに出る」

「えっ⁉」

マックスとマッホンは顔を見合わせた。

「一年のブランクがあるからな。顔を売りに行かなきゃいかん。落ち目にはなってるがデンプシーの人気はまだまだだ。彼のカムバックを望んでいるファンも少なくない。そのデンプシーにお前が瓜二つだってこと、顔ばかりじゃない、力量においてもデンプシーに取って代わるボクサーだってことを一人でも多くの者に知ってもらうために」

ジェイコブスの意気込みが痛い程伝わって来る。マックスの胸に熱いものがこみ上げて来た。

エキジビションツアーでは大陸を縦横に動き回った。フロリダに立ち寄った時、何代目かの〝ターザン〟に抜擢されて撮影中のジョニー・ワイズミュラーと知己を得た。一九〇四年生まれでほぼ同年であること、彼がアメリカ人でなくオーストリア・ハンガリー帝国生まれで、三歳の時にアメリカのペンシルバニアに渡って来たこと等を知って、親近感を覚えた。少年時代、スポーツ新聞の片隅に見出したワイズミュラーの記事が思い出された。一九二四年のパリ、四年後のアムステルダムのオリンピックで、ワイズミュラーは自由形の競泳で合計五個の金メダルを獲得、百メートルのクロールでは一分の壁を世界で初めて破った。その英雄が今、第二の人生を踏み出している。改めてアメリカの懐の広さ、大きさを思い知らされた。もし母国ドイツが戦争でアメリカを敵に回すようなことがあれば、とても立ち打ちできまいと思われた。バブル期に建設が始まったとは言え、その後の大恐慌にもめげず世界最高のエンパイアステートビルを僅か二年間で築いてしまうアメリカの底力に畏敬の念を覚えた。

ツアーを終えると、マイアミビーチの豪華なホテルで数日間の休息を得た。アニーが一緒だったらと思った。焦がれる思いで電話をかけたが通じない。止むなく手紙を綴った。

マイアミビーチを引き揚げる間際、思いがけない招待状に足止めされた。シカゴを根城とする暗黒街のボス、アルフォンス・ガブリエル・カポネ、通称アル・カポネからだ。

「どうしたもんだろう?」

マックスはホテルのボーイが持ち来った招待状をジェイコブスに見せた。

「フム、現れおったか」

ジェイコブスは大仰に目を見開いて見せた。

「奴はこういうエンターテインメントには必ずと言っていい程ちょっかいを出すんだ」

「何の為に?」

マッホンが眉をしかめた。

「ま、社会の底辺で虚勢を張ってる男だからな。コンプレックスの裏返しで、有名人と見ると関わりたくなるんだろ。それが手前の社会的ステータスになると思ってやがるんだ」

「でも、ある意味彼はもう充分に有名人じゃないか。泣く子も黙る暗黒街の帝王なんだろ?」

マッホンが詰問するように言った。

「それはそうだが、奴は本当は人々から尊敬されたいんだよ。恐れられても蔑まれたくはない。だから、禁酒法に乗じた密造酒の製造、販売、他に売春や博打で荒稼ぎしとるが、一方で、慈善事業もしている」

「えっ? どんな?」

「ニューヨークを歩いてて気付かなかったかい? 救世軍の向こうを張って、飢えた連中に奴はスープを配ってるんだ」

「へーえ! そんな義侠心も持ち併せてるんだ」

「何せこのご時世だからな。奴さんを救世主みたいに崇めてる連中もいる」

マックスはアル・カポネに興味を抱いた。年はまだ三十代前半だという。その若さで富を築き、シカゴの代名詞にまでなっている男の面構えを見てみたくなった。

「この招待を断ったら何かリスクがあるかな？」

ジェイコブスは腕を広げ、肩をすくめて見せた。

「応じるよりはあるかも知れんな」

「と言うと？」

「お前が断れば、カポネはストライブリングに肩入れするかも知れん」

「ストライブリングにも招待状が行ってるのかな？」

「多分な。無論、お前と鉢合わせさせたりはすまい。別の日に呼んでると思うがね」

「で、ストライブリングは応じるんだろうか？」

「それは分からん。しかし、ストライブリングのことは、同国人だし、二七〇戦もしてるんだ、カポネにはよく分かってるだろ。無論、顔も知ってるはずだ。だから、お前だけ呼んで品定めをしようって腹かもしれん」

「品定めをしてどうするんだい？」

マッホンが少し苛立ち気味に口を出した。

「無論、賭けだよ。気に入った方に賭ける。手口は知らんが、そうやって博打でも奴は大儲けしてきてるはずだ」

「まさか、卑劣な手は使わんだろうな？」

マッホンが眉根を寄せた。

「たとえば？」

ジェイコブスが葉巻をくわえ直した。

「気に入った方に勝たせるために、相手に毒を盛るとか……」

「確かに以前、そんな噂がなくもなかった。デンプシーがジーン・タニーとの防衛戦で信じられない負け方をした。最初から足もとがふらついてたんだ。首から上と下がバラバラの感じだった。一方的にタニーの連打を浴びた。よく倒れなかったもんだ、さすがデンプシーだと、妙に感心させられたがね」

「デンプシーは確か、チャンピオンになってから五度防衛しているが、タニーとの一戦までに五年程ブランクがあったからじゃないのかな？」

マックスが口を差し挟んだ。

「ま、そうかも知れんが、そうじゃない、という噂もあった」

「どんな？」

「デンプシーは毎朝オリーブ油を飲む習慣があった」

「フン」

「それを漏れ聞いた奴が、何らかの薬をそこに入れたんじゃないかってね」

「そんなことは、身近にいる人間にしかできまい？」

マッホンが口を尖らせた。

「そう。マネージャーか、トレーナーか、ボディガードかな」

「デンプシーのそういう取り巻き連をたらし込んだ奴がいるって訳かい？」

「それがアル・カポネの仕業じゃないかって、これはまあ、内々の噂だがね」

「しかし」

マックスと顔を見合わせてから、首をひと振りしてマッホンが口を開いた。

「一年後だったかな。デンプシーはベルト奪還を狙ってタニーに再挑戦し、いい試合をしたよな」

「伝説のロングカウントだな」


葉巻をかみながらジェイコブスは目を細めた。

「あの時もあらぬ噂が流れた。俺がその気になりゃ今度はデンプシーを勝たせてやれる、とアル・カポネが言いふらしているってな」

「カポネがもし本当に最初の防衛戦に絡んでるとしたら、彼はデンプシーが気に食わなかったのかな？」

「ま、そういうことになるが……」

ジェイコブスは曖昧に返し、カポネの招待状を表にしたり裏返したりしている。

「もしそうなら、僕もカポネには気に入られそうにない。やっぱり止めとくよ」

断を下すようにマックスは言い放った。ジェイコブスとマッホンは互いの目を見合った。

「一度、警察にお伺いを立ててみるか」

ジェイコブスがマックスではなくマッホンに言った。

「マックス・シュメリングがアル・カポネの招待に応じてもスキャンダルにならないかどうかをね」

マッホンは「フムフム」とばかり頷いた。

数日後、ジェイコブスが晴れやかな顔で現れた。

「メディアが大騒ぎするような乱闘事件でも起きれば別だが、さもなきゃ問題ないだろうって見解だ。それと、デンプシーの新しいマネージャー、レナード・サックスと電話で話ができたぜ」

さすがにジェイコブスは抜け目がない。

「アル・カポネはやっぱりデンプシーの熱烈なファンだったそうだ。で、今でもデンプシーのカムバックに期待を寄せてるそうだぜ」

「じゃ、デンプシーの居所も分かったのかい？」

「うん。リノにいるらしい」

「カムバックする気は？」

「大いにありだそうだ。手がけた事業が恐慌のあおりを食らって大損害を被り、相当金に困ってるようだ。妻君とも揉めていて決裂寸前らしい。残された唯一の希望はボクシングしかないぞと、レナードも発破をかけているみたいだ。シュメリングがもし防衛に成功したら、デンプシーを次の挑戦者に指名してくれないかと持ちかけられたよ」

「そうなったら、それこそアル・カポネがしゃしゃり出て来そうだな」

「ま、そうかもな。しかし、目下はシュメリングがチャンピオンで、しかも贔屓にして来たデンプシーと瓜二つということでカポネは会いたくなったんだろう、というのがレナードの見解だ。カポネは意外に紳士的な一面もある、強きを挫き、弱きを助ける面もあるから警察も大目に見ている、ま、招待に応じるのは問題ないんじゃないかって言ってくれたよ」

聞き役に徹していたマッホンが二つ三つ大きく顎をしゃくった。

「いいだろう。行ってみよう」

ジェイコブスがマックスの代理で招待に応じる旨をカポネのオフィスに伝えた。

その日、カポネの使いだという男がリムジンをビーチホテルに横づけた。細縞のブルーのスーツを着こなしている。背は低いがガッシリした体格の持ち主だ。運転手は対照的に大男で、赤い巻き毛が特徴的だ。慇懃に三人をリムジンへ誘い入れた。

ゆっくりと走り出した車は、やがてスピードを出し、風を切って空港に向かった。マイアミからシカゴまではざっと二千キロだ。

四時間程で機はシカゴに着いた。やはり車が迎えに来ていた。やがていかめしい鋼鉄製の二重構えの門の前に辿り着いた。

細縞のスーツとフェルト帽をかぶった守衛が走り寄って門を開け、リムジンをのぞき込んでから敬礼した。

前方に大きな屋敷が見えるが、そこまでは長い砂利道になっている。敷地全体は公園のように広い。生垣や低い木立が散見される。その背後にボディーガードのように人が立っている。

車はゆっくりと砂利道を屋敷に向かって進んだ。脇の方にあずま屋が幾つか建っている。その一つからマシンガンの銃身が突き出ているのが見て取れた。

車が玄関前で止まり、助手席を降りた例のがっしりした体格の男がリムジンのドアを開いて三人を屋敷に誘った。

玄関のホールに入ると、召使いが駆け寄って「コートをお預かりします」と言った。間髪を入れず二十五、六歳かと思われる若い女が両腕を広げながら三人に歩み寄った。カポネの妻でメエと名乗った。飛び切りの美人ではないが、愛想が良く、感じは悪くない。

カポネ夫人についてレセプションルームに入ると、そこには既に数十人の客が群しており、三々五々雑談を交わしている。

部屋の中央に置かれたテーブルには、贅沢な料理が山のように積まれている。ロブスター、キジ、やまうずら、七面鳥の肉などが銀のトレーにうず高く盛られ、サラダやケーキ、パイナップル、苺等のデザート類もふんだんに並べられている。

それよりも何よりも三人の目を驚かせたのは、シャンパン、ワイン、ウィスキーのボトルが夥しく並び、客達が入れ代わり立ち代わりそれらを傾け、チャリーンとグラスを合わせては口に運んでいる光景だ。

噂には聞いていたが、憲法修正第一八条として一九一九年にアメリカで制定された禁酒法が実質的には〝ザル法〟である現実を見せつけられた。酒類の製造、輸出入、国内での販売、運搬はご法度としながら、所持にはペナルティが科されないという〝抜け穴〟があったのだ。その実アル・カポネは、二十六歳の時ボスのジョニー・トリオから縄張りを受け継いで以来あらゆる犯罪に手を染めていたが、酒の密造、販売だけで年に一億五〇〇〇万ドルもの大金を稼いでいた。

三人は取り敢えず料理を皿に盛り、並んで口に運びながら客やカポネ一族とおぼしき面々の様子に目を配った。三人とも同じことを考えていた。カポネ夫人がすぐに自分達を夫に紹介してくれるはずだが、一向にその気配がないのはどうしたことだろう、それとも、いるにはいるが他の客とこみ入った話をしていて抜けられないのだろうか、と。

「あれがカポネじゃないのかな?」

マッホンが部屋の片隅で話し込んでいるグループの中の一人を指さした。

「あの、ずんぐりしたあばた顔の、眉毛がモジャモジャしてつながっているような男」

「近くへ行ってみようぜ」

ジェイコブスがマックスをつついた。

三人は皿の料理をつまみながらそっと男に近付いた。

刹那、まるで殺気でも感じたかのように男がさっと振り向いた。咎めるような目つきが、すぐに和らいだ。

「やあ、マックス・シュメリングだね」

男は破顔一笑して手を差し出した。

「〝ラインの黒い槍騎兵〟だったかな?」

マックスは驚いた。自分のニックネームまで知っているとは!

「俺はジョー」

マックスの手を強く握りしめて男は言った。

「人呼んで〝ジョー親分〟だ。会えて嬉しいよ」

ジョーはグループの面々にマックスを紹介した。

その中の一人、小柄な男が進み出て「俺はオーギ・スカルファーロ。宜しく」と名乗った。

「今度の試合はどうかね？」

マックスは一瞬戸惑い気味に相手を見返した。スカルファーロの探るような眼差しにやや圧倒された。

「勝てる自信は？」

「勿論、あります」

ジェイコブスがウインクして見せたのに促される恰好でマックスは答えた。

「確率は？」

スカルファーロが畳みかけた。相変わらずの目つきだ。

（単なる興味本位で尋ねてるんじゃないな。こいつは何者だろう？）

マックスは相手の目をのぞき込みながら自問した。

「百パーセント、勝てるかね？」

スカルファーロが絶妙の間を置いて問いを重ねる。

「まるで詰問だね。さてどう答えたものかな？」

マックスはドイツ語でマッホンにアドバイスを求めた。

「九分九厘、と答えておけよ」

マッホンがドイツ語で返した。ジェイコブスが「何々？」という目で二人を交互に見やった。

「そこまでは、ちょっとね」

マックスはまたドイツ語で返してから、おもむろにスカルファーロに向き直った。

「神ならぬ身、何事も、百パーセントということはないってことは、あなたもご承知でしょう」

スカルファーロは無言のまま「うん？」とばかり首を傾げた。

「まして相手は歴戦の強者です。けれど、KO率は、ストライブリングは五〇パーセントですが、僕は七〇パーセント、パンチ力で僕の方が上回っていると いう自負はあります」

スカルファーロはコクコクと頷いた。

「ともかく、会えて嬉しかったよ。またいつか会えることを祈ってるよ」

スカルファーロはもう一度マックスの手を握りし

めると、もう未練はないとでも言うようにさっさと踵を返して別のグループに足を向けた。

二時間ばかりが過ぎ、デザートにもいい加減舌鼓を打って腹も満ちたが、ホストであるはずのアル・カポネは一向に現れない。

マックスは思い切ってカポネ夫人に声をかけた。

「そろそろお暇したいんですが、ご主人にはお目に掛かれませんか？」

カポネ夫人はすかさず恐縮の面持ちを返した。

「お呼びだてしながら申し訳ありません。実は、パーティーの始まる前に急に呼び出されて……すぐにも戻ってくるはずですのに……」

夫人は腕を返してチラと時計を見やった。女ものそれはよく分からないが、きらびやかなデザインからしても高級品であることは読み取れる。

「もう二時間経ちますわね。戻って来ないはずはないんですけど、どうしたんでしょう？」

歯切れが悪い。それに、呼び出されたとは穏やかでない。

（何かあるな！）

結局、その夜アル・カポネは帰って来なかった。三人が暇を告げると、夫人がいかにも申し訳ないと言った顔で見送りに出た。

「カポネが顔を出さなかった訳が分かったよ」

翌日、ジェイコブスがこれ見よがしに広げた新聞を手にマックスとマッホンの前に現れた。「ニューヨーク・タイムズ」の三面記事欄の一点にジェイコブスは指を立てた。

「カポネ、脱税の疑いで逮捕」の見出しが躍っている。

「我々がシカゴに向かってる間にとっつかまったって訳だ」

ジェイコブスが解説するように言った。

「夫はすぐにも戻って来ると思うとワイフが言ったのも、万更嘘ではなかったか」

マッホンが相槌を打ちながら言った。

「主のいないパーティーはもうひとつ盛り上がりに欠けたが、マックスにとってはラッキーだったかもな」

「どういう意味だい？」

マックスはジェイコブスを訝り見た。

「下手に関わらなくて済んだからだよ。もしカポネがストライブリングに肩入れしていたら、適当に手を抜いてくれ、金は弾む、なんて言い出しかねなかっただろうからな」

「フム」

マックスは考え込んだ。裏取り引きの博打も暗黒街では日常茶飯と聞いている。もし実際カポネがそんな取り引きをしかけて来たらどう答えただろう？オーギ・スカルファーロとのやり取りくらいでは済まなかったかも知れない。

翌日、マイアミビーチからキャンプ地へ移ったところへ、またジェイコブスが新聞を抱えてやって来た。

「大変だ。ジョーが二人も人を殺したぜ」

マックスとマッホンは新聞に見入った。眉間まで伸びているゲジゲジ眉の顔が脳裏に蘇った。

「フロリダに逃走？」

少しは分かる英文をマックスは追った。

「どうせならメキシコからパナマくんだりにでも逃げた方が安全だろうに」

ジェイコブスの予感は当たった。数日後、ジョーは逃亡先でライバルのギャング一味に襲われ、銃殺された。


キャンプ地のクリーブランド郊外コニュートレイクパークでの日課は、以前のそれと変わらない。午前は、遠距離走、マシンを使っての筋肉のトレーニング、マッサージ、午後は、ジェイコブスが集めて来たストライブリングの主だった試合のフィルムを見ての研究と対策、それにスパーリングだった。

「見学はお断りで行くぞ。無論、メディアもシャットアウトだ。尤も、このご時勢だ。メディアも切り詰めてるから本番前に大挙押し寄せることはないだろうけどな」

それにしてもこっちの手の内は見せちゃいかん、

ヴェールに包んでおくに如ず、その方がのぞき見趣味をかきたて、想像を膨らませて喧伝効果がある、とジェイコブスはまくしたてた。

「デンプシーの一件じゃないが、怪しい奴を忍び込ませないためにもな」

ところが、ある日の午後、野外のリングでのスパーリングを始めると、頭上に聞き慣れぬ物音が響いた。

「何だい、あれは？」

マックスは手を休めてマッホンに問いかけた。

「軽飛行機だな。やや っ」

マッホンが上体をすくめた。

軽飛行機は急降下してリングの周りの樹林スレスレを旋回し、機体をくねくねうねらせたかと思うと、アクロバット並みに宙返りまでやってのけ、呆気に取られているマックス達を尻目に悠々と飛び去った。

次の日も、ほぼ同時刻に軽飛行機は飛来して来てひとしきり同じパフォーマンスをやってのけた。

「呆れたぜ」

三日目、事と次第を伝え聞いてキャンプに姿を見せたジェイコブスは、双眼鏡で軽飛行機を捉えながら言った。

「パイロットはウィリアム・ヤングだ」

「えっ？　ストライブリング？　マックスの相手かい？」

マッホンが素っ頓狂な声を挙げた。

「そうだ。奴のもうひとつの顔はスポーツパイロットなんだよ」

マッホンはジェイコブスの手から双眼鏡を奪い取ると、例の如く超低空飛行でアクロバティックな旋回をやっている軽飛行機を追った。

「何を考えてやがるんだ、奴は？　墜落事故でも起こしたらどうするんだ！」

「心理作戦に出たんだろ」

ジェイコブスが剽軽に目をグルグルッと回して見せた。

「そっちはせっせとスパーリングに余念がなさそうだが、こっちはこの通り余裕たっぷりさってところだろ」

「ふーん。それにしても信じられんことをやってのける奴だ。こんなパフォーマンスを見たらセコンド連中は肝を潰すだろうに」

二人のやり取りに耳を傾けながら、（確かにこれは恐れ入った心理作戦だ）とマックスは思った。スパーリングで汗だくの相手を上から見下ろすのはさぞや痛快だろう。自分達がいかにも小さく見えるに相違ない。

「立ち入り禁止と銘打ってるんだ、幾ら何でもルール違反だろ」

飛び去った軽飛行機を恨めし気に見やりながら、マッホンがいきまいた。

「ボクシングコミッショナーに一言入れなくていいのかい？」

「フム。ま、あしたも来たら証拠写真だけでも撮っておくか」

だが、カメラをあつらえて待機していたマッホンの意気込みは空振りに終わった。こちらの意図を見透かしたかのように、ストライブリングのパフォーマンスはそれっ切り止んだ。

試合当日が来た。七月三日のその夜、二五〇〇台のアーク灯がミューニシパールスタジアムを光の海と化した。

コニュートレイクパークから会場に向かったマックスの一行を、警察の車がサイレンを鳴らしながら先導し、マスコミの記者団が乗り込んだ数十台の車が後を追った。群衆が更にその周りを取り囲みながらスタジアムになだれ打った。

皓々たるライトがむし暑さをいや増している。光に寄ってくる夥しい虫を吸い取る特殊な機械が轟音を立てている。

巷の賭け率は七対五でストライブリング優勢となっていた。同国人への身贔屓と期待、それにストライブリングのキャリアとスポーツパイロットとしての人気故だ。一方のシュメリングは、ローブローの反則で辛うじて勝利が転がり込み、母国のヒーローの一人シャーキーが取るべきタイトルを掠め取った憎い奴だが、デンプシーに瓜二つという面でそれなりのファンもいる。ＫＯ率七割が見所というメディアの喧伝にも煽られ、期待を寄せる向きも少なくない。

異様な熱気と興奮のるつぼと化したスタジアムだったが、ボクシングの試合はこのスタジアムの嚆矢で、人気の秘密はその点にもあった。

ストライブリングは第一ラウンドから積極果敢に打って出た。クリンチになると、グラブを開いて親指でマックスの目を突き刺した。痛みが走り、視界がぼけた。

ゴングが鳴って目を瞬《しばたた》きながらコーナーに戻ったマックスにマッホンが顔をしかめた。

「何だその目は？」

マックスがかくかくしかじかと説明すると、マッホンが一喝した。

「何でやられっ放しになってんだ？　お前も同じことをしてやれっ！」

マックスは我に返った。第二ラウンド、ストライブリングが目を狙って来た時、マックスは同じことをやり返した。ストライブリングが一瞬虚を衝かれたようにひるんだ。マックスは執拗に相手を追いかけ親指刺しを試みた。〝身から出た錆〟と悟ったか、第三ラウンド以降、ストライブリングは親指刺しをして来なくなった。

第六ラウンド、マックスの右フックが顎にヒットし、ストライブリングは大きく上体を泳がせた。マックスは畳みかけたがストライブリングはクリンチで逃れた。

第七ラウンドでは、ストライブリングの手数がめっきり減った。顔は腫れ上がり、ダメージの大きさを窺わせた。

「いいぞ、相手はヘトヘトだ。次で決めろ」

コーナーに戻ったマックスの耳に、マッホンが熱い息を吹きかけた。リング下でジェイコブスも腕を突き上げ、大声でわめいている。

第八ラウンド、ゴングにやや遅れて立ち上がったストライブリングを一瞥して、マックスは（勝てたっ！）と胸の裡で叫んだ。疲労困憊の様がありありと見て取れたからである。

しかし、ストライブリングは驚異的な粘りを見せた。マックスの攻勢に押されてリング中を逃げ回りながらも、カウンターの右ストレートと左フックのコンビネーションで反撃し、マックスをたじろがせた。

九、一〇、一一とラウンドが進んだ。よろめきながらもダウンを喫しない相手の打たれ強さ、粘りに、マックスは畏敬の念さえ抱いて来た。二七〇戦という驚異的な試合数をこなしながら一度もダウンを喫したことがない男の戦歴が思い出された。

「優勢は間違いないが、相手も手数は出している。それと、こっちはアウェーのハンデがある。ＫＯでないとやばいぞ」

マッホンの檄に頷きながらも決定打を出せないまま最終ラウンドを迎えた。マックスの瞼も腫れていたが、ストライブリングは顔全体が腫れ上がっている。ダメージの差は歴然としているが、マッホンの檄にも一理はある。少なくとも一度はダウンを奪わねば決定的な勝利にはつながらないという。

決意を新たに、マックスは勢いよくコーナーを飛び出した。ストライブリングはやや遅れて中央に歩み寄った。

明らかに自分の方が余力がある、とマックスは感じた。ガードが甘くなっている。相手はもうカウンター狙いしかなさそうだ。

二分が経過した。マックスはダッシュした。左右のフックを浴びせ、相手の苦し紛れのカウンターが空を切って無防備の顔が眼前に迫った瞬間、狙いすました左のフックを顎に見舞った。

ストライブリングはのけぞり、両腕をダラリと下げると、夢遊病者のように体を揺らせながらマットに崩折れた。

マックスはニュートラルコーナーに引き下がり、祈るような思いでレフェリーのカウントに耳をそばだてた。

（もうそのまま立ち上がらないでくれ！）

だが、カウント9でストライブリングは立ち上がり、ロープに寄りかかりながらレフェリーの促すファイティングポーズを取った。

「行けっ！　後二十秒だっ！　決めて来いっ！」

マッホンが背を押した。マックスはコーナーを飛び出した。

刹那、ストライブリングの父親がリングに駆け上がり、タオルを投げ入れた。息子のトレーナーだった。

レフェリーのブレイクがすかさず歩み寄り、マックスの手を高々と差し上げた。

マックスは相手のコーナーに歩み寄り、父親に抱きかかえられるように椅子に腰を落としたストライブリングの肩を叩いた。ストライブリングも立ち上がり、二人は抱き合った。

観客は一斉に立ち上がり、両者の健闘を称えた。万雷の拍手がいつまでも鳴り止まず、夜空に轟き渡った。

マックス・シュメリングの評価は一変した。アメリカはもとより、あれ程中傷と揶揄を繰り返したドイツのメディアからも称賛の声が届いた。

ニューヨークボクシング委員会は、封印していたマルドゥーントロフィにマックスの名を刻み入れた。

祝意の電報や電話が連日のように届き、入った。

思いがけないプレゼントがあった。エキジビションツアーのさ中フロリダで出会って意気投合したジョニー・ワイズミュラーの声だ。ただの声ではない、密林で動物を呼び寄せるターザンの雄叫びを受話器の向こうに響かせたのだ。

「我が愛するジェーン、チンパンジーのチータ、そして多くの動物達と共に、君の偉大な勝利への賛歌だ」

〝ジェーン〟とは〝ターザン〟の妻で、演じているのはアイルランド出身のまだ漸く二十歳になったばかりのモーリン・オサリヴァンだ。目の覚めるような綺麗な女優で、金髪碧眼の美男子ワイズミュラーとはお似合いのカップルだった。

「僕の方の撮影はもう少しかかるが、来年には見てもらえると思うよ。君は当分いるんだろう？」

「いや、一旦ドイツに帰るよ」

「そりゃそうだな。故郷に錦を飾らないとね」

「うん、待っててくれる人もいるから」

返しながらマックスの脳裏にはアニーと母親の顔が浮かんでいた。

アニーには無論試合を終えた直後に電話をかけている。アニーはラジオを聴いていてマックスの勝利を知っていたが、マックスが優勢となる中盤までは生きた心地がしなかったと言った。

「あなたを早く抱きしめたい。いつ帰って来るの？」

新聞記者達の闖入に遮られる直前のアニーの言葉、愛らしい声が耳の奥にこびりついている。

「しかし、ドイツは大丈夫だろうか？」

〝待ち人〟が誰なのか聞いてくれると思ったのが、思いがけない言葉がワイズミュラーから返った。

「うん？　何がだい？」

「政界だよ。先の選挙で極右政党のナチスが大躍進を遂げたよね」

「ああ……」

「心配だよ。ヒトラーは名うてのユダヤ人嫌いだろ」

「そうらしいね」

「何をやり出すか分からん。僕はもう母国に戻ることはないが、幼なじみにはユダヤ人も何人かいる。いや、僕のことはいい。それより君のことが心配だ」

「僕のこと……？」

「そう、君の有能なマネージャーだよ。彼は歴としたユダヤ人だろ？」

「そうだが、彼はもうアメリカに永住を決めているからヒトラーと関わりを持つことはないだろう」

「問題は、彼のことじゃない。君のことだ」

「うん？」

「ヒトラーがもし次の選挙で第一党にのし上がって政権を取り、その時点で君がまだチャンピオンでいたら、ヒトラーは圧力をかけて来るだろう」

「どんな風に？」

「無論、ユダヤ人のマネージャーとは手を切るように、と迫るだろう」

どこかで似たようなことを言われたような気がした。それが、〝Liebe im Ring〟で共演した喜劇俳優クルト・ゲロンの口から吐かれたものであった、と思い出すのに時間はかからなかった。

(だとしたら、ゲロンこそ危ないじゃないか)

幾度となく自分を笑わせてくれた気の好いゲロンの顔が懐かしく思い出される。

「僕の心配が杞憂に終わることを祈ってるよ」

マックスが絶句している間に、ワイズミュラーが二の句を継いだ。

「ドイツへ帰ったら、政治情勢、格別、ナチスの動きがどうなっているか、できる限り情報を摑んで欲しいな。君のマネージャー、ひいては君自身の為にも」

「有り難う。そうするよ」

一度限り会っただけで意気投合した男の友情が胸にしみていた。


数日後、マックスはマッホンと共にニューヨークへ向かった。一つはドイツ大使バロン・フォン・プリットウィッツ主宰のレセプションに出席するため、今一つは、そのままニューヨークから定期船「ヨーロッパ号」に乗り込んでドイツへ帰るためだった。

プリットウィッツは半分頭髪の薄くなった年配の人物で、知的な風貌は一見とっつき難かったが、マックスの手を力強く握りしめ、賛辞を尽くしてくれた。ドイツの政情、わけてもアドルフ・ヒトラー率いるナチスの台頭を憂うるワイズミュラーとのやり取りが頭の片隅に残っていたから、マックスは余程プリットウィッツにドイツの未来についてどう思うか尋ねてみたかった。しかし、お祭り気分で自分を迎えてくれた在米ドイツ人のレセプションの場で、しかもジェイコブスが同伴している席でそれを切り出すのは、座を白けさせるだけと思い留まった。

出発の朝、マックスの部屋のドアがノックされた。鍵はかけていないから「どうぞ」と声だけ返すと、小柄な男が素早くドアをくぐり抜けて入って来た。帽子を目深にかぶっているから一瞬何者かと身構えた。

「オーギだよ。オーギ・スカルファーロ」

男は帽子のひさしに手をやって額をのぞかせた。

「ああ、あの時の……⁉」

主不在のまま終わったカポネ邸のパーティーのひとコマが蘇った。

「防衛おめでとう」

スカルファーロは手を差し出した。マックスも手を伸べると、スカルファーロはもう一方の手に持っていた小さな包みをマックスの手に押しやり、握らせた。

「これは……？」

掌の包みに目をやってマックスは問いかけた。

「巷の賭け率はストライブリングに傾いていたが、俺はあんたに賭けた。お陰でたんまり儲けさせてもらったよ。これはほんのお礼だ」

スカルファーロはマックスの掌に乗っている包みをつまみ上げると、またすぐにそれをマックスの掌に押し付け、握らせ、マックスの拳を両手で包み込んだ。

「ナイスゲームだったよ、チャンピオン。よいヴァケーションを！」

アル・カポネやジョー親分はどうしている？　と尋ねようとした時には、もう相手はドアの向こうに消えていた。

マックスは包みをバッグの中に放り込み、急いで最後の荷造りにかかった。

包みのことを思い出したのは、「ヨーロッパ号」が大西洋に出て二日後のことだった。

出て来たのは時計だった。何か分からないが精巧に宝石がちりばめられてある。文字盤の裏を返して驚いた。

「オーギよりマックス・シュメリングへ」

と彫られてあった。

（一七）

一九三〇年九月の総選挙で第一党としての面目は保ったものの、社会民主党は骨抜き状態になっていた。最大政党として党首ミュラーがワイマール共和国の首相の座に就いていたが、前年にニューヨークのウォール街に端を発した大恐慌のあおりを食ってドイツのミニバブルが崩壊、大量の失業者を出すに至って、その対策を講じ得なかったミュラーは首相の座を放棄してしまった。

代わって首相に就任したのは、その温厚篤実な人柄を時の大統領ヒンデンブルクに見込まれたカソリック中央党のハインリヒ・ブリューニングだった。四十代の半ばに差し掛かっていた。

政権を担って間もなくブリューニングは総選挙に踏み切った。改選によって中道派の経済党や自らの属する中央党、穏健右派のドイツ国家人民党やバイエルン人民党の躍進を期し、以て連合政府を作ろうと目論んだのだが、結果は目論み倒れに終わった。何よりの誤算は、穏健派でなく、極右翼のＮＳＤＡＰと左翼の共産党が台頭したことだった。中央党は辛うじて前議席を維持するに留まった。大統領ヒンデンブルクは総理府長官のピュンダー・ヘルマンを介して、選挙結果に気落ちするな、私は貴君を支援し続ける、とメッセージを送った。

気を取り直したブリューニングは、各党首脳との協議に入った。首相を退いたミュラーと、その年まで蔵相を務めていた社会民主党のヒルファーディングとの会談は友交的な雰囲気で進められ、ブリューニングの施策への協力が取りつけられた。次いでヒトラーとの会談を、ドイツ国家人民党に属し、ブリューニング内閣で占領地域相の要職に就いていたトレヴィラス・ゴットフリートの家で行った。ＮＳＤＡＰ側からはヒトラーの他に腹心ヴィルヘルム・フリックとグレゴール・シュトラッサーが参加した。

ヒトラーの胸には鉄十字勲章が二つ飾られている。将校ではない、一伝令兵として戦場に身を置いたヒトラーの履歴は知っている。自分もまた前線兵士だった。いわば自分達は戦友だ。共にドイツの為に戦ったのだ。そして十有余年経た今は、戦場ならぬ政界で鎬を削り合っている。イデオロギーは異にしても、祖国の安寧、平和、繁栄に尽くすという使命感は共通のものでなければなるまい。

「ヤング案の締結で我が国は桎梏から解かれつつあります」

ブリューニングはこう切り出してヒトラーの顔色を窺った。ヒトラーは左の人さし指をチョビ髭にやって、二度三度撫でながら相手を見返した。

〝ヤング案〟は一九二四年から実効に入った〝ドーズ案〟を大幅に修正緩和するもので、一九二九年六月、アメリカのモルガン財閥系銀行家、オーエン・ヤングによって提唱された。難色を示した戦勝国も、数ヵ月後に起きたウォール街の株価暴落に端を発した大恐慌の波をもろにかぶったドイツに同情を寄せ、これを呑み込んだ。

オランダのハーグで締結されたヤング案によって、ドイツに課されて来た一三二〇億マルクの債務は三〇〇億マルクに軽減された。

「しかし、大恐慌の余波は依然として高く、我が国が完全に立ち上がるには尚二、三年は要しましょう」

ヒトラーは口髭をしごいていた指を離し、「オホン」と一つ咳払いをすると、背筋を立ててやおら口を開いた。

「私に政権を委ねてくれるなら、ドイツを二、三年で立ち直らせてみせる。しかし、ヤング案に満足しているあなたでは無理だ」

フリックとシュトラッサーがいかにもとばかり相槌を打って身を乗り出した。

ブリューニングは助けを求めるようにトレヴィラスを振り返った。

「ヤング案に勝る妙案があるとでも？」

促されるままトレヴィラスが切り返すように言った。

「ヤング案などは生ぬるい」

ヒトラーはこめかみを震わせた。

「私が終始一貫主張して来たように、ヴェルサイユ条約を全面破棄させること、それが国民の士気の昂揚につながる第一の方策です」

ブリューニングは苦笑と共に頭を振った。

「あなたとあなたの党のそうしたキャッチフレーズが国民の耳には快く響き、ミニバブルが弾けたことも手伝って、今回の選挙で大きく躍進を遂げたことは認めましょう。しかし、NSDAPと共産党が伸びたことに危惧を覚えた諸国は、我が国への投資を抑え、早くも五億マルク相当の外国資本が失われているのです。この事実をあなたはどう受けとめられるのかな?」

数日前、ヨーゼフ・ゲッベルスはベルリンでのNSDAP指導者会議で、「現体制は我々に償いをしなければならない。さもなければ、我々が現体制を打破する他ない」と言明し、財界にパニックをもたらした。「水曜版ベルリン新聞」は、ナチスことNSDAPがヴィルヘルム通りにバリケードを築き、〝ミュンヘン一揆〟の再現を謀っている、と報じた。

これを目にしたアメリカやフランスの銀行が一斉に取り引きを中止、ドイツ国立銀行は一週間で三億六〇〇〇万マルクの外国為替と金を失った。

「選挙結果はあくまで国民の総意を反映したもの。それによって外国資本がどうのこうのと言われても答え様がない。

五億マルク云々と仰るが、ヤング案が残した三百億マルクに比べれば物の数ではない。我々はあくまでヴェルサイユ条約の破棄そのものを求める。それこそがドイツに真の自由と解放をもたらすからです」

「無償という訳にはいきませんよ」

眼鏡を鼻根に押しつけながらブリューニングは返した。

「あなたも私も戦線に出た。だから私はあなたに戦友としての親近感を禁じ得ないのだが、まかり間違えば、我々は二人とも戦場に屍《まみ》をさらしていたやも知れず、ここでこうして相見えることはなかった」

ブリューニングはヒトラーの意識をそこに誘い込もうとするかのようにチラチラッと鉄十字勲章に視線を送った。

「しかし、不幸にして戦場に散った兵士は数知れません。我が国民のみならず、諸外国の民も。そうして、残念ながら我が国は敗れた。賠償は、敗戦国の当然のペナルティでしょう。それをチャラにせよという論理は国際社会では通用しません」

「あの戦争の発端はご存知のようにセルビア人によるオーストリアの皇位継承者フェルディナント大公夫妻暗殺であり、これに抗したオーストリアに我が国が加担したもの、いわば売られた喧嘩を買ったまでで、防衛戦に他ならなかった。中立の立場を取ってよいはずのイギリスがロシア、フランスと共にセルビアに加担したことで我が国の目算が狂った。イギリス軍の放った毒ガスで、私は目をつぶされ、失明寸前まで追いやられた。私が今こうしてここにおれるのは奇跡のようなものだ」

ヒトラーの口吻が激して来た。すると、それに和すように、戸外で時ならぬ歌声が鳴り響いた。NSDAPの〝突撃隊の歌〟だ。運転手トーナクと共に共産党員に襲われたその日、ゲッベルスが党員の士気を鼓舞すべく機関紙「攻撃」に載せた歌で、突撃隊員ホルスト・ヴェッセルの作詞によるものだった。ヴェッセルは大戦前からドイツで盛んだったワンダーフォーゲルの歌を書いていた。メロディはドイツの伝統的なベンケルザング（民衆大道演歌）に由来しているが、誰の手によるものか、マーチ式にアレンジされている。

褐色の部隊に道を開け！
突撃隊員に道を開け！
幾百万の人々は希望に溢れて鉤十字を
仰ぎ見る
自由とパンの日が始まる
最後の点呼のラッパが吹き鳴らされ
われらはみな戦う準備を調えた！
やがてヒトラーの旗があらゆる街頭に翻る

隷従の時が続くのももう僅かだ
この勇ましくも騒々しい行進は、明らかにヒトラーと側近への応援歌、対するトレヴィラスへの厭がらせに相違ない。

（約束違反だ）

ブリューニングは窓の方へ耳をそばだてながら思わず口にするところだった。トレヴィラスも顔をしかめながらブリューニングの耳に口を寄せた。

「今日のこの会議は極秘裡にということではなかったのですかな?」

「いかにも」

ブリューニングは囁き返した。

「だから、イギリスはもとより、フランスも、ボルシェヴィズムの温床ロシアも、不倶戴天の敵だ。それ故に、これら諸国に甘い汁を吸わせて来たヴェルサイユ条約は元より、緩和されたとはいえヤング案も、全面破棄させなければならない」

〝突撃隊の歌〟が遠ざかるにつれ、ヒトラーの声は一段と大きくなり、演説口調に変わった。握りしめた拳を、ボクシングのジャブのように繰り返しブリューニングに突き出すパフォーマンスさえ伴った。

「今もし」

ブリューニングは相手のジャブを制するように右手を突き出した。

「ヤング案にさえ飽き足らず賠償の全額免除を求めるような攻勢に出たら、諸国は一大衝撃を受け、我が国への資本投入を即時中止するでしょう。あるいは、見返りに、大幅な軍縮を求めて来るかも知れない」

ヴェルサイユ条約でドイツに課されたのは金銭面の償いばかりではなかった。海外植民地はすべて没収され、参謀本部の解体、徴兵制の廃止、潜水艦、戦闘機の保有の禁止等に加え、陸軍の兵力は一〇万以下、海軍兵員は一万五〇〇〇、軍艦保有量は一〇万トンにする、との軍備制限が課された。

しかし、ドイツは密かに軍備を増強し、陸軍の兵力は一〇万人を超えている。

「先のドーズ案も今回のヤング案も段階的にヴェルサイユ条約を緩和しようとするもので、大戦末期まで中立を保ったアメリカならではの誠意を汲み取るべきでしょう」

ヒトラーが身を乗り出したのを制するように、ブリューニングはまた眼鏡のフレームを深い眼窩に押しつけてから二の句を継いだ。

「賠償問題も、最終的解決の鍵を握っているのはワシントン、つまりはフーヴァー合衆国大統領です。しかし、彼は今、お膝元から発生した大恐慌への対応に追われ、ヴェルサイユ条約云々にかまっておれる状況ではないでしょう。まだ数年は」

「それは我が国も同じだ」

ヒトラーが強い語気で言い放った。

「失業率をご存知か？　二年前、一九二九年は八・五パーセント、昨年は一四パーセント、今年は更に増し、恐らく二〇パーセントを超えるだろう。これに対する国民の不満が今回の選挙結果につながったのだ」

フリックとシュトラッサーがいかにもとばかり相槌を打った。

「数年先、などと悠長に構えておれる時期ではないでしょう。年間二〇億マルクの賠償金を内需拡大に回し、ぬくぬくとうまい汁を吸い続けているユダヤ財閥の銀行預金を没収して労働者に分け与える。いや、その前に、労働意欲を駆り立てるのではなくストばかりに走って労働生産を落としめている共産党を叩きのめす必要がある」

ヒトラーは再び拳を振り上げたかと思うと、椅子から立ち上がり、部屋の中をグルグルと回り出した。

後は彼の独壇場となった。まるで演説会場にいるように、胸に組んだ腕の一方の手に顎を支え、時にその手を放して拳を作り、それを顔の横で振り上げながら、滔々と持論を展開した。非難の矛先は専らフランスに向けられた。ドイツの工業の心臓部であるルール地方を占有したことに始まり、ラインラントの非武装化を主張し条約に盛り込ませたこと、等々、許し難い不倶戴天の敵であり、叩きのめさなければならない、といきまいた。

ラインラントはその南部でフランスと国境を接しており、ここを非武装地帯とされたことで、もはやドイツの陸からのフランス侵撃は封印されたことになる。

「フランスは大戦で対人口からすれば最も多くの死者を出したのだから、我が国への遺恨は仇《あだ》おろそかではないでしょう」

目の前を歩き回るヒトラーに狙いを定めることができないまま、それでもやっと相手の機関銃のような長舌の間隙を捉えてブリューニングは言葉をさし挟んだ。

戦死者および戦病死者数は、勝利を収めた連合国側で四八八万九〇〇〇人、その内、ロシアが一七〇万人、フランスは一四五万人を数えている。敗戦国側のそれは三一三万二〇〇〇人で、ドイツが半数の一七七万人余を占めているが、対人口比で言えば、ドイツが三五人に一人の割に対してフランスは二八人に一人と最多に達していた。フランスが戦後の賠償問題にめくじらを立て、ドイツへの制裁を我れ先にと求めた理由もこの辺にある。

「フランスへの同情などは論外だ」

ブリューニングの発言に足を停めていたヒトラーは、また一歩踏み出すと同時に拳を振り上げた。

「アメリカやイギリスの宥和策がフランスのラインラント左岸占領を辛うじて防いでくれたものの、アルザス・ロレーヌは奪い返され、我が国経済の心臓部とも言うべきルール地方も占領された。我が国に課された賠償で一番甘い汁を吸ったのもフランスだ。フランスの所為でドイツはハイパーインフレに陥り、長い低迷期を迎えねばならなかった。フランスが我が国から絞り取るだけ絞り取ろうとしたのは、彼国自身、債務に喘いでいたからだ。つまりは軍事費のアメリカに対する借金だが、終戦時で八〇億ドルにのぼっていた。フランスはロシアに一五億ドル相当の債権を持っていたが、革命の勃発で回収が望めなくなった。フランスの矛先は、だからロシアにこそ向けられるべきなのだ。

いずれにしても、我が国を疲弊に追い込んだフランスは徹底的に叩きのめさねばならない。そう、まずフランスを！　そして次には、我が国の共産主義者の後楯であるソ連をだ」

耳障りでいまいましい。だが、どことなく抑揚に富んで説得力のあるヒトラーの口舌に、ブリューニングとトレヴィラスは顔をしかめながら聞き入る他ない。

折しも、戸外がまた騒々しくなった。夥しい足音と共に、例の〝ホルスト・ヴェッセル〟の歌が響いて来る。

ブリューニングは腕を返して時計を見た。先刻のデモ行進から十五分経ったばかりだ。

〝ホルスト・ヴェッセル〟の歌が小さく遠退いたところで、再びヒトラーは口を開いた。

「自分がもし政権をとったなら」と彼は繰り返した。対外的にはアメリカとムッソリーニのイタリアと協力してフランスとソ連を、対内的には、共産党、社会民主党を叩きのめす、この闘争の手始めに、我が党から三人の入閣を果たしたいがどうか、と迫った。

（ヒトラーは第二のムッソリーニになりたがっている！）

ブリューニングは独白を胸の奥に吐き捨てた。

ヒトラーがＮＳＤＡＰという政党を組織して正当な議会活動を営みながら、一方で〝突撃隊〟という非合法的な暴力的組織をゲッベルスに率いさせて示威運動を展開し、時に流血事件を引き起こしているのは、明らかにムッソリーニのファシストの動きに倣ったものだとブリューニングはにらんでいる。

（万が一ヒトラーが政権を握ってムッソリーニと組むような事態に至ったら、ヨーロッパは終わりだ）

口角泡を飛ばし、拳を振り上げながら独演を続けるヒトラーを見すえながら、ブリューニングは苦々しい呟きを胸の中で繰り返していた。

（一八）

オーギ・スカルファーロがそっと手に握らせてくれた時計が女物であったらよかったのに、とマックスは思った。アニーへの何よりのプレゼントになっただろう。尤も、シカゴのギャング王アル・カポネの配下のギャンブラーから贈られたものと知れば、アニーは眉をひそめ、身につけようとしなかったかも知れない。マックス自身も、折角のプレゼントだが、自分の腕につけることはせず、いざという時の質駒に保管しておくことにした。その筋の業者に鑑定させたところ、四〇〇〇マルクの価値はある、と言われたからである。

帰国後マックスは、一躍時のヒーローとしてマスコミの取材攻勢にあったが、寸暇を割いてアニーと過ごした。多忙さから言えばアニーの方が上だった。アニーは彼女を銀幕の世界に押し出したカール・ラマックをマネージャーに、プラハ時代の二、三の友人と共にプロダクションを設立していた。このオンドラ・ラマックカンパニーは年に七、八本の映画を制作しており、アニーがそのほとんどでヒロインを演じた。

マレーネ・ディートリッヒは若い時に結婚して儲けた娘を伴ってアメリカに渡り、既婚者、母親であることを堂々と公表して映画関係者の度肝を抜いたが、一般にスターなるもの、殊に女優は、後ろめたい過去がなく、恋人や家庭など持っていないに限る、といった不文律のようなものに縛られていた。

その意味でアニーはマックスとの仲がスキャンダルになるのを避けねばならなかった。マックスは極力ベルリンを避け、郊外へアニーを誘った。

行く先は専らサーロウピースコウだ。そこへの何度目かのデートの時、小さな森を取り囲むように古風な佇まいの家が立ち並んでいる一角へマックスは車を進めた。

車を降り、アニーの手を引いて一軒の家に誘った。草葺屋根が切妻造りになっている。建物はこぢんまりとしているが、庭は広く、可憐な花々が咲いている。

「ここは空き家かしら？」

「ああ……でも、もう新しい買い手がついたらしいよ」

「えっ……ひょっとして、あなた……？」

アニーがマックスを訝り見た。

「そう。僕が買ってしまった。初めて君をここへ連れて来た時、こんな静かな所に住みたいわって言ったよね」

「ええ……」

「僕はその前に一、二度ここへ来ている。で、この家に目星をつけてたんだ。だから君がこの界隈を気に入ってくれた時、買おうと決めたんだよ」

アニーの目が輝いた。

「じゃ、近い将来、あたし達はここに住むのね？」

マックスの胸に熱いものがこみ上げた。アニーの肩を引き寄せ、キラキラと光るその目をのぞき込んだ。

「勝手に決めちゃったけど、いいかい？」

アニーはゆっくりと、しかし大きく頷くと、マックスの背に腕を回した。

半時後、二人は隣の住人ヨーゼフ・トーラクの家でくつろいでいた。オーストリアとイタリアにまたがるアルプス山脈東北地域のチロルの出だというトーラクは、シルバーグレイの髪を肩先で揺らしながら、快活に笑い、喋った。

いかつい風貌に、「何だか恐そうな人」とアニーは囁いたが、マックスは笑って首を振り、アニーの耳もとに囁き返した。

「彼は知る人ぞ知る彫刻家なんだよ。確かに強面だけど、とてもいい人だよ。奥さんもね」

トーラク夫人は夫とは対照的ににこにこと笑顔を絶やさず、気さくな物言いで二人を和ませた。マックスとアニーはそれ以来暇を見つけては家具調度類をサーロウピースコウの家に運び入れた。トーラクはそのたびに二人を近所界隈の住人に紹介がてら自宅に呼んで料理をふるまった。

アニーが撮影に追われて何週間も会えない日が続いた間、マックスはひとりで出かけ、トーラクのモデルになった。リビングに連なる彼の仕事場には、陶器や木彫りの作品が所狭しと並べられている。

「貧乏暇なしさ」

と嘯きながら、その実トーラクには年来のパトロンがいて、いつでも彼の作品を買い上げてくれるのだった。後にはヒトラーもその一人となる。

ベルリンに戻れば、バブル期の華やかさとは比べ物にならないが、それでも映画館やキャバレーやカフェは盛況で、人々は陽気に飲み、騒ぎ、歌っている。トーキーの時代に入っていたがチャップリンの無声映画は依然として大人気で、マックスは中でも「スケート」が大好きだった。

「彼は本当にあんなにスケートが上手なんだろうか？」

アニーとひとしきり笑い転げた後映画館を出たところで、マックスはアニーに問いかけた。アニーもスケートが得意だったからである。

「本当らしいわよ。あたしよりも上手だわ」

アニーの答に、マックスは感心し、益々チャップリンが好きになった。

その年公開されたばかりで、無声映画ながら音楽だけは入っているサウンド版の「街の灯」も一緒に見た。小男で風彩も上がらず、職も定住の家もない浮浪者という設定の主人公チャーリーは、ウォール街の株の暴落で大量の自殺者や失職者を産んだアメリカ社会、ひいては、その余波をもろにかぶったこドイツも象徴する人物で、チャップリンの社会風刺の鋭さに感心させられた。

チャップリンが大男とボクシングを交えるシーンが出て来た時には二人とも大笑いした。

「まさかチャップリンはボクシングまでは本格的にしてなかっただろうね？」

最後はホロリと涙を誘われて映画館を出、カフェでコーヒーを飲みながらひとしきり感想を述べ合ったところでマックスが言った。

「分からないわよ。チャップリンのことだから、ボクシングジムに通って真剣に練習したんじゃないかしら？　スケートだって、物凄く練習してあそこまでやり遂げた人だから。今度アメリカに行ったら、直接会って聞いてみたら？　あなたなら、会ってくれるでしょ？」

アニーの提案を、マックスは面白いと思った。

程なくして、エキジビションツアーを組んだから年明け早々戻って来るようにとジョー・ジェイコブスから電話があった。

「何だ、防衛戦が決まったのかと思ったよ」

落胆と安堵の入り交った複雑な思いだった。

「候補者は絞られてきているらしい」

マッホンが言った。

「誰かな？」

「プリモ・カルネラ、ミッキー・ウォーカー、それにジャック・シャーキーだ」

カルネラはイタリア生まれで、〝動くアルプス〟のニックネームの如く、大変な大男で、上背は二メートルを越し、体重も一二〇キロある、と聞いている。

ウォーカーはミドル級のチャンピオンだった男だ。〝トイ・ブルドッグ〟と呼ばれ、ロンドンで地元のトミー・ミリガンと世界タイトルマッチを行い、アウェーのハンデをはねのけてミリガンを下した試合はまだ記憶に新しい。

そしてシャーキー。彼の名が出て来るのは当然だった。

「で、ジェイコブスは誰にしようと思ってるのかな？」

「ミッキー・ウォーカーがいいんじゃないかと言っていたが、最終的な下駄は君に預けるってさ」

(そうか、僕が決めていいのか)

カルネラは大きくて簡単には倒れそうにない。それに自分より一つ下で若い。ウォーカーは二歳上で、小柄だが豹のようにすばしっこく、抜群の反射神経を持っている。そのパンチ力も侮れない。シャーキーはそれこそリベンジに燃え、なりふり構わず打ってくるだろう。

「いずれにしても楽な相手ではないな」

独白の続きのつもりが声に出た。マッホンが然りとばかり頷いた。

「デンプシーの名前がないね。僕としては一番グラブを交えたい相手だったんだが」

「彼もお前とやりたがってたようだが、ジーン・タニーとの再戦に敗れて以来試合をしておらんからな。実績に欠けるということでジェイコブスははずしたんだろう。私生活も大分荒れてるようだしな」

憧れ続けた人物が落ち目になっている現実をマックスは受け入れ難かった。

少なくともデンプシーはチャンピオンベルトを七年間締め続け、自分の知る限り、八〇戦近く闘って六〇勝し、KO率は八割近く、一方自分は、この七年間で漸く五〇戦そこそこ、勝率は八割強だからその点ではデンプシーを多少上回っているが、KO率は七割そこそこで大分劣っている。まだまだ憧憬の人デンプシーの領域に及んでいない。晴れてチャンピオンとなり、防衛を一度果たしたが、五度も防衛したデンプシーに比べればひよっ子のようなものだ。

(でも、デビューして十年、歳月はデンプシーと自分の立場を逆転させた。それだけは間違いない)


年が明けた一九三二年初頭、マックスはマッホンと共にアメリカへ旅立った。

ジェイコブスが待ち構えていた。

「ミッキー・ウォーカーはリストから外すぞ」

エキジビションツアーに出たところで、ジェイコブスが切り出した。

「奴は、どうやらアル・カポネと親しくしているらしいんだ。対戦相手に選んだら、カポネが裏で何を仕組むか分からんからな」

「カポネはどうしているのかな?」

今では夢ともうつつともつかぬカポネ邸の不夜城の如きひとコマひとコマが脳裏に蘇った。

「脱税で収監されたままさ」

「えっ？　じゃ、あの夜以来……？」

「そういうことになるな」

「だったら何も手出しできないんじゃないのかな？」

「どうしてどうして。奴さんくらいになると、監獄から幾らでも指令できるさ。手下どもはしょっ中面会に行ってるだろうしな」

ジョーやオーギの顔が浮かんだ。確かに、ボスが不在でもパーティーは白けてはいなかった。カポネがいないと知ってさっさと踵を返すゲストもいなかった。悪の権化みたいに言われているが、若くしてジョーやオーギのような一癖も二癖もある連中を従えて一家を成している男の顔をひと目なりと見れなかったことが悔まれる。

「ウォーカーを外すとなれば、残るはカルネラかシャーキーということになるね？」

〝不夜城〟の幻影を振り払ってマックスはジェイコブスに向き直った。

「ま、そうだ。ツアーの間に決めたらいい」

ツアーの行く先々でマックスは歓迎された。だが、大抵どこでも、観衆の中から声が挙がった。

「シャーキーが待ってるぜ」

「シャーキーにチャンスをやれよ」

エキジビションの後では新聞記者がドッと駆け寄ってマックスを取り囲んだ。

ツアーの終わりにボストンに入った時、観衆とメディアのテンションは一段と高まった。そこはシャーキーの出身地だった。

リングサイドには当のシャーキーが控えている。マックスがリングでひと汗かいてヘッドギアを外したところへ、観客の歓乎に促されるようにシャーキーがリングに駆け上がった。リング下ではマックスの一挙手一投足に目を凝らしていたが、ロープをかいくぐった瞬間から別人の如くふるまった。マックスには一顧だに与えず、歓乎にこたえるように腕を振り上げ、まるで勝利を収めたボクサーさながらリング上を駆け回ろうとした。

マックスはシャーキーに近寄った。場内が静まり返った。

「久し振りだね。元気そうで何よりだ」

言うなりマックスはシャーキーを抱きしめ、グラブでその背をポンポンと軽く叩いた。

シャーキーの顔に戸惑いの色が浮かんだ。構わずマックスは満面の笑みを返し、そのままシャーキーの背を押して行くと、ロープを持ち上げて彼をリング外に送り出した。

哄笑と拍手が湧き起こる中をマックスもゆっくりとリングを降りた。

「シャーキーに決めるよ」

帰りの車中で、マックスはジェイコブスとマッホンに言った。二人は頷いた。

数日後、ニューヨークで正式に契約を交わした。対戦日は六月二十一日と決まった。トレーニングを含め、アメリカに長い滞在となる。

マックスは一旦ドイツに帰った。アニーに会いたかった。しかし、アニーは撮影に追われ、帰宅も深夜となることが多かったから思うようには会えなかった。それでも二、三度はサーロウピースコウヘドライブに出かけ、トーラク夫妻の歓迎と御馳走に与かった。

「体だけは無事で帰って来てね」

「君こそ体に気を付けて」

互いの健康を気遣う言葉を交わし合って二人は別れた。

アメリカに戻ったマックスは、ニューヨークから車で一時間半程のキングストンにあるグリーンスキルロッジにキャンプを置いてトレーニングに励んだ。

数日後、ジェイコブスが興奮の面持ちですっ飛んで来た。

「大変だ、州知事が来るぞ！」

「ええっ、ルーズヴェルトが⁉」

「そうだ！　こいつは何よりの宣伝になるわい！」

フランクリン・デラー・ルーズヴェルトは二十八歳で民主党の上院議員に選ばれた俊英だったが、数年前にポリオウイルスに感染して歩行に障害を来していた。周囲はこれで政治生命が断たれるのではと案じたが、ルーズヴェルトは懸命にリハビリに励み、ステッキで歩けるまでに回復し、来年の大統領選の最有力候補と目されるに至っている。夫人エレノアの内助の功の賜物とも言われていた。

エレノアは第二十六代大統領セオドア・ルーズヴェルトの姪だった。フランクリンとは一九〇五年に二十一歳で結婚し、夫を助けて公務に没頭したが、自ら女性の人権と社会主義の問題に深い関心を寄せ、その方面での活動でも名が知られていた。正に〝おしどり夫婦〟と称されていたが、その実エレノアは夫と秘書の徒ならぬ関係に気付き悩んでいた。だが、次期大統領と目される夫の為に私情を押し殺し、素知らぬ顔で公務や社会運動に励んでいた。

ルーズヴェルトは日曜日の朝、マックスがリングでのスパーリングを始める前のキャンプ地グリーンスキルロッジに現れた。夫人が付き添っていたが、ルーズヴェルトは彼女の支えを求めず松葉杖をついて自力で歩いて来た。

（想像していた程の障害者ではないじゃないか！それに、何と気品に満ちた紳士だろう！）

マックスは相手に歩み寄りながら、その輝かしい笑顔に圧倒されていた。

〝Your Honor, Sir Mr. Govenor…〟

当初は〝Nice to meet you〟と型通りの挨拶をしようとしたが、自分の父親の年齢に当たり、しかも大国アメリカのトップに選ばれるかも知れない人物に対して、それでは余りに慣れ慣れしく礼を欠くと思われ、思いつく限りの敬意を表す言葉を口走っていた。

ルーズヴェルトは顔の前に手をかざし、マックスの二の句を遮った。

「固苦しい挨拶はいいよ、マックス。ドイツ語で話そうよ」

驚いたことに、後半は〝Wir wollen Deutsch miteinander reden〟と、ルーズヴェルトはドイツ語で口走った。

「私は君の国に少年時代から何度も行っている。ハイデルベルクとゲッチンゲンは特によく知っているよ。ミュンヘンもね、大好きな町だ」

マックスは、一瞬顔を強張らせた。ミュンヘンは今やナチスの牙城と化し、日を置かず演説会や街頭での示威行動が展開され、喧騒のるつぼと化しているとの噂だ。大統領候補に推されるほどの政治家なら、自国内のみならず、海外の動きにも目を配っているであろうし、まして親独家を自負するならば、ドイツの政情も把握しているはずだ。ハイデルベルクとゲッチンゲンはさておき、政治闘争に明け暮れるミュンヘンを見たら、ルーズヴェルトはどう思うだろう？　政府が無力化し、極右、極左勢力が台頭して互いに火花を散らしているドイツの現状をどう見ているだろう？　ユダヤ人がドイツからアメリカに移って来つつあるというのは真実なのか？　恐らく自分のマネージャー、ジョー・ジェイコブスがユダヤ人であることは知っているに違いないが、ルーズヴェルトはそれをどう思っているだろうか？　等々、幾つもの疑問をぶつけたい衝動に駆られた。

が、ルーズヴェルトはすかさず、「早速にも君のスパーリングを見たいのだが」と、少年のような好奇心を目に漂わせて言った。

マックスは我に返って野外のリングに夫妻を案内した。新聞記者達がぞろぞろと後について来る。

夫妻の席は予め用意してある。できるだけ日の当らない木陰だ。

スパーリングは一時間以上に及んだが、ルーズヴェルトは熱心に見ていた。一方エレノア夫人はほとんど目を覆っていた。

「ご免なさい。子供達のケンカは見たことがあるけど、大人達があんな風に激しく殴り合うのを見たことはなかったから」

ボクシングがお嫌いのようですね、というマックスの問いかけに、夫人はニヤニヤ笑っている夫を盗み見ながら答えた。

「家内はね、何でも荒々しいことが嫌いなんだよ」

ルーズヴェルトが代弁するように言った。

「私は勿論ボクシングが大好きだよ。そして」

一呼吸置いてルーズヴェルトはマックスの目をのぞき込んだ。

「言うまでもなく私はアメリカ人だ。自国のボクサーにチャンピオンになって欲しい思いは山々だ。が、ドイツも愛する国だし、君に会って、君の勝利を祈りたい気持ちも芽生えた。ま、できればドローがいいかな」

「ドローなら、閣下の国にチャンピオンベルトは渡りませんが……」

「うん、ま、それでもシャーキー、ひいてはアメリカの面子も立つだろ。ドイツには今のところ君に続くボクサーはいなさそうだが、我が国にはシャーキーの他にも有望なボクサーは何人もいる。私の目の黒いうちにはアメリカ人のチャンピオンが誕生するだろう」

「私もアメリカが好きですし、閣下も好きになりましたから、是非その日が来ることを祈ります」

ルーズヴェルトが手を差し出した。マックスはその手を握って言った。

「次の選挙での、閣下のご幸運をお祈りします」

ルーズヴェルトは力強く頷いた。エレノアがマックスを見上げながら手を差し出した。

「ごめんなさいね。ボクシングのことはよく分からないけど、あなたがお幸せであることは祈りますわ」

マックスはルーズヴェルトに対した時の半分の力で夫人の手を握った。夫より二歳若いだけの四十八歳の女の手は、アニーのそれに比べて柔らかさに欠けている。

「あ、ひとつ頼みたいことがあったよ」

車に乗り込んだところで、ルーズヴェルトが窓から顔を出した。

「笑われるかも知れないが、僕は切手の収集が最大の趣味なんだ。ドイツに帰ったら手紙をくれ給え。スタンプが押されていてもいいからね。世界中の切手を集めたいと思っている」

エレノアが隣でかすかに苦笑した。

「お約束します。閣下が大統領になられたら、その願いは叶いそうですね」

車を取り囲んでいる記者達が一斉にペンを走らせて二人のやり取りをメモっている。“See you again.

Auf wiedersehen!"

最後は英語とドイツ語で別れの言葉を吐いてルーズヴェルトは去って行った。

「ま、我々にとっても恰好の宣伝になったが、知事にとってもいいパブリシティになっただろうよ」

一行を見送りながら、ジェイコブスがそっと囁いた。

「自国のボクサーを蔑《ないがし》ろにして、と、かえって反発を食らうんじゃないかな?」

「なに、その点は抜かりないさ。ちゃんとシャーキーの陣営にも顔を出して、君は生粋のアメリカ人だから母国の名誉の為にも頑張れ、なんてエールを送ってるさ」

「それにしても、エレノア夫人にはちょっと興冷めだったたな」

マッホンが割って入った。

「亭主に仕方なくついて来たって感じだ。知性が勝ち過ぎて、愛嬌に欠けるな。美人でもないし」

異論はなかったが、マックスは話に乗るのを避けた。ルーズヴェルトに抱いた好感を損ないたくなかったからだ。

試合の日が近付きつつあった。当初の予定を変更し、プロモーターは七万人を収容できる新たなスポーツ競技場を突貫工事で造設した。それだけの人数を収容できるのはヤンキースタジアムくらいだが、膨大なレンタル料を惜しんだのである。

それにしても大恐慌の余波はなお尾を引いており、決して安価ではないチケットが売れるものか心配されたが、当日までには完売し、売り上げは五〇万ドルに達していると知らされた。

試合前の賭け値は一三対一〇でシュメリングが優勢と出た。

マックスの体調は充分だった。しかし、前日になってレフェリーがガンボート・スミスと知らされた時、ジェイコブスは顔色を変えた。

「冗談じゃないぜ。奴はシャーキーとなあなあの間柄じゃないか! ボクシング委員会は何を考えてやがるんだっ。こんな人選は前代未聞だぜ。訴えてやるっ！」

今にも電話ボックスに駆け込もうとするジェイコブスをマックスは止めた。

「判定となったらやばいかも知れないが、KO勝ちすれば贔屓もくそもないから」

「KOしかないとなりゃ、初めっからハンデを負ってるようなものだ！　奴は適当に逃げ回っとればいいことになる」

ジェイコブスはいきまき、マッホンは二人の板挟みの恰好でおろおろし始めた。

「何にしても、事前に事を荒立てない方がいいよ。スミスの耳に入ったら、こっちの立場が不利になるばかりだ」

その実マックスは、ニューヨークのボクシングコミッショナーは是が非でもシャーキーに勝たせたい、チャンピオンベルトをアメリカにもたらしたいと切実に望んでいるのだと思い知った。レフェリーは中立の立場の人間であるべきだ、理不尽でないかと、ジェイコブスと口を揃えてコミッショナーに怒鳴り込みたい衝動を覚えていた。

「KOする。万が一判定になっても、大差で文句のつけ様のない闘いをして見せるよ。体調はこれまで一番いいくらいだから」

マックスは胸の裡のモヤモヤを払拭したい思いで言い切った。

マッホンが相槌を打った。ジェイコブスはそれでも怒りが納まらないといった風情でやたら葉巻をかんで部屋中を行ったり来たりしていた。

翌日、暑さを避ける意味もあって、試合は夜十時過ぎ開始となった。

チャレンジャーが第一ラウンドから積極果敢に攻勢に出るものと思われたが、意外にもシャーキーはマックスの出方を窺うような守勢の構えに終始した。

「言わんこっちゃない、僅差で逃げようって腹だぜ」

ゴングが鳴ってコーナーに戻ったマックスに、リング下からロープ際に駆け寄ってジェイコブスが口を尖らせた。

「奴に調子を合わせるな。早い回で片付けるんだっ！」

マッホンも口を合わせてマックスをけしかけた。

第三ラウンドまでは、守勢に徹するシャーキーを なかなか捉えられなかったが、第四ラウンド、マックスの強烈な左のフックがシャーキーの顎を捉えた。シャーキーはよろめいたが、体勢を立て直すと一変がむしゃらに打って出て来た。何発かはヒットしたが、大方は空振りに終わった。マックスのジャブやストレートの方が的確にシャーキーの顔面をヒットし、瞼を腫れ上がらせた。

「奴はもうフラフラだ。留めの一発をかませ」

一〇ラウンドの攻防が終わったところでマッホンが叫んだ。

「左の目はもうふさがっとる。半分見えとらんぞ」

実際その通りだった。シャーキーの手数は一一ラウンド以降半分に減った。代わりに彼はクリンチに出た。執拗なそれは十秒も続けばレフェリーが割って入って両者を引き離すのだが、ガンボート・スミスはいっかな〝待った〟をかけない。

マックスは苛立ち、強引にクリンチを解くと、離れ際渾身の力をこめてフックを放ったが、長いクリンチの間に疲労が取れたのか、シャーキーは両のグラブで顔をしっかりガードしてマックスの決定打をかわした。

業を煮やしたマックスはボディを狙い、重いパンチを打ち込んだ。シャーキーがウッと呻いて上体を屈した隙に、テンプルへフックを打ち込んだ。

明らかにシャーキーはダウン寸前だった。が、信じられないタフさで立ち続け、袋叩きにされながら最後の五ラウンドを持ちこたえた。

KOは果たせなかったが、大差のポイントで勝利を得たと確信した。マッホンもジェイコブスも「やったぜ！　防衛だー」とマックスの肩を叩いた。

だが、判定に時間がかかっている。ガンボート・スミスと二人のジャッジはリングサイドでひそひそ囁き合っている。しびれを切らした観客が騒ぎ始めた。

「厭な予感がする」

ジェイコブスが口を歪めて吐き捨てるように言った。

刹那、まるでその声が聞こえたかのように、スミスがジャッジとの輪を解いて立ち上がり、マックスとシャーキーをリングの中央に招き寄せた。

シャーキーの左目は完全にふさがっている。自分が与えたダメージの大きさを確認しながらスミスの横で背筋を伸ばしたマックスは、次の瞬間、信じられない宣告に凍りついた。

「勝者、新世界チャンピオン、ジャック・シャーキー！」

自分の手首を捉えたスミスの手はそのままで、もう一方の手がシャーキーのグラブを高々と掲げた。

ブーイングがまき起こった。それは、屈辱感に打ちのめされ、悔し涙を浮かべたマックスを、唯一慰めてくれるものだった。

マックスはうなだれてコーナーに戻った。入れ代わるように、ジェイコブスがリングに駆け上がった。新聞記者達が忽ち彼を取り囲んでコメントを求めた。

「ミスジャッジもいいとこだっ！」

ジェイコブスが顔の半分を口にしてわめき散らした。

「こんな馬鹿気た判定はない！　予め仕組まれた陰謀だっ！」

記者達はマックスにもコメントを求めた。

「自分が負けたとは、到底信じられません」

短く言い放ったところでまた涙がこみ上げて来た。拍手とブーイングと口笛が湧き起こった。

マックスは椅子にかけたまま呆然としているシャーキーに歩み寄ると、「ナイスファイトだったよ」と一言言ってグラブで彼の肩を軽く叩いた。

観客が総立ちで拍手を送ったが、マックスは足早にリングを降り、控え室に急いだ。リング上ではジェイコブスとマッホンが腕を振り上げ、口角泡を飛ばして記者達を相手にわめき散らしている。

控え室の椅子に腰を落として失意に沈んでいるマックスを、思いがけない人物が慰めに来た。一人はニューヨーク市長のジミー・ウォーカーだった。

「いやはや、お粗末な判定だったよ」

ウォーカーはマックスの肩に手を置いた。

「どう見ても、勝者は君だった」

プレスの記者は控え室にも押しかけてきた。その人垣を押し分けて大柄な人物が入って来た。見覚えがあるようなないような顔だった。

「ジーン・タニーだ」

男は真っ直ぐ歩み寄って手を差し出した。マックスは驚いて立ち上がった。憧れ続けたジャック・デンプシーを二度破った人物、デンプシーの怨念をこの手で晴らしてやりたいと思った矢先にあっさり引退宣言をしてしまった伝説のボクサーが目の前に立っている。

「あの判定はスキャンダルものだよ」

タニーは辺りを憚らぬ大声で言った。

「ボクシング史に汚点を残すミスジャッジだ。私の採点でも大差で君の勝ちだった」

タニーのコメントは翌日、すべての新聞に載った。

だが、マックスにとってそれはほんの気安めにしかならなかった。

ニューヨークのボクシング委員会はジェイコブスにペナルティを課した。試合終了後のリング上でのふるまいがマネージャーとしての品位を欠き、審判団への冒瀆行為に値するとして、ライセンスの暫時停止を告げたのだ。

「たくう、理不尽もいいとこだ。ペナルティを課すなら世紀のミスジャッジをやらかしたレフェリーやジャッジにだろうが！」

ジェイコブスは白髪の目立つ髪をかきむしっていきまいた。

「ここまで嫌味なことをやるのを見る限り、もう再戦のチャンスはめぐって来そうにないよね」

マックスの悲観論にマッホンが両手を広げて見せた。

「そんなことはない！」

ジェイコブスが抜けた髪の毛を振り落としながら言った。

「このまま泣き寝入りはせんぞ。必ずリベンジして見せる」

　マックスはマッホンと顔を見合わせた。これがユダヤ人の逞しさかな？　マックスの目の問いかけを読み取ったかのように、マッホンはコクコクと頷いて見せた。

「でも、ひとまず我々はドイツへ帰るよ」

　マックスの言葉に、ジェイコブスが肩を落として頷いた。

　七月三日、マックスとマッホンは「コロンブス号」に乗り込んで帰国の途に就いた。

　ベルリンに着いて向かったのは、ダーレムに買っていたアパートだ。バルコニーで赤ん坊の泣き声が聞こえるアパートに部屋を隔てて住んでいてはいつかマスコミに嗅ぎつけられ、ゴシップ種となってアニーの立場を不利にしかねない、との思惑から移り住んでいた。

　アニーは相変わらず撮影に追われていたが、マックスは寸暇を割いてアニーをサーロウピースコウへ連れ出した。

「ラジオで聴いてて興奮したよ。新聞も読んだ。ひどい判定だったよな」

　トーラクと仲間達が口々に慰めてくれた。

「アメリカは名誉とドルをドイツに持って行かれたくなかったんだよ」

　彼らの友情は嬉しかったが、改めて失ったものの大きさを思い、ひとりになると気が滅入った。

　だが、悲嘆に暮れる時間は長くは続かなかった。一ヵ月も経たないうちに、ジェイコブスから思いがけない電話が入った。

「〝トイ・ブルドッグ〟との試合をセットしたぞ。すぐに戻って来てくれ」

「ミッキー・ウォーカーと？」

「そうだ。最初から、シャーキーでなく、ウォーカーを選ぶべきだった。俺はそのつもりでいたんだが、君がボストンでシャーキーを指名しちまったからな。ロープブロー事件に決着をつける意味もあるから、ま、いいかって譲ったんだが……」

「だって、ウォーカーは本来ミドル級だからね。小さい男を相手に勝ってもひんしゅくを買うだけだと思ったんだ」
「俺もそう思った。今度の対戦前に、ウォーカーはシャーキーと一戦やってるんだ。デンプシーと長年コンビを組んでいたカーンズが彼のマネージャーになって仕組んだんだ。これには、ニューヨークボクシング委員会のお偉方がクレームをつけた。この対戦は動物愛護協会に提訴すべき類のものだ、シャーキーはウォーカーのような小柄な男は殺してしまうかも知れん、断乎中止すべきだ、とな。ところが、カーンズもウォーカーも引かなかった。そうして、お前がストライブリングを破って母国に凱旋してい る間に、正確には去年の七月二十三日だが、ウォーカーはシャーキーとやって引き分けたんだ。それも、おかしな判定でな。レフェリーは一一対四でウォーカーの圧勝としているのに、ジャッジの一人が八対七でシャーキー、もう一人が七対七でドローなんて判定を出しおったんだ。ジャッジの一人がウォーカーの勝ちとしていたら、彼はそのまますんなりとお前の対戦者に納まってたはずだ。

ウォーカーはその後も数試合こなしているが連戦連勝だ。お前が一五回戦って判定勝ちしたスペインのヘビー級チャンピオン、パオリーノもあっさり退けてる。小兵だからって、侮れんぞ。で、奴を下せばシャーキーへのリベンジの道も開ける」

信じられなかった。ミッキー・ウォーカーは知っている。もう三、四年も前になるが、マッホンと共にロンドンまで出向いて彼の試合も見ている。

確かにウォーカーは勇猛果敢、反射神経抜群で、全身これ筋肉と神経という感じのボクサーだった。ニックネーム〝トイ・ブルドッグ（おもちゃのブルドッグ）〟は言い得て妙がある。

それにしてもジェイコブスは大したものだ、とマックスは改めて感心する。何をどう小細工したか知らないが、マネージャーとしての活動を禁止されている身分で試合をお膳立てしてしまうそのぬかりのなさに脱帽した。この男が付いている限りそう易々と自分のボクシング人生にピリオドは打たれまい。

しかし、シュメリング対ウォーカー戦を実現に至らせたのは、単にジェイコブスの手腕によったものではなかった。ウォーカーのマネージャー、ドク・カーンズの働きかけにもよった。

ジャック・デンプシーと袂を分かったカーンズはウォーカーに入れあげ、正式な契約も交わさぬまま彼のマネージャーに納まっていた。それまでのウォーカーのマネージャーはジャック・バルガーという、小柄ながら、頭の回転が早い男だった。しかし、一九二四年、バルガーは急性虫垂炎の穿孔による腹膜炎で呆気なくこの世を去ってしまった。ニューヨークの聖マイケル病院での臨終の床に寄り添ったウォーカーに、バルガーは苦しい息の下から喘ぎ喘ぎ語りかけた。

「ミッキー、正直であれよ。それが一番だ。うまいこと言う奴に騙されるな。トラブルの種になるだけだからな。

無駄使いもするなよ。自重するんだ。神はお前に素晴らしい肉体を与えて下さった。だから、体を大切にしておれば、お前の将来は約束されている。お前はいつかはヘビー級の世界チャンピオンになれるだろう。その日に備え、どんなことがあっても絶望するな」

実際、バルガーは厳格な指導者だった。自分はギャンブルに目が無くプレイボーイを自認していたが、ミッキーにはギャンブル、飲酒、喫煙を禁じ、デートも禁じた。お前を必ずチャンピオンにしてみせる、だからそれまでは俺の言う通りにするんだ、というのが口癖だった。車を持つことも禁じた。「車を持ったらお前は女の子とどっかへ姿をくらましかねない。俺は目潰しを食らったも同然になってしまう」というのが言い分だった。バルガー自身は八気筒の大型車「コール」を持っていて、ミッキーが唯一乗れるのはこの車だったが、お抱えの運転手がついていて、バルガーが留守の時はこの運転手が番犬がわりにミッキーを見張っていた。

友とも師とも慕ったバルガーとの突然の別れは、二十四歳の若者には心底こたえた。それより少し前に、ミッキーは父親も失っていた。一度も寝込んだことがなく、頑健な肉体を誇り、しかもまだ四十八歳の若さだった。出勤前、なじみの店でいつも通りモーニングコーヒーを注文し、カウンターに腰かけ、やおら新聞を開いてスポーツ欄に目をやったところで、突然彼は大きな息をつき、次の瞬間、新聞を手から落とし、椅子から転げ落ちた。バーテンダーが慌てて駆け寄った時にはもう息をしていなかった。心臓麻痺だった。

父親のマイクはマサチューセッツ州ホーリーオークの古いアイルランド人居住区で生まれた。二十歳の時、ボストンへ出て煉瓦工の職を得たが、そこでたまたまジョン・L・サリバンという男と親しくなった。同じマサチューセッツ出身者だったが、驚いたことにサリバンは、ベアナックル（グラブをつけず素手で打ち合うボクシング）時代の最後の世界ヘビー級チャンピオンで、グラブをつけてのボクシングでの最初の世界チャンピオンでもあった。

サリバンはマイク・ウォーカーの人並みはずれた体格を見て、一緒にボクシングをやらないかと誘いをかけた。マイクは親友の誘いに応じた。サリバンはマイクのテクニックとパワフルなパンチに驚き、自分のトレーナー、ウィリアム・ムルドゥーンに引き合わせてプロのボクサーになるよう勧めた。

だが、マイクは耳を貸さなかった。彼が本当になりたかったのは聖職者だった。

二年後、サリバンはボブ・フィッシモンズにチャンピオンの座を譲った。折しもマイクは、ニュージャージー州エリザベスのバット・ヒギンス工務店から高賃金のオファーを提示され、サリバンに別れを告げた。

サリバンは尚も説得を試みた。

「ムルドゥーンも君はチャンピオンになれる素質を持っていると言ってる。俺がセコンドにつけば、遠からずフィッシモンズを倒せるぜ。考え直さないか」

マイクはサリバンの肩に手を置いて言った。

「俺はあんたとスパーリングするだけで幸せだった。それ以上は望まない。エリザベスへ行って半年程働いたら、神父になる勉強をするつもりだ」

だが、ヒギンス工務店に辿り着いたマイクは、忽ちヒギンスの娘リズと恋に陥り、聖職者への夢はどこかへ吹き飛んでしまった。

ミッキー・ウォーカーは、こうして一九〇一年七月十三日、マイクとリズの長男として生まれた。

少年時代は痩せっぽちだったが、腕力は抜群で、向こうっ気が強く、喧嘩に明け暮れた。身長は一六八センチ止まり、体重も精々七〇キロそこそこだったが、上腕の筋肉はポパイのように盛り上がり、丸たん棒のような腕から繰り出されるパンチでKO勝ちを続け、ウェルター級から更にミドル級のチャンピオンにのし上がって行った。

父親はその頃になって漸く息子の試合を気にかけるようになったが、それまでは、早くボクシングから足を洗えとこそ言え、いい顔をしなかった。むしろ、母親の方が理解を示した。しかし、ミッキーのボクサーとしての資質は、明らかに父親譲りのものだった。

ドク・カーンズがマネージャーになる前の一時期、現役のヘビー級チャンピオンであったジャック・デンプシーがミッキーのマネージャーを買って出ていた。女優のエステル・テイラーと結婚した頃だ。

ミッキーにとってデンプシーは憧れのボクサーだった。バルガーを失って途方に暮れ、丸一年以上も失意の日々を送って無一文になりかかっていたところへ、俺がマネージャーになってやる、と言ってデンプシーはロサンゼルスの自分のジムに連れて行って、テクニックの手ほどきもしてくれた。

デンプシーと初めて会ったのは一九二〇年の冬で、デンプシーがビル・ブレナンとの防衛戦に備えてトレーニングを積んでいた頃だ。その一年半前にデンプシーは巨漢のジェス・ウィラードを破って世界ヘビー級のタイトルを奪っていたが、それ以前からデンプシーはミッキーのアイドルだった。彼のテクニックを真似ていることに目ざとく気付いたスポーツライターがミッキーを評して〝リトル・デンプシー〟と書いてくれた時、ミッキーは舞い上がった。

デンプシーの試合は大抵見に行った。デンプシーもミッキーの試合を見に来てくれるようになった。リングの下でデンプシーが自分を見すえていると思うだけで勇気凛々とした。

デンプシーと出会って二年後の一九二二年十月一日、ミッキーはウェルター級のチャンピオンシップをかけてジャック・ブリットンと対戦した。ブリットンは三十七歳、十八年間もリングに君臨していた。一年程前に一二ラウンドのノンタイトル戦を交えたことがある。バルガーは、奴はもう年だ、お前の左フックを二、三発決めればおしまいだろう、と高をくくっていたが、翻弄されたのは若さとタフさを誇るはずのミッキーの方だった。

八ラウンドまで、散々に相手のパンチを食らった。さすがに打ち疲れた様子が九ラウンドになって見えてきたところで、ミッキーは一気に畳みかけたが、ロープを背負いながらブリットンは舌戦に出た。

「おめえのパンチは音はするがもうひとつだな。効かねえなあ」

「そんなやわなパンチじゃ卵も割れねえぜ、坊や。どうやるか教えてやろうか」

頭に来てミッキーも言い返す。

「俺の方こそ教えてやる。このまぬけ野郎」

そうしてパンチを振るうものの、ブリットンは巧みなダッキングでかわし、ミッキーのグラブはブリットンの頭をかすめるばかりだった。

タイトル戦のプロモーターは、デンプシーの後楯、テックス・リカードだった。試合会場はマディソン・スクエア・ガーデン。ＫＯこそ奪えなかったが、一五ラウンドの間にミッキーはブリットンから三度ダウンを奪い、勝利をもぎ取った。ダウンはミッキーの必殺の左フックを顎に決めたものだ。

ブリットンは判定を告げられ、リングの中央で泣いた。しかし、ミッキーに歩み寄り、握手すると、

「お前はナイスファイターだ。俺のように長くチャンピオンベルトをキープしろよ」

と言って声を詰まらせた。

ミッキーのマネージャーを買って出たデンプシー

がアレンジしたのは、カリフォルニア出身のばりばりのボクサー、バート・コリマとの一戦だった。場所はロサンゼルス。ところがコリマは試合の一週間前になって練習中に目を痛めたとのことで延期が申し出られた。一刻も早くファイトマネーが欲しかったただけにミッキーはがっくり来た。試合が延期となれば観客数も減り、入場料が減ればファイトマネーも下がる。

ところが、数日後、試合は予定通り決行する、とデンプシーに告げられた。どういうこと？　と訝るミッキーに、

「相手の目には一切パンチを食らわさない、ということでコリマのマネージャーと折り合いをつけた。つまり、ジャブやテンプルへのパンチはご法度ということだ。宜しくな」

他ならぬデンプシーの頼みとあれば厭とは言えない。ハンデをつけられた試合に臨むことになったが、第七ラウンドでコリマをKOした。

シャワーを浴び、控室で一息ついているところへデンプシーが入って来て握手を求めた。

「約束通り、やっつけたな。大したものだ。こちらの御仁も感心しきりだよ」

デンプシーは背後についていたダンディな中年の男を紹介した。チャップリンと似た髭を鼻の下に蓄えているが、チョビ髭というよりはコールマン髭だった。

「〝ロビン・フッド〟、〝三銃士〟のダグラス・フェアバンクスさんだ」

ミッキーはたまげた。映画は見ていなかったが、チャップリンと共に今を時めくサイレント映画の大スターであることくらいは知っていた。数年前に彼が結婚した女優のメアリー・ピックフォードの名と共に。

「ナイス・ゲームだったよ。おめでとう。確かにトイ・ブルドッグだ。リング上ではシェパードに見えたけどね」

フェアバンクスはミッキーの手を握りながら上から下まで無遠慮に見やった。

デンプシーは映画にも出ている。目の覚めるような美人女優のエステル・テイラーを妻にもしており、ロサンゼルスのジムでひとしきりボクシングのコーチをしてくれた後は「かわいいワイフが待ってるからな」と帰ってしまうのを羨んでいた。尤もその頃ミッキーにもモウドという二歳下の妻がいた。バルガーの目を盗んでデートを重ねて物にしたチャーミングな娘だった。妊娠中で、妹のいるサンディエゴに引っ込んでいた。遊び盛りのミッキーは、デンプシーやエステルの知己を得たことで、華やかなハリウッドの世界に憧れていた。

その夢が今や目の前で開けた。何と、程なくしてまた髭の男が現れたのだ。自分より上背のない小男、だが、今やハリウッドの寵児となっているチャーリー・チャップリンだった。

ミッキーは上の空でいた。天下の活劇スターと喜劇王が目の前にいて、旧知の間柄のように親し気に口をきいてくれている。ドリームランドにいるような気がした。しかも二人はボクシングの話に夢中になっている。チャップリンはフェアバンクスより六歳程若く、この時三十代の半ばだったが、二人とも二十代の頃ボクシングに取り憑かれ、今でも時々ジムで汗を流すと言う。

フェアバンクスとチャップリンはミッキーを憧れのハリウッドに案内してくれた。デンプシーが止宿先を世話してくれた。ドク・カーンズと共有しているバーバラ・ホテルだ。

数日後、カーンズがホテルに訪ねて来た。デンプシーをチャンピオンに仕立て上げ、二人で稼いだ金は数百万ドルに達すると言われているすご腕のマネージャーと聞いているが、近年はデンプシーとの不和が取り沙汰され、コンビを解消したとの噂も流れている。

若い日の武勇伝も、何かで読んだか耳にした記憶がある。カナダのユーコン川流域のクロンダイクで砂金が大量に発見されてゴールドラッシュに湧き返っていた時代、後に小説「荒野の呼び声」で一躍名声を博すに至るジャック・ロンドンとアラスカに住み、後にデンプシーとコンビを組むことになるテックス・リカードの酒場でトランプ博打に明け暮れてあぶく銭を稼いでいたこと、一八九八年に起きた米西戦争の頃はプロボクサー達を引き連れてオーストラリアで巡業していたこと、アメリカに戻ってからはロサンゼルスで墓地を売り込んだり、シカゴでは酒場を経営したり、ミシガンでは何を思ったか酪農業に転じたりと、とにかく破天荒な経歴の持ち主で、いわば人生の酸いも甘いもかみ分けた人物に相違なかった。

髪が薄く頬から顎にかけて斜めに皺が寄っているから老けて見えた。五十代半ばかと思ったが、実際はまだ四十代後半に差し掛ったところだと知った。スレンダーな体型に面長な顔がマッチしている。Yシャツはストライプでネクタイは明るく、渋い顔に似合わず派手だった。四カラットのダイヤモンドの指輪をちらつかせ、いかにも成金上がりといった風情だが、不思議に厭味はない。愛車はリンカーンだった。

「ウォーカー、俺と組まないか」

カーンズの単刀直入な物言いにミッキーは戸惑った。

「俺をマネージャーにしたら、君を世界チャンピオンにしてやるぜ」

「でも、あなたはデンプシーのマネージャーでしょ……？」

「デンプシーにはな、もう見切りをつけた。奴もそれと悟って君の臨時マネージャーみたいなことをしているが、現役のボクサーがマネージャーを兼ねるなんて前代未聞だ。早晩あちこちから叩かれ、君の立場も不利になる。今の裡にデンプシーとは手を切った方がいい」

ミッキーはジレンマに陥ったが、カーンズの指摘が理に叶っているという結論に達した。確かに一癖も二癖もあるが、やり手であることに相違はなさそうだ。修羅場をかいくぐって今日あるのも心強い。早口でまくしたてるのがやや難だが、それも頭の回転が速い証拠の一つだろう。

「恩を仇で返すようで申し訳ないが、カーンズにマネージャーになってもらうことにしました。あなたを世界チャンピオンに育て上げた人だ。俺にもそんな夢をくれるような気がして……それに、あなたはまだ現役のチャンピオンだし、マネージャーはあくまで副業だと思うから」

殴られるのも覚悟していたが、意外にもデンプシーは怒らなかった。

「ま、いいだろ。しかし、言っとくが、君はすってんてんになるぜ。奴くらい金にうるさい男はいないからな」

「それも覚悟の上です」

ミッキーは神妙に答えた。

「そうか。それならいい」

デンプシーが手を差し出した。ミッキーは恭しく両手でその手を握り、黙礼して踵を返しかけた。

「あ、もうひとつ言い忘れたことがある」

デンプシーの声に、ミッキーは半分相手に向けた背はそのままに、顔だけ振り向けた。

「カーンズは君の目ん玉をくり抜くかも知れんが、男気もある。君が本当に困っている時は、自腹を切って助けてくれるかもな」

ミッキーはデンプシーの寛大さに感謝した。

やがてカーンズはデンプシーのトレーナーであったテディ・ヘイズを呼び寄せて自陣に加わらせた。チャップリンとフェアバンクスに目をかけられたことをいいことに、ミッキーがハリウッドに入り浸ってトレーニングを怠りがちになり、女優達と遊び浮かれ、美食三昧の生活に堕してしまりのない体になってきたのを憂いたからである。

それまでのトレーナー、ビル・ブロックの忠告は適当に聞き流し、毎朝欠かさなかったロードワークもさぼり出して週に二回程度しかこなさなくなっていた。

その朝もミッキーは、ビル・ブロックと約束していたロードワークをすっぽかし、前夜ナイトクラブで知り合ってホテルに誘い込んだ女とベッドで戯れていた。

ミッキーがまたさぼった、もう自分の手には負えません、とブロックの泣き言を聞いたカーンズは、バーバラ・ホテルに駈けつけた。

ミッキーは不意を衝かれ、慌てて女を素っ裸のままトイレに押しやった。

間髪を入れず、カーンズが部屋のドアを激しく打ち叩いた。

ミッキーは何とか身繕いしてドアをあけると、いかにも今起きたとばかりの顔で目をこすりながら欠伸をした。

「この野郎、またビルを泣かせやがって！　何度待ち呆けを食らわせるつもりだ」

「すまんすまん、寝坊しちまったんだ。悪かった」

ミッキーの言い訳には耳を貸さず、カーンズはずかずかっと部屋に入り込むや、ベッドルームを見回した。

その目が一点に集中したかと思うと、カーンズはやおらベッドの端に腰かけ、シーツの下から絹のストッキングを引っ張り出した。

「どうやら」

ストッキングの端をつまみ上げてヒラヒラさせながら、カーンズがニタリと笑った。

「お前はもうたっぷりロードワークをやったようだなミッキー。それでお疲れあそばされてるって訳だ」

ミッキーは口ごもった。カーンズはストッキングを手に丸めると、いきなり部屋を飛び出した。ミッキーは慌てて後を追ったが、カーンズは逸早くトイレのドアをいっぱいに開いている。

「キャー」

一糸まとわぬ女が、手にしていたパンティとブラジャーを股間と胸に押し当てたが、隠しきれず、顔を真っ赤に染めながらトイレから飛び出した。

「可愛い女房と小さな子供もいるというのに、何だこの様は！」

女が失せるやカーンズは雷を落とした。

「俺はお前を世界チャンピオンにしてみせると言ったが、それもお前の精進、頑張りがあってこそだ。女遊びにうつつを抜かしてろくすっぽ練習もせんという腹なら、俺はもう手を引くぜ」

　現場を押さえられた以上、もはや居直る術がない。恩義のあるデンプシーに後ろ足で砂を引っかける塩梅でカーンズと手を組んだいきさつもある。カーンズが変心したとも言えるが、その甘い囁きに乗った自分にも責任がある。

「分かったよ、ドク。俺が悪かった。これからは性根を据えてトレーニングに精出すよ」

「よし、その代わり、俺も忙しくて四六時中お前を見張っとれんから、俺の目と耳代わりのトレーナーを付けるぞ」

「えっ、ビルがいるじゃないか。二人もトレーナーが付くのかい？」

「ビルは大人し過ぎてじゃじゃ馬のお前を制御できん。新しいトレーナーを入れる。デンプシーと長年コンビを組んで来たが、妻君のエステル・テイラーとウマが合わず、あくまでエステルの言いなりになっているデンプシーとも袂を分かった男だ」

「えっ、テディ・ヘイズ？」

「そうだ。テディは名トレーナーだ。俺と奴の言う通りにしていたら、お前は必ずチャンピオンになれる。金もたんまりせしめられるさ」

　カーンズの言葉に嘘はなかった。テディ・ヘイズは片時もミッキーから目を離さず、新たなトレーニング地サンフランシスコで厳しいノルマを課した。

　ミッキーの生活から女っ気が抜けた。

「女遊びをしたいなら晴れてチャンピオンになってからだ」

　キャンプを抜け出て紅灯の巷に出かけたくなる度、ミッキーはカーンズの言葉を思い出し、いまいましさに歯ぎしりしながら禁欲に徹した。

　ドク・カーンズとテディ・ヘイズとのコンビは八年間に及び、約束通りカーンズは巧みなマッチ操作でミッキー・ウォーカーをミドル級とライトヘビー級の世界チャンピオンに仕立て上げた。

　だが、真の世界チャンピオンたるにはヘビー級を制覇することだ。それがミッキーの目指す究極のゴールとなった。

自分より体重の勝る大型選手を相手にすることに、ミッキーはさ程気後れを覚えなかった。カーンズもミッキーを煽った。

「体重が増えりゃ動きも鈍くなる。お前の左フックならヘビー級のボクサーも沈めることができるだろう。チャンスを待ってな」

　その機は意外に早く訪れた。ジーン・タニーとのリターンマッチにレフェリーの誤認による〝ロングカウント〟で勝負に勝って試合に負けたジャック・デンプシーとの一戦をカーンズはお膳立てしたのである。デンプシーとやらせてミッキーが勝てば少なくともチャンピオン戦の有力な候補者にのし上がるのは必至である、と。喧嘩別れの形になったデンプシーへの遺恨試合をさせる気だな、と察したが、かつて憧れ続け、兄貴のように慕い、手ほどきも受けたデンプシーとグラブを交えることは、気が引ける一方で、願ってもない恩返しのチャンスとも思われ、胸が躍った。今のお前ならデンプシーに勝てる、とカーンズは言い切った。

　試合は一九二八年の春、ロサンゼルスで行う、ファイトマネーは、デンプシーが二五万ドルか入場料の一定割合かいずれか多い方を受け取る、ということで合意した。

　だが、調印までこぎつけながら、この話はお流れになった。

「デンプシー側の理由だ、奴はテックス・リカードと組んでシャーキーとストライブリング戦をプロモートし出したんだ。妻君のエステルともゴタゴタしてるらしい。奴はもうボクサーとしては終わりだろう。次のチャンスを待とう。ジーン・タニーとの直接対決をアレンジしてみるよ」

　カーンズの説明に、ミッキーは半分頷き、半分腑に落ちないものを覚えた。デンプシーがこのままボクサー人生を終えるとは到底思われなかった。実際、リターンマッチではタニーと互角の試合を演じたというではないか。トミー・ミリガンとの試合でロンドンに出向いて帰って来たばかりだったので生憎その対戦は見れなかったが、幻の10カウントで奇跡的に息を吹き返したタニーに逆転されたものの、実質的には勝っていた試合だと後で聞き知った。

だが、デンプシーのカムバック説は噂に留まったまま月日が経ち、一年後、敗者のデンプシーではなく勝者のジーン・タニーの方が逸早く引退してしまった。

引き分けに終わったシャーキー戦の事前の契約では、勝者がマックス・シュメリングへの挑戦権を得る、という一項が盛られていた。ミッキーが勝っていれば文句なく対シュメリング戦が組まれていたはずだった。ドローに終わったことで、ミッキー側の――無論シャーキー側も――選択肢は失せ、シュメリングの選択に委ねられた。

マックス・シュメリングが最終的にシャーキーを対戦相手に指名した時、ミッキーはガックリと来た。

「お前とやったらシュメリングは負ける、と抜け目のないジョー・ジェイコブスが判断したに違いねえ。判定はドローだが、実質的にはお前が勝っていたとジェイコブスは見たんだ。だから、シャーキーの方がまだしも与し易い、とな」

カーンズの慰めに幾らか気を取り直したが、シャーキーとシュメリングの勝者との対戦をお膳立てしてくれるようにとミッキーは懇願した。

「無論だ。このまま指を食わえて泣き寝入りはしねえぜ」

シャーキーが問題含みの判定でシュメリングを下した時、カーンズは思惑が外れて悔しがった。シュメリングが勝った場合はミッキーと防衛戦を行うとの密約を、マックスのマネージャー、ジェイコブスと交わしていたからである。

シャーキー対ウォーカー戦も対シュメリング戦も因縁付きの判定となって、カーンズやジェイコブスはもとより、マスメディア、関係者から激しい抗議を受けたニューヨークボクシング委員会は苦境に立たされた。

挙句、苦肉の策を打ち出した。マックス・シュメリングとミッキー・ウォーカーを対戦させせよ、ジャック・シャーキーはその勝者と防衛戦を行わなければばならない、と。

一九三二年九月九日、ニューヨークのロングアイランドに新設されたスタジアムの中央に設けられたリングで、マックス・シュメリングとミッキー・ウォーカーはグラブを交えた。

マックスは相手がロンドンで見た時より小太りしているのに驚いた。上背がないだけ、殊更太って見える。全身これ筋肉で、〝トイ・ブルドッグ〟のニックネームも宜なるかなと思わせた精悍さ、敏捷さを欠いているように思われた。

（これは一気に行った方がいい）

マックスは咄嗟に判断した。

ゴングが鳴るや否や彼は突進した。一分後、マックスの放った右のパンチでミッキーはダウンした。

（二ラウンドで片付けられる）

マックスはほくそ笑んだ。

だが、さすがにミッキーは持ちこたえた。第一ラウンドのパンチで既に右瞼が腫れ上がり視野が相当に塞がれていると思われたが、ミッキーは果敢に応戦した。第五ラウンドでミッキーの放った左フックをボディに食らって、マックスは一瞬腰を落とした。

だが、ミッキーの頑張りもそこまでだった。第七ラウンドの後半、マックスが放った左のパンチでミッキーはダウンした。よろよろと起き上がったが、右目は完全につぶれている。口も切れ、顔は血まみれだ。

マックスはレフェリーのデニングに、これ以上の闘いは無理だろう、ＴＫＯを宣告してくれと異例の提言をしたが、デニングは無視した。

止むなくマックスはＫＯを狙いに行った。つぶれている右目は避け、左目にジャブを放ち、顎にパンチを放った。止血用のワセリンが剝がれ、マウスピースが飛び出し、ミッキーの唇が裂けてまた血を滴らせた。そしてミッキーの体はマットに沈んだ。マックスはさっさと自陣のコーナーに戻り、デニングのカウントを聞いていた。もう立ち上がれまいと思ったのに、カウント9でミッキーはガバと身を起こし、レフェリーの求めるファイティングポーズも取った。

マックスはふらふらとリング上をよろめいている相手に静かに近付き、力を抜いたパンチを顎に放った。ミッキーはまた呆気なくダウンしマットに這いつくばったが、カウント9で再び跳ね起きた。刹那、ゴングが鳴った。

辛うじて二本の足でコーナーに戻ったミッキーを、マネージャーのカーンズが抱きとめ、椅子に座らせた。

カーンズはミッキーの頰を打ち叩き、「俺が誰か分かるか？　お前、どこにいるか分かってるか？」と矢継ぎ早に問いかけた。

「大丈夫、分かっている」

とミッキーは答えたが、もはや立ち上がれる状況ではなさそうだ。

第九ラウンド開始のゴングが鳴った。ミッキーは腰を上げようとしたが、カーンズは止め、レフェリーに試合放棄のジェスチャーをした。

翌日の「ニューヨーク・デイリー・ニュース」の記者ポール・ギャリコはこう書いた。

「昨夜、ロングアイランド市で行われたミッキー・ウォーカー対マックス・シュメリング戦の第八ラウンドと最終ラウンドをお見逃しの読者に、その模様をお伝えしよう。

それは、一番街と四四丁目の角にある屠殺場で牛肉が加工されていくのを見物するようなものだった。そいつが何に似ているか知りたいかい？　お伝えしよう。

雄牛、小さな、絶望的な雄牛の料理だった。商売用の牛肉のわき肉を用意するよう命じられたドイツ人の肉屋、他ならぬシュメリング氏は、ふと人間性に目ざめ、牛肉はうまいこと出来上がったとレフェリーに合図した。ところがレフェリーは、まだ作業は完了していないと首を振ったのである。

最終ラウンド。ウォーカーは傷つきながら奮戦した。彼の傷がどんなにひどいか想像できるかね？　口は切れ、両目はつぶれていた。その片目は切れ、唇は腫れ上がった。顔は、血の他は何もない。その血の中へシュメリングはパンチをめりこませた」

（一九）

一九三〇年九月の選挙でNSDAPが一〇七議席を得て第二党に躍り出て以来、ホフマン写真館は多忙を極めた。自らの神秘性を高め、自分の顔を見たければ我が演説会に足を運ぶべし、と、集会への勧誘工作もあって極力写真を禁じていたヒトラーも、国会第二党の党首としての〝顔〟を広く世に知らしめんとの方策に切り換え、集会での演説姿はもとより、足繁くホフマン写真館に通って自分の写真を撮らせた。

ヒトラーの股肱《ここう》の臣の一人ヘルマン・エッサーは、編集長を務める〝イルストリールター・ベオバハター〟紙にホフマンが撮ったこれらの写真をふんだんに載せた。

エーファ・ブラウンは、ホフマンの助手として撮影現場に立ち会い、現像の手技も学びたいと、暗室にも入った。

何も見えない現像液に、薄ぼんやりと人の顔らしきが漂い浮かび、やがて輪郭と目鼻立ちがはっきりして来てヒトラーと知れる、その道程を不思議に思いながら楽しんだ。

「どうかね、ボスは案外男前だろ？」

現像液にくっきりと浮かび上がったヒトラーの写真に見入るエーファに、ホフマンが得意気に言った。

「映画スターのようにはハンサムじゃないけど、でも、目が素敵です」

エーファは素直に答えた。

「うん。何とも言えない迫力があるよね。ボスのトレードマークだが、君がまだ子供の頃の先の戦争で、ボスは危うく失明するところだったんだよ」

「えっ、どうしてですか？」

「イギリス軍が放った毒ガスにやられたんだ。二、三週間、何も見えなかったそうだ」

エーファは息を呑んだ。戦争の記憶はぼんやりとしていて実感が湧かない。食料が配給制になって母親がぼやいていたこと、学校の行き帰りに見上げる空を飛行機が高く飛んでいたことくらいだ。

もしヒトラーが失明していたらどうだったんだろう、とエーファは一瞬考え込んだ。障害者として相応の施設で希望のない日々を送っていただろう。無論政治家になることはなかっただろうし、自分とこうしてめぐり合うこともなかっただろう。

「その意味でボスは強運の持ち主と言えるよね。うん、確かに、神に選ばれた人だ」

自問自答しているかのような独白めいた店主の物言いに、エーファは耳をそばだてて聞き入った。

ホフマンが撮ったヒトラーの写真は、演説会の案内と共にドイツ国内の至る所に貼りめぐらされた。

ウイリアム・ヤング・ストライブリングとの一戦を終えて帰国し、アニー・オンドラと共にベルリンとサーロウピースコウを行き来した一年近く、マックス・シュメリングもドライブの途中で電柱などに貼られたヒトラーの写真をしばしば見かけ、車を止めて見入った。

「チャップリンに似ている！」

初めてヒトラーの顔写真を見つけた時、アニーは鼻の下を伸ばし、そこに指をやって笑った。マックスもつられて笑った。

「うーん、確かにチョビ髭はそっくりだが、チャップリンはモジャモジャの頭、ヒトラーは柔らかそうな髪できちんと撫でつけてるよね。それに、目が違うよ。チャップリンの目はかわいいが、ヒトラーの目は鋭くて威圧感がある」

「ええ。でも、パッと見、似てるわ」

「しかし、僕とデンプシー程じゃない」

マックスの切り返しに、アニーはまた笑い転げた。

「ヒトラーさんの写真、一枚頂いていいかしら？お金、払いますけど」

エーファはある時、ヒトラーの何枚もの写真を整理しながらホフマンに尋ねた。

「ああ、いいとも。代金は、ま、出世払いでいい」

ホフマンは気前よく言った。

「気に入ったのを選んでボスにサインしてもらうといい」

エーファはヒトラーのサイン入りの写真を自宅の自分の部屋に飾った。両親が見咎めたが、エーファは悪びれず、映画スターのプロマイドのようなものよ、と答えた。よもやまだ二十歳にもならない娘が、映画スターに憧れるように、若くも二枚目でもない、強面でとっつき難そうな政治家に恋心を抱いているなどとは夢にも思わなかった。

当時の一般家庭の例に漏れずエーファの家には電話がなかったから、デートはホフマン写真館で一方的にヒトラーから日時を告げられた。ホフマンが同席していても、ヒトラーは意に介さなかった。

用件が済み、ティータイムに入り、好物のケーキを平らげると、リラックスしたヒトラーはホフマンに、エーファを被写体にスナップショットを撮るよう促したりした。

「どんなポーズがお望みで?」

ホフマンが尋ねると、

「立っているだけではつまらない。そのデスクに横座りのポーズはどうかな」

エーファは尻込みしたが、ヒトラーはエーファをせかし、彼女が事務を取っているデスクの上に乗るよう促した。

「あ、シューズはそのまま、そのまま」

エーファがハイヒールを脱ごうとするのをヒトラーは大仰な手振りで制した。

「そのヒールの足もとがいい」

エーファはためらいがちにホフマンを見た。

「ヒトラーさんがそう仰ってるんだから、構わないよ」

エーファは親友のヘルタ・シュナイダーとよくスケートやスキーに出かけ運動神経に長けていたから、身のこなしも軽やかだった。ホフマンのお墨付きを得ると、無邪気にヒトラーの指示する通りデスクに上がり、腰を落としてポーズを取った。

「どれ、ちょっと見せてくれ」

ホフマンがカメラを据えると、ヒトラーはにじり寄ってファインダーをのぞき込んだ。

「左手で体を支え、右手は右の腰に」

ヒトラーは細かく指示した。エーファは笑いながらポーズを取った。

「よし、それでいい。芸術品だ」

ヒトラーがにんまりと笑ってホフマンに座を譲った。取って代わってファインダーをのぞき込んだホフマンは、目を疑った。顔は普段通りあどけないが、スカートからはみ出た黒のストッキングの脚から細く高いヒールにかけた足もとには、大人の女のエロチシズムが漂っていたからである。それを演出したヒトラーの美的センスにも改めて驚かされた。

「一枚は無論ブラウン嬢に、一枚は私にくれるかな。一枚はこの店に飾ったらどうかね？」

現像室に入ろうとするホフマンにヒトラーは言った。

「きっといい宣伝になると思うよ」

ホフマンは言われた通りにした。

出来上った写真を、エーファとヒトラーはそれぞれ家に持ち帰った。

エーファは自室のヒトラーの写真の横にそれを貼りつけた。

ヒトラーはプリンツレゲンテン広場の自室の机の引き出しにしまい込み、時に引っ張り出しては眺めた。

（かわいい娘だ。スタイルもいい。バストとヒップも、そのうち成熟するだろう）

ヒトラーのこの家には、家政婦のアンニ・ヴィンターとその夫で雑事をこなしているゲオルク、他に下宿人が二人いる。一人はマリー・ライヒェルトという女性で、もう一人がヒトラーの異母姉アンゲラ・ラウバルの娘アンゲリカこと通称ゲリ。ゲリは相変わらず定職にもつかず気儘に過ごしていた。気楽なようで、挫折感も味わっていた。医学部も中退し、オペラ歌手を目指しての歌のレッスンも、続けてはいるものの、才能のないことを悟っていた。しかし、おじのアドルフはレッスンを続けるよう、いつか舞台に立ち、ワーグナーの歌曲のプリマドンナを演ずるよう鼓舞する。そうはなれないと分かっているゲリにとっては重圧だ。

それでも求められるままゲリはおじに歌を聴かせた。

「何よりの気休めだよ。党の仕事が忙しくなって、コンサートに出掛ける時間もなくなったからね」

ゲリの部屋で、アドルフは椅子にもたれて心地良さげに自分の歌に聴き入り、時に感極まって腕を振り上げてリズムを取る。この人は本当にオペラが好きなんだ、と思いながら、おじに過大評価されていることにゲリは胸苦しさを覚える。

自分を思い切り甘やかし、好きなようにさせてくれる、ヴィンター夫妻は身の回りの世話一切を焼いてくれる、何不自由のない生活の中で、ゲリがなお満たされないものを覚えていたのは、いつしか芽生え始めていたアドルフへの恋慕の思いが、到底報われないものとしか考えられなかったからだ。

ゲリは退屈するとおじの別荘ベルクホーフに母親を訪ね、話し込んだ。そこはまだアドルフの所有物ではなく、持ち主に賃貸料を支払っていたが、管理人を任された母親アンゲラは主の如く生き生きと働き、雑事をこなしている。

アドルフはゲリの為に一室を空け、いつでも自由に寝泊りできるようにしていた。そこにはアドルフが描いた風景画がかかっている。

「おじさんは、結婚しないのかしら？」

ある日、ゲリは母親にさり気なく問いかけた。

「もうそれどころじゃないでしょ。ＮＳＤＡＰが第二党になったからね。男ばかりじゃない、女性のファンも沢山いて、ここにも色んなものが贈られてくるのよ。整理するのが大変」

「おじさんは、首相になるのかしら？」

「なりたい、いや、近々なれると思ってるんじゃないの。自分程祖国ドイツを愛している者はいない、自分の花嫁はドイツだ、ドイツと心中する、と公言してるくらいだから」

「そうなったら、それこそ雲の上の人になってしまうわね」

「ゲリ」

アンゲラは娘の顔によぎった暗い影に気付いた。

方尺の空間に視線を漂わせた娘に呼びかけた。

「うん……？」

まだ影を残した顔をゲリは振り向けた。

「あんた、これからどうするの？　どうしたいの？」

「お母さんは？」

ゲリは矛先をかわした。

「このまま、ずっとここにいるの？」

「ま、当分はね。景色も素晴らしいし、アドルフは私の思い通りにさせてくれてるから」

「再婚は、しないの？」

「えっ、私が……？」

思いも寄らない問いかけにアンゲラは戸惑いを見せた。

「だって、お母さんはまだ四十代よ。子供だって産めるかも」

アンゲラはもう一、二年で五十歳に届こうとしている。

「冗談でしょ。誰がこんなおばさんをお嫁にしてくれるものかね。それより、自分のことはどうなの？　いい人はいないの？」

「いないわ。いい人ができてもどうせおじさんに邪魔されるから」

アンゲラは返答に窮する。アドルフが娘を溺愛していること、ゲリもその束縛を時に疎ましく思いながらアドルフに想いを寄せ、アドルフが求婚したなら拒まないであろうことを薄々感じ取っていたからだ。

「大丈夫よ。NSDAPがもし次の選挙で第一党になったら、アドルフはもうあんたの私生活になんか構っておれなくなるだろうから」

「そーお？　でも、それもさびしい……」

「まだ当分はそんなことはないから」

自分は何も言うことはない満ち足りた生活を享受

しているが、この子はどうもそうではないらしい。

不憫さが胸に突き上げた。

「何か、気になることでもあるの？」

ゲリは唇をギュッとかみしめてから、おもむろに頷いた。

「以前は私だけだったけど、この頃は、レストランやコンサートに別の人が一緒なの」

「女の人？」

「私が舞踏会なんかに行こうとすると、おじさんは私のエスコート役だと言って、エーア出版のアマンという人や、専属のカメラマンのホフマンさんをつけて寄越すの」

「それはあんたが羽目を外しやしないかと心配だからでしょ」

「それはいいんだけど、この頃は、レストランやコンサートに、そのホフマン写真館で働いているエーファ・ブラウンという女性と、その友達を連れて来たりするの」

「幾つくらいの人達？」

「私と同じくらい」

「アドルフと何か関係がありそうなの？」

「分からない。でも、エーファという人がおじさんを見る目は普通じゃない」

「ホフマンさんの娘とあんたは親しかったわよね？ミュンヘンの近くの射撃訓練所に時々一緒に行くと言ってたし……」

「ええ」

「その娘さんは一緒に来ないの？」

「来るわよ。ヘンリエッテもおじさんのファンだから」

「若い娘達に囲まれて、アドルフはさぞかし上機嫌だろうね。鼻の下を伸ばしてる顔が浮かぶわ。日頃は生き馬の目を抜くような、時には共産党と血みどろの闘いをしているから、若い娘達とのひとときは何よりの息抜きなのよ」

「そうかも。でも、エーファ・ブラウンは気になる存在……」

「二人だけでデートしてる訳じゃなし、あんたやへンリエッテも一緒なんだから、別に気にすることはないでしょ」

「でも、この前、おじさんの机の引き出しを何気なくあけたら、彼女の写真があったの」

「えっ！　その、エーファって人の？」

ゲリはゆっくり顎を落とした。

「それに、スーツのポケットに、彼女のメモが入ってた」

「どうしてそんなことをするの？　アドルフは部屋に鍵をかけてないの？」

「昼間はね。だって家政婦さんが毎日お掃除や洗濯物の取り入れに出入りするもの」

「そのメモには、何て？」

「この前のコンサート、とっても楽しかったです、またご一緒できる日を楽しみにしています……くらいだけど」

「何だ、大したことないじゃないの」

アンゲラはほっと胸を撫でおろした。ひょっとして、愛の告白でも書いてあったのかと一瞬胸騒ぎを覚えたからだ。

「でも、そんなこと、ホフマン写真館で言えることでしょ？　わざわざおじさんのポケットに入れなくても」

「それはそうかも知れないけど……ロマンチックな気分を味わってみたかっただけよ。夢見る乙女ってところかな。若い人が羨ましい」

ゲリは口を尖らせた。

「でもまさか、そのエーファって子をアドルフは家に入れたりはしないでしょ？　少なくともオーバーザルツベルクでは見かけないし……」

「おじさんは、私と同様、エーファも弄んでるのよ。でも、エーファの方はおじさんに夢中みたい」

「ゲリ、あんたもそうよね？」と問いかけようとして、アンゲラは思い留まった。娘は明らかにエーファ・ブラウンに嫉妬している。その嫉妬心の油に火を注ぐようなことを言っても始まるまい。

「そのエーファって子はどうだか知らないけど、アドルフは決してあんたを弄んでなんかいないわよ。

むしろ、かわいくって仕方がないのよ」

ゲリは黙り込んだ。母と娘の会話はそのまま途切れ、ゲリは自分の部屋に引っ込んだ。

一九三一年九月十八日は金曜日だった。四日前の国政選挙でNSDAPが大躍進を遂げたことに気を良くしたヒトラーは、勇躍全国行脚の旅に出ようとしていた。ホフマンも折々の集会の模様やヒトラーの演説姿をカメラに納めるべく随行員に加わっていた。運転手のユリウス・シュレックが黙々と荷物を車に詰めている。

シュレックが段取りを終え、ヒトラーとホフマンが身仕度を整えて後に続いた。

二人が階段を降りかけたところで、背後から甲高い声が響いた。

「さようなら、ヴォルフおじさん！　さようならホフマンさん！」

振り返るとゲリが欄干から身を乗り出して手を振っている。ヒトラーは立ち止まり、一瞬のためらいを見せてから階段を駆け上がった。ホフマンは玄関でボスを待ち受けた。

「行ってらっしゃいじゃないのかい？　何だか永遠の別れみたいじゃないか」

階段を駆け上がったアドルフは、ゲリの頰を両手に挟んで言った。ゲリの目に涙がにじみ、忽ち目尻から雫となって溢れ出た。

「どうしたんだね？　何か辛いことでもあったのか？」

アドルフはゲリの頰に伝い流れた涙を指で拭ってやりながら言った。

「どうして夕べは約束を破ったの？」

「ああ……そのことか」

市内のコンサートホールに連れて行く約束だった。

「シャウプから聞いてくれただろ？　ハンブルクやバイロイトの市議会選挙の応援に来てくれと言われて、急遽旅仕度をしなければならなくなったんだよ。だから代理でシャウプに行ってもらった。シャウプだけでは気詰まりだろうから、彼の女房も一緒に行かせたんだ。コンサートは楽しかっただろ？」

シャウプはヒトラーの忠実な副官だ。

「おじさんと一緒じゃなきゃ、ちっとも楽しくない。見終わった後、おじさんとだったらアレコレ感想を言い合えて楽しいのに、シャウプさんはさっさと私を送り届けてハイさよならだったし……」

ゲリはしゃくり上げた。

「悪かった。近いうちに償いをするから、夕べのことは忘れて、気を取り直してくれ。そんな顔をされちゃ、勇んで出かけられないじゃないか。さ、笑って見送ってくれ」

アドルフはもう一度ゲリの頬を両手で挟み、額にそっと唇を押し当てた。

ゲリはすすり泣いたまま、かすかに微笑んでアドルフを見上げた。

「あたしのこと、どこにいても忘れないでね」

アドルフは唇を離し、頬に手をあてがったままゲリの目をのぞき込んだ。

「当たり前じゃないか。どこにいたってお前のことを忘れないし、早くここへ帰って来たいと思うんだ」

「ほんとに?」

「ああ、ほんとだ」

ゲリはにっこり微笑んだ。アドルフも微笑み返した。

「じゃ、行ってらっしゃい」

アドルフはもう一度ゲリの額に唇を押し当て、未練を断ち切るように勢いよく踵を返した。

その日一行はニュルンベルクに向かい、ドイッチャー・ホーフホテルに泊まり、翌朝、バイロイトに向かった。

ややもしてシュレックは、背後から猛烈な勢いでタクシーが迫ってくるのに気付いた。

助手席に座っている男がフロントガラス越しに止まれとゼスチャーしている。

シュレックが車を止めるや、タクシーから若い男が飛び出し、後部席のヒトラーに合図した。男はドイッチャー・ホーフホテルのボーイの制服をつけている。

窓をあけたヒトラーに、ボーイは手にしたメモ帳を繰りながら急き込んで言った。

「ミュンヘンのルドルフ・ヘス様から緊急のお電話です。ホテルにお戻り下さい」

（さては事務所に、共産党員でも押し入ったか？）

だが、予想は外れた。

ヘスの押し殺したような声が伝える内容にヒトラーは青ざめ、シュレックに告げた。

「すぐにミュンヘンへ、私のアパートへ戻ってくれ！」

事情は分からぬまま、シュレックは全速力でベンツを走らせた。途次、警察の検問に引っかかり、スピード違反と宣告され、調書と罰金を取られた。

「何をチンタラチンタラやってるんだ！　早く済ませろ！」

シュレックを尋問している警察に、ヒトラーは声を荒らげた。その高飛車な物言いに頭に来た警官は、殊更のらりくらりと調書を取った。

プリンツレゲンテン広場のアパートの二階に駆け上がってゲリの部屋に走ったヒトラーを、管理人ヴィンター夫妻がおろおろした顔で追いかけてきた。

「警察が、もうゲリさんの遺体を運び出しました。母親のラウバルさんが付き添って行きました」

ヴィンターの報告に、ヒトラーは天を仰いだ。

「どうやって、どんな風にゲリは死んだんだ？」

頭を抱え、崩折れるようにソファに腰を落とすと、ヒトラーは血走った目でヴィンターを見すえた。

「あなた様がお出かけになって間もなくのことです」

「九時半頃よ」

妻のアンニが横から口を出した。

「いつも通り、旦那様の部屋を掃除し終って廊下に出た時、バーンという大きな物音がしたんです。びっくりしてゲリさんの部屋をノックしたんですけど返事がなくて……」

「ドアの内側から鍵がかかっていると言うんで、私がドライバーでこじ開けたんです」

ヴィンターが妻に続けた。

「ゲリさんは、ソファの前につっ伏していました。床に血が流れていました。ソファの上に、ピストルが転がっていました」

「それは、私のピストルだね？」

ヒトラーは政敵の奇襲に備えて自室の机の引き出しにワルサー六・三五口径のピストルを忍ばせていた。戯れにゲリにも見せたことがある。ゲリはひどく興味を持って、「あたしもいざという時の為に使えるようにしたいな」と言った。ヒトラーは笑ってゲリからピストルを取り上げた。

「女がピストルを振り回すのは様にならないよ。いざという時は私がお前を守ってあげるから心配しなくていい。ま、ここにあることだけは覚えといてくれるといい」

警察の検屍の結果、弾丸はゲリのブラウスの襟ぐりの胸元、鎖骨の下を貫通して肺を貫き、背中の左脇、腰の皮下に留まっていることが判明した。十七、八時間を経過しており、発見時には死後硬直が見られたという。

遺書らしきものは何もないと聞いてアドルフは愕然としたが、半面、安堵もした。遺書があってそこにエーファ・ブラウンのことが一言でも書かれていたら、政治家ヒトラーにとって致命傷にもなりかねなかったであろうから。

「彼女はオペラ歌手を夢見てレッスンにも励み、私もできる限り応援していたが、教師達は、とてもじゃないがプロのオペラ歌手にはなれない、レッスン代が勿体ないですよ、と密かに私に耳打ちしたことがある。ゲリ本人も次第にそのことを自覚していたようで、唯一の夢が消えかけていることに絶望し、世をはかなんだのではあるまいか」

刑事の尋問に、アドルフはこう答えた。アンゲラも同様に答えたが、刑事の尋問から解放されると弟を問い詰めた。

「ゲリに、何をしたの？」

「何もしない」

アドルフは憮然として答えた。

「私がいかにゲリを愛し、大切に思っていたか、あんたも知っているだろう」

「ゲリは、本当は、あんたのお嫁さんになりたかったのよ。でもあんたはこの頃、別の女性に心を移していた。ゲリはそれを知って世をはかなんだのよ」

「何のことを言っているんだ」

アドルフは気色ばんだ。

「ゲリ以上に愛していた女はいない。私に言い寄ってくる女はいても」

「ホフマン写真館の娘はどうなの？　エーファ・ブラウンとかいう……。彼女も一方的にあなたに言い寄ってくるだけの女なの？」

「何故君が彼女のことを……？」

「知ってるかって？　ゲリは最近オーバーザルツベルクへよく来るようになっていたのよ。浮かぬ顔でね。何か辛いことでもあるのかと問い質すと、おじさんはこの頃余り構ってくれなくなった。たまにレストランやコンサートに連れて行ってくれると思ったら、エーファという女の子やその友達と一緒だったりした。エーファって子はおじさんに熱を上げてるみたいだし、おじさんも万更でもないという顔だった、エーファの写真も叔父さんの部屋に隠してあったって言ってたわよ」

「人聞きの悪いっ！」

アドルフはこめかみをふるわせた。

「別に隠しだてしてた訳じゃない！　ホフマンが撮ったものを寄越しただけだ。部屋に飾るほどのことはないから引き出しに入れておいた。ゲリに見られてもどうってことはなかったからだ」

弟は半分嘘をついている、とアンゲラは思ったが、結局は引き下がった。幾ら愚痴っても問い詰めても、娘が還ってくる訳ではない。エーファ・ブラウンが現れるまでは、弟アドルフがゲリを限りなく愛し、姪という血縁の関係でなかったら妻に娶っていたかも知れないのだ。エーファを本当のところどう思っているのか問い詰めたい衝動に駆られるが、口を割らないだろうし、執拗に詰問すれば、アドルフの性格だ、激怒して自分と絶交を宣言しかねない、ベルクホーフでの満ち足りた生活も取り上げてしまうかも知れない、と懸念したからである。

アンゲラとアドルフの深い喪失感と哀しみをよそ

に、マスメディアはすわとばかりゲリの死を大きく報じた。反ナチスの立場を取っていた「ミュンヒナー・ポスト」紙は、九月二十一日付の紙面で、スクープものとしてこの事件を報じた。

「謎の事件、ヒトラーの姪自殺」

の大見出しが躍った。

「九月十八日（金）、ヒトラー氏と姪の間で激しい口論があった」

と、いかにも目撃者がいたかのような記事が続いた。

だが、ヒトラー不在のアリバイは動かなかったから、他殺説はあっさり否定されたし、ゲリがワルサーの扱いに慣れていたこともホフマンの娘ヘンリエッテの証言で確認されたから、ゲリが自らの体に銃弾を撃ち込んだことは実証された。ヒトラーをスキャンダルの渦に巻き込んで政治生命を絶たんとの「ミュンヒナー・ポスト」紙の目論みは不発に終わった。

アンゲラのたっての希望で、ゲリはウィーンの中央墓地に埋葬された。

ヒトラーは葬儀に参列せず、墓前に供えるよう、アンゲラに赤いバラを託した。

ヒトラーは自室に籠った。運転手のシュレックは密かにヒトラーのピストルを隠した。かつてミュンヘン一揆に失敗した直後、絶望の余りヒトラーがピストル自殺を図ろうとしたことを思い出したからである。

ハインリッヒ・ホフマンはしばしばヒトラーを訪ね、慰めた。

「エーファもひどく心配しています。これはエーファからの差し入れです」

ホフマンはエーファのメッセージが添えられたケーキを携えて来た。

「アンゲリカさんのこと、お悔み申し上げます。早く立ち直られて、また元気なお顔を見せて下さい」

短い文面だったが、ヒトラーの相好が崩れ、ケーキもうまそうに頬張るのを見届けてホフマンは安堵した。

ゲリの埋葬後三日目、ヒトラーは漸く部屋を出て、ウィーン中央墓地に向かうようシュレックに指令した。ボルマンやホフマンも同行した。

それには事前の準備を要した。オーストリアに入るには入国許可証が求められたが、ヒトラーはドイツへの傾倒と、青春の夢を打ち砕かれたウィーンへの怨念から、母国オーストリアの国籍を捨てていたからだ。

ゲリの一件が警察沙汰、新聞沙汰になったことに当局は顔をしかめたが、ボルマンらの計いでヒトラーの入国は認められ、国境警備隊もヒトラーの乗るベンツの後につくだけで、何ら咎めだてはしなかった。

かつてのウィーン市長で若き日のヒトラーが心酔したカール・ルエーガーの名を冠した教会の近くに中央墓地はあった。

「ひとりにさせてくれ」

ヒトラーはこう言うと、携えて来た花を手に墓地に向かった。

半時後に戻って来たヒトラーを見て、一同は胸を撫でおろした。眉間に深い縦皺を寄せて黙り込み、言葉をかけることさえ憚られたヒトラーの顔は、憑依《ひょうい》が落ちたように清々しく、空を見上げる青い目は澄み切っていた。

「さあ、新たな闘いだ」

車に乗り込むや、ヒトラーは陽気な声を放った。

「故人の弔い合戦を始めるぞ。これからは連戦連勝で行かねばならぬ」

年が明けた一九三二年二月六日、エーファ・ブラウンは二十歳になった。

その日ヒトラーは花束を抱えてホフマン写真館に赴いた。

「あたしの誕生日を覚えて下さってたなんて、感激です」

花房を押し頂きながらエーファは瞳を輝かせた。傍らでホフマンも相槌を打った。

「いやあ、私も、娘のヘンリエッテから言われてあそうだったかと思い至った次第で……」

噂を聞きつけたかのようにヘンリエッテが奥から出て来た。手に大きな皿を抱えている。

「エーファは今夜はおウチでパーティーだから、ここではささやかなお祝いにしておくわ。私のお手製のケーキとコーヒーで我慢してね」

「ヒトラーさんにはティーだよ」

テーブルにケーキと小分け用の小皿を置いて一旦奥に引っ込んだヘンリエッテが、ポットを二つ手にして戻って来たところでホフマンが言った。

「心得てます」

ヘンリエッテは小さい方のポットを差し上げてニッと笑って見せた。

「私はビールで祝杯を挙げたいところだが、ま、夜まで我慢しよう」

（そうか、この娘《こ》はもう未成年ではないんだな）

歓談のさ中にもヒトラーはそれとなくエーファを見やって感慨深気に呟いた。エーファはヒトラーの視線を受け止めて微笑み返した。

「今夜はご家族に譲るとして、明日の夜はどうかな？私にお祝いさせてくれるかな？」

ヘンリエッテが片付けに奥に引っ込み、ホフマンも小用に立った隙に、ヒトラーはエーファに顔を寄せて言った。

「はい、喜んで」

エーファは目を輝かせて頷いた。

翌日ヒトラーは運転手のシュレックにエーファをホフマン写真館へ迎えに行かせ、自分はプリンツレゲンテン広場の自宅でエーファを待ち受けた。

エーファは白と黒のストライプのセーターに膝が隠れる程のタイトスカート、その上にコートを羽織って現れた。

「ようこそ、お嬢さん」

相好を崩して迎え入れると、アドルフはエーファの手に唇を当てた。エーファがどぎまぎして立ちすくむ間に、アドルフはエーファのコートに手をかけた。エーファは慌てて自分でコートを脱いだ。アドルフが受け取り、部屋のコーナーにしつらえられたクロゼットにかけた。

「お部屋が幾つもあるんですね」

エーファはリビングと続き部屋になっている幾つかの部屋に視線を流して言った。

「全部で九部屋だ。半分は私が使っている。書斎にバスルーム、そしてベッドルームだ。後で案内しよう。取り敢えずはお祝いだ。但し、アルコールはない」

「ウチのボスと正反対で、お酒は飲まれないんでしたものね」

「脳を麻痺させるし、肝臓も悪くする。喉にも良くない。君も晴れて成人になったが、アルコールは控えるように」

「コーヒーも喉に悪いって飲まれませんものね」

「政治家は演説が命だからね。よく通る声でないと聴衆を惹きつけられない。喉はだから、何より大切なんだ。刺激物を通してはいけない」

家政婦のアンニ・ヴィンターが食前に運んで来たのはハーブティーだった。

ディナーとなって、エーファの皿にはソーセージやステーキが盛られているが、アドルフのそれにはない。魚や野菜が主だ。ゲリが亡くなって以来、肉は断っていたのだ。

デザートのケーキをうまそうに平らげると、

「少し、部屋を案内しよう」

と言ってアドルフはエーファを立たせ、隣の部屋に誘った。

「うわあー、沢山のご本！」

足を踏み入れるなりエーファが甲高い声を挙げた。

アドルフはしたり顔でチョビ髭を撫でた。

「でも、難しそうな本ばかり。これ、全部読まれたんですか？」

部屋にめぐらされた本棚を見回しながらエーファが言った。棚に納まり切らず、その上にも平積みされている。

「まあね。肝心な所だけ拾い読みしたものもかなりあるよ」

エーファはゆっくりと書架を見て回り、時に本を引っ張り出しては頁を繰った。

「政治の本ばかりじゃなくて、医学の本も読まれるんですね？」

エーファが取り出していたのはハンス・F・K・ギュンター著の「ドイツ民族の人種的類型学」で、エーファの目は中の挿絵や図版を追っている。アドルフはエーファのブロンドの髪に触れんばかり顔を寄せ、エーファが両手に広げている本を肩越しにのぞき込んだ。

「それは私がランツベルクの刑務所にいた時貪り読んだものだよ」

「教科書みたいに、沢山傍線が引いてありますね」

本文の方をパラパラッとめくってエーファは言った。肩先が揺れ、シャンプーの芳香がアドルフの鼻孔をくすぐった。

「優生学の教科書なんだ」

「ゆうせいがく……？」

エーファが見返った。また芳香がアドルフの鼻先に漂った。

「ドイツ人こそ生粋のアーリア人で、世界で最も優秀な民族だということが書かれてある。だから、我々ドイツ民族は、薄汚ないジプシーやユダヤ人とは絶対に交わってはならない、とね」

エーファは本を書架に戻し、アドルフに向き直って微笑んだ。

「ホフマンさんも、時々そんなことを言ってます」

「うん、だから彼は私の同志なんだ。酒癖が悪いのがたまにキズだが……」

「奥さんを亡くされてからお酒の量が増えたって、ヘンリエッテが言ってました」

「そうか。じゃ、早く次の奥さんを見つけないとね。アルコールの大嫌いな女性とお見合いでもさせるかな」

「オホホ」

エーファは屈託なく笑った。白い健康そうな歯にアドルフは見惚れた。

「酒癖が悪いって、日頃のホフマンさんからは想像できないんですけど、たとえば、どんな風に、ですか？」

「やたらおしゃべりになる」

ウインクのような片目だけの瞬きを見せてすかさず返したアドルフに、エーファはまた「オホホ」と笑い返した。

「周りを陽気にさせていいんじゃないですか？」

「いや、ここが」

とアドルフはトレードマークの七三の髪の分け目あたりを指でトントンと叩いた。

「アルコールで麻痺して自制心を失なわせてしまうから、肝心な秘密もうっかり漏らしかねない」

「政治上の秘密、ですか？」

「そればかりじゃない。たとえば、君が今夜ここに来ていること」

エーファの顔から微笑が失せた。アドルフは「うん？」とばかりエーファの目をのぞき込んだ。

「そうですよね。ヒトラーさんは有名な政治家だから、あたしのような小娘と変な噂が立ったら困りますよね？」

拗ねたような物言いをアドルフはかわいいと思った。

「私は独身だし、君も晴れて二十歳になった。とやかく言われる筋合いはないし、君のように若くて愛らしい女性とロマンス云々と噂されることは、かえって男冥利につき嬉しいが、問題は、私には政敵が沢山いることだ。奴らは隙あらば私を追い落とそうとしているからね。君も知っていると思うが、この前の姪の事件の時も、とかくの噂を立てられた」

アドルフは絶句した。

「アンゲリカさんを、愛しておられたんですよね？」

「もし姪御さんでなかったら、結婚なさってたんじゃないですか？」

アドルフはゆっくりと首を振った。

「私がＮＳＤＡＰの党首でなく、一介の平凡な市民だったら、たとえ姪でも結婚していたかも知れない。しかし、幸か不幸か、私はドイツを限りなく愛し、祖国の為にはこの命を捨てても構わないと思うようになった。私はドイツの為に生まれてきて、ドイツの為に死すべき定めを負った男なのだよ。つまりは、ドイツこそ私の花嫁であり、永遠の妻なのだ」

いつしかアドルフは拳を振り上げていた。

「女の愛は、ヒトラーさんには要らないんですか？」

エーファは訴えるようにアドルフの目に問いかけた。

不覚にもアドルフはまた絶句した。

（この娘はブリューニングよりも手強い。痛い所を突いて来る）

だが、そんな独白とは裏腹に、無防備で自分をひしと見すえている若い女を、アドルフは限りなく不憫に思った。

（異性としての感情よりも、父性愛に近いものを自分はこの娘に感じているのかも知れない）

しかし、アドルフはまたすぐに自問自答を続けた。

（エーファには歴とした父親がおり、後見人のホフマンもいる。彼らの父性愛でエーファは満ち足りているだろう。私までが父性愛を上塗りする必要はあるまい。彼女は私に異性としての感情を抱いている。私はそれに応えてやらねばなるまい）

「エーファ」

アドルフは返事の代わりに彼女の名を口吟むと、セーターの肩に両手を置いた。

エーファは悪びれずアドルフを見詰めた。

「こっちへおいで」

アドルフはエーファの耳もとに囁くと、片方の手を肩から放し、残した手を彼女の背に回した。

書斎の隣は寝室になっている。エーファは抗うことなくそこに足を進めた。

セミダブルのベッドが一つ置かれ、頭の位置の床頭台やベッド脇のテーブルにも部厚い書籍が積み上げられてある。

「わあ、ここにも本が沢山！」

寝室に足を踏み入れたところで、立ち止まってエーファが無邪気に嘆声を挙げた。

「本当に、本がお好きなんですね？」

エーファが半身の姿勢を取ってアドルフに向き直り、その目に問いかけた。

「エーファ」

アドルフはフリーになっていた右手をまたエーファの肩にかけ、背を押していた左手も肩に戻すと、ゆっくりとその上体を引き寄せ、口づけた。

エーファは目を閉じて男の唇を、次いで、舌を受け入れた。

長くは続かなかった。舌が絡み合ったのはほんの十数秒で、アドルフの方から唇を離した。

「二十歳のお祝いだよ」

濡れた唇を半開きにしたまま、うっすらと目を開いたエーファの顔に手をやると、アドルフはその前髪を静かに撫で上げた。

「そして、これが、さっきの質問の答だ」

エーファは小首をかしげ、アドルフの目をまさぐった。

「君はゲリの生まれ変わりだ」

エーファの目がキラキラと瞬いた。

(誠実そうな、美しい目だ。この娘は多分、私を裏切るまい)

アドルフは、口づけたまま、ゆっくりとエーファをベッドへ誘った。

ほぼ一ヵ月後の三月十三日、大統領選挙が行われた。

その開票結果はドイツ国民のみならず全世界を驚かせた。

第一党の与党社会民主党が推すヒンデンブルクが一八六五万七三〇票、NSDAPの推すヒトラーが一一三三万八五七一票、共産党のテールマンが四九八万二〇七九票を獲得したが、ヒンデンブルクの得票数は過半数に達しなかったから、再投票となった。

四月十日、二度目の投票が行われた。ヒンデンブルクが一九三九万票余りを得、辛うじて過半数に達した。が、それよりも内外を震撼させたのは、ヒトラーが一三四一万票も獲得したことで、国会に占める議員数から言えば驚異的な数字であった。

ヒンデンブルクは当初、高齢を理由に再出馬に二の足を踏んだ。第一次大戦時、タンネンブルクの戦いでロシア軍を打ち破った英雄も、既に八十代の半ばに差し掛かっており、杖なしでの歩行は困難になっている。

しばしばヒンデンブルクを訪れた首相ブリューニングは、ヒンデンブルクが前日の約束を翌日にはすっかり忘れていることに愕然とした。

ゲッベルスは、大統領選に先立つ国会でヒンデンブルクを批判する演説をやってのけた。その年の始め、彼はヒトラーに呼ばれ、我らが政権を握った暁には、映画、ラジオ、新たな教育施設、芸術、文化を総括した〝国民教育省〟兼〝宣伝省〟とも称すべき機関を設けたい、君は君の才能をそこでフルに発揮すべきである、と言われ、舞い上がっていた。国会では第二党であっても、ヒトラーが大統領になれば次の選挙でNSDAPは地滑り的に第一党の座を確保するだろう、とゲッベルスは皮算用を弾いた。

反ナチス派のベルリン市長ザームはヒンデンブルクの重い腰を上げさせるために超党派の委員会を結成してヒンデンブルクを大統領候補に推挙した。ゲッベルスは「汚いやり方だ」とザームを誹謗、委員会の解散とその決議の撤回を求める署名運動を展開し、忽ち三〇〇万の署名を集めてザームに突きつけた。

ザームはそれを逆手に取り、署名簿をヒンデンブルクの目の前に置いてその闘争心を煽った。

「あなたの所謂〝ボヘミアの上等兵〟の犬がこんなことをやらかしましたよ」

〝ボヘミアの上等兵〟とはヒンデンブルクが日頃からヒトラーを揶揄しての呼称である。

ヒンデンブルクはなお炯々たるギョロ目で署名簿に一瞥をくれ、カイザル髭を捻って唸った。

二の句を放つまでに時間は掛からなかった。

「出馬しよう。我がドイツ帝国を〝ボヘミアの上等兵〟如きに握らせる訳にはいかん」

大統領に再選されるや、ヒンデンブルクは即座にヒトラーに圧力をかけた。ナチスのSA（突撃隊）、SS（親衛隊）の〝粗暴にして野卑なる〟活動を禁止する、との大統領緊急令を発した。四月二十四日に行われるプロイセン州議会選挙に対する布石を打ったつもりだった。

だが、結果は裏目に出た。つぶしに掛かったはずのナチスが、議席を九名から一六二名と大幅に伸ばして第一党となり、社会民主党が握って来たプロイセン州政府の基盤は根底から崩れ落ちた。

五月十日の国会で、グレーナー国防相兼内相はＮＳＤＡＰのＳＡを「純然たる私兵組織であり、公的機関とはみなせない」と牽制した。ＮＳＤＡＰ側からはゲーリングが応戦し、国会は野次と怒号が渦巻き、混乱状態となった。

首相ブリューニングはグレーナーを擁護する演説を行い、大統領令を放ってＳＡの活動を半永久的に禁ずるように促したが、ヒンデンブルクはプロイセン州議会の選挙結果に配慮してこれを拒んだ。

万策尽きたブリューニングは、五月三十日、内閣総辞職届を大統領に提出した。ヒンデンブルクは国防大臣官房長のクルト・シュライヒャーに相談した。

シュライヒャーは策士家であった。自分を登用してくれた上司グレーナーを裏切り、〝ＳＡ〟禁止令に反発してナチスに加担、「もしそれによってナチスが消滅しても新たなナチスがすぐに誕生するだろう」と嘯き、裏工作に徹した。

シュライヒャーはヒンデンブルクのヒトラー嫌いに配慮し、中央党の中でも極右派として知られ、ナチスに近いと党内で批判されて孤立化していたフランツ・フォン・パーペンを首相に推挙した。ブリューニングが中央党の出身であったから、同じ党内から、との配慮もあった。この時パーペン五十三歳、円熟の極みにはあったが、国民にはほとんど知られていない政治家だった。

パーペン自身もプロイセンの土地貴族で大地主層ユンカーの出であったが、首相となって任命した九人の閣僚中七人が貴族出身で、そうでないのは二人、ＮＳＤＡＰのヴィルヘルム・フリックとゲーリングだけであった。フリックは内務相に、ゲーリングはその経歴から航空相兼無任所相兼プロイセン内務相に就任した。

シュライヒャーは大統領選で雌雄を決したヒンデ

ンブルクとヒトラーの仲裁に入り、後者の求めるSA禁止令の解除と国会の解散、総選挙を前者に約束させた。

七月三十一日、国政選挙が行われた。前哨戦とも言うべき先の大統領選でのヒトラーの躍進から薄々予測されてはいたものの、NSDAPが三七・四パーセントの得票率で前回の一八・三パーセントから倍増、議席数も一〇七から二三〇と飛躍し、社会民主党を抑えて第一党にのし上がった。

ヒトラーは直ちにシュライヒャーを呼び、首相の座と内相、経済相を含む主要閣僚ポスト六つを要求する旨大統領に伝えるよう圧力をかけた。シュライヒャーはこの旨を伝えたが、ヒンデンブルクは首を縦に下ろさなかった。まずは話し合いたいから大統領府へ来てくれと回答した。夏の盛りの八月十三日、ヒトラーはフリックとSA幕僚長エルンスト・レームを伴ってヴィルヘルム通り七三番地へ赴いた。

大いなる期待を抱いての訪問は失望に終わった。ヒンデンブルクが唯一呈示した妥協案は、閣僚は現状のまま、ヒトラーには副首相のポストに甘んじて欲しい、というものだった。

「お話になりませんな」

こちらを立たせたまま、自分は深々とした椅子に身を沈めてカイゼル髭をしごいているヒンデンブルクに、ヒトラーは独白より大きな声を放って踵を返した。

八月三十日、国会の再開と共に、ヒトラーから与党第一党の特権たる議長に任ぜられていたゲーリングは、いきなり解散を告げ、来る十一月六日に新たな国政選挙を施行すると宣言した。

エーファ・ブラウンは、滅多に恋人に会えないことに苛立っていた。

アドルフへの思いは日々募るばかりであった。

エーファがアドルフに処女を捧げたのは、プリンツレゲンテン広場のヒトラー邸での密会を何度か重ねた後だった。裸にしたエーファの体を隅なく愛撫しながら、アドルフ自身は当初裸にならなかった。

「君が処女だということは分かった。嬉しいよ」

エーファの股間をまさぐっていたアドルフが、腹から胸、更に首筋へと唇を這わせてから耳もとに囁いた時、エーファは夢うつつのさ中にいた。アドルフの口髭がチクチクと痛いようなむず痒いような感覚を肌にもたらす。不思議な快感だった。

エーファは為されるがままになっていたが、アドルフは処女の蕾を強引に開かせようとはしなかった。

二度目の逢瀬では、エーファを裸にして浴室に誘い、前後左右から、さては浴槽に沈んだところを斜め上から眺め、

「君の乳房と尻は完璧だ」

と称えながら、自分は着衣のままで、先にベッドに休んでいるようにと告げた。

エーファがうとうとまどろみかけたところで、入浴を終えたアドルフがバスローブ姿でベッドに入って来た。

愛撫は足もとから始まった。

足首が持ち上げられ、唇がふくらはぎに這った。エーファはぞくぞくっと身を震わせた。口髭のもたらすチクチクした快感が大腿から股間にまで走り、思わず声が出た。自分でも驚く程の大きな声に、エーファは両手で口を覆った。

「差しがらなくていい。誰にも聞こえやしないから」

アドルフがエーファの手を払いのけ、半開きになった唇に自分のそれを押し当てた。が、それも束の間で、男の唇はすぐに乳首に移った。同時に右手が左の膝に伸び、更に下腿へと移った。

エーファは男の背に両腕を回した。乳首は左右交互に吸われ、その度にエーファはよがり声を挙げた。

頭の芯が疼き出し、エーファは男の背に回していた手を頭にやった。すかさずアドルフは乳首から口を離し、脇に手を差し入れてエーファの体を半転させた。うつ伏せになったエーファの背から尻へと愛撫の手が移り、次いで唇が盛り上がった臀部に押し当てられた。

どれ程時間が経ったのか分からなかった。気が付くとまた仰向けになっていた。開かれた股間に、男

のモノが押し当てられている。唇はのけぞった首筋や項を這い回っている。

股間に少し痛みが走った。エーファは虚空に目をやり、呟いた。

「あたし達、結ばれたの?」

アドルフの吐息が耳をくすぐった。

「いや、まだだよ」

我知らずエーファは片手を自分の股間に伸ばした。三人姉妹で異性は父親だけだったし、学校も国民学校、高等中学、そして一年間家政科に学んだ「インスティトゥート・マリーエンヘーエ」も女子生徒ばかりで異性との触れ合いはなかった。

男の性器のいかなるものかは、エーファにとって想像の域を出ないしろものだった。

触れてみたかった。自分の股間に押しつけられているそれを。手に取って、男が自分の性器をそうしたように、つぶさに見てみたかった。

手を、自分の大腿から股間にそっと這わせた。ぬるぬるしたものが指先にまとわりついた。自分の分泌物ではないと知れた。不意に男の手が伸びて、自分の手を払いのけると、バスタオルで指先を拭われた。次いでバスタオルは、エーファの濡れた股間にあてがわれた。

アドルフがゆっくりと上体を起こし、訝り見るエーファの額から髪を撫で上げた。

「そのうち結ばれる。焦らなくていい」

自分に言い聞かせているようだ、とエーファは思った。

漸く結ばれる前に、何度か密会は重ねていた。しかし、エーファが生理中であったり、理由は告げられなかったがアドルフの都合で食事と愛撫だけに終わっていた。

愛撫は、一方的にエーファだけが裸にされてのものだったが、生理中はスカートをはいたままでいいと言われた。

「生理を止める薬があるようだから、そのうち、飲んでもらうよ。君の体の都合に合わせては会えないからね」

キスと乳房だけの愛撫に終わったある日、エーファはこう告げられた。

「今が我が党にとって正念場だから、私は忙しくなる。なかなか思うように会えないが、私に電話をかけて来ないように。必要な時はこちらからかけるようにする」

とも釘をさされた。

「電話はどちらに？　あたしの家にはないんです」

電話機は贅沢品で、四〇〇万都市のベルリンでも契約者は一割そこそこだ。

「たとえ電話機があっても、君の家にはかけないだろう。ご両親がびっくりするだろうからね。いつも君が出てくれるならいいが……電話は、当分の間、ホフマン写真館にかけることにする」

その実、アドルフから電話がかかって来たのは数える程だった。

七月三十一日の総選挙の前後は、ホフマン館で姿を見ることも、電話で声を聞くこともほとんどなくなっていた。ホフマンも不在のことが多く、ヘンリエッテに尋ねると、ヒトラーの各地での演説集会に同行していると言う。

待ち焦がれた誘いがかかったのは、選挙が終わってひと月以上も経った頃だった。ホフマンはそれより少し前に写真館に戻っており、各地で撮った写真の現像に大童になっていた。

久々に現れたアドルフは日焼けして逞しさを増している。自信に溢れ、エーファが魅せられた青い目は爛々と輝いている。

その夜アドルフは食事の間もひとしきり機嫌良く喋った。

「近いうち、私は首相になる。その暁にはオーバーザルツベルクの別荘に移るつもりだ。そこに君の部屋を用意するよ」

冗舌の果てにアドルフが口走った言葉を、エーファは夢物語のように聞いていた。

その夜アドルフはそれまでにない激しさでエーファを愛撫し、股間に痛みと出血をもたらした。しかし、射精の瞬間ペニスは引き抜かれ、精液はエーファの下腹から恥丘を濡らし膣を潤すことはなかった。

エーファは股間に何かが挟まっているような違和感を覚えながら家路に就いたが、これでやっと大人になり、愛する人のものになったとの思いをかみしめて床に就いた。

大きな秘密を抱きしめながら何日かは幸せな時が流れた。ホフマン写真館でヘンリエッテと、カフェで親友のヘルタとティータイムを過ごしながら、ともすればエーファはひとりほくそ笑んだ。二人に事実を告げ、度肝を抜かせてやりたい衝動に駆られた。そのうち一国を背負うかも知れない途轍もない人物に自分は愛され、遂にその人と結ばれたのだと。

だが、その浮き浮きした気分は、やがて憂うつにとって代わった。アドルフからまるで音沙汰が途絶えたからである。

ヒトラーもまた選挙で大勝して昂揚した気分が冷めかけていた。思惑通りに事が運ばないまま時が過ぎるばかりだったからだ。

元首相ブリューニングや現首相パーペン、さてはヒンデンブルクとの会談のため、ヒトラーはミュンヘンを離れ、多くベルリンに滞在していた。NSDAPの臨時党本部が上階に置かれているホテル・カイザーホーフのスイートルームが宿泊先だった。そこに新国会での議長に納まったゲーリング、宣伝相ゲッベルス、SA幕僚長レーム等腹心の部下を呼び集め、額を突き合わせていた。

ゲーリングの鶴の一声によって解散された国会は、新たな選挙を十一月六日に挙行すると閣議決定した。その選挙で更に当選者を増やし、有無を言わさず政権奪取を果たさねばならぬ――かかるスローガンのもとにヒトラーは空を飛び、地を走り回って東奔西走遊説に明け暮れた。

そのさ中に、一通の手紙がヒトラーのもとに舞い込んだ。差し出し人の名前を見て目を疑った。その年公開されたばかりの「Das Blaues Licht（青の光）」で神秘的な山の精ユンタを演じて一躍脚光を浴びていたドイツの女優レニ・リーフェンシュタールだったからだ。

ベルリン生まれの彼女は当初ダンサーを志していたが、足を怪我したために断念、その美貌を見込まれて女優に転じ、一九二九年公開の「死の銀嶺」でデビューした。

「青の光」を観て、レニこそ美貌と知性を兼ね備えた「ドイツ女性の典型」とヒトラーは称賛した。

「青の光」はレニが主演と同時に監督も兼ねた作品だった。レニが演技をする場面のみ、ベラ・バラージュがメガホンを取った。

「青の光」は一九三二年三月二十四日、ベルリンのウーファ・パラスト・アム・ツォーでプレミア上映された。ほとんどの批評は好意的で、ベルリンの批評家達も好意的だったが、「ベルリナー・ターゲブラット」のようなユダヤ系新聞は辛口の批評を載せた。その実、監督業を分担したバラージュはユダヤ人だった。

自信作「青の光」がユダヤ人の批評家に酷評されたことでレニは反ユダヤに傾いた。

ヒトラーに接近する前兆となるキッカケは幾つかあった。一つは『わが闘争』に触れたことである。「青の光」の撮影中も、レニは夢中になってこの本に読み耽り、バラージュを始め撮影隊の中には何人もユダヤ人がいたに拘らず、「この本を読むべきよ。素晴らしいわ」と吹聴して回った。

次のキッカケは、これこそその後のレニの人生を決定付けるものだったが、「青の光」の公開前の二月二十七日、ベルリンの巨大なスポーツパレス室内競技場でヒトラーの演説を聴いたことだった。

会場は二万五千人の聴衆で溢れ返っていた。レニをそこに誘ったのは、「フィルム・クリーア」の編集人エルンスト・イェーガーで、妻がユダヤ人であることから、『わが闘争』をしきりに褒めそやすレニの頭を冷やしてやろうと目論んだのだ。ナチスの集会に出てみれば、知性人でロマンチストであるレニはその俗悪さに忽ち幻滅を覚えるだろう、と。

だが、イェーガーの目論みは物の見事に外れた。レニはヒトラーの演説に魅せられ、オルガスムにも似た恍惚感に酔い痴れた。

「最初は沈黙。それから徐々に熱狂へと向かい、幾度ものクライマックスを経て、最後は巧みな演説がもたらすオルガスムが噴出してエクスタシーへと導かれる」

ヒトラーの演説がもたらす〝性交にも似た奇妙なわいせつ感〟をこう表現したヨアヒム・フェストの言葉は、その時のレニの体験そのものだった。

後年レニは、スポーツパレスの出来事をこう回想している。

「黙示録を思わせるあの光景は、終生忘れ得ないだろう。目の前で大地がぐんぐん広がり、突然半球が真っ二つに割れたかと思うと、すさまじい勢いで水が噴き出した。余りの激しさに、天まで届き、地を揺るがすかと思う程だった。私は完全に麻痺状態だった」

ヒトラーの演説に魅せられた者は少なくない。根っからの反ユダヤ主義者でヒトラーの後楯となったフリードリッヒ・ニーチェの妹は、友人のハリー・ケスラー伯爵に、「ヒトラーは政治的指導者と言うより宗教的指導者だと思う」と語っている。ミュンヘンでヒトラーの演説を聴いたアメリカのジャーナリストは、「野外の伝道集会で大衆に語る元野球選手の福音伝道師ビリー・サンデーさながらだ」とヒトラーを評した。

「彼に心酔した人々は、その後を追い、共に笑い、共感を共有した。彼らは楽器となり、ヒトラーはその楽器を用いて国家への情熱という交響曲を奏でたのだ」

ミュンヘンの資産家で、ハーバード大学を出て自らピアノを弾き作曲も手がけたエルンスト・ハンフシュテルングは、NSDAP結成当初からアメリカで稼いだドルを資金提供して来たが、ヒトラーの演説スタイルをこう表現している。

「彼の体から発せられる声と言葉、そしてその効果は、無比のものだった。時に彼は名バイオリニストを連想させた。最後まで弓を引き切ることがなく、常に、音のかすかな予感だけを残しておく。音の不足を、想像力で補うのだ」

ヒトラーは演説の草稿を持たなかった。事前に諳んじて臨むこともなかった。起承転結の要点だけを記したメモを傍らに置き、それにチラッチラッと目をやる程度だった。


レニ・リーフェンシュタールがヒトラー宛の手紙を投函したのはスポーツパレスでの劇的な体験から三ヵ月を経た五月十八日で、数日後には新たな映画「SOS氷山」の撮影にグリーンランドへ出かける手筈になっていた。出発に備えてスタント用の飛行機が三機、モーターボート二隻、テント四十張、カメラ、予備のフィルム、照明機器等の荷物二トン、それに、ハンブルクの動物園から借りた白熊二頭も用意されていた。

出発時には、カメラマンや記者、広報担当者、共演者、撮影クルー等総勢三八名が勢揃いする予定であった。

ところが、三日後、出発の前日になって、レニはヒトラーの副官ヴィルヘルム・ブリュックナーから思いがけない電話を受けた。明日、ヴィルヘルムスハーフェン近郊の北海沿いの漁村ホルマーズィールに来ればヒトラーと面談できるが如何、と。

レニはベルリンのレールター駅で待ち構えているユニバーサル映画の関係者をすっぽかし、別の駅からヴィルヘルムスハーフェン行きの列車に乗り込んだ。

五月二十二日午後四時、駅に到着した。ブリュックナーとSS（親衛隊）隊員ゼップ・ディートリッヒ、広報部長オットー・ディートリッヒらがメルセデス・ベンツで迎えに来ていた。

演説会場で遠くより眺めていた人物と相対した時、ヒトラーが別人のようにレニには思えた。〝雲上人〟は控え目で、わざとらしさがなく、気さくで、全く〝自然体の人〟だった。

ヒトラーはレニを海辺に誘った。副官達が少し離れて二人の散策についた。

「あなたの映画は全部見ました」

とヒトラーは言った。

「あなたを最も美しいと感じたのは〝聖山〟の一コマで、あなたが海辺で踊るシーンです。最も感銘を受けた映画は、つい最近の〝青の光〟です。〝青の光〟は、あなたが半ば以上監督をされたそうですね？」

レニは感激して礼を述べた。めまぐるしい政変劇の渦中にあって超多忙を極めているはずの人物が、寸暇を割いて自分の出演映画を見てくれていたとは！

（この人は並の政治家ではない。美術アカデミーを受験し、建築家を志したと『わが闘争』にあったが、根っからの芸術家なのだ）

「あなたのカメラアングルは素晴らしい。〝青の光〟は、あなたの最高傑作の一つでしょう」

ヒトラーは続けた。

「少し有名になると、俳優達は皆アメリカに行ってしまう。グレタ・ガルボ然り、マレーネ・ディートリッヒ然り、チャーリー・チャップリン然り。しかも腹立たしいことに、ガルボやディートリッヒのパートナーと言うか監督は、いずれもユダヤ人だ」

「お調べになったんですね？」

「映画には目のないゲッベルスが調べました。ガルボのパートナーはマウリッツ・スティルレル、ディートリッヒの連れはヨーゼフ・シュテルンベルク。いずれも歴としたユダヤ人です。ガルボはスウェーデン人だし、パトロンのスティルレルはもう故人になっているから大目に見るとしても、ディートリッヒはあなたと同じベルリン生まれの生粋のドイツ人だ。ユダヤ人のシュテルンベルクにそそのかされてアメリカに行ってしまった。ゲーリングは何としても彼女をドイツに引き戻そうとしていますが……」

「マレーネの夫はドイツ人ですし、二人の間に娘も生まれてますから、いずれ帰ってくるんじゃないでしょうか？」

「〝嘆きの天使〟も、〝モロッコ〟も、あなたの〝青の光〟に比べたら下らん作品だ。商業主義に長けたユダヤ人の作りそうな映画ですよ」

レニは留飲の下る思いがした。「嘆きの天使」のヒロイン、ローラ役は自分こそ相似しいと、監督のシュテルンベルクに再々売り込みながら、結局マレーネに奪われたからである。

ディートリッヒは一歳だけ年長、ガルボは三歳年少のはずだ。ほぼ同世代を生き、同じ映画界に身を置く境涯だ。ガルボはMGMの、ディートリッヒはパラマウントのお抱え女優となり、数十万ドルという目の飛び出るようなギャラを稼いでいると聞いている。ヒトラーの指摘するように、商売上手なユダヤ人監督をパートナーにしたお陰かも知れない。しかしレニは故国ドイツを出ようとは思わなかった。

ひたすら感激の面持ちでいるレニに、ヒトラーは更に続けた。

「私が政権の座に就いた暁には、あなたに是非私の映画を撮ってもらいたい」

この瞬間レニは、まだ決定的ではないが恐らく十中八九ドイツの宰相に昇り詰めるだろう男が、女流監督としての自分にお墨付を与えてくれ、後楯になってくれるものと確信した。交換条件にヒトラーがもし情婦となることを求めるならば、応じてもよい、とさえ思った。だがヒトラーはレニと二人だけになろうとはしなかった。散策にも遠巻きながら副官を伴わせたし、夜、レニの為に開いたレセプションでも紳士的にふるまった。

レセプションの後でヒトラーの部屋に呼ばれ、キスの一つも強要されるかと思ったが、ヒトラーは唯、〝記念に〟と言って自分の署名入りの写真を何枚かレニに手渡し、「SOS氷山」の撮影隊をはぐらかしてまで面会に来てくれたことに深謝する、その熱意に対するせめてものお返しとして、明日、自分の専用機でハンブルクまでお送りするからそこで一行と合流するがいい、と告げて〝おやすみ〟を言った。

数ヵ月後、「SOS氷山」の撮影を終えてグリーンランドから戻ったレニを、ヒトラーは改めてプリンツレゲンテン広場の自宅に招いた。ゲッベルスも同席させたが、これは些か早計に過ぎた、とすぐに後悔した。自分を差し置いてゲッベルスが滔々と芸術論を展開し出したからである。

「総統《フューラー》に勧められ、〝青の光〟も拝見しました」

とゲッベルスは切り出した。ヒトラーが仲間うちで〝総統〟と呼ばれていることをレニは知り、自分もそう呼ぶことにした。ヒトラーさんとも貴方とも呼び難かったからである。いっそヒトラーが政権を取ってくれたらためらうことなく〝首相〟と呼べるだろうに――。

ゲッベルスはマグダとの間に子供が産まれたばかりだった。必然的に夫婦生活が疎遠になっていたから、レニのドレスの下に映画「青の光」で垣間見た素肌を想像して劣情に駆られていた。

レニはゲッベルスがしきりに送ってくる秋波に気付き、熱っぽく語るその芸術論に適当に相槌を打ちながら、専らヒトラーに語りかけた。自分を差し置いて喋りまくる部下の冗舌にヒトラーも苛立っている様子が見て取れたからだ。

「『わが闘争』を拝読しています」

ヒトラーが最も喜びそうな話題を、ゲッベルスが咳込んで口を押さえている間にレニは持ち出した。

ヒトラーの相好が崩れた。

「正直に申し上げて、つっかえつっかえ読んでいます。噂によれば、この大部な本の前半はランツベルクに捕らわれの身になっておられた数ヵ月のうちに書かれたとか……」

「十ヵ月です」

ヒトラーがすかさず返した。

「タイプライターで打ち、疲れると部下に口述筆記させましたよ」

「そんな短期間に……？　しかもその一部は口述筆記だなんて信じられませんわ」

「『わが闘争』を真先に読んだのは私だと自負しています」

漸く咳の納まったゲッベルスが、名残りを留める充血した目をレニに注いだ。

「長い青春の彷徨の果てに、漸く探し求めていたメシアを見出した、との思いに打ち震えたことを、つい昨日のことのように思い出しますよ」

（お追従者め！　でもこの男はどうやら心底ヒトラーに惚れ込んでいるようだ。その点では私と大同小

異かも知れない）

　独白を胸の底に落としてから、レニはゲッベルスの視線をかわし、ヒトラーに視線を注いだ。

「総統は余りに純粋に祖国を愛し過ぎておられるのではないでしょうか？　お若い時には随分ご苦労をなさったことが書かれています。今でこそでしょうが、当時は、それ程までに注がれた祖国への愛が報われなかったのではないでしょうか？　本当は、画家か建築家におなりになりたかったのでしょう？」

「私の愛してやまないドイツではない。私の青春の夢を砕いたのはウィーン、オーストリアです。だから私は、オーストリア・ハンガリー帝国の軍隊には入らなかった。あくまで拒否したのです。そして、ドイツの陸軍に入り、ドイツの為に戦いました」

「一つだけ、教えて下さい」

　ゲッベルスの凝視を避け、レニはひたすらヒトラーを見すえた。

「何でしょう？」

「総統が政治的イデオロギーの相違からボルシェヴィストを憎まれるのは理解できます。でも、およそイデオロギーという程のものは持たない、政治よりは金融業に携っているユダヤ人に憎悪を抱かれるのは何故でしょう？　ユダヤ人の多くも大戦時にはドイツの為に戦ったはずですけれど……」

　ヒトラーの目がかげった。

「私は砲弾や毒ガスが飛び交う戦線の真っ只中に身を置きながら辛うじて一命を取り止め祖国に帰還したが、その修羅場でユダヤ人を見かけたことは一度もない。奴らは抜け目なく安全な場所に身を潜め、危険が去るとのこのこ出て来ていかにも戦っている振りをしていたに違いないのです」

　自分が図書館で調べた事実とは違う、とレニは思った。ドイツの国旗を掲げて戦線に赴いたユダヤ人は一〇万人、そのうち戦死者は一万二〇〇〇人を数えたが、戦功によりヒトラーと同じ鉄十字勲章を受けたユダヤ人兵士も一五〇〇人を数えている。

　開戦当時全国民の一パーセントに過ぎなかったユダヤ人は、ドイツ国民としての誇りを持って戦場に赴いたはずだ。

それを実証するものに、一九一四年八月一日付、ベルリンのドイツユダヤ人同盟及びユダヤ教徒ドイツ国民中央連盟が発布した告示がある。

ドイツのユダヤ人に告ぐ

運命に満ちたこの時に臨み、祖国ドイツは全ての国民に従軍するよう呼びかけている。信仰を同じくする諸君、
我々はドイツユダヤ人の一人一人として必要とあらば善きことに命を捧げる義務があることを充分心得ている。
否、義務などと言わず、我々は、率先して祖国に全力を尽し仕えるため進んで従軍するよう諸君に呼びかけるものである。
我々は此処に、男女の別を問うことなく一人一人が祖国ドイツへの奉仕のため物的、人的な貢献をするよう訴えるものである。

この告示を目にした時の感激を伝え、総統、あなたがつけていらっしゃる鉄十字勲章を授けられたユダヤ人兵士も数多くいたと聞いています、とレニは反論したかった。大きく相槌を打っているゲッベルスにぶつけてやってもよい、この男は確か徴兵検査ではねられ、戦場には赴かなかったはずだ、ボスの一言一言に相槌を打つ資格などあるまいに——。

「先の大戦でドイツを敗戦に至らしめたのもユダヤ人なのです」

ヒトラーが二の句を継いだ。

「大戦直後、ロシアや東ヨーロッパから大量のユダヤ人がドイツになだれ込んできました。彼らの多くは貧しく、不潔で、病原菌を撒き散らしたのです。中には、一九〇五年のロシア革命に失敗したユダヤ人ボルシェヴィストもいた。これらの残党が、一九一八年十月末の革命の首謀者として戦争を終結させたのです」

このきめつけも事実とは少し違うのでは、とレニ

は首を捻った。東方ユダヤ人が難民さながら勝手になだれ込んで来た訳ではない、ドイツの軍需産業拡大による人手不足のため、安価な労働力と目をつけた軍部が強制的に連れ来ったのではないか？　それに、終戦の年の半ば、西部戦線で敗北を喫した時、ドイツ軍にはもう余力がなかったのではあるまいか？だから軍部も政治的主導権を投げ出し、新政府は即時停戦を提議したのではなかったか？　しかし、軍部は見込みのない戦いをダラダラと続け、キール軍港から艦隊を出撃させようとした。これに異議を唱えた水兵隊が蜂起、生活が疲弊していた内地の労働者が呼応し、いわゆる〝ドイツ革命〟が勃発、ミュンヘンでは社会主義政府が成立してヴィッテルスバッハ家の国王が退位、ベルリンでも共和国宣言がなされ、皇帝はオランダに亡命、ドイツの帝制は崩壊し、同時にドイツの敗戦が決まった――事実はこのようなものであったはずだが、ユダヤ人への憎悪の余りヒトラーは、敗戦の責任までユダヤ人に押しつけようとしているのではあるまいか？

「新政府の義勇軍に呆気なく命を断たれたローザ・ルクセンブルクなどはその典型です。反戦運動を展開して祖国を裏切りながら、戦後のどさくさに紛れて共産党を結成した。女だてらに政治の道になど入らなければ、その叡智と美貌によりあなたに匹敵する女優になれたかもしれないのに……」

「総統がそこまでユダヤ人をお嫌いになるのは、彼らがキリスト教徒ではないからですか？」

「それもある」

一瞬の戸惑いを見せてからヒトラーは頷いた。

「あくまでドイツに住みたいなら、郷に入っては郷に従うべきだ。ところが彼らは、ユダヤ人特有の身なり、服装、習慣、儀式を遵守し、ドイツに融け込もうとしない。それどころか、自分達の国家をドイツに建設しようと目論んでいる。国内に古くから居住してある程度ドイツになじんでいたユダヤ人達を、東方ユダヤ人は強烈なシオニズムで洗脳し、煽っている。このまま彼らを放置すれば、ドイツはユダヤ人に乗っ取られてしまう。何故なら彼らは、その知力――これは否定できない――、財力に物を言わせ、ドイツの若く美しい、あなたのような女性を妻にして混血児を産ませようとしているからです」

「あなたのライバルとも言うべきマレーネ・ディートリッヒをそそのかしてアメリカへ連れて行ったヨーゼフ・シュテルンベルクも、噂によればディートリッヒの愛人とか。ディートリッヒは夫も子供もある人妻なのに、です」

ゲッベルスがまた大仰に相槌を打って言い足した。

レニはお愛想にチラとゲッベルスに一瞥をくれただけでヒトラーに視線を戻した。

「ユダヤ人のすべてを否定してしまうのはどんなものでしょうか？　仰ったように、彼らの知力は卓越しています。財力もそれゆえに築かれたものでしょう。

アインシュタインを始め、ノーベル賞受賞者も多く出ており、それはドイツの名誉、誇りとも言うべきではないでしょうか？

科学のみならず、芸術の分野でも勝れた人材を輩出しています。メンデルスゾーンもハイネもユダヤ人でした」

ゲッベルスは一瞬ゾクッと身を震わせた。

青春の彷徨時代、ハイネに心酔し、当時の恋人アンカ・シュタールヘルムに献辞を添えてハイネの詩集を贈ったことを思い出したからだ。よもやアンカが再び目の前に現れることはあるまいが、もし現れてその献辞を見せびらかすようなことがあれば一大事だ。

身の毛がよだって、ゲッベルスは思わず、リーフェンシュタールに凝らしていた目をあらぬ方にそらした。

「ですから、彼らを白痴扱いしているのではありません」

ヒトラーは苛立たし気に返した。

「問題は、彼らの頑迷さ、国家を持たない彼らの、言い方は語弊があるかも知れないがナショナリズムなのです。

もう数世紀も前、ユダヤ人に手を焼いた我らの祖先がいます」

レニは首をかしげた。

「マルチン・ルッターです。彼は何とかしてユダヤ人をキリスト教に改宗させようと努めました。キリストを裏切り磔刑《たっけい》に処した先祖の罪は、ユダヤ教を捨ててキリスト教に改宗することによって赦される、と。

ルッターは大いなる慈悲の心を以てこう説いたのに、ユダヤ人は耳を貸そうとしなかった。堪忍袋の緒が切れて、ルッターは一転、筋金入りの反ユダヤ主義者となったのです。それを裏書きする書物が残っていますよ。ご覧に入れましょう」

ヒトラーはレニを促して書斎へ導いた。部屋を隅取るように置かれた書庫を埋め尽くす本にレニは目を瞠った。あちこちの書庫を物色していたヒトラーが程なく一冊の古びた本を抜き出した。

「〝ユダヤ人とその虚偽について〟と題されています。ほら、ここに」

パラパラと頁を繰っていたヒトラーが、手を止めて開いた頁をレニに突き出した。

「ルッターがドイツの諸侯に対し提案した七項目です」

レニは本を受け取った。ヒトラーと反対側で脇に立ったゲッベルスが体と顔を寄せてのぞき込むのが気になったが、レニは素知らぬ顔で文字を追った。

一、ユダヤ人のシナゴーグや学校を完全かつ永久に破壊すべきこと
二、ユダヤ人の家を打ちこわし、彼らを一カ所に集めて住まわせること
三、彼らからすべての書物、律法書等を取り上げるべきこと
四、ユダヤ教の祭司、ラビの活動を禁ずること
五、ユダヤ人の護送や交通に関する保護を取り消すこと
六、ユダヤ人による高利貸しを禁じ、彼らの金、銀、財貨を没収し、別個に保管すること
七、若いユダヤ人男女には斧、つるはし、シャベル、

押し車などを与え、額に汗して日々の糧を稼がせること

レニは衝撃を受けた。マルチン・ルッターと言えば熱烈にして敬虔な信仰者であり、信徒の弱味につけ込んで免罪符なるものを発行し暴利を貪っていたカソリックの司祭達の腐敗、堕落を糾弾し、プロテスタントと呼ばれるに至ったこと、祈りのさ中に現れたサタン（悪魔）にインク壺を投げつけ、今もそのインクの跡が壁にシミとなって残っていること、等のエピソードしか知らなかった。

キリストは、「汝の隣人を愛せよ」「汝の右の頬を打つ者には左の頬も打たせよ」「汝の上衣を盗み取る者には下衣をも与えよ」と言っている。その教えをわきまえているはずのルッターにして、ユダヤ人へのこの激しい憎悪はどうしたものだろう？

「私も総統にこの本を見せられて、目から鱗が落ちる思いでしたよ」

ゲッベルスの声が耳もとに響いてレニは茫然自失の体から我に返った。

「四世紀も前に、ルッターはユダヤ人の寄生虫的性格を看破していたんですな」

「この本は」

ヒトラーがレニの反対側の耳に囁いた。

「一五四三年版のものですが、実は、それより以前に、フランクフルトではルッターのこの第二の提案を実行に移し、ユダヤ人を強制的にゲットーと称する居住区に隔離しているのです。当時の皇帝フリードリヒ三世の命によってね」

「その〝ゲットー〟なるものはずっと存続したんですか？」

レニは半歩ヒトラーに身を寄せて尋ねた。

「少なくともゲーテの青壮年期まではね」

「ゲーテの……？」

「彼はフランクフルトの生まれです。自宅から歩いて数分の所にゲットーがあったんですよ。自伝の『詩と真実』に書いています。『詩と真実』は、読んでおられないかな？」

「はい、お恥ずかしいですが……」

「ドイツ人たる者、必読の書ですよ」

反対側からゲッベルスが言った。

「僕は『詩と真実』に触発されて、自伝的小説を書き始めたんです。エーア書店から出版されています。総統の『わが闘争』を出している出版社です。今度、献呈しますよ」

「その前に、『詩と真実』を読んでみます」

レニはヒトラーに目をすえたまま言った。

「お貸ししますよ」

ヒトラーはレニの傍らから書庫の方に遠退いた。その間隙にゲッベルスが半歩身を寄せてレニの耳に熱い息を吹きかけた。

「僕の小説は『ミヒャエル・フォーアマン』というタイトルです」

レニは頷いただけでヒトラーに歩み寄った。

「あった、あった、これです」

ほくそ笑んだヒトラーの手に部厚いハードカバーの本が握られている。

「ゲーテは子供の頃天然痘にかかってあばたが残ったんですな」

レニに『詩と真実』を手渡しながらヒトラーは続けた。

「あばたさえなければこの子はどんなに美しい顔になったか知れないのにと、祖母が嘆いたエピソードなど、面白いですよ」

「そうですか。ゲーテの立派な風貌からは想像がつきませんね。それとも、肖像画家は、あばたは省いて描いたんでしょうか？」

「恐らくそうでしょう。ナポレオンだって、実物よりは大きく描かれているでしょうからね。私くらいあるように見えるが、実際はもう一〇センチ程低かったらしい。さしずめ、ゲッベルスくらいかな」

ヒトラーがにやっと笑ってゲッベルスに振り返った。

ゲッベルスの目に卑屈な色が走った。

「しかし、体重は相当あったようだ。一説に九〇キロ、死亡時は七五キロそこそこだったと」

（この人は博覧強記だ。とても叶わない）

レニは密かに独白を胸の中で吐いた。

「ナポレオンは私の崇敬して止まない英雄だが、彼は重大な誤ちも冒しました」

「ロシア遠征ですか？　冬将軍が待ち構えていると も知らず強行した……」

「それも確かに。しかし、それよりも看過できないのは、フランス革命時に、フランクフルトのゲットーを焼き払い、ユダヤ人を解放してしまったことです」

レニはまた驚嘆した。フランス革命のことは世界史で習ったから知っている。しかし、ゲットーだのユダヤ人だのは教師の口から一言も語られなかった。

（この人は、歴史の裏にも通じているのだ！）

「私は、ナポレオンの失策を挽回したいと思っているのです」

一時間後、レニはフラフラになって家路に就いた。肉体的な疲れによるのではない。アドルフ・ヒトラーの放つオーラ、その口を衝いて出る新奇な知見を咀嚼し切れないもどかしさ、そして、ひたすらヒトラーに追従しながら自己顕示にも努め、一方で自分に秋波を送るゲッベルスから身をかわすこと、等々に。

強烈な反ユダヤ主義者のヒトラー自身は信仰を持っているのか？『わが闘争』には、少年時代修道院で歌を習い、きらびやかな教会の祭典に陶酔し、将来は修道院の院長になることも夢見ていたと書かれた件があった。その初志はどうなって行ったのか最後に問うてみたいと思っていたのに、失念したまま帰途に就いてしまったことにレニは唇をかみしめた。

エーファは蚊帳の外に置かれ、疑心暗鬼にさいなまれていた。これから忙しくなる、なかなか会うこともままならないし、君の家に電話がない以上、ホフマン写真館にかけるしかないが、ホフマンも多く自分と行動を共にしている、娘のヘンリエッテに電話口に出られても厄介だから、電話も容易にはかけられない、暫く辛抱してくれ、次の選挙が終わって落ち着いたら必ず会えるようにするよ――エーファが処女を捧げた日、アドルフは自分を見送りがてらこう言ったが、多少の合い間を縫ってでも一度や二度は電話をかけて来てくれるものと信じていた。

しかし、撮りためた写真の現像に舞い戻ったというホフマンが興奮気味に漏らした一言二言にエーファは傷ついた。

「今を時めく絶世の美女レニ・リーフェンシュタールも総統の熱烈なファンだったよ。証拠を見せてやる」

ホフマンは現像成った夥しい写真の中から二、三枚のそれを取り出してヘンリエッテとエーファにひけらかした。ホルマーズィールでテーブルを囲んで談笑しているアドルフとレニ、海辺を散策している二人を遠くから撮った写真などだ。

打ちひしがれたエーファを、ヘンリエッテがそっとつついた。

「〝青の光〟を見に行きましょうよ。あなたの恋仇が主演しているから」

エーファは気が進まなかったが、ヘンリエッテの強引な誘いに屈した。

映画館は満員だった。自分は知らなかったが、ヘンリエッテに言わせれば、チェコの女優アニー・オンドラと並んでレニ・リーフェンシュタールは今ドイツで最も評判の女優だという。

映画のあらすじは摑み難かった。しかも、想像していたおしとやかな令嬢ではなく、レニが演じた〝ユンタ〟は、その魔性で村人を山に誘い、転落させる不吉な女として描かれている。時に太ももも露わに素足で山野を駆けめぐる野性味溢れた肉感的な女優に、エーファは激しい嫉妬を抱いた。自分よりは大分年上で三十歳前後に見えるが、クローズアップされたスクリーンの顔は、引き込まれるように妖しく美しかった。年齢から言っても、アドルフに相応しいのはほんの小娘に過ぎない自分よりも、成熟した肉体を誇る大人の女レニ・リーフェンシュタールの方だ、と思った。

映画館を出て、しきりに感想を求めてくるヘンリエッテに、「つまらなかったわ」とだけ答えて、エーファは押し黙った。

その数日後、ヒトラーはプリマゼンスとカールスルーエで半日選挙演説に立ち、空路、ベルリンに戻った。夜のスポーツパレスで開かれる集会で演説することになっていた。

集会は人、人、人で埋まった。壇上に立ったヒトラーはゆっくりとあたりをねめ回し、思わせ振りに上目遣ったり、視線を落としたりしていたが、聴衆のざわめきが尾を引いて鳴り止んだところで、おもむろに口を開いた。

最初はゆっくりと、例によって演説の要点だけを記したメモ用紙に時折流し目をくれながら、派手なゼスチャーもなく語り始めたが、やがて、メモなどには目もくれず、声を張り上げ、拳を振り上げ、一気に数分間喋り続けた。

さながらオーケストラの指揮者だった。左右上下に振られるタクトが虚空で静止するとオーケストラは水を打ったように静まり返るが、ヒトラーの拳がこめかみの脇から虚空を突き上げ、上下に揺れていた顔の動きと共にピタリと止むと、満場の聴衆から万雷の拍手が湧き起こり、壁や天井を揺るがした。

ホフマンはその間忙しなく場内を立ち回り、あらゆる角度からヒトラーや聴衆を撮影するのに追われている。

会場の外ではSA隊員がピリピリしながら見張っている。共産党のみならず、社会民主党や主だった党がナチスのSA隊に拮抗する武装団を組織していたからだ。

しかし、その夜は何事もなく、ヒトラーと一行は上機嫌で宿舎のホテルに戻り、祝杯を挙げた。少しこたまグラスを傾け、ボルテージが上がって、一同が「ホルスト・ヴェッセル」の歌まで合唱する段に及んで、ホテルのボーイがホフマンに忍び寄り、「ミュンヘンからお電話がかかっています」と耳打ちした。

ホフマンはふらつく足取りでボーイの後について部屋を出た。

電話は、義兄弟の医者プラーテからだった。尋常ならぬ上擦った声で告げられた内容にホフマンの酔いは醒めた。

慌てて宴会場に取って返すと、ホフマンは気炎をあげているヒトラーに耳打ちし、部屋の外に連れ出した。

「エーファが、自宅で、ピストル自殺を図ったそうです」

ヒトラーの顔から血の気が引いた。

「死んだのか？」

亡却の彼方に消えていたゲリの顔がエーファのそれと重なった。

「いえ、一命は取りとめたようです」

床に崩れ落ちそうな体を、ヒトラーは立て直した。遠くなりかけた気も戻った。

「意識は？」

「一時気を失っていたようですが、今は戻って会話もできるそうです」

「一体どこを撃ったんだ？」

ホフマンは自分の胸に部厚い手をやった。

「心臓⁉」

またゲリの顔が浮かび、身の毛がよだった。ゲリも心臓か頸動脈を狙ったに相違ないと警察の鑑定官は言った。ドレスの襟ぐりの辺りから心臓に向けて発射されているが、弾は心臓を貫くことはなく、その上を掠めて左の脇の辺りに留まっていた。

まんじりともせぬ一夜を明かし夜が明けるやヒトラーはホフマンと共にミュンヘンに戻った。

病室には姉のイルゼが付き添っていた。両親は幸か不幸か旅行中で、妹はその留守を狙って父親のナイトテーブルから六・三五口径のピストルを引き出し、両親のベッドで自殺を図ったらしい、と訴えた。時ならぬ銃声に驚いて両親の寝室に駆け込んだイルゼは、胸から血を流して横たわっているエーファを発見し、驚いて駆け寄ったが、エーファはしっかり受け答え、プラーテ先生を呼んで、と言ったという。

ベッドの脇に腰を落として呼びかけたヒトラーに、エーファは目を潤ませた。

「馬鹿なことをするんじゃない！　親より先に逝ってはいかん」

ヒトラーはエーファの額に手をあてがい、前髪をそっとかき上げた。ホフマンとイルゼは見て見ぬ振りをした。

ヒトラーはプラーテにエーファの容態を尋ねた。

「弾は左胸の皮膚を貫通しただけで、心臓や肺は問題ありません。これは私の推測ですが」

プラーテはヒトラーの耳もとに口を寄せた。

「最初から急所ははずれるように撃った模様です」

「と、いうことは……？」

「ま、狂言自殺、ということになりますか……」

ヒトラーは腑に落ちる。決して遊び心ではない、弄んで捨てた訳でもない。選挙が終わればまた声をかけるつもりでいた。そうした自分の多忙さは重々わきまえていてくれるものと思っていた。しかし、よくよく考えてみれば、レニ・リーフェンシュタールと過ごした時間の一部なりエーファに割いてやるべきだった。自分にとってこの数ヵ月は瞬く間の時間だったが、自分を待ち焦がれるエーファにとっては耐え難いまでに長い時間だったのだろう。

病院のロビーのソファにホフマンを誘ってどっかと腰を落とすと、ヒトラーは疲れた様子で肩を落とした。

「大事に至らなくてよかったものの、選挙戦のさ中に、馬鹿なことをやってくれたものです」

ホフマンが一つ大きな溜め息をついてから言った。

「いや、私が悪かったのだ」

ヒトラーは両手で顔をひと撫でし、目を宙にすえた。

「忙しさにかこつけて放っておいたからな。寂しい思いをさせたんだろう。これからはもう少し目をかけてやらねば。あんたも、あの娘《こ》をよーく見張っててくれ。何か様子がおかしかったら、すぐに知らせて欲しい。それと、ピストルは彼女の目に触れない所にしまっておくように。ゲリの二の舞は、もう懲り懲りだ。ゲリは、あんたの娘ヘンリエッテとピストルの射撃訓練に行っていたらしいから、物の美事に目的を遂げた。エーファは、見よう見真似で発射したんだろうが、扱いなれていないから手が震えて思い通りにならなかったんだろう」

プラーテ医師が耳打ちした〝狂言自殺説〟のことは口にしなかった。それと知ればホフマンは今後色眼鏡をかけてエーファを見続けることになるだろう。それではエーファが可哀そうだ。

「総統はあの娘をどう思っておられるんですか？」

ホフマンは横目にヒトラーの顔を盗み見ながら言った。

「愛しいと思っている」

ヒトラーはホフマンの方は見ず、ややあって言った。

「死んだゲリの生まれ変わりだよ。だから、死んではいけない」

「エーファは、総統にぞっこんですよ。いつか総統が結婚してくれることを願っているのではないでしょうか？」

「エーファには言ってある」

「えっ……？」

「私は結婚はしない、私の生涯はドイツに捧げる、と」

「いつ、言われたんですか？」

「いつだったかは、覚えていない」

「まさか、エーファはそれで絶望して自殺を図ったのでは……？」

「それは、ないだろう。私と結婚できなくても、エーファの若さと美貌を以てすれば幾らでも結婚相手は見つかるだろうから」

「エーファが他の男に心を移しても、総統はお許しになれるのですか？」

「許せんよ。しかし逃げて行く者は留め得ないだろう」

「若い娘は純粋なだけに、危険です」

「うん……？」

「総統には、もう少し成熟した大人の女性が相似しいように思いますが。たとえば、ゲッベルスと結婚してしまいましたが、マグダのような。総統もお気付きだったと思いますが、マグダは、本当は総統と結婚したかったと思いますよ」

「フム……」

「先頃会われたリーフェンシュタールはどうですか？　今を時めく大女優で、ドイツ一の美女とも謳われており、年齢から言っても総統とお似合いかと思いますが……。彼女も総統にぞっこんのようですし……」

「ホフマン」

ヒトラーは初めてまともに相手を見すえた。

「色々気を遣わせて済まぬ。確かに、マグダやレニのような知的な女性は魅力的だが、私が女性に求めるものはそういうものではない」

大きく見開かれたヒトラーの青い目に抗し切れず、ホフマンは自分の膝に視線を落とした。

「私が女性に求めるのは」

ヒトラーは噛んで含めるように繰り返した。

「従順さ、処女の無垢さ、純心さなんだよ。私が祖国ドイツに捧げているような」

ホフマンは返す言葉を失った。


エーファ・ブラウンの事件は、極近しい者だけが知る些事で納まった。

十一月六日の選挙結果はＮＳＤＡＰにとって苦々しいものになった。得票数で二〇〇万票を失い、三四人減の一九六名に留まった。同じ右翼系の国家人民党が一五名増で五二名、左翼は社民党が一二名減の一二一名、共産党が一一名増で一〇〇名の議員数を獲得した。

これを受けてパーペンは議会運営に行き詰まり、首相の座を投げ出した。機を得たとばかりヒトラーは政権の座を譲るよう再度圧力をかけたが、ヒンデンブルクは首を縦におろさない。代わりに首相に指名したのは、自分とヒトラーの橋渡しに奔走していたシュライヒャーだった。

シュライヒャーは、ＮＳＤＡＰの党組織部長でありながら極右の宣伝相ゲッベルスとの不和が取り沙汰されていた穏健派のシュトラッサーに働きかけ、党の内部分裂を画策、首相の座を狙うヒトラーの野望を砕こうとした。一方で、共産党を始め左派に呼びかけ、左右両派による連合政府の樹立を謀ったが、NSDAP内部のシュトラッサーの孤立化でこの試みは水泡に帰し、シュライヒャー内閣は僅か五十四日で幕を閉じた。

翌々日の一九三三年一月三十日、ヒンデンブルクは遂にアドルフ・ヒトラーを首相に指名し、組閣を命じた。官庁街ヴィルヘルムには、ヒトラーの首相就任を知った数十万の民衆が押し寄せ、歓乎の叫び声を挙げた。

（一〇）

ミッキー・ウォーカーを打ちのめしたマックス・シュメリングは、改めてシャーキーへの挑戦権を手にしたはずだった。シャーキーは一年と少し前にウォーカーと対戦、疑惑の判定で辛うじてドローに持ち込んだが、メディアも世論もウォーカーが圧倒的にポイントを稼いでいた、と評してブーイングを鳴らした。そのウォーカーを、マックスは赤子の手を捻る如くあっさりあしらってのけたのだ。

シャーキーサイドはシュメリングと三度目の試合を行うことに同意していた。ファイトマネーは挑戦者としては並の、総入場料の一二パーセントを呈示してきた。それで文句はなかったのにとマックスは後で咎めたが、ジョー・ジェイコブスは、少な過ぎるとクレームをつけ、折り合いがつかなくなった。

ニューヨークのボクシング委員会も、同じ対戦を三度も見たくないという空気に支配されていた。

「新顔に出番を与えてやれとさ」

ジェイコブスが受話器の向こうで弁解がましく言った。

「新顔とは？」

「カリフォルニア出身のベアだ。名前は、癪なことにお前と同じマックスだ」

「僕と幾つ違いかな？」

「彼は一九〇九年生まれだから、四つ下か」

「若いね。馬力がありそうだな」

「お前が四年前にやったスペインのパオリーノ・ウスクダンには敗れているから、まず勝てるだろう」

「試合は、いつ?」

「六月八日、場所はニューヨーク」

「じゃ、それが終わってからにしようか……」

「うん? 何をだ?」

「ジョー、僕はアニー・オンドラと結婚するよ」

受話器の向こうで沈黙がわだかまった。

「もしもし? ジョー、聞こえてるかい?」

「ああ、聞いたよ。おめでとう。アニー・オンドラのことはかねてよりマッホンから耳にしていた」

「祝福してくれるかい?」

「よもやデンプシーの二の舞いにはならないことを祈りつつ、な。それより、ベアに勝って自分で祝砲を挙げるべきだ。花嫁への何よりのプレゼントになる」

「うん、頑張るよ」

「この試合、ドイツではまず組めなかったぞ」

「えっ? どうして?」

「ベアはトランクスに〝ユダヤの星〟を縫い込んでる」

「ユダヤ人……か⁉」

「そう。だから、たとえばヒトラーのお膝元ミュンヘンでやるとしてみろ。SA隊員が乗り込んできて乱闘騒ぎになるだろう。ましてお前が負けるようなことがあったら、ベアは生きて帰れんかも」

「まさか!」

「ベルリンの雲行きはどうだ?」

「至る所ヒトラーの写真だらけだが、血生臭い事件は久しく起きてないよ」

「フン。ヒトラー内閣もどうせ短命だろうが、長引くようならお前もアニーと一緒にこっちへ移住してきた方がいいかもよ」

実際、ウェストエンドのマックスのアパート周辺は物静かで、これといった騒ぎは起きていない。しかし、ベルリンのダウンタウンに住んでいる友人は、ヒトラーが首相に就任して以来、連日のように群衆が通りに繰り出し、松明をかざして「ハイル・ヒトラー！　ドイツ万歳！」と叫びながらブランデンブルク門へ練り歩いて行っている、と伝えてきた。

友人達のある者は、これでドイツは落ち着く、ヒトラーはこの窮地を救ってくれるだろうと希望的観測を述べ、ある者は日和見的な立場を取り、芸術家達は、いよいよお先真っ暗だとしょげ返っている。

マックスがそのモデルにもなった女流彫刻家のレネ・シンテネスなどは殊の外悲憤し、ヒトラーへの憎悪を露にした。

ある日、マックスはウェストエンドを出てウンテル・デン・リンデンにある行きつけの服屋に新しいスーツを誂えに行った。店主モルダウエルは初老のユダヤ人で、余り名の知れていない女優と結婚している。

何人かの客がいて、仕立て人が対応している。モルダウエルが「次の試合はいつだい？」などと話しかけながらマックスの寸法を取り始めた時、階下が不意に賑わしくなった。足をリズミカルに踏み鳴らす音に加え、横笛、太鼓、金管楽器が奏でるマーチが次第に音高く近付いて来る。

店の者達が、客も、仕立て人も、モルダウエルも、マックスも、一斉に窓際に走った。

音楽隊に続いて褐色のシャツ一色の、見覚えのあるSA隊の一団が胸をそらして行進している。

じっとそれに見入っていたモルダウエルが、不意にくるりと向きを変えて言った。

「何て素晴らしい！」

マックスは耳を疑った。階下の行進に目をやっていた店主の顔は紅潮し、目は凍りついたように一点に凝らされていたからだ。

数週間後、新調の服を受け取りに行ったマックスは、店主の訃報を仕立て人から知らされた。

四月末、マックスはレーシングドライバーの友人達とノレンドルフプラッツの有名なレストラン〝ハーネン〟で夕餉の卓を囲んでいた。このレストランはドイツのモータークラブと提携しており、クラブ員には指定席が用意されていた。

マックスはアヴスで開かれるオートレースはほとんど見逃さなかった。そのスリルと興奮は、一瞬の油断もならないボクシングに相通じるものがあった。有名なレーサー達がマックスの何者なるかを知って近付いて来た。

その夜も彼は、ルドルフ・カラッチョーラ、ハンス・シュタック、ベルント・ローゼマイエルなどのレーサー達と談笑していた。アニーは撮影で留守がちだったから、マックスはよくこれらの仲間達とカフェやレストランに繰り出した。

ディナーが終わりデザートが出た時だった。突如SA隊の将校が靴音高く入って来た。そのまま真っ直ぐマックス達が談笑するテーブルに歩み寄ると、右手をさっとこめかみの辺りにやって敬礼した。

一同は何事かと将校を訝り見た。

「シュメリング殿」

将校は恭しく言った。

「総統が帝国首相府でのディナーに貴殿をお招きしたいと仰せられています」

一同の目に、同じ疑問が浮かんでいるのをマックスは見て取った。

（一体どうしてSA隊員は、マックスがここにいると嗅ぎつけたんだろう?）

悪い気はしなかった。いや、それ以上に誇らし気な気分だった。ヒトラーもこれまでの首相と同じく所詮は短命に終わるだろう、よく持って半年か一年だろう、と取沙汰されていたが、少なくとも今は一国の頂点に登りつめた男だ。

ストライブリング戦に勝ってドイツに戻った時、マックスは母親と共にオープンカーに乗せられてベルリン市内の凱旋パレードに引き回された。文字通り「ドイツの誇る英雄」として。ヒトラーが首相なればこそで、それまで目まぐるしく変わった首相の誰からもお呼びはかからなかった。アメリカならば、州知事はもとより、大統領も祝意を伝えに自ら赴いたか、祝電の一つくらいは寄越しただろう。現に、ストライブリング戦の前に突如マックスの前に姿を現したフランクリン・ルーズヴェルトは、その後第三十二代アメリカ合衆国の大統領になったが、マックス宛に献辞を添えた自分の写真を送って来ている。熱心な切手収集家と聞いていていたから、マックスは特別発行のドイツの切手を入れた礼状を送り返していた。

一度でいいから帝国大統領ヒンデンブルクの謦咳に接したいと思い、その願望を大統領の事務所に伝えてもいた。

だが、なしのつぶてのままだ。噂によれば、格式を重んじるヒンデンブルクは〝フォン〟のミドルネームを持つ貴族の出自でなければたとえどんな有名人とも会わない主義で、アスリートに限れば、これまでヒンデンブルクに拝謁の栄に浴したのは、騎手のフライヘル・フォン・ランゲンとテニスのゴットフリート・フォン・グラムだけだという。ヒンデンブルクがヒトラーを〝どこの馬の骨か知れないボヘミアの伍長〟と人知れず呼び習わしているとの噂も宜なる哉と思われた。

だが今や、ヒンデンブルクは見下していた男の前に跪いたのだ。否、跪かないまでも、実質的に権力を譲渡したのだ。一国の頂点に立つのは、もはや傀儡と化した八十五歳の超高齢政治家ではなく、そのほぼ半ばの若き政治家だ。

芸術家の友人達からナチスとヒトラーの台頭を憂うる声を種々聞かされていたマックスは、複雑な思いでSA隊の将校の後に従った。これまでの閣僚や大統領が目もくれなかった自分に早々と声を掛けてくれたことは無条件に嬉しかった。一方で、物々しいSA隊員のいでたちとふるまいに危惧の念を抱いた。散々おだてられた挙句ナチス党への入党を誘われ、党のプロパガンダの役割を押しつけられるのではあるまいか？

車は大型車のリムジンだった。ヴィルヘルム通りに曲がると、行きずりの人々が足を停めて車内に目を凝らす。母親と共にパレードの車に乗った日が思い出された。今や誰に知られても公衆の目に曝されても恥ずることのない婚約者がいる。

（アニーが一緒にいてくれたら）

と思った。

（ヒトラーの政権が長引いたら、あるいはそんな日が来るかも知れない）

首相府に着くと、控えの間に案内された。マックスは気を鎮めようと、窓際に寄って二つ三つ大きく息を吸った。リング上でラウンドの間によくやるように。

ドアの開く音に、窓から目を転じてマックスはクルリと体を入れ代えた。

一〇人近い面々がヒトラーを囲んでこちらに向かって来る。

「こんにちは、シュメリングさん、おいで頂けて嬉しいです」

ヒトラーが目の前に立って手を差し伸べた。何とも言えぬオーラを放っているが、意外に背は低い、自分と一〇センチくらい違うな、と感じた。

「ディナーをご一緒にと思ったんですがね」

ポスターで見るのとは裏腹な物静かで柔和な表情と佇まいに驚かされた。

「帝国宰相殿」

マックスは慇懃に一礼した。

「誠に有り難いお言葉ですが、たった今、お迎えに来て頂いたレストランで友人達とディナーを済ませたところなのです」

「それは残念ですな」

配下の者達が相槌を打つ。

「ではここで少しお話をしましょう」

ヒトラーはそう続けると、自分を囲んでいる面々をマックスに紹介した。

「シャーキーのローブロー事件の後、あなたがスポーツパレスで受けたブーイングのことを覚えていますよ。私もあの場にいたのでね」

自分の肩先くらいに頭のあるゲッベルスが言った。

「大衆はいつも愚かです。物事の真相を見極めようとしない。古代の哲学者が既に喝破していますな。〝衆愚〟と。でもあなたは見事に彼らを見返した。ドイツの誇りです」

「大衆を見くびってはいかん」

ヒトラーが横槍を入れた。

「我々が今日あるのは大衆のお陰です。ボクシングもそうでしょう？」

これはゲッベルスにではなくマックスに向かってヒトラーは言った。

言われてマックスは、雌伏の時を経て今や天下を掌握した男と自分を重ねていた。

「私は大戦中飛行士でした」

ゲーリングが愛想よく近付いて手を握った。

マックスはその巨体と眼光の鋭さに威圧感を覚えた。

「高射砲や敵機の弾丸をかわし、隙を衝いてこちらの弾を打ち込む——ボクサーと一脈通じるところがありませんかな？　私は二二機を撃ち落としたが、あなたは何人ＫＯされたかな？」

「似たり寄ったりですが、もう少し多いですかね？」

目を宙にやって数える振りをしたマックスに、一同はドッと笑った。

「その代わり、閣下は一度もＫＯされておられないが、私は二、三回ＫＯ負けしています」

これにも哄笑が起こった。

「あなたはアメリカに通じておられるようだからお聞きするが」

副首相のパーペンと名乗る男がしゃしゃり出た。

シュライヒャー内閣が短命で終わる前、この男は今のヒトラーの立場にあった人物ではなかったか？

政権運営に躓いて早々に首相の座を降りた人物が、新内閣で副首相の地位に就いている——新聞でそれを知った時も驚きだったが、今その人物が些かも悪びれずヒトラーの重臣に加わっていることに違和感を覚えた。

「エンパイアステートビルはもう完成したんですかな？」

当たり障りのない質問だ。

「ええ、私が向こうにいる間に出来上がっていました。ですからもう半年前に……」

「ドイツもこれから復興しますよ」

ヒトラーがにこやかに、胸を張って言った。

「アメリカの失業者は一三〇〇万いると聞いてます。我が国も六〇〇万の民が職にあぶれ、貧困をかこっています。しかし、二、三年で私はこれを一〇分の一に減らしてみせます」

サーロウピースコウへアニーとドライブに出かけた行き帰りの道で、道端に群して虚ろな目で虚空を見やっている失業者達の群れが思い出された。アメリカ資本に頼っていたドイツ経済が、ウォール街の株価暴落によってミニバブルが弾け、第一次大戦後の窮乏時代に戻ってしまったっけだ。皮肉なことに、こうしたドイツ経済の破綻がナチスと共産党の躍進につながったのだ。

それにしても、六〇〇万人もの失業者を一挙に一桁減らすような妙案がこの新しい宰相の胸中にあるというのか？

「あなたはまた近くアメリカに行かれますよね？」

パーペンが何か言いたそうに口をうごめかしたが、それを制するようにヒトラーが言った。

「六月に、マックス・ベアという男と対戦します。シャーキーへの挑戦権を賭けた試合になると思います」

「その試合は、絶対に勝たねばなりますまい」

ゲッベルスが横槍を入れた。強い口吻を訝ってマックスはゲッベルスを見返し、次いでヒトラーを見た。ヒトラーはゆっくりと顎を落とした。

「何故と言って、彼はネブラスカの生まれだが、歴としたユダヤ人だからです。しかも、それを誇示するように、トランクスに堂々と〝ユダヤの星〟を縫いつけてるそうな。これは何としても打ちのめさなければならない」

ゲッベルスはファイティングポーズから右腕をグイと突き出してみせた。

哄笑が起こった。

（そこまで調べ上げてるとは！）

マックスも相好を崩してみせたが、顔が引きつるのを覚えた。

（ひょっとしてジョー・ジェイコブスがユダヤ人であることも突き止められているのでは？）

「勝算は？」

ジェイコブスの幻影を吹き飛ばすようにヒトラーが言った。マックスは生唾を呑み込んだ。

「無論、おありでしょうな？」

ヒトラーがにんまりとして半歩近付いた。

「あります。もう一度シャーキーと雌雄を決する為にも、勝たねばなりません」

ヒトラーは満足気に頷いた。

「あなたが勝ってこちらに戻って来た時には改めて祝盃を挙げましょう」

一同が相槌を打った。

「ところで」

ヒトラーが口吻を改めた。

「アメリカに行ったら、私や我が党について色々聞かれるでしょう。彼らに言ってやって下さい。すべては平和的に、落ち着いて、穏やかに推移していきます、とね」

（これだったか⁉）

マックスの中で腑に落ちるものがあった。

（このことを伝えたいばかりに自分を呼んだのだな？平和の使者に仕立てるために）

この気付きは、不快なものではなかった。否、むしろ、誇らしく思った。ドイツを代表するアスリートを親善使節として送り出そうとしてくれるのだ。ブリューニングもヒンデンブルクも考えつかなかったこと、思いもしなかったであろうことを、この新たな指導者はいともさり気なくやってのける。

（ひょっとしてこの政権は長続きするかも知れない）

自信とゆとりに満ちたヒトラー他面々の顔をそっと盗み見ながら、マックスの胸にこんな思いが去来した。


ニューヨークに戻ったマックスはドイツ総領事館に大使のバロン・フォン・プリッツウイッツを訪れ、ヒトラーの伝言を伝えた。

プリッツウイッツは深刻な面持ちで返した。

「大変な事態です、シュメリングさん。ドイツでは大殺戮が起きますよ。そして、いずれ戦争が……」

マックスは目を丸めた。

「戦争などあり得ませんよ。確かに暫く前までは、共産党や他の党とヒトラーのナチスの間で血生臭い争いが日常茶飯起きていましたが、ヒトラーが政権を取ってからは暴動らしいものはすっかり鳴りを潜めています。銃声も聞かれなくなりました」

「それがかえって不気味なのです」

プリッツウイッツが憂いを含んだ目を返した。

「ドイツは独裁国家に化しつつあります。イタリアが既にムッソリーニの思いのままに動いているように、ドイツもヒトラーの鶴の一声でどうにでもならんとしています。

あなたがこちらへ来られる前にも幾つかの事件が持ち上がりましたね。一つは国会炎上、今一つは、ナチスへの全権委任法成立です」

国会炎上事件は二月末の出来事で、マックスは新聞やラジオのニュースで知ったが、不慮の事故として片付けられており、さ程疑問に思わなかった。

「国会炎上もナチスの仕業です。それを共産主義者の所為だと口実を設けて、彼らの弾圧に乗り出しました。

次いで矢継ぎ早に全権委任法です。つまり、ナチス以外の政党を認めない、一党独裁政治を樹立したのです。ヴェルサイユ条約で制限された軍備も、ヒトラーは密かに拡大しようとしています」

多くの事がマックスには寝耳に水だったから、大使は物事を大袈裟に捉え過ぎている、ペシミズムに傾き過ぎていると思われた。

「戦争が起こる、と言われましたが、一体どことどこの戦争が起きると思われるのですか？」

「多分、我が国とフランスでしょう。ヴェルサイユ条約の重圧に加担して我が国を最も痛めつけたのはフランスですから。次いで、宿敵ボルシェヴィズムの温床とヒトラーが口を極めて唱えるロシア……」

「それどころではないのではないでしょうか？　ナチスは今祖国での地盤を固めんと、懸命に内需の拡大に取り組んでいます。アウトバーンの建設はその最たるもので、それによって雇用が増大し、失業者の数がうんと減ったと聞いています。三党が林立して政権が機能していなかったワイマール政府の時代より余程良くなった、独裁かもしれないがナチスが覇権を握ったことで物事がスムーズに運ぶようになったと、一般市民は好意的に捉えているように見受けますが……」

「ドイツ在住の私の友人達は別の見解を伝えていますよ。イギリスの将来を背負って立つだろうと言われているウィンストン・チャーチルが密かにドイツに来て、ナチスに脅威を覚えると言ったとか。彼はヒトラーの『わが闘争』も早くから読んでいて、汎ドイツ主義、反ユダヤ主義に横溢するこの本に警戒心を深めている、とも語ったそうです。フランスのド・ゴールもナチスの動きに注意せよと陸軍省に書き送ったとか……」

「すると、もし戦争が起こった場合、イギリスも敵に回すことになりますか?」

「恐らく。イギリスはフランスと結託するでしょう」

マックスは割り切れぬ思いで総領事館を出た。

ニューヨークの友人達は多くがユダヤ人である。首相府に招かれて親善使節のような役目をヒトラーに仰せつけられたよ、と話すと、ジェイコブスを筆頭に、一同の失笑を買った。

「ベアがユダヤ人であることを知っているとしたら、運動競技の〝人種犯罪〟の一形態とみなされ、ドイツでは絶対に禁止されただろうな。こちらでやる限り治外法権で手が出せないから、ベアを打ちのめせとくらいしか言えなかっただろうが」

屈託のない笑いが生じた。

「すべては平和的に、落ち着いて、穏かに移行していると伝えて下さい」というヒトラーのメッセージも笑い飛ばされた。

ベア戦が数週間後に近付いたある日、思いがけない人物がニュージャージー州レイクスワナンガのトレーニング・キャンプに現れた。ジャック・デンプシーだ。今はもうグラブを脱ぎ、俳優業とマックス・ベアのボードビル関係のマネージメントをしている、と言った。つまりはベア側の人間だが、二人は相寄って抱擁を交わした。

「お互いに年取って、益々似て来たな。鏡を見てるようだぜ。ちょっぴり歪んでる鏡をな」

抱擁を解き、つくづくとマックスの顔を見てデンプシーは言った。

「タイトル戦を賭けてあなたとグラブを交えるのが僕の夢でしたが」

笑いながらマックスは答えた。

「うん、もう一、二年俺達の年が接近していたら、あり得たな。君と俺は幾つ違いだったっけ?」

「僕は一九〇五年生まれです」

「俺は一八九五年だから、そうか、丁度十歳違いか。どれ、一丁やるか?」

「えっ、スパーリングを、ですか?」

「そうだ。今度の試合をプロモートするに当たって、俺は弟みたいなシュメリングとスパーリングをするぞ、と謳ってあるんだ。いい宣伝になるからな、乗ってくれ」

「願ってもないことです。しかし、本気でやっていいんですか?」

「いやいや、そこは手加減してくれよ。俺はまだ引退は表明してないが、ターニー戦の後はエキジビションツアーでやるくらいで、彼是一年近くリングから遠去かってるからな。少なくとも、顔にはパンチを食らわすなよ。幾らヘッドギア付きだと言ってもな」

「分かりました。ま、できるだけ気を付けますよ」

デンプシーはプロモーターとしても抜け目がなかった。言葉通り、シュメリングとスパーリングをやるとの前触れが効いて、当日になると数千人の観客がレイクスワナンガに押し寄せた。

余興のつもりでいたマックスは、デンプシーが本気で打って来たのに驚いた。まるで全盛期を思わせるような集中パンチを浴びせて来たのだ。ヘッドギア越しながら激しい衝撃を受けてぐらついた。

(話が違うじゃないか!)

マックスも本気になった。こんな所でダウンしては様にならない。ベア側の喜びそうな記事をメディアは書きたてるだろう。

マックスは一瞬の隙を突いて右のカウンターパンチをデンプシーの顔に叩き込んだ。

デンプシーはよろめき、後ずさりした。マックスは突進した。

刹那、デンプシーは両手を挙げた。〝降参〟のサインだ。ヘッドギアを取った顔が笑っている。マックスも足を停め、ヘッドギアをはずした。

聴衆がやんやと喝采した。

「もう俺の時代は終わったよ。後は宜しくな」

リングを降り、グラブをはずしてデンプシーはマックスの手を握った。

新聞記者が寄ってきてデンプシーにコメントを求めた。

「シュメリングの仕上りは上々だ。右のカウンターパンチは相変わらず必殺だよ」

だが、試合当日、デンプシーも記者達も目を疑った。スパーリングで見せた軽快な動きは鳴りを潜め、マックスの動きはまるで緩慢を極めた。こんなはずではないと思いながら、足が思うように運ばない。

やたら暑く、体中から汗が吹き出して来る。マッホンが頭から水をぶっかけながら、「頼むから動いてくれ！　まともにパンチを食らい過ぎだ！」と声を枯らさんばかり叫んだが、頭では分かっていても、まるで金縛りにあったように体が自由にならない。ベアのトランクスの〝ユダヤの星〟が往々にしてぼやけて見える。痛い程パンチを浴びた。

「動け！　奴から離れろ！　パンチをかわすんだ！」

ラウンドの合い間に耳もとに囁かれるマッホンの声もはっきり聞こえ、それに応えなければと意識して次のラウンドに向かうのだが、いざ試合になると体が思うように動かない。

七ラウンドが終了した時点で、意気の上がったベアのセコンド陣が、

「相手はもうフラフラだぞ。次で留めを刺せ！」

とベアを煽っている声がはっきり聞こえた。

何とか、九ラウンドを持ちこたえた。が、そこまでだった。第一〇ラウンドに入ると、ベアのパンチ

をまともに受けてマックスはダウンした。一度は立ち上がったが、またすぐにパンチを受けてダウンした。

記者達が押し寄せた。マックスはただ肩をすくめた。これまでのボクシング人生で、これ程パンチを浴び、不様にダウンを喫したことはない。

「これは敗戦じゃない！　災害だ！　調整の失敗、そして、暑さにやられたんだ！」

控え室に戻ったマックスをマッホンはこう慰めてくれたが、マックスはうなだれる他なかった。

傷心の帰国になった。

「いいおみやげを持ち帰れなくてごめんよ」

出迎えたアニー・オンドラに、マックスは少しはにかんで言った。

「でも、予定通り、結婚式を挙げてくれるよね？」

「勿論よ」

アニーはマックスの首に腕を回した。

その実、彼女は少なからず傷ついていた。NSDAPからは何のコメントもなかったが、ベア戦の惨敗を取り上げたスポーツ紙が、憶測宜しく、シュメリングの敗北は練習不足によるものであり、かつて共演した女優達との火遊びにうつつを抜かしている所為である、などと書きたてたからだ。チェコの二人の女優に留まらず、アメリカのハリウッドの女優クララ・ボウとの浮名も取り沙汰されている。

クララとは俳優エルンスト・ルビッチュがスペインのパオリーノ戦の後で開いてくれたレセプションで初めて顔を合わせた、マックスと同年の生まれで、ショートヘア、金髪の愛くるしい女性だが、女だてらにボクシングが大好きで、マックスにボクシングの手ほどきをして欲しいと言ってきたくらいだ。

その後マックスがニューヨークで試合をする度に観客席に姿を見せた。ローブロー事件を起こした因縁のシャーキー戦でも、ルビッチュと共に来てくれた。この時には、マレーネ・ディートリッヒとその愛人ジョセフ・フォン・スターンバーグも同席していた。

「クララ・ボウとは、本当に、何もなかったの？」

アニーがおずおずと尋ねた時、マックスは即座に首を縦に下ろした。

「私達、結婚してもいいのね？」

マックスはアニーの両手を取った。

「勿論だよ。ボクシングはいつまで続けられるか分からないが、君との結婚生活は、死ぬまで続けるよ」

「私より先に死んじゃいや」

アニーが潤んだ目でひたとマックスを見すえた。

「私も、いつまで女優を続けられるか分からないけれど、あなたの妻ではずっとずっとあり続けるわ」

マックスは無上の幸福感に酔い痴れながらアニーをサーロウピースコウへ誘い、そこの小さな教会の祭壇にエスコートして行った。

折を見て二人で手を加えていた新居は既に完成している。プールも隣のトーラク夫妻や友人達の手助けで出来上がっていた。

アニーと共に認めた招待状に、〝水着を持参されたし〟の一文を添えていた。結婚式は真夏の盛り、七月六日と定めたからである。

マックスは、もうすぐ二十九歳になりかけ、アニーは三十一歳になったばかりだった。

招待したかった友人達の何人かの顔が欠けている。苦しい時代、ドイツでの試合は欠かさず見に来てくれ、映画のシーンでボクサー役をやらなければならないから手ほどきを頼むと言って来た俳優のフリッツ・コルトナーは、ユダヤ人と知れて国外に追放され、画家のジョージ・グロスもドイツを嫌ってニューヨークに行ってしまった。

アニーの方も難局に直面していた。フリードリッヒ通りに設けた小さな会社オンドラ・ラマックカンパニーのパートナー六人のうち四人がユダヤ人であることを当局ににらまれ、ドイツでの活動を断念してプラハに帰っている。

それでも結婚は二人に幸せをもたらした。アドルフ・ヒトラーからはお祝いとして日本のモミジが贈られ、マックスとアニーに感激と驚きと、誇らしい気持ちをもたらした。モミジは大島駐独大使がもたらしたものだ。

参会者達は招待状に従って水着を持ってきており、皆嬉々としてプールに飛び込んだ。主にヨセフ・トーラクが音頭を取った祝宴は延々と真夜中まで続いた。

ハネムーンの行き先はバルト海沿岸のリゾート地ハイリゲンダムを選んだ。マスコミがリビエラかベニスかと憶測を流していたのをまんまと出し抜いたのである。

二人はメディアの干渉から放たれ、泳いだり浜辺で砂の城を築いたり、スキート射撃を習ったりして過ごした。

しかし、ハネムーンから戻ると、アニーの弁護士が待ち構えていた。パートナー六人中四人を失ったオンドラ・ラマックカンパニーはもう清算した方がいい、ハリウッドからはアニーへのオファーが幾つも来ているが、トーキーの時代に入っており、アニーも英語がもうひとつ苦手だし、ラマックも気乗り薄だから、いっとき考えたアメリカへの会社移転は諦め、アニーはフリーの女優として活動した方が得策だろう、との見立てだった。

アニーがアメリカへの進出を考えたのは、マックスが今後も何度か渡米するだろうし、その度に孤独感と、夫の身に万が一のことがあったらとの心配をひとりで味わわねばならなかったからである。

「僕のことは心配ない。試合はラジオで聴いてもらえるし、電話もよく通じるようになったからね。それに、いつまでも新婚気分でいられるから」

とマックスは宥めたが、一つには、アニーがハリウッドに来たら無節操な男共に尻を追い回されることを懸念したからでもあった。

故国を離れてアメリカに渡り、今や世界的スターともてはやされているグレタ・ガルボやマレーネ・ディートリッヒの芳しくない噂、他でもない、監督や共演の男優との浮き名がアメリカへ行く度マックスの耳に伝わってきていた。

グレタ・ガルボは、ミニバブル期にベルリンの〝ママ・シュヴァネケ〟と称されていた女性の経営するカフェで時々見かけた。マックスが芸術家達の仲間入りをした頃である。細面の痩せた女でさ程魅力は感じなかったが、愛人の監督スティルレルと共にアメリカに渡ってから一躍時の人になった。マックスが彼女に親近感を覚えたのは、一九〇五年の同年生まれで、誕生日もガルボが十日早いだけの九月十八日と知った時くらいだ。

一九二八年にドイツへビー級チャンピオンのタイトルをかなぐり捨てて同年十一月にニューヨークへ渡りアメリカ人ボクサー、ジョー・モンテと闘ったが、この直前にスティルレルが心臓麻痺で死亡したという記事をマックスは新聞で見ている。死ぬ前にスティルレルは、自分をスウェーデン人でなくユダヤ人と呼んでくれとしきりに口にするようになった、というエピソードと共に。

翌年マックスは専らニューヨークで試合をこなしたが、グレタ・ガルボが新たに「肉体と悪魔」「アンナ・カレーニナ」で共演した男優のジョン・ギルバートといい仲になっている、との噂を耳にした。ギルバートは名うてのプレイボーイで、後にはマレーネ・ディートリッヒとも浮き名を流したが、ギルバートもユダヤ人である。マレーネに未練たっぷりのゲッベルスがそれと知ったら頭から湯気を立てて怒るだろうとジェイコブスは笑いながら言った。

ともあれ、アニーはベルリンに留まり、マックスは次の冬、甘い蜜月の時を経て再びアメリカに渡った。大学のフットボールの花形選手としての方が有名だというスティーブ・ハマスと対戦するために。

ボクサーとしては洗練されたテクニックを持ち合わせず、若さだけが取り柄と言われたハマスに、マックスは終始ポイントを奪われ、一二ラウンド、劣勢を強いられた挙句判定負けを喫した。これまでおよそ十年間のボクシング歴で連敗したことは一度もなかったから、ひどく落ち込んだ。このままではもう一流ボクサーとの試合を組むのは難しいぜ、とジェイコブスにも言われた。

気分が滅入っている所為だろう。日常の何気ない仕草や行動のさ中にアクシデントに見舞われた。たとえば、朝食の時にコップを落として割ってしまったり、階段から転げ落ちたり、車から降りた途端、どこに足を引っかけたのか、ばったり路上にうつ伏せに倒れ込んだりした。

落ち目だと感じた。一国の新たな首相ヒトラーの祝福も受けたアニーとの結婚を除けば、この半年間はツキにも運にも見放されている気がした。

不況は続いているが、マックスには数百万マルクの蓄えがあり、将来にさしたる不安はない。アニーもそれなりの収入を得ていたから、このまま引退し、世の中の喧騒を避けてサーロウピースコウにこもり、ガーデニングや狩猟の趣味に生きる生活まで思いめぐらした。

(だが、俺はまだ二十八歳だ。三十代に入ってチャンピオンベルトをしめたボクサーもいるじゃないか！　ジャック・デンプシーも三十代後半までリングに立ったし、二歳年上のミッキー・ウォーカーも、まだ引退は表明していない。このままグラブを脱いだら彼らに合わせる顔がない)

この矜持がマックスを思い留まらせた。

二年前にマックスを判定で破って世界チャンピオンの座を仕止めたジャック・シャーキーは、イタリアの巨人ボクサー、プリモ・カルネラに第六ラウンドでKOを喫してタイトルを奪われていた。カルネラは史上最も大柄なボクサーとされ、〝歩くアルプス〟の異名を奉られている。身長一九六センチ、体重は一二〇キロ近くあった。しかし、図体が大きいだけでテクニックには欠け、実質的にはシュメリングを破ったマックス・ベアが最強のヘビー級ボクサーであるとみなされていた。当然ながらボクシングファンは両者の試合を見たがったが、カルネラが最初の防衛戦に選んだのは、マックスが四年前に一五ラウンド闘って判定勝ちに持ち込んだスペインのパオリーノ・ウスクダンだった。

試合はカルネラの故国イタリアで、イタリアを席巻して久しいムッソリーニの見守る前で行われ、カルネラが一五ラウンドをフルに闘った末判定で勝利を収めていた。

しかし、その数ヵ月後の一九三四年六月十日、二度目の防衛戦にマックス・ベアと対戦したカルネラは、一一度のダウンを喫した挙句、第一二ラウンドにKO負けし、防衛はならなかった。この試合は組んずほぐれつ、お互いマットに倒れ込むレスリングまがいの試合で純粋なボクシングファンの失笑を買ったが、これを映したフィルムは世界中で大ヒットした。勝ったベアに、アメリカ在住のユダヤ人は狂喜した。

パオリーノとマックスは、同じような境地に立たされていた。パオリーノはチャンピオンベルトをしめたことはなかったが、自分が一五回闘ったシュメリングが翌年にはチャンピオンになったこと、かつてリノでマックス・ベアに勝っていることで、限りなくトップに近い立場にある、と自負していた。マックスの方は、一度はしめたベルトを納得のいかない判定でシャーキーに奪われ、その後はたて続けにベアとハマスに敗れたが、再起を賭ける余地はまだある、と自らに言い聞かせていた。

そうした互いの思惑を敏感に感じ取った双方のマネージャーは、二人を対戦させることで合意した。いわば〝敗者復活戦〟で、勝った方がベアへの挑戦権を得られるものと目論んだのだ。

申し出はパオリーノの陣営からで、弱気になっていたマックスを奮い立たせるチャンスと捉えたジェイコブスは二つ返事で応じたが、ハンデも負うことになった。マックスにとってはアウェーとなるパオリーノの母国スペインでの開催になったことだ。

一つには、お互いの金銭上の打算も働いていた。落ち目の二人がアメリカで対戦しても大した観客を集められないだろうが、スペインならパオリーノは故国の英雄として絶大な人気を誇っているから集客できる、ひいては相応の入場料を見込める、と。

マックスにとってのメリットは、同じヨーロッパでの試合ということで、新婚間もないアニーをトレーニングキャンプに伴えることだった。

しかし、不運は更にマックスにつきまとった。スパーリング中にハマス戦で受けた瞼の傷が開いてしまった。アニーは心配し、マッホンが傷の手当てをするのを痛々し気に見やった。スパーリングは中止となり、サンドバッグを叩くか、マシーンでの筋トレだけに終始した。

アメリカで知己を得てチャップリンと共にボクシング好きと知った俳優のダグラス・フェアバンクスのジュニアが妻のレディ・アシュレーを伴ってバルセロナにやって来た。

「親父から、シュメリングはこのところ不甲斐ない試合が続いているから喝を入れに行け、と言われてね」

マックスはフェアバンクス親子の友情に感謝した。

スパーリングのできない間、ジュニアとゴルフに出かけた。

黄昏時にはランブラス沿いのオープンカフェで一献傾けた。

「三銃士」「ロビン・フッド」「快傑ゾロ」「アラビアン・ナイト」等、サイレント時代の活劇で一世を風靡したダグラス・フェアバンクスのジュニアだと知ると、ゴルフ場でもカフェでも客がどっと群がって来た。ジュニア自身、身長一八五センチ、筋肉質のスマートな体型で着こなしも垢抜けていたから、女性達の熱い視線に曝された。

カフェでフェアバンクス・ジュニアは、父から聞いた話だがと言って、とっておきのエピソードを面白おかしく披露した。今をときめく北欧の女優グレタ・ガルボにまつわる話だ。彼女は、後楯で名付親でもあり愛人とも噂されていた監督のスティルレルと共に、チャップリンの〝黄金狂時代〟のプレミアムが開かれて間もなく、チャップリンの経営するアンバサダー・ホテルで催された豪華なレセプションに招待された。スティルレルはチャップリンに取り入る絶好の機会と捉え、ガルボを押し出した。

チャップリンはニヤニヤしてガルボの腰に腕を回し、「私と即興劇をやりましょう」と言った。ガルボはたじろいだが、スティルレルの目に促され、腹をすえたように大広間の中央に進み出た。

「〝椿姫〟の臨終の場面をやりますよ。パントマイムでやりますから、あなたも適当にコミカルに演じたらいい」

ガルボもサイレント映画には馴れていたから、何とか椿姫ことマルグリットの死に絶えるシーンを演じたが、数百人の参会者の目が圧倒的に注がれたのは、アルマンを演じるチャップリンのパフォーマンスだった。

床に横たわったガルボの周りで、チャップリンはありとあらゆるコミカルな仕草を演じた後、ガルボの上に跳び乗った。ガルボは臨機応変、チャップリンを抱きしめて愛撫を始めたが、ややもせぬうちにチャップリンは海老のように身をそらせ、ひと声奇怪な声を発して絶叫するや、ガルボの腕の中に倒れ込んだ。

観客はやんやの喝采を二人に浴びせた。

「親父もその場に居合わせた一人だった。で、どうやらスティルレルは、ガルボはうまくしてやった、チャップリンは早々にガルボに共演を申し出てくるだろう、とほくそ笑んだらしいが、そうは問屋がおろさなかった。

シャンパンのグラスを傾けたところで、チャップリンはガルボにこう言ったそうだ。あなたはすばらしい女優だ、喜劇の才能もある、しかし、私との共演には向かない、理由はただひとつ、あなたは背が高過ぎて私の方がかすんでしまうからだ、私に必要なのは、あなたの個性と才能の一〇〇パーセントも持たなくていい、精々一〇パーセントでいいが、背の低い女優です、とね。ガルボ、ひいてはスティルレルの目論見はそれで呆気なく吹き飛んでしまったという結末さ」

実際、その後チャップリンが相手役とも恋人ともしたのは、自分の身長一六五センチに見合ったポーレット・ゴダールのような小柄で愛らしい女性だった。ガルボの身長は一七〇センチあった。

瞼の傷が癒えてスパーリングを再開したマックスは、再びアクシデントに見舞われた。ステップのさ中に足を滑らせて転倒し、下手な手の突き方をして親指を骨折してしまったのだ。

試合は一ヵ月以上延期され、六月十三日に先送りされた。アニーはミュンヘンでの映画の撮影で先に帰国した。

試合の日が訪れた。これがラテン民族の特徴かと思わせる、お祭り騒ぎのようなイベントになった。会場には三つのリングが設けられ、七〇人のボクサー達が三五試合を行った後にシュメリング対パオリーノ戦が組まれている。

観客は三万人に及び、「パオリーノ」「パオリーノ」の歓乎に沸き立った。

第一ラウンドでマックスの不安は消し飛んだ。懸念された親指は、ボディや顔面にフックを打ち込んでも痛みが走らない。

過去二試合の不手際は嘘のように、それ以前の自分に立ち返っている手応えを覚えた。

パオリーノはしきりに左顔面を狙ってきたが、マックスはパオリーノの右顔面にパンチを見舞った。

一二ラウンドフルの闘いになったが、最終ラウンド、コーナーに帰っていくパオリーノの顔面は腫れ上がり、呼吸は荒々しく、ダメージの違いは歴然たるものがあった。

（勝った！）

とマックスは確信した。だが、結果はドローだった。

スペインの各新聞はこぞってこの判定にブーイングを飛ばした。カタロニアの新聞「ディアア・グラフィコ」は、「第一ラウンドからパオリーノはサンドバッグ同然だった」と書き、「ラ・バンガーディア」は、「かかる不当な判定は、パオリーノのみならず、スペイン、否、ボクシングそのものの名誉を損なうものである」と喝破した。

メディアの評価と相俟って、マックスは、どこかに失せていたパンチ力と反射神経を取り戻した、まだまだ世界の一流ボクサーと闘える、との自信を胸にドイツへ舞い戻った。

帰国したマックスはミュンヘンのレジーナ・パラ

スト・ホテルでアニーと落ち合い、二、三日休暇を取って旅に出る計画を練った。

折しも、部屋の電話が鳴った。電話の主が「ハインリッヒ・ホフマン」と名乗ったので、マックスとアニーは思わず顔を見合わせた。アドルフ・ヒトラーの専属カメラマンであることはもとより、マックス自身名を連ねている〝モータークラブ・フォン・ドイッチュラント〟のメンバーであることも承知している。モータークラブで顔を合わせて雑談を交わしたこともある。商売っ気に富み、虚栄心の強い点は多少鼻につくが、陽気で話し好きなところは好感が持てた。

「総統からのメッセージです」

と電話の声はいつになくしゃちほこ張った調子で言った。

「貴下と奥様をティーにお誘いしたいとのことです。場所はテゲルン湖畔のシュヴァルツ邸です」

マックスとアニーは慌てて正装にとりかかった。

二人が着替えを済ませるとほとんど同時に、物々しい数台の車がホテルに横付けになり、一台の車からアドルフ・ヒトラーその人が出て来た。

ヒトラーはマックスに一瞥と会釈をくれてから、アニーに視線を移し、恭しくその手を取ると、軽く口をつけた。

「シュメリング夫人」

ヒトラーはにこやかに、ゆったりした物腰で言った。

「お知り合いになれて嬉しいです。ご高名はかねがね承っておりましたから、一度お目に掛かれればと、久しく思っておりました」

非の打ちどころのない紳士的な応待にアニーは面食らったようだ。

「私共の結婚に際しては、お心のこもったプレゼントを賜り、恐縮致しました」

気が動転して咄嗟に思い浮かばなかった〝日本のモミジ〟のことを、アニーはよくぞ思い出してくれた、とマックスはアニーの機転に感心した。

「ああ、あれは、こちらの日本の大使からもらったものでね、お気に召して頂けましたか？」

「はい、とても。私共の田舎の別荘に植えさせて頂きました」

「それはそれは。別荘はどちらで？」

「サーロウピースコウです。ベルリンから車で一時間半のところです」

「はてな」

ヒトラーはこめかみの横に指を立てて目をグルリと動かした。

「リゾートで有名だが、確か、彫刻家のヨーゼフ・トーラクもそこに住んでませんかな？」

「おります。つい隣です」

マックスが口を出した。

「彼の作品はいい。さる筋から贈られましたがね」

初耳だ。最近のことに相違ない。今度トーラクに会ったら問い質してみなければと思った。

「ところで、今日は」

とヒトラーは腕を広げて、空を見上げた。

「いいお天気で幸いです。シュヴァルツ邸では庭で湖を眺めながらお話しできますよ。奥様はショールをお持ち下さるといいかな。山の上なので夕刻は少し冷えます。それに、車はオープンにしておきますから」

アニーは慌ててホテルに戻り、ショールを引っかけて来た。

ヒトラーは相変わらず紳士的な物腰でアニーを車へ誘導した。

マックスとアニーが乗り込んだ車は、ヒトラーの乗った車とは別だった。運転手以外の同乗者はいない。

テゲルン湖はミュンヘンから一時間程の距離にある。マックスはかつてミュンヘンで試合をしたことがない。アニーもまたベルリン以外はサーロウピースコウに出掛けるくらいで他の土地には疎かったから、小高い山間の中腹に広がる湖の静謐な佇まいには目を奪われた。だがそれ以上にマックスは、一国の宰相が、もはやチャンピオンベルトも帯びていない一ボクサーの為に貴重な時間を割いて饗応の宴を設けてくれたことに我にもなく感激していた。

（ひょっとしたら、自分ではなく、アニーがお目当てかも知れない）

マックスはそれとなくヒトラーを盗み見て、彼の目がアニーに秋波を送っていないかを探ったが、ヒトラーの目にも仕草にもまるでそんな気配はない。むしろ同席の男達がチラチラとアニーに流し目を送っている。

招待客達は庭にしつらえられた幾つものテーブルを取り囲んで座った。ホストのフランツ・シュヴァルツはNSDAPの帝国会計局長官を務めており、ヒトラーの信奉者の一人だった。夫人が甲斐甲斐しくパウンドケーキと大盛りのホイップクリームを皿に盛ったものを各テーブルに配った。コーヒーは別のテーブルに備えられ、何杯でもお代わりできるようになっている。

参会者はざっと二五名。ヒトラーとシュヴァルツ夫妻、ホフマンがマックス夫婦と同じテーブルに付いているが、ホフマンは落ち着かず、時々席を立ってカメラを四方八方に向けている。

格別の話題は出なかった。対ベア、ハマス戦に触れられやしないかと懸念したが、ヒトラーが話題に供したのは対パオリーノ戦のことだけで、スペインはどんな具合だったかとか、アウェーの試合とホームグラウンドの試合ではどう違うか、次の試合の予定は？　などと尋ねるに留まった。

マックスは不思議な感覚に捉われた。噂に聴き、ラジオでその猛々しい絶叫調の演説を聴いた人物と、今目の前にしている、ゆったりとくつろぎ、いかにも紳士的な物腰の人物とが同一人であるとはどうにも思えない。その感覚は、束の間の対面に終わった最初の招待の時も覚えたものだったが、この二度目の逢瀬でより強くマックスの胸に沸き来った。

（今や頂点に登りつめ、一国を掌中に納めたゆとりがもたらすものかも知れない）

後味の悪いシャーキー戦の後ストライブリングをマットに沈め、自他共に認めるチャンピオンになった時の、澱のように淀んだものが拭われ、晴々とした気分で故国に凱旋した、あの時の自分のように。

（この人は気遣いもできる。人の傷に塩をまぶすようなことはしない人だ。立場は異なれ、辛酸を嘗め尽くした果てに今日があるからだろう）

　思い出したくもない最近の二度の敗戦を、ヒトラーは勿論知っているはずだ。しかし、それには一言も触れないでいてくれる。

（この人にも、触れられたくない、思い出したくもない不愉快な出来事が幾つもあったに相違ない）

　ふとマックスは、ヒトラーの姪の自殺事件を思い出した。新聞の片隅に目についた小さな記事だったが、アニーとのデートのさ中、サーロウピースコウとベルリンを行き交う途次でヒトラーのポスターを見かけて、その事件を話題に供したことがあった。その時、ヒトラーは独身なのか既婚者なのか、どうやら独身らしいが、同じ屋根の下に住んでいたという姪とはいかなる関係だったのか、等々論じ合った。結局は憶測の域を出ないままに終わったのだが……。

　首相に就任した時も、新聞の記事には彼の家族構成に関わる事柄は一切書かれていなかった。

　ヒトラーがもし既婚者ならば、シュヴァルツのように夫人共々この席に出るはず、やはり独身なのだろうが、それにしては気掛かりな女性がいる。隣のテーブルで、時々目の合う、ヒトラーの背後、精々横顔を眺める位置にいる若いブロンドの女性。笑顔がチャーミングで、透き通った笑い声を挙げているが、全体的には控え目で物静かだ。

　コーヒーを取りに席を立つと、ホフマンがすぐ後に続いたので、マックスはそっと彼の肘をつつき、耳もとに口を寄せた。

「隣のテーブルにいる、ブロンドの綺麗な女性は、誰ですか？」

　ホフマンはチラと背後を振り返り、「ああ」と呟いてマックスに囁き返した。

「エーファ・ブラウンと言って、私の所で働いている娘《こ》ですよ」

　〝私の所〟がホフマンの写真館であることは察したが、そこの一使用人で、しかもとびきり若い女がこんな晴れがましい席に臆面もなく臨むだろうか？　疑問に捉われたが、それ以上はお尋ねにならないで下さい、といった風情でホフマンはさっさと踵を返し、テーブルにとって返した。

饗応はコーヒーとケーキだけに終わらなかった。

「では、そろそろ場所を移してディナーに出かけましょうか。今日はディナーはまだですよね？」

ヒトラーの問いかけの意味するところに思い当たって、マックスは生真面目を装った相手の目に笑いかけた。ヒトラーも得たりや応とばかりウインクしてみせた。

「この前ディナーにお誘いを受けた時はね」

小首をかしげたアニーにマックスは言った。

「僕は生憎ディナーを済ませたばかりだったので、立ち話だけで失礼してしまったんだよ」

ヒトラーが「いかにも」とばかり頷いてアニーに微笑みかけた。

「それで今日はゆっくり償いをさせて頂こうと思いましてね。奥様もご一緒だとの情報を摑んだものだから」

「恐れ入ります」

アニーも口もとを綻ばせた。ヒトラーは満足気にコクコクと頷き、椅子を引いた。

一行はそのまま来た時と同じように車に分乗したが、今度はヒトラーはマックスとアニーの車に同乗し、二人の前の席に座った。

大型のメルセデス・ベンツが隊列を成して湖畔沿いにサンクトクエリンに向かった。途中は舗装されていない砂利道で、車は砂煙をあげながら進んだ。

ヒトラーは時に二人を振り返り、車窓に流れる景色の美しさを口にした。単なる社交辞令ではない、この人は本当に湖や山々の景観に感じ入っているのだ。福音伝道者のように大衆を恍惚とさせる雄弁の持ち主は、根っからのロマンチストの一面を併せ持っている。それは大都市ベルリンよりも田舎のサーロウピースコウを愛する自分や、恐らくアニーにも通じるものだ。

ディナーのホストはナチスの機関紙〝フェルキッ

シャー・ベオバハター〟の発行者で印刷業のアドルフ・ミュラーだった。少し難聴だったが、ミュラーは愛想良く、誠実な物腰でシュメリング夫妻を迎え入れた。

ここでもマックスは、シュヴァルツ邸の庭で見かけた若いブロンドの女性が気になった。ホフマンが曰くあり気な様子で言葉を濁したことがひっかかっている。ウチの従業員だと答えた時、咄嗟に閃いたのは、その女性がホフマンの愛人ではないかとの疑いだった。

が、それとなく彼女の言動に注意を凝らしてみると、ホフマンよりはヒトラーにより関係が深い女性に思われる。確かに控え目で、ミュラー邸でも彼女はヒトラーや自分達とは別のテーブルについていたが、その視線はややにしてヒトラーに流れ、ヒトラーが座を離れた時には自らも立ち上がってヒトラーに近付き、何やら話しかける。その仕草はいかにも屈託なく、事務的なものではなかった。むしろ、気心の知れた間柄、といった風情である。

程経ずしてマックスは、ホフマンが数ヵ月前に二度目の結婚をしていたことを知り、エーファ・ブラウンがホフマンの愛人ではないかとの疑惑を払拭した。

（二一）

党勢拡大と共に、内部の軍事的組織ＳＡ（突撃隊）は、ヒトラーの親衛隊ＳＳや従来のドイツ国防軍に勝るとも劣らぬ一大勢力を成し、隊員の数は三〇〇万人に膨れ上がっていた。

レームは当初ミュンヘンで国防軍大尉としてヒトラーを支援していたが、暫く距離を置いていた。彼の理想はソ連型の社会主義であり、ソ連の赤軍であった。赤軍のような民間義勇兵から成るＳＡが一国の軍事の主導権を握るべきで、ＳＡがＳＳと国防軍とを吸収して軍備を一本化すべきだと主張した。Ｓ

A隊員の待遇がSSや国防軍兵士に比べて劣っていることもレームには不満だった。

「言論出版規制法」「新党設立禁止法」等を数を頼んで強引に成立させ、NSDAPの一党独裁を確立させて行ったヒトラーの頭痛の種は、かつては懐刀として重宝したレームの存在だった。

一党独裁を果たしたヒトラーは、革命の終わりを告げたが、レームはこれに異を唱え、革命はまだ終わっていない、ソ連型社会主義国家を樹立しなければならない、と唱えた。さもなければ「国家社会主義ドイツ労働者党」の党名に恥じる、と。

「NSDAPは労働者の為の党だ。しかし、貴君の言うソ連型社会主義は私の意図するところではない。何故なら、それはボルシェヴィズムに連なるからだ」

四歳年長のレームを、ヒトラーはこう諭し、「SAにSSや国防軍を吸収するのではなく、専ら対内的な、反NSDAP派、殊に共産党の武力攻撃に備えて必要だったSAは、対立政党のなくなった今は、もはや必要なくなった。故に、伝統ある国防軍にこそSAを統合すべきだ。SAの任務は、私が新たに組織したゲシュタポで充分だろう」

ゲシュタポこと国家秘密警察はヒトラーが新たに作りだしたものではなく、その母胎は第一次大戦後のプロイセン州に設けられた「政治警察」で、極右極左組織の取り締まりを任務としていた。ヒトラーはそれを「保護拘禁」の名目で誰でも逮捕できる総統直属の執行機関に編成し直し、やがて国家保安本部の一部局とし、四月、ハインリッヒ・ミュラーを局長に任命していた。

密告を奨励したために、ゲシュタポは本来の政治的役割に留まらず、市井の人々の私的な怨恨にまつわる些事の対応にも大童となった。たとえば、二十七歳の若い女性が、隣の人妻を〝母親としての義務を怠ってポーランド労働者との情事にうつつを抜かしている〟と訴える、等の。

当初はプロイセン州の管轄に留まっていたが、半年後には全国的な組織となり、ユダヤ人、共産主義者、他の反NSDAP分子、同性愛者、障害者を摘発し、収容所送りに奔走することになる。

最初の収容所はヒトラーが政権を奪取して間もない一九三三年三月、ミュンヘン近くのダッハウに設けられ、反体制派の六〇人が収容された。

レームはヒトラーの懐柔策に肯じなかった。それどころか、あくまで自説を主張し、SA隊員の待遇改善を求めた。

ヒトラーが懐柔策に出たのは、レームがかつては股肱の臣であり、ミュンヘンで活動を共にし、SAが結成されるまでは国防軍の大尉として登用していたいきさつ故だった。更に、三〇〇万人もの隊員を統轄するレームは、待遇改善を要求するなどして隊員の人望も厚かったから、レームを敵に回せば暴動に発展し内戦状態にもなりかねない、と危惧したからである。

SA隊員と言っても、確たる信念、政治信条から入隊している者は多くなく、大方はあおりを食った生活苦を凌ぐ一宿一飯の糧を求めて入ってくる者が少なくなかった。NSDAPの中にも、SA隊をごろつき集団と揶揄する向きがあった。レームの、弾痕を残した肉厚のいかつい顔はいかにもその頭目にマッチしている、と。

ヒトラーは思いあまってゲッベルスやゲーリング、ルドルフ・ヘスら古参の盟友、SS隊長ヒムラー、NSDAPのイデオロギー教育相で対外政策全国指導者に任命していたアルフレート・ローゼンベルクらと密議を重ねた。

「国防軍は総統に付くでしょう。私はSS隊を率いて馳せますから、レームとその腹心の部下を粛清しましょう」

SS隊長兼内務大臣を拝命していたハインリヒ・ヒムラーが断乎たる調子で言った。ヒムラーはまだ三十代前半の若さだったが、ヒトラーの信望厚く、異例の出世を遂げていた。ヒムラーはかつてレームが組織した〝帝国戦旗団〟なる極右団体に所属していたことがあり、レームはいわば上司と言うべき存在だったが、SS隊長に任命されてからは、SAにSSを吸収しようとするレームに反感を覚えるに至っていた。内務大臣としてはゲシュタポの統轄に意欲満々で、強制収容所の増設も唱えていた。

衆議は一決した。期日は六月三十日の早朝、レームの寝込みを襲う、行きがけの駄賃に裏切り者シュトラッサーと、ヒトラーの首相就任を阻んだ前首相シュライヒャーも捕らえる、粛清の名目は〝反逆罪〟とし、全員を銃殺刑に処す、等々。これの挙に備えてヒトラーは、レームと側近の幹部らに、バイエルンのリゾートタウン、バート・ヴィースゼーのホテルを用意し、そこで休暇を過ごすようにと指示していた。

当日、ヒトラーは拳銃を携え、鞭を手に、自らヒムラーと共にSS隊の先頭に立ち、ホテルを襲撃、寝室に踏み込んだ。

熟睡していたレームは部屋に侵入し仁王立ちになったヒトラーに寝呆け眼で「ハイル・ヒトラー！」と大声を放った。

ヒトラーに〝ハイル（Heil）〟なる、本来は〝健康、無事、平安〟を意味する接頭語を付けて敬称としたのはゲッベルスだった。

この事件を知った外国メディアは騒いだ。ナチス党内部の権力闘争と言ってしまえばそれまでだが、仮にも選挙という民主主義的手続を経て政権党に躍り出たナチスが、恰もイタリアのムッソリーニのようなファシストに変貌し、前首相や、ついこの前までニュルンベルクの晴れがましい党大会でヒトラーやゲッベルスと共に高座に就いていたレームにまで刃を向けるとは！　本来なら重犯罪として国家警察が乗り出すべき大事件なのに、ナチスは警察も支配下に置き、これを黙らせている、国内のメディアも宣伝相ゲッベルスが統制下に置き、ナチスに不利な論説は一切公表されないように仕組んでいる、正にドイツは有史以来の中央集権国家にならんとしている、この大虐殺を敢行したヒトラーは、いずれ矛先を外国に向けてくるだろう云々。

非力で軍隊経験もなく、武器なるものを手にしたことのないゲッベルスは、六月三十日の〝長いナイフの夜〟も背後から高見の見物をしていたに留まったが、詭弁を弄する口のうまさばかりは相変わらずだった。

外国メディア、殊にイギリスの新聞の批判に対し、ゲッベルスはラジオ放送で、一介のスポークスマンを気取って反論した。

「六月三十日はドイツでは何の摩擦もなく過ぎた。総統は権威ある態度、驚嘆すべき大胆さで、野心家一味の反乱を鎮圧した。

一国の安寧秩序はそれによって何ら乱されることはなかった。ドイツ国民は安寧秩序の中で日々の仕事に専念している。外国人メディアの嘘製造者に、ドイツ国民は吐き気と嫌悪の情を以て背を向け、彼らのヒステリックで病的な怒りと憎しみには、声高に『こん畜生め！』と言い返してやるだけだ」

これを聞いたNSDAPの対外政策全国指導者アルフレート・ローゼンベルクは、自ら主筆を務めるNSDAP機関紙「フェルキッシャー・ベオバハター」に、「〝こん畜生め！〟とは何と品のない言い草か！ 一国の大臣の発言とはとても思われない。その辺の地方のアジテーターになり下がっている」と批判した。

レームはヴィースゼーからミュンヘンのシュターデルハイム刑務所に連行された。SSのダッハウ司令官テオドール・アイケはレームに自殺を遂げるよう強要したが、レームは断固拒んだ。アイケとその副官は直ちにレームを殺害した。

SSはドイツ各地でSAの幹部を捕らえ、一切の弁明も許さず、壁の前に横列させて銃殺した。

前年のニュルンベルク大会まで傍らにあり、レニ・リーフェンシュタールが監督に抜擢されて撮ったニュルンベルクでの第一回党大会では、ナンバー2の座を強調するかのようにヒトラーと共にクローズアップで映されていたレームを、何故ヒトラーは掌を返すように粛清したのか？ 一大勢力にのし上がり、SSや国防軍をも吸収して一元化すべしと主張するレームに足もとをすくわれかねないと危惧したからだ、と受け取られているが、一説には、レームが、ヒトラーの嫌悪して止まないホモセクシュアルに耽溺していたからだ、ともされている。ヒトラーは、ユダヤ人と共に、同性愛者、ジプシー、障害者を嫌悪し、その撲滅こそが世界に平和をもたらすと信じていた。

それにしても、外国のマスメディアによって公にされ物議をかもしている粛清事件に対する弁明をヒトラーは強いられた。

事件から二週間を経た七月十三日、ヒトラーは漸く帝国議会で二時間に及ぶ演説をぶち、「この流血事件はレームの陰謀と党の理念からの逸脱に対するもので、私は愛するドイツの秩序と安寧の為に裁判官となり、レームとその共謀者を処刑したのである。レームに限らない、国家に反逆し、国益を損ねる者の前には死が待ち受けていることを銘記するがよい」

と締めくくった。

事と次第を伝え聞いたヒンデンブルクは、頭も体も弱っていたが、ヒトラーの弁明を真に受け、「首相は勇猛果敢に行動してドイツ国民を危機から救った」と称えた。

大統領の言葉を耳にしたヒトラーはほくそ笑んだ。彼の死期が遠からず迫っていることも知っていたからである。

演説の数日後、ヒトラーはSAの一分派であったSSをSAから切り離した。

リーダーを失ったSAの隊員の中には、レームの弔い合戦をと意気込む向きもあったが、SSと国防軍を掌握し、SA隊員の待遇改善もほのめかしたヒトラーに抗って実力行使に及ぶだけの覇気はなかった。

（二一）

レニ・リーフェンシュタールは、女優よりは監督としての才覚をヒトラーに認められた。

何度目かの逢瀬の時、忌憚なくヒトラーと会話を交わせるようになっていたレニは、過激さを増すユダヤ人迫害政策で苦境に陥っている友人が何人もいることを話題に載せた。

ヒトラーはすかさず右手を挙げてレニを制した。

「リーフェンシュタールさん、あなたのお考えは分かっています。ホルマーズィールで最初にお会いした時既にあなたはそのことを漏らされましたから。しかし、ユダヤ人に関するお話は、あなたと二人の時はしたくないのです。幸いあなたは私の『わが闘争』をつぶさに読んで下さっており、ユダヤ人に対する私の考えはもう充分お分かり頂いているでしょうから。

それより、あなたとは芸術のこと、映画のことをお話ししたいのです。私はあなたに言いましたよね。もし私が政権の座に就いたら、私の映画を撮って下さらなければいけませんと」

「何をお撮りしたらいいのでしょう?」

レニの脳裏に、ヒトラーが首相になる前に交わした会話が蘇っていた。あの時ヒトラーは、差し当たってホルスト・ヴェッセルの映画でも撮りませんか、と言った。レニは少し沈黙を置いてから答えた。

「私はまだ、監督より女優業に情熱を注ぎたいのです。総統がお認め下さった〝青の光〟のユンタのような役柄をいつかまた演じたいのです」

〝ホルスト・ヴェッセル〟が何者であるかをレニは薄々知っている。SAの中隊長で、一九三一年一月十五日、共産党員に自宅を襲撃されて重傷を負い、病院にかつぎ込まれたが間もなく死亡した人物である、と。発端はホルスト・ヴェッセルの自堕落な生活に起因しているとレニはにらんでいる。

牧師の息子に生まれ、ベルリンで法律学を学んで将来を嘱目されながら、ヴェッセルはナチスSAに身を投じ、酒と女に溺れた。売春婦のイェニッケと名乗る女と同棲し、家人の猛反対もどこそこ、婚約までしたと聞いている。家主の未亡人ザルムは、最初はヴェッセルだけだったのにイェニッケが入って同棲を始めたから二人分の部屋代を要求したが、ヴェッセルは拒絶した。頭にきたザルムは部屋を明け渡すよう迫ったが、ヴェッセルはこれも拒んだ。思い余ったザルムは亡夫の同志であった共産党員アルブレヒト・ヘーラーに相談を持ちかけた。ヘーラーは狂喜した。

「ホルスト・ヴェッセルだって⁉　我々が宿敵とみなしているお尋ね者だよ」

ヘーラーも曰く付きの前科者で、残忍な男だった。ヘーラーは手下を集めてザルム未亡人の家に押し入り、ヴェッセルがドアを開くと同時に銃を放った。銃弾はヴェッセルの口を貫いた。

病院に運ばれたヴェッセルは重態のまま一ヵ月間生きた。ゲッベルスが四日後にフリードリヒスハイン病院に見舞いに行くと、ほんの一分間だけ面会を許された。

ヴェッセルの顔は膨れ上がり、歪んでいた。彼はじっとゲッベルスを見詰め、目に涙をため、ほとんど回らぬ口を懸命に動かして言った。

「持ちこたえなくては……ぼくは、まだ、希望を持っている……」

ゲッベルスは思わずもらい泣きした。

ヴェッセルに多分に感情移入したゲッベルスは、彼を殉教者に仕立て上げることを思いついた。自らの機関紙「攻撃」に毎号ヴェッセルの病態を報じ、同情を煽った。ヴェッセルが前年に「攻撃」紙に寄稿して採用した突撃隊の賛歌を〝ホルスト・ヴェッセルの歌〟として再掲載し、ヴェッセルが亡くなる二週間前にスポーツパレスで開かれた党大会でこれを歌わせた。

ヴェッセルは一九三〇年二月二十三日に、死去した。翌日付の日記にゲッベルスはこう書いている。

「心重苦しく病院へ。ホルスト・ヴェッセルは狭いベッドに、衰弱し、黄色くなって、半ば口をあけ、すわった目つきで横たわっていた。手は細く、雪のように白かった。

さようなら、勇敢な若者よ。君は我々と共に生き続け、我々と共に勝利するだろう」

仲間を失いながら、共産党はこの事件をヘーラーとヴェッセル、いずれも売春婦の紐同士の私的ないさかいときめつけ、ゲッベルスが主導した葬儀に押しかけ、ヴェッセルの墓地の壁に、「ひものヴェッセルに最後のハイル・ヒトラー」と大書した横断幕を掲げて気勢を上げ、ゲッベルスが弔いの辞を唱えている間も、壁越しに墓地へ石を投げ入れた。

ヒトラーはゲッベルスからこの事件を聞かされたが、大して心を動かさなかった。ゲッベルスの期待に反し、ヴェッセルの葬儀にも顔を出さなかった。だが、いつしかゲッベルスに乗せられ、〝ホルスト・ヴェッセルの歌〟を党歌と認めるに至ったのである。

レニ・リーフェンシュタールは、ヒトラー以上にヴェッセルには心を動かされなかった。彼の短い生涯を映画に撮るなど思いも及ばなかった。

ヴェッセルの映画を作ることを拒んでヒトラーの機嫌を損ねたと感じたレニは、〝青の光〟の編集者で友人のアルノルト・ファンクに「どうしたものか？」と相談を持ちかけた。

「数年前、僕が君に惚れこんだ頃プレゼントした、フィヒテ全集初刊本をまだ持ってるかい？」

暫く考えた後でファンクは言った。レニは頷いた。

「ヒトラーは読書家で、哲学書もよく読んでいるということだし、贈呈すれば喜ぶと思うよ」

レニも思い当たる。ヒトラーの家の書斎には夥しい本が所狭しと積まれていたし、憑かれるように読み耽った『わが闘争』にもショーペンハウエルへの傾倒が窺われた。本の中でヒトラーは、「ユダヤ人は嘘の大家だ」と言い切ったショーペンハウエルの反ユダヤ主義的言辞を引用している。恍惚として聴き入った演説の中でもショーペンハウエルに言及していた。

「フィヒテはドイツ至上主義を唱え、あの〝ドイツ国民に告ぐ〟なる演説でフランス軍に抑圧されていた我が国民の士気を奮いたたせた思想家だ。彼はまた頑迷な程の反ユダヤ主義者で、ユダヤ人はドイツの寄生虫だ、とヒトラーが『わが闘争』に書いているのも、多分にフィヒテの影響だと思うんだ。だから、絶対に喜んでくれると思うよ。姉がつけてくれた白い革カバーはまだそのままなのかい？」

　ファンクの言葉にレニは微笑を返した。彼の洞察に異論はない。かつての恋人の友情に感謝した。レニが振ったこと、〝青の光〟の編集で揉めたこともあって、ファンクはつむじを曲げ、暫くレニと距離を置いてアメリカに渡り、ユニバーサル・スタジオで仕事を始めていた。そのさ中、「死の銀嶺」のチームで新作映画を撮ろうとの話が持ち上がった。北大西洋上の氷山に取り残された遠征隊を空から救助するというストーリーで、タイトルは〝SOS氷山〟、その主演にレニ・リーフェンシュタールを起用したいというユニバーサルの方針に、過去のいきさつもあり、ファンクは強硬に反対した。代わりにファンクが推薦したのは、ドイツの女性パイロット、エリー・バインホーンだった。が、彼女はズブの素人で演技の経験が皆無ということでユニバーサルのお歴々が異議を唱えた。挙句、ファンクは折れ、自分も編集人として加わるという条件で、〝SOS氷山〟の撮影にグリーンランドへ赴いたのである。

　レニには新たな恋人ができていた。〝SOS氷山〟のクルーに加わったスタントマン兼山岳ガイドのハンス・エルトゥルという六歳年下のハンサムな青年だ。にも拘らず、レニはヒトラーに心酔し、「一目でもお会いしたい」と手紙で申し入れ、グリーンランドに旅立つ備えをしていた一行をはぐらかしてホルマーズィールへ旅立ったのだ。

　レニが気に病んだのは、〝ホルスト・ヴェッセル〟の映画製作を拒んだことだけではない。『わが闘争』や演説で露見された反ユダヤ主義に疑問を呈したばかりか、ユダヤ人の友人知人が迫害に遭って苦しんでいることを訴えたことでヒトラーの機嫌をいたく損ねたからである。

　実際レニの周囲ではユダヤ人の親しい仲間や知人が次々とドイツから姿を消している。〝SOS氷山〟のプロデューサー、パウル・コーナー、作曲を担当したパウル・デッサウ、〝青の光〟でレニが登場するシーンの監督を務めたハリー・ゾカル、同映画のネガを巡ってレニと衝突したジョージ・ロニー、等々。

だが、レニに対してヒトラーはまだしも寛容だった。確かにレニのヴェッセル映画制作の拒絶と「ユダヤ人を差別云々」の発言に機嫌を損ね、気まずい沈黙が流れはしたが、それでも彼はあくまでも紳士的にふるまった。

「私の提案にご賛同頂けなかったのは残念だが、私はあなたの映像作家としての才能は高く評価しています。何と言っても〝青の光〟の映像美です。そして、ユンタの美しさ。

ヴェッセルは無理でも、その才覚で私と私の党を撮って下さることを期待していますよ」

こう言ってからヒトラーは、

「リーフェンシュタール嬢をお見送りしなさい」

と官邸の職員に命じた。レニは愛車の赤いクーペに身を沈め、すごすごと引き揚げた。

だが、ファンクの入れ知恵による『フィヒテ全集八巻』の「親愛なる総統閣下へ、心からの敬愛をこめて」の献辞を添えての贈呈は功を奏した。後年レニは、白い革カバーそのまま、フィヒテ全集八巻がヒトラーの書斎の手に取り易い所に並べられており、随所にアンダーラインが引かれてあるのを見てほくそ笑んだ。

この時からさ程日の経たぬ五月十六日、レニはゲッベルスからオペラ「蝶々夫人」に招かれた。

知性と美貌を兼ね備えたゲッベルスの妻マグダにレニは好感を持った。ゲッベルスには分に過ぎた伴侶に思われた。

このコンサートのさ中、レニはゲッベルスが人目を避けて巧みに体を寄せ、手を伸ばしてくるのに気付いたが、無下に席を立ったり男の手を払い退けたりすることはできなかった。悪くない話を彼の口がもたらしたからである。ヒトラーからのメッセージという形で、来る九月、ニュルンベルクで開かれるナチス党大会を撮影して欲しい、その記録映画のタイトルは「信念の勝利」とする、というものだった。

この時レニは、ドイツ最大の映画会社ウーファにある企画を持ち込んでいたが色良い返事を得られないでいた。映画のタイトルは「マドモアゼル・ドクトゥル」。第一次大戦のさ中、フランスで活躍したドイツの女スパイの実話に基づく作品だ。レニは無論その主演女優に自分を抜擢してくれるようウーファ社に売り込んだのだ。

だが、映画産業はウォール街の株価暴落以来不況のあおりを食って落ち目になっていた。アメリカではグレタ・ガルボの所属するＭＧＭだけが利益を上げており、マレーネ・ディートリッヒを抱えるパラマウントやワーナー・ブラザース、ユニバーサル、ユナイテッド・アーチスト、フォックスの各社は大幅な減収で管財人の管理下に置かれている。

ドイツはアメリカ、イギリス、フランスに次いで第四位の映画産業国で、一九三二年に公開された映画はアメリカの五四七本、イギリスの一六九本、フランスの一五八本に次ぐ一二七本だった。

ウーファ社はその年一〇〇〇万マルクの純益を上げていたが、トーキーに移行してからは落ち込んでいた。チャップリンに代表される無声映画では支障にならなかった言語の壁が立ちはだかったのである。

リーフェンシュタールの自他共に許す代表作〝青の光〟は、ムッソリーニが席巻したイタリアの第一回ベネチア映画祭で事実上第一位の銀賞（当時はまだ後の最優秀作品に与えられる〝金獅子賞〟は設けられていなかった）を与えられ、ユダヤ系新聞以外のマスメディアも好意的な批評を載せたが、興行的には成功しなかった。

ウーファ社は当初は乗り気を見せたが、テーマが戦争であること、レニの演技力に不安がある等、熟慮した挙句、レニの申し出を拒否する決断を下した。

レニは経済的にも行き詰まった。〝ＳＯＳ氷山〟の出演料一万ドルを泣きの涙でファンクに訴え出て前払いしてもらったものの、それも底をつき始めていた。〝青の光〟の編集でリーフェンシュタールと散々揉めて苦汁を嘗めたファンクは、〝ＳＯＳ氷山〟の主役にレニを抜擢することを躊躇していたが、この映画のプロデューサーを兼ねていたドイツ・ユニバーサルの代表者パウル・コーナーから、是非彼女を主役に採用してやって欲しいと懇願された。

　コーナーには負い目があった。結婚を控えてドレスデンの温泉リゾートで減量に努めていた折、挨拶に来たレニと会話中、折からの驟雨を避けて駆け込んだ敷地内の〝夏の家〟でレニと束の間の情交を持ったのだ。

　パウル・コーナーはユダヤ人だった。ヒトラーが政権を担って八ヵ月後、〝SOS氷山〟のプレミアがベルリンで開かれたが、それに臨んだコーナーは愕然とした。自分の名前が会場のポスターからもフィルムのクレジットからも削られていたからである。ユダヤ人という理由だけで。しかも、いっときの情交故にファンクに登用を頼み込んでやったレニは、晴れがましく舞台にしゃしゃり出て、観客に〝ハイル・ヒトラー〟と左手を高く掲げ、ヒトラーを称える挨拶をしたのだ。

　レニが上機嫌でこのパフォーマンスをやってのけたのは、その数ヵ月前にゲッベルスを介してヒトラーから朗報がもたらされていたからだった。NSDAPの九月の党大会のドキュメント映画の制作をしてもらいたいと。

　小柄で跛行の癖に妻マグダや周囲の目を盗んで手を伸ばして来るゲッベルスに好感は抱けなかったものの、ヒトラーが自分の才能を買ってくれたことにレニは狂喜した。経済的に行き詰まっていたこともあって、金は惜しまない、思うように作ってくれたらいい、というヒトラーの大盤振る舞いにも感激した。

　レニの手助けに、ヒトラーはレニより三歳年少の建築家アルベルト・シュペーアを付けた。

　建築家となる夢を果たせなかったヒトラーにとって、若く、才能に溢れ、いかにもアーリア人風の爽かな風貌を持ったシュペーアは、眩しいほどの夢の権化だった。

　シュペーアは建築家の家に生まれ、ミュンヘンの工業大学に学び、卒業後はフリーの建築家になったが、一九三一年、ヒトラーの演説に魅せられて入党した。

不況の煽りを食って大した仕事もなく悶々としていたが、ＮＳＤＡＰに入ったお陰で仕事にありついた。党の施設の改築工事をボランティア的にこなしている真面目な仕事振りと、随所に見せた芸術家、アーチストとしての創意工夫をヒトラーに認められ、総統官邸の改修工事を託されるに至った。建築に造詣の深いヒトラーなればこそ見抜けた才覚だった。

シュペーアは期待に応え、誰も思いつかなかったバルコニーを官邸に設けた。ヒトラーが腹心の部下と共にそこに出て大衆の歓乎に答え、演説もできるように。

更には、五月のメーデーの折、ベルリンのテンペルホーフ空港で開かれた夜間イベントのステージ作りで異才を発揮した。パレードの行われるグラウンドの背景に、黒、白、赤の帝国旗と共に、左右に高さ一五メートルの鉤十字の旗を二本建て、その旗の前に演壇を作り、映画撮影所から借り受けてきたクリーグライトで舞台中央のヒトラーをくっきりと浮かび上がらせたのだ。

これを機にシュペーアはヒトラーの寵愛を受け、やがてオーバーザルツベルクのヒトラーの山荘ベルクホーフでの茶会やディナーにも臨席を許され、そこでしばしばエーファ・ブラウンとも顔を合わせるようになった。

ヒトラーがシュペーアをレニ・リーフェンシュタールに引き合わせたのは、シュペーアが子供の頃からスキーや登山が大好きで、「死の銀嶺」「聖山」「青の光」も見ており、リーフェンシュタールに憧憬と敬愛の念を抱いている、と聞き知ったからである。

二人は出会った当初からウマが合った。シュペーアは憧れの銀幕の女王が下界に降りて来て自分と仕事をしていることを夢かうつつかと疑った。レニはレニでシュペーアの穏かな性格と知性、天分を愛した。更には、巨大な組織と化したＮＳＤＡＰ内部の複雑な力関係を素早く察知する能力を。

レニは当初、ゲッベルスが党大会を牛耳っており、彼の顔色を窺いながら撮影を進めなければならないかと憂いたが、そうではないとシュペーアはレニに教えた。党大会の責任者はゲッベルスではなく、労働戦線の全国指導者ロベルト・ライで、数十万人に及ぶ一般市民のエキストラの食事や宿舎を用意するのもライである、と。

シュペーアは最も重要なカメラワークを担う撮影班のマンパワーの面でもレニに助言し、レニが雇ったゼップ・アルガイヤーというカメラマンの助っ人として、最近エスキモーとカヤックの記録映画を撮ったばかりのヴァルター・フレンツという青年を推挙した。

会場の設定はシュペーアに任されたものの、シュペーアは独断で事を運ばず、ヒトラーの立つ演壇の背景のデザインはヒトラーにお伺いを立て、助言と承認を求めた。ヒトラーはシュペーアの設計図に喜々として見入り、称賛し、時に自分の考えや意見も加えた。

レニのカメラワークは、シュペーアの創造性と相通じるものがあった。彼女は党大会を単なる〝政治集会〟として描くのではなく、一個の芸術作品として仕上げることに腐心した。シュペーアはその構想を聞いて、リーフェンシュタールは女優よりも映画監督としての器量と才能をより豊かに持ち、いつか開花させるだろうと思った。

だが、すべてが順風満帆に運んだ訳ではない。党内部にはゲッベルスの音頭取りでニュルンベルクに映画部門が設けられており、アルノルト・レーテルなる人物がその責任者に任ぜられていた。ヒトラーが命名した「信念の勝利」の総監督は、リーフェンシュタールではなく、レーテルであり、レニは〝芸術監督〟に任ぜられた、とプレス向きには発表されていた。その実、実質的にはレーテルの出る幕はなかった。

これを不快としたレーテルは、レニの従妹が漏らした、〝レニの母親ベルタはユダヤ人である〟という噂を聞きつけ、直属の上司であるゲッベルスにではなく、副総統のルドルフ・ヘスにこれを告げた。

ベルタがユダヤ人でないかと疑っていた人間は他にもいた。「青の光」の共同製作者でいっときレニと恋愛関係にあったアルノルト・ファンクもその一人だ。

レニの父親はアルフレート・リーフェンシュタール、喜怒哀楽の激しい頑固一徹な職人で、レニは多分にその血を受け継いでいる。一方、母親のベルタは黒目黒髪のすらりとした美人で、レニの容姿は母親から受け継いだ。いずれもユダヤ人ではない。

問題は祖父母、ベルタの父母にあった。ベルタの父カールシェルラットは二度結婚しており、ベルタは前妻の子だったが、レニがルドルフ・ヘスに求められて提出した血統書には、ベルタの実母でなく継母オティリ・アウグステ・シェルラッハの名が記されている。ベルタは一八八〇年の生まれで、既に一七人の兄と姉がいた。オティリはベルタが生まれた時まだ十七歳だった。つまり、ベルタを含めた一八人の子はカールシェルラットの前妻が産んでおり、彼女こそレニの実の祖母だったが、レニはこの祖母の記憶はなく、厳格な父から逃げ出して甘えた義理の祖母オティリを血統書に記す他なかったのである。

実の祖母がユダヤ人であったかどうかは不明である。ナチスもレニが提出した血統書の真偽は確かめ得なかったが、「レニ・リーフェンシュタール嬢にユダヤ人の血は混じっていない」というヒトラーの鶴の一声で一件落着となった。

ヒトラー自身、後年類似の噂に悩まされ、本気になって自分の家系を極秘裡に探らせた。そうして、先祖にユダヤ人は誰一人いないという確証を得たものの、父アロイスと母クララの出自にまつわる忌わしい秘密を知ることとなった。

アロイスは女に手が早かった。クララは三人目の妻であった。最初の妻はアロイスが三十六歳の時結婚したアンナ・グラスルで、ブラウナウの裕福な官吏の娘だったが、十四歳も年上で、既に五十歳になっていた。病気がちなアンナはメードを一人雇っていた。アロイスはアンナが初めての女ではなく、三十歳の時、テークラという女性との間に私生児を儲けている。

アンナが病床に臥すようになると、アロイスは町の民宿で下働きをしていた二十四歳も年下のフランツィスカ・マッツェルスベルガーに手を出した。それを察知したアンナは離婚訴訟を起こし、アロイスと別居した。アロイスはこれ幸いとフランツィスカと同棲を始めたが、二年後に私生児アロイス・ジュニアが生まれた。更に翌年フランツィスカが二人目の子供を身籠った時点でアロイスは彼女を籍に入れた。アロイス・ジュニアもその前に認知をしていた。前妻アンナは一ヵ月半前に亡くなっている。

籍を入れて二週間後にフランツィスカは女児を出産した。アンゲラと名付けたこの娘は後にアドルフ・ヒトラーの異母姉となる。アロイスは四十六歳になっていた。

出産後間もなく、フランツィスカは結核を患い、床に就いた。

アロイスは二人の幼子を抱えて途方に暮れたこともあって、かつてアンナが病気に臥していた時手伝いに来させていたクララ・ベルツを呼び寄せた。

クララは一八六〇年八月にシュピタールの小農ヨハン・ペルツルとその妻ヨハンナの娘として生まれ、最初にアロイスの家に家事の手伝いに来た時はまだ十六歳だった。ほとんど年の違わなかったフランツィスカは、アロイスがクララにも手をつけるのではないかと恐れ、彼女を家から出すようアロイスをついた。アロイスは拒めずクララを一旦シュピタールに帰していた。

世間知らずで無垢なクララは、〝おじさん〟と慕っていたアロイスの再度の申し出に喜んで応じた。子沢山であった父母も後押しした。血のつながった〝おじさん〟で、クララとは親子程年齢が違い、大きな町ブラウナウの税関吏に出世していたアロイスに全幅の信頼を寄せたのである。

アロイスは仕事は勤勉にこなしたが、こと女性にかけては道徳観に欠ける男だった。長男を産んだフランツィスカが翌年二十三歳で亡くなると、早々とクララとの結婚を企てた。クララは既にアロイスの子を宿していた。

だが、二人の結婚は簡単には認められなかった。

血のつながりが障碍となった。クララはアロイスの従姪に当たったからである。

アロイスはリンツの教会に特別許可を求める嘆願書を認めなければならなかった。二人の幼子を抱えて女手なしではやっていけないこと、妻にと目しているクララは義理の子供達の面倒も良く見てくれていること、彼女には格別の資産もないから今後立派な婚姻を果たせる望みは薄いこと、故に自分との結婚こそが彼女にとっても幸せなものになるであろうこと、等を切々と訴えた。

リンツの司祭区事務局はこの嘆願書をカソリックのローマ総局に送った。数週間後に許可証が出て、二人は一八八五年一月七日に正式なカップルとなった。アロイス四十七歳、クララは二十四歳だった。

だが、アロイスが教会に提出した血統書には嘘が含まれている。父親と書かれたゲオルクは、アロイスを息子として認知していなかった。生まれるとすぐゲオルクはアロイスを弟のネポムクに預けた。ネポムクは当然のように引き取り、先に生まれていたヨハンナ（後のクララの母親）と共に大切に育てた。

ネポムクは一八八八年に鬼籍に入ったが、三人の娘には一銭も残さず、アロイスに遺産を与えている。我が子（長男）なればこその処遇に相違なかった。

放浪癖のあった粉引き職人ヨハン・ゲオルクがアロイスの母マリアと結婚したのはアロイスが生まれて五年後のことで、アロイスが生まれた時マリアは未婚で四十二歳に及んでいたが、父親の名は明かさなかった。十年後に彼女はこの世を去った。

レニ・リーフェンシュタールとアルベルト・シュペーアが二人三脚で完成した「信念の勝利」は、一九三三年十二月一日、ウーファ・パラスト・アム・ツォーでプレミア上映された。

オーケストラによるリヒャルト・シュトラウスの「祝典序曲」に続き、ヒトラー直属の軍楽団による「バーデンヴァイラー行進曲」が奏でられた。ステージの幕にゼップ・アルガイヤーの演出による鮮かな雲の映像が映し出され、それをバックにハーケンクロイツを印した幾本もの旗が翻った。

万雷の拍手の中、ヒトラーとレニがステージに上がり、ヒトラーは大きな花束をレニに手渡した。

メディアは一斉に賛辞の評を送った。ゲッベルスは機関紙「攻撃」の社説に、「これはＮＳＤＡＰが党から国家へ移行した記念碑であり、全国民の力の源泉を象徴したものである」と書いた。

しかし、ロンドンの「オブザーバー」紙は皮肉をこめてこう書いた。

「この映画は全編に亘って古代ローマのカエサル精神への賛美に終始している。即ち、ヒトラー氏がカエサルであり、軍隊はローマの奴隷の役を演じている」

「信念の勝利」は映画館のみならず、学校や公民館でも上映され、全国民中二千万人が観賞した。

あるギムナジウムでは生徒全員がウーファ・パラストでの上映会に参加することを求められた。中に三人のユダヤ人がいた。彼らは客席の最前列に座らされ、他の生徒達が起立してドイツの愛国歌を歌う段に及んで、「お前達は座っていろ」と言われた。上映が終わると、三人に向かって同級生達が放尿を始めた。教師達は見て見ぬふりをした。

興行的にも「信念の勝利」は成功を納め、レニにはヒトラーからの個人的な謝礼としてのメルセデス・コンバーティブルの他に、党からの報酬として二万マルクが授与された。

だが、年が改まって半年程経たところで、「信念の勝利」は上映打ち切りとなった。「長いナイフの夜」で粛清したＳＡ隊長レームが晴れがましくヒトラーと並び、打ち融けて笑ったり行進したりするシーンが入っていたからである。それに、ヒトラーの嫌う酒やタバコを飲みふかし、赤線地帯に繰り出す男達の酔狂の姿も僅かだが映し出されているのも問題視された。かくして一九三三年版の「信念の勝利」は〝お蔵入り〟とするようヒトラーは命じ、一九三四年の党大会でこそ名実共に自らの権限の象徴に相似しいものを作るようにと、その制作者に改めてリーフェンシュタールとシュペーアを任命した。

党大会の撮影記録の新しいタイトルは「意志の勝利」、これもヒトラーが名付けたものであった。

レニは「信念の勝利」を撮った後、自分の姓名のイニシャルを取った〝L・Rスタジオ・フィルム会社〟を立ち上げた。「意志の勝利」の制作を引き受ける交換条件として、制作上の資金はNSDAPが受け持つこと、完成後は自分の会社が著作権を持つこと、等を要求した。ヒトラーはこれを呑んだ。但し、映画館への配給権はウーファ社が獲得し、レニの会社はその分け前に与かることになった。

ヒトラーはまた、ゲッベルスが創設した「帝国映画銀行」からも資金を捻出するよう取り計った。今回の経費は前回の五倍を要すると見積もられた。

「意志の勝利」の撮影にとり掛かる間、レニは新しい恋人のヴァルター・ブラーガーとスイスのダボスへ飛んで得意のスキーを楽しんだり、イギリスのドイツ人クラブに招かれて「青の光」や「新しいドイツ精神」について講演した。しかし、スペインのマヨルカ島に遊んだ時、持病の〝膀胱炎〟が出てマドリードの病院に入院しなければならなかった。これは後年、〝レームの粛清〟のことは海外にいて知らなかったという恰好の口実になった。

党大会は九月四日から一週間開かれる予定だったが、大きな事件が世間を揺るがそうとしていた。

大統領ヒンデンブルクが死の床に就いており、八月に入るとカウントダウンが始まった。

八月一日、ヒトラーは内心ほくそ笑みながら、表面は眉根を寄せて病床を訪れた。ヒンデンブルクは意識はあったが、もはやヒトラーの何者なるかを定かに見分けられなかった。かつて〝ボヘミアの伍長〟と蔑んだ人間を元皇帝と勘違いし、〝閣下〟と呼んだ。

翌日、ヒンデンブルクは永遠の安らかな眠りに就いた。

国民は悲しみに浸った。ヒトラーは、〝偉大なる旅人〟に敬意を表し、〝大統領〟の称号は遠慮し、代わりにナチス党内で呼び習わされていた〝総統〟と呼称すると宣言した。

ヒトラーを忌避し、ＳＡ隊と張り合った国軍も、あっさり〝総統〟の軍門に下った。

（一二三）

ヘビー級のボクシング界に新星が現れた。ヴァルテル・ノイゼル。

ノイゼルの名が浮上して来た時マックスは、四年前、シャーキーのローブローによる反則負けでチャンピオンベルトを得たものの、失意を抱いたまま帰国して臨んだスポーツパレスでのドイツアマチュア選手権試合のことが否でも思い出された。アニーの目の前でさんざブーイングを浴びた日のことが。

優勝はしたが、ノイゼルが将来プロの世界に入って一角のボクサーになれるとは思わなかった。何より、体ができていなかった。筋肉質だがひょろ長く、ヘビー級は荷が重過ぎると思われたからだ。

だがノイゼルは持ち前の運動神経の良さと旺盛なファイティングスピリットで体格の不備を補った。

戦績を知って驚いた。プロに転向して三年間、数十試合をこなしているが無敗を誇っているのだ。倒した相手の中には、かつてマックスの強敵で、事実、一度は一〇ラウンドで判定勝ちしたものの、次には第一ラウンドでＫＯを喫したイギリスのジプシー・ダニエルズも含まれていた。

もっと驚いたことがある。ノイゼルのマネージャーは、かつてアニーとの逢瀬に一役も二役も買ってくれた友人ポール・ダムスキーだったことだ。ロシア革命を嫌ってドイツに逃げて来た彼は、ヒトラーをも嫌ってアメリカへ逃れたが、その折ノイゼルを勧誘して同国のボクシング界に引き入れたのだった。

ダムスキーの目に狂いはなかった。ノイゼルは期待通りの戦績を挙げ、人気を博した。ジョー・ジェイコブスが考え出したマックス・シュメリングの〝ラインの黒い槍騎兵〟のニックネームに倣ったか、ノイゼルは〝ドイツの虎〟と呼ばれていた。ルール工業地帯にあるボーフムの出で、生粋のドイツ人であった。

　ドイツボクシング界の最初のプロモーターで、若い日にマックスが世話になったヴァルター・ローテンブルクは健在で、依然としてプロモーターを続けていたが、彼が意外なプランを持って来た。

「世間はシュメリングとノイゼル、どっちが強いか騒いでいる。次のステップの為にも決着をつけないか。ノイゼルはアメリカで活躍しているが、先輩の君に敬意を表して試合はこっちで行うようにお膳立てするよ」

〝次のステップ〟が何を意味するか、嫌というほど分かる。このままノイゼルがアメリカで勝ち続ければ、マックス・ベアへの挑戦権は彼がせしめるかも知れない。受けるに如《し》かずだ。

　話はとんとん拍子に進み、試合は八月二十六日、会場はローテンブルクが拠点を置くハンブルクの陸上競技場に決まった。

「ハーゲンベック動物園の隣だな。汚い会場だぜ。ま、しかし、動物園に来がてら客が寄ってくれるか」

　マッホンが顔をしかめて皮肉たっぷりに言ったが、ローテンブルクは抜かりなかった。僅か三週間で、その〝汚い〟施設を拡張し、九万五〇〇〇人の観客を収容できるアリーナに変貌せしめた。

　マックスはトラフェムエンデにトレーニングキャンプを張った。ノイゼルはダムスキーが住んでいたパリ近郊のオリラ・ヴィラで闘いに備えた。

　試合は国際的な注目を集め、国外の主要なメディアが特派員を送り込んできた。アメリカにいた時知り合ったニューヨーク・ヘラルドのスポーツライターで主にボクシングにまつわる記事を書いていたスパロー・ロバートソンが、かつてのチャンピオンや現チャンピオンのコメントを伝えてくれた。

「デンプシーとベアは、君が余裕を持って勝つだろうと言ってるぜ。ジーン・タニーはかなりノイゼルを買っていて、彼の若さと積極性が鍵を握る、と見ている」

　ジェイコブスはローテンブルクに遠慮してアメリ

カに留まっていたが、勿論ノイゼルのアメリカでの試合のフィルムは送ってきていた。

「奴さんは攻撃型でがむしゃらに前へ出るタイプだから接近戦に持ちこめる。リーチが長いから離れると不利になるぞ」

国際電話でジェイコブスはこうアドバイスして来た。

「マックス・ベアは十月にジェームズ・ブラドックと防衛戦をやることになっている。多分ブラドックが勝つだろう。何故と言って、ベアは女の尻ばっかり追っかけてろくにトレーニングしとらんからだ」

マックスの中で、アメリカと、失ったチャンピオンベルトへの思いが募った。

試合の前日、宿泊先のホテルでマックスはマッホンと古くからの友人と食卓を囲んだ。

「ダムスキーも来ないそうだ」

ジェイコブスの話題が尽きたところでマッホンが眉根を曇らせて言った。

「試合にはナチスの連中、わけてもゲシュタポが見に来るだろうからってな。代わりに、ノイゼルが華々しくデビューしたスポーツパレスのオーナーで、ダムスキーと一緒にアメリカでプロモーターをやってるジャック・ディフソンが控えに入るそうだぜ」

マックスは複雑な思いでマッホンの話に耳を傾けていた。ヒトラーが政権を握る以前ならこの場に次々と顔を出してくれたであろう芸術家や俳優達の顔を思い浮かべた。彼らの多くはユダヤ人だ。

マックスは正確に知る由もなかったが、ドイツ全体に占めるユダヤ人の割合は約一パーセントの五〇万人であったが、この一年間におよそ六万人が国外に去っている。

行く先は専らパレスチナとアメリカだったが、パレスチナへの移住も管轄国イギリスが対アラブ政策でユダヤ人の入国を制限し、彼らが乗り入れた船を追い返すこともあった。レオン・ユーリスの小説を映画化した「栄光への脱出」は、マダガスカル島ならぬキプロス島に留められたユダヤ人が結束して島を抜け出し、自分達の国家イスラエルを建設する過程を描いている。ユダヤ人のパレスチナへの逃亡は、ヒトラーが政権を握って以来十数年に亘って続くことになるのだった。

アメリカも無条件にはユダヤ人を受け入れなかった。恐慌の余波は尚続いており、幾百万人の失業者を抱えていたからである。母国民の労働市場を奪うとして、ユダヤ人の流入に反対するデモも見られた。

NSDAPはユダヤ人の国外逃避を喜びながら、無条件で出国を許可した訳ではなく、次のような諸条件を満たした場合に限るとした。

一、受け入れ国の了解を得ること（入国ビザの取得）

二、移住先の国に肉親または知人がいて受け入れを保証すること

三、移住先国で生計を立てられるだけの所持金を証明すること

四、NSDAP当局の出国許可証、パスポートの給付を得ること

五、交通手段の確保と渡航費を捻出できること

これらの諸条件を満し得ない者は、農地開拓移民として、アルゼンチンやブラジル、オーストラリアの後進国へ逃れて行った。

ユダヤ人ではないが、反ナチスの立場から、トーマス・マンを始め、マックスの周りの芸術家達も国外、主にはフランスやスイス、アメリカへ脱出した。

トーマス・マンは兄のハインリッヒと共にナチスによって屈辱を味わわされていた。一九三三年五月十日、オペラ広場で、自分の著作が火焔に投ぜられたのだ。ナチス学生同盟のフリッツ・ヒップラーらがこのおぞましい〝焚書〟ショーの音頭取りをしたが、背後で彼らを操っていたのはゲッベルスだった。トーマスやハインリッヒと共にその著作が焼かれたのは、ハイネ、レマルク、ケストナー、フロイトらであった。

ドイツ国内に留まったユダヤ人は結束した。ヒトラーが政権を取った年の秋には、〝ユダヤ人国家代

表部会〟が結成された。成人の為の〝教育中央研修所〟も設立された。公立学校から締め出されたユダヤ人学徒の教育には、公立学校での職を解かれたユダヤ人教師が携わった。演劇や音楽の世界から駆逐されたユダヤ人芸術家達は、独自のコンサートや演劇の集いを持った。

だがＮＳＤＡＰは締めつけの手を弛めなかった。一九三四年一月には、ユダヤ人医学生に対する国家試験を禁じた。これによってユダヤ人はもはや医師になれなくなった。

同年六月には、ユダヤ系出版社は悉くＮＳＤＡＰ系出版社が強制的に接収し、言論出版の自由をユダヤ人から奪い取った。

ユダヤ人以外の国民の大多数は、熱狂的にヒトラーを支持した。ヒンデンブルクが息を引き取るやヒトラーは「ドイツ国及び国民の国家元首に関する法律」を発布し、「大統領の職務は首相が兼ねる」とした。国防軍は〝神の御名〟においてヒトラーに絶対の忠誠を捧げる宣誓を行った。

だが、八月十九日、ヒトラーの国家元首就任の是非を問う国民投票を企画したＮＳＤＡＰは、意外にも、国民の約一割近い四二九万票もの否認票が投ぜられたことに落澹した。

それでも九割以上の国民がヒトラーを支持し、ヒトラーの行く先々で〝ハイル・ヒトラー〟の歓乎の声が挙がった。

ヒトラーが首相就任とほぼ同時に施政方針演説に盛り込んだ〝第一次四カ年計画〟が着実に実を結びつつあった。その内容は、公共事業による失業問題の解消、価格統制によるインフレの抑制、農民や中小企業者の救済、ユダヤ人や戦争利得者の利益を国民に分配する、等々で、中でも公共事業、殊にアウトバーン（高速道路）建設による内需の拡大は効を奏し、目に見えて失業率を減少せしめた。

公共事業の開発による失業対策は先のブリューニング内閣も企てていたが、これにかけた予算の規模で雲泥の開きがあった。ブリューニングが組んだ予算は三億二〇〇〇万マルクであったが、ヒトラーはその一〇倍の予算を計上した。資金の捻出に当たってヒトラーが協力を求めたのが、レンテンマルクの発行で十年前にドイツのハイパーインフレを救ったドイツ帝国銀行総裁シャハトである。シャハトはあくまで入党を拒んだが、ヒトラーはその才覚を見込んで経済相に抜擢した。

二人の二人三脚宜しく、ドイツ経済は右肩上がりの好調に転じつつあった。

世界タイトルマッチでもない、一方は落ち目のマックス・シュメリング、一方は、昇り坂ではあるがタイトルマッチとは無縁で来た若いヴァルテル・ノイゼルという、同国人同士のノンタイトル戦に九万人もの観客が押し寄せたのも、景気の回復につれ人々の懐具合が良くなったからに違いなかった。

試合はデンプシーとベアの予測通り、一方的にマックス優勢のまま進んだ。ノイゼルは果敢に前へ前へと進んでパンチを繰り出したが、正確さにおいてマックスに劣った。

第七ラウンドでマックスは短い右のパンチをノイゼルの顎に連打した。ゴングと共にノイゼルは重い足を引きずるようにして自陣のコーナーに戻った。ＫＯは時間の問題と思われた。

だが、第八ラウンドに入ると、ノイゼルは嘘のように元気を取り戻し、正面切っての戦いを挑んで来た。マックスはカウンターパンチを繰り出してこれに応じた。

ノイゼルの瞼が切れ、顔は気の毒な程腫れ上がった。もう一発小気味の良いパンチを食らわせば相手はダウンすると思われた。

だが、何かがマックスをためらわせた。かつてアマチュア選手権でトロフィーを渡した時、満面の笑みをたたえたノイゼルの、まだ少年のあどけなさを残す顔が思い出された。

第九ラウンドのゴングが鳴り、マックスがリングの中央に進み出たところで、レフェリーが遅れて立ち上がったノイゼルとの間に割って入り、マックスのＴＫＯを宣告した。ノイゼルは異議を唱えたが、その傷では無理だ、君はもう充分戦った、と諭し、ノイゼルのセコンド陣も納得した。

マックスはノイゼルに歩み寄って肩を叩き健闘を称えた。ノイゼルは初めて笑顔を見せた。

「ひとまずおめでとう」

ニューヨークからジェイコブスが祝福の電話をかけて寄越した。

「次のステップは、十月のベアとブラドックとの試合を見てから考えよう」

だが、ノイゼル戦をプロモートしたローテンブルクはもっと慎重だった。

「世界戦に再挑戦するにはもうワンステップいるだろう」

ジェイコブスのメッセージを伝えたマックスに彼は言った。

「ベアへのリベンジの前に、君はもう一度スティーブ・ハマスとグラブを交える必要がある。あの試合も君の印象を損ねた。ベアとの一戦程ではなかったがね」

言われてみればその通りだ。

「ジェイコブスに、ハマス戦を組んでもらうよう言いましょうか？　彼が勝者ですから、万一試合を組めたとして、僕がアメリカへ出向くことになるでしょうから」

「いや、ハマスにこちらへ来てもらう」

「えっ⁉」

「アウェーは何かと不利だ。向こうへ行って負けたらおめおめ戻って来れないぞ」

「ハマス側が承知するでしょうか？　向こうには向こうのプロモーターがついているでしょうし」

「私にも伝はある。交渉してみるよ」

「試合は、いつ頃を予定しておられるのでしょう？」

「ベアとブラドックの試合から余り日が経たないうちがいいから、来年早々か、遅くとも春までにはと思ってるが……」

「場所は、どちらになりますか？」

「この前と同じ、陸上競技場を考えてる」

「野外ですか……五月を過ぎるまではちょっと寒過

ぎますね」

「フム……」

ローテンブルクは腕を胸に組んで考え込んだ。

「ま、何とかしよう。是が非でも君に勝ってもらわねばならないからな。ダビデの星をトランクスに縫いつけたベアに君が敗れたのはヒトラーが首相になる前だったからまだしも、あの試合のフィルムはドイツでは一切上映を許されなかったからな。ハマスがユダヤ人でなくて良かったよ。もしユダヤ人だったら、ヒトラーは君に引退を勧告していたか知れん。あるいは、リベンジして打ちのめすことを強要しただろう」

ローテンブルクがナチスを気にするのは祖母の一人がユダヤ人だったからだとマックスはわきまえている。今はまだ彼の事業に締めつけはきていないが、家系に一人でもユダヤ人がいる者はユダヤ系とみなされて追放の対象とされかねない。それを恐れているのだ、と。

才覚もコネもあるローテンブルクだから、ダムスキーのようにいざとなればアメリカへ逃れて彼国で一旗を挙げられるだろうに、

「私はドイツ人だよ。それ以外の何者でもない」

と日頃から彼は口癖のように言っている。

「ドイツを愛しているから、この国のボクシングの興隆、何人ものドイツ人世界チャンピオンを出すことが私の夢なんだ。君はいっときその夢を叶えてくれた。残念ながら後に続く者がいない。だから、君がもう一度チャンピオンに返り咲く日を、新たに夢見ているんだ」

ハマスへのリベンジはそのためにも必須の足がかりだ、だから何としてもこの地で、ナチスの前で実現してみせる、とローテンブルクは語気を強めた。

ジェイコブスもマッホンも半信半疑だった。

だが、ローテンブルクの執念は実った。アメリカの友人チャーリー・ハーベイの手助けを得て、ハマスの興行権を所有していたガーデン・コーポレーションのトップ、ジミー・ジョンソンに掛けあった。

ジョンソンは渋った。ニューヨークでならＯＫだと

言い張った。

ローテンブルクは粘った。この前は貴国のフィラデルフィアで行っている、今度はそっちが出向いてきてくれてもいいだろう、お膳立てはすべて整える、来年早々にと思ってるが、野外では寒過ぎるとシュメリングが言うから屋内競技場を建てようと思っている、少なくとも二、三万人は収容できるようなね――。

ジョンソンは折れ、そこまでやってくれるならと承諾した。

試合は一九三五年三月十日、ハンブルクの、これから建設予定の屋内競技場で、と決まった。

予告通りローテンブルクは四十二日という記録的なスピードで競技場を建て、「ハンセアティックホール」と名付けた。

マックスはジェイコブスに試合の二、三日前に来てくれるよう頼んだ。ウンテル・デン・リンデンのホテル〝ブリストル〟のスイートルームを彼の為に予約した。

ジェイコブスは例によって葉巻をかみながらにこにこと現れた。マックスは抱擁を交わし、彼をホテルに案内した。チェックインの手続きにジェイコブスを待たせてカウンターに歩み寄ったが、応待に出た男は「ちょっとお待ちを」と言って姿を消した。

男はクラーク長を伴ってカウンターに戻ると、自分は別の客の応対に回った。

「誠に申し訳ありませんが、シュメリング様」

クラーク長は慇懃に頭を下げ、揉み手をしながら言った。

「手前共では、ヤコブス様をお泊めすることはできません」

〝Jacobs〟をドイツ式に呼んでいる。

「どういうことです？」

マックスは相手が単純なミスをしでかしたのではと疑った。

「予約は数日前に取れているはずですが……」

「左様です。予約は確かにさせて頂きました。ニューヨークにお住まいのジェイコブス様ということでしたので、それに、他ならぬシュメリング様のご紹介ですから何ら問題はないと思われたのですが……その後、お調べさせて頂いた結果、やはりご遠慮頂くのがよい、との結論に至りまして……」

マックスはやっと呑み込めた。

「つまり、彼がユダヤ人だから、ということだね？」

クラーク長は困惑した顔で肩をすくめた。

マックスはその肩を鷲摑みたい衝動に駆られた。

「彼は僕の大事なパートナーです。確かにユダヤ人だが、久しくアメリカに住み、アメリカの市民権を得ている男です。もし彼を拒んだら、そのことは明日にもニューヨークの新聞に載りますよ。そうなれば、アメリカからこのホテルに来る客はなくなるでしょうし、私の友人、知人に事の次第を話せば彼らも二度と来なくなるでしょう。それでもいいと仰るなら――」

「シュメリングさん、あなたは、現在の政治情勢といいますか、社会情況といいますか、それをよーくお考え頂かないと……その、つまり、当ホテルにはヴィルヘルム通りのお客さんがたくさんおられまして……」

ヴィルヘルム通りには首相官邸があり、ヒトラー詣でのNSDAPの官僚達が足繁く出入りしている。必然的に彼らは家族も含めてこのホテルを社交場とし、宿泊にも利用している。クラーク長の言わんとするところはその辺にあるのだろう。

「そんなことは私とは関係ない」

マックスは声を荒らげた。

「要は、部屋が空いているかどうかです。私が予約を入れた時、スイートルームは空いていた。予約は成立したのです。それを、客の側からキャンセルするならいざ知らず、あるいは、客が凶悪犯なりマフィアならいざ知らず、有名人だが善良な一市民に過ぎない人間を、ユダヤ人だからという理由だけでホテル側からキャンセルするなど、以ての外だ」

クラーク長は心底困惑したといった顔で舌打ちを繰り返し、ぶつぶつとひとり言を言った。

「僕がジェイコブス氏の保証人になります」

ひとしきり歯がゆさをかみしめてから、マックスはわだかまった空気を破った。

「あなたが心配するようなクレームがどこかから入ったら、ジェイコブス氏は自分にとってかけがえのない人物なのでとシュメリングが言ってました、と答えてやればいい」

ジェイコブスがしびれを切らしたといった面持ちでロビーからフロントに近付いて来た。

「さあ、早く、記名カードを」

マックスはにらみ合っている相手を促すようにカウンターをトントントンと指で叩いた。

「俺は何も書かなくていいのかい？」

マックスの背後に迫ったジェイコブスが声をかけた。

「予約に不備があったようで、確認してもらってたんだが、ホテル側の手落ちらしい」

クラーク長が口をもぞもぞ動かしたが、マックスはせっかちにまた指をトントンとカウンターに鳴らした。

「じゃ、どうなるんだ？」

ジェイコブスが葉巻を口から離して不安気な目をマックスとクラーク長に振り向けた。

「大丈夫、こっちに手落ちはないんだから」

マックスはカウンターに置かれたペンを取り上げた。

「責任は持てませんよ」

低く呟くように言って、クラーク長は記名カードをジェイコブスの前に押しやった。マックスはにやりとほくそ笑んで、手にしたペンをジェイコブスに差し出した。

スティーブ・ハマスは自信満々の顔でリングに駆け上がり、第一ラウンド開始のゴングと共にパンチを繰り出してきた。

マックスがカウンターパンチで応戦すると、ハマスは「おや、勝手が違うぞ」という顔でひるんだ。

第一ラウンドが終了した段階で、もはや前年の轍を踏むことはないだろうとマックスは確信した。ステップ、反射神経、パンチ力、そしてディフェンス、すべてがミッキー・ウォーカーを倒した頃の自分に戻っている。

第四ラウンドが終わってコーナーに戻ったマックスは、

「いいぞ、次で倒せるぜ」

と耳もとに囁いたマッホンに、

「ウォーカーのように血まみれにさせるのは厭だな」

と答えた。

「余裕だね」

マッホンは失笑した。

「しかし、同情は禁物だ。早く片付けろ」

苛立つマッホンを、第六ラウンドでマックスはほくそ笑ませた。右の強烈なフックがハマスの顔面にヒットし、ハマスは初めてダウンした。カウント8で立ち上がったが、、マックスの矢継ぎ早のパンチでまたすぐにダウンした。立ち上がったハマスは突進したマックスに抱きつき、クリンチに持ち込んで何とか逃れた。

第七ラウンドも、ハマスは防戦一方に回り、クリンチに終始した。レフェリーが繰り返し「ブレイク」を叫んだ。ラウンドが終わったところでハマスのセコンドは試合を投げ出すよう説得したが、ハマスは大声で「厭だ、続ける！」と言い放った。

次のラウンドを持ちこたえるのが精一杯だった。

第九ラウンド、マックスの放ったパンチでのけぞったハマスは、明らかに意識が遠退き、うつろな視線が宙をさ迷った。

レフェリーのファロニーが二人の間に割って入り、試合を中止させ、マックスのＴＫＯ勝ちを宣した。

会場を埋め尽くした二万五〇〇〇の観客が総立ちとなった。

逸早くリングに駆け上がってマックスを抱擁したジェイコブスは、一斉に立ち上がって右腕を差し上げながらドイツ国歌を歌い出した群衆に度肝を抜かれた様子で、慌ててマックスから離れ、ハバナシガーを手にした右腕を差し上げ、それからおもむろにマックスに向き直ってウインクをして見せた。マックスもウインクを返し、リングに向けられた夥しいカメラフラッシュを浴びながら観客に向かって黙礼をした。

翌日、突き出した手に葉巻を持ち、満悦の体ながら幾らか皮肉っぽい笑いを浮かべたユダヤ人の写真が、ドイツはもとより世界中の新聞に載った。

その翌日、マックスは国家スポーツ省に呼び出された。元騎手で同省の長官だというハンス・フォン・チャメル・オステンが広報担当官シラクと共に待ち構えていた。

彼のオフィスに入った途端、デスクに広げられた幾つもの新聞の切り抜きが目に入った。数日前のリングでマックスの傍らに立つジョー・ジェイコブスの写真がこれ見よがしに重ねられている。

「ま、いい試合でしたな」

チャメルは新聞を指さして言った。

「今回のように、あなたはもっともっと母国で試合をこなすべきです」

「残念ながら、長官殿」

マックスはぶっきら棒に返した。

「ドイツにいるボクサーは限られています。ヨーロッパでも、世界の檜舞台に立てるボクサーはほんのひと握りです。多くの優秀なボクサーはアメリカにこそ数多くいます。

ですから、試合をどこでやるかは、ボクサーの一存では決めかねるのです。大抵はマネージャー同士の交渉で、最も良い条件を出した者が選択権を得るのです」

「良い条件とは……？」

「観客が集まり易い場所、しかもレンタル料が安いこと、そして、ファイトマネーです」

「なるほど。しかし、そうした通俗的な事柄以外に、あなたはもっと自分の置かれた立場、ドイツ国民としての使命感に重点を置く必要があります」

「充分に使命感を覚えていますよ」

マックスは余裕の笑いを見せた。

「海を渡ってアメリカで闘う場合、私は母国ドイツを背負い、ドイツを代表してここに来ているのだ、と言い聞かせています」

「ドイツを代表している、という自負心があるなら、あなたを取り巻く人間も皆ドイツ人であるべきです」

マックスは絶句した。呼び出された理由に漸く思い至った。

チャメルは勝ち誇ったようににやりと笑い、目の前の写真に指を立てた。指先はジョー・ジェイコブスの鼻のあたりを憎々し気につついている。

「この男、葉巻を手に、おどけたように腕を振り上げている、不届き千万なユダヤ人だ。あなたは手を切るべきです」

マックスの頭に血が昇った。充血した目をチャメルと、傍らのシラクに振り向けた。チャメルは視線を外し、テーブルの上の三角定規を手にすると、意味もなくそれを弄んだ。シラクはそっぽを向いた。

チャメルが音をたてて定規をテーブルに置くと、やおら両手を組んでそれに顎を乗せ、マックスを見すえた。

「あなたはその立派な体格とスポーツ精神でヒトラーユーゲントの憧れの的なのです」

〝ヒトラーユーゲント〟は政府公認の青少年組織で一九二六年に発足している。ヒトラーが政権を取って以来、十五歳から十八歳までの男子全員を強制的にこの組織に加入させ、教育と軍事教練を行っている。つまり、まだ党員の資格のない未成年者を早くからNSDAPのドクトリンになじませ洗脳せんとの企みである。当初は男子のみであったが、後には〝ドイツ女子青年団〟も結成された。言ってみれば、レームが取り仕切っていたSAの下部組織であり、NSDAPの強力な支持母胎を形成している。

「若者達は規律正しい生活を送り、体育やスポーツで健全な肉体を鍛えようとしている。総統は彼らを愛し、ドイツの未来の夢を彼らに託さんとしておられる。

もとより、ヒトラーユーゲントにユダヤ人は一人もおりません。一旦は世界チャンピオンとなったあなたが、アメリカに本拠地を置くとはいえ、このいけすかないユダヤ人の小男と一緒に仕事をしている唯一のプロのスポーツマンだと知ったら、彼らの夢は無残に砕かれるでしょう」

チャメルは再びジェイコブスの顔写真に指を突き立てた。

おどされたりすかされたりした挙句、「ハイル・ヒトラー！」と和すチャメルとシラクの声に押し出されるように、マックスはオフィスを後にした。

「何かあったの？　どうかして？」

浮かぬ顔で戻って来て、食事のさ中も何事か考え込んでいる風の夫の目をアニーはのぞき込んだ。

「腹の虫が治まらない」

マックスは憮然として答えた。

「今日はスポーツ省に行ったんでしょ？　勝利をお祝いしてくれたんじゃないの？」

「それどころか――」

マックスは事と次第を話した。

「そのうちユダヤ人の芸術家やスポーツマンはドイツにいられなくなりそうね。あたし達の仲間でも、いつの間にか姿を見せなくなった人がいるのよ」

「フム……」

マックスは考え込んだ。

アニーが食事の後片付けに立ったところで、マックスは受話器を取り上げ、首相官邸の筆頭副官ヴィルヘルム・ブリュックネルにつないでくれと頼んだ。

「マネージャーのジョー・ジェイコブスの件で総統に直にご相談したいことがあります」

電話口に出たブリュックネルにマックスは告げた。

「ちょっとお待ちを」

と返してブリュックネルは一旦受話器を切った。

マックスはいらいらして返事を待った。なかなか電話は鳴らない。後片付けを終えたアニーが戻って来て訝った目を投げながらマックスの傍らに寄った。

電話が鳴った。マックスは受話器に飛びついた。

「明日の午後にでもお会いする、と総統は申されました」

ブリュックネルの事務的な声が響いた。

「明日？　何時頃伺えば宜しいか？」

「お茶をご一緒に、と言っておられますから、三時頃に。但し、奥様ご同伴でおいで頂きたいと」

マックスは妻を振り返った。ブリュックネルのよく通る声はアニーの耳にも捉えられているはずだ。

「分かりました。恩に着ます、ブリュックネルさん」

問いた気なアニーに目配せだけ返してマックスは言った。

「聞こえてたよね？」

受話器を置いたところでアニーに尋ねる。

「ジェイコブスの件で総統に直談判しようと思ったんだ。まさかすぐに会ってくれるとは！」

「でも、深刻なお話でしょ？　あたしなんか邪魔になるだけじゃないかしら？」

その点はマックスの脳裏にもチラと閃いた疑問だ。

「ま、くつろいだムードで話したいというお考えだろう。行ってくれるよね？」

「それは勿論、あなたのことが心配だから。でも、あたしは何も言えないわよ。ジェイコブスさんのこと、あなたから聞くだけで、お会いしたのもこの前が初めてだから」

ハマス戦の後の祝賀会で、マックスは漸くアニーをジェイコブスに引き合わせていた。

「テゲレン湖によばれた時と同じでいいよ。何か聞かれたら適当に返したらいい。どうやら総統は君のことが気に入ったらしい」

「そんな……総統の周りにはいっぱい魅力的な女性がいらっしゃるじゃない。若くて綺麗な。ホフマンさんの所で働いているという女性は、総統の愛人でしょ？」

「うーん……そんな素振りはなかったけどね。総統は彼女より専ら君の方を見てたから」

「それは、初対面で、物珍しかっただけよ」

「ならいいが、明日総統がまた君に色目を使ったら、こうだな」

マックスは拳を作って空を切った。

「ストレートパンチね」

アニーは笑った。

「総統も拳を振り上げるかもしれなくってよ」

アニーは立ち上がり、小さな手で拳を作って頭上に差し上げた。今度はマックスが笑った。サーロウピースコウへのドライブの途次に見かけたポスターのヒトラーを真似ているのだ。

「もしそうしたら、言ってやるよ。その拳は誰の為に、何の為に振り上げてるんだってね」

アニーはマックスの膝に跨り、マックスの手首を捉えて自分の胸の辺りに持って行った。マックスは思わず両手を握りしめた。

「じゃ、あなたのこの拳は誰の為？　何の為？」

悪戯っぽい笑みをたたえたアニーの目に見詰められてマックスはたじろいだ。アニーは一方の拳に頬を押し当ててマックスを上目遣った。

「ボクシングを愛するすべての人々の為」

やっと口を開いたマックスの拳に、今度は唇を二度三度押し当ててからアニーは言った。

「それだけ？　ヒトラーならもっと沢山言うわよ。ナチスの為、ユダヤ人を追い出す為、そして、ドイツの為、アーリア民族の為……」

「じゃ、僕も言おう」

マックスはアニーのルージュがかすかについた拳を振り上げた。

「僕のこの拳は、君と僕を守る為、そして、ジョー・ジェイコブスを守る為、ドイツとアメリカの架け橋の為、そして……」

「もう、いいわ」

アニーはマックスの拳を両の手に握りしめ、マックスの唇に自分のそれを押し当てた。


帝国首相府に着いた二人が案内されたのは、大きな暖炉のある部屋だった。

緊張して佇んだ二人は、ゆっくりと室内を見回した。額に入ったヒトラーの写真が暖炉の上に飾られている。壁という壁には党大会で演説しているヒトラーや夥しい群衆に囲まれてのSA及びSSのパレードの写真が並んでいる。

「ホフマンさんが撮ったものだよ、きっと」

マックスがアニーに話しかけた時、いつしかヒトラーが入口に姿を見せていた。

「優雅なご婦人としては、コーヒーかお茶か、どちらになさいますかな？」

すかさずヒトラーがアニーに話しかけた。

テゲルン湖畔のティーパーティーで、自分はコーヒーを、アニーはお茶しか飲まなかったことをヒトラーは記憶に留めていなかったのか、とマックスは訝った。

「お茶を、頂きます」

アニーは悪びれず答えて微笑んだ。

「お茶ですか？　素晴らしい、シュメリング夫人！　私もお茶しか飲まないんですよ。それも、薄目のお茶をね」

ヒトラーはポットの一つを取ってアニーのコップに傾けた。

マックスは茶々を入れたくなった。

「私は総統、断然、コーヒー党です」

ヒトラーが少し口もとを歪めたが、構わずマックスは手ずからもうひとつのポットを自分のコップに注いだ。


「やあやあ、ようこそ」

二人が直立不動の姿勢で一礼するより早く、ヒトラーがにこやかに笑顔を広げて言った。

顔なじみの士官はついていない。パリッと制服を着こなした若い男は見知らぬ顔だ。何も紹介がないところを見ると、この首相府に勤める吏員だろう。

ヒトラーは笑顔のまま真っ直ぐ二人に歩み寄り、アニーの手を恭しく取ると、軽く口づけた。

（この堂に入ったマナー振りはどうだ。貴族さながらだ。それにしても、こっちの目を避けてるぞ）

マックスは相好を崩してひたすらヒトラーを凝らし見るが、ヒトラーと視線が合わないもどかしさに苛立った。

制服の男がヒトラーに目配せした。得たりや応とばかり頷いて、「お隣の部屋にどうぞ」とヒトラーが二人を促した。

隣室はこぢんまりとしており、中央にテーブルと三脚の椅子がセットされている。テーブルにはポットが二本、カップと皿が三ペア揃えられている。

その時、先刻の男が幾種類ものケーキを載せたカートを運んで来た。ヒトラーはまたアニーの方へ上体を乗り出した。

「奥様は、どのケーキがお好みですかな？」

アニーは口もとを綻ばせ、

「グーゲルフープを頂きます」

と言った。カステラの一種で、ドイツでは一般に〝ナップクーフェン〟と呼ばれている。

「おお、グーゲルフープ！」

ヒトラーが剽軽に、大仰に両手を広げた。

「懐しい！　その名前を耳にするのは何年振りでしょう。さ、ご婦人に差し上げて。私にもな」

カートの傍らに佇んでいた制服の男が慌ててケーキを皿に取り上げた。

「ところで、この前はゆっくりお話しできなかったので聞きそびれたが、奥様はウィーンのお生まれでしたかな？」

ケーキをつつきながらヒトラーは言った。

「いえ、プラハです」

「プラハ！」

ヒトラーは大きな声を放ち、繁々とアニーを見やった。

「最も美しくて古いドイツのプラハ！　最古のドイツの大学が残っていて、長い間、ハプスブルク家の公邸として使われていましたな」

アニーはちらとマックスに視線を送った。こちらは肩をすくめて見返す。

忘れていた日のこと、アニーのチェコの友人ジャルミラ・ヴァチェクにプラハの街を案内され、今ヒトラーが口にした古城にも登ったことが思い出された。

アニーが口もとを拭いながら相槌を打っている。

「そう、ボヘミアは正にドイツの心の拠り所、宝です。ああ、黄金のプラハ！」

ヒトラーは双手を挙げ、視線を宙に漂わせた。アニーが不思議そうにその様を見すえている。

（大した役者振りだ！　それに、何という物知りだろう！　懐古趣味とロマンチシズム！　これが本当にドイツの新たな指導者だろうか？　いや、感心している場合じゃない。肝心要のことを早く切り出さなければ！）

ヒトラーの一人舞台と化しつつある茶席に、マックスは次第に身の置き所のなさを覚えて苛立った。

ヒトラーがナプキンで口もとを丁寧に拭った。

マックスは座り直し、背筋を立ててヒトラーがナプキンを置く一瞬を捉えた。

「僕が今日伺ったのは……」

ヒトラーの目から微笑が消え、渋々という感じでマックスを見やった。

「長い間——そう、一九二八年以来ですからもう彼是六、七年になりますか、僕のマネージャーを務めてくれているジョー・ジェイコブスの件で、先日スポーツ省から思いがけない譴責を受けたので、総統のご理解とご寛容な対応をお願いしたいと思いまして……」

「思いがけない……ですかな？」

ヒトラーがギョロッと碧眼《へきがん》をめぐらしてからマックスを見直した。

「私の『わが闘争』を、お読みになってませんな？」

「あ……いえ……総統がユダヤ人を快く思っておられないことは承知しております」

（答になっていないな。ろくすっぽ読んでいないことを白状しているようなものじゃないか！）

「フム……それで……？」

ヒトラーはグーゲルフープに口もとを寄せながら言った。

「僕とジェイコブスの関係はボクサーとマネージャーというだけであって、彼がアメリカ人であるからとか、ユダヤ人であるからとか、そういうことでつながっているのではないのです。いや、これは少し違うな——僕にはずっとドイツ人のマネージャーがついていました。彼が、母国に留まっていちゃ駄目だ、世界の桧舞台に出るにはアメリカに行かなければ、と言うので、その言葉を信じて海を渡ったのですが、待てど暮らせど試合の話が持ち込まれず、そうこうするうちに蓄えも尽きかけて来て焦りました。

そんな時、アメリカで試合をしたかったらアメリカ人のマネージャーにつかなきゃ駄目だ、と言ってくれる人がいて、ジェイコブスを紹介してくれたのです。たまたま彼は、両親がハンガリー系ユダヤ人だったというだけで、彼自身はニューヨークのイーストサイドで生まれています。言うなれば、アメリカ人も同然で、アメリカに多くの縁故者を持ち、有能なマネージャーとしてボクシング界に知られる存在になったのです」

ヒトラーはそっぽをむいたままケーキを咀しゃくし続け、次いでティーカップを手にし、大きな音をたてて茶をすすった。

マックスはそれに抗うように声を大きくした。

「僕がアメリカでひと旗挙げることができたのは、ひとえに彼のお陰です。彼は有能で、誠実で、尊敬できる人です。誠実さは、ドイツの美徳ですよね？」

「ドイツの美徳……？」

ヒトラーは次いで「フム……」と鼻先を鳴らしてから、苛立ったように指でチョビ髭をひと撫でふた撫でした。

（最後は失言だった。まるで取ってつけたような台詞だった）

マックスが反省した時は遅かった。

ヒトラーはテーブルに置いたティーカップを指でいじりながら、視線はあらぬ方に向けた。

気詰まりな沈黙がわだかまった。アニーも強張った表情で口もとをすぼめ、所在なげにティーカップを引き寄せてはそっと茶をすすっている。

恐ろしく長い時間が経ったように思ったが、腕を返して時計を見やったマックスは、まだほんの二、三分しか経っていないことに気付いた。

ヒトラーが居住まいを正し、アニーに目をすえて微笑んだ。アニーが生唾を呑み込んで微笑み返すと、ヒトラーが漸く声を放った。

「グーゲルフープ！　今日は長い間忘れていたこの言葉を思い出させて下さったことが、何よりの収穫でした」

（言うに事欠いて何たる事を！）

マックスは呆れてあいた口が塞がらないが、ヒトラーはもう一度にっとアニーに微笑みかけ、やおら立ち上がった。

止むなくマックスも、次いでアニーも椅子を引いて腰を上げた。

ヒトラーがアニーに手を差し出した。アニーは一瞬たじろいでから優雅な仕草で腕を伸べた。ヒトラーはアニーの手を握った。

「またお会いできてとても嬉しかったですよ。映画の方はいかがです？　良い役についてますか？」

「お陰様で」

と返してアニーは二の句を継ごうとしたが、それを待たずにヒトラーはアニーの手を放し、次いでその手をマックスに差し出すと、カートの脇にかしこまっていた男に「お客様のお見送りを」と言った。

マックスは割り切れない気持ちのままヒトラーの手を握り返したが、ヒトラーはすぐにその手をほどいた。

ＳＳ隊員の紋章を着けた白いベスト姿の若者が入ってきて、「どうぞこちらへ」と言って先立った。

（体よくあしらわれた）

苦々しい独白を胸の底に落としてマックスはすごすごと引き揚げた。

（一一四）

マックス・シュメリングの対ハマス戦の勝利を足がかりに、ヴァルター・ローテンブルクはチャンピオンのベアとシュメリングのタイトルマッチをお膳立てしようと意気込んだ。それもドイツで行うという計画を立てたが、幾ら何でも無謀過ぎると双方からクレームが入った。ベアがユダヤ人であり、しかも彼はそれを隠すことなく堂々とトランクスに出自を示す〝ダビデの星〟を縫いつけているからだ。

ヒトラーが政権を取り、ドイツ国民の神話的存在、象徴として君臨していたヒンデンブルクが死んで名実共にヒトラーとナチスが国を牛耳ると共に、ユダヤ人への迫害が日を追うごとに増しているご時勢に、これ見よがしに〝ダビデの星〟を付けたトランクスでベアがリングに上がれば、試合どころではない、乱闘騒ぎになりかねない、とベアサイドは案じた。ベア自身は、同朋に迫害を及ぼすナチス政権とその権化とも言うべきシュメリングを打ちのめしてリベンジを果たしたいと意欲満々だった。

マックスもベアとの対戦はチャンピオンに返り咲く絶好のチャンスと喜んだが、ドイツでの試合には首を横に振った。第一に、スポーツ省からクレームがついて中止せよと言ってくることは必至であろうし、第二に、開催を許したとしても、ナチスはマックスに絶対的勝利を義務づけ、マックスが劣勢に陥らんか、試合場は怒号と野次で大混乱に陥りかねない、と懸念されたからである。

結局、ナチスの手の及ばないオランダのアムステルダムで行う、ベアにファイトマネーとして三〇万ドルを支払う、日取りは、ベアが五月に控えているジミー・ブラドックとの対戦を見てから、ということに落ち着いた。それもこれもベアがブラドックを下してこそだったが、マックス側は当然ベアが勝つものと踏んでいた。ベア側もブラドックをなめ切っていた。プロになってからのブラドックの戦績が五一勝二六敗と負けが込んでいたからである。

ブラドックはニューヨークのヘルズ・キッチンで生まれ育ったが、家が貧しいため十三歳で学校を終え、一獲千金を夢見てボクシングを始めた。マネージャーのジョー・グールドに才能を認められ、一九二九年にはライトヘビー級のタイトルをかけてチャンピオンのトミー・ローランと対戦するまでになった。この試合はフルに闘ったが、最終の第一五ラウンドでKOされた。その直後の試合でブラドックは右手をつぶしてしまい、得意の右ストレートを繰り出せなくなった。

折しも全米を襲った大恐慌に見舞われ、蓄えも尽きたが、愛する妻メイと二男一女の為に生活費を稼がねばならず、完治しないままの右手をグラブに秘めてリングに上がり続けたが、負けが込んだ。一九三三年九月二十五日の対エイブ・フェルドマン戦では双方とも手抜きのラウンドに終始した為、レフェリーが無効試合を宣言してしまった。無論ファイトマネーは出なかった。

ブラドックは手の治療費にファイトマネーが必要だと訴えた。それなら〝治療証明書〟を出すようにと言われ、隠し続けた右手の故障が公になってしまった。試合前の健康診断ではX線写真を撮られ、骨折が完治していないことを見抜かれてドクターストップをかけられる羽目にもなった。

一九三三年からおよそ一年余り、ブラドックは妻子を養う為にありとあらゆる仕事をこなした。それでも蓄えは底をついて電気代も払えなくなったが、見かねたグールドが立て替えて何とか電気は切られずに済んだ。グールドもまた貧困から這い上がってきたユダヤ人だった。それでもブラドックはフランクリン・ルーズヴェルトが一九三三年に打ち出した〝ニューディール政策〟の一環である貧民救済機関の援助を受けなければならなかった。頼みの綱はグールドだったが、グールドはほとんどブラドックを見限っていた。

しかし、何が幸いするか分からない。ボクシングをほぼ一年間も休んだことで、右手の骨折がほぼ治り、サンドバッグを叩いても痛みを感じなくなった。

「もう大丈夫だ。試合をやらせてくれ」

とブラドックはグールドに迫った。

ブラドックは嫌みのない性格で、愛想よく、正直者で、勇敢な男だったから、多くの人に好かれた。ボクサーとしては限界に来ていると見限っていたが、グールドはブラドックを見放さず、対戦相手を捜し求めた。

同じマネージャー仲間のジミー・ジョンストンがこれを聞きつけ、一九三四年六月十四日に行われるプリモ・カルネラ対マックス・ベアのタイトル戦の前座にどうだ、と申し出た。有望株のコーン・グリフィンの対戦相手を捜しているところだ、と。二つ返事でグールドもブラドックも承諾した。ジョンストンとしては〝いいカモ〟を見つけたつもりだった。秘蔵っ子のグリフィンが当然勝つものと見込んだからだ。

第一ラウンド早々、グリフィンはダウンを奪った。目論み通りだ。ジョンストンはそのままグリフィンのKO勝ちとほくそ笑んだが、ブラドックは立ち上がってしまった。それどころか、第二ラウンドでは息を吹き返したかのように逆襲に出ると、第三ラウンドで逆転、グリフィンを打ちのめしてしまった。

思いがけない華々しい勝利に、それまでのお粗末な戦績は帳消しとなった。喜んだグールドは、次々と試合を取ってきた。頭角を現し始めていたジョン・ヘンリー・ルイス、アート・ラスキーらと組ませたが、いずれもブラドックは判定で退けた。

運が味方した。ヘビー級にこれと言った人材が欠けていたことが幸いした。巧みな社交術で、グールドは遂にマックス・ベアのタイトル挑戦者リストの第一位にまでブラドックを押し上げた。

カルネラからタイトルを奪って以来公開試合をして来なかったベアは、手頃な相手としてブラドックの挑戦を受けることに同意した。

これが裏目に出た。賭け率は一〇対一で圧倒的にベア有利と見込んだ下馬評はものの見事に覆された。ブラドックは判定でベアを下したのである。〝妻子を抱えた貧しいシンデレラマン〟として大衆の人気を博していたブラドックが、遂にアメリカンドリームをやってのけたのだ。

マックス陣営にとってブラドックの勝利は嬉しい誤算であった。問題含みのベアとの対戦には正直なところ頭を悩ませていたからである。

だが、ベアにとって代わる逸材がアメリカに台頭しつつあった。少し白人の血が混じっていたから肌は薄い褐色だったが、紛れもない黒人だった。

アラバマ州の小作人小屋で、マム・バローは一九一四年五月十三日、七番目の子供として生まれた。マムのすぐ後に八番目の子が生まれた。しかし父親のマンロー・バローは精神を患って州立病院に収容され、間もなく死亡通知が届いた。実際は、マンローは病院に隔離されたままその後二十年も生き永らえていた。

夫の死亡通知を事実と信じた妻のリリーは、その後間もなく、リリーと同じく八人の子持ちの男やもめパット・ブルックスと再婚し、アラバマ州バカルー山脈のシナイ山の村にあるブルックスの小屋に移り住んだ。

一九二六年、一家はデトロイトの黒人スラム街の中心地キャサリン通りのアパートに引っ越した。ブルックスが自動車会社フォードに新たな職を見つけたからである。

しかし、三年後、ニューヨークに発した大恐慌でブルックスは失職し、一家は生活保護を受けることになった。子供達も働きに出て家計を支えた。

キャサリン通りには不良少年が屯していた。リリーはそうした連中を息子には近付けまいとしてマムに身分不相応なバイオリンを習わせようとした。だがマムはバイオリンを習いに行くと見せかけて、スラム街の中心にあるボクシングジムに通い出し、リリーが手渡してくれる金はその費用にあてがった。嘘がばれないように、マムは〝ジョー・ルイス〟というリングネームを使った。

ジムには大勢の少年達が押しかけていた。彼らは一様に、一九〇八年、ヘビー級の世界チャンピオンにのし上がり一時代を画した黒人ボクサージャック・ジョンソンに憧れ、一獲千金を夢見ていた。

そこまで行かなくとも、トップボクサーになれば、ひと晩で稼ぐファイトマネーは平均的な労働者の年収を上回る。

だが、それだけの金を手にできるのは、ほんの一握りの少年達だ。大多数の少年は、頭に食らった強烈なパンチの後遺症で半ば廃人になって夢遊病者のようにキャサリン通りをうろつく定めにあった。

ジョー・ルイスが偽名であることは程なく母親のリリーに知れた。だが、不良少年と付き合うよりはボクシングに精を出してくれた方が余程いいとリリーは考え直し、バイオリンのレッスン料ならぬジム代をそのまま与え続けた。

ジョー・ルイスに芽が出始めた。しかし、学校を終えて車体工場で働き始めると、仕事に追われ、ジムに通う時間をなかなか見出せなくなった。それでも暇を見つけてはトレーニングに励んだ。

ジョーを見込んだジムのオーナーは、一九三二年の暮、その年の夏にロサンゼルスで行われたオリンピックのボクシング競技に出場した選手と対戦させた。

結果は惨憺たるものだった。ジョーは第二ラウンドまでに七回もダウンを喫して敗れた。試合を見に来ていた父親は、ボクシングなんぞにうつつを抜かしていないで仕事に打ち込めと諭した。敗戦にショックを受けたマムは素直に頷いてジムに通うのを止めたが、

「お前は才能があると思うよ。一度負けたくらいで落ち込むことはない。仕事を辞めてボクシングに打ち込みな」

と母親のリリーは息子の尻を叩いた。

ジョーはその勧告を受け入れた。仕事をすっぱり辞めてジムに通い詰めた。

二十歳を目前に控えたジョー・ルイスの体格は、身長一八三センチ、体重八〇キロそこそこで、ヘビー級には及ばずライトヘビー級でアマチュア戦に臨んだ。

ジョーのパンチに、対戦相手はほとんど悉くマットに沈んだ。ほぼ一年間で五四戦をこなし、五〇勝四敗、四三戦がKO勝ちだった。勝てば商品券がもらえた。ジョーはそれで家計の幾らかを支えた。

この並外れた戦績に目をつけた男がいた。スラム街のボス的存在で貧しい学生達に資金援助もしていた篤志家ジョン・ロックスボロウで、ある日彼はシカゴのランドルフ通りにあるジョージ・トラフトンジムにジョー・ルイスを連れて行った。オーナーのジャック・ブラックバーンに会わせるために。

ブラックバーンはもう五十歳を過ぎていた。ケンタッキー州バーセイルスで一八八三年に黒人の子として生まれた。

十代でフィラデルフィアに移りボクシングを始めた。ライト級だったが、上のクラス、ライトヘビー級やヘビー級の選手とも闘い、頭脳派のボクサーとの評価を得た。

後に黒人初の世界ヘビー級チャンピオンとなるジャック・ジョンソンがスパーリング相手を求めてフィラデルフィアにやって来た。ブラックバーンは大柄のジョンソンと互角に打ち合い、二人は互いをライバルとみなした。

しかし、一九〇九年、酒に目のなかったブラックバーンは酔ってバーで喧嘩沙汰を起こし、ナイフで渡り合った末、自らも顔に傷を負ったが、相手には致命傷を負わせ、殺人罪の廉で投獄の憂き目にあった。

一方ジョンソンは栄光への階段を昇り詰めた。奴隷解放を唱えるリンカーンが南北戦争に勝利を収めたものの、依然として根深い人種差別の続いていたアメリカで、黒人ボクサーが白人とリングに上がれる機会はそうそうなかった。ましてタイトル戦となると尚更で、白人ボクサーの独壇場だった。黒人が相手では観客を呼べない、興行収入にもつながらないからと、プロモーターやマネージャー達も敬遠した。

ミッキー・ウォーカーの父マイクがスパーリング相手を務めたジョン・L・サリバンは初代の世界へビー級チャンピオンになり、十年間王者の座に君臨した。しかし、そのサリバンでさえ人種差別の観念からは逃れられず、新たに台頭して来たオーストラリアの黒人ボクサー、ピーター・ジャクソンの挑戦を拒み続けた。

止むなく黒人ボクサーは黒人同士で闘うしかなかったが、彼らの試合には金も関心も大して集まらなかったから、とにかく試合数をこなして日銭を稼ぐしかなかった。

ジャック・ジョンソンも人種差別の壁にぶつかった。しかし、マネージャーのサム・フィッツパトリックは、ジョンソンの才能を高く買い、世界チャンピオンの逸材と見込んだから、何とかして白人のチャンピオン、トミー・バーンズに挑戦させたかった。人種差別論者であったバーンズは一年間逃げ回っていたが、遂にフィッツパトリックの術中にはまった。当時としては破格の三万ドルのファイトマネーを呈示されたのである。一方ジョンソンの取り分は五千ドルでいいと申し出たのだ。

この対戦が一九〇八年十二月二十日、オーストラリアのシドニーで行われることになったと知るや、同国の黒人ボクサー、ピーター・ジャクソンとの対戦を回避し続けたジョン・L・サリバンは、

「金に目が眩んだかバーンズよ。チャンピオンであることを恥じるがよい。金、金、金のためにアメリカの良き前例をくつがえした男になり下がったことを恥じよ」

と非難した。〝アメリカの良き前例〟とは言うまでもなく人種差別であり、白人は黒人とタイトル戦を賭けるなど以ての外、との謂であった。

とまれ、試合にこぎつけたジョンソンは、第一ラウンドで早々とバーンズをKOし、ヘビー級の新チャンピオンとなり、一九〇九年には、全米の勝れた白人挑戦者を悉く斥け、五度のタイトル防衛を果たした。

ジョンソンはマスコミの寵児となったが、白人社会からは白眼視され続けた。リングの内外での破天荒な言動が顰蹙《ひんしゅく》を買ったのだ。

彼はリング上でものべつまくなしに喋り続け、相手をからかった。

リング外では成り上がりそのものだった。派手な服装を凝らし、大型車を乗り回し、夜な夜なパーティーに繰り出し、白人の娼婦を買った。南部の黒人が、白人女性に秋波を送ったと言い掛かりをつけられてリンチにさらされていた時代に、である。

ジョンソンを恐れて、もはや白人の挑戦者は現れまいと思われた時、ゴールドラッシュのアラスカでひと儲けしたテックス・リカードがプロモーターとして名乗り出た。持ち前の説得力と豊富な賞金に物を言わせ、五年間もリングから遠去かっていた白人の元チャンピオン、ジム・ジェフリィズを引っ張り

出し、双方に一〇万一〇〇〇ドルのファイトマネーを呈示して対戦を実現させた。

試合は一九一〇年七月四日にサンフランシスコで行うとリカードは発表した。

忽ち四方八方からリカードに非難の矢が放たれた。先陣を切って猛反対したのは宗教家や道徳家達だった。彼らはジョンソンの傍若無人のふるまいに日頃から目くじらを立てていたから、ボクシングは野蛮で品性を欠くものとみなしていたし、勝敗の如何によっては暴動も起こりかねないと憂いた。教会関係者は大統領のタフト、カリフォルニアの州知事ジレットに抗議書を送りつけ、試合を中止させるよう強要した。ジレットはこの抗議に抗し切れず、七月二十三日、サンフランシスコでのタイトルマッチはまかりならぬとの宣告を下した。

リカードはめげなかった。それなら別の州でと、ネヴァダ州知事ディキンソンに掛け合い、全米のメディアが注目しているこの試合の州にもたらす利益の甚大なることを強調した。ディキンソンはその口車に乗せられ、リカードの指定したリノで開催することを許諾した。

果たせるかな、メディアはあることないことを書きたて、読者の興奮を厭が上にも煽った。

「ニューヨーク・タイムズ」の黒人読者の一人は、こんな投稿を寄せた。

「ジョンソンとジェフリィズの試合が、そのまま人種差別のテストケースとなることは明らかだ。それは黒人対白人の対決であり、災厄と危険を孕んだものだ。

一触即発の緊張感が高まりつつある。人種差別、つまりは反黒人感情がいまにも爆発しそうだ。予測もつかない危険な事態が起こりそうだ」

「チャタヌーガ・タイムズ」は試合当日の社説に取り上げた。

「我々がそれを認めようが認めまいが、その闘いをいかに遺憾に思おうとも、このアメリカの九千万人の大多数が、今リノに注目している」

試合は下馬評通りジョンソンが勝った。しかし、ジェフリィズも健闘し、最終一五ラウンドまで闘った。

翌日の「ニューヨーク・タイムズ」は試合の模様を一面のトップ記事にした。

「ジョンソンは第一四ラウンドまで余裕たっぷりに試合をすすめ、第一五ラウンドでジェフリィズをKOした」

関連記事として、黒人の暴動も伝えていた。少なくとも八人の黒人と二人の白人がそれによって死亡した、と——。


ブラックバーンは事の次第を刑務所で知った。程なく出所したが、ジョンソンの勝利とその後の放埒なふるまいはことさら人種差別論者の怒りを買い、ブラックバーンはろくに仕事にもありつけなかった。

結局自分にはボクシングしかないと悟り、日銭稼ぎの試合を十年間続けた後ジムを開いた。

ボクサーよりもコーチとしての才覚が実を結び、花を開いた。評判を聞きつけて白人のボクサーも彼のジムに通うようになり、バド・テイラーはバンタム級の、サミー・メイデルはライト級のチャンピオンになった。

ジョー・ルイスを伴ってジョン・ロックスボロウがトラフトンジムにブラックバーンを訪ねて行ったのも、その評判を耳にしていたからだった。

ブラックバーンはルイスを受け入れ、翌日からトレーニングを課した。

ルイスはもの静かで控え目な礼儀正しい青年だった。ロックスボロウはこう諭した。

「チャンピオンになるには、まず紳士でなきゃならん。本当の闘いはリングの中ではなく、外にあるんだ。絶対に、相手の悪口を言うな。試合の前も後も、相手をほめ上げろ。それと、白人を倒した後は、絶対に笑うな」

ブラックバーンが口を添えた。

「ジャック・ジョンソンは勝ち誇って笑ったために、白人から白眼視されたんだ」

ルイスは素直に頷いた。

ブラックバーンにはルイスの大人しさが物足らなかった。しかし、サンドバッグを叩かせ、自分がスパーリングの相手になると、ルイスのパンチ力には目を瞠るものがあった。

(これは砂に埋もれた宝石だ。磨けば光る)

トレーニングの合い間にブラックバーンは言い聞かせた。

「ダッキングで相手のパンチをかわすよりも、パンチを繰り出してこそ有効なディフェンスになるんだ」

「ニグローというだけでお前にはハンデがある。黒人に判定勝ちが下されることなんてことはまずないと思え。白人を相手にしたときはKO勝ちしかない、となな。ジャック・ジョンソンが羽目をはずして以来、白人は黒人ボクサーに容赦のない目を光らせている。愚かな黒人が白人の女を手に入れた途端、まるで世界を支配したかのようにふるまったことを、白人達は忘れちゃいない。だから、絶対にジョンソンの二の舞を演じるな」

ルイスは神妙な面持ちで聞き入った。

一九三四年七月四日、頃合を見計ったブラックバーンのお墨付きを得てルイスはプロデビューを果たした。体重は八六キロにまで増えており、ヘビー級での試合となった。月並みな白人ボクサー、ジャック・クラッケンを、ルイスは第一ラウンドでKOした。以後三ヵ月間で九連勝し、七回までがKO勝ちだった。

ファイトマネーは尻上がりに増えていった。最初の試合は五九ドルだったが、次には六二ドル、更に一〇一ドル、一二五ドル、最後は四五〇ドルにまでアップした。その多くをルイスはデトロイトの家族に仕送りしたが、残りの金で友達とボーリングに興じ、ジャンク・フードを食べ、スーツや帽子、さては黒のビュイックまで買うことができた。

同年十一月三十日、ルイスはボクシング誌「ゴング」で第八位にランクされていたチャーリー・マセラと闘い、第三ラウンドでKOした。ファイトマネーは一二〇〇ドルだった。

二週間後、頭角を現し始めていたリー・ラメイジと闘った。ラメイジは簡単には倒せなかった。軽快なフットワークでルイスのパンチをかわし続けたからだ。苛立つルイスにブラックバーンが指示した。

「ボディや顎を打てないんなら、奴の腕を叩け」

ルイスは指示通りラメイジの腕にパンチを打ち込んだ。ラメイジの腕は腫れ上がり、グラブを顔まで挙げるのも容易でなくなった。ディフェンスが甘くなったところでルイスは顔面にパンチをヒットさせた。

第八ラウンドでラメイジは崩れ落ちた。

この勝利によってルイスは、マックス・ベアへの挑戦者リストのベスト10にノミネートされた。

一九三五年二月二十一日、ルイスは再びラメイジとグラブを交えた。今度は第二ラウンドであっさりとKOした。

この試合を観戦していたプロモーターにマイク・ジェイコブスなる男がいた。ルイスの鮮かな勝ちっぷりに惚れ込んだ彼は、「手を組まないか」とロックスボロウとブラックバーンに持ちかけた。二人はマイクが人種差別論者でないことが気に入った。

「白人が相手でも手を抜くことはない。どんな試合も勝っていいんだ。できることなら第一ラウンドで相手を倒すことだ」

とマイクは言った。それも気に入った。

マイク・ジェイコブスは早速ヘビー級の第八位にランクされているナティ・ブラウンとの対戦を仕組み、アメリカの新聞界を牛耳っているハースト他各紙にジョー・ルイスを売り込んだ。

マスコミ注視の中、三月二十八日、両者の対戦はデトロイトで行われた。

ルイスは初回からダウンを奪った。恐れをなしたブラウンは以後のラウンドを逃げ回った。

一方的な試合だったが、結果は判定に持ち込まれた。ポイントで大きくリードしていたが、ルイスは負けたと思った。ブラックバーンの言葉が脳裏にこびりついていたからだ。

しかし、レフェリーはルイスの手を挙げた。

勝利の祝賀会で、ルイスはブラックバーンとマイク・ジェイコブスに「ぶざまな試合をしてしまって申し訳ありません」と詫びた。

「どうしてどうして、いい試合だったよ。次はもうワンステップ飛躍だ」

マイクの言葉は嘘ではなかった。翌日の「ニューヨーク・ヘラルド・トリビューン」紙のスポーツライター、カズウェル・アダムスは観戦記にこう書いた。

「ルイスのパンチには恐ろしい程のパワーがあり、動きは非常に敏捷だ。フェイントもうまい。ディフェンスも完璧で、相手のブローは大抵不発に終わった。

ジョー・ルイスは氷のように冷静で、まるで虎かライオンのように動く」

こうしてマイクはプロモーターとして、ジョー・ルイスは黒人ボクサーとして、ヘビー級のボクシング界に躍り出た。

ロックスボロウとブラックバーンはルイスに教養をつける必要があると感じた。黒人のスポーツライターで大学卒のインテリだったラッセル・コーワンが家庭教師を買って出た。彼はルイスのトレーニング・キャンプについて回り、一日二時間、文法、地理、歴史、数学を教えた。

ルイスはこつこつと稼いだファイトマネーで母親リリーの為に家を買ってやった。リリーは息子に立派な聖書を贈った。

ルイスは酒や煙草も飲まなかった。なかなかハンサムで、肌も真っ黒ではなく褐色という程度だったから、白人がジャック・ジョンソンに対して抱いていた嫌悪感を和げるのに役立った。

白人女性に手を出すこともなかった。一人の女性に思いを寄せていたが、彼女は同じ黒人だった。

ラメイジとの再戦の少し前、ルイスはその女性マーバ・トロッターに出会った。黒人新聞「シカゴ・ディフェンダー」の秘書を務めていた。つぶらな目が彼女を美しく、知性的に見せていた。実際マーバは中流階級の出で、頭が良く、洗練された話し方ができ、笑顔が魅力的な女性だった。

ルイスはマーバに一目惚れしたが、なかなか気持ちを打ち明けられない。ブラックバーンとロックスボロウが後押しして、漸くルイスはトレーニングの間の短い休暇中におずおずと求愛した。マーバは受け入れた。

弱冠二十歳にして、ルイスは人種差別の根強いアメリカ社会で唯一ニュースバリューのある黒人となった。あるスポーツ新聞のコラムニストはこう書いた。

「ジョー・ルイスはうぬぼれたところがなく、控え目な若者で、黒人の誇りである。ジャック・ジョンソンと異なり、ルイスは猟犬の歯のように汚れていない。先日彼が愛読書は聖書だと述べたことを思い出せば、彼の内面の本質にふれることができる」

ルイス自身、自分に課せられた使命の大きさを自覚しつつあった。肌の色を問わず、男なら勝れたボクサーになり、しかも紳士でいられるということを世界に証明すること、その為にもチャンピオンにならなければならない、と——。

それこそはジョー・ルイスを取り巻くスタッフ達の悲願でもあった。

マイク・ジェイコブスは、次の対戦相手にプリモ・カルネラを持ってくることに成功した。

それまでルイスは二九連勝し、KO勝ち一八回という戦績だった。マスコミは、〝褐色の爆撃機〟〝暗闇の破壊者〟〝黒いダイナマイト〟〝チョコレート色のぶったぎり屋〟〝強打の褐色のターザン〟〝黄褐色のオオヤマネコ〟〝マホガニー色の壊し屋〟など、好き勝手なニックネームをルイスに奉った。

一方カルネラは〝動くアルプス〟のニックネームが定着していたが、シャーキーを破って故国イタリアに凱旋し、ムッソリーニの歓迎を受けたものの、その後〝ダビデの星〟のトランクスをつけたマックス・ベアに、一一回もダウンを喫した挙句破れた。

しかし、まだまだ名前は売れていたし、痩せても枯れてもついこの間までチャンピオンだった男だ。

カルネラ戦に備え、ルイスはニュージャージーから車で一時間の距離にあるポンプトン湖畔にトレーニングキャンプを張った。

マイク・ジェイコブスとロックスボロウ、それにブラックバーンはルイスをマスコミに売り込むことに奔走した。

このイベントに、人種差別者のブリスベンが横槍を入れてこんな記事を書いた。

「少し白人の血が流れている二十歳のデトロイト出身の黒人ジョー・ルイスはイタリアの巨人カルネラと闘う。多分激しい闘いになることが予測されるが、殊更に緊張を引き起こすのは、ニューヨークのイタリア人と黒人の間にエチオピア問題が重くのしかかっていることだ」

〝エチオピア問題〟とは、カルネラの故国イタリアを統率するベニト・ムッソリーニがエチオピアへの侵略を企てていることだった。

エチオピアは独立を保っている数少ない黒人国家であり、皇帝ハイレ・セラシェはアメリカの黒人のヒーロー的存在であった。もしルイスがカルネラに敗れることがあれば、最も黒人的な町ハーレムでニューヨークのイタリア人との間に暴動が起こるであろう、とブリスベンは予告した。試合会場に予定されているヤンキースタジアムは、ハーレムのすぐ向こうにそびえているからだ。

この記事を真に受けた新聞王ウィリアム・ランドルフ・ハーストは、危険を孕んだこの試合を何とか中止させようとした。

だが、ルイスには贔屓にしてくれる強力な味方がいた。ニューヨーク警察部長エドワード・P・マローニだった。彼はメディアにこう断言した。

「ハーレムで騒ぎは起きないよ。アメリカの黒人は本来、法を守り、親切で、礼儀正しい人々だ。ルイスも寡黙な男だが、根は陽気で楽しいことが好きな男だ。もしルイスが勝っても、ハーレムの路地で人々は歌い、歓声を挙げ、踊り出すくらいだろう」

試合は予定通り行われた。マイク・ジェイコブス他スタッフの宣伝効果宜しく、ヤンキースタジアムは六万人の観衆と、一九二一年のデンプシー対カルパンチェ戦以来最多の四〇〇人の報道関係者で溢れ返った。

カルネラ側もこれには驚いた。二年前、シャーキーを倒してタイトルを奪った試合でさえ、観客は一万人そこそこだったからだ。ジャック・デンプシー以来、ジョー・ルイスは最も集客力のあるボクサーであることをマスメディアに見せつけた。

観客は両者の体格の差を見て驚いた。〝動くアルプス〟は〝褐色の爆撃機〟より上背において一三センチ、体重で二七キロも上回っていたからである。

人々が固唾を呑んで見詰める中、リングアナウンサー、ハリー・バーロウグが中央に進み出てマイクを握ると、心に響くメッセージを放った。

「紳士淑女諸君。この最も重大なヘビー級試合を行う前に、スポーツファンであるあなた方の胸に刻み込んで頂きたいことがあります。人種、宗教、肌の色に関係なく、勝れた者が勝利を収めるのだということを」

レフェリーのアーサー・ドノバンがコクコクと頷いてから両者を中央に招き寄せた。

試合は第四ラウンドまでは一進一退だったが、第五ラウンド、残り一分を切ったところでルイスの右フックがカルネラの顔面にヒットし、カルネラは口から血を滴らせた。ルイスは更に右フックをカルネラのテンプルに見舞った。カルネラの巨体はロープ際まで吹っ飛んだ。ルイスは追い詰め、左右の連続パンチを放った。カルネラは崩れそうになった体をルイスに寄せ、クリンチに持ち込んだ。

第六ラウンド、劣勢をはね返そうとするように、カルネラはゴングと共に勢いよくコーナーから走り出てルイスに突進した。だがルイスはサイドステップを使ってうまくかわした。今度はルイスがすっと前に出て左のフックを放った。カルネラは後ずさりながらジャブを繰り出した。ルイスもジャブで応酬、そのうちの一発がヒットしてカルネラをのけぞらせ、左右のコンビネーションブローをミスさせた。今度はルイスの右のフックがカルネラの顔面を捉え、次いで右のオーバーハンドパンチが頭に炸裂、カルネラは脳震盪を起こして前につんのめり、マットに顔を打ちつけた。すぐに起き上がろうとしたが、足がもつれて腰くだけとなり、尻餅をついた。

ドノバンがカウントを始める。〝4〟でカルネラはフラフラと立ち上がったが、後によろめいた。ルイスは詰め寄った。カルネラは弱々しいジャブを繰り出す。

ルイスはそれをかいくぐって右のオーバーハンドブローでカルネラの顔面を打った。カルネラは再び膝から崩折れたが、何とかカウント4で立ち上がった。引き下がっていたニュートラルコーナーから落ち着いて進み出ると、ルイスは左右のフックを繰り出した。カルネラは後ずさりし、ロープに背をもたせたが、そのまま膝をついた。三度目のダウンだ。それでもカルネラはトップロープに左手をかけて立ち上がった。ルイスは迫った。が、レフェリーのアーサー・ドノバンが割って入り、カルネラの前に立つと、そのうつろな目を見届けて両腕を交錯させ、試合の中止を宣言した。第六ラウンドで決着がついたのである。

翌朝のスポーツ新聞は、第一面に大見出しでルイスの名をでかでかと掲げた。前代未聞のことだった。称賛の傍ら、皮肉な記事も載った。人種差別論者として知られるスポーツライターのグラントランド・ライスは、以前にジャック・ジョンソンをからかい気味に評したように、ルイスを〝黒豹〟とも〝褐色のコブラ〟とも呼び、

「目をくらますようなスピード」「ジャングルのスピード、本能的な野生のスピード」の持ち主と表現した。

だがともかく、ジョー・ルイスがボクシング人気を呼び戻し、デンプシー以来最も観客を集められるボクサーであることをマスメディアは認めた。

マイク・ジェイコブスはルイスを次の試合に駆り立てた。一年前からヘビー級第五位にランクされているキングフィッシュ・レビンスキーとの試合を八月七日、シカゴのコミスキー・パークで行うと発表した。

当日、晴れ渡った空の下、パークに集い来った観客は五万人を数えた。

この試合でルイスはトレーナーのブラックバーンとある約束をかわした。いかにも二日酔いという顔で姿を現すと、「飲み過ぎちまってな、どうも気分が良くない」と、ブラックバーンがこめかみのあたりをしきりに押さえていたからだ。

「もし僕がレビンスキーを第一ラウンドで倒したら、半年間禁酒すると約束してくれないか」

ブラックバーンがアル中気味であることをルイスは憂いていたのだ。

「第一ラウンドでだと⁉」

ブラックバーンは顔を綻ばせた。

「そりゃもう言うことはない！　無論、約束するさ」

幾ら何でも第一ラウンドでルイスが相手を倒すことはあるまいと高を括ったのだ。

ところが、開始二分間でルイスは三度のダウンを奪い、三度目のダウン後、立ち上がったもののレビンスキーはよろけてロープに倒れ込み、中段のロープに腰を落としたまま動かなくなった。ルイスは追い討ちをかけず、相手がそのまま崩れ落ちるのを待ったが、レビンスキーはロープにしゃがんだままだ。止むなくルイスは、止めのパンチを食らわそうとロープに詰め寄った。

刹那、レフェリーが二人の間に割って入りカウントを始めた。

「もうやめてくれ」

レビンスキーは10カウントを待たず哀願するように言った。レフェリーはルイスのKO勝ちを宣告した。

ブラックバーンは酔いが醒めた。控え室に戻ったルイスに、きまり悪気に言った。

「禁酒の約束だが、すまん、今回は反古《ほご》にしてくれ」

マイク・ジェイコブスは早くも次の対戦をアレンジした。相手は、戦前の予想を覆し、二流ボクサーと前評判の芳しくなかったジェームズ・ブラドックに敗れてチャンピオンベルトを失ったマックス・ベア、試合会場はヤンキースタジアム、対戦日は九月二十四日、と。

お膳立てが整うと、

「ひとつ、頼みがあります」

とルイスはブラックバーンとロックスボロウにおずおずと言った。

「試合の前に、結婚式を挙げたいんです」

ブラックバーンとロックスボロウは異口同音に返した。

「試合が終わってからにしたらどうだ?」

ルイスは遠慮がちに、しかし、断固たる面持ちで首を振った。

「試合の後だと、多少とも顔が腫れます。綺麗な顔のままで式に臨みたいんです」

それもそうだな、と二人は頷き合った。

試合は午後八時に開始予定だ。ルイスとマーバ・トロッターはその一時間前に式を挙げた。立ち会い人はジュリアン・ブラック夫妻、マーバの兄の牧師が式を司った。ジョン・ロックスボロウ、ジャック・ブラックバーン、ルイスとマーバの親友数名が出席した。ささやかな結婚式だった。

それにしても取り巻き達は一抹の不安を払拭できなかった。ブラドックに敗れたとは言え、ベアは実力的には白人ボクサーで最強と言われている。もしルイスが敗れんか、マーバとの蜜月は多少とも苦々しいものになりかねない。ベアに打ちのめされ、傷を負い、腫れ上った顔では、ハネムーンにいそいそと出かける気もしないだろう、と。

だが、すべては杞憂に終わった。第三ラウンドに9カウントのダウンを奪ったルイスは、第四ラウンドであっさりけりをつけた。黒人の少年達が歓喜の声を挙げながら次々とリングに駆け上がった。

ベア戦の勝利の余勢を駆ってルイス陣営は一気にタイトル戦を目指した。しかし、ブラドックのマネージャー、ジミー・ジョンストンは、元ヘビー級チャンピオンのマックス・シュメリングとの対戦を画策し、シュメリングのマネージャー、ジョー・ジェイコブスに交渉、「願ってもないこと」と了解を取りつけた。だが、ジョー・ジェイコブスはニューヨークのボクシング委員会に呼びつけられ、いきなりのタイトルマッチは認められない、その前にジョー・ルイスと闘い、ルイスを下した場合はチャレンジャーとみなす、と宣告された。

委員会にはそれなりの思惑があった。第一には、チャンピオンベルトをたとえ白人であれドイツ人に易々と持って行かれたくないこと、第二に、ヒトラーが政権を握って以来ユダヤ人への迫害が募り、アメリカに亡命してくるユダヤ人も少なくなく、ニューヨークはおろか、アメリカ全土にドイツへの反感の気運が漲《みなぎ》り、来年の八月にベルリンで開催される予定の第十一回オリンピックはボイコットすべし、との声が識者や在米ユダヤ人の間で高まっていること、第三に、黒人であるジョー・ルイスの台頭を快く思わない国民もいるが、以前のジャック・ジョンソンに比べてルイスは無口で控え目、家族思いで、母親リリーの贈った聖書を愛読書の一つと答えている、マスメディアはルイスが余りに強いので野獣にたとえ〝獰猛で残忍〟などと書きたてているが、実際は、ただ強いだけで、相手への思いやりもあり、対レビンスキー戦でも見せたように、ディフェンスの構えを失った相手に情容赦なくパンチを浴びせることなどしないフェアプレイに徹している、何より、ジャクソンのようにこれ見よがしに白人の女を漁って優越感を誇示するようなことはなく、同じ黒人の女性を妻に娶っている、等々で、〝シンデレラマン〟として人気が高まっているジミー・ブラドックを少しでも長くチャンピオンの椅子に座らせたいとの意向と相俟って、シュメリングは前哨戦としてまずルイスと対戦すべし、とジョー・ジェイコブスに勧告した。

「思惑が外れたぜ」

ジェイコブスはニューヨークボクシング委員会の勧告を電話でマックスに伝えてから言った。

「異存はないよ」

とマックスは答えた。

「ベアにリベンジを果たしてからブラドックに挑戦

したいと思っていたが、ベアを奔弄したルイスとやれるなら願ってもないことだ。ルイスを敗れば文句なくブラドックへの挑戦権が得られるだろうしね」

「それはまあそうだが、ルイスは手強いぞ。一敗もしてないし、ダウンもゼロだ。波に乗っている。奴の試合のビデオを送るから、よーく研究しておいてくれ。ウィークポイントを摑むんだ」

マックスは七月にパオリーノ・ウズクダンと三度目の試合をこなしていた。それまで一勝一分だったが、二試合目のドローもポイントでは自分が勝っているとの感触があった。

「アウェーのハンデだ」

とジェイコブスやマッホンは慰めてくれたが、マックスの胸にはしこりが残っていた。

試合はベルリンで行われ、三万人の観衆が集った。せめてKOですっきりと勝利を収めたいと思ったが、パオリーノはディフェンスに終始してマックスのパンチをかわし続け、一二ラウンドを持ちこたえた。

ポイントで大差をつけて判定勝ちしたものの、マックスは燃焼しきれないものを覚えた。

程なく、聞き捨てならぬニュースがジェイコブスから伝えられた。ジョー・ルイスも十二月十三日にパオリーノ・ウズクダンと試合をするというのだ。

「これは必見だ。お前がダウンを奪えなかったパオリーノを、ルイスは果たしてKOできるかどうか、是非とも見に来いよ」

異存はなかった。早速マッホンが段取りしてニューヨーク行きの〝ブレーメン号〟に予約を取りつけた。荷造りも整い、出発を一週間後に控えた十一月中旬、マックスは政府のスポーツ省長官補佐アルノー・ブライトハウプトの訪問を受けた。

「アメリカがどうも来年のオリンピックの参加をためらっているようなのです」

とブライトハウプトは切り出した。前回の第十回オリンピックは三年前アメリカのロサンゼルスで開かれ、次の大会はベルリンで開催されることになっている。それはヒトラーが政権を取る以前にオリンピック委員会が決定したことであり、余程のことがない限り中止されることはない。第一回は一八九六年ギリシャのアテネで開かれ、以後四年ごとに開かれてきたが、第六回大会はベルリンが主催する予定であったが、戦争の為に中止されていた。よって、来年のベルリンでの五輪は第十一回と銘打たれてあるが実質的には十回目である。

「お流れになった幻のオリンピックがベルリンで開催されるとあって、総統は大変意気込んでおられます。我が国の威信を賭けた盛大なイベントにしたいと。ついては、最強国のアメリカには絶対に参加してもらわないといけない、不参加となってはいかにも盛り上がりに欠けるものになりかねない、と総統は憂慮しておられるのです」

「アメリカは何故不参加を匂わせているのでしょうか？」

察しはついていたが、まさかそこまで深刻な事態になっているとは思わなかった。

「それは、その……つまり……」

果たせるかなブライトハウプトは言い淀んだ。マックスは真っ直ぐ相手の目を見すえた。気圧されたようにブライトハウプトは口を開いた。

「アメリカのユダヤ人達が、あらぬ噂を流し、メディアがそれを取り上げているからです」

「どんな噂です？」

ブライトハウプトは眉間に皺を寄せ、暫く考え込んでから、口を開いた。

「彼らは自らの意志でドイツを出て行ったのに、自分達は追い出されたのだ、と……」

（それは正しくその通りではないのか？）

とマックスは切り返したかった。交遊を持ったユダヤ人の芸術家達の多くがスイスやオランダに亡命し、中にはアメリカに逃れて行った者もあると聞いている。ユダヤ人でなくとも、反ナチスのインテリ、たとえばエーリッヒ・レマルクやトーマス・マンは、自分の著作がナチスの若者らによって焚書の刑に処せられて以来国外に亡命している。この自分にも、ジョー・ジェイコブスがユダヤ系アメリカ人であるというだけで圧力をかけて来たではないか。本来なら、こんな重大なことは長官のチャメルが直々に出向いてかけ合うべきなのに、例の一件で気まずくなった自分の前に、チャメルはおめおめと顔を出せなかったのだろう。

「それで、僕に、どうせよと仰しゃるのでしょう?」

チャメルよりは人の好さそうなこの男には余りつっけんどんにする気にはなれない。

「あなたは、アメリカに何度も行かれ、長期滞在もして、色々知己も得られているでしょうから、向こうのスポーツ界には明るいと思われます。そこを見込んでのお話なのです」

「ですから、どんなことをしたらいいのでしょう?」

「上層部の願うところは、アメリカのオリンピック委員会の主だった面々に会って、メディアが流している噂を鵜呑みにしないでもらいたいということ、アメリカには是非とも参加してもらいたいということを話してもらい、ボイコットはしないという言質《げんち》を取って来て頂くことだと思います」

「そのような重大な使命は、本来スポーツ相のチャメル長官が直々に僕に任ぜられて然るべきだと思いますがね」

ブライトハウプトは気を損じるだろうが、一発皮肉をかまさずにはおれなかった。

「申し訳ありません。長官から呉々も宜しくとの伝言は預かっております」

それはほんの社交辞令で、チャメルも更に上から圧力をかけられて渋々部下をメッセンジャーに仕立てたのだろう。

数日後、ブライトハウプトへの皮肉が効いたのか、ドイツオリンピック委員会委員長の副大臣、セオドール・フォン・ルオルドから電話がかかってきた。

「ご協力頂ける旨ブライトハウプトから聞きました」

と切り出してから、ついてはアメリカの友人でオリンピック組織委員会の委員を務めているアベリー・ブランデージに手紙を渡してもらいたい、と言った。

アメリカのアマチュア体育協会の代表、ジェレマイヤー・マホニーからユダヤ人の迫害問題で公開質問状が届いており、それに答えなければならないので、と前置きした。マホニーは知らないが、ブランデージとは肝胆相照らす仲だから彼に宛てて認めた、と続けた。

「君にも知っておいてもらいたいから内容を読むよ」

と続けて、電話口でやおら朗読を始めた。

戦争で流れたベルリンでのオリンピックを是非成功させたい、それにはアメリカの参加が必須で、さもなければ櫛の歯が抜けたようにさみしいものになる、ついては、アメリカの選手団の安全はいかなることがあっても保証し、ユダヤ人の選手も歓迎することを誓う、現に私は半分はユダヤ人だが、何ら迫害は及んでいない……。

マックスは驚嘆した。ルオルドの体に本当にユダヤ人の血が流れているとしたら、ヒトラーやナチスがそれを知らないはずはなく、にも拘らずオリンピックの重責を担わせているからには、ユダヤ人を悉く排斥しようとしているのではない、是々非々で臨んでいるのではないか、と思われたからである。

一九三五年十二月六日、マックスはマッホンと共にジェイコブスの待つニューヨークに着いた。

宿泊先は常宿にしている「コモドー・ホテル」だったが、たまたまそこでアメリカのオリンピック委員会が開かれており、参加するか否かの最終決議が為されようとしていた。ブランデージにルオルドから手紙を託されている旨連絡すると、ブランデージは自ら十二階のマックスの部屋を訪ねて来た。

手紙を一読すると、ブランデージは携えて来た皮製のケースから新聞の切り抜きを何枚か取り出し、マックスに差し出した。

記事はアメリカのドイツ特派員が書いたもので、ドイツではユダヤ人が迫害にさらされており、たとえば公営プールの使用も禁じられている、等を報じていた。

「君はどう思うかね、マックス」

ブランデージは深刻な面持ちで言った。

「ベルリンに派遣しようとしているアメリカチームには、かなりの数の黒人とユダヤ人が混じっているんだよ。彼らが貴国に赴いて虐待されないと、誰が保証してくれるね？　このルオルド博士も」

と彼はテーブルに置いた手紙を指さした。

「今はまだいいが、開催が近付くにつれ、会長職から降ろされるんじゃないかね？　つまり、保証人にはなり得ない、ということを案ずるのだが……」

知らないこともあったが、記事は恐らく事実を伝えているのだろう。

「実は、大分前ですが、スポーツ省から僕にクレームがかかりました」

「うん……？」

ブランデージの目が更にかげった。

「御存知のように、僕のマネージャーはユダヤ人です。それはまずい、以前のように母国人をマネージャーにし、将来に備えてもっとドイツで試合を行うように、と言われました」

「フム」

ブランデージの眉間にくっきりと縦皺が寄った。

「僕はきっぱりと答えました。彼はユダヤ人だがアメリカで生を享け、アメリカの市民権を得ている、アメリカで基盤を築いたからこそ僕にビッグマッチを組んでくれることができた、そしてチャンピオンにまで育ててくれた、彼なくして僕の人生はなかったのだから、彼と離れる気はさらさらない、と」

「そうしたら？」

「それっ切りです。先日、スポーツ省の長官補佐から電話がかかってきた時はてっきりその蒸し返しかと思いましたが、案に相違して、執りなしの依頼でした。そしてルオルド氏からのこの手紙です。当局がユダヤ人に本当に不寛容であったら、ジェイコブスをマネージャーとしている僕にこんな重大なメッセージを託すはずがありません。ユダヤ人の血が流れているルオルド氏にも一任せず、スポーツ省の長官が直々にこちらへ来てブランデージさんに嘆願に及んだはずです」

「では君は、アメリカチームの安全を保証できる、と言うんだね？」

「オリンピックは純粋にスポーツの祭典です。スポーツマンのフェア精神に則って、貴チームの参加に敬意と感謝を表しこそすれ、迫害や差別に及ぶことは断じてないと、僕には断言できます」

ブランデージの眉間から険が消えた。柔和になった目で彼はマックスを見返した。

「君の話を聞いて幾らか安心したが、実は、私も苦しい立場に置かれている。在米ユダヤ人を始め、各方面からナチスのユダヤ人迫害に対する抗議が奔出し、ベルリンオリンピックをボイコットせよとの呼びかけに既に五百万以上の署名が寄せられている。君は、〝ニュルンベルク法〟を知っているよね?」

「はい、大まかなところは」

それは、九月十五日、〝ドイツ人の血と名誉を守る為〟との大義名分のもとに立案されたもので、ユダヤ人の公民権剥脱とドイツ人のユダヤ人との婚姻及び性交渉の禁止の二大項目を掲げ、特別国会で可決された法案だった。これによって、既にユダヤ人と結婚していた夫婦の離婚が強いられ、離婚を罪悪とするカソリック教会との軋轢《あつれき》をもたらした。

「ボイコットの署名が急激に増えたのは、この法案のことがこちらのニュースで取り上げられて以来なんだよ」

「僕は生憎世事に疎いので、その法案が現実にどれほどの災厄をユダヤ人にもたらしているか、知りません。

でも、ともかく、戦争でお流れになったドイツで初めてのオリンピックを今度こそ実現し、盛大なものにしたいと、総統はもとより、スポーツを愛する国民すべてが願っており、それにはアメリカの参加と協力は不可欠と執行部は考えておりましょうから、ユダヤ人問題に関しても会長の率直な危惧の念をお伝えになれば、ドイツのオリンピック委員会も軟化し、譲るべきは譲ることになると思います」

「ドイツ選手団にユダヤ人が加わっているなら、君の言葉も信じられるが……。たとえば先のアムステルダムオリンピックのフェンシング部門で金メダルを取ったヘレーネ・マイヤーはユダヤ系ドイツ人だが、彼女はベルリンでの大会でもドイツチームに加われるだろうか？　ナチスを嫌ってフランスに逃れているアイスホッケーのルディ・ボールはどうだろう？　ドイツチームの一員になれるだろうか？」

「ヘレーネ・マイヤーはアメリカにいるんですね？」

「ロサンゼルスに住んでいる。大学生でまだ二十五歳だ。彼女はオリンピックにドイツチームの一員として出たい意向を示しているが、ドイツは受け入れるだろうか？」

「受け入れると思います」

ここで言い切らなければ自分の使命は果たせない。

ブランデージは腕を組み、片手で顎をしごきながら考え込んでいたが、ややあって腕を解くと、顎にやっていた手をマックスに差し出した。

「有り難う、シュメリング君。君が今私に話してくれたことを、近く開かれる全米体育協会の理事会で伝えるよ」

マックスはブランデージの手を強く握った。

「私は本来、政治とスポーツは切り離して考えるべきだと思っている。君は近い将来我がジョー・ルイスと一戦を交えるらしいが、ご存知のように、アメリカにおける黒人は、ドイツにおけるユダヤ人のようなもので、強い人種差別にさらされている。黒人のチャンピオンなど見たくない、ブラドックにいつまでもチャンピオンでいて欲しいと願っている。しかし、ルイスはかつてのジャック・ジョンソンのようには白人に嫌われていない。ジョンソンのように傍若無人な振る舞いには及ばず、身の程をわきまえて黒人の女と結婚し、勝っても奢らず、決して大口を叩いたりしないからだ。それでいて強い。だから今や絶大な人気を誇っている。

要は、人柄と実力なんだよ。それに真に勝れた者が、肌の色や人種を越えて大衆の心を惹きつける。私はそう信じているし、その信念が裏切られることのないよう、祈っているんだ」

「全く、同感です」

マックスは大きく頷いた。

数日後に開かれた全米体育協会の理事会は、アメリカ代表団をベルリンオリンピックに参加させることを僅差で決議した。反対論を唱えた会長はこれに抗議して辞任し、ブランデージが会長の座に就いた。

その報告を受けたマックスは、昂揚した気分でマディソン・スクエア・ガーデンのジョー・ルイス対パオリーノ・ウズクダンの試合に臨んだ。

ルイスはウズクダンを圧倒した。ウズクダンは最初から逃げ腰だった。腰を屈めて、両手で顔を覆い、ひたすらディフェンスに徹した。

ルイスは慌てなかった。ゆっくりとウズクダンを料理にかかった。

ルイスが放ったのは専ら左のパンチだった。ウズクダンは必死にガードするが、ルイスはグラブの上からも強烈にパンチを叩き込み、ウズクダンのガードを崩した。

ラウンドが終わると、ルイスは大股でコーナーに戻り、静かに椅子に腰を落とし、トレーナーのブラックバーンと一言二言言葉を交わす。

第四ラウンド、ルイスは椅子から立ち上がると軽くステップを踏んで中央に走り出た。ウズクダンは一瞬身構えるのが遅れた。ルイスは電光石火の如く左のパンチを放った。ウズクダンの体がぐらつき、ガードがはずれた。ルイスはそれを見逃さず右の強烈なパンチを放った。ウズクダンの体が宙に舞い、ロープ際まで吹っ飛んだ。カウント9でやっと立ち上がったが、ルイスは矢継ぎ早にパンチを繰り出した。ウズクダンは棒立ちとなった。歯が二本、下唇を破って飛び出した。

レフェリーのアーサー・ドノバンが割って入り、ルイスのKO勝ちを宣した。

控え室に運ばれたウズクダンは半時程して漸く正気付き、シャワーを浴びようと立ち上がったが、おぼつかない足取りから、やがてそのまま崩折れた。

マックスは記者達に取り囲まれた。

「ルイスをどう思ったかね？」

と彼らは異口同音に質問を浴びせた。

「確かに彼は、これまで見た中で最強のハードパンチャーです」

記者の一人がニヤッと笑って上体を乗り出した。

「彼がチャンピオンになるのを阻止できるボクサー

はいないだろうな。多分、君でも無理だろうな」

「そうかも知れない」

マックスはムッと来たが、努めて冷静に言い返した。

「ルイスも完璧じゃないよ。彼もまだ学ぶべき点があるように思える。時々、アマチュアのように見えることもあるよ」

「何だって⁉」

記者団が色めき立った。

「おい、聞いたか？」

一人の記者が肩越しに別の記者に言った。

「ルイスに勝てるかも知れないってシュメリングは抜かしたぜ」

どっと哄笑が起こった。

「ルイスをアマチュア呼ばわりしたぜ」

「どこがどうなんだ？」

「どうやって倒すんだ？」

「君に必殺の奥の手でもあると言うのかい？」

矢継ぎ早に質問が投げかけられる。

「あることを見たのさ」

マックスは思わせ振りに答えた。

「何だ何だ？」

「何を見たんだ？」

マイクが四方八方から突きつけられた。

「それは明かせない。試合まではね」

マックスは空とぼけた。記者達は諦めて立ち去ったが、翌日の新聞でこの憂さを晴らした。

「マックスは何かを見た！」

との大見出しを掲げ、否が上にも六月十九日の対戦への興味を煽り立てて新聞の売り上げを伸ばしたのである。

「シュメリング君、何を見たんだい？」

その日の午後、ジョー・ルイスのマネージャー、マイク・ジェイコブスがマックスの宿泊先のコモドー・ホテルに訪ねて来ると、開口一番、手にしていた新聞の記事をつついてみせた。

「あ、いや、記者達へのリップサービスですよ」

マックスは軽くいなした。

「僕がルイスを恐れていないことを見せないと面白くないだろうと思いましてね。レビンスキーもベアも、ルイスの面構えを見た時から恐れをなしていたと言うことだから」

「ふん、君はいい度胸をしている。ルイスもやり甲斐があるだろう。いや、君の面構えを見て、ルイスの方が恐れをなすかな？」

「ジェイコブスさん、それはまた極上のリップサービスを、有り難うございます」

マイク・ジェイコブスは余裕たっぷりだ。ルイスの勝利を確信しているようだ。

「ところで、契約書だ。サインを頼むよ」

マイク・ジェイコブスは新聞に挟んでいた封書から一通の書類を取り出した。

「ルイスか君か、勝者がジミー・ブラドックとタイトル戦を行う、ということでいいね？」

「勿論です」

マックスは勢いよくペンを走らせた。

数日後、マックスはマッホンと共に帰国の途に就いた。重いスーツケースの一つには、二人だけが知る秘密の品が詰められている。マッホンが苦労して集めた過去二年間のルイスの試合のフィルムで、ルイスの一挙手一投足を念入りに研究する為のスローモーションコピーも含まれている。ウズクダン戦で垣間見たルイスの弱点、記者達を煙に巻いた〝あるもの〟を、それによって確認したいと心急いていた。

帰国するや否やマックスはヒトラーから呼び出しを受けた。慌てて身仕度を整え、列車でミュンヘンに向かった。

駅前でハインリッヒ・ホフマンが待ち受けていた。ホフマンとは前年の九月十二日にニュルンベルクのレストランで会っている。ホフマンの五十歳の誕生パーティーに呼ばれたのだ。その席にはテゲルン湖畔で初めて見かけたエーファ・ブラウンもいた。ホフマンが、自分の助手だと改めて紹介した。エーファがスポーツ好きで射撃にも凝っていることを知り、好ましく思った。マックスもサーロウピースコウでの余暇には狩猟に出かけることがよくあったからだ。

「総統はオステリア・バヴァリアで待っておられる」

車に乗り込むや、ホフマンが早口でレストランの名を口走った。ヒトラーのお気に入りだという。

ヒトラーは副官のユーリウス・シャウプ他数名の付き人と控え室で談笑していた。

「スペイン人は敗れたようだね」

レストランに移ってテーブルを囲んだところでヒトラーが切り出した。

「ええ。僕が手こずってどうしても倒せなかった相手を、ジョー・ルイスはいともあっさり倒しました」

ヒトラーは顔を曇らせた。

「黒人などに負けるとは、白人の名折れだ」

ホフマンやシャウプらが一斉に相槌を打つ。

「実は、オリンピック前に、そのジョー・ルイスとタイトルマッチの挑戦権を賭けて一戦を交えることになりました」

ヒトラーが一段と目を曇らせた。

「それは余り歓ばしいことではないね。もし君が負けるようなことがあったら、オリンピックに花を添えるどころか、逆効果になりかねない」

付き人やホフマンが頷く。

「せめてオリンピックの後に延ばせなかったのかな？」

ホフマンが追従するように言った。

「それには、諸々の事情がありまして……。何とかオリンピックに花を添えられるよう頑張ります」

「ウム……せめてもな。何にしても、黒んぼとやることに私は余り賛成しない。猿に毛の生えたような人種だからな、高貴なアーリア人が敵に回すような相手じゃない」

マックスは内心で眉をひそめた。ジョー・ルイスはおよそ〝猿に毛の生えたような〟人間ではない。褐色の肌に〝毛〟はなかった。毛に関してなら自分の方がうんと毛深いから猿に近いと言えるだろう。それにルイスは猿には似ていない、なかなかのハンサムボーイだ。マックス・ベアを倒した直後に結婚した新妻をリングサイドに見たが、白人かと見紛う程綺麗な娘だった。

（負けたらえらいことになる。しかし、オリンピック前でまだしもよかった）

マックスはヒトラーの不機嫌な顔を流し見ながらひとりごちた。ローブローで揉めたシャーキー戦の二の舞どころか、もっと冷たい目で迎えられるだろうが、程なく始まるオリンピックの熱気と興奮が打ち消してくれるかも知れない。

幾らか白けたムードのままランチは終わった。

「ティータイムは私の家で」

とヒトラーは気を取り直したように笑顔を見せた。

プリンツレゲンテン広場に面した大きな家の二階に上がって行くと、恰幅の良い中年の女性が愛想良く出迎えた。家政婦のアンニ・ヴィンターで、夫ゲオルクと共にこの家に住み、総統の身の回りの世話を焼いている、と自己紹介した。

ヴィンターは一行をリビングに案内した。五、六人用の小さなテーブルと椅子が置かれてある。

一同が着席する間に、アンニはヒトラーと、昼間かかって来た電話や届けられた荷物、更には今夜の食事をどうするか、明日の予定は、など、打ち解けた様子で話し、相談に及んでいる。一国の宰相と何ら気兼ねなく、恰も家族の一員のようにリラックスしたムードを漂わせて会話できる女性を、マックスは不思議な思いで見やった。

「さてと――」

マックス達にはコーヒーを、自分にはハーブティーが運ばれたところで、ティーを一口すすってからヒトラーはおもむろに口を開いた。

「アメリカのオリンピック委員会の様子を聞かせてもらおうか」

マックスもコーヒーを少し口にしてからヒトラーに向き直った。

「帝国宰相殿」

ヴィンター夫人とは裏腹に、身を固くしてマックスは言った。

「ルオルド博士から託された手紙を、無事ブランデージ氏に届けました。私は彼に、ドイツはアメリカ選手団のメンバーであるユダヤ人や黒人にいかなる差別もしないし危害も加えないことを誓う、と語気を強めて言い添えました。ブランデージ氏は正にそのこと、ユダヤ人や黒人選手への迫害を懸念していたからです。アメリカでは、ドイツでのユダヤ人迫害のニュースが広く伝わり、オリンピックボイコットの署名が五〇〇万も集まっているということで、ブランデージ氏はその対策に頭を悩ましていたようです」

「我が国でもそうだったが、彼国でも報道機関を牛耳っているのはユダヤ人だからだよ」

苛立ちを見せてヒトラーが遮った。

「だから私は我が国でのユダヤ系出版物に規制を設けたのだ」

事実、街頭からユダヤ系新聞は一掃されている。マックスは友人のユダヤ人文化人からそれに対する悲憤慷慨を折々聞かされている。

「ブランデージ氏は、近くドイツを訪れると言っておりました」

マックスはブランデージとの会話を思い出しながら言った。

「ルオルド博士や、及ばずながら私の保証をオリンピック委員会で強調し、ブランデージ氏は僅差で勝利を収めました。その報告を兼ね、流布している噂の真偽を確かめたい気持ちも手伝ってのことと思います。彼を失望させることのないことを祈ります」

ヒトラーの顔に、安堵と、それとは裏腹な、怒りに似た気難しい表情が交錯した。取り巻き連はコーヒーカップを口に持って行きながら、憮然としたヒトラーの表情を息を詰めて盗み見ている。

「ご苦労さんだったな」

ヒトラーが手を差し出した。マックスがおずおずと腕を伸ばすと、ヒトラーは軽くマックスの手を握った。マックスはしっかり握り返そうとしたが、ヒトラーは逸早く手を放し、立ち上がって部屋を出て行った。残された者達は戸惑い気味に互いを見やった。

「ユダヤ人や黒人の話を持ち出したのはまずかった

ですね」

副官のシャウプが狭い額に皺を作りマックスに顔を寄せた。

「その手の話、総統は一番お嫌いですから」

「しかし、そのためにアメリカは危うく不参加を決めるところだったんですよ」

「実はね」

ホフマンがマックスの耳もとに囁いた。

「総統はルオルドを解任したんだよ」

「えっ……!?」

マックスは耳を疑った。

「いつ、ですか？」

「つい数日前だ」

「何故です？　彼程オリンピックに力を入れていた人物はいないんじゃないですか？」

「彼自身はキリスト教徒だが、祖母がユダヤ人だ。つまり、ニュルンベルク法によるユダヤ人に該当する。彼だけ例外とする訳にはいかないからだ」

「で、本人は素直に応じたんですか？」

「応じるも何も、法律で制定したことだから仕方がない。その代わり、特例として彼を〝名誉アーリア人〟とし、会長は降りてもらうが〝顧問〟として参加してもらうことになった」

マックスは少し気を取り直した。

「後任はハンス・フォン・チャメル・オステンだ。スポーツ指導者で、私とほぼ同時期にＮＳＤＡＰに入った古手の党員だ。総統の信任が厚い」

「ブランデージ氏の耳にそのことは伝わってるんですかね？」

「まだだろう。でも彼がドイツに来ればいずれ知ることになる」

「ひと悶着起きそうですね」

「フム。しかしまあ、幸い君の努力のお陰でアメリカの参加が決まったのだから、お役目御免というところかな。委員会から外した訳ではなく、〝顧問〟の肩書きは与えてるんだから、新会長と共にブランデージ氏を丁重にお迎えするだろう」

二人の話に聞き耳を立てていたシャウプが言葉を

挟もうとした時、足音を響かせてヒトラーがヴィンター夫人と共に入って来た。夫人は両手に抱えて来たボトルから新しいコーヒーを各々のカップに注いで回った。

「これを」

とヒトラーは手にしていた自分の写真をマックスの前に差し出した。

「ホフマンの作品だ。サインを入れておいた。今回の君の労へのほんの感謝の徴だよ」

一同の顔から張りつめた緊張の色が引いた。先刻席を立った時とは裏腹に、ヒトラーは機嫌を取り戻している。

「有り難うございます。妻も喜ぶと思います」

マックスは恭しく写真を手に受け取って一礼した。

「ああ、アニー・オンドラ！　プラハの星、いや、太陽かな。美しい奥さんに、呉々も宜しく」

マックスはまた深々と頭を垂れた。何よりのみやげ話ができる。一刻も早くアニーの顔を見たかった。

（一一五）

レニ・リーフェンシュタールは今や押しも押されもせぬ名士、ドイツの名花ともてはやされている。

ニュルンベルク党大会を記録した「信念の勝利」でヒトラーの信任を得た彼女は、翌年の党大会の記録映画「意志の勝利」の撮影も託され、女性が蔑視されていたドイツ社会の中で、抜きん出た地位を確立した。

「意志の勝利」が単なる記録映画、ナチスのプロパガンダに終わらなかったのは、「青の光」に見せたレニの芸術家としての才覚が、その構成、撮影法に遺憾なく発揮され、一大エンターテインメントに仕上がっていたからである。

この映画には、一般の大群衆や、粛清されたエルンスト・レームに代わって隊長となったフィクトール・ルッツェに率いられたSA、ヒムラーを隊長とするSS、ヒトラーが解散させた労組に代わる、肩に鋤をかついだ労働奉仕団、更にはSAやSSの未成年の奉仕団体として組織されたヒトラーユーゲントなどが次々と登場してくるが、主役はただ一人、アドルフ・ヒトラーだった。

レニは冒頭のクレジットをこんな風につけた。

世界大戦の勃発から二十年
ドイツの苦難の幕開きから十六年
ドイツ再生の始まりから十九ヵ月
アドルフ・ヒトラーは忠実な追随者を
閲兵するためにニュルンベルクへ
飛んで来た。

クレジットがフェイドアウトしていくと、画面にはもくもくたる雲が現れ、やがてその雲間から小型飛行機が姿を見せる。〝ホルスト・ヴェッセル〟の歌がBGMとして流れる。雲は散り、太陽の光の中を、飛行機はゆっくりと下降し始める……。

言うまでもなくこの小型機にはヒトラーが乗っている。さながら再臨のキリストの如く、彼は天より来り、地上に降り立つ。

画面はニュルンベルクの市街に移る。列を成す数台の車。その一台、メルセデスのオープンカーに一人立って腕を上げるアドルフ・ヒトラーをカメラは追う。歓乎し、喝采し、「ハイル・ヒトラー！」と一斉に腕を高く掲げる群集。

大会の締めくくり、演壇に立ったルドルフ・ヘスが叫ぶ。

「NSDAPはヒトラーである！　ヒトラーはドイツであり、ドイツはヒトラーである！　ハイル・ヒトラー！　ヒトラーに勝利を！」

鼻持ちならぬ追従に聞こえるこの一言一句も、当のヘスの赤心からの叫びであったに違いない。ミュンヘン一揆を共に闘い、共にランツベルク収容所に入り、『わが闘争』の口述筆記をしてきた股肱の臣なればこその。

民衆の歓乎も繕ったものではなかった。彼らは真にヒトラーをドイツの救世主とみなしていた。

ヒンデンブルクが没して名実共に一国の宰相となって以来、ヒトラーは失業対策に取り組んだ。ゲッベルスを宣伝相に任じると、ラジオを通して打ち出した経済政策を逐次国民に解説させた。

経済復興政策の最大の目玉はアウトバーンの建設だった。一九三三年五月一日のメーデーでヒトラーは、向こう六年間で一万七〇〇〇キロのアウトバーンを建設すると発表した。これによって雇用を増し、内需を拡大する狙いだ。それには無論建設資金が要る。これまでの政府が公共事業に計上していた予算は三億二〇〇〇万マルクだった。ヒトラーはアウトバーンに初年度から二〇億マルクの予算を見積もった。

問題はそれだけの大金をいかに捻出するかだった。ヒトラーに妙案があった訳ではない。彼は人を動かした。かつてハイパーインフレを〝レンテンマルク〟の発行で鎮火させたシャハトに目をつけ、彼に自分の目論見を熱く語り聞かせ、何とか二〇億マルクの金を工面するよう掻き口説いた。

シャハトはユダヤ人ではなかったがNSDAPに入党することもなく、孤高の立場を貫いていた。それでもヒトラーによって帝国銀行の総裁に任命されている。

シャハトは、まかり間違えばインフレを誘発して国家財政の破綻を招きかねない国債を一六億マルク発行し、前期に予算に計上されながら未消化に終わっていた公共事業費六億マルクを合わせて二二億マルクを捻出した。

ヒトラーは喜んだ。金が入ればその使い所は彼の手の内にあった。最も意図するところは、ゼネコンに多くの金をつぎ込むのではなく、ゼネコンが雇用する労働者の賃金に建設費のほぼ半ばを充当することだった。労働者に金が入れば彼らは食料や衣服にそれを費すようになる。金が回り出し、市場が活性化される、と見込んだのである。

ありきたりの道路を造るつもりはなかった。持ち前の建築の才覚をヒトラーは発揮した。車三台が並走できる広さとし、直線状では眠くなって事故を起こしかねないと考え、適度にカーブをつけた。一定の距離を置いて〝モービル・クラブ〟を造った。今で言う、〝サービスエリア〟を先取りしたものである。

別荘オーバーザルツベルクのベルクホーフのように見晴しの利く展望が好きなヒトラーは、アウトバーンの端、景観の良い所に展望台も造った。

アクシデントの対策も抜かりなかった。車が故障を起こした時に備えて修理工場を設け、随時連絡ができるよう、数多くの電話を設置した。

アウトバーンの建設に関わる労働者は二万人と見込まれたが、彼らの為に宿舎を一〇〇ヵ所設け、映画の上映会やスポーツ大会も折々催した。

雇用の面でもメスを入れた。賃金が安く済み、労働力のある独身の若者をどの企業も優先して雇いたがるが、妻子を持つ中高年者をこそ優先的に雇用することを義務付けた。女性蔑視の社会風潮から、安く働かせられる女性を好んで雇う企業が少なくなかったが、ヒトラーは、「女性は家庭を守るべし、就職は男性を優先すべし」のスローガンを掲げた。

大企業、大規模商店にも規制を設け、中小企業、中規模商店を保護した。それは選挙公約でもあり、それ故に七〇〇万人以上の中小企業労働者はNSDAPに一票を投じたのだ。

金融機関にもメスを入れた。ユダヤ人の金融業者は潰しにかかったが、一般の金融機関にも中小企業への〝貸し渋り〟を禁じた。商工会議所、手工業会議所、ドイツ中央銀行集会所、ドイツ産業組合連盟及びベルリン市の五団体の出資から成る「ベルリン保証協会」を設立し、銀行、貯留金庫、信用組合等が中小企業への資金調達を行う場合の保証を肩代わりした。他にも、幾つかの保証協会がベルリン以外に設立された。

農産物の価格統制も行った。〝農業は民族の母胎〟なるスローガンの下、ヒトラーは政権奪取後すぐに〝穀物価格安定法〟なる法律を定め、農業従事者の保護に努めた。その他の食料品についても、不当な値上げを防止する法律を制定し、違反者は即営業停止処分に付した。

農村の労働力強化も図った。都会の若者に檄を飛ばし、有志を募って農業支援に赴かせた。報酬は若干の手当てと、農家の提供する宿泊所及び食事だけだったが、二年間に延べ一〇万人の若者がこれに応じた。

ヒトラーには思惑があった。中高年者の雇用優先政策で失業の憂き目にあった青年達に仕事の場を与えること、この年頃の若者が陥りがちな非行を防止することであった。

この政策は当たり、農村に赴いた青年達の中には、六ヵ月の期限が来ても引き続き留まって農業に従事する者も出て来た。

政治は労働者の為になければならない――赤貧洗うが如しであった自らの苦渋の青年期に鑑みて、ヒトラーは政治に目を向けた頃から一貫してこのドクトリンを貫いてきた。それが党名NSDAP（国家社会主義ドイツ労働者党）に託した夢であった。

一九三三年初頭の政権奪取直後に「第一次四ヵ年計画」と銘打ってヒトラーが次々に打ち出したこれらの政策は着実に実を結び、一九三六年には、最大六〇〇万人を数えた失業者を一六〇万人にまで減少せしめた。世界大恐慌のダメージから最も早い回復を遂げたのはヒトラー政権下のドイツであった。

レニ・リーフェンシュタールが水着姿でスキー靴を履いて雪の斜面に立つ姿が一九三六年二月十七日付の「タイム」の表紙を飾ったことも、復興を遂げて躍進するドイツのシンボルとして世界を瞠目させた。

レニの作った「意志の勝利」は、ヒトラーをドイツの救世主と仰がせる意図が芬々と匂っていたが、それを受け入れる大衆の支持こそ、他ならぬヒトラーのオーラが作り出したものだった。

「意志の勝利」は一九三五年三月二十八日の夜、ウーファ・パラスト・アム・ツォーでプレミア上映会が開かれた。この日の為にアルベルト・シュペーアは、同館の正面玄関に突き出たバルコニーを造り、そこに鷲の彫像を置いた。鷲の背後には何十本ものハーケンクロイツののぼりをたなびかせた。

レニは父のアルフレート、母のベルタ、弟のハインツと共に、肩を露にしたイヴニングドレスを着てプレミアに臨んだ。

上映が終わると、レニはステージに上がった。ヒトラーは彼女にライラックの花束を贈った。緊張と感激の余り危うく失神しそうになった――とレニは後に書いている。

メディアはこぞって「意志の勝利」を絶賛した。ゲッベルスは最大の賛美者だった。

「『意志の勝利』で総統の顔を目にした者の脳裏に、それは深く焼きつけられ、何日もつきまとい、夢に現れ、静かな炎のように胸の中で燃え続けるだろう」

そしてゲッベルスは「意志の勝利」に一九三五年度の国家映画賞を授与した。

手前味噌には終わらなかった。ムッソリーニ政権下のイタリアベネチア映画祭では他の外国作品と共に金賞を受賞、二年後のパリ映画祭ではグランプリを取るまでになる。

ウーファ社が連日のように業界紙に広告を載せたことも手伝って、興行的にも大成功を納めた。公開二ヵ月で撮影に要した諸費用を回収し、以後は収益の一途を辿った。

「意志の勝利」の封切りが済むと、レニはダボスに飛んだ。そこに借りたアパートで、恋人のヴァルター・プラーガーと晴れて休暇を楽しむつもりだった。

だが、「意志の勝利」の撮影とその編集に明け暮れたレニに放っておかれたプラーガーは、他の女性に走っていた。レニは憤慨したが、すぐに気を取り直して大好きなスキーに興じ、仲間も得た。

しかし、ダボスでの休暇も束の間だった。レニはすぐに新しい記録映画の制作にかからねばならなかった。国防軍のヴァルター・フォン・ライヒェナウ陸軍元師から呼び出しを受けたのである。

「SAやSS、ヒトラーユーゲント、労働奉仕団はふんだんに出て来るのに、我が国防軍はまるで画面に出て来ない。不公平極まりないではないか！」

既に「意志の勝利」の撮影中からレニは国防軍のお歴々の干渉を受けていた。もっと我が軍を映せ、ドイツを支えているのは我らだ、と彼らは異口同音にわめいた。

レニは進退谷《きわ》まってヒトラーに国防軍の苦情を伝えた。ヒトラーはライヒェナウを呼びつけて言った。

「ヴェルサイユ条約でドイツ軍は一〇万人を超えてはならぬと釘を刺されている。軍の威容を見せつければ、条約に違反した軍備拡張を企てているのではないかと諸外国に疑心暗鬼を生ぜしめるだろう。だから国防軍は控え目に映させたのだ」

その実ヒトラーは「意志の勝利」が公開される二週間前に、徴兵制の再導入と五〇万の兵から成る三六個師団の編成を発表し、事実上ヴェルサイユ条約の破棄を宣言した。ここぞとばかりライヒェナウはレニを呼び出し、国防軍を前面に押し出した映画を撮るよう催促した。レニがヒトラーに打診した。

「もうよかろう。因みに、タイトルだが、ヴェルサイユ条約に抑圧されて来たドイツが今や解放の喜びに浸っている。国防軍は尚更だろう。されば、〝自由の日〟とでも題しますかな？」

レニに文句はなかったし、ライヒェナウも満足気に肯いた。

前二作に比べればレニにとっては小手先の仕事だったが、それでも思いつく限りの趣向を凝らした。

国防軍が最も見せたい騎馬部隊、戦車、戦闘機、大砲をふんだんに映し出したが、それは既に党大会の前に行われた軍事演習で撮ってあった。「意志の勝利」では省いただけである。

圧巻は戦闘機の空撮シーンで、レニとカメラマンの創意工夫が遺憾無く発揮されていた。白い雲を背景に、灰色の戦闘機はハーケンクロイツの隊列を成して飛翔している。

「自由の日」は国防軍、わけてもライヒェナウの虚栄心を満足させたが、ヒトラーにとっても晴れがましい作品となった。レニに言わせれば、数あるヒトラーの演説の中でも、「自由の日」が捉えたそれは

〝最も優れたもの〟だったからである。ヒトラーはレニの賛美に顔を綻ばせ、レニの手を握った。

エーファ・ブラウンは、アドルフ・ヒトラーなる男にとって自分が一体何者なのか、時々分からなくなった。言うまでもなく処女を捧げた男であり、初めての異性であったから、エーファにとってアドルフはもはや忘れ難い存在になっている。

部下達には結婚を勧め、喜んで媒酌人も名乗り出ているが、自らは結婚を望まない男、私の花嫁はドイツ国家だと公言して憚らない、父親のように年齢の離れた男に心奪われた自分を、エーファは時折見失った。夢かうつつか分からなくなる時があった。シンデレラのように思える時もあれば、〝オペラ座の怪人〟のクリスティーネのように束縛を呪う時もあった。

アドルフは自分だけのものであって欲しかった。

「愛しているのは君だけだよ。離れていても、君の柔かくて美しい体と、誠実そうな瞳を思い浮かべるだけで私は幸福感に浸れるのだ」

何度目かの交情の折に耳に囁かれた男の言葉に初《うぶ》なエーファは舞い上がった。

男の前に初めて一糸まとわぬ姿をさらけ出した時、

「君の乳房と尻は理想的だ！　言うことはない！」

とアドルフは左右前後からエーファを眺めやりながら叫んだ。

「アーリア人の美しい女を、私はやっと手に入れた！」

（やっと……？）

エーファは男の一言に引っかかった。捜し求めた挙句の果てに、ということか？　四十男がこれまで色恋沙汰の一つもなかったとは、いかに初なエーファでも思わなかった。自分が初めての女でもないだろう。こんな風に衣服を脱がせて裸で目の前に立たせ、あるいは浴槽に沈ませ、遠くから、あるいは近寄って、乳房や尻や陰毛を撫でさすった女は一人や二人はいたに相違ない。

しかし、不思議なのは、アドルフが自分の前では決して素裸にならないことだ。

当初は無論、エーファは男に為されるままになっていた。しかし、情交を重ねるうちに、エーファの方から男の服を脱がせるようになった。だが、精々ズボンまでで、その下の下着に手をかけようとすると、

「後はいい、自分で脱ぐから」

と言って、男はそそくさとエーファをベッドに引き込んだ。その後は一方的にエーファの体は男の手と唇に愛撫され、恍惚となったエーファが興奮の余り我知らず男の股間に手を伸ばすと、その手は男の強い手でブレーキをかけられ、次の瞬間には頭上に持ち上げられ、腋に唇を這わされている。

「ああ、いい匂いだ！」

男はエーファの楚々たる褐色の腋毛に鼻をこすりつけ、ややあってその濡れた股間にペニスを滑り込ませる。慣れたようでいて、少しぎこちない動きだ。

交接は長くは続かなかった。エーファが頂点に達するより先に、男はペニスを引き抜き、エーファの下腹に射精した。後始末をエーファにさせることはなかった。下腹から精液を拭き取ると、自分の股間もそそくさと処理し、バスタオルを巻きつけて隣のバスルームに駆け込む。

アドルフはエーファの下着にもこだわった。寝室ではバスから出た後はリボン付きのネグリジェをつけることを求めた。リボンを解けばゆっくりとずり落ちるものを。

「下着はシャモア製のものを買ってつけるように」

と要求した。

「通気性が良くて股ずれができない。柔らかくて肌触りも良い。私も愛用している」

エーファは慣れた下着を手放すことに抵抗を覚えたが、男に言われるまま、ベルリンの服飾デザイナー、アンネ・マリー・ハイゼに相談し、その伝でシャモアのパンティを入手してもらった。やがて、男の言葉通りだと納得するようになった。シャモアの下着が肌に心地良くなったからである。

一九三五年三月一日、前年にテゲルン湖畔で同席

したマックス・シュメリングとその妻アニー・オンドラが共演した「ノックアウト」が封切られた。エーファはアドルフに誘われて観に行った。その時エーファはアドルフの声がかすれ気味なのに気付き、風邪でも引いたのかと尋ねた。

「いや、風邪は引いていない。ひょっとしたら喉頭癌かも知れん。皇帝フリードリヒ三世のようにね」

アドルフは浮かぬ顔で答えた。一瞬、アドルフがヒトラーになった。

「心配だわ。ブラント先生に診てもらって」

カール・ブラントはまだ三十歳そこそこ、ボーフムの救急病院に勤務する少壮の医師である。理想主義者で、一九一三年に仏領コンゴに赴いたアルベルト・シュヴァイツアーに心酔し、シュヴァイツアーのいるランバレネに赴くことを夢見ていた。が、何を思ったか、一転してNSDAPに入党し、一九三三年にはSAに入隊した。一つには、アドルフ・ヒトラーのカリスマ性に夢を移し変えたことが考えられる。事実、後の回想録でブラントは、「第一次大戦の敗北で拠り所を失っていた自分をヒトラーは覚醒させ、民族魂を揺さぶり、自信を与えてくれた」と書いている。一つには、婚約者アンニ・レーボルンの感化によったかも知れない。

アンニはボーフム・スポーツクラブ所属のスイマーで、一九二三年から二九年まで一〇〇メートル背泳で六度優勝している。

アンニと父親は一九三二年にNSDAPに入党したが、その頃アンニはブラントと婚約中だった。

エーファは改築工事が進行していたオーバーザルツベルクのベルクホーフで時々アンニと会い意気投合した。エーファもスキー、スケート、水泳が大好きだったからスポーツ談議に花が咲いた。アンニはエーファより十三歳年長であった。

アンニを介してのエーファの依頼でヒトラーを診察したブラントは、声のかすれは声帯の異常によるものだから自分の手には負えない、ベルリン大学病院の耳鼻咽喉科で診てもらって欲しい、と言って紹介状を認めた。

果たせるかな、声帯にポリープが見出された。喉頭癌の心配はない、但しポリープは切除しないことには嗄声は直らない、と耳鼻科医は言った。

癌の恐怖から解放されて安堵したヒトラーは、「切除は受けたいが少し待って欲しい、イギリスの外相との会議も控えているので」と、手術を二ヵ月先に延ばした。

イギリスは、ドイツの財政支出に占める軍事費の割合が一九三四年は一八・三パーセントだったのが、一九三五年には三一・二パーセントにまで大幅に増大したことを指摘し、ドイツがヴェルサイユ条約に反して軍備拡張を推し進めているのではないかと疑った。

一九三三年の十月には国際連盟も脱退しており、オーストリア併合も画策している、ユダヤ人への迫害も日増しに高まり、国外に追放ないし逃亡して行くユダヤ人の数も増すばかりで、貴国の対内外政策への懸念と不信は留まるところを知らない、一度腹を割って話し合いたい、とイギリス外相ジョン・サイモンはヒトラーに申し入れた。

会見は当初三月七日に予定されていたが、ヒトラーは釘を刺される前に先手を打つべくサイモンとの会見を月末の二十五日に延期、その十日前にかの〝徴兵制の再導入〟及び五〇万の兵からなる三六個師団の編成をラジオを介して宣言した。このパフォーマンスに国民は喝采を送った。

ヒトラーが果敢に強硬策に出た裏には、国民の絶対的支持が自分とNSDAPに向けられているとの自信に裏付けられている。それを確かなものにしてくれたのが、同年一月に国際連盟監理下にある独仏国境間の石炭の産地ザール地方の住民を対象に行った選挙である。住民の九〇パーセントがフランスでなくドイツへの帰属を求めたのだった。

会見は三月二十五日と二十六日、ベルリンの首相官邸で行われた。サイモンは三十八歳の気鋭の政治家アンソニー・イーデンを助っ人として伴って来たが、ヒトラーの巧みな弁舌に丸め込まれ、結局一連の政策を容認する恰好で帰途に就かざるを得なかった。

　エーファはこの間放っておかれた。新聞で大まかな政治の動きは把握しており、その目まぐるしさの渦中にあるヒトラーが自分と過ごす時間を容易に見出せないのは不思議ではない。そう自らに言い聞かせつつ、エーファにとってヒトラーは、一国の宰相ではなく、一人の男、身も心も捧げた恋人のはずであった。

　しかし、聞こえてくるのは他の女性との艶聞ばかりだ。総統はニュルンベルク党大会の記録映画を二本も撮った才色兼備のレニ・リーフェンシュタールにぞっこんであり、リーフェンシュタールもヒトラーの寵愛を一身に受けて得意の絶頂にある、と。

　エーファはレニへの嫉妬に悶えた。自分はアドルフからの電話を待ち受けてホフマン写真館と自宅の往復に明け暮れているのに、彼の人は遠くベルリンやハンブルクにいて、外国の要人やレニ・リーフェンシュタール、さてはヘビー級のボクサー、マックス・シュメリングの美しい妻アニー・オンドラとの談笑に時を、否、自分のことも忘れているに相違ない。

　ヒトラーがハンブルクでスチーブ・ハマスをTKOで破ったシュメリングを祝福して、同じ観戦席にいたアニー・オンドラに手ずから花束を贈呈したことは、店主ホフマンから聞き知った。

「総統はシュメリングの風貌と体格に惚れ込んでおられるし、今やドイツを代表する美人女優でありながら慎ましいアニー・オンドラにも目尻を下げておられる」

　既に自分とヒトラーの関係を察知しているはずのホフマンの、思いやりのない一言にエーファは傷ついた。

　他にもあらぬ噂が流れて来た。ジーグリト・フォン・ラッフェルトという、エーファと年の変わらない若い女性との色恋沙汰だ。

　ジーグリトは、ヒトラーの支援者の一人であった公使館参事ヴィリバルト・フォン・ディルクセンの未亡人ヴィクトリアの家に逗留していた。彼女の兄カールはメクレンブルクの大地主で、一九三三年の春にSSに入隊し、資金を提供していた。ヴィクトリアはマルガレーテ通りにサロンを開いていたが、そこは彼女や兄の属する貴族階級とNSDAPの要人達の社交場になっていた。ジーグリトもそこに出入りしているうちにヴィクトリアからヒトラーに引き合わされた。

　金髪の見目よきジーグリトにヒトラーは目をかけ、SAやSSの未青年組織であるヒトラーユーゲントの女性版とも言うべき〝ドイツ女子同盟〟に誘った。ヴィクトリアやカールの感化を受けてNSDAPに傾倒していたジーグリトは二つ返事で同盟に加わった。「ドイツ民族の国民祝日」やオペラ座での催しに、ヒトラーは腹臣達と共にジーグリトを招いた。しかも、ゲッベルス夫妻や副官達と並ぶ特別席で自分の横に座らせた。

　年齢も十歳上、知性でも美貌でも到底太刀打ちできないレニ・リーフェンシュタールやアニー・オンドラが恋敵ならまだしも諦めはつくが、自分とほぼ同い年である金髪の貴族の娘ジーグリトに、エーファは激しい嫉妬を抱き、気も狂わんばかりだった。

　気が遠くなりそうな一ヵ月が過ぎた三月三十一日、エーファはホフマンを介してミュンヘンの高級ホテル「フィアヤーレスツァイテン（四季）」でのレセプションに招待を受けた。「四季」には反ユダヤ主義を掲げるトゥーレ協会の事務局が置かれている関係もあって、ヒトラーは好んでレセプションの会場に用いていた。

　胸をときめかせながらホフマンに伴われてホテルに入ると、宴席では驚いたことにヒトラーの横にエーファの席が設けられていた。

　エーファを見てヒトラーは軽く会釈したが、以後三時間、一言も声を掛けてくれなかった。

　ヒトラーは例によって演説をぶち、ヴェルサイユ条約を事実上破棄、文句をつけに来たイギリスの外相も煙に巻いて追い返したと、諧謔を弄して笑わせ、拍手喝采を得た。

　宴が始まると、参会者が次々とヒトラーに祝福を述べに来た。ヒトラーも愛想良く応待していたが、エーファには流し目をくれるだけだった。

止むなくエーファは、肩身の狭い思いをかみしめながら、黙々と料理を口に運ぶしかなかった。唯一の慰めは、恋敵と目する女達の姿が見当たらないことだった。

苦痛と屈辱に耐えるだけの時間だった。

別れ際、エーファはアドルフからそっと部厚い封筒を手渡された。トイレに駆け込んで中味を探った。いつも通り、数ヵ月分の生活費に匹敵するマルク紙幣と、簡単なメモが添えられてあった。

「雑事が目白押しでなかなかミュンヘンに来れない。また暫く会えないが、いつも君のことを思っている。愛しい人へ」

署名はない。万が一人に見られても誰が書いたか分からないようにだ。いつものことながら、エーファは寂しい思いでホフマンの車で家路に就いた。今夜くらい、プリンツレゲンテン広場の、通い慣れたあの部屋に誘ってくれると思っていた期待は物の見事にはぐらかされた。

その実ヒトラーは、体調の不備をかこちながら、ヴェルサイユ条約の事実上の破棄を容認する見返りを求めるイギリスとの海軍協定の草案作成に追いまくられていた。

夜型のライフスタイルは相変わらずだった。プリンツレゲンテン広場の自宅での読書や執筆に飽きると、アルプスを一望のもとに臨むオーバーザルツベルクの別荘へ逃れた。そこでは異母姉アンゲラが出迎えてくれ、身の回りの世話を焼いてくれる。だが、エーファを一度そこに伴った時、アンゲラは眉をひそめ、義弟を咎めた。アンゲラは自死を遂げた娘ゲリの一件を根に持っており、ゲリと変わらぬ若い娘をアドルフが引き連れて来たことに気分を害した。

いずれ近いうちにこの別荘ベルクホーフを執務所とし、一帯に主だった部下とその家族を住まわせ、会議、パーティー、外国の要人との会談の場とする腹づもりであったヒトラーは、エーファもまたここに囲うつもりでいた。アンゲラがエーファを受け入れてくれるならまだしもだったが、思わぬ抵抗に遭って、ヒトラーは腹を決めた。アンゲラに、早々にここを立ち退いてもらおう、と。

政治に時を費していたばかりではなかった。傍ら、引き延ばしていた声帯ポリープの手術の段取りをつけるのに四苦八苦していた。

声帯ポリープばかりではない、耳鳴りや歯痛にも悩まされていた。主治医の一人モレルは気休めのビタミン剤や鎮痛剤を処方した。

手術は五月二十三日と決めた。その前に、国際連盟が四月十七日に採択したドイツの再軍備宣言に対する非難決議に対処すること、イギリスとの海軍協定をできる限り有利に運ぶこと、等々の重要な命題を解決しなければならなかった。

キーワードは国際連盟が大好きな〝平和〟であった。そのキーワードをヒトラーは逆手に取った。ドイツが徴兵制を新たにしたのは心身共に健康な若者を作り出す為のものである、彼らは祖国の礎となって平和の理念を構築するであろう、主要国家がイーブンな軍事力を保有することが世界の平和の基盤である、しかしてドイツは、一歩引き下がってイギリスの三五パーセント程度の軍事力で妥協しようとしている、潜水艦もイギリスの四一パーセントに留めることで協定案を結びつつある、と言明した。

一九三五年五月二十一日、四年前に開館されて以来集会場として用いていたベルリンのクロル・オペラ座で、こうした趣旨を踏まえた自称〝平和演説〟を行った。相変わらず腕を振り上げ、顔を左右に、顎を上下に、ゼスチャーたっぷりだったが、声はところどころかすれ、聴衆の耳に明瞭に届かないきらいがあった。

翌々日、ヒトラーはベルリン大学病院の手術室に横たわり、耳鼻咽喉科教授カール・オットー・フォン・アイケンにより声帯ポリープの切除術を受けた。

手術自体は簡単だったが、静脈麻酔を受けたヒトラーは、術後も覚醒せず、延々と十四時間も眠り続け、脳卒中でも起こしたかと周囲をやきもきさせた。

だが、長い眠りから覚めると、ヒトラーは別人の如く元気になった。すぐに首相官邸に閉じこもり、六月の英独海軍協定の締結に向けての準備に専念した。

五月二十八日の夜、帰宅したイルゼ・ブラウンは、昏睡状態でベッドに横たわっている妹エーファを発見した。傍らに、空になった睡眠薬の瓶が転がっている。枕もとに、日記が置かれてある。五月二十八日の日付で書かれてある最後の頁をざっと流し読みしたイルゼは恐るべき事実を知った。睡眠薬を三六錠飲んだ、きっと死ねるだろう、彼が誰かをすぐ呼んでくれない限り、と締めくくられている。イルゼは日記を机の引き出しに納めると、医者に電話をかけ、エーファを抱き起こして背をバンバン打ち叩いた。

エーファは意識を戻し、消化されていない睡眠薬を胃液と共に吐き出した。

三ヵ月後の晩秋の午後、ミュンヘンとオーバーザルツベルクのほぼ中間にあるキーム湖の北岸のホテル「ランバッハ・ホーフ」のレストランで、ヒトラーはエーファの両親のブラウン夫妻と相対した。数日前、父親のフリードリヒからホフマンを介し、「折入ってお話ししたいことが……」との申し入れがあったからだ。

気の進まぬ会談だったが、断る理由は見出せなかった。エーファとの関係を続ける以上、いつかは乗り越えねばならないハードルだった。

ホフマンを同行させた。もとよりエーファとの交情を詳らかにしてはいないが、エーファが自分の唯一の意中の女性であることを分かってくれているのは彼を措いて他にはない。

エーファの二度目の自殺未遂を知ったのもホフマンを介してだ。尤もホフマンは、それを確かなこととしては語らなかった。無断欠勤をしたので、三年前からエーファの口利きで帳簿係として雇い入れていたエーファの妹グレートルに問い質したところ、姉は睡眠薬を飲み過ぎてベッドから起き上がれないでいる、と答えたという。これを聞いたホフマンの娘ヘンリエッテは、日頃エーファから悩みを打ち明けられていた、と父親に語った。ままならぬ恋路の行方に悲観して自暴自棄に陥っている、と。驚いたホフマンはヘンリエッテの話をヒトラーに告げ、万が一エーファが遺書でも残してそれをマスコミが嗅ぎつけるようなことがあったら一大事です、スキャンダルになりかねません、あの娘を本当に大切に思っておられるなら、いっそ結婚されたらいかがですか、とまで言い切った。

ヒトラーは頷きも首を横に振ることもしなかった。

「私に健康と時間があったら毎日でも会っている。しかし、君も知っての通り、このところずっと体調が悪かった。その上、イギリスとの交渉に時間を奪われていた。いかに愛し、いとしく思っても、私は一人の女の為に生きることはできない。私が命を捧げるのはあくまでドイツなのだから。エーファはいい娘だ。いとしく思っている。ただ、私という人間が何者であるか、私の置かれた立場がどういうものであるかがもうひとつ分かっていない。だから軽率な行動に出てしまうのだ」

「一週間や十日ならともかく、一ヵ月、二ヵ月のブランクは、恋に夢中な若い娘には耐えられないのでしょう」

「ウム。ま、これからはできるだけブランクを作らないように心がける」

エーファの両親から会見を求められた時も、さてどうしたものかとヒトラーはホフマンに相談した。

「是非お会いになって、結婚云々はさておき、エーファへのお気持ちを率直に話されたらどうでしょう？　両親に会ってくれたということで、エーファも安心するでしょう」

「もし、娘と別れてくれと言われたら？」

「多分、そうは言わないでしょ。総統は独身だし、あの娘を弄んでいる訳でもない、何より、エーファが総統と別れることを望んでいないのですから」

アドルフはホフマンの言葉に励まされ、勇を鼓してブラウン夫妻と会う決意をした。

後に彼はこの会見を「人生最悪の体験だったよ」

とホフマンに語ったが、少なくともエーファとの関係がこの一件でこじれることはなかった。娘さんを悪いようにはしない、自分にはエーファ以外の意中の女性はいない、というヒトラーの言葉に、両親は思いつめた表情を崩し、娘を宜しくお願いします、と頭を下げた。

ヒトラーは、エーファと私邸でこっそり会うことを控え、オーバーザルツベルクの別荘にエーファの部屋を設けて寝泊まりもできるようにした。更には、ボーゲンハウゼン地区ヴァッサーブルガー通り一二番地の築数年の家を購入してあてがった。エーファは普段はそこから妹のグレートルと共にホフマン写真館に通い、ヒトラーの求めに応じてベルリンの首相官邸やオーバーザルツベルクに赴いた。エーファの母フランツィスカや姉妹の出入りも許した。

あおりを食ったのは、一九二八年以来オーバーザルツベルクに入り異母弟の身の回りの世話一切を切り盛りしていた異母姉アンゲラ・バウエルだった。

誇らし気な金髪とスラリとした体形、愛くるしい目鼻立ちのエーファ・ブラウンを義弟の傍らに見出した時、直感的にアンゲラは彼女が何者であるかを悟った。自分の娘ゲリに取って代わる女であることを。

エーファがオーバーザルツベルクに現れた時から既にアンゲラは意識的に彼女を無視する態度に出た。さてはアドルフに向かって忠告めいた言葉を放つようになった。あらぬ噂の火種になりかねない、と。

義弟にとってエーファが何程の存在であるかを思い知ったのは、一九三五年九月に催されたナチスの全国党大会であった。暫く姿を見せずやれやれと思っていたエーファ・ブラウンが、晴れやかな顔で自分と同じＶＩＰ席に連なっているのを見て、アンゲラは堪忍袋の緒が切れた。会が引けた後、彼女はアドルフに迫った。

「あの小娘とまだ縁が切れてなかったのね。しかもＶＩＰ席に置くなんて、何を考えてるの？」

アドルフも切れた。

「私の私生活にうるさく立ち入る人間をそばには置

けない。悪いが姉さん、すぐに荷物をまとめて出て行ってくれないか。あなたがこれまで尽してくれたことに対しては、相応の礼をするから」

アンゲラは抗す術なく、オーバーザルツベルクを退去した。

目の上のたんこぶが取れたエーファは、ヒトラーの求めるまま、アンゲラがいた間は遠慮していたオーバーザルツベルクにも泊まるようになった。

ヒトラーはアルプスの中腹に位置するこの山荘を改築改修した。周辺の古い家屋や、湖を含む敷地まで買い取っては新しい家を建設し、そこにヘルマン・ゲーリング、アルベルト・シュペーア、マルティン・ボルマンを住まわせた。ゲストハウス、ホテル、親衛隊宿舎、農場、体育施設、ティーハウスなどを設け、更に、これらを取り囲む高さ二メートルのフェンスをめぐらして外界との遮断を図った。尤もこのフェンスは石塀のようなものでなく、内部を見透せる網の目状のものだったから、暗い印象を与えるものではなかった。

しかし、そのフェンスの内側に入るには、ボルマンが管轄を命ぜられた「オーバーザルツベルク管理部」が発行する特別通過証を呈示して入口の検問所をくぐらねばならなかった。

いつしかこの要塞はヒトラー崇拝者の巡礼地となった。ホフマンはこの要塞を写真に収め、商品化した。写真集を手にした者からの口コミで、オーバーザルツベルクには、大勢の人間が集い来るようになった。ヒトラーは時々フェンスの外に出て群衆の歓呼に応え、短い演説をぶった。感激した人々は右腕を差し伸ばして「ハイル・ヒトラー」と和した。

改築改修工事は一九三六年七月八日の落成式まで間断なく続けられた。

（二六）

一九三六年の春、六月十八日と決まった対ジョー・

ルイス戦に備えてトレーニングキャンプを張るべく、マックス・シュメリングはマッホンと共にアメリカに渡った。

キャンプ地はニューヨークから一五〇キロ程離れたナパーノフだった。

前評判は圧倒的にルイス優勢で、シュメリングは新聞の漫画で惨めな生贄《いけにえ》扱いされた。ある漫画は、今にもギロチンにかけられようとしているしょんぼりとうなだれた男に、ある漫画は、ルイスの拳を大砲に見立て、炸裂するその一撃に木っ端微塵に打ち砕かれている哀れな男にシュメリングを描いた。

「気にするな。アメリカ人は本当は白人のチャンピオン誕生を願っているんだ」

ジェイコブスが慰めてくれた。

「前にジャック・ジョンソンという黒人チャンピオンがいて、散々白人、殊に女達をいたぶったからな。その後遺症がいまだに尾を引いているんだ。ルイスはジョンソンのような破天荒な男じゃないからまだしも好意的に見られているが、何と言ってもアメリカは白人社会だからな、黒人がトップに昇りつめることには我慢ならないんだ」

「しかし、陸上のジェシー・オーエンスはオリンピックで一番期待されている花形選手だろ？　白人社会に充分受け入れられているんじゃないのかい？」

「うん、まあな……」

ジェイコブスが語尾を濁した。

「ヒトラーが主宰するオリンピックなんぞボイコットすりゃよかったんだ。お前には悪いが……」

ジェイコブスが辛い立場にあることをマックスはわきまえている。ヒトラーお気に入りのドイツ人ボクサーのマネージャーということで、ニューヨークのユダヤ人協会の面々からもジェイコブスは白い目で見られている。黒人ボクサーには勝たせたくないが、ユダヤ人迫害の急先鋒アドルフ・ヒトラーの手先であるシュメリングにも勝たせたくない、ヒトラーやドイツ人を喜ばせたくない、というのがアメリカ在住のユダヤ人達の本音に違いなかった。

「ヒトラーにはもう何度か会ってるけど」

マックスはジェイコブスを宥めるように言った。

「人が思っているほど彼は冷酷な人間ではないよ。紳士的で、思いやりがある。何よりも感激したのは、それまでの宰相の誰一人僕を官邸に呼んでくれなかったが、ヒトラーは超多忙を極めながらちょっとしたディナーにも誘いをかけてくれたことだ。僕が負けた試合の後でもね。しかもそういう時は、気遣ってくれて試合のことを話題にしなかった……」

ジェイコブスが葉巻をくわえ直してニヤリと笑った。

「お前じゃなく、ヒトラーはアニー・オンドラがお目当てだったんじゃないか？　美人、中でも映画女優には目がないらしいからな。グレタ・ガルボやマレーネ・ディートリッヒにも盛んに秋波を送ったと聞いてるぜ。最近では、ナチスのプロパガンダ映画をしきりに撮っているレニ・リーフェンシュタールだ。大変なべっぴんらしいが……。レニの方もぞっこん、ヒトラーもぞっこんという噂だ。ディートリッヒなんぞはヒトラーを毛嫌いしてるがね」

ドイツで一、二度見かけ、あるレセプションの席では一言二言言葉を交わしたこともあるディートリッヒの顔をマックスはぼんやりと思い出した。

「そうそう」

ジェイコブスがすっかり機嫌を直した面持ちで二の句を継いだ。

「オッズは八対一とか一〇対一とかで圧倒的にルイスだが、ディートリッヒはドイツ人ということも手伝ってるだろうが、お前に賭けてるぜ」

ジェイコブスはハーストコーポレーション系のスポーツ新聞を広げた。

「ほら、見てみろ」

「へーえ、僕がKO勝ちするって？」

ジェイコブスが示して見せた記事に目をやったマックスの顔が綻んだ。

「ファーンズワースに次いで二人目の味方だな」

ビル・ファーンズワースはハースト新聞のスポーツ記者で、ルイス対シュメリング戦は五分五分と書いている。大方の記者がルイスの勝利間違いなしと書き、早い回でのＫＯを予測し、中には、シュメリングはルイスのクールな目を見ただけで恐れをなしてリングに上がれないか、上がったとしてもかのルビンスキーのように怯気づいて腰が引け、ロープにしゃがみ込むのが関の山だろうと書きたてている中で、ファーンズワースの記事は、少なくともマックス陣営には瞠目をもたらすものだった。

「ルイスはトレーニングのやり過ぎだ。スパーリング相手をボーリングのピンさながらぶちのめしており、恐がって相手を務めるのを拒んでいるボクサーもいるらしい」

と彼は書いていた。

「〝シュメリングは何かを見た〟のキャッチフレーズが効いてるかな？」

マックスはニヤリとしてこう返した。

しかし、ルイスはシャーキーやベアのような大口を叩いて舌戦に及ぶ気配はなく、メディアの連中が勝手に騒いでいるだけで、ルイス自身のコメントが載ることはなかった。その点だけでもマックスはルイスに好感を抱いたが、同時に、その沈黙が不気味にも思われた。

「ルイスは余程自信を持っている。やはり並のボクサーじゃないよ」

マックスの言葉にジェイコブスもマッホンも頷く。

二人は今や、マックスが見た〝何か〟が何であるか知っていた。短い左ジャブを数発放った後、ルイスは直後にその左腕を下げる、その瞬間、顔面が、打って下さいと言わんばかりに無防備となり、右フックを放つチャンスがそこで生まれる――ということを。

巻き戻したり、スローにしたりして、三人は繰り返しルイスの試合のフィルムを見た。その〝何か〟が見込みのあるものであるかの確認作業の為に。

「危険なのは奴のその左だ。ジャブが執っこい程出てくる。顔と言わずボディと言わずな。チャンスが来る前にこれを好きなように打たせていたら危ない」

マッホンの言葉に頷きながら、マックスは対策を考え、練りに練った。

試合が近付くにつれ、メディアのオッズは更にルイスに傾き、一〇対一だったのが一八対一にまで差が開いた。

「デンプシーはルイスと対戦することなく済んで良かったと言ってるぜ」

「ジーン・タニーの予測じゃ、シュメリングは五ラウンド持つまいとなっている」

「ルイスが一旦チャンピオンベルトをしめたら、十年やそこらは保持するだろう」

メディアがルイスに肩入れする一方で、そうしたオッズに異を唱える者もあった。同国人のよしみで自分を元気付ける為の発言とマックスは受けとめたが、ウェルター級のタイトルを取る為にアメリカに来ていたグスタフ・エーデルは、群がる記者達を煙に巻いた。

「君達は皆〝ルイス病〟に取り憑かれてるよ。シュメリングの右のパンチは侮れないぜ」

「じゃ、あんたのオッズは？」

記者の一人が口を尖らせた。

「五分五分だね」

試合の十日前には思いがけない人物がキャンプに姿を見せた。他ならぬ、この試合のプロモーターでルイス陣営の大物マイク・ジェイコブスだ。

彼は黙ってマックスのトレーニングを一時間程見すえていたが、マックスが一息入れた所で声を掛けて来た。

「君がもしルイスを破ったら、君と契約したいね」

マックスは耳を疑った。冗談だろうと思ったが、マイクの目は笑っていない。

（この人は本当に俺が勝つかも知れないと思ってくれているんだ）

目利きのプロモーターの言葉だけに、契約云々はさておき、大いに励まされた。

試合が近付くにつれ、ジェイコブスの間断のないお喋りと冗談が神経に障ってきた。試合前の数日間は静かに過ごしたいと思った。マッホンに相談を持ちかけると、

「賛成だ。ジョーにはメディアのお相手をしてもら

って、俺達は姿をくらまそう。と言っても、ガードマンはつけないとな」

マッホンの対応は素早かった。キャンプ地から一〇キロ程離れた森の中のコテージを見つけて来ると、ガードマンも二人雇った。

トレーニングを終えて森に帰ると、マックスとマッホンはウッドベンチに脚を投げ出して他愛のない雑談を交わし、肩の凝らない雑誌をめくり、カードゲームに興じたが、試合のことは何も話題にしなかった。大抵は芸能関係のゴシップに絞られた。たとえば、

「面白いことが書いてあるぜ」

と切り出してマッホンが読み聞かせたのは芸能人の食べ物の好みにまつわるものだ。

「チャップリンはさ、溶かしたバターと蜂蜜をたっぷりクランペットにつけて食べるのが大好きで、指についたものまでなめてしまうそうだぜ」

「へーえ、マレーネ・ディートリッヒはコカ・コーラが大好きで、娘のマリアもだそうだ。親近感を覚えるね」

等々。〝コカ・コーラ〟はアメリカへ来て初めて知った飲料水だ。これを飲んでみな、スカッとするぜ、と言ってジェイコブスがトレーニングの後で差し出してくれて以来、マックスも愛飲している。

「当初は炭酸は入ってなくて酒の類として売り出されたらしい。開発したのはニュージャージー州アトランタの薬剤師ジョン・ペーパートンて人らしいがね」

〝コカ〟は〝コカイン〟から、〝コーラ〟はカフェインを含む〝コーラ・ナット〟に由来する名称だということ、さすがにコカインは麻薬の一種なので今は取り除かれ、カフェインと炭酸水になっていること、等を知った。

「爆発的に売れて、世界中に出回ってるらしい。マレーネ親子が飲んでるCMを流せばもっと売れるだろうにな」

マッホンの言葉に頷いてから、マックスは聞き返した。

「マレーネには娘がいるということだが、父親は誰なんだい？」

「さあね」

マッホンは小首をかしげる。

「子種の主についてはさっぱり情報がない。ドイツで早くに結婚して子供を作ったらしいが、ひょっとして離婚しているかもよ。こっちで色々あるようだしな。お前にも秋波を送って来たんじゃないか？」

「いや、そんなことはないよ」

マックスは今もって、マレーネに娘があり、離婚のニュースも見ないから夫もいるに違いないが、そうとは信じられないでいた。

紛れもなくマレーネには、夫と子供があった。夫の名はルーディ・ジーバー。マレーネが二十一歳、ルドルフは二十七歳で、二人は一九二三年五月十七日に結婚した。マレーネが端役で出た映画で、ジーバーは助監督を務めていた。上背はさしてないがイギリスの貴族のように端正な風貌をしたジーバーに、マレーネは一目惚れした。ジーバーから求愛された時、マレーネは天にも昇る心地だった。

当時のベルリンは、〝ザル法〟そのものの禁酒法の盲点をついたもぐりの酒場が繁昌し、モダンガールやギャングの情婦や、自由奔放な女達が闊歩していたアメリカのシカゴさながら、デカダンスを地で行く〝ソドムとゴモラ〟の街と化していた。戦争で傷を負った元軍人達が物乞いをし、猿に曲芸をさせていた。

気位の高いマレーネの母親は、詩人ゲーテの統治するワイマールの〝上流階級の娘達〟の寄宿学校に娘を入れ、バイオリンを習わせた。

マレーネは十七歳でバイオリン教師ライツに処女を捧げた。その初体験は、夢に描いていた甘美なものではおよそなかった。スカートを頭の上までまくり上げられ、ただソファの上に仰向けになっていた。

ルドルフとの新婚生活に不満はなかった。だが、翌年の春に妊娠を知ったマレーネはルーディにこう宣言した。

「もう夫婦関係はおしまいよ。胎児にもよくないし……」

マリアと名付けた女児が誕生するや、マレーネは子供ひと筋になった。ルーディは妻の我がままを容認した。

やがて、トーマス・マンの兄ハインリッヒ・マン原作の「ウンラート先生」が「嘆きの天使」と改題されて映画化が決まると、マレーネはヨーゼフ・フォン・シュテルンベルク監督に白羽の矢を立てられ、ヒロインのローラ役に抜擢された。口髭を生やし、幾らか悲し気な目をしたずんぐり型の小柄な男は、ウィーン生まれのユダヤ人で、青年時代にアメリカに移住し、アメリカ流の名は、ジョセフ・スターンバーグだった。

ドイツ最大の映画会社ウーファ社のスタジオで初対面した二人は、その時から相思相愛の仲になった。

シュテルンベルクに誘われるまま、マレーネは娘マリアを連れてアメリカに渡る。「嘆きの天使」は大ヒットし、マレーネは一躍スターダムにのし上がり、先に、これも愛人であるユダヤ人の監督マウリッツ・スティルレルと共にアメリカに渡って成功を納めていたグレタ・ガルボと並び称されるようになった。

シュテルンベルクとの仲は、夫のルドルフも公認のもので、ルドルフが渡米した折は三人並んで写真に納まり、食事も共にした。ルドルフにもマレーネ公認の愛人ができた。通称ターミと名乗るその女は、マレーネの娘マリアとも心の通う間柄となるが、ルドルフに何度も堕胎させられた後、精神を病んで廃人と化してしまう。

マレーネは共演する男優と次々に、時には二股、三股をかけて関係を持った。既に物心ついた娘と同居しながら、愛人とベッドを共にし、しかも、その情事を隠そうともしなかった。一卵性親子さながら、マレーネは娘マリアを〝私のエンジェル〟と呼んで溺愛し、一方で支配して己が意のままに動かし、有無を言わせなかった。大西洋単独横断飛行をやってのけたチャールズ・リンドバーグの息子が一九三二年三月一日、噂によればアル・カポネによって誘拐され、二ヵ月後死体で発見されたことを知ったマレーネは、マリアも同じ運命に陥ることを恐れ、その後暫く娘を幽閉同然、家に閉じこめたりした。男達との情交の後、マレーネは常に膣を洗浄して妊娠を避ける努力を怠らなかったが、失敗して堕胎し、グッタリしてベッドに横たわり、娘に勘づかれたりもしている。それでもマレーネは我が道を歩んでいた。男優達との情事を、あけすけに娘に漏らし、多くの時をドイツで過ごしている夫にも手紙で告白し、国際電話でも話したりした。

その癖マレーネは、セックスそのものは本当は好きじゃない、抱き合っているだけでいいのよ、と娘に囁いた。その証拠に、後にナチスを嫌ってアメリカに亡命して来た「西部戦線異状なし」の作家エーリッヒ・レマルクとも親しくなるが、「ベッドを共にしたレマルクがインポテンツであることを告白したのよ。私は狂喜したわ。これで分かるでしょ？」とマレーネはマリアに言った。

「でも、大抵の男達はそうじゃない。最後まで行かないと自分を愛していないからだと疑うのよ。だから許してあげてしまう」とも。

マレーネのこうした無節操は、彼女にいちころになって傅《かしず》く男達の嫉妬心と猜疑心を煽った。男達の多くは自らも妻帯者でありながらマレーネを自分だけのものにしたがったが、その実、恋敵同士でマレーネを囲んで食事をしたり写真を撮っている。マレーネの方は適当に愛情を分散し、哀れな男達を手玉に取っていた。彼女が生涯で心底惚れた男は、四十代の後半に知り合う三歳年下のフランスの俳優ジャン・ギャバンだけだった。マレーネはギャバンとの情事では膣洗浄を行わなかった。本気で彼の子供を産みたいと思っているのよ、と娘マリアに告げ、呆れられている。ギャバンの射出した精液の染みたパンティをこれ見よがしにマリアに見せ、情事の詳細を夫への手紙に書き、ルドルフが渡米してきた時は、ギャバンとの情事で乱れたベッドを誇らし気に見せつけたりした。

シュテルンベルクとの二人三脚は、一九三〇年の

「モロッコ」、その二年後の「上海特急」を生み出し、マレーネ・ディートリッヒはグレタ・ガルボと共に一世を風靡した。ガルボは、滅多に笑わない、虚空を見詰めているような目と北欧の出自によっていや増したその神秘性で、ディートリッヒは惜し気もなくさらけ出した長い脚の脚線美で。

マレーネは喉から手の出る程摑みたかった「アンナ・カレーニナ」役を奪われたことでガルボを嫉妬し、憎んだ。その実二人は、一人のプレイボーイ、ユダヤ人の俳優ジョン・ギルバートに脚を開いていた。最初ギルバートと情交を結んだのはガルボだったが、ガルボに愛想をつかされたギルバートは、たまたま共演の機会を得たディートリッヒに迫り、ものにしたのだ。

ギルバートは宿痾《しゅくあ》を抱えていた。胸部の大動脈瘤が破裂したのは、マレーネと情事を重ねるようになって一年少々経った一九三六年一月九日の夜明け、ギルバートの家でマレーネと情交を交わし、そのまま二人で寝入った後だった。

突然の男の叫び声にマレーネは目を覚ました。ギルバートの顔は血の気が失せて土気色となり、一面に汗がにじみ出ている。呼吸は速く、浅い。肝を冷やしたマレーネは自宅に電話を入れて秘書のネリーを起こし、ギルバートの家の近くのドライブウェイまで迎えに来るよう指示し、寝室に置いた自分の身の回りのものを素早く片付けると、フィリピン人の召使いに医者を呼ぶよう申しつけた。医者が駆けつけた時、ギルバートは弓なりになって悶えていた。何が起こっているか診断もつけられないまま、医者は患者に単に興奮を鎮める注射を打つ他なかった。ギルバートは大人しくなった。

そこまで見届けると、マレーネはまとめた荷物を引っつかんで表に飛び出し、ネリーの車を見つけて飛び乗った。数時間後、ラジオのニュースがギルバートの訃報を伝えた時、マレーネはビバリー・ヒルズの自宅の寝室にいた。

警察より先に医者がギルバートを看取ったことで、マレーネは辛うじてスキャンダルを免れた。

「西班牙狂想曲《スペイン》」を最後に、ディートリッヒとシュテルンベルクは袂を分かった。

程なく、ロサンゼルスのドイツ領事館の使いが、ドイツの主だった新聞に出たナチスの宣伝相ヨーゼフ・ゲッベルスの檄文をマレーネに届けた。曰く、

「ユダヤ人の映画監督、ヨーゼフ・シュテルンベルクを遂に追い払ったマレーネ・ディートリッヒに喝采を。この男は彼女に娼婦や堕落した女の役ばかりをやらせ、第三帝国の偉大な市民であり代表者である人物に尊厳をもたらすような役を一度も与えたことがなかった。

今こそマレーネはハリウッドのユダヤ人どもの道具になっていることをやめて祖国へ帰り、ドイツの映画産業の指導者としての役割に就くべきだ！」

ヒトラーやゲッベルス、否、ナチスそのものを嫌っていたマレーネは、無論ゲッベルスのアジテートには乗らなかった。

六月十八日の試合日が迫るにつれ、マックスの気持ちは安らいで来た。

だが、嵐が近付いており、午後から激しい雨になりそうだということで、このまま降り続けば試合は翌十九日に延期されることになった。ヤンキースタジアムの特設リングは言うまでもなく球場中央の野外に据えられたからだ。

計量は予定通り、十八日の午前中に行われた。ジョー・ルイスと対戦して敗れ去ったボクサー達は、まずこの計量の場でルイスの放つオーラに呑み込まれ、怯気付いた。レビンスキーは足が震え、手助けを得てやっと秤の上に乗った。〝歩くアルプス〟カルネラは、ルイスと出会った途端に青ざめ、パオリーノは震えた。陽気なマックス・ベアでさえ、ルイスと計量の場で顔を合わせるのは御免だとごねて陣営の人間を悩ませた。

マックスは意識的に大袈裟なゼスチャーでルイスに近付き、

「ハロー、ジョー。初めまして」

と、にこやかに挨拶した。ルイスは意表を突かれ

た面持ちで繁々とマックスを見返してから、弾んだ声ではなかったがそれでも礼儀正しく「初めまして、宜しく」と返した。

　計量の結果、身長は一八五センチでほぼ同じ、体重はルイスの方が三キロ程多かった。それでも八五キロ、ヘビー級としては二人とも軽量の方だ。リーチもルイスの方が五センチ程長い。胸囲、首回り、ウエストはほぼ同じだ。計量を終えると、マックスはルイスに微笑みかけた。

「ジョー、今夜の幸運を祈るよ」

　ルイスは驚いたように目を見開いてからかすかに微笑んだが、言葉は返さない。

　心にもない台詞ではなかった。僅か十分足らず、隣り合わせて計量、計測している間に、自ら伝わって来るものがある。自信であったり、それと裏腹な虚勢に根ざすものだが、何よりも、相手の性格、人間性が醸し出すものだ。

　ルイスは自然体だった。自信は充分にあるはずだが、それを誇示するような所作も見られない。無論、虚勢などは一切ない。かつての対戦相手とは一味も二味も違う物静かさ、落ち着きがルイスにはあった。その悠々たる物腰こそが一種不気味な圧迫感を与え、初対面の場で対戦相手を震え上がらせたのだろう。マックスもそれを感じない訳ではなかったが、それよりも、ルイスに対してじんわりと湧き上がってくる好感の方がいや勝った。

　天気予報は当たった。降り止むどころか、午後からニューヨークは豪雨に見舞われた。ヤンキースタジアムの係員は、前売り券を購入していた市民からの「試合はどうなるんだ？」という問い合わせに忙殺された。

　翌朝、幸い雨は止んだが、空はどんよりと曇り、またいつ降り出しかねない模様だったが、そのまま夜に入った。雨にならない限り試合は決行となった。さすがに客足は鈍った。それでも四万六〇〇〇人の観客が詰めかけた。試合開始は午後十時だ。

　八時十分前、ジェイコブスがホテルに迎えに来た。

「ゆうべは眠れたかい？」

ジェイコブスはマックスの顔をのぞき込んだ。

「ああ、ぐっすり眠れたよ」

嘘ではない。過去のどの試合の前夜よりも熟睡でき、心身共に爽やかな朝を迎えていた。

マッホンを含めた三人はエレベーターでロビーに降りたが、ガランとして誰もいない。

「静かだな」

「皆部屋でラジオにかじりついているのさ」

ジェイコブスがマックスに答えた。果たせるかな、キーを預けにカウンターに立ち寄ると、受け取ったクラークの前のデスクにラジオが置いてある。

「幸運を祈ります、シュメリングさん」

クラークが言った。マックスは礼を言って玄関に急いだ。車が待ち受けていた。車の脇にはニューヨーク市警のオートバイが付いている。通りの混雑を予測して先導に来てくれたのだ。

まだ乾き切っていない街路は車のライトでテカテカと光って見えた。ヤンキースタジアムに近付くにつれ、その道が見えなくなる程車が溢れて来た。オートバイの警官がサイレンを鳴らしながら道を空けさせて進んだ。

十時少し前、マックスらが落ち着いた控え室のドアをノックする音がした。自分達をリングに先導するボクシング委員会の役員かと思ったが、アメリカで最も名の知られたボクシング評論家のトム・オルークだった。八十三歳の斯界の長老は、入って来るや、マックスの横のマッサージテーブルに腰を下ろし、

「気分はどうかね？」

と話しかけた。マックスが答えようとした端、オルークが性急に二の句を継いだ。

「君が勝つのは分かっているよ、マックス。でも、充分注意して、頭を使いたまえ」

老人は自分のこめかみを指でつついたが、刹那、上体を後にのけぞらせたかと思うと、そのまま床に崩れ落ちた。ジェイコブスとマッホンが慌てて抱き起こし隣の部屋へ運んだ。

「興奮の余り、気を失っただけだ。有り難いご託宣

を告げてくれたものだ」

戻って来たジェイコブスがやれやれといった顔で言った。

トム・オルークが死んだと知らされたのは翌日だった。

程なく、何事もなかったかのようにニューヨークボクシング委員会の役員が入って来て、「ではそろそろ」とマックスらを促した。

部屋を出ると、警察官が待ち構えていて、役員と共に三人を先導してリングに向かった。

スポットライトが一行を浮き彫りにすると、歓声が夜空に轟いた。

ジョー・ルイスが先にリングに上がった。マックスはチラと流し見たが、ルイスの顔は仮面さながら無表情だ。

三人の男が聴衆をかき分けてリングに上がってきた。司会者が彼らを紹介した。最初はジャック・デンプシー、次いで、デンプシーを破り、防衛戦は行わないままタイトルを返上したジーン・タニー、最後に、現チャンピオン、ジミー・ブラドック。

デンプシーがマックスと握手を交わした後、リングサイドの観客はかねての噂、二人が兄弟のように似ていることを確認してどよめいた。

レフェリーはおなじみのアーサー・ドノバンだった。

十時六分、ドイツでは早朝の三時六分、試合の開始が告げられた。ゴングがなる寸前、アニーの顔が浮かんだ。

（ちゃんと起きてラジオを聴いていてくれるだろうか？）

リングを取り巻くプレス関係者の中に、ドイツに試合の実況中継をするアルノ・ヘルミスがいた。ナチスの機関紙「フェルキッシャー・ベオバハター」の記者だ。

「マックス、君はやるべきことはすべてやった。会得したものを俺に見せてくれる時が来たんだ」

マックスの口にマウス・ガードを押し込みながらマッホンが言った。

マックスは立ち上がり、ロープを背にしてシューズでマットをこすった。滑り具合を確かめる為に。その時、ゴングが鳴った。

静かな出足だった。マックスは右足に体重を乗せ、左手を挙げて顔をかばい、右手は顎の下に構え、上体をやや後にのけぞらせている。機を見て一気に体重をかけた右のフックを繰り出そうとの構えだ。

ルイスはシュメリングの右のパンチの威力をスタッフから聞かされている。それを警戒する余りか、いつものダッシュに走らず、相手の出方を探っているようだ。

マックスが上体を後にのけぞらせ気味なのに反し、ルイスはやや前屈みの姿勢である。

にらみ合いが続いたが、ものの三十秒も経ったと思われる頃、マックスは右目の下に鋭い痛みを覚えた。早くて見えなかったが、ルイスの左のジャブが突き刺さったのだ。更にジャブはボディにも繰り出された。マックスは右のパンチを放ったが空振りに終わる。ルイスはたて続けに左ジャブを送ってマックスの出足を止め、右のフックを放った。

第一ラウンドは完全にマックスが劣勢のまま終わった。コーナーに戻ると、マッホンが駆け寄ってニヤッと笑いながら言った。

「まだ生きてるじゃないか」

マックスは苦笑した。

「ルイスはいいパンチを持っているよ」

マッホンが突き放すように言った。

「おう、そうかい」

「お前は打てないのか？」

第二ラウンド早々、マックスは左のストレートと右のパンチを二、三発ルイスの左顔面に決めた。しかし、後はルイスのペースだった。間断なき左ジャブにフック、ボディ打ちも加わり、マックスは防戦一方となる。早くも左瞼が腫れ上がった。

このラウンドもルイスのものだ。

「ジャブを五発も連続で食らって、一発もカウンターを返さないなんて、何てこった！」

マッホンが嘆いた。マックスは黙って聞いていたが、(その通りだ。ジャブを食らい過ぎてる。さてどうしたものか?)と自問自答していた。

「落ち着いて奴の左をよく見るんだ」

ゴングが鳴るやマッホンが耳もとに熱く囁いてマックスを押し出した。

第三ラウンドは激しい打ち合いになった。ルイスもいつしか右足に重心をかけて左足を前に出し、相変わらず左のジャブを執拗に繰り出すが、マックスはやられ放しではなかった。右のフックを二発決め、アッパーも放ってルイスをぐらつかせた。ルイスはカウンターパンチを放ったが、マックスの腰を屈めてのダッキングに空振りに終わる。

「いいパンチを入れたぜ」

ゴングが鳴ってコーナーに戻ってきたマックスにマッホンが言った。しかし、リングサイドから上がって来たジェイコブスは叱責した。

「このままじゃ危ないぞ。メディアの連中ももう時間の問題だなどと騒いでいる」

「少し黙っててくれ」

マックスはジェイコブスの冗舌を耳障りと感じた。

第四ラウンドに来て漸くマックスはチャンスを捉え、ルイスのジャブに右のクロスで応えた。正確なパンチにはならなかったが、ルイスは次を打たれまいとクリンチに出た。

アーサー・ドノバンが割って入る。次の瞬間、ルイスはジャブを繰り出し、もう一度繰り出そうと左腕を引いて降ろした。刹那、マックスは腰を屈め、全体重を乗せて右のパンチを放った。更に一発、ルイスの左フックをかいくぐり、右のパンチを放った。ルイスはよろめき、横向きになってマットに腰を落とした。

観衆が一斉に椅子から立ち上がり、やんやの歓声を挙げた。それは今までルイスのパンチがマックスの顔面を捉える度に送られていたものだ。

ルイスはカウント4で立ち上がったが、マックスは劣勢を挑ね返したとの手応えと共に、ルイスへの恐れがなくなっている自分に気付いた。

マックスのコーナーは観衆と共に興奮のるつぼと

化している。ジェイコブスが喋りまくり、マックスの目を冷やしながらドクター・ケーシーも、「凄いぞ、凄い、マックス。目の塞がらぬうちに叩きのめせ」と叫んだ。マッホンだけが冷静な言葉を放った。

「油断するなよ。手負いの獅子だ。向こうもKOを狙ってくるぞ」

第五ラウンドが始まった時、ルイスは勢いよくコーナーを飛び出し、すっかり回復しているように見えた。

マックスはすかさず右のパンチを二発放ち、ルイスの顎を捉えた。ルイスはロープ際に後退気味になる。中央に体を戻したが明らかに手数は減っている。ゴング終了間際、マックスの右のパンチがルイスにヒットした。このラウンドはマックスのものだった。

第六ラウンドは前のラウンドの勢いそのもの、マックスの小気味の良い右のパンチがたて続けにルイスの顔面や頭にヒットした。果敢な攻撃だ。ルイスの動きは鈍くなり、左のジャブも肘が曲がって前半の突き刺すような鋭いものではなくなっている。終了間際にマックスの右フックがルイスのテンプルを捉えた。この回もマックスペースで終わった。ルイスの顔下半分が腫れ上がっている。

コーナーに戻ったマックスは、打ち疲れたと感じた。自分でも息遣いが荒いのに気付いた。

「いい調子だ。しかし、次のラウンドは少し休め」

マッホンの指示通り、第七ラウンドの前半、マックスは手を出さずルイスの動勢を窺い見るだけにした。ルイスも疲れたのか、手を出して来ない。

しかし、ラウンドの半ばに至ってルイスは猛然と打って出て来た。左のボディに右フック、次いで左右のパンチを繰り出し、マックスは防戦一方になる。

ルイスのボディがトランクスに当たった。ローブローだ。アーサー・ドノバンがすっ飛んで来て注意した。ルイスはマックスの肩に腕をかけ、詫びるように首を振った。ローブローが意図的なものでないと訴えるように。マックスは「分かったよ」とばかり頷く。このラウンドは完全にルイスのものだった。

コーナーに戻るとジェイコブスが険しい顔を見せ、腫れ上がったマックスの左瞼を心配気に見やった。

「ルイスは闘牛のように打ってくるよ。信じられないパワーだ」

「次の回は打って出ろ」

マッホンが檄を飛ばした。

第八ラウンド、さすがにルイスは前のラウンドで打ち疲れた様子だ。それでも先に手を出したのはやはりルイスだった。明らかに作戦を変え、左のジャブは鳴りをひそめてマックスのボディ狙いに来た。更に右フックと続けたが、畳みかけては来ない。

マックスは左のジャブを放ち、アッパーから右のフックでルイスの顎を捉えた。ルイスは慌ててカウンターパンチを放ったが空振りに終わる。

マックスの右のパンチがたて続けにルイスの左顔面を捉えた。

「倒せ、倒せ！」

リズムを取るような群衆の声は自分に向けられたものだとマックスは自負した。

第九ラウンドは完全にマックスのペースだった。いきなり右のフックがルイスの顔面にさく裂し、ルイスは明らかにたじろいだ。左のジャブも厭々をするように肘の曲がったまま腕を伸ばすだけで威力に乏しい。マックスは左フックも放ち、次いで右、左とルイスの顔面を捉えた。ルイスはグロッキー気味になったが、次のゴングが鳴ると、また元気を取り戻していた。

第一〇ラウンドは壮絶な打ち合いになった。マックスの右に、ルイスは左ボディを繰り出して応戦する。しかし、狙いすましたマックスの右のパンチがルイスをロープ際にまで吹っ飛ばした。マックスは更に左右の連打を浴びせる。ルイスの目が顔面の腫れのために細くなっている。しかし、苦痛の表情はない。あくまでポーカーフェイスだ。その強かさにマックスは舌を巻いた。もう数発クリーンヒットを放てば倒せると思ったが、ルイスはクリンチを混じえて防戦し、マックスにとどめの一発を許さない。

第一一ラウンド、勢いよくコーナーを飛び出したのはマックスの方だった。

ルイスはまたしても左ジャブを多用して来た。マックスの右、ルイスの左、またマックスの右、クリンチ、離れてルイスの左ジャブ、フック、アッパー、マックスの右と応酬が続く。このラウンドはイーブンだった。

ルイスのパンチの威力は明らかに落ちている。痛い程の、そして、倒されるかも知れないというショックはもはやない。だが、自分のパンチにもマックスは自信を失いかけた。これまでの相手なら、これだけ何十発とクリーンヒットを決めたなら確実にマットに沈んでいるはずだ。が、疲れ切った足取りでコーナーに戻って行き、もう一息だと思わせても、ゴングが鳴るとルイスは不死鳥の如く蘇って来る。一五ラウンドをフルに闘い、パンチを更に数十発ヒットさせても倒れないのではないかと思えて来た。

一発に勝負を賭けるしかない。左フックでルイスの顔を左に向け、狙い澄ました右のパンチをクリーンヒットさせることだ。


第一二ラウンドもマックスの方が勢いよくコーナーを飛び出した。ルイスは幾らか重た気にゆっくりとリングの中央に歩み出た。

マックスの左目は腫れ上った瞼でほとんど塞がれ、右目も腫れて来ている。ルイスの方も顔の下半分が腫れ上がり、全体が西洋梨のようになっている。ダメージは五分五分に見えた。

マックスの右フックが二発当たった。ルイスは左ボディを放ったが、マックスのベルトの下に当たる。プロテクターをトランクスの下に着けているが、それでも下半身に痛烈な痛みを覚え、一瞬全身が震えた。

シャーキー戦の悪夢が蘇った。ローブローで倒れても勝利は転がり込んだが、ニューヨークボクシング委員会に採用された新ルールでは、ローブローに対してマイナス点が課され、そのラウンドはローブローを受けた者のポイントとなるが、万が一ローブローでダウンしても、10カウント内に起き上がらなかったらＫＯ負けになるという理不尽なものに変わっている。

最初のローブローで注意を与えられた時は、意図的なものではないと訴えるようにシュメリングの肩にグラブを置いたルイスも、今度はドノバンの注意を軽く受け流しただけだった。

信じたくはないが、ポイントでリードを許していると見たルイスがローブローによるＫＯを狙っているのかも知れない、とさえ疑われた。

（その前に何としても片付けなければ！）

ルイスは左ジャブを連発して来た。マックスは左のクロスパンチを放ち、次いで右のパンチを食らわせた。狙い通りだ。ルイスの体がロープ際に飛んだ。マックスは突進し、矢継ぎ早に左右のパンチを打ち込んだ。最後は力をため込んだ右からの強烈な一発だった。次いで左、右と続ける。

ルイスは腰が砕け、両腕を中段のロープに投げかけると、頭を両のグラブで覆った。かと思うや、体が半回転してマットに倒れ込んだ。一旦仰向けになりかかったが、すぐにうつ伏せになり、右のグラブで頭を覆った。ドノバンが10カウントまでコールしたがルイスは起き上がって来ない。ドノバンはうつ伏したルイスの前でしゃがみ込んだまま両腕を左右に振った。

プロになって以来無敗、二三連勝を誇っていた無敵の〝褐色の爆撃機〟が撃沈した瞬間であった。

マックスは両腕を頭上に突き上げて喜びを爆発させたが、すぐに我に返ってルイスに駆け寄った。ルイスのセコンドと共にマックスはその上体を起こそうとしたが鉛のように重い。ルイスが気を失っている証拠だ。

マックスは自陣のコーナーに引き戻され、ジェイコブスとマッホンに抱きつかれた。カメラのフラッシュに向かってジェイコブスが叫んだ。

「俺は君達に何て言った？　俺達はルイスを倒すと言わなかったかい？　どんなもんだ。我々はあいつを倒したぜ！」

ジミー・ブラドックもリングに駆け上がって来た。

「素晴しい試合だったよ、マックス！　これでタイトル戦の権利を得たね」

腫れ上がったマックスの瞼が壮絶な闘いの跡を示し、人々の感動をかきたてた。ロッカー・ルームに引き下がるマックスに群がり寄った観衆は、腕を伸ばして何とかマックスの体に触ろうとし、ある者はまだ手に巻かれたままのテープを捉えて引き裂いた。

リングの反対側ではルイスが頭をタオルで覆い、スタッフによりかかりながらリングを降りて暗い出口に向かっている。

ルイスは控え室でそっと寝かされ、気付け薬を飲まされ、そのまま十五分程横になっていたが、意識がはっきりしたところでスタッフがシャワーを浴びさせた。

ルイスはまたすぐに横になりたがった。こんなルイスを見るとは夢にも思わなかったブラックバーンは、ルイスが哀れで、じっと見詰めている間に泣けて来た。ルイスがそれに気付いたかのように、うつろな目を投げかけて尋ねた。

「何が起こったんだい?」

脳震盪状態にあったルイスには、まだ現実が呑み込めていないのだ。

ブラックバーンはルイスの肩に手を置いて首を振った。

「何も大したことじゃない、息子よ。お前はただKOされただけさ」

涙が乾くまでブラックバーンはルイスに付いていたが、やがてシュメリングの控え室に向かった。

天国と地獄だった。シュメリングの控え室はてんやわんやの大騒ぎで、興奮のるつぼと化している。

ブラックバーンは人をかき分け、押しのけてシュメリングに近付いた。

シュメリングの顔も壮絶な打ち合いの跡を残し、左目は塞がり、右の眼も腫れ上がっているが、勝者の奢りはなく、その笑顔はただ喜びだけを表していた。

「マックス、おめでとう」

ブラックバーンは沈痛な面持ちを崩さなかったが、それでもシュメリングの手を強く握って言った。

「君は大したものだ。素晴らしかったよ」

「有り難う」

マックスは思いがけない人物の祝福に驚きながらブラックバーンの手を握り返した。

「ジョーは大丈夫かい？」

「心配ない。君の目は？　見えてるのか？」

「左はうっすらとね。最終ラウンドまで闘っていたら、つぶされていただろうね。ルイスの左のジャブは鋭かったよ」

「君がチャンピオンになったら、もう一度ジョーと闘わせたい。ジョーもきっとそう願うだろう。じゃあな」

マックスの返事を待たず、ブラックバーンは人混みの中に消えた。

車が迎えに来た。マックスはマッホンとジェイコブスと共に乗り込んだ。車はブロンクスからハーレムを通ってマンハッタンに向かったが、ハーレムでは黒人達がわめき散らしながら車に突進して来て唾を吐きかけ、煉瓦や棒で車体に殴りかかった。三人は身を屈めた。

「スピードアップしてくれっ！」

ジェイコブスが叫んだ。

運転手も身の危険を感じてアクセルを踏み込み、車体をくねらせながら近道を通って何とか無事にプラザホテルに辿り着いた。

ホテルの前にも数百人の人だかりがしている。車から降りたマックスに、拍手が湧いた。見慣れた記者の顔が幾つもある。彼らは異口同音に問いかけた。

「君が以前〝見た〟と言ったのは何だったのか、手の内を明かしてくれよ」

マックスは説明した。ルイスはジャブを繰り出した後左腕を下げる、瞬時、左の上半身が無防備になるから右のパンチを放つチャンスが生まれる、と。

「と言うと、君がカウンターパンチをお得意としていることをルイスは見くびっていた、という訳だ。そうだね？」

「うん、まあ、そういうことになるかな？」

記者達は忙し気にメモを取りながらぞろぞろとマックスの後について離れない。ジェイコブスとマッホンが「もうその辺で、その辺で」と両手を前に突き出して彼らを左右へ押しやりながらマックスをエレベーターに先導した。

部屋に辿り着いても、次から次へと人が押しかけた。部屋は既に祝いの花で埋め尽くされんばかりだった。

ベルボーイが二、三分置きに祝電を積んだ籠を携えて来る。ソファに座って電報の封を切りながら、マックスの取り巻きの一人ヘルベルト・リッツと名乗る男が差し出し人の氏名を読み上げた。

ハインリッヒ・シュルスヌス、ハンス・アルベルス、プリモ・カルネラ、ビクター・シュパネッケ、エルンスト・ルービッチ、フーゴー・アベルス、アンネ・メンツ、ジョージ・グロス……。

知らない名前も多かったが、懐かしさを掻きたてられる名前もあった。皆話に夢中で、リッツに耳をそば立てている者はいなかったが、それでも有名人の名が読み上げられると「おー！」とどよめきが起こる。

リッツがソファから立ち上がり、ベルボーイが新たに運んで来た祝電をこれ見よがしに顔の前に広げて読み上げた。

「マレーネ・ディートリッヒ、ダグラス・フェアバンクス」

「うおーっ！」

と人々がリッツを振り返って矯声を挙げた。気を良くしたかのように、リッツは次の祝電を頭上に掲げ、勿体振ってワンクッション置いてから、叫ぶように読み上げた。

「アドルフ・ヒトラー！」

部屋の中が一瞬静まり返り、次いで、大きな拍手が湧いた。唯一人、ジェイコブスだけはそっぽを向き、指先だけをチョンチョンと合わせているのをマックスは見て取った。

物凄く疲れているはずなのに、マックスもマッホンもジェイコブスも眠気を覚えなかった。入れ代わり立ち替わり祝福に来る人々に三人はこもごもに応じ、部屋から喧騒が薄れることはなかった。

至福の時はあっという間に過ぎて行く。誰かが叫んだ。

「おっ、もう夜が明けたぞ！」

ベルボーイが朝刊をどっと運び入れた。マッホンとジェイコブスが引ったくるように数束ずつを手に取って広げた。人々がワッとばかり二人に群がり、背後からのぞき込んだ。

「見ろよ、マックス。三十一歳のお前をポール・ガリコは年寄り扱いしてるぜ」

ジェイコブスがデイリー・ニュースをマックスに差し出した。

「読んでやれよ、マックスは目が塞がってんだから」

マッホンが言った。

「そうだ、俺達にも聞かせてくれ」

別の声が飛んだ。

ジェイコブスはパナマシガーを口から離し、「では」と勿体をつけてから読み出した。

「歳の行ったシュメリングが不敗のジョー・ルイスをマットに沈めた時、数百万ドルが失われ、ハーレムは悲しみに沈んだ。

私を含めジャーナリストはマックスに詫びを入れなければならないだろう。彼は（勇気あるパオリーノを除けば）開始のゴングから何ら恐れることなくルイスと闘った最初の対戦相手だった」

「ウォーッ！」

「正にその通り！」

歓声と拍手が湧き起った。

「ダン・パーカーはこう書いてるぜ」

マッホンの声に座が静まった。

「こっちはデイリー・ミラーだ」

マッホンが朗読を始めた。

「勝ち目がなかったマックス・シュメリングが、我々の時代の驚愕の的であるジョー・ルイスをヤンキースタジアムでの壮絶な試合で第一二ラウンドにＫＯし、コルベットがニューオリンズでサリバンを打ちのめして以来のボクシング史上の番狂わせを演じて見せた。ルイスはロープに倒れ込むまでに、並の選手なら四人分のＫＯパンチを浴びせられていた」

また歓声が起こり、拍手が打ち鳴らされた。

「ひと眠りさせてもらうよ」

新聞がジェイコブスとマッホンの手から奪われ次々と回されている間隙を縫って、マックスは隣のマッホンの部屋に逃れた。

部屋に入るなりホテルの交換台に連絡を入れ、ベルリンのこれこれにつないでくれと申し入れた。
二、三分でつながった。懐かしいアニーの声が聞こえた。
「ラジオ、聴いてくれたかい？」

「勿論よ。ゲッベルス大臣がお宅に招いて下さって、奥様共々聴いていたわ。生きた心地がしなかった。目は大丈夫なの？」

「ああ。見たらびっくりするかも知れないが、見えてるから大丈夫」

「良かった！　とにかく、おめでとう！　それで、いつ帰ってくるの？」

アニーが性急に口走った。小さな愛らしい口もとがマックスの腫れ上がった瞼の裏に浮かんだ。

（それにしてもゲッベルスの家でとは！）

アニーが真夜中にひとりラジオにかじりついてるのは耐え難かろうとの配慮には違いなかろうが、本当にゲッベルス夫人も同席していたのか問い質さねばとマックスは思う。

「分からない。これから船の予約を入れることになるんでね」

「できるだけ早く帰っていらして」

少し沈んだ声でアニーが返した。

船はまだ予約を入れてない。試合の結果次第では日程が狂う。打ちのめされてリングから病院にかつぎ込まれ、何日も入院を余儀なくされることも皆無ではなかったからだ。

それにしても船となれば一週間はかかる。アニーを抱きしめるまでの長さを思えば気が遠くなった。

しかし、二日後にマックスは故国の土を踏んでいた。波の上ではなく、雲の上を飛んでフランクフルト空港に降り立ったのだ。

アドルフ・ヒトラーが、一刻も早くマックスの顔を見たい、試合の様子を聞きたいと、既に満席であった飛行船ヒンデンブルク号のキャビン席を手配してくれたのだ。

空港は見渡す限り、人、人、人で埋め尽されている。破竹の勢いの黒人ボクサーを破ったことで、シュメリングは再び世界チャンピオンに返り咲いたかのような錯覚を人々は抱いたのだ。

ベルリンに着くと、アニーとの抱擁を満喫する暇もなく、「総統がお待ちかねです。奥様と御母堂、お友達もお連れするように、との仰せです」との電話が首相府から入った。

マックスはアニーと母親、友人のディレクターと作曲家夫妻を伴って招待に応じた。

副官のヴィルヘルム・ブリュックネルが出迎えたが、腫れて皮下出血の黒い跡を残しているマックスの左瞼を見て、「おーっ!」とばかり驚嘆の声を放った。

「正しく名誉の負傷ですな」

繁々とマックスの顔を見やってからブリュックネルは言った。

一行は応接ホールに案内された。ヒトラー、ゲッベルス夫妻、ホフマンら知った面々が待ち構えていた。ゲッベルスの妻のマグダが、「あなたの勝利の瞬間、奥様と思わず抱き合いましたのよ」と言った。マックスの疑いは晴れた。

ヒトラーも一瞬痛々し気にマックスの瞼を見やったが、そのまま近付いて口を開いた。

「貴君の輝かしい勝利は、ドイツとドイツ人の卓越性を世界に示した画期的な金字塔だ」

さながら演説口調の物言いに戸惑いながら、自分の為にヒンデンブルク号の特別席を用意してくれたことへの謝意をマックスは伝えた。

「オリンピックを前に、貴君の勝利はこの上ないファンファーレを奏でてくれた」

ヒトラーはもう一度演説口調で言った。ゲッベルス他取り巻きの面々がいかにもとばかり相槌を打った。ヒトラーは満足気にそれを見やってから、おもむろにアニーに話しかけた。

「奥様は、今日はご主人の横にいたいですよね？」

アニーははにかんでそっとマックスを流し見た。

「お二人はそこへどうぞ」

ヒトラーは後ずさり、テーブルを挟んで自分と真向かいの肘掛けにマックスの母親を、その隣にアニーを誘った。次いでマックスの母親に微笑みかけた。

「立派なお子さんを持たれ、母上として無上の誇りですね。さ、どうぞ、私の隣にいらして下さい」

「閣下のおそばなんて、滅相もないことです」

母親はどぎまぎして息子の顔を見た。

「折角の総統のご好意だ。甘えましょう」

マックスは母親を強いてヒトラーの横に座るよう促した。

「どうぞどうぞ」

とゲッベルスが椅子を引いて座らせ、自分はその隣に腰を落とした。四人目の子を妊娠したばかりのマグダはマックスの母親とヒトラーを挟む形でその左隣に座った。

事務員が菓子とコーヒー類を運び入れると、座がやっと和んだ。

ヒトラーはケーキを口に入れ、自分用のハーブティーを一口二口すると、やおらマックスに問いかけた。

「新聞の報道で大まかなことは分かっているが、どうかね、マックス、第四ラウンドだったたか、最初にぐらつかせた段階で黒人を倒せると確信したかな？」

〝ジョー・ルイス〟という固有名詞でなく、〝Negro〟とヒトラーはアクセントを強めて言い放った。

「いえ、それまで一方的にジャブで痛めつけられていましたから、そう簡単には倒せないと思っていました。行ける、との手応えは覚えましたが……」

言い終えてから、我知らずルイスをかばっていることに気付いた。彼のようなハードパンチャーにしてテクニシャンにはいまだかつて遭遇したことがありません、正に稀代のボクサーです、と続けたい衝動を覚えた。しかし、黒人の名など口にするのも汚らわしい、とばかり、“Negro”の集合名詞で片付けたヒトラーの機嫌を損ねることは目に見えている。

喉まで出かかった二の句を呑み込みながら、今更にして、(勝てて良かった!)と感慨を新たにした。もし敗北を喫していたら、下等民族に月桂冠など頂かせて、何たる面汚しだ、ドイツの恥だ、オリンピックに花を添えるどころか泥を塗りつけてくれた、と罵倒されかねなかっただろう。無論、飛行船などあつらえられることもなく、首相府に招かれることもなかったに相違ない。

マックスは用意して来たアメリカのプレスの切り抜き記事を束ねたものをヒトラーとゲッベルスに差し出した。

二人はじっと記事に見入った。ゲッベルスは活字を追っているようだったが、ヒトラーは専ら写真を見ている。

「この試合のフィルムを見れないのは残念だね」

新聞を右隣のマックスの母親に手渡しながらヒトラーが言った。

「フィルムは持ち帰りました」

マックスの返事に、ヒトラーは目を丸めた。

「えっ? どこにあるのかね?」

「空港の税関に引っかかり、押収されたままです」

「空港? まさかフランクフルトじゃ?」

「テンペルホーフです」

ヒンデンブルク号はフランクフルトに降り立ったが、そこで普通の国内機に乗り換えてテンペルホーフ空港に飛んだのだ。

ヒトラーはブリュックネルの部下を呼びつけ、直ちにテンペルホーフに赴いてフィルムを取ってくるよう命じた。

フィルムが到着するまでの時間は、近付いたオリンピックの話題に終始した。開催期間中、ベルリンとその周辺のホテルは既に予約で一杯であるとゲッベルスが言った。

「我がドイツの復興と威光を全世界に知らしめるまたとない好機とみなした私は――」

ヒトラーの口吻が再び演説調になった。

「惜しみなく予算をつぎ込み、競技場の建設費として七〇〇〇万マルクを計上しました。それは余りに膨大過ぎやしないかと異を唱える連中もいたが、私は一笑に付した。オリンピックの祭典は必ずやその数倍の見返りを呼ぶだろうと確信しているからです」

ゲッベルスと妻のマグダが大きく相槌を打つ。マグダは帽子を被ったままでヒトラーの左隣に座っている。何も事情を知らない者がこの部屋に入って来たら、ヒトラーとマグダを夫婦と勘違いするに違いない、とマックスは思った。

「入場料や外国の観光客がドイツの市場に落として行く金も測り知れないものがあるだろうと私は計算しているんです。期待しているのは金銭的なことばかりではありません」

ヒトラーは如才なくマックスの母親やアニー、マックスの伴って来た友人達に語りかける。

「レニ・リーフェンシュタールを御存知ですかな?」

ヒトラーはアニーに話しかけた。

「はい、〝青の光〟を見ました。主人も一緒に」

「おお、〝青の光〟!」

ヒトラーの声が上ずった。

「山の精ユンタ! 彼女を演じたのがレニですが、レニはあの映画で出番のないシーンは自分がメガホンを取り、監督を務めたのです。それと知って、私は彼女にディレクターとしての才能を見出し、我が党のニュルンベルク大会の記録映画を撮るよう命じました。〝意志の勝利〟です。ご覧下さったかな?」

ヒトラーにゲッベルス夫妻が視線を合わせてこちらに顔を向けたのにマックスは戸惑った。アニーも困ったという目でマックスを見た。二人とも見ていなかったからだ。

だが、友人の作曲家が三人の視線を逸らせてくれた。

「拝見しました。単なる記録映画に留まらず、詩情豊かで一編のドラマを見る思いでした」

「おお、その賛辞をレニに聞かせたいものだ」

ゲッベルスが頷く。

「それで私も改めて彼女の才能に惚れ直し、来るオリンピックの記録映画も撮らせることにしたのです」

「四〇台のカメラを用意しているそうですよ」

ゲッベルスが言い添えた。

「四〇台⁉」

マックスの背後で友人のディレクターが驚きの声を放った。

「それはまた膨大なフィルム量になりますね」

「いかにも。だから経費も馬鹿になりません。しかし、彼女のプランニングを見て、これはかつてない素晴らしい記録映画が出来上がると確信したのです」

「そう、オリンピック全体を記録映画に留めたためしはこれまでなかった」

ヒトラーが続けた。

「その意味で、新生ドイツの何よりのプロパガンダ、国威発揚の好材料になるでしょう」

それからヒトラーは、この壮大な夢を乗せたオリンピックの場でドイツの好敵手となるであろう、それ故にその参加なくしては大会の盛り上がりを期待できなかったアメリカを説き伏せた最大の功労者はお宅の息子さんですよ、とマックスを持ち上げて隣の母親に話しかけた。

「まあ、どうしましょう、そんなにお褒め頂いて……」

母親はどぎまぎして息子の顔を見やった。

（ジェイコブスの一件は、もうこの人の念頭から消え失せているのだろうか？）

恐縮している母親に微笑を返しながら、ここととは違う大きな暖炉のある部屋だったが、アニーと二人で相対した一年と少し前の日のことをマックスは思い浮かべていた。スポーツ省長官チャメル・オステンの圧力を跳ねのけるべく、ジェイコブスへの寛大な処遇を嘆願に赴きながら、話題を逸らすばかりだった気難しい顔の持ち主と、裏腹に上機嫌で冗舌に語り笑みを絶やさぬ人物とが同一人物であることのギャップに戸惑いながら。

程なく、「お待たせしました」と言ってブリュックネルの部下が入って来た。

「では皆で見ましょう」

ヒトラーは真っ先に立ってマックスの母親をエスコートしながら一同を映写室へと促した。

フィルムは一部不鮮明な個所もあったが、冒頭からしてヒトラーは目を輝かせた。巨大なヤンキースタジアムに続々と数万の観衆が入って来るシーンを映し出していたからだ。それは紛れもなくヒトラーが折々目にしている光景に相違なく、恰も自分がその場に身を置いているような錯覚に捉われていたのだろう。

カメラがリングに転じ、第一ラウンドを映し出すや、マックスとジョー・ルイスの最初の二、三の打ち合いで既にヒトラーは興奮状態となり、マックスのパンチがルイスを捉える度に膝を打ち叩いた。

第四ラウンドでルイスが最初のダウンを喫した場面で、ヒトラーの興奮は弥が上にも増し、ラウンドが終わるや突如マックスを振り返り、叫ぶように言った。

「君は、私が『わが闘争』の中でボクシングの教育的価値について書いているのを知っているかね？」

「すみません」

マックスは頭を下げた。

「ご本は持っているのですが、まだ全部を読み切れていません」

『わが闘争』は芸術家の友人達の論争の的だったから遅れ馳せながら手にしていたが、第一巻をざっと流し読みしただけで、そのごつごつした、まわりくどい文章について行けなくなり、二巻目は書棚の隅に置いたままだ。

印象に残る個所がなくはなかった。美術画家を志しながら挫折した若い時代の苦労話や、戦場でイギリス軍の放った毒ガスに目をやられて失明寸前に陥ったエピソードなどだが、よもやボクシングに言及した件があるなどとは夢にも思わなかった。

「是非読んでくれ給え」

ヒトラーが興奮の面持ちのまま言った。

「二冊目だよ。二冊目の前半、〝スポーツの価値〟と題した件に書いている」

（道理で）

ヒトラーの興奮振りが腑に落ちた。書棚の片隅に置いてあるはずの本が目に浮かんだ。

「ボクシングは男らしいスポーツだ」

とヒトラーは、マックスが恐縮の体で頷いたのを見届けてから言った。

「だから私は皆に、スポーツ省のシラクやオステンに言ってるんだ。ボクシングを公立学校のカリキュラムに入れるべきだ、とね」

「有り難うございます」

チャップリンやダグラス・フェアバンクスのように、ひょっとしてヒトラーは自ら若い日にボクシングを習ったことがあるのかも知れない、とさえ思った。修道院で聖歌隊に加わり、画家を志したという、どちらかと言えば軟派の人物から、グラブをつけてサンドバッグを叩いている姿はおよそ想像できなかったが。

それにしても、ヒトラーの口から事もなげに〝チャメル・オステン〟の名が飛び出したのには驚かされた。やはりもうジェイコブスの一件は、少なくともヒトラーの中では痛痒を感じない事柄として念頭から失せてしまっているのだろうか？

ゴングが鳴った。ヒトラーはまたさっと正面に向き直った。

五ラウンド以降、ヒトラーは食い入るようにスクリーンを見詰め、時に拳を握りしめ、時に「オオッ！」とか「ヤーッ！」とか声を発した。

マックスが畳みかけるようなパンチを放ってルイスをマットに沈めた時は、腰を浮かして両の拳を振り上げ、「やった！」「やったぞ！」と叫んだ。

映写が終わるや、

「何て素晴らしい！」

とヒトラーは大声を放ち、ゲッベルスに向き直った。

「いいか、このフィルムは週刊ニュース映画の一部として使うんじゃないぞ！　特別作品として公開するんだっ！　帝国全体にだっ！」

「大賛成です」

得たりや応とばかりゲッベルスは答えた。

「国民も、血湧き肉躍る思いをするでしょう」

立ち上がったヒトラーは、副官に何やら耳打ちした。

一同が応接間に戻って再びテーブルを取り囲むと、先刻ヒトラーから耳打ちされた副官が手に一冊の本を下げて入って来た。ミリオンセラーとなりヒトラーに莫大な印税をもたらしている『わが闘争』の下巻だ。

副官から自分の著作を受け取ると、舌で指を湿らしてヒトラーは頁を繰った。

「ここだ」

と、指の動きを止めると、頁を開いたまま、ペンで数行にアンダーラインを引き始めた。座が静まり返った中で黙々とその作業を終えると、本を開いたままゲッベルスに差し出した。

「その、アンダーラインを引いた部分を、シュメリング氏に読んで差し上げてくれ」

ゲッベルスは恭しく本を押し頂き、勿体振った咳払いを一つ放ってから読み始めた。

「今日、中等学校の教育課程においてすら、体操が一週間にぎりぎり二時間しかなく、しかも必須でなく各人の自由選択にゆだねられているが、これは純粋な知的教育に比較するとはなはだしい不均衡である。若者は、少なくとも午前と夕方に一時間ずつ、あらゆる種類のスポーツや体操で身体を訓練しなければならない。とりわけ、スポーツを忘れてはならない。多くの〝民族主義者〟達から、スポーツは粗暴で下品なものであると見られている。

ボクシングがそうである。若者達がフェンシングを習い、あちこちで決闘を繰り広げるのは当然であり名誉なことだと考えるが、彼らがボクシングをすると、それを粗暴だと難ずる。遺憾なことである。

ボクシングくらい攻撃精神を助長し、電光石火の決断力を必要とし、肉体を鋼鉄のように鍛えるスポーツはない。二人の若者が口論に及んだ時、磨かれた一片の鋼でよりも拳で争って決着をつける方が粗野でないのだ。

わが全上流知識階層が、上品な礼法のみを教えられる代わりに徹底的にボクシングを学んでいたならば、娼婦の紐や逃亡者や、これに類したならず者によってドイツの革命が為されるということは決してありえなかったであろう」

ゲッベルスが、また勿体振って恭しく『わが闘争』をヒトラーに戻した。

口髭を撫でながら目を閉じて聞いていたヒトラーが、「うん？」とばかり呼応して本を受け取ると、自得しした面持ちをマックスに振り向けた。

「どうかね？　少しは私の本を見直してくれましたかな？」

マックスは深々と頭を下げた。

「ここに書いたように」

とヒトラーは『わが闘争』をこめかみの横にかざして言った。

「ボクシングによって鋼鉄のように鍛え抜かれたマックス・シュメリングの肉体は、わがヒトラーユーゲントの手本であり、見本だ。そのためにも彼らにこのフィルムを見せなければならない」

副官が映写機から外してテーブルの上に置いたフィルムを指さしてヒトラーは声高に言った。

ゲッベルスはマックスが連れて来た友人ツェルレットに相談を持ちかけた。ツェルレットは、凱旋将軍さながら飛行船で帰国してフランクフルトに降り立ったマックスの為に、同市で開かれたレセプションと、マックスの日頃のトレーニングのカットを加え、フィルムの映りの悪い部分などを修正してドキュメンタリー作品に仕上げることを提案した。

歓談は三時間に及んだ。別れ際、ヒトラーはつくづくとマックスの顔を見て言った。

「随分腫れ上がったもんだね。ちゃんと医者に診てもらっているかね？」

マックスは頷いた。

「目の方はこれでも大分腫れが引いた方です。ただ、声がまだかすれて咳が出るので、医者に診てもらおうと思っています」

「掛かりつけの医者はいるのかね？」

「掛かりつけという程ではありませんが……ホフマ

ンさんも、そのドクターにもう何年も掛かっていますよ」

「ホフマンが？　初耳だな」

ヒトラーは首を捻ってから、背後で他の客と挨拶を交わしているホフマンを呼び寄せた。

「君の主治医は何て言うんだね？」

「ああ、モレル先生のことですか？」

「何故私に紹介してくれなかったんだ？　私が長年声のかすれに悩んでいることを君は知っているだろうに」

ホフマンは少し困惑した顔つきでマックスを流し見やった。

「モレル先生は耳鼻咽喉科の専門医ではないですよね？」

マックスはホフマンの意を察して言った。

「うん。彼は元々は皮膚科医だった。それに総統は、ベルリン大学病院のお偉い先生方に診てもらっておられるから、差し出がましいことを申し上げてもと思ったんです。ブラント医師もいることですし」

「医者は何人いてもいいよ」

ヒトラーはすかさず返した。

「私はあちこち飛び回っているんだから、いつも身近にいて相談できる医者が欲しい。是非そのモレル医師を紹介してくれ給え」

「承知しました。では近いうちに」

ホフマンが恭しく返した。

マックスがテオドール・モレルに初めて会ったのは十年近く前のことになる。ひょんなことで知己を得たヴォルフガング・フィッシャーという男から、ある日、ファッションデザイナーのマックス・ブリューニングの家へ遊びに行かないかと誘われた。フィッシャーは賑かなパーティーが大好きな男だった。ドイツの最北端、北海にある小島ジルト島のウエストランドで毎夏、金持ちや有名人を招いてパーティーを開いていた。クラブ制で、このメンバーになることは一つのステイタスシンボルになっており、演劇、映画、スポーツ界の名だたる面々が名を連ねていた。マックスも誘われるままメンバーの一人になった。世の中はミニバブルに湧き、ハイパーインフレの反動でデカダンスが横行し始めていた。

ファッションデザイナーの名を聞いてマックスは幾らか腰が引けた。多少ともいかがわしい評判の持ち主だったからである。と言うのも、彼は好んで女性のスキャンティや胸を強調するセーターをテーマにしていたからである。

その年マックスは連戦連勝を重ね、六月にはフェルナンド・デラージュにＴＫＯ勝ちしてヨーロッパのライトヘビー級チャンピオンを獲得、ドイツボクシング界のホープにのし上がりつつあったから、寄ってくる人間も少なくなかった。マックス自身、全く未知の世界であった芸術や文学に開眼し、是々非々の立場は崩さなかったが、彫刻家や画家、文士と交わることを喜びとする面があったから、若さ故の好奇心も手伝って、大抵の誘いには応じていた。

だが、ブリューニングのアパートを訪ね、応待に出た若い女の姿を見て驚嘆した。首に紫色のショールを巻いているが、首から下は素っ裸で、乳房も陰毛も露だったからである。デザイナーお得意のスキャンティ一枚つけていない。

「失礼しました。ブリューニングさんのお宅かと思って……」

マックスがたじろいで踵を返しかけると、

「いえいえ、ここでいいんですよ。どうぞお入りになって」

女は些かも恥じらう様子もなく言って、マックスと後についているフィッシャーを手招いた。女はひょろ長い体形で髪もショートカット、ボーイッシュな感じで、裸もおよそセクシーではない。

とんでもない場違いな所に踏み込んだとの思いを拭い切れないでいたから、マックスは半身のまま幾らか咎めがちにフィッシャーを窺い見た。

「いいからいいから」

とフィッシャーは片目をつぶってマックスのわき腹をつついた。二人に促され、マックスは観念して女の後についた。

女は勝手知った所とばかりに薄暗い廊下をどんど

ん先立って行く。

視野が開け、幾らか明るい部屋が広がった。リビングルームと知れたが、そこに屯して談笑している男女の風体にマックスはまた度胆を抜かれた。

男が四人、女が三人だったが、男達はカジュアルでスポーティな服装をまとっている一方で、女達は素っ裸だった。

マックスは目の遣り場に困り、立ち往生の体となったが、フィッシャーは三人の女達の手を取って懇懃にキスをし、それから些か勿体振ってマックスを一同に紹介した。

マックスはレザークッションのソファの隅に小さくなってかしこまりながら、ひたすら聞き役に徹したが、そっと裸の女達に流し目をくれずにはおれなかった。フィッシャーもその誘惑には勝てないようだったが、主のブリューニング他先着の四人の男達は意に介さぬかのように談笑している。女達も全く恥じらうことなく、自分達が裸でいることを忘れているかのようだ。


話題はアーブスでの最近の自動車レースとあるレビューの初日に関するものだった。女の一人はレーサーの一人のガールフレンドらしく、レーサーやレースにやたら詳しい。

それから話題はチャールズ・リンドバーグの大西洋横断飛行に及んだ。

「大西洋と言えばな、私は船医として船で渡ったよ」

と、四十歳前後の男が話を継いだ。口と肛門から内臓が飛び出るかと思ったという船酔いの話に始まって、船客達のあれやこれやのエピソードを面白おかしく物語った。

それがテオドール・モレルだった。

モレルは多種多様の薬を駆使して独自の処方を編み出していたが、主なものはビタミン剤、食欲促進剤、筋弛緩薬、鎮痛剤、睡眠薬などで、大量のブドウ糖の静脈注射も好んで行っていた。

劇的な効果をもたらすこともあったしまるで効かないこともあり、モレルへの評価はまちまちだったが、マックスは時々彼にかかって痛みや不安を和らげてもらったから、モレルを評価し、たまたまモータークラブで知り合ったホフマンにも紹介した。ホフマンは大酒を食らった後の二日酔いをモレルのブドウ糖注射で治してもらい、モレルを信用していた。

マックスとホフマンを介してモレルを知ったヒトラーは、以来事あるごとにモレルを頼るようになる。

（二七）

ジョー・ルイスを倒したマックス・シュメリングを国民的英雄として称え、その壮絶な闘いのフィルムを全国公開して国民を狂喜のるつぼに誘ったドイツの次のプロパガンダが始まっていた。言うまでもなく、第八回オリンピックである。

ドイツは参加国を欺く為に大芝居を打たなければならなかった。自国の選手団の氏名リストにユダヤ人を数名加え、ニュルンベルク法を制定して以来完全にボイコットしていたユダヤ系新聞を街角の売場に陳列し、焚書の刑に処したトーマス・マンやヘルマン・ヘッセ、シュテファン・ツヴァイクの本をかき集めて書店に置き戻し、ユダヤ人排斥のプラカードや落書きを一掃した。

四〇〇万の人口を擁する大都市ベルリンに、外国人観光客五〇万人余が押し寄せるとみなした政府は、ベルリンを安全な〝モデル都市〟であるとのイメージを高める為に、ゲシュタポに命じて浮浪者を留置し、ユダヤ人と共に市民権を剝奪していたジプシー（ロマ人）を駆り集めてベルリン郊外のマルツァーンの下水処理場に移動させた。オリンピック期間中はそこに留め置く予定だったが、期間が過ぎても拘禁し、やがて大半のジプシーを強制収容所へ送り込むことになる。

外国人観光客はもとよりメディアの目も欺かれた。オリンピック一色となったベルリンの町は、国際親善、友好、平和のムードに満ち、黒い噂、暗い影を吹き払った。虐げられる一方であった国内のユダヤ人達でさえ、お祭り気分に浮かれ、いっとき憂さを忘れた。ドイツの国旗になり代わったハーケンクロイツを家に立てることはもとより禁じられていたから、彼らはせめてもの憂さ晴らしに五輪マークの旗を掲げてオリンピックを歓迎した。

この時期、最も浮き浮きし発溂としていたのはレニ・リーフェンシュタールだった。ニュルンベルクのNSDAP党大会の記録「意志の勝利」に感激したドイツ・オリンピック組織委員会のカール・ディエムは、オリンピックの記録映画も撮って欲しいとレニを指名したのだ。

「私はね、冒頭にこんなシーンを思い描いているんですよ」

ディエムは目を輝かせてレニに言った。

「ギリシャの古代オリンピアの遺跡でトーチに火を点し、それをまずギリシャの若者が手に走り出す。これを私は〝聖火〟と呼びたい。聖火を点したトーチは次々とバトンタッチされ、ヨーロッパ諸国を経巡って最後に開催地に運び込まれ、ドイツのランナーが受け取って聖火台に点火し、開催期間中燃え続けるのです」

レニは感動し、「素晴らしいアイデアですわ！」と声を弾ませた。レニは、ディエムの着想を取り入れ、更に想像を膨ませ、古代オリンピックのスタジアムの遺跡を霧の中に浮かび上らせ、ギリシャ神殿や彫像を織り成した冒頭シーンを思い描いた。

その為に彼女はギリシャに赴き、最初のランナーとなる若者を捜し求めた。アクロポリスの神殿付近でそれらしいギリシャの青年を物色したが、観光客やメディアを意識して最新のファッションに身を包んだ選手達の中に、彼女のイメージに適う青年は見出せなかった。

失望したレニはもう少し物静かなデルフィの遺跡に移動した。そこで彼女の目は一人の若者に引き付けられた。アナトリ・ドブリアンスキー。しかし彼はギリシャ人でなく、ロシア移民の息子だった。驚く両親を尻目に、レニは若者を裸にし、トーチを持たせて聖火リレーの最初の走者に仕立て上げた。両親には二〇〇ライヒスマルクを握らせた。

レニがオリンピックの記録映画を撮ることに、ヒトラーは全く異存がなかった。ゲッベルスに、レニの要求通り一五〇万ライヒスマルクを捻出するよう命じた。監督としてのレニへの報酬は別に二五万ライヒスマルクとするように、と。

「オリンピア」と題されたこの映画の成功に大きく与かったのは、レニの演出ばかりではなかった。カメラの名手、ハンス・エルトゥルの創意工夫も大いに貢献した。「オリンピア」の中で最も美しい映像と称賛された高跳び込みのそれを撮るのに、エルトゥルはカメラを防水ケースに入れ、水面から上空のボード上の選手を捉え、跳躍して空中を跳び、やがて水中に沈み、次いで宝石のような水しぶきと共に水面に浮かび上がる姿を連続して撮影した。一方、棒高跳びなど、バーに挑む選手を真横から取りたいと申し出たレニの為に、アルベルト・シュペーアはエレベーターを設け、レニはカメラマンと共にこれに乗ってあれこれと指図した。

レニは裾の長いグレーフラノのスラックスに、さ程豊かではないが貧弱でもない乳房が強調される白のセーターにシルクのグレイのブラウス、それにジョッキー帽のようなキャップをかぶって神出鬼没した。

レニが格別好んだのは、世界最速のカメラを駆使してのスローモーション撮影で、スタート寸前の選手達の緊張感溢れる顔の表情や、走高跳びの選手達の、バーを越える時の、躍動し、しなるような筋肉の動きを捉え、映し出すことだった。

メインスタジアム、シュポルト・フォルムは一〇万人を収容できたが、一三〇種に及ぶ競技をすべてそこで賄えるはずはなく、ヨット競技はバルト海のキール、カヌー競技はグリュナウ、自転車、マラソン、馬術、十種競技はドイツ国内全体がレース場となった。

すべての競技を映画に納めることはもとより不可能だったが、将来その幾つかをピックアップして短編シリーズを撮ればよいと考えたレニは、とにかくできる限り多くのレースをフィルムに納めた。

八月一日、オリンピックが始まった。ギリシャのオリュンポス山から腰布一つでスタートしたアナトリ・ドブリアンスキーの手に掲げられた聖火は、三二〇〇〇キロの距離を十二日間かけてベルリンへ運ばれた。この間トーチをリレーしたランナーは三三五人に上った。

開会式でギリシャを先頭に、色とりどりのユニフォームで次々と会場に現れる選手団を、制服制帽に身を包み、政府の要人らと特別席に立ったヒトラーは右腕を差し伸べて迎えた。

選手団の多くが、これに倣って右腕を斜めに差し上げ、返礼した。フランス選手団が極自然に〝ハイル・ヒトラー〟式の敬礼をした時、観客席で人々は一斉に立ち上がって歓乎の声を挙げ、涙ぐむ者さえいた。独仏間の抗争は過去のものとなり、友情以外の何ものも両国間にはない、そしてこの平和は未来永劫続くものと人々は思った。

開会宣言は特設の観覧席に座っていたヒトラーによって行われたが、この時ばかりは立ち上がり、帽子を脱いだ。

聖火が点されるや、この日の為にリヒャルト・シュトラウスが特別に作曲した「オリンピック賛歌」が奏られ、選り抜かれた歌手による合唱が始まった。

ギリシャの選手団長で、一八九六年の第一回オリンピック大会のマラソンで金メダルを獲得したルイス・スピンドルが進み出てヒトラーにオリーブの小枝を手渡した。ヒトラーは一旦受け取ったそれを傍らのゲッベルスに渡し、自由になった両手でスピンドルの手を固く握りしめた。スピンドルは選手宣誓を行った。

最初の競技は円盤投げだった。レニは選手一人一人の動きをスローモーションで撮り、体の優美な回転、流れるような手足の動き、投げ終わった瞬間の脚の筋肉の硬直までも捉えた。

アメリカのカーペンターがオリンピック新記録の五〇・四八メートルを出して初の金メダルを獲得したが、世界記録の五三・一〇メートルには及ばなかった。

砲丸投げでドイツのウェルケが優勝した時は、ヒトラーは立ち上がり、歓乎の声を挙げて手を叩いた。

このオリンピックで最も注目された選手は、アメリカの誇る〝世界最速の男〟ジェシー・オーエンスだった。弱冠二十二歳の若者はアフリカ系の黒人だった。筋骨隆々とし、秀でた額を持つこの青年に魅了され、レニはしっかりその一挙手一投足をカメラに捉えた。

期待に違わずオーエンスは三種の短距離走と走り幅跳びで金メダルを獲得した。一〇〇メートル走の一〇秒二三は、その後長い間破られることがなかった。走り幅跳びでオーエンスが最後に八・〇六メートルを跳び、七・八七メートルで並んでいたドイツのロングをかわして優勝と決まった瞬間、ヒトラーはぷいと席を立って姿を消してしまった。〝猿に毛の生えたようなニグロ〟が世界最優秀民族アーリア人に勝つなどということは我慢のならないことだったのだ。


後日、オーエンスをしっかり捉えたレニの「オリンピア」を見たヒトラーは激怒して削除を求めたが、レニは、オーエンスを消したら「オリンピア」の価値そのものがなくなると言い張って譲らなかった。

日本人選手も活躍した。田島は走り幅跳びこそオーエンス、ロングに次いで三位に甘んじたが、三段跳びでは一六・〇〇メートルを出して優勝した。

一万メートル走はフィンランド勢が圧倒的に強く、一、二、三位を独占したが、日本の村社はこれに次ぐ四位に食い込んだ。

棒高跳びでも日本の西田が二位、大江が三位に入った。二五人の選手が登場し、延々五時間に及ぶ死闘だった。レニのカメラは、バーを越える選手の、鞭のようにしなる曲線的な動きをエレベーターのカメラから美しく捉えた。

マラソンでも日本人が一位と三位を占めた。優勝した孫も三位の南も日本統治下の朝鮮人だった。五七人のランナーが参加したが、真夏の過酷なレースに選手達は次々と脱落して行った。トップを走り続けていたアルゼンチンのザパテも三〇キロで力尽きた。当時は給水台など設けられていなかったから、コーチが所々で選手に駆け寄って手ずから水分を与える他なかった。ランナーは一旦立ち止まってコップに口をつけたからタイムロスは頻繁だった。孫の記録も二時間二十九分だった。

メダルの獲得数は、開催国ドイツが金・銀・銅併せて二三九個を取って断トツ一位で、ヒトラーはもとより国民を狂喜させた。頭脳、容姿のみならず、体力においてもアーリア人の卓越性が証明された、と。

レニはオリンピック村を忙しなく動き回り、撮影のプランを選手達と打ち合わせることにも時間を割いたが、恋のアバンチュールにもうつつを抜かしていた。十種競技で優勝することになるアメリカのグレン・モリスに、レニは一目惚れした。モリスもレニの深い瞳とスキーで鍛えた肉体美に惹かれた。

メダル授与式で金メダルを首にかけて表彰台を降りたモリスは、祝福するレニをスタジアムの大観衆の中で抱きしめ、ブラウスを引き裂かんばかりに開いて乳房の谷間にキスをした。

帰国したモリスに、二十世紀フォックスが目をつけ、ワイズミュラーに次ぐ二代目のターザン役に抜擢した。

レニとモリスの恋はオリンピックの期間中だけ激しく燃えたに過ぎなかったが、一年後、ヘルベルト・ヴィントの曲をつけて完成した「オリンピア」を携えて渡米した時、レセプションの席で二人は再会することになる。

マックスとアニーは、勿論オリンピックを待ち焦がれていた。アニーはその日に備えて撮影予定日を変更してもらっていた。

ジョー・ルイスを破って国民的英雄と称えられ、様々なレセプションに引き回されたマックスだったが、彼が何よりも願ったのは、アニーとできるだけ多くの時間を過ごすことだった。

騒ぎが一段階したところで、二人はサーロウピースコウに引っ込んで、時には気のおけない彫刻家トーラクら隣人達との交わりを楽しんだが、多くは、心地良い初夏の夕刻の微風に吹かれながら二人だけの時間を満喫していた。

そんなある日、暑い日差しを避けて二人がプールにいた昼下がり、突如雷雲が空を覆い、激しく雨が降り出した。アニーは毛布と枕を手に家の中に駆け込んだが、マックスはプールに浸ったまま雨に打たれ、稲妻と雷鳴の間隔が何秒くらいか、子供の頃によくした遊びに耽っていた。

不意に近くで稲妻が閃光を放ち、次いですさまじい雷鳴が轟いた。

パチパチッという、耳をつんざくような音が頭上に響いた。驚いて見上げると、アニーが駆け込んだばかりの家の麦わらの切妻から炎が上がっている。

アニーが水着姿のまま飛び出して来た。間髪をいれずマックスはプールから上がり、アニーと行き交うように家の中に飛び込んだ。家財道具を小脇に抱えて外へ出ると、アニーが血相を変えて庭に立ちはだかっている。

「マックス！　そんなもの、放っておいて！」

だがマックスは持ち出したものをアニーの足もとに置くと、

「やめて、マックス！　お願いだから、やめて！」

というアニーの金切り声を尻目に、また家の中に走り込んだ。

更に幾許かの家具調度を運び出す。アニーは顔を引きつらせ、両の拳を握りしめて「やめて！　やめて！」と叫び続ける。マックスがもう一度アニーの横をすり抜けて燃えさかる家の中へ駆け込もうとした時、悲鳴と共にアニーの体が突如ヘナヘナと地面に崩れ落ちた。マックスは慌てて引き返し、妻を抱き上げてプールの端に運ぶと、手近にあった如雨露にプールの水をたたえてアニーの顔にぶっかけた。アニーがブルブルッと身震いして正気を取り戻したと見て取るや、マックスはまた家の中に走り込んで数点の家財を運び出した。

数分後、ひときわ大きな炎を上げて屋根が崩れ落ちた。その物音を聞きつけてトーラク夫妻や近所の者達が駆けつけた。激しい稲光りと雷雨に怯えて彼らは皆家に引っ込んでいたのだ。身近な所に落雷があったなと思いながら、まさかマックス夫妻の家に落ちたとは思わなかったから、燃えさかる家を見て彼らは驚いた。

　女達はアニーに駆け寄り、男達はマックスが運び出した家具調度を更に遠くへ移す手助けをした。

　這う這うの体でベルリンのアパートに舞い戻った二人は、暫く茫然自失としていた。

　シャワーを浴び、仮眠を取ってやっと落ち着いたところで、アニーが怒り出した。

「ひどいわ。顔にじゃんじゃん水を浴びせて。窒息するかと思ったわ」

「だってそうでもしなきゃ正気に戻らないかと思って……」

「気を失ってなんかいなかったわよ」

　マックスの弁解に、アニーは口を尖らせた。

「その振りをしただけよ。でないとあなたを止められないと思ったから」

「何だ、お芝居だったのかい？」

　マックスは苦笑した。

「さすがに君は名優だよ。倒れ方なんて堂に入ってたから、てっきり卒倒したと思ったんだ。まんまと騙された訳だ」

「人の気も知らないで……ほんとに命知らずなんだから」

　アニーは当時の恐怖を思い出したのか、涙ぐんだ目で恨めしそうにマックスを見た。

「ごめんごめん」

　マックスはアニーを抱き寄せ、髪を撫でた。

「僕らの思い出の写真や、グロスが描いてくれた絵など、むざむざ失いたくなかったんでね」

「そんな……命を失ったり、大ヤケドしたりしたら、元も子もないわよ」

　マックスの愛撫に身を委ねながら、アニーは独白とも愚痴とも知れぬ呟きを漏らし続けた。

　オリンピックが間もなく開かれたことは、マックスとアニーにとって救いだった。都会の喧騒から逃れたいばかりに買い求めたサーロウピースコウだったが、それを失った今は、オリンピック一色に染まったベルリンの賑わいと絢爛さが喪失感を紛らわしてくれた。二人はできる限りオリンピックを観戦する計画をたて、そのためにレセプションへの誘いを断り、アニーは撮影も延期してもらった。

だが、予定は狂った。オリンピックが目前に迫ったある日、マッホンが浮かぬ顔で訪ねて来た。

「どうも雲行きが怪しい。ブラドックが逃げているのか、ニューヨークのボクシング委員会が介入して邪魔だてしているのか分からんが、お前とのタイトル戦がお流れになりそうだとジェイコブスが言うんだ」

「そんな馬鹿な！」

マックスは一笑に付した。

「誰が何と言っても僕がチャレンジャーの第一候補のはずだ。ブラドック自身、口約束だがそう言ってくれたんだから」

マックスはむきになって拳を握りしめたが、

「そう、その口約束ってのが曲者なんだな」

マッホンは眉間に皺を作った。

「正式な契約を交わしても突然ひっくり返される世界だ。こうなったらボクシング委員会に乗り込んで直談判しようや」

異存はない。オリンピックも大事だが、タイトルマッチはもっと大事だ。愚図愚図してはおられない。

「船はのろい。飛行船で行こう」

船では五日かかる。ヒンデンブルクなら五十時間で大西洋をひとっ飛びだ。

「但し、八月三日にしてくれないか。オリンピックの開会式と翌日の初日のレースくらいは見たいんだ。ジェシー・オーエンスにも会いたいし」

「オーエンス？　総統に睨まれるぜ。ニグロをユダヤ人の次に嫌っているからな」

マッホンが顔をしかめた。

「それに、同じニグロのホープ、ジョー・ルイスを打ちのめした男に、オーエンスは会いたいと思うかな？」

「ま、分からないが……少なくとも僕は人種差別論者じゃないからね。だから、無論、勧められてもナチスには入らない」

「それは当然だ。お前がナチス党員になったら、もう欧米では闘えない。ドイツチャンピオンでおしまいだよ」

ともかくマッホンはヒンデンブルク号に予約席を取ってくれた。

「折角撮影も延ばしてオリンピックをゆっくり楽しめると思ってたのに」

不平を漏らすアニーを不憫に思ったが、背にゾクゾクと感じて来た焦燥感には勝てなかった。早いうちにブラドックと一戦を交え、一気呵成にワールドチャンピオンに昇り詰めなければ、反ユダヤ主義を掲げるドイツを母国に持った自分の立場は益々不利になるだろう。チャンピオンベルトを奪還しさえすれば、かつてのデンプシーや現在のブラドックのように、故国でのんびりと時を過ごせる。そのうちほとぼりも冷めるだろう。つまり、過激なヒトラー政権も瓦解し、以前のブリューニング内閣のような、もう少し穏健な政党がとって代わるかも知れない。尤も僕は、ヒトラー個人は嫌いじゃない。我々夫婦に色々気を遣ってくれるし、君をことにお気に召したようだしね――マックスはこうアニーをなだめすかした。

オープニングセレモニーに臨んだアニーは、それまでの憂さをかなぐり捨てたかのようにはしゃぎ、喜んだ。

「ああ、素晴らしいわ。平和って、こうしたことを言うのよね」

会場にヘンデルの〝ハレルヤ・コーラス〟が流れた時、アニーは目に涙さえ浮かべた。

二日目の夕刻、マックスは車を運転してオリンピック村に向かい、アメリカチームを表敬訪問した。オーエンス他、黒人選手達もマックスを見て喜び、ジョー・ルイスに勝利を収めたことを称えた。

オーエンスとはすぐに打ち解けた。

翌日、オリンピックとアニーに後髪を引かれながら、マックスはヒンデンブルク号に乗り込んでアメリカへ旅立った。

（二一八）

ホテルに荷を置くや、マックス達は直ちにニューヨークのボクシング委員会に足を向けた。

ジェイコブスの懸念を一笑に付すかのように、委員会の対応は友好的で、マックス達の言い分を素直に受け入れ、ジミー・ブラドックとのタイトルマッチを認める、正式契約の調印の日取りを相手側とも調整の上追って連絡する、と回答した。

翌日、三日後に来られたし、との連絡が入った。

委員会の事務所に着くと、既に大勢の記者やカメラマンが待機し、先に着いていたブラドックとマネージャーのジョン・グールドを取り囲んでいる。

「さあ、いよいよ決着をつけようぜ」

ブラドックはマックスの肩を親し気に叩いて言った。

「試合は九月中旬あたりを考えている」

とグールドが言った。

「四週間後か？　ちょっと慌ただしいな」

マッホンがマックスに囁いた。

「いや、大丈夫だ。早速キャンプ地を探してくれないか」

マックスはジェイコブスに言った。

ホテルに向かう車の中で、マックスは浮かれた気分でジェイコブスに言った。

「うまく行ったじゃないかジョー。あんたの心配は杞憂だったたね」

いつもながら火をつけないで葉巻をガムのようにクチャクチャかみながら、ジェイコブスは渋い顔を返した。

「そんなに浮かれるな。俺の勘が狂っているとは思えないんだよ。何か臭いんだ」

「まだそんなことを言っている」

マックスは苦笑を返した。

「それより、八月十八日のルイス対シャーキー戦を見に行こうよ。ブラドックを倒してチャンピオンに返り咲いたら、次は絶対ルイスとの再戦になるだろうからね」

マッホンとジェイコブスは黙りこくった。

ジョー・ルイスの取り巻き、マイク・ジェイコブス、ジョン・ロックスボロウ、そしてジュリアン・ブラックバーンは、対シュメリング戦の敗北をルイスがいつまでも引きずらないように、落ち目ではあるが名の知れたシャーキーとの一戦を僅か二ヵ月後に仕組んだ。

シャーキーは、シュメリングから奪ったチャンピオンベルトを三年前プリモ・カルネラに奪われて以来何度かリングに上がったが、ほとんど勝っていない。しかし、シャーキーはお得意の舌戦を展開した。俺は黒人ボクサーには負けない〝神通力〟を持っているんだ、と豪語した。ボクシングを始めて間もない頃、後に活躍する黒人ボクサーのハリー・ウィルスとジョージ・ゴドフリーを倒していることを引き合いに出しての発言だ。ルイスがシュメリングに惨敗した後だけに、三十三歳になっていて引退もささやかれながら、ひょっとしてルイスを倒せるかもしれないとシャーキー陣営は密かに期待を抱いた。

試合会場はやはりヤンキースタジアムだった。開始のゴングが鳴る前に、メインゲストの紹介が行われた。マックス・シュメリングの名が読み上げられた時、ルイスは一瞬顔を強張らせた。

その動揺が第一ラウンド前半のぎこちない動きに現れた。しかし、後半には本来の自分を取り戻した。

第二ラウンドでは二度、第三ラウンドで三度のダウンを奪った。三度目のダウンからシャーキーは立ち上がれなかった。

マックスはルイスを祝福に行き、ルイスは九月半ばの対ブラドック戦に〝good luck〟を祈るよと答えた。

だが、驚くべき知らせがニューヨークボクシング委員会からマックス陣営にもたらされた。ブラドックのマネージャー、ジョー・グールドから、一ヵ月後に予定していたシュメリングとのタイトルマッチは当分延期して欲しいとの申し出があり、委員会はそれを認めたというのだ。理由は、ブラドックがトレーニング中に左手を痛めた、医師の診断では小指を骨折しており、向こう四ヵ月間はリングに上がってはならないとの宣告を受けた、というもので、委員会はもう一人の医師に診察させたところ、そちらの医師は、ブラドックが肘に関節炎を起こしており、原因はリウマチらしい、と診断し、試合それ自体は二週間も延期すればよいだろう、との判断を下した。しかし、ジョー・グールドは先の医師の診断を楯に取り、長期の延期を申し入れて来た、委員会としてはこれを受けざるを得ない、と。

「言わんこっちゃない」

ジェイコブスが苦虫をかみつぶしたような顔で口を尖らせた。

「俺の予感が当たっただろう」

マックスとマッホンは顔を見合わせた。

「悪気はないと思うがね」

落澹しながらも、マックスは自らを奮い立たせるように言った。

「怪我で試合を延期してもらったことは僕も経験があるから」

「フン」

ジェイコブスは鼻を鳴らした。

「二人目の医師の診断書に〝骨折〟は書かれてないそうだぜ。〝リウマチ性関節炎〟が疑われる、とだけしか……。グールドの言い分を委員会はあっさり真に受けちまってるが、どうも腑に落ちん」

「何にしても」

マッホンがジェイコブスをなだめるように口を挟んだ。

「万全の体調でない者を相手にするのはマックスも不本意だろう。グールドの言い分を呑み込むしかないんじゃないか」

マックスは頷いた。

「馬鹿げてる！」

数日後、ジェイコブスがいきまいてホテルに駆け込んで来た。

「契約の調印をやり直すから来てくれとボクシング委員会から連絡が入ったんだが、何と、来年の六月八日だと言うんだ」

マックスもマッホンも、さすがに空いた口が塞がらない。

「最初の医師の診断書では全治四ヵ月ということだったじゃないか」

マッホンが我に返っていきまいた。

「と言うことは、怪我は今年中に治る。それから二ヵ月もあれば試合に臨めるはずだ」

「引き延ばし作戦だよ」

ジェイコブスがふてくされたように言った。

「ブラドックに勝ち目がないことが分かってるからな。せめてもチャンピオンベルトをできるだけ長く保っておきたいのさ」

「分からんでもないよ」

マックスは自分の気持ちを宥めるように言った。

「僕の手も、大丈夫と思ってアメリカに来たが、実際は治っていなかった。こっちで手術を受けて完治したが、大分タイムロスをしたからね。ブラドック側も万全を期してるんだろう」

「フン、十ヵ月も何をしとれと言うんだね」

ジェイコブスが腹立たし気に吐き捨てた。


マイク・ジェイコブスはジョー・ルイスを休ませなかった。シャーキーとの試合の一ヵ月後には、ペンシルヴァニアで名を挙げつつあったアル・エトレとの対戦を仕組んだ。第五ラウンド開始早々、エトレはルイスのパンチに沈んだ。

続いて十月九日、アルゼンチンのホルヘ・プレシアと闘い、第二ラウンドでKOした。

マイクはルイスを何とか世界タイトル戦に組み込ませたかった。それには、目下の第一候補とニューヨークボクシング委員会が認めるシュメリングに勝つことだ。雪辱を果たせばブラドックへの挑戦権を得るだろう、との思惑だった。

「ルイスのマネージャーから再戦のオファーがあったぞ」

ルイス対シャーキー戦を観た後ドイツへ帰っていたマックスに、ジェイコブスから電話が入った。

「ギャラは三〇万ドルだ。どうする？」

どうするもこうするもない。ルイスと再戦しなくとも、自分がブラドックへの挑戦権を認められている第一人者であるという事実は曲げられない。無敵と言われたルイスを打ちのめしたのだから。もしルイスと再戦する時があるとすれば、それは自分がブラドックを下してチャンピオンとなり、防衛戦の相手としてルイスを選ぶ場合に限る。幾ら一年近くのブランクがあるにせよ、その間ルイスと再戦して万が一負けようものなら、ルイスが挑戦権を奪い返すことになりかねない。

「三〇万ドルは魅力だが、今僕が何より欲しいのはチャンピオンベルトだ。次の相手はだから、ブラドックを措いて他にはないよ」

「ま、そうだが……」

ジェイコブスは語尾を濁した。

「何か、心配事でも？」

「匂うんだ」

「えっ、何が……？」

「前にも言ったろ。お前は鼻先でフフンとあしらったが、結局相手の引き延ばし作戦にしてやられた」

「でもそれは、怪我なんだから仕方がないよね？医者の診断書もついてるし……」

「そんなものはな、医者を買収すりゃ何とでもなる。有るか無しかのヒビを骨折と書くこともできるし、〝関節炎〟などとでっち上げることもできるさ」

マックスは言葉を失った。

「マイク・ジェイコブスって奴は」

ジェイコブスが続けた。

「デンプシーのマネージャーだったドクに負けるとも劣らぬ策士だ。何かどんでん返しをやらかしそうな気がするんだ。それに、ブラドックについてるジヨー・グールド、奴もユダヤ人だからな、俺と同じで頭が回るぜ」

マックスは笑った。ジェイコブスがベルリンにいたら出て来ないジョークだろう。自動車王ジョン・フォードはユダヤ人嫌いでヒトラーの信奉者と聞いているが、マックスの知る限りの在米ユダヤ人はドイツにおけるように偏見や迫害を受けていない。ジェイコブスのように伸び伸びと生きている。オリンピックが終わるや否や街頭のスタンドからは再びユダヤ系の新聞が除かれ、書店からはトーマス・マンやヘルマン・ヘッセの本が撤去され、反ユダヤの貼り紙や落書があちこちに見られるようになっている。彼我の相違に否でも思いを馳せずにはおられない。

「でもまあ、考え過ぎだよ、ジョー」

脳裏をかすめたヒトラーやチャメル・オステンの幻影を吹き払ってマックスは言った。

「引き延ばされて心地良いものではないが、とにかく再調印して試合の日まで決まったんだから。第三者が割り込んでくることなどできないだろう」

「そうだといいがね」

ジェイコブスが嘆息をついた。

「それにしてもルイスはやけに試合をこなしてるぜ。お前も見たシャーキー戦の後、もう二試合だ。抜け目のないマイクのことだから、負けるはずのない相手を選んでるがね」

「それはまあ、したいようにさせておけばいいさ。リスクの乏しい試合を幾らこなしたってルイスの実績にはつながらないんじゃないかな。それに、負けるはずのない相手に万が一敗れたら、ルイスはタイトル争いからドロップアウトしかねないよ」

「ゆとりのご発言だな。しかし、マックス、十ヵ月のブランクは長いぞ。デモンストレーションも兼ねて、一試合くらいこなすか？　ドイツじゃなく、こっちで。俺はもうそっちには行けないからな」

ウンテルデンリンデンのホテル〝ブリストル〟でのいざこざが苦々しく思い出された。

「いや、やらない」

マックスは首を振った。

「それこそ相手の思う壺じゃないか。しびれを切らして誰かとやる、そこで万が一僕が負ければ、シュメリングは挑戦者に値しないと、連中はボクシング委員会に申し立てかねないだろう。更に引き延ばす口実に」

「それも一理ありだが、十ヵ月間、どうやって過ごすつもりだ？」

「幸か不幸か……いや、不幸なことだったが、リゾートのサーロウピースコウの家が焼けちまったからね。新しい家を捜すか建てようかと思ってるんだ」

「ふん。家もいいが、折角の休暇だ。精々アニーと子作りに励むんだな」

皮肉とも励ましとも取れる言葉を吐いてジェイコブスは電話を切った。


オリンピックの熱が冷めかけたある日、マックスはSA隊員の出し抜けの訪問を受けた。

玄関に立ち、軍靴を合わせてカチリと音を立てると、

「ハイル・ヒトラー！」

と隊員は声高に言った。

「シュメリング殿、私はヤーゴウ上席分隊長の命で参りました。貴下にSA名誉司令官の称号とその印である短剣をひと振り献じたいとの分隊長の仰せであります」

マックスは困惑の体で律義そうな若いSA隊員を見返した。

「お受け取り頂けますか？」

マックスは隊員を中に招き入れ、リビングに通した。

「驚きました」

一呼吸置いてやっとマックスは相手に視線を合わせた。

「何故私がそのような名誉に与かるのでしょう？」

今度は隊員の顔に戸惑いの色が浮かんだ。

「分かりません。私は分隊長の指令をお伝えに上がっただけですので」

「SAと仰いましたね？」

「いかにも」

隊員は腕章を指さした。

「総統の配下には確かＳＳもありますよね？」

隊員は怪訝な目を返したが、無言で頷いた。

「私は、正直言ってその二つがどう違うかも分からない、全くの政治音痴なんですよ」

隊員は訝ったままマックスを見すえた。

「そんな訳で」

気まずい沈黙を吹き払うようにマックスは言った。こちらが黙っていれば、この生真面目でファナティックな青年はいつまでも口を開きそうにない。相対してまだ数分しか経っていないが、早く切り上げたくなった。

「折角のお申し出ですが、即答はしかねます。一日、考えさせてくれませんか？」

隊員の目が驚きに変わった。が、すぐに彼は椅子を引いて立ち上がった。

「では明日、この時間にまた参ります」

マックスが椅子を引くより早く、若者は右腕を差し伸べ、

「ハイル・ヒトラー！」

と叫んで踵を返した。

思案に暮れた。この申し出がＳＡ分隊長ヤーゴウ一人の思い付きにしても、自分の諾否は回り回ってヒトラーの耳にも達するだろう。断ったと知れば機嫌を損ねるに違いない。

しかし、ＳＡの名誉司令官なる肩書きがつけば、ただでさえナチスの動きに反感を募らせているアメリカのボクシング関係者のひんしゅくを買うのは必至である。ジェイコブスにも顔向けがならない。

思い余った末にホフマン写真館に電話を入れた。若い女の声で、生憎店主は留守にしている、総統の別荘に出向いている、と返った。

オーバーザルツベルクにかけ直した。果たせるかな、暫く待たされたが、ホフマンが電話口に出た。

「名誉なことじゃないか」

ホフマンは事もなげに言った。

「君も知ってるレースドライバーのカラッチョーラ

やブラウキッチももらっていたぜ」

「僕は、まず第一に、党員じゃない。政治のことはよく分からないから」

「しかし総統は君を高く買っているし、奥さんのアニーのことも気に入って、何かある度に招いておられる」

「それはそうだが……」

マックスは易々と栄誉に浴せない理由を話した。

ホフマンは黙り込んだ。受話器を下ろしてしまったかと思われるほど長い沈黙が続いたが、

「折り返し電話をする。五、六分待ってくれ」

と返った。

ホフマンはヒトラーの〝砦〟オーバーザルツベルクにいる。ヒトラーは近くにいて、ホフマンはお伺いをたてに行ったのだろう。

五分も待ったところでホフマンから電話が入った。

「君の考えは尤もだよ。思う通りにしたらいい。都合が悪ければ断ればいいんだ」

マックスは重苦しい気分から解放された。


翌日、ＳＡ隊員は予告した時間にやってきた。包みを小脇に抱えている。〝名誉の短剣〟だな、と察した。

リビングに通すと、隊員は包みをテーブルに置き、期待をこめた目でマックスを見詰めた。

「一晩考え、然るべき筋にも相談しましたが、私の現在の立場としては、折角のお申し出にお応えできないのです。ここに」

とマックスは、失望と驚きの目を返した隊員に、一通の封書を差し出した。ホフマンの電話を受けた後、心弾んでペンを走らせた便箋が入っている。

「ヤーゴウ分隊長宛、お断りの手紙を認めました。宜しくお伝え下さい。私の決意については、ＮＳＤＡＰの最上層部の承認も得ております」

隊員は呆気に取られた面持ちで、無言のまま立ち上がると、封書と包みを手に取った。ドアまで来ると、回れ右をして「ハイル・ヒトラー！」と叫び、敬礼した。こちらは愛想笑いを返した。

落雷で呆気なく焼失してしまった家にとって代わるリゾート地を、マックスとアニーはサーロウピースコウ以外にも捜して回った。メックレンブルク、ポメラニア、マルクブランデンブルク等々。

サーロウピースコウに固執しなかったのは、落雷の衝撃が余りに強かったこともあるが、それ以外に、隣家の彫刻家トーラクに起こった事件にも多分に影響されていた。オリンピック前のことだ。

トーラクはマックスが知り合った頃歓待してくれた妻を亡くしていた。気立ての良い、明るく朗かな女性で誰にも好かれていたから、トーラクが彼女の喪の明けぬうちに早々と再婚したことを知って、マックスはもとより、友人達もトーラクに幾らか距離を置いた。

トーラクがある日、「妻を紹介したいから」と言って友人らを招いたが、皆気乗りがしないまま誘いに応じた。

ところが、敷居の高くなっていた家に入って暫くすると、一同は忽ちトーラクへの嫌悪感をかなぐり捨てた。夫人が美人なのは癪だったが、およそ美貌を鼻にかけたところはなく、何より料理が玄人はだしだった。前妻にも増して気立てが良く、おまけに、六ヵ国語を流暢にあやつるインテリだった。

しかし、新妻の出自はユダヤ人の旧家だった。彼女はヒトラーが政権を掌握してユダヤ人の締めつけを始めると、「私と一緒にいるとあなたに害が及ぶから別れましょう」とトーラクに言った。トーラクはヒトラーの寵児となった建築家のアルベルト・シュペーアの知己を得、気に入られてその仕事の一端を任されていた。

トーラクは才色兼備の妻を手放したくなかったが、彼女の懸念も理解できた。

「分かった。離婚しよう。但し、法律上のことにして、今まで通り一緒に住もう」

夫人は同意したが、蜜月は長くは続かなかった。〝ニュルンベルク法〟が制定され、同棲も許されなくなったからである。

「秘密がばれなきゃいいさ」

とトーラクは悠長に構えていたが、ある日マックスがアニーとの休暇の下準備にサーロウピースコウに赴くと、留守の間庭の手入れを頼んでいるグルムコウの妻が息せき切って自転車を駆って来た。

玄関のドアをノックした彼女を招き入れると、夫人は窓を閉めてくれるように言い、

「実は」

と切り出した。

「ここ数日、夜になるとゲシュタポが何人もこの辺りをうろついてるのよ。お隣のトーラク夫妻を見張ってるらしいの」

グルムコウ夫人はトーラクの妻がユダヤ人であることも、訳ありの離婚をしていることも知らないはずだ。彼女以外の何者かがゲシュタポに密告したに違いない。

「トーラクはチロル人よね？　ひょっとしてユダヤ人の血が混じっているのかしら？」

「いや、歴としたチロル人ですよ。でなきゃ、NSDAPの仕事なんかできないでしょ？」

「じゃ、奥さんが……？」

「さあ、どうだか……」

「何にしても、余りお隣とは関わらない方がいいみたい」

「うーん、夫人のカイゼルシュマルンはアニーも大のお気に入りなんだけどな。あなたも好きでしょ？」

〝カイゼルシュマルン〟はトーラク夫人お得意の手料理のひとつで、砂糖とレーズン入りのパンケーキだ。お隣からもらうとグルムコウ夫妻にもおすそ分けしていた。

「それは、私も好きだけど……でも、面倒なことには巻き込まれたくないわね」

マックスは適当に相槌を打ち、夫人をなだめすかして帰らせると、隣に急いだ。

トーラクはベルリンに仕事に行って留守だった。三人の子供達も学校に行っている。

「また暫くアニーとこちらへ来ますのでご挨拶に」

とさり気なく切り出してから、グルムコウ夫人からたった今手に入れた情報を伝えた。

「こんなのはほんの手始め」

夫人は意外にも大して動揺した様子も見せずに言った。

「予測通りよ。きっと、もっと悪くなるでしょうね。今はオリンピックムードでナチスも外国の手前鳴りをひそめているみたいだけど」

「そんなに悠然としてていいんですか」

マックスは苛立った。

「ご主人は総統お抱えのシュペーアと懇意なんでしょ？　何故その伝をお使いにならないんです？」

「よくご存知ね。トーラクはあなたには何もかも話してるのね」

「ええ、まあ……」

「あなたの仰るように、コネが必要と思ったら、トーラクが何とかするんじゃないかしら」

「うーん……」

夫人の泰然たる様には感心する他なかった。

しかし、翌朝ベルリンに戻ると、マックスは首相官邸を訪ね、ゲッベルスとの面会を求めた。

用件を伝えると、ゲッベルスは人さし指を口に当て、声をひそめた。

「ここはまずい、私の家で話しましょう」

ゲッベルスは車を先導してブランデンブルク門の近くの大臣公邸にマックスを誘った。夫人のマグダが愛想良く出迎えてくれたが、前年の秋に二度目の出産をしたばかりで、幾らか面やつれて見える。メードがいるらしく、どこからか大人の女の声と幼い女児の声が聞こえてくる。女児は二年前に生まれた長女だろう。

マグダは夫の横に座った。

「さっきの話の続きを聞きましょう」

ゲッベルスが単刀直入に切り出した。

「御存知のように」

マックスはマグダにも目をやりながら言った。

「私の隣人であり友人でもあるトーラクは、総統もお気に入りの彫刻家で、目下はシュペーアの下でオリンピックの準備に余念がないと思います」

マグダは好奇の目を返したが、ゲッベルスは無表情に「フム」とだけ呟いた。

「トーラクは先妻を病気で亡くし、再婚しました。現夫人は聡明な方で、人柄も良く、語学も達者なら料理の腕前も冴え、申し分のない方で、トーラクも幸せをかみしめ、私達友人も祝福していましたが、ニュルンベルク法の制定を知って、夫人は夫に迷惑がかからないようにと自ら離婚を申し立て、トーラクも止むなく応じました」

「つまり」

目に鋭い光をたたえてゲッベルスが言った。

「トーラク夫人は、歴としたユダヤ人だから、ですな?」

「そうです。ユダヤの旧家の出だそうです」

マックスは生唾を呑み込んだ。

「で、籍は抜いたが同棲している?」

ゲッベルスが追い打ちをかけるように言った。

「それは確かに、我々の制定した法律に反しますな」

マックスはマグダを見た。夫人の目には明らかに同情の色が見て取れる。マックスは勇を鼓して続けた。

「トーラク夫人は典型的な良妻賢母で、体制に反するような言動は何もしておりません。それどころか、総統の演説もしっかりラジオで聴き、子供達にもその内容をかみ砕いて聞かせています」

メードがコーヒーを運んで来た。ゲッベルスは大きな溜め息を一つ二つついてから、おもむろにコーヒーカップに手を伸ばした。

「そうよ、ヨーゼフ」

マグダが腕を抱えてちびちびコーヒーを飲んでいる夫に体を寄せた。

「こういうケースもあるのよ。何とかしてあげて」

マックスはマグダの手にヒトラー式に口づけたい衝動を覚えた。

「何とかと言われても――」

ゲッベルスはコーヒーカップを置き、夫人に流し目をくれてからマックスに向き直った。

「トーラク夫人がユダヤ人であることに変わりはない」

マックスは言葉を失い、納まり所のない視線を四方の空間に流した。

ラジオの上に彫刻がある。このラジオの下でアニーは夫妻と共に自分とジョー・ルイスとの試合の中継を聴いていたのだと思い至り、暫し感慨に耽ったが、彫刻にもじっと目を注いでいたマックスは、それがエルンスト・バルラッハの手になるものだと気付いた。この時期、彫刻家達の多くが選別の憂き目に遭っている。彼らの作品の多くが〝退廃芸術〟の烙印を押され、美術展から追放されている。選択の最高責任者は宣伝相のゲッベルスだ。

その張本人が、槍玉にあげたはずのバルラッハの作品をのうのうと自宅に飾っている。

マックスは少しホッとしてゲッベルスに視線を戻した。

「シュメリングさん」

ゲッベルスが幾らか穏かな目つきを返した。

「あなたも奇特な方ですな。あなたは本気で私がユダヤ人を受け入れるとでも思っているのですか？」

まさか、そんなことはないですよね、と言わんばかり、目が半分笑っている。

「さっき、奥様も言われました」

マックスはマグダを見やった。ゲッベルスには勿体ない、聡明で美しい人だ、と改めて思った。

「奥様にはご理解頂けたようです。つまり、トーラク夫人のような方は、例外として認めて頂きたいのです。相思相愛の二人が、離婚までして体制に従おうとしているのですから」

「しかし、それは偽装で、二人は同棲を続けベッドも共にしている」

マグダがマックスに相槌を打つのを無視してゲッベルスは言った。

「ユダヤ人はドイツ人と交わってはならない――。ニュルンベルク法の厳然たる掟です」

「二人は、そのことも恐らくわきまえているはずです」

マックスは苦しい言い訳を捻り出した。

「トーラクはもうオリンピックの準備でベルリンに

長いこと滞在しています。夫人はサーロウピースコウで子供達の世話にかかりっ切りになっています」

「だからと言ってベッドを共にしていないとは限らない」

ゲッベルスはニヤリと笑って夫人を流し見た。マグダは目を伏せた。マックスは言葉を失った。

「ま、しかし――」

ゲッベルスが気まずい沈黙を解いた。

「他ならぬシュメリングさんの頼みだ。私はそれこそオリンピックの準備で忙しいから、宣伝省の副大臣のハンケに下駄を預けましょう」

少しばかり安堵した。マグダの目からもかげりが失せた。

マックスの取りなしは、曲がりなりにも効を奏した。

数日後、トーラク夫人はマックスを自宅に招き、お得意のカイゼルシュマルンをふるまいながら感謝を述べた。

「ハンケ副大臣とお会いしました。彼はとても感じの良い人でしたが、法律は法律で如何ともし難い、ゲシュタポの監視から逃れたいなら、法律上のみならず、実生活でもトーラクとは接触しないことだ、トーラクはベルリンに住み、あなたはサーロウピースコウに住めばよい、と言われました。トーラクにそのことを伝えると、止むを得ないな、と同意してくれました」

語り口はあくまで冷静だが、内心は身を切られる思いだろう。もしアニーがユダヤ人で、別れることを強いられたら、自分はアニーを連れて外国へ逃れるだろう。

数日後、アニーと共にサーロウピースコウに赴くと、ゲシュタポの姿はもう見かけなくなりました、とグルムコウ夫人が破顔一笑して報告した。

この事件から暫くして、マックスとアニーは落雷でリゾートのあずま屋を失ったのである。

トーラクは、建設中のオリンピック競技場の正面を飾る彫刻の制作コンクールで、「十種競技の走者」と「オリーブの小枝を持った勝利の女神」の創案が認められて制作に乗り出したアルノ・ブレーカーの仕事を手伝う栄誉に浴し、ヒトラーお抱えの建築家アルベルト・シュペーアにも気に入られ、第三帝国のお抱え彫刻家の一人となった。

一九三七年が明けても、ブラドックが快癒したとの情報はもたらされなかった。

アニーとのんびり過ごす時間を持ち得たことは嬉しかったが、それ以外では手持無沙汰をかこっている。

ジェイコブスをつついても、煮え切らない返事しか返らない。

「ニューヨークのボクシング委員会からこういう提案があったんだが、呑むかい？」

暫くして、やっとジェイコブスから試合の話が持ち込まれたが、その内容にマックスは驚いた。ブラドック戦の前に大英帝国チャンピオンのトミー・ファーと対戦するなら、その勝者を暫定の世界チャンピオンにする、という。

「全く連中は何を考えてやがるんだ！　急にトミー・ファーなど持ち出すなんて！」

「まあ、そう怒るなよ」

腹立たしさをぶちまけたマックスを、ジェイコブスが宥めた。

「連中としては我々への配慮は果たしたつもりなんだろう」

「どんな配慮だい？」

「ブラドックが愚図愚図しているから、いつまでも待たせてはおけん、肩ならしでもしといてもらおうってね」

「冗談じゃない！　それでもし僕が負けたらどうなるんだい？　契約は無効、トミー・ファーと新たに契約し直すって算段かい？」

「フム」

ジェイコブスが否定しないことに不安を覚える。

「気になるのはルイス側の動きだ」

矛先をかわされてマックスは更に腹立たしさを募らせる。

「ルイス側が何だって？　まさか、僕に敗れておきながら出し抜こうって腹じゃないだろうね？」

「それは、分からん」

「えっ!?」

「ルイスは君に敗れてからも精力的に試合をこなしている。マネージャーのマイクは抜け目のない男だから、勝てる見込みのある相手を慎重に選んでるが、この前のボブ・パスターは誤算だった」

「ボブ・パスターなんて、聞いたこともないが……」

「ニューヨーク大学で花形のフットボール選手だった。ルイスと同様アマチュア選手権試合から勝ち上がってプロに転向した男だ。ルイスの敵ではないはずだったが、マネージャーのジョンストンが入れ知恵したんだろう、徹頭徹尾逃げ回ってルイスに決定的なパンチを出させず、判定に持ち込んだんだ。勝つには勝ったが、観客は試合が終わっても半時間ばかりブーイングを鳴らし続けた。無論、不甲斐ない試合をしたルイスにだ」

「だったらルイスはチャレンジャーの圏外に出されたんじゃないのかい？」

「そう思いたいが、名誉挽回を狙って、もう次の試合を決めている」

「いつに？」

「二月十七日だ」

「バスターとの試合はいつだったんだい？」

「一月二十九日」

「矢継ぎ早だな」

信じられない。かつての自分も一ヵ月に二度試合をこなしたことがあるが、今では考えられない。ルイスの若さを思い知らされた。

「やるかやらんかはさておき、トミー・ファーと会ってくるよ」

気が付いたら自分でも思いがけないことを口走っている。

「そうか！」

ジェイコブスの声が弾んだ。

「イギリスなら俺も一緒に行けなくはないが、こっちの駆け引きもあって気を抜けんからな。取り敢えずはマッホンと二人で行ってくれ」

二月初旬、マックスとマッホンはロンドンに旅立ち、以前にも宿泊したことのあるサボイホテルに宿を取った。

イギリスへ行く気になったのは、かつて親しんだ友人達との再会を期したこともある。彼らはユダヤ人なるが故にナチスの迫害を逃れ、涙ながらに故国を後にしていた。

ところが、昼前にホテルに着いていざ友人達に電話を入れようとした矢先に、ボーイが顔を出した。

「マレーネ・ディートリッヒ様からのメッセージです」

ボーイの手にはトレーがあり、その上に小さな封筒が乗っている。

開けてみて更に驚く。マレーネもこのホテルのスイートルームに止宿しており、今夜彼女の部屋でカクテルパーティーを催すというのだ。

「数年振りにまたお会いできればとても嬉しいです。いらっしゃいませんか？ マレーネ・ディートリッヒ」

と結んであった。

マレーネとはこれまで二、三度顔を合わせている。彼女が「嘆きの天使」で華々しくデビューする前、チャリティーショーで席を同じくしたのが最初で、会釈を交わした程度だった。二度目はニューヨークでの対シャーキー戦の会場ヤンキースタジアムでだった。リングに立ってふと下を見ると、ジョセフ・フォン・スタンバーグと並んで座っているマレーネがこちらを見上げている。どちらからともなく頷き合った。マレーネは貞淑な妻であり、一児の母親と聞いていたから、スタンバーグとは「嘆きの天使」の監督と主演女優という関係以外の何ものでもないと思っていた。

三度目は実質的には会っていなかったが、マックスは会ったような錯覚を抱いていた。他でもない対ジョー・ルイス戦を前にして、メディアのほとんどがルイスに賭けた一方で、マレーネは敢然とマックスの勝利を予言してくれたからだ。マックスは知る由もなかったが、その頃マレーネはスタンバーグと別れ、新たな愛人ジョン・ギルバートを腹上死同然の形で死なせ、主演中の映画「私は兵士を愛した」が撮影中止となったことで専属のパラマウントと揉めて解雇され、失意のうちにアメリカを離れてイギリスに来ていたのだ。夫ジーバーと、妻のマレーネ公認の愛人ターミと娘のマリアはフランスで同じ一つ屋根の下に暮らすことになったが、満十一歳になるかならぬかで初潮を見た肉体的にもおませなマリアは、スイスの学校に通う傍ら、暇つぶしにアドルフ・ヒトラーの『わが闘争』に読み耽り、何とか理解しようと小さな頭を抱えていた。

イギリスでマレーネは新たな映画「鎧なき騎士」の撮影に入っていたが、ちゃっかり新たな愛人と逢引きを重ね、その情事を夫に隠そうともしなかった。

折しもイギリスでは大騒動が持ち上がっていた。国王ジョージ五世が崩御したため長男のエドワード八世が王位を継承するはずであったが、彼はアメリカの平民シンプソン夫人との結婚と引き換えに王位を辞退、弟のバーティに譲位してジョージ六世が誕生したばかりだった。

後にマックスは、サーロウピースコウの隣人の彫刻家トーラクと離縁した妻が、エドワード八世改めウィンザー公爵になり下がった人物の秘書をしていたことを知る。

マックスの執りなしで一旦は何とかサーロウピースコウに留まり得たトーラク元夫人も、ナチスによるユダヤ人の締め付けがひときわ強くなりかけた一九三九年には、恐らくこの伝を頼ってであろう、イギリスへ逃れることになる。

淫乱を極めるその私生活など露知らず、今やグレタ・ガルボと並び称される世界的大女優であり、且つは自分のサポーターの一人に相違ないディートリッヒからの誘いを、マックスは素直に嬉しいと思った。しかし、独りで見ず知らずの人間達の輪に加わることには気後れを覚えた。マッホン他、ドイツの友人数名を伴ってもよいかどうかを謝意に書き添えたメモをボーイに託した。

だが、トミー・ファーのマネージャーとの話し合いを終えて夕刻ホテルに戻ってきても、期待したマレーネのメモは部屋に入っていない。フロントに打診しても預っていないと言う。

「俺達はお呼びじゃないんだよ」

同行していたマッホンとヴァルター・ローテンブルクが言った。

「お前だけで行ってきたらどうだ」

マッホンが幾らか拗ねた素振りを見せて言った。

「いや、止めとくよ」

少し考えてからマックスは答えた。

「ルイス戦で僕に賭けてくれたお礼を言いたかったけどね」

「それはまあ、単なる母国びいきだったんだろう。痩せても枯れてもマレーネはドイツ人だ。アメリカのニグロの肩を持つはずはない」

マッホンが軽く一蹴した。

「しかし、ディートリッヒはナチスを嫌ってるぜ」

ローテンブルクが反論した。

「ゲッベルスが盛んに、ディートリッヒはドイツに帰るべきだ、と唱えているが、一向に素知らぬ顔だ」

「それには訳ありだと思う」

マッホンが言い返した。

「ゲッベルスはマレーネの出演映画を結構けなしているじゃないか。一世を風靡した〝嘆きの天使〟にしてもドイツでは早々と上映禁止にしたし……」

「それは監督のステルンベルグがユダヤ人だからだろう」

ローテンブルクがまた反論した。

「分かったよ！」

マックスが不意に指をパチーンと鳴らした。

「何が、分かったんだ？」

二人はほとんど異口同音に言った。

「マレーネが返事を寄越さない理由だよ」

「フン」

「彼女は、僕がナチスのスポーツ省関係の人間でも連れてくるんじゃないかと思ったに違いない」

マッホンとローテンブルクは顔を見合わせた。

「穿ち過ぎかも知れん。何かの都合で僕のメモが渡らなかったか、ナチスの人間でなくても見知らぬ者に会いたくなかったか、他に大勢詰めかけて僕や君達のスペースがなくなっただけ、ということかも知れないがね」

「じゃ、ちょろっと顔だけでも出してきたらどうだ？」

ローテンブルクが年の功で気配りを見せた。

「いや、やはり止めといた方が無難だろう」

半ばその気になりかけたマックスに水を差すようにマッホンが言った。

「メディアが嗅ぎつけてタブロイド紙に書きたてんとも限らん。ゲッベルスがそれを見たら目をむくだろう。総統お気に入りのレニ・リーフェンシュタールのパーティーならいざ知らずな」

尤もな言い分だ。後髪を引かれながらマックスは断念し、二人を誘ってホテル外のシーフードレストランに出かけた。

マックスとマレーネは、お互いにアメリカとヨーロッパを行き来しながらすれ違うばかりで、その後二度と会うことはなかった。


トミー・ファーと交わした契約は不履行のまま徒らに時が流れて行った。

業を煮やしたマックスは、トミー・ファーは目じゃない、ルイスを倒した自分こそブラドックへの挑戦権を持った第一人者であり、既に契約も交わしている以上、ファーとの試合は抜きにし、予定を早めてでも世界タイトルマッチを組んでくれ、ブラドックの傷はいい加減治ってるんじゃないか、とジェイコブスをつついた。

だが、ジェイコブスの返事は煮え切らない。

「どうも雲行きが怪しいんだ」

と言う。

「ブラドックのマネージャーのジョー・グールドが焚きつけているらしいんだが、シュメリングはナチスの手先だからタイトルマッチはボイコットせよと、反ナチス同盟がニューヨーク体育委員会に抗議を申し入れており、委員会も思案しかねている様子なんだ」

「冗談じゃない！」

マックスは即座に言い返した。

「ユダヤ人のマネージャーと手を切れと言ってきたナチスにも肯じなかったし、つい最近も、何やらSAの名誉称号というものを寄越そうとしたのを断っている。無論、ナチスに入党もしていない。そんな僕が何故ナチスの手先なんだ！」

「うーん」

受話器の向こうでジェイコブスが唸った。

「ルイスを破って、君は今やドイツ、ひいては、ヒトラーの常套文句であるアーリア人の卓越性を示すヒーローに祭り上げられている。君がもしブラドックを破ったら、いや、多分破るだろうが、チャンピオンベルトをそう簡単には明け渡さない、ルイスがチャレンジしてもシュメリングは応じないだろうと、ルイス側も案じているんだ」

「そんなことはない、応じるよ。ルイスこそその資格を持つチャレンジャーになるんだろうからね」

「君は度量が大きいからそう考えるだろうが、ニューヨークボクシング委員会は偏狭な連中の集まりだ。君が持ち帰ったチャンピオンベルトを、ナチスはこれ見よがしにアーリア人種の卓越性の象徴として喧伝し、ルイスの挑戦を受けることを君に禁ずるかも知れない、と彼らは恐れているんだ」

「ボクシング委員会の誰かが、あんたにそう言ったのかい？」

「いや、直接には聞いていない。一部メディアの憶測だ。それも、ルイス側から流れてきているらしい」

「ボクシング委員会もアメリカの世論も、黒人のルイスにチャンピオンベルトを持って行かせたくない、白人のボクサー、それこそブラドックにこそ締めさせたいと思っているんじゃないのかな？」

「それが本音かも知れん。しかし、ルイスは性格も温厚だし、以前のジャクソンのように白人の女といちゃついたりもしていない、何より、君に敗れるまで二三連勝と破竹の勢いだった、その後も連戦連勝している。オリンピックのエース、ジェシー・オーエンスのように、白人社会にも受け入れられつつある。ルイスがブラドックに勝つことを期待している向きも少なくない」

「まるでルイスが僕らの裏をかいてブラドックの挑戦者に決まったみたいな言い方じゃないか」

「いや、ルイスが我々を出し抜こうとしてるんじゃない。油断ならないのはブラドックのマネージャーのジョー・グールドだ。奴が裏で不穏な動きをしてるんだよ」

トミー・ファーとの試合日程も一向に捗らない。居たたまれなくなったマックスはマッホンをつついて〝ブレーメン三号〟に乗り込んでアメリカに渡った。

四月の下旬には、トレーニングを始めた。

程なく、シャーキーを破ってチャンピオンになりながら、その後一試合をこなしただけで早々とグラブを脱いだジーン・タニーが、キャンプ地にやってきてマックスを激励した。

「ブラドックもトレーニングを暫く前から始めたと聞いているが……」

別れ際にマックスがこう言うと、タニーは苦笑した。

「それがどうもな、対シュメリング戦に備えてのものではなく、ジョー・グールドがしきりにブラドックに見せているのは、ルイスの試合のビデオだという専らの噂だ」

「まさか！　こっちの約束のタイトルマッチは一ヵ月後に迫ってるんだぜ」

マッホンが横から口を出した。

「散々引き延ばした挙げ句の日程だから、それをひっくり返すことはボクシング委員会が認めないだろう」

「そうありたいが、この国では何が起こるか分からんさ。ま、いざという時に備えておくことだな」

意味深なタニーの言葉に、マックスとマッホンは思わず顔を見合わせた。

契約の六月八日が来た。ブラドック側からの変更の申し入れはなかったから、マックスはマッホンに伴われて試合前のニューヨーク州体育委員会主宰の計量に赴いた。ジェイコブスが待ち構えていた。葉巻を口にくわえた姿は相変わらずだが、いつもの陽気さは鳴りを潜めている。

計量室にはお決まりの体重計が用意され、その前で会長のフェラン他ボクシング委員会の面々が並んでマックスを出迎えたが、一様に硬い表情で、変に白けたムードだ。その最たる原因が、対戦相手のブラドックが来ていないことにあると思い当たった。

計量は普通、顔合わせを兼ね、対戦者二人ばかりでなく、双方の関係者も立ち会って行うしきたりになっている。数時間後にはグラブを交える者同士だから、ピリピリした空気が張りつめ、独得の緊張感が室内にみなぎる。しかし、今朝の、狭く、家具も絵の一つも飾られていない殺風景な計量室には、緊張感の中にもどこか弛緩した空々しい空気が淀んでおり、何とも居心地の悪いものを感じさせる。ブラドック陣営の誰一人姿を見せていないからだ。

専任のドクターが足早に入って来て、計量を終えたマックスを手早く診察した。ものの五分もかからなかった。血圧を測り、脈を取り、胸に軽く聴診器《ステト》をあてがうだけだった。

「皆さん」

と彼は勿体振ってステトを耳から外しながら、押し黙ったまま並んでいる委員達に言った。

「この選手はどこも問題ありません」

フェランが立ち上がった。ざっと室内をねめ回してから、更に一呼吸置いて委員達を正面視した。

「ご覧頂いた通り、シュメリング氏は規則に従って計量を終え、適正とみなされました。しかし、対戦相手のブラドック氏は来ておりません。故に、彼はこの試合を行う意志がないものと当委員会はみなし、規定違反につき一〇〇〇ドルの罰金を課すことを宣言します」

（何という茶番劇！）

マックスは怒るよりも吹き出しそうになった。

「この由々しき契約違反にたった一〇〇〇ドルだって⁉」

ジェイコブスが吐き捨てるように言ったが、委員達は聞こえぬ振りでマックス達に背を向け、部屋を出て行った。フェランだけが、

「こんなことになって残念だ」

と首を振りながら近付いてきてマックスの裸の肩に軽く手を置いた。

（この国では何が起こるか分からんさ）

ジーン・タニーの予言的な囁きを、マックスは苦々しくかみしめた。

数日後、ジェイコブスが信じ難い情報をもたらした。

「完全に出し抜かれたよ」

苦虫の代わりに葉巻をかみつぶしながらマックスとマッホンに言った。

「六月二十二日に、ブラドッグはルイスとタイトルマッチを行うそうだ」

「そんな馬鹿なっ！」

マックスとマッホンは異口同音に叫んだ。

「ニューヨークのボクシング委員会がそれを認めたのかい？」

頭に来たマックスが矢継ぎ早に言った。

「いや」

ジェイコブスは大きくかぶりを振った。

「認めなかったよ。あくまでお前にチャレンジャーとしての最優先権があると主張してね」

「なのに、何故？」

「曲者のジョー・グールドが裏をかいたんだ。ニューヨークで認めないならシカゴでやる、と言い出してな」

「こんな契約違反をやらかしておいて、ブラドックが勝つならいざ知らず、ルイスが勝ったら、ルイスを世界チャンピオンとみなすのかね？」

マッホンが口を尖らせた。

「マックスにＫＯされたばかりのルイスをだよ」

マッホンは畳みかけた。

「ルイスの矜持がそれでは許すまい」

マックスが呆然自失の体から我に返って言った。

「僕を倒さなければ、チャンピオンとは言い張れまい」

「確かにな。どう考えてもルイスが負けるとは思えないからな」

ジェイコブスが力無げに答えた。

「マディソン・スクエア・ガーデン側もかんかんになって怒っており、提訴するといきまいているんだが……」

「我々もそれに乗らなきゃ駄目だろ？」

マッホンが咎めるようにジェイコブスに言った。

「無論、提訴したさ」

ジェイコブスが返した。

「しかし、今のところ裁判所はシカゴでの試合を中止させる判決は下していない」

ジェイコブスは「参ったよ」というように両腕を広げた。

重苦しい沈黙がわだかまった。

「奴の小指の骨折も、怪しいものだったんだ」

ややあってマッホンがぼそりと言った。

「医者を丸め込んで引き延ばし作戦に出たんだな」

「時勢だよ、時勢」

ジェイコブスが声を絞り出すように言った。

「元凶はドイツのご時勢だ。ヒトラーとナチスの台頭を、ブラドック側はマックスを避ける恰好の口実にしてるんだ。俺と縁を切るか——いや、それだけでは駄目だな。アメリカに亡命して来ない限り、君はヒトラーのドイツを背負い続けなきゃならんのだ」

マックスは頷く他なかった。

日は徒らに過ぎて行った。マックスは気が乗らないままトレーニングだけは続けたが、ブラドック側からもルイス側からも何のアプローチもない。ジェイコブスに探りを入れさせると、信じられない情報がもたらされた。

「呆れたぜ」

ジェイコブスが苦り切った顔で言った。

「反ナチス同盟のリーダー、サミュエル・ウンターマイヤーとジェレミー・マホニーはベルリンオリンピック反対の急先鋒だったし、ニューヨーク市長のフィオレロ・ラガーディアも同盟の副総裁の一人でボイコットを叫んでいた。それが、ヒトラーのメッセンジャーとして遣わされた君の助言で勇を得たアベリー・ブランデージに裏をかかれて敗れた。その腹いせにブラドックとシュメリング戦をボイコットするようけしかけており、それでは入場者数も激減する、収益が見込めぬ、つまりはリスクが高過ぎる、だからマディソン・スクエア・ガーデンとの契約は破棄した、と、真しやかなことをグールドが抜かしおった。真相は、そうじゃない、金だよ、金。マイクの奴、べらぼうな条件をグールドに呈示して、ブラドックがルイスをチャレンジャーに選ぶよう仕向けたんだ」

「どんな条件だい?」

「五〇万ドルか、ラジオの放送権料と入場料の合計収益のいずれか多い方を取ってよい、もしブラドックが負けた場合、今後十年間、ルイスがタイトルマッチで稼ぐ金の一〇パーセントをブラドックに支給する……」

マックスとマッホンは、呆れて声も出ない。

「勝手にやるがいいさ」

我に返ったマッホンが、ふて腐れたように言った。

「ルイスは勝つだろうが、たとえチャンピオンベルトをしめても、真の王者になった気はしないだろう。君に手痛いKO負けをしているからな。だから彼は、チャンピオンになったら絶対に君との再戦を望むはずだ。それまで、こっちはこっちでノンビリやろうぜ。差し当たってはトミー・ファーをやっつけて、実力の程を示してやることだ」

ジェイコブスの手腕に頼みながら裏切られたマックスも、マッホンの言葉に幾らか慰められた。

六月二十二日、裁判沙汰にまで発展したものの、ルイス対ブラドック戦はシカゴのコミスキー・パークに四万五〇〇〇人以上の観客を集めて強行された。

前日の「ライフ」誌は、「ブラドックが実際に闘うべき相手はマックス・シュメリングだ」と書いたが、すべては遅きに失した。ルイスファンの黒人が観客の半ばを占めた。ルイスは前月の十三日に満二十三歳の誕生日を迎えたばかり、一方のブラドックは、シュメリングと同じ一九〇五年の生まれで三十二歳になっている。

お決まりの試合前の儀式で、前チャンピオン、ジャック・デンプシー、ジーン・タニー等、主な観客の名が読み上げられたが、マックス・シュメリングの名はなかった。一杯食わされ、道化を演じさせられたマックスは、早々と帰国の途に就いていた。

試合は予想通りルイスの圧勝に終わった。しかし、ブラドックも健闘した。第一ラウンドでは右のアッパーカットでルイスをよろめかせ、マットに手を突かせたが、第二ラウンド以降はルイスが確実にジャブとパンチを決め、ブラドックは大振りが目立った。

決着は第八ラウンドでついた。既に第七ラウンドまででブラドックは相当な痛手を負っていた。左目の上が切れ、唇は裂け、血まみれになってコーナーに戻って来たブラドックを見て、グールドは、これ以上は無理だ、タオルを投げるぞ、と耳もとに囁いた。ブラドックはかぶりを振ってわめいた。

「もしそんなことをしたら、俺が生きてる限りあんたを許さないぜ」

だが、第八ラウンド、精も魂も尽きかけたブラドックの両手が下がり始めた。

「手を上げろ！　両手を上げるんだ！」

グールドが懸命に叫んだが、ブラドックは相手のパンチをかわそうと、弱々しく左右に腕を振り回すのが精一杯だった。

ルイスの左ジャブがブラドックのボディに突き刺さり、次いで顔面もヒットした。更に右でフェイントをかけてから、ブラドックの左グラブを押し退け、がら空きになった顔面に強烈な右のパンチを食らわせた。

ブラドックの体がゆっくりと二つに折れ、右から崩れると、マットに顔面を打ちつけた。レフェリーのトミー・トーマスが屈み込み、マットに膝をついてカウントを始めたが、10カウントでもブラドックは起き上がれない。完全に意識を失っていた。

ジョー・グールドは顔をそむけ、むせび泣いた。前のラウンドでタオルを投げなかったことを悔いながら。

ジョー・ルイスは眉ひとつ動かさず、ゆっくりとニュートラルコーナーに引き揚げた。ルイスの取り巻き達が興奮してリングに駆け上がり、ブラックバーンはルイスを抱きしめた。

だが、最後までルイスに笑顔は見られなかった。控え室に戻ると、周囲の騒ぎに水を差すように言った。

「シュメリングを連れて来てくれ！　あのドイツ人を倒すまでは、本当のチャンピオンになった気がしないんだ」

（一一九）

エーファ・ブラウンがベルクホーフに頻繁に姿を現すようになって、ヒトラーの取り巻き達は戦々恐々となった。

ヒトラーは、自分の執務室や寝室、バス、トイレに通じてお互いに自由に出入りできるようエーファの為の部屋を二階にしつらえていた。

エーファが彼にとって何者であるか、ヒトラーは誰にも、側近のホフマンやボルマン、ゲッベルスにも語らなかったし、人前では決してエーファと親密な間柄であることを匂わせるような態度を示さなかった。エーファにも、それと気取られるような馴れ馴れしいふるまいは慎むよう言いくるめていた。

エーファはホフマン写真館で覚えたカメラ技術をベルクホーフで発揮してヒトラーや取り巻き連を盛

んに写した。

エーファがベルクホーフに寝泊まりしたのは、ヒトラーがこの別荘に滞在している間くらいで、普段はヒトラーにあてがわれたミュンヘンの一戸建の家に妹のグレートルと住んでいた。

エーファのもう一人の姉妹で姉であるイルゼは、妹達より早くに家を出て、耳鼻咽喉科の医師マルティン・マルクスの医院に住み込みで働いていた。当時、ミュンヘンに定住する医師の四分の一がユダヤ人だったが、マルクスもその一人だった。

ヒトラーと深い関係を持つようになったエーファは、マルクス医師のもとで働くのは止めてくれるようにとイルゼをつついた。イルゼは当初、馬耳東風と聞き流していた。一九三三年四月の新しい条例によって〝非アーリア人種〟の医師は公的な医療機関から閉め出されたが、開業医にまでは適用されなかったから、マルクスの医院が廃業に追い込まれることはないと踏んでいたからだ。

エーファは、自分の忠告を一向に聞き入れないイルゼはマルクスの単なる診療助手ではなく、男と女の関係にあるのではと疑った。

そうこうするうちに、〝ニュルンベルク法〟が制定され、ユダヤ人は、結婚はおろか、ドイツ人女性と性的関係を持つことさえ禁じられた。

「姉さんがマルクス先生のことを思うなら、一刻も早く別れるべきよ」

たとえ男女の間柄でなくても、〝ニュルンベルク法〟は四十五歳以下の〝アーリア人種〟の女性がユダヤ人の家に雇われることも禁じていたから、エーファは気が気でなかったのだ。

「あんたは総統のお気に入りでしょ？　だったら私とマルクスの為に執りなしてくれてもいいんじゃない？」

エーファの自殺未遂時にその日記を盗み読んで妹の秘密を摑んでいたイルゼは高飛車に出た。

「それは、できないわ」

エーファは首を振った。

「反ユダヤ主義者とあたしとどっちを取るかと言っ

たら、あの人は、絶対自分がかざして来た信条を取るに決まってるし……」

(マルクスのお見通しどおりだ)

イルゼは唇をかみしめた。

「あなたのこと、妹に執りなしてくれるよう頼んでみるわ」

そのうち自分の医師免許も取り上げられるだろう、と悲嘆の面持ちでマルクスが言った時、イルゼはこう答えて慰めにかかったが、マルクスは暗い面差しのまま返した。

「たとえ君の妹がヒトラーのお気に入りだとしても、ヒトラーは聞き入れないだろう。君もそろそろここを辞めた方がいい。残念だが……」

イルゼとマルクスがほっと息をつけたのはベルリンでのオリンピック期間だけだった。

立ち消えになっていたユダヤ系の新聞が再び店頭に並び始めた時、ナチスによるユダヤ人制裁は緩和された、と二人はほくそ笑んだが、ややにして糠喜びに終わった。オリンピックが引けるや、以前にも増して締めつけがきつくなるのを見て、マルクスは観念し始めた。

エーファは姉をつつき続けた。

「早くマルクス先生の所を辞めてくれないと、あたしの立場まで危うくなるわ」

エーファの苛立ちに、

「そう簡単には辞められないわよ。私だって生活があるんだから。住む所だって捜さなきゃならないし」

とイルゼは口を尖らせた。

「何だったら私達の所へ来たらいいわ。仕事の方も私が見つけてあげる」

エーファはオーバーザルツベルクで顔を合わせるようになっていた建築家のアルベルト・シュペーアに相談を持ちかけた。

シュペーアは自宅よりもオーバーザルツベルクの〝見晴らし亭〟ベルクホーフにいることの方が多かった。ヒトラーが片時もシュペーアを離さず、暇があれば夢に描く世界首都〝ゲルマニア〟の構想を語り聞かせ、自ら設計図を描いてシュペーアに模型を作らせた。それはベルリンを大改造する途徹もない規模のもので、フランスを敵視しながら密かに憧れていた首都パリを凌駕する巨大な〝花の都〟でなければならなかった。

〝ゲルマニア〟のメインストリートはパリのシャンゼリゼ通りより幅は二〇メートル広く一二〇メートルを誇り、ベルリンを南北に五キロ縦断する。中央には横に走る同じ幅の道路を設け、十字路となった道の末端に四つの飛行場を建設する。

メインストリートの出発点であるベルリン中央駅は、上下四層のプラットホームを持ち、各階はエスカレーターとエレベーターで昇降する。ニューヨークのグランド・セントラル駅より大きくなければならない。

駅前のロータリーは長さ一キロ、幅三〇〇メートルで、エジプト王朝白羊宮通りに模したものとする。このロータリーの入口には、パリの凱旋門よりも大きく高い〝ヒトラー凱旋門〟が建てられる。そしてこの凱旋門から始まるメインストリートには、一一の政庁ビル、二万人収容の大衆向け映画館、主にはオペラを上演する劇場、コンサートホール、ベッド数一五〇〇の二一階建てホテル、屋内プールなどを設ける。

ヒトラーの第二の故郷とも言うべきミュンヘンには四〇万人を収容できるスタジアムを建設する。

「次のオリンピックは東京だが、その後は永久にドイツで開かれ、〝ゲルマニア〟とこのミュンヘンに世界の人々が集うであろう」

ヒトラーは本気でこうした計画を練り、具体的な建設は一九三九年に始め、向こう十年間で完成させると、シュペーアはもとより、寝物語にエーファにも語った。

シュペーアの妻マルガレーテはスポーツ好きという点でエーファと気が合っていたから、

「イルゼさんを何とかしてあげて」

と夫をつついた。シュペーアはヒトラーの〝ゲルマニア〟構想を現実のものにするため、ベルリンに〝プロイセン芸術アカデミー〟と銘打った事務所を開こうとしていた。そこの事務員でいいなら、とエーファに答えた。イルゼは渋々腰を上げ、マルクスと別れてシュペーアの事務所に転じた。しかし僅か半年で退職し、ヘヒシュテッターなる男と結婚してしまった。

マルティン・マルクスは翌年ドイツを去ってアメリカに亡命した。財産の大方はナチス当局に没収された。

ともあれ、エーファの悩みは解決した。

ベルクホーフでのアドルフの生活は判を押したように画一的なものだった。彼は青年期と同じく、青いジャケットを着て夜通し仕事をし、夜明けに寝て昼頃まで起きて来なかった。午後からはまた見違えるばかり精力的に会議や演説の草稿を練り、アウトバーン他内需拡大の政策に頭を巡らす。その間を縫って、今や〝巡礼地〟と化したオーバーザルツベルクに押し寄せる群衆に顔を出し、歓乎にこたえながら小演説をぶつ。

夕食は大抵午後七時と決まっていたが、その前にテラスで腹心の部下達とミニ集会をこなし、打ち揃って夕餉の卓に就く。アドルフに呼ばれた時は、エーファは常に彼の左の席に座った。そこへエーファをエスコートするのがいつしかシュペーアの特権となった。シュペーアがたまたま不在の折はマルティン・ボルマンが代役を務めた。

映写会のフィルムは国民啓蒙宣伝省から間断なく届けられ、エーファがその選択に与かった。

ベルクホーフは次々と改築され、腹心の部下達の家々が建ち、運動や娯楽の施設も備えられ、ＳＳ隊員の為の宿舎も設けられた。

エーファとアドルフの親密な関係をそれとなく知る者は、ホフマンとボルマンくらいだった。その他の者にとっては謎だった。大方の者はエーファをヒトラーの秘書だと思い込んでいた。シュペーアでさえその一人だった。

ホフマンとボルマンにしても、親密な間柄には相違ないが、二人が紛れもない男女の間柄であるとまでは確信できなかった。日頃はリンツに住む妹パウラや、エーファの姉妹や両親もベルクホーフを訪れることがあったが、アルプスの山々を臨むテラスで歓待こそすれ、自分達のプライベートルームに入れることはなかった。

映写会が終わるといつの間にか姿を消したエーファが、数時間後にはドアを開けてアドルフの寝室や浴室に忍び入るなど、誰も想像しなかった。

二人になると、エーファには喜悦と苦痛の時間が始まった。

アドルフがいきなりエーファを抱くことはなかった。まずリビングに誘うと、書斎から取り出した本をエーファに渡し、朗読するよう求める。自分は傍らのソファに腰掛け、シェパードのブロンディを足下に置き、いつ頃からか飼っているイエウサギの一種レックスを膝に乗せて撫でている。かと思うと、いきなりレックスを放りやって書棚から別の本を持って来て、頁を繰り始める。

「朗読、やめましょうか?」

とエーファが問いかけると、

「いや、そのまま続けてくれ」

と答える。エーファの頭は混乱して来る。この人は自分の朗読を聴きながら別の本の内容を頭に刻み込んでいるのか? それとも、自分を退屈させない為に朗読させているだけで、まるで聴いていないのか?

時々横で言葉が発せられるので、エーファはその都度、自分に語りかけられたものと思って朗読を止め、アドルフを見る。だがアドルフは本の頁を繰る手を時々休め、ぶつぶつ呟いているだけだ。しかし、その独白をエーファは時々はっきり捉える。

「建築こそ唯一の芸術だ」

「絵はくだらない。やる気になれん。絵で何かを表現できる時代ではない」

「言葉は危険だ。政治や文化を変革する最も危険なウイルスだ」

「もしヨーロッパ全土でドイツ語が使われたなら、私の目的は容易に達成されるかも知れない」

等々、さながら自分に語りかけられ、返事を求めているかと思って振り返ると、アドルフは素知らぬ顔で本に見入り、時には天井を仰いでひとりごとを続けている。

しかし、それも長続きはしない。エーファには朗読を続けさせたまま、鏡の前に身を映して自分の舌をベロッと出す。タバコも吸わず、酒も飲まないが、およそ健康色ではない。赤味に乏しく、黄色がかって見える。エーファも時々自分の舌を見たりするが、そんな時は決まってアドルフが後から忍び寄って抱きしめ、

「君の舌は羨しい程綺麗でかわいらしい。食べたい程だ」

と耳もとに囁いてからキスをして来る。そうして実際エーファの舌を歯に捉え、噛んでくる。「痛いっ！」と悲鳴が上がる程に。

エーファが朗読から解放されるのは大抵夜明け頃だ。睡魔に襲われ、ついウトウトしてしまうこともしばしば、見逃してくれることもあるが、間髪を入れず「イチニ、イチニ」の掛け声と共に体操を始めて眠らせない。

「お願い。眠気を醒ましたいから、あたしにも体操をさせて」

ソファに腰掛けたままの朗読は、本をかざしている腕も、組んでいる脚も気だるくなり、腰は痛くなる。思いっ切り四肢を伸ばしたくなるのだ。

「いいよ、十分間あげるから、好きなようにするがいい」

エーファはほっと安堵して立ち上がり、深呼吸し、腕を左右に振り、膝を屈伸する。アドルフはソファにかけてエーファの一挙手一投足に目を凝らす。

朗読を求めない時は、ハーブティーをすすりながら、シュペーアに託した〝ゲルマニア〟の構想を夢見心地で物語り、建設中のアウトバーンは、遠くない将来、ロシアのモスクワにも通じるものにするつもりだ、と遠大な計画をひけらかしたりした。

エーファは空想を描きながら、ひたすら聞き役に徹する。アドルフが自分と共にソファに腰掛けて話し続けることは滅多にない。気が付くと腰を上げ、

自分の前を行ったり来たりしながら間断なく喋り続けている。手は後に組んでいることもあるが、胸の前に組み、一方の手を顎の下にやって考え考えしながら言葉を絞り出していることもある。

エーファも時には問いかける。モスクワに通じるアウトバーンは、幅何メートルくらいで、何年で完成させる予定なのか、ソ連側の了解は取れているのか、等々。

「ソ連はいずれ我が国の属国となる」

アドルフの返事に驚き、

「まさか戦争で奪いとる……？」

とエーファは問いを重ねる。

「それは分からない。ソ連が無条件降伏すれば血を見ないで済む」

「ナポレオンでさえできなかったことを、あなたは為さろうとするのね？」

「そうだ。ナポレオンが果たせなかった夢を、私は為し遂げて見せる」

（この人は誇大妄想狂か？　それとも、本当にナポレオンの生まれ変わり？）

〝ゲルマニア〟や、見知らぬ異国の町モスクワに虹をかけるようなアウトバーンの話を聞かされる度、エーファはこんな自問自答に駆られる。

（本の読み過ぎで、御伽話の国をこの人はさ迷っているのだ）

と思う時もある。

「これが私の座右の書だよ。子供の頃から何度読んだことか」

ある時アドルフは書斎から引っ張り出して来た、表紙がすり切れ、紙はセピア色になりかかって所々しみのついた、それにしても部厚い本を嬉しそうに開いて見せた。「ドイツ英雄伝説」と銘打たれている。千五百年以上も昔、ドイツ民族の黎明期に登場した英雄達の話を、エーファはその夜延々と聞かされることになった。

（これがこの人の原点だ。自分はオーストリアに生まれながら飽くまでドイツ人であることに固執し、オーストリアをドイツと一体化しようとしているの

もその為だわ）

アドルフが近くオーストリアを併合する計画を温めていることも聞かされていた。

「私は必ずオーストリア問題を片づけてみせる」

ある晩、アドルフは拳を振り上げて言った。

「いかなる危険にさらされようと、第三帝国の為に乗り越えてみせる。第三帝国はオーストリアなくして存在しないのだから。凶と出るか、吉と出るか……」

エーファが驚いたことに、アドルフは大学教授で占星術師でもあるという触れ込みの人物を時々こっそりとベルヒテスガーデンに招き、エーファに接待させていた。

一九三七年十一月の日曜日、どんよりとした空模様の日、エーファは久々に二人切りになれた喜びをかみしめていた。珍しくアドルフはソファに掛けたままエーファの肩に頭を乗せてねむりこけた。エーファは編み物にいそしんでいた。アドルフ用に毛糸の靴下を編んでいたのだ。

編み棒を操りながら、否でもエーファの目は左手の薬指にはめたプラチナのリングに行く。結ばれて間もなくアドルフからプレゼントされたものだ。結婚の約束も、それを匂わせる言葉もなく、「健康にだけは気を付けて、いつまでも私のそばにいてくれ」と囁かれただけだったが、リングには「死ぬまで共に」と刻まれてあった。

自分の肩に子供のように無防備によりかかっている男は〝政治家ヒトラー〟ではなく〝私人アドルフ〟になり切っている。

しかし、やがて目を覚まし、ガバと身を起こした途端、〝アドルフ〟は〝ヒトラー〟に、第三帝国の総統に変貌する。

その日も例外ではなかった。「ティータイムにするわね」と言って編み棒を膝に置いたエーファに、返事もせず立ち上がったアドルフは、電話にとりついて件の占星術師にコールをかけた。

「教授が来たら、コーヒーとケーキを」

と言うなり、アドルフは落ち着かず部屋の中をグルグル歩き出した。例の如く、手を後ろに組み、何やらブツブツとひとり言を呟きながらエーファの前を行ったり来たりしている。

　初老の占星術師があたふたと、幾らか顔を引きつらせて入って来たが、エーファに気付いてホッと表情を和らげた。

　エーファは老人のコートと帽子を受け取って腰掛けるよう勧め、老人は恐縮の体でおもむろにソファに身を沈めたが、アドルフは立ったままで話しかけた。

「星の具合はどうなっている？」

　コーヒーを淹《い》れながら、エーファはそれとなく聞き耳を立てる。

「今のところ、とてもいいです」

「今のところ、とはどういう意味だ？」

　すかさずアドルフが切り返す。眉間に縦皺が寄っている。

「悪い兆でもあるのか？」

「いえ、間近に迫った来るべき年は、総統にとって最良の年となるはずで、そういう意味で申し上げたのです」

「と、いうことは、三八年以降、私の星は下降することになるのか？」

　一旦取れた険がまた眉間に立っている。

「総統の星は、強いて言えば、輝き続けるか、消滅するか、どちらかです」

　老人は一言一言を咀しゃくするように言った。

「今は輝いている、だが、いずれ消えるんだな？」

　エーファの胸にもうす暗いものがよぎった。

（この人が消えれば私も消えることになる……？）

　老人は上体を起こし、入って来た時と同じように少し顔を引きつらせた。

「総統、先のことは分かりません」

　睨むようなアドルフの目を、老人は必死に受け止めて言った。

「私は、一九三八年の星運をお知らせしているのです。もう一度申し上げますが、来年は、総統にとっては最良の年となりましょう」

「来年か……？」

「いかにも。三八年です」

老教授はエーファの淹れたコーヒーをせかせかと飲み干すと、次の用事がありますので、と言って早々に引き揚げた。〝次の用事〟は口実で、老人は早くアドルフの詰問から解放されたいのだ。アレやコレや尋ねられれば返答に窮し、当たり障りのない返事でアドルフの怒りを買いかねない、それを恐れる余りだろう。

占星術師を帰しても、アドルフはソファに腰を下ろさず、部屋の中をうろつき回った。

「あの男の占いが正しいなら、来年早々にオーストリア併合に踏み切るべきだ」

独白のようでもあり、エーファに聞かせるようでもあった。

「占星術を、お信じになるのね？」

それが当たるものなら、自分は先行きどうなるのか、アドルフとの絆は永遠に続くものなのか、それとも、ややにして切れてしまう定めにあるのか、占って欲しいとエーファは思う。

アドルフは足を止め、テーブルをとんとんと指先で叩いた。

「星占いに頼ったとて、恥じ入ることはあるまい」

返答のようで、その実アドルフの視線はあらぬ虚空に流れているから、これも独白で自分に言い聞かせているようにエーファには思えた。

アドルフがエーファを朗読から解放するのは大抵夜が明ける頃だ。

「もういい。風呂に入って寝なさい」

と言う。アドルフも眠くなったのかと思うとそうではない。目は爛々と輝き、エーファが裸になるのを見すえている。素っ裸になったところでコメントが始まる。

「ヒップが少し下がっている」

とか、

「脚と腹には艶があって申し分ない」

とか、

「乳房は丁度いい大きさだ。形もいい。そのままを維持するように」

等々、微に入り細を穿っている。

浴槽の湯はできるだけ海水に近い方が良い、というのがアドルフの持論で、様々なバスソルトがお湯に溶かされる。その癖自分は裸にならず、浴槽に足だけつけて、バスタブに横たわったエーファを繁々と眺める。時には写真機を持ってきてエーファを写す。現像はホフマン写真館でエーファが行うことになっている。エーファは自分でも写真を撮ることが好きだったから、ベルクホーフに住むアドルフの要人や来客達がテラスでくつろいでいる時のスナップ写真を撮り、アドルフが撮った自分のヌード写真を現像する口実にしている。ネガをホフマン写真館に持って行き、ホフマンの娘ヘンリエッテや妹のグレートルの目を気にしながら暗室で現像すると、二人には自分が撮ったテラスでの写真だけを見せ、ヌード写真はそっとしまい込んでベルクホーフに持ち帰り、アドルフの書斎の引き出しにしまい込む。形式上、エーファはまだホフマン写真館の従業員になっている。

ベルヒテスガーデンには専属の職員が何人か雇われていたが、美容師もその一人だった。アドルフは彼女を相手に、時には延々と、「女はいかにしたら若さと美しさを保てるか」を論じてエーファを呆れさせる。さては、ある日、メモと共に化粧クリームをアドルフから手渡された。クリームはさておき、メモには目を疑った。

「週に一度はオリーブオイルの風呂に入ること。週に二度は新鮮な仔牛の生肉で夜に洗顔パックをすること」

と認められてあったからだ。

クリームとオリーブオイルはまだしも、仔牛の生肉のパックなど考えただけでもおぞましい。それよりはパラフィンパックをしたいと訴えると、皮膚癌のもとになるから駄目だ、と返った。本当にそうなのかと、アドルフお気に入りの医師テオドール・モレルに尋ねると、

「全く根拠のない話だよ。ナンセンスもいいところだ」

と答えた。

「だったら、ナンセンスだとはっきり総統に言ってあげて」

エーファが詰め寄ると、モレルは太い首を左右に振り、両手を上に向けて肩をすくめた。

「総統にとって、私は実験室のペットのようなものだ。何をなさるなり、何を言われるなり、従うだけだよ」

その実エーファの目には、アドルフこそモレルの言いなりになっているように思われる。少しでも体調が悪いと、モレルの診療所を訪れ、何らかの薬を手に持ち帰って来る。この時モレルは五十歳を過ぎており、頭は半ば禿げていて上背もさしてなかったが、恰幅の良い体にスーツ姿が決まっていて、若いカール・ブラントよりはいかにも頼もしく見える。ブラントはモレルを、怪し気な薬を処方して高い治療費をふんだくる山師の藪医者だと陰口を叩いていた。

一九三七年の十二月、エーファはミュンヘンの党本部の総統室に毎日呼び出された。鍵のかかった鞄をベルクホーフのアドルフの書斎から運び出す為に。それを総統室に持ち帰ると、アドルフはやおら鍵を取り出して鞄を開け、中から一冊の本を取り出す。オイゲレ・ブロイラー著『精神医学書』だ。どういう人かと尋ねると、

「残念ながらドイツ人ではない、スイスが生んだ偉大な精神医学者だ。フロイトなど足許にも及ばん」

エーファはフロイトのことは学校の教科書で習ったことがある。ブロイラーは八十歳でまだ生きているというが、フロイトも同じ位の年齢でやはりまだ生存しているはずだ。ブロイラーよりはフロイトの方がよく知られているはずだが、アドルフがブロイラーを称える一方でフロイトをけなすのは、フロイトがユダヤ人だからに相違ない。

一旦本を取り出し、机の前に座ると、エーファの存在など忘れたかのように、アドルフは夢中で読み

出し、ノートにメモを取る。

エーファは所在なく、総統室に自分の為に設けられた部屋に退いて編物を始める。頃合いを見計ってお茶を持って行くが、アドルフは見向きもせず、ひたすらアンダーラインを入れ、メモを取っている。

「君のように、善意に解釈する人間ばかりじゃない。アドルフ・ヒトラーは天才と狂人の紙一重で、だから自分の精神分析のためにブロイラーの本を読んでいるんだ、などと言いふらす輩もいないとも限らないからな」

漸くハーブティーのコップを手に取ってアドルフは口を開いた。

(狂人⁉)

エーファはぞっとした。

「天才は普通人とは異なる精神領域で生きている」

アドルフがお得意の講釈を始める。

「天才は時々普通人の精神世界に舞い戻る。だが、もし戻れないと、普通人の目に、彼は怪人に見えるのだ」

(あたしは普通人よ)

エーファは声には出さない独白を胸の底に落とす。

(そして、あなたは天才と自負しているし、実際にそうかも知れない。普段は、優しくて、殊に女性に対しては寸分の隙もないマナーで接し、紳士そのものに見える。でも、同性に対するあなたは時々普通人でなくなる。わけてもルドルフ・ヘスとはまるでホモかと疑いたくなる時があるわ。あれ程同性愛者を嫌い、ホモはユダヤ人と共にこの世から抹殺しなければならないといきまいているのに)

ミュンヘン一揆を共にし、ランツベルク刑務所にも共に収監され、『わが闘争』を口述筆記もしたルドルフ・ヘスがヒトラーの股肱の臣であることは認めざるを得ないが、二人が時に顔を見合わせて笑い合ったり、夏、ヘスが半ズボン姿で横に座り、アドルフがその裸の脚に手をやったり、撫でさすったりするのを目撃すると、エーファはおぞ気がふるうのだった。SA隊長レームを処刑したのは、彼がホモだという噂をアドルフが真に受けたからではなかったのか？　二人が親密に肩を寄せ合って談笑している部屋は薄暗く、内務省のフリックやＮＳＤＡＰの法律顧問フランク、党の機関紙の編集者で、一九三三年以来党の対外政策局長に就任していたローゼンベルクなども同席している。エーファは片隅に座って編み物をしながら彼らの様子を時折流し見ていたのだ。

蓄音器からはアドルフの愛好するワーグナーの「トリスタンとイゾルデ」が流れており、アドルフは時に口笛を吹いて曲に合わせていた。

（三〇）

ウェールズの炭鉱夫で全英チャンピオンのトミー・ファーと一戦を交えてこれを下し、名実共にワールドチャンピオンは自分であることを世界に知らしめんとしたマックスの思惑ははずれた。トミー・ファーが、一旦はマックスとの試合にサインしながら、これをすっぽかしたからである。しかも、あろうことか、マックスを出し抜いてファーはジョー・ルイスへの挑戦権を得たのだ。ルイスのマネージャー、マイク・ジェイコブスが、六万ドルのファイトマネープラス、ラジオと映画の放送放映権料の二五パーセントを支払うという条件を出していた。それはシュメリング対ファー戦をお膳立てしたヴァルター・ローテンブルクが呈示した額の二倍だった。

「負け惜しみを言いたくはないが、ギャラだけで寝返ったとは思えない。イギリス国内でもナチスへの反発、警戒心が高まっていて、ヒトラーの贔屓と目されている君との試合は、たとえホームグラウンドでもやばい、負けたらただでは済まされない、という思いがいや勝ったのだろう」

ローテンブルクの慰めに、マックスは小首をかしげた。

「そうは思えないよ。僕に勝てばトミーはルイスへの挑戦権を確実に物にするだろうが、敗ければもう半永久的に望みを断たれる。それよりは、いきなりルイスに当たって一発勝負を狙う方が得策、と考えたんじゃないのかな？」

「ま、そうかも知れん。何にしても、勝った方に挑戦権を得るのは、今度こそ君だろうから、今暫くの辛抱だ」

「試合を見に行こうぜ」

マッホンが横から口を挟んだ。

「ああ、是非」

マックスは悔しさを押し殺して頷いた。

ルイス対ファーの試合は、一九三七年八月二十五日、ニューヨークのセンタースタジアムで行われた。

試合開始のゴング前に、例によってリングアナウンサーがリング下の主だった観戦者の名を読み上げた。マックス・シュメリングの名が告げられると、観客からは盛大な拍手が巻き起こった。しかしマックスは、口惜しさをかみしめながら虚ろな思いでそれを聞き流した。

試合はトミー・ファーが予想外の健闘を見せ、最終一五ラウンドまでもつれ込んだ。

微妙な判定だったが、ルイスは辛うじて勝利を収めた。観客からはブーイングが起こった。

マックスはルイスを祝福に行った。

マイク・ジェイコブスがジョー・ジェイコブスにアプローチして来た。

「次はシュメリングとやりたいとルイスが言っている。来年の夏にどうだ？」

「勿論、ＯＫだ。散々待たされたよ」

ジョーは二つ返事で答えた。

「その代わり、一つ条件がある」

マイクがひとさし指を顔の前に立てた。

「こっちは精力的に試合をこなして来たが、シュメリングはもう一年も試合をやっとらんだろう。大衆へのアピールもある。ルイス戦の前に、ビッグネームと一戦こなしてくれ。そうすればタイトル戦も盛り上がる。無論、勝ってもらわねば困るが」

「誰とやらそうというんだい？」

ジョーは幾らかむくれてマイクに言い返した。

「最近メキメキと腕を上げ、人気が出て来ているハリー・トーマスとやってくれ」

「マックスに掛け合ってみるよ」

ジョーは渋い顔で答えた。

「また引き延ばし作戦をやってきおった。ま、ファイトマネーの条件は悪くないがね」

ジェイコブスが持ち帰った話に、マックスとマッホンは顔を見合わせて口を歪めた。

「下手すりゃ、トーマスのいい踏み台になりかねないぜ」

マッホンが言った。

「もしマックスが敗れたら、トーマスが最強のチャレンジャーということになる。当然ルイスに挑戦するだろう。ルイスだって、苦い敗戦の記憶があるマックスより、白紙状態のトーマスの方が戦い易いだろうからな、また契約をひっくり返して来ないとも限らんぜ」

「どうもな」

ジェイコブスも渋い顔を返した。

「反ナチス同盟とユダヤ教会が我々の足を引っ張っているらしいんだ。ユダヤ人の俺をマネージャーにしているし、ナチス党員でもないシュメリングはドイツの誇るボクシング界の英雄以外の何者でもない、と俺は彼らに再三言ってるんだが、ヒトラーが鼻高々のこのご時世にドイツへチャンピオンベルトを持って行かれたくないらしい。黒人のルイスの方がまだましだという腹らしい」

「トーマスに勝つしかないよ」

マックスが断乎たる面持ちで言った。

「条件も悪くないしな」

呈示された条件は、入場料の二〇パーセント、ラジオと映画の権利の一部がシュメリングの取り分とされていた。

結局マックス側はマイク・ジェイコブスのオファーに応じたが、正式な契約はトーマスとの一戦の後とされた。

確かに、ルイスとの試合以来、マックスの手は遊んでいる。第一〇ラウンド、ルイスを仕止めた数発のパンチの手応えも薄れかけている。

（浮かれて少し遊び過ぎた）

とマックスは反省した。

ハリー・トーマスとの試合は十二月十六日、ニューヨークで行うことに決まった。

マックスとマッホンは一旦帰国した。それと知ったグスタフ・エーデルが、ロッテルダムに来ないかと誘いの電話を寄越した。オランダ人のベープ・クラーベンとタイトル防衛戦をするから見に来てくれないか、と。

エーデルはウェルター級のボクサーでヨーロッパチャンピオンであり、シュメリング対ルイス戦の予測を記者団から問われた時、「君達はルイス熱に浮かされているよ。圧倒的にルイス優勢と見ているらしいが、俺の見るところでは五分五分だね」と言ってくれた男だ。

二人はためらわずエーデルの誘いに乗った。

「それにしても大した自信だな。勝つと信じてるんだ」

マッホンの言葉にマックスは頷いた。

出かけた甲斐はあった。軽量級ならではの、機敏な動き、激しいパンチの応酬となり、マックスもマッホンも久々に興奮した。

第八ラウンド、エーデルがKＯで試合を制した。

祝賀会が開かれたが、その宴席で、ナチスの迫害を恐れて祖国ドイツを離れていたマックスの古い友人達の情報が伝えられた。近くのキャバレーに出演している、と。

次の日、マックスとマッホンは車で海岸のリゾート地に出かけ、ビリー・ローゼン、ジークフリート・アルノー、オットー・バルブルクら、アニーと映画で共演していた連中と再会した。

彼らはキャバレーのステージで歌ったりパントマイムを演じていた。彼らのコントの掛け合いにはマックスもマッホンも大笑いした。

ステージを終えた連中とディナーの卓を囲むと、彼らはマックスに矢継ぎ早の質問を浴びせかけた。

ベルリンはどうなっている？　エンネ・メンツのバ

ーはまだあるか？　ヒトラーがウンテルデンリンデンの並木を叩き切ったのは本当か？　等々。

夜が更け、アルコールが入るにつれ、彼らは一様にドイツへの郷愁を口にし、オットー・バルブルクに至ってはおいおいと泣き始めた。

「先の大戦で、僕は鉄十字勲章をもらったんだ。愛する祖国ドイツの為に必死で戦ったんだよ。ヒトラーと同じように。家族も皆ドイツで生まれ育った。なのに、ユダヤ人であるというだけで祖国を出されるなんて、そんな理不尽があっていいのか！」

ローゼンとアルノーももらい泣きした。マックスは三人を慰める側に回りながら、彼らの祖国を想う心情に胸を打たれていた。

数年後、バルブルクとローゼンはゲシュタポに捕らえられ、アウシュビッツ収容所のガス室に送り込まれた。アルノーだけは間一髪、アメリカに逃れた。

二日後、ベルリンに戻ったマックスに、国民啓蒙宣伝省のヒンケルから電話がかかった。

「オランダはどうでしたか？」

「えっ……⁉」

（何故ヒンケルがそんなことを知っているのだ⁉）

サーロウピースコウの隣人トーラク元夫人の悲劇が脳裏に蘇った。

「楽しかったですよ」

動揺を静めてからマックスは返した。

「かつて僕のキャンプでトレーニングしたことのあるウェルター級のチャンピオン、グスタフ・エーデルの試合を見に行ったんですがね」

「楽しかったのは、それだけじゃありませんよね？」

エーデルが壮絶な打ち合いの末に勝利を収めたことを話そうとしていた出端をくじかれた。

「友人達と一献傾けられた、そちらの方こそ楽しかったんじゃありませんか？」

口調は穏やかだが、持って回ったヒンケルの口調はいかにも皮肉っぽい。

「それがどうかしましたか？　外国に出かければ旧友達に会いたいと思うのは当然でしょう？」

「それは、その通りです」

ヒンケルはあくまで冷静だ。

「そのお友達がユダヤ人である、ということ以外には」

マックスは絶句した。二日前のことを思いめぐらした。レストランには自分達以外に一般客もいたが、ゲシュタポを思わせるドイツ人の姿は見かけなかった。後をつけて来て外から窺っていたのだろうか？それにしても、自分とマッホンはさておき、旧友が誰々であることまで彼らは調べ上げていたのだろうか？

「証拠があるんです」

ヒンケルがやや間を置いてから沈黙を解いた。

「証拠？」

「写真です。皆さんがテーブルを囲んで談笑している写真が、こちらの大臣の机にあるんですよ」

マックスは歯ぎしりした。

（あの野郎！　ナチスの回し者だったか⁉）

三人の友人達が望郷の念に咽び泣く前、まだ料理に舌鼓を打ちながら酒を飲み交わし談笑していたさ中、レストランのオーナーが満面に笑みをたたえて現れた。傍らのボーイが手に写真機を携えていた。

「シュメリングさんにおいで頂いたことは当店の何よりの記念にもなりますので、是非一、二枚、写真を撮らせて頂きたいのですが……」

旧友達は遠慮して身をよけようとしたが、

「あ、どうぞどうぞ、皆さんもご一緒に」

とオーナーは友人達を押し留めた。

（まさかあのボーイまでがゲシュタポの一味だった訳ではあるまい！）
一、二枚と言ったが、オーナーは自分も加わり、マッホンや旧友達を自分の横に入れ代わり立ち代わり移動させ、ざっと五、六枚もボーイに撮らせた。
旧友達は無名の人間ではない。その筋では知られたエンターテイナーばかりだったから、現像した写真を検証して何者かを割り出したのだろう。

「それがどうかしましたか、ヒンケルさん」

マックスは声を荒らげた。

「彼らは私の古き良き友人達です。とやかく言われる筋合いはありません」

「まあまあ、落ち着いて下さい、シュメリングさん」

ヒンケルはあくまで冷静に返した。

「実は私も具体的なことはよく分からないのですよ。でも、今朝大臣の机にあった写真の件で一悶着が起きているのは事実です。ですから、たとえ外国であれ、ユダヤ人のお友達とは交わらない方が賢明ではないか、と申し上げたいのです」

マックスは胸が張り裂けるかと思う程憤怒に駆られていたが、ヒンケルに怒りをぶちまけても仕方がないと思い至った。彼は単に上層部の人間のメッセンジャーに過ぎないのだ。

「ま、ご忠告は有り難く承っておきますが、保証の限りではないと大臣にお伝え下さい」

一言放ってマックスは電話を切った。

（三二）

一九三八年二月、アドルフ・ヒトラーはオーストリア首相クルト・シュシュニックをベルヒテスガーデンに招いた。と言うよりは、気の乗らないシュシュニックを強引に呼びつけた、と言う方が当たっている。

シュシュニックは一九三四年七月に殺害された前任者ドルフスの後を継いで首相になっていた。

ナチスはドイツ国内のみならずオーストリアでも勢力を伸ばしていたが、これを快く思わなかったドルフスは、ナチスの国内での政治活動を禁止する命令を下した。ナチス党員プラネッタによるドルフスの暗殺は、それに反発したナチスの報復であり、指令を放ったのはルドルフ・ヘスである。ナチスはその余勢を駆って一気に政権掌握を図ったが、保守主義の政治家でオーストリアの独立を目指すシュシュニックによって鎮圧された。プラネッタは捕らえられ、絞首刑に処せられた。

前年にドイツの政界を席巻したヒトラーは、当面自国での地位確立に東奔西走して、隣国に干渉している暇もなかったが、オーストリア併合こそは積年の夢であった。自らはオーストリアに生を享けながら、ドイツ語を母国語とするオーストリアはドイツの分身であり、必ずや一体化され、大ドイツ帝国として新たな一歩を踏み出さねばならない、と考えていた。

『わが闘争』の冒頭でヒトラーは書いている。

「私はライン河畔のブラウナウが誕生の地となった運命を、今日でこそ幸福な定めと考えている。何故ならこの小さな町は、二つのドイツ人の国家の境に位置しており、少なくともこの両国家の再併合こそ、我々青年がいかなる手段をもってしても実現しなければならない畢生の事業と考えられるからだ。

ドイツ・オーストリアは、母国大ドイツに復帰しなければならない。それは何らかの経済的考慮によるものではない。たとえこの合併が経済的には些事に留まる、否、有害でさえあっても、なおかつこの合併はなされなければならない。同一の血は共通の一つの国家に属するべきなのだ」

だが、シュシュニックはそう考えなかった。彼はオーストリアの独立を画策した。ムッソリーニのファシズムに傾倒し、イタリアに類似の独立国家を樹立したいと考えていたのだ。

暫くは見て見ぬ振りをしていたヒトラーも、自国における自らの地位がゆるぎないものとなったベルリンオリンピックを境に、ジワジワと圧力をかけ始めた。ドルフス路線を継承したシュシュニックは、自らもまた暗殺の危険にさらされるリスクを顧みず、オーストリア国内のナチスの動きにセーブをかけ続け、国民の支持を得ていた。

しかし、アウトバーンの建設を主としたヒトラーの経済復興政策が図に当たり、失業者が大幅に減ってミニバブル期の再来を思わせる経済復興をドイツが遂げつつあるのを知ったオーストリア国民は、ドイツに帰属せよと説くヒトラーへの支持に傾いて行った。

機は熟したと見て取ったヒトラーは、シュシュニックに法外な要求を突きつけた。すみやかに辞任し、オーストリアのNSDAP党首ザイス・インクヴァルトに首相の座を譲るように、しかしてオーストリアはドイツに帰属すべし、と。

シュシュニックは首を振った。大統領ヴィルヘルム・ミクラスも併合は望んでおられない、と。

会談は物別れに終わった。

ヒトラーは緊急会議を開いた。ゲーリング、ヘス、ゲッベルス、副首相パーペン、ウィーン駐在官マフ等を呼び集め、シュシュニックへの説得は徒労に帰したこと、かくなる上はオーストリアに乗り込み、民意を頼んで併合に踏み切る所存だが如何？　と。

パーペンは時期尚早と唱えた。ブリューニングの後一時首相となり内閣を組閣したパーペンだったが、二ヵ月後の総選挙でNSDAPが第一党となったことで首相の座を降りた。宿敵シュライヒャーが後釜に座ったが、ナチス党内の反主流派の頭目グレゴール・シュトラッサーとシュライヒャーが密談を交わしていることをヒトラーに告げてその信頼を得、ヒトラー内閣成立と同時に副首相兼プロイセン州首相に抜擢された。

しかし、程なく解任された。マールブルク大学で行った過激な演説で、NSDAP及びSAへの批判を含ませたことがヒトラーの逆鱗に触れたのだ。普通ならそこで失脚となっても不思議でなかったが、右顧左眄のこの策士は、巧みにヒンデンブルクの仲介を引き出してヒトラーの怒りを和げ、オーストリア大使の要職を得ていた。

「何故時期尚早なんだ?」

気色ばむヒトラーに、パーペンはマフを横目に見ながら言った。

「シュシュニックは侮り難い人物です。オーストリア国内のSAの動きを封じていますし、それなりに人気のある政治家ですから、民意を煽って抵抗するやもしれません」

「君はどう思うね、マフ」

ヒトラーは憮然たる面持ちで傍らの武官に目を転じた。

「私は何とも。民意ということでしたら、総統の方が遥かにシュシュニックを凌いでおりましょうが……他国の反応はどんなものでしょう?」

「それは心配あるまい」

ヒトラーは顔の前で手を振った。

「ヴェルサイユ条約は我がドイツに莫大な債務を課したろくでもない条約だったが、アメリカのウィルソンの提唱した〝民族自決〟の概念だけは出色だった。つまり、各民族は自らの意志に基づいて、その帰属や政治組織、政治的運命を決定する、他民族、他国家はそれに何ら干渉しない、という集団的権利、自決権を謳っている。

我々はこれに則るだけだ。つまり、ドイツ民族は一つにならなければならない。だからオーストリアはドイツに帰属し、両者は一体とならねばならないのだ」

パーペンとマフ以外の面々は一斉に相槌を打った。

「その意味で、オリンピックは何よりのパフォーマンスでしたね」

ゲッベルスが横合いから口を出した。

「オーストリア国民も、大ドイツ国家の首都はウィーンでなくベルリンであると改めて認識したはずですから」

「善は急げですよ」

ゲーリングが追従じみた言葉を吐いた。

「愚図愚図していたらシュシュニックは何をやらかすか知れません。一気呵成に行くべきかと思います」

「ウム。星占いでも、今年は私にとって良い年と出ている。来年は運勢が傾くや知れぬ。決行しよう」

三月十一日、ヒトラーはシュシュニックに最後通告を放った。インクヴァルトに首相の座を譲れ、さもなくば実力行使に出る、と。

即答はなかった。ヒトラーは暗黙の拒絶と受け止め、翌日実力行使に出た。ゲッベルスがヒトラーの布告をラジオで国民に告げた。

「今朝よりドイツ国防軍の兵士はドイツ・オーストリアのすべての国境を越えて進軍している。地上の戦車部隊、歩兵師団、親衛隊とドイツ空軍は、ウィーンの新たなNSDAP政府の要請を受け、オーストリア国民に、国民投票によってその未来と運命を決する可能性を与えるための保証人となるのである」

ヒトラーは翌十三日の午前中に国防軍と共にブラウナウに入ると、夕刻、リンツの市庁舎のバルコニーに立ち、広場に詰めかけた市民に向かって言い放った。

「本日ただ今限りドイツはオーストリアを併合した。諸君は大ドイツ国家の臣民となったのである」

歓声と拍手こそ起きたが、不穏な動きは一切なかった。それどころか、公務員達は駐留する国防軍の兵士達に宿舎を振り分ける作業にいそしんだ。事実上シュシュニック内閣は崩壊した。

ほぼ一ヵ月後の四月には、ヒトラーは再びリンツに足を向け、クラウス機関車工場の作業場で集会を開いた後、ホテル・ヴァインツィンガーに泊まった。

その群をかき分けるようにして一人の男がホテルに近づいた。四十前後、スリムな体形で、いかにも人の好さそうな風貌だが、興奮のせいか顔面が紅潮している。

男は、「これ以上は立ち入り禁止」と言わんばかりSA隊員がホテルの玄関前に整列している〝非常線〟まで進み出た。

怪訝な目で睨みつけていた隊員の一人に男はおずおずと声をかけた。

「総統にお会いしたいのですが……」

「総統に⁉　何の用だ？」

応対した隊員と男を、左右から別の隊員数名が取り囲んだ。

「これを」

と男はおずおずとジャケットから一通の封書らしきものを取り出した。封は切られてある。

「総統にお見せ下さればお分かり頂けると思います」

「アウグスト・クビツェク？」

「私です。総統から頂いたものです」

男は性急に口走った。隊員達は封書をのぞき込み、次いで男を繁々と見やってから目配せし合った。

「ちょっと待っていなさい」

年長の隊員が男を手で制するようなゼスチャーを見せてから踵を返した。

隊員は上官とおぼしき男を引き連れて戻ってきた。

上官は手渡された封書の日付印を目を細めて見やりながら上目遣いに男を見た。

「一九三三年八月四日？　随分古いものだが……」

「そうです。総統が国家元首になられた時、お祝いに書いた手紙に、返事を下さったのです」

「総統とは、どういう関係なんだね？」

「幼なじみです」

「幼なじみ！」

上官が一オクターブも声を上ずらせた。

「と、いうことは、ここオーストリア時代の、という訳かね？」

「はい。リンツで……それと、ウィーンで、起居を共にしました」

上官は穴のあく程男の顔を見詰めると、やおら便箋を取り出し、二度、三度読み返した。

「フム。間違いないようだな」

便箋を封に納めると、上官は嘆息混じりに言って男を手招いた。

ホテルのホールは、ハーケンクロイツの腕章をつけた軍服姿の軍人達でハチの巣をつついたような騒ぎに包まれている。

男は頭がくらくらし、飛んでもない場違いな世界に入り込んでしまったような気になった。もしアドルフが現れたら、一体自分は彼をどう呼び、どう振る舞ったらいいか分からなかった。「総統に私が来たことだけを宜しくお伝えください」と言って引き返したい衝動にも駆られていた。

男は正真正銘アウグスト・クビツェクだった。

郷里のリンツで、共に先を競って無料の立見席に馳せ、ワーグナーの歌劇に夢中になった日々はさておき、ウィーンで下宿生活を共にした月日は、アドルフにとっておよそ快い思い出ではなかっただろう。殊に、美術アカデミーに通っていると見せかけて実は受験に失敗していたことを自分に悟られてからの日々は、挙句の唐突な逐電から推しても、今や功なり、名を遂げ、栄達の極みに達した人間にとって、かりそめにも触れられたくない古傷に相違ない。自分の手紙を見れば、忘却の彼方に葬り去っていた忌わしい過去を否でも思い起こさせられ、唾棄したい衝動に駆られるだろう。

一ヵ月経っても、二ヵ月、三ヵ月と経っても何ら音沙汰がなかった時、手紙は届いたかも知れないが、アドルフは無視を決め込んで、自分との過去などむし返されたくないと手紙を破り捨てたに相違ない、とアウグストは思い込んだ。

それだけに、半年を経た八月の、まだ中旬に差し掛かっていないある日、勤務するエファーディング役場にアドルフの手紙が舞い込んだ時、アウグストは我が目を疑った。

宰相の手紙は、ミュンヘンのブラウンハウスから八月四日付で出されており、次のように書かれてあった。

親愛なるクビツェク！
二月二日付の君の手紙が、今日やっと私の手もとに届いた。一月以来、何万何千通もの手紙が来るので、こういうことは珍しくないのだ。それだけに、長い年月の末に君の消息と居所が分かってとても嬉しい。困難な戦いの日々が終われば、私は我が人生で最も素晴らしかった日々の思い出に浸りたい。君が私の所に来ることは可能だろうか？　我々の旧交に想いを馳せながら、君と君の母上のご多幸を祈る。

アドルフ・ヒトラー

アウグストは歓喜に打ち震え、繰り返し繰り返し、暗記するまで手紙を読み返した。今すぐにもアドルフのもとに馳せたい衝動に駆られたが、逸る胸を押さえて屋根裏部屋に駆け上がり、古いトランクを開けた。それは、彼がまだ両親と一緒に住んでいたリンツの家にあったもので、アドルフが寄越した葉書、手紙、スケッチ画などを青い封筒に納めてそこにしまい込んだ記憶があった。父親が死に、寡婦となった母親が、家庭を持ってエファーディング役場に勤めたアウグストの家に僅かばかりの家財を処分して引越して来た時、捨てずに持って来てくれたものだ。

葉書や手紙を一つ一つ読み返しながらアウグストの脳裏には、アドルフと過ごした青春時代がまざまざと懐かしく蘇って来た。

（こんなにも親しく睦み合ったのに、何故君は僕を見捨てて行ったんだい？）

自分の胸先三寸に留め置けず、アウグストはアドルフの形見の品々を見せて、どうすべきかと妻に相談した。妻には婚約時代からアドルフのことを折に触れ話していたから、アドルフが一国の宰相になったと知った時は心底驚いた。

「あなたは大変な人とお友達だったのね」

その妻も、アドルフからの夥しい葉書や手紙をアウグストが見せた時は、単なる驚きに留まらなかった。

「総統の側近者やマスコミの人達がこれを見たら、喉から手が出る程欲しがるでしょうね。総統があなたのことを話したら、我先にと押しかけて来るんじゃないかしら？」

「いや、それはないだろう。今度の手紙も、社交辞令として認めただけで、本心ではないんじゃないかな？　この返事だって、僕がお祝いの手紙を出してから半年後に彼の目に触れているんだからね。僕と会って昔話に花を咲かせる暇などないだろう。それに、リンツ時代はさておき、ウィーンに出てからのことは、彼にとってちっともいい思い出になっていないだろうからね。僕にしても、音楽や芸術のことは話せるけど、こと政治のことになると全く門外漢だから、会っても話が噛み合わないだろう。彼の方は、今や政治のこと以外関心はないだろうし」

「そうね。確かに住む世界がもう違うわね。でも、このお手紙は、単なる社交辞令とは思えないわ。だから、このまま何もないまま終わってしまうのは勿体ない気がするんだけど。だって、ヒトラーさんの手許に届くまでには半年掛かったみたいだけど、一旦手紙を見たら、すぐに返事を書かれているでしょ？それも、秘書なんかに書かせた当たり障りのない謝辞ではなく、たとえ口述だとしてもご自分の言葉と思いで書いておられる。あなたを本当に懐かしんでの返事だと思うわ」

「律儀なところは昔と少しも変わらない。手紙を出せばすぐに返事を書いて寄越したし、手紙の最後にいつも僕の母のことを気遣った一言を添えてくれている点もね」

「お母様にお見せしたら喜ばれるでしょうね？」

「卒倒しかねないから止めておくよ。第一、一国の首相が僕の幼なじみだなんて信じないだろう。同姓同名の人間だくらいにしか思ってないみたいだから。僕が当初そうだったようにね」

妻と話しながらも、アウグストの気持ちは右に左に激しく揺れ動いた。確かに妻の言う通り、アドルフの返事には、短い文面ながら友情と懐旧の念がにじみ出ており、宰相に上り詰めても細かな気配りを忘れない情の深さが感じ取れる。

〝アドルフ〟も〝ヒトラー〟も、ドイツでは決して珍しい名や姓ではないから、当初は同姓同名の人違いだよと妻や母親に語っていたが、どうやらそうではないと思われてきた時も、確かめたい衝動には駆られながら、是が非でも会いに行きたいとは思わなかった。それでも消息を知り得た喜びだけは伝えたかったが、そんな矢先にミュンヘン一揆が勃発した。新聞の記事で首謀者がアドルフと知った時の驚きは小さくなかったが、彼の激しい性格を知っていたから、そういうことがあっても不思議ではないと思われた。だが、その事件は、自分と友との溝を更に一層深め、もはや埋められない深さにまで及んだと感じさせた。アドルフが危機一髪難を逃れ、命を落とすことがなかったことだけに安堵し、胸の奥で（さよなら）と別れを告げた。

とは言え、その後もアウグストはアドルフの消息を新聞で追い続けた。五、六年は刑務所から出て来れないだろうと思われたアドルフが、一年と経たないうちに釈放され、獄中で綴ったという触れ込みの自伝『わが闘争』が書店に並んでいるのを目にした時は胸が高鳴った。もちろんアウグストは買い求めた。ライン河畔の小さな町でプラウナウに生を享けた生い立ちの記述から始まっているのを見た時、心臓が躍り始めた。教会の聖歌隊に入って音楽に目覚めたこと、さては父親の反対を押し切って何が何でも美術家になるんだと思い詰めた思春期の件に至ると、今にも心臓が飛び出そうな胸騒ぎを覚えた。そのうち自分の名が出て来て、リンツの州立劇場の立見席を競い合ったエピソードなどが綴られているのではないかと思ったからだ。

「上オーストリアの地方都市には、当時としては比較的悪くない劇場があり、ほとんどすべてものが上演されていた。十二歳のとき、私ははじめて〝ヴィルヘルム・テル〟を見た。それから二、三ヵ月後には〝ローエングリーン〟を見た。これが、私がオペラを見た最初である」

との件に至った時は、興奮が極みに達し、頁を繰る手が震えた。

が、期待したエピソードはいっかな出て来ない。

「手には服と下着を入れたトランクを持ち、心には不動の意志を抱いて、私はウィーンへ行った」

（そうだ！　それから僕らの共同生活が始まったんじゃないか！）

「ウィーンへの移住」と小見出しが付された件に差し掛かって、アウグストは思わず声にならない叫びを放った。

章が改まり、「ウィーンでの修行と苦難の時代」のタイトルが目に飛び込んだ時は、てっきり、忘れもしないウィーン第六十シュトゥンパー通りのツァクライス夫人の家に間借りして自分と過ごした日々のことが出てくるものと思った。

だが、熱くなった頭には水がかけられるばかりであった。アウグストの〝ア〟もクビツェクの〝ク〟も、友人との共同生活を思わせる記述は何一つ書かれていないと分かったからだ。

深い失望に、興奮がスーッと引いて行くのを覚えた。

しかし、別の新たな興奮がアウグストを捉えた。美術アカデミーに合格を果たせなかったこと、その後、貧困と飢えに苦しんだ悲惨な日々が告白されていたからである。

「私はパンを稼ぐために補助労働者となり、ついでちゃちな画工になった。空腹は当時私の忠実な用心棒であった。それはいっときも私から離れない孤独なつれ合いであり、すべてにおいて私の忠実な部下であった。

本を買う毎に、歌劇場へ行く度に、その後数日間、空腹が私の相手をした。この無情な友との戦いが続いた。けれども、私はこの時代にかつてないほど勉強した。建築学と、食物を節約してオペラへ行くことをのぞけば、書物だけが唯一の友であった。

私はその頃、無闇やたらに本を読んだ。暇な時間を勉強に注いだ。それによって、私は数年で、今日なお養分を引き出している知識の基礎を作り上げた。

当時は厳しい運命と思われていたことを、今日では神の摂理と英知の賜物と感謝している」

胸がしめつけられた。謎が解け、空白の五年間がヒタヒタと埋められて行くのを覚えた。そうして、アドルフが別れも告げず自分の前から姿を消したことに合点が行ったのである。

ならば、今更会って過去の裏切りを咎める必要はないと思われた。かつては音楽という共通項によって固く強く結ばれていた絆も、今となっては断ち切られたも同然、住む世界を異にしている。「困難な戦いの日々が終われば」とアドルフは書いている。

あくまで未来形で、一国の宰相には上り詰めたが、アドルフは尚〝困難な戦い〟のさ中にあり、幼なじみと昔話に花を咲かせているゆとりなどないだろう。

「行かないことにしたよ」

長い逡巡の果てに、アウグストは妻に言った。

恰幅のいい男がアウグストに近付いて来て「総統の副官のアルベルト・ボルマンです」と名乗った。後に、アドルフ・ヒトラーの側近中の側近マルティン・ボルマンの弟だと知る。

ボルマンは改めて、どこから来てどこに住んでいるのか、仕事は何か、総統が書いている〝わが人生で最も素晴らしい日々〟とはいつのことなのか、どのような日々であったのか、そもそも総統とはいつ知り合ったのか、等々矢継ぎ早の詰問に及んだ。アウグストは逐一丁寧に答えたつもりだったが、半ば上の空だった。

「では今暫くお待ちを」

気の遠くなるような長い問答の果てにボルマンが踵を返して姿を消すと、アウグストは更に落ち着かなくなった。今にもどこからかアドルフが現れるかもしれない。一体どんな顔をして？　最初にどんな言葉を投げかけてくれるのか？　否、やはり自分が始めに一礼して何か言うべきだろう。どう言ったらいいのか？　まかり間違っても「よう、アドルフ、久し振り！」などと馴れ馴れしく親し気に呼びかけることは許されないだろう。

「総統閣下、お目に掛かれて光栄です。私を覚えていて下さいますか？」

とでも言うべきか？

自問自答を繰り返すうちに、心臓が早鐘のように打ち出した。ホールの奥のエレベーターから出てくるボルマンの姿が目に飛び込んだからである。その背後にはもしやアドルフが――と目を凝らしたが、ボルマンに続く男の姿はなかった。

アウグストは性急に自問自答した。

（アドルフは来ないのでは？　今頃、そんな男は知らない、追い返せとでも言っているのではないだろうか？　いや、そんなはずはない、あの手紙には、友情がこめられていた……）

横幅はあるが上背はないだけに人混みに見え隠れしていたボルマンが目の前に現れてアウグストは我に返った。

「お待たせしました」

ボルマンは愛想良く言った。こちらは息を呑むばかりで言葉が出ない。ボルマンは続けた。

「総統は生憎体調が悪いので、今日は誰とも会われないそうです」

（体よく追い払われたな）

血の気が引いた。

「今日は、ですか……？」

その一言にいちるの望みを託してアウグストは呟くように鸚鵡返しした。

「明日の昼、また出直して頂けますか？」

引いた血がゆっくりと心臓に戻る。

「参ります。一目でもお会いできるならば」

血走った目でアウグストは強く言い放った。

「少し、座ってお話ししましょう」

ボルマンは配下の者に椅子を二つ用意するよう命じた。

アウグストはやっと人心地がついた。用意された椅子に腰を下ろしてボルマンと真向かう頃には心臓の鼓動も鳴りを潜めていた。

「総統は、昔からいつも夜更かしをしておられましたか？」

幾らか不平のこもった口振りだ。

「ええ、毎晩のように徹夜しておられましたよ」

「やはり！」

ボルマンが舌打ちした。

「首相になられてからも、夜中に仕事をしておられるんですか？」

「そうなんですよ。それが我々側近の頭痛の種でしてね。何せ、深夜までお付き合いしなければならないし、我々は朝も早く起きなきゃならんので」

「それに」

アウグストが相槌を打ったのに意を強くしたかのようにボルマンはすかさず二の句を継いだ。

「歯がお悪いようなので仕方がないかも知れませんが、食事が随分偏ってるんで皆心配してるんですよ」

「昔は、牛乳一本で済ます時もありました。ケーキとフルーツジュースが大好きで……」

「肉は、どうでした？」

ボルマンはすかさず問いを重ねた。

「肉、ですか？」

アウグストは目を宙にやった。

「何せ、貧乏でしたから、滅多に口にしませんでしたが、お嫌いではなかったですよ」

「そうですか……」

ボルマンは納得できないとばかり顔をしかめた。

「いやね、我々は大抵肉が好きでステーキに目がないんですが、総統が一切召し上がられないので、気が引けてなかなか口にできないのですよ」

「その点は、余り遠慮される必要はないと思いますよ。彼は、あ、総統は、食事には余り意を介さない方ですから。他人の食生活にも」

「はあ、そんなもんですかな？」

ボルマンはまだ半分納得しかねるといった顔だ。

（アドルフのライフスタイルはあの頃も今も大して変わっていないんだ）

こみ上げて来るおかしさをこらえながらアウグストの方は納得の面持ちでボルマンを見すえた。

（恰幅が良くなったから、てっきり美食三昧の生活をしていると思ったのに……）

「あ、それと……」

ボルマンは指を一本自分の鼻先に立てた。

「もうひとつ、お尋ねしたい。我々の悩みの種の一つです」

ボルマンは左右を窺ってから上体を屈め、内緒話をするように声をひそめた。

「総統は、突然怒り出されるんですよ。それも尋常の怒り方じゃない。怒髪天をつく、という感じで、皆戦々恐々としているんです」

（その辺も変わっていない！）

アドルフの感情の起伏に振り回された日々が思い出された。あの頃自分とアドルフは年齢から言えば対等の立場にあるはずだったが、常にアドルフがイニシアティブを取り、思いのままに自分を支配していた。夜中に狭い部屋を行き交いながら滔々と持論を聞かされた時などは、もうたまらない、一緒に住めない、と思ったものだが、不意に怒りを鎮めて黙りこんだりしたりもして、憎み切れなかった。いや、大方は、彼のイニシアティブに身を委ねることに心地良さを感じていたのだ。

「でも、雷を落とした後、総統は、案外ケロッとしておられるんじゃないでしょうか？」

ゆっくりとボルマンの言葉を咀しゃくしてからアウグストは返した。

「ええ、確かに」

ボルマンはしかめっ面を解いて少し微笑んだ。

「だから憎めないんですが……。天才と狂人は紙一重ですな。ここだけの話」

ボルマンはひとさし指を今度は口に当てた。

（いかにも、言い得て妙だ）

ボルマンの仕草にも笑えたのと、大分気分がほぐれて来たことも手伝って、アウグストは少し声を立てて笑った。

「僕もそう思います」

別れる頃には、幾らか小心なこの副官に、アウグストは親しみと好感を抱いていた。ボルマンも自分に対する当初の警戒心はすっかり払拭できたようだ。エスコートするようにピタリと肩を寄せて玄関先まで送ってくれた。

「では明日の正午頃、是非ともお出かけ下さい」

最後に愛想良くこう言ってから、ボルマンは直立不動の姿勢を取り、右腕を上げて「ハイル・ヒトラー！」と叫んだ。

これには面食らった。アウグストは見よう見真似でおずおずと右腕を挙げたが、「ハイル・ヒトラー」の代わりに、深々と一礼し、腕もすぐに引っ込めた。

「お会いできたのね？」

上気し、興奮冷めやらぬ面持ちで帰って来たアウグストを見るなり妻が言った。

「アドルフが故郷に来るなんて運命の時が来たような気がする。一か八かで行ってみる」

前日、例の古びたトランクから一九三三年八月四日付のヒトラーの手紙を取り出しながら、アウグストは妻にこう言った。

「五年も前のこと、覚えておられるかしら……」

意気込みに水を差されたような気がしたが、

「だから、一か八かだよ」

と繰り返して家を出たのだった。

「いや、今夜は会えなかったが、明日、もう一度行ってみる」

「お会いできるの？」

「多分ね」

アウグストはホテル・ヴァインツィンガーでの一部始終を語った。妻は目を輝かせた。

「さすがに総統のお手紙は効果てきめんね！」

アウグストはほくそ笑んだ。

「でも、体調がお悪いというのは心配ね」

「うん。相変わらず昼夜逆転の生活をしているみたいで……それに、超多忙を極めてるから体をこわしても不思議じゃない」

「結婚は、なさってないの？　いつだったか姪御さんがピストル自殺を遂げて新聞に大きく出たことがあったでしょ？」

「ああ、そう言えばそんなことがあったね」

図らずもこの時アウグストの脳裏には、ステファニーへの叶わぬ恋に煩悶していた頃のアドルフが思い出されていた。

「はっきりとは書いてなかったけど、あの時の記事の雰囲気では、まだお独りだったみたいだけど……」

同居していたと書かれていたその女性がステファニーであったら、束の間とは言えアドルフは本望を遂げて幸福の絶頂期を迎えていただろうに！

「もし会えたら、その辺のことも聞いてみるよ」

（ステファニーのことは、自分からは口が裂けても言い出せまいが……）

興奮の余り、容易に寝つかれないまま朝を迎えた。

アウグストは役場に追加の休暇届けを出してからリンツに向かった。

町は人で溢れ返っている。ホテルに近付くにつれ、いよいよ雑踏が極まってきた。

否でも胸が高鳴ってくる。前夜、ボルマンと別れる頃にはすっかりリラックスした気分になっていたのに、今日は確実にアドルフと相見えることになると思うと、自然に体が震えて来る。

明日はドイツのオーストリア併合の是非を問う国民投票が行われる、とラジオが繰り返し伝えた。問うまでもなく併合は是とされるだろう。雑踏を形成する人々の歓喜の顔、顔、顔がそれを物語っている。

人々は、アウグストもその一人だったが――、オーストリアがドイツに侵入されて占領された、とは思っていない。

一つには、アドルフ・ヒトラーがオーストリアの出であるからだ。オーストリアが生んだ偉大な政治家がドイツ語を母国語とするドイツ語圏の統一を図り、ナポレオンに敗れたフランツ二世が帝位を退くまで八百年も続いた神聖ローマ帝国の再現を目指しているのであり、およそ忌避すべきことではないのだった。

一つには、ヒトラーが政権を担って以来、景気は上向き、失業者はドイツのみかオーストリア国内でも減少し、目に見えて経済復興を遂げているからだ。大企業、資本家の為の政策ではなく、金持ちの特権階級を生み出さない、働く者、一般庶民の為の政策をヒトラーは打ち出した。賃金労働者でも買える国民車、その名もフォルクス・ワーゲンを開発し、労働者、庶民の為の福利厚生事業の展開を主眼とした「歓喜力行団（クラフト・ドゥルヒ・フロイデ）」（KDF）を創設し、一般市民がスポーツや音楽、旅行を楽しめるように工夫を凝らした。このKDFに、政治的な色彩は全くなかった。その企画によるレジャーで政治的演説が行われることはなく、画一的な〝ハイル・ヒトラー〟の合言葉も聞かれない。

言ってみれば〝寄らば大樹の陰〟で、オーストリア国民は自国が生んだ英雄アドルフ・ヒトラーが覇権を握ったドイツに一体化することを、喜びこそすれ厭《いと》うことはなかった。国民投票は形式的なものに過ぎず、結果は火を見るよりも明らかだ。

前夜の如く非常線でストップをかけられたが、アウグストが事情を説明すると恭しくホテルのロビーに通された。そこも前夜と同じくハーケンクロイツの腕章をつけた人々でごった返している。

アルベルト・ボルマンがにこやかに出迎えてくれた。

「今日は総統はご気分が良いということで、お会いになるそうですよ」

アウグストは気の利いた言葉の一つも返そうとしたが、緊張の余り引きつった顔で一礼したに留まった。

この期に及んでもまだ自問自答を重ねていた。アドルフはどんな顔で現れ、どんな言葉を投げかけ、どれ程の時間を自分に割いてくれるのだろう？　恐らく、紛れもないアウグスト・クビツェクかと訝りながら近付き、それと分かっても儀礼的な挨拶と簡単な握手を交わすだけではないか？　いや、一度くらい親しげに肩に手を置いてくれるかも知れないが、すぐに引っ込め、「よく来てくれた。会えて嬉しかったよ」と社交辞令的に一言二言言って、「生憎僕は忙しいんでこれで失礼するよ」と言うなり、つい と踵を返してしまうのではあるまいか？　そして、それで今度こそ永遠の別れになるのではあるまいか？束の間の、その逢瀬に自分は満足して帰るのだろうか？

不意に周囲の喧騒が止んだ。そのただならぬ気配にアウグストは我に返った。

人々の群れが左右に分かれた。二〜三人が並んで通れる道が作られた。その奥のエレベーターから、アルベルト・ボルマン他数名の付き人に伴われたアドルフ・ヒトラーが現れた。

「ハイル・ヒトラー！」

呼号と共に人々が威儀を正して一斉に右腕を肩の上まで差し上げた。

アドルフは自らも右腕を上げ、手首で右手をそり返させ、愛想良く左右に顔を振り向けながらこちらに近付いてくる。

アウグストは踵を二度三度しっかと床に踏みしめて身構えた。

「グストル！」

突如大きな声が響き、目の前に、昔と変わらぬ青い目が明るい光を放ってこちらに注がれた。

〝アウグスト〟でなく、昔ながらの呼び名で呼ばれて一瞬戸惑ったが、忽ち四世紀半前にタイムスリップし、脳裏には少年時代のアドルフの顔が蘇っていた。

「お久し振りです」

乾き切った喉の奥から、アウグストはやっと用意していた言葉を絞り出した。アドルフは目と鼻の先で立ち止まり、繁々とアウグストを見つめ、その片手を取ると、自分の両の手に握りしめた。

「本当に、久し振りだ」

握られた手から心臓に熱いものが駆け上がってくる。

「懐かしいよ、グストル、よく来てくれた！」

社交辞令ではない、赤心から吐かれた言葉であることが感じ取られた。

三々五々に群れて談笑していた人々が今や一斉に鳴りをひそめて自分達を凝視している。さながらオーケストラの指揮台に立った時のような、優越感の入り混じった緊張感にアウグストは捉われた。興味津々たる観客の見詰める中で芝居を演ずる役者の心持ちもかくなるものかとも思った。

「私に勇気があれば、五年前、Sie《ジー》（あなた）が私の手紙に返事を下さった時、既にお目に掛かれていたのですが……」

これも用意していた言葉を、アウグストはゆっくりゆっくり吐き出した。

「ああ」

アドルフはアウグストの手を握りしめている両手に力を込めた。

「ゆうべ、この男が見せてくれた手紙だね？」

アドルフは傍らのボルマンを振り返って言った。ボルマンが得たりや応とばかり頷いた。

「何故、来てくれなかったんだね？　本当に会いたいと思ったんだよ」

「はい」

痛い程手を握り直されてアウグストは胸が詰まった。

「私もどんなにか……」

次の言葉を放てば目ににじみ出たものが雫となってこぼれ落ちそうな気がして、アウグストは語尾を濁したまま口を噤んだ。

「Kommen Sie（いらっしゃい）」

こう言って、半身の姿勢になったかと思うと、アドルフは身を翻した。両手の束縛は取れ、片手でアウグストは腕を引かれていた。ボルマンが「どうぞ」とばかりゼスチャーしてアウグストを促した。そこまで見届けると、アドルフはアウグストの手を放し、周囲の目はもはや無視するかの如く歩き出した。ボルマンが慌ててヒトラーの横に付いた。舞台の一幕が降り、幕間に入った、と思いながら、アウグストは二人の後を追った。

それにしても、昔ながらの親称 Du《ドゥ》（『お前』）でなく、敬称のSieで呼ばれたことに引っ掛かっていた。(先の手紙でもDuだったのに、何故だろう？　周囲を慮ってのことだろうか？)

「クビツェク、君は本当にあの頃のままだ」

三階の部屋で二人だけになり、椅子にかけて相対すると、アドルフは改めてアウグストをつくづくと見やってから言った。〝グストル〟が〝クビツェク〟に改まったが、もはやSieではなくDuと昔に帰ったことに安堵した。

「私なら、君がどこにいても見分けられるよ」

「でも、年を取りました。あなたも、相応に」

子供扱いされるのが少し癪に触って、アウグストは言い返した。

「そう。確かにな。でも、君より私の方が老けたよ。人生の辛酸を嘗め尽したからね」

「お察しします。『わが闘争』を読みましたから」

アドルフの目がキラリとひときわ強く光った。

「そうか！　読んでくれたか！」

何かを探るように、アドルフはじっとアウグストを見すえた。

「じゃ、もう省いていいね？」

ややあって、念を押すようにアドルフは言った。

「君と別れてからのことは、あの本に書いてあるからね」

アウグストはゆっくりと頷いた。

「君に別れを言えなかった理由も、分かってくれているよね？」

「正直――」

半分頷いたところでアウグストは言った。

「見捨てられた気がしました。だから、捜し回りましたよ。でも、あなたのお姉さんさえ消息を知らないと聞いて、諦めました」

「アンゲラは、つい最近まで私と一緒にいたよ」

「えっ、そうなんですか！」

「そのうち君にも来てもらうが、私はオーバーザルツベルクに山荘を持っている。そこの管理をずっと任せていたんだが、あまりうるさく干渉するんでね、辞めてもらった」

「では、またこちらに戻っておられる……？」

「いや、幸運にも、ある大学教授と再婚してね。幸せにやってるらしい。教授の学会についてベルリンへ来た折は顔を見せるがね」

アウグストはアンゲラと亡き夫ラウバルを思い浮かべたが、すぐにその幻影を払拭した。二人の印象は快いものではなかったからである。

「妹さんのパウラは……？ お元気ですか？」

アウグストは話題を変えた。

「うん、彼女は時々来るよ。さっき言った山荘にね」

「結婚は、されたんですか？」

「いや、まだ独りだ。君はどうなんだ？」

「結婚してます。僕が指揮者をしていた楽団で、彼女はバイオリン奏者でした」

「おー、君らしいな。子供は？」

「三人います。男の子ばかりですが」

「三人も！」

アドルフは眉を吊り上げ、目を丸めた。

「幸せだね。私には家族がいない。ひとりぼっちだよ」

アウグストの脳裏に、自分も胸を焦がしたステファニーの面影がよぎった。

（ひょっとして、彼女への思いを引きずっているのでは？）

アドルフが二の句を放った。

「君は今どうしているのか、それと、子供達のことをもう少し詳しく話してくれないか」

アウグストはステファニーの面影を吹き払った。

「一九二〇年から、僕は地方公務員になりました。今では助役を務めています」

「助役、とは、どういう仕事なのかね？」

「言ってみれば、町長の補佐役です」

「つまりは、役人、ということかね？」

「ええ……」

アドルフは膝を組み直し、顎に手をやった。

「それは、君の本意じゃないな」

「えっ……？」

「君の音楽的才能はどこに行ってしまったんだい？」

アウグストは歓喜に震えた。今や一国の宰相となり、明けても暮れても政治一色の生活に浸っているだろうアドルフが、自分のことを気遣ってくれ、しかも、自分の音楽への傾倒を忘れないでいてくれたとは！

「音楽とは、細々ながら、つながっています。何とか人前に出ても恥ずかしくないオーケストラを結成し、時々コンサートを開いています」

「それは、素晴らしい！」

アドルフは顎にやっていた手を振り上げた。

「で、どんな曲を演奏しているのかね？」

「シューベルトの〝未完成〟、モーツァルトの〝ジュピター〟などです」

アドルフの目が爛々と輝き出した。

「エファーディングの小さな町で、そんな交響曲まで演奏しているのかね。いいねえ。そうと知れば、グストル、私は君を援助しなければならない。何か足りないものはないかね？　もしあれば、リストアップしてくれないか」

「勿体ないお言葉です。でも、特に不自由はしておりません。身分相応の生活はできています」

アドルフの目に、驚きとかすかな失望の色が浮かんだ。

「そうか。子供達はどうだ？　満足な教育を与えてやれているかね？　いや、その前に、子供達は、君や奥さんの血を引いて、多少とも音楽の才能はあるのかね？」

「お陰様で」

アウグストは相好を崩した。

「息子達は皆、音楽の道に行きたいと言っています。三人のうち二人は、絵も器用に描き、そちらへ行きたいとも考えているようです」

「三人が三人とも芸術の道を志しているなんて最高じゃないか！」

アドルフの目がキラキラと輝いた。

「グストル、是非私に、君の子供達の教育の一端を担わせてくれ給え。音楽にせよ、美術にせよ、然るべき所で学ぶには、それなりの学費もいるだろう。失礼だが、君の今の、何て言ったっけ？　あ、助役か？　その収入では子供達の希望を充分に叶えてやれないのではないかね？」

「それは、確かに、そうです。子供達には、僕がかってそうしたように、家庭教師でもして学費を賄うようにと申しつけております」

「そう言えば君は、和声学の課外レッスンをして学費を稼いでいたっけ」

アドルフの目が一瞬宙に流れた。その視線を追いながらアウグストの瞼には、シュトゥンパー通りのツァクライス夫人の家に下宿していたある日、和声学の宿題が分からないと言って自分を訪ねて来た女生徒と鉢合わせたアドルフが、女生徒が帰った後、「君はここを女の子との逢い引きの場にしているのか！」と怒りをぶちまけた光景が蘇っていた。

あの時アウグストはピアノの前に所在無く座り、アドルフの怒りが止むのをひたすら待った。アドルフは、ピアノとベッドに大方占拠された狭い部屋を行ったり来たりしながら、女が学問をすることの無意味さを滔々とまくしたてた。所詮は趣味の域を出ない女の子の音楽嗜好に乗じて糊口の資を稼いでいる君は下劣な徒で芸術家の風上にも置けない、などと口を極めてなじったものだ。駆け落ちまで思い詰めたステファニーへの報われぬ恋に破れ、美術アカデミーの試験には落ち、それをひた隠しにしての自分との共同生活に、あの頃のアドルフは荒び切っていた。

「アルバイトなどは時間の浪費だ」

アドルフの強い口吻にアウグストは我に返った。

「音楽の才能があるなら、ひたすらその道に邁進すべきだよ。君の息子達に、かつての私や君のような苦学をさせてはいけない。差し当たって息子達は、どこかの音楽学校に入るのかね？」

「リンツのブルックナー音楽院に入りたいと言ってますが……」

「三人とも、かね？」

「ええ、三人とも……」

アドルフの目がまたキラリと光った。

「私が援助するよ。学費が幾らかかるか、次の機会にでも教えてくれ給え」

「そんな……総統……そこまでのご好意に甘えることは……」

「何を水くさいことを！」

アドルフはすぐにアウグストの語尾を捉えた。

「他ならぬ君の息子達じゃないか。力になりたい。是非そうさせてもらうよ。幸か不幸か、私には子供がいないからな」

「それは……もう……望外のお言葉です」

胸にこみ上げて来るものを押し留めるために、言葉が途切れ途切れになった。

「妻や子供達に話したら、卒倒しかねないでしょう」

アドルフはほくそ笑んだ。

「子供達も何だが……君のことも考えたい」

「僕のこと……？」

アウグストは首を捻った。

「そうだ。君は田舎の役場の一官吏で終わるべきじゃない」

「でも、戦争前後のことを思えば、今僕は、それなりに満ち足りた生活を楽しんでいますよ」

「戦争か……」

アドルフが初めて深刻な表情を作った。

「思い出すだに怖気がふるう。手紙によれば、君も負傷して死線をさ迷ったらしいが、私もイギリス軍の毒ガスにやられ、危うく失明するところだった」

「御本に書いておられたから存じ上げています」

「ウム。我々個人のみならず、あの戦争とその後のヴェルサイユ条約は、ドイツ国家そのものを死に体にしてしまった。何としても祖国を蘇生させねばとの一念に駆られ、私は美術も建築も捨て、政治の世界に身を投じた。苦節十年、やっと報いられたんだよ。何度も死に損ねたがね」

アウグストは深く頷いた。

「あなたは不死身です。正しく不死鳥のように蘇られました」

赤心からの吐露だった。

「有り難う」

アドルフの表情が崩れた。

「私の苦難の時代を知ってくれている、君ならではの言葉だよ」

アウグストはまた胸にこみ上げるものを覚えた。

不意にアドルフが立ち上がったと見るや、窓際に歩み寄り、窓を開いた。寒い程ではないが、幾らか涼しい風が流れ込み、ほてったアウグストの頬を心地良く撫でた。

「醜い橋が、まだ架かっている」

アウグストは自分も腰を上げて窓辺に寄った。ドナウ川の流れが一望のもとに見渡せた。

「君に昔、話したよね。あの橋は取り替えるべきだ、と」

アウグストは一歩離れた所に立ってドナウ川を見晴るかしながら頷いた。

「実現して見せるよ。あの橋は取り替える。リンツ駅も醜い。改造して、駅前にオペラハウスを建てる。州立劇場は演劇とオペレッタ用にする。そうしてリンツを、文化の殿堂にするんだ」

三十年前には夢物語として聞いていた事柄が、今や現実のものになろうとしている——長い歳月がもたらしたものの重さにアウグストは胸が塞がれる思いだった。

「新しい橋ができたら」

夢うつつの境を彷徨して言葉の出ないアウグストに、それとも気付かぬ風にアドルフは言った。

「君とまた、昔のようにぶらぶら歩きたいね。いや、醜い今の橋でもいい、そうしたいが、生憎私にはプライベートな時間がほとんどない。昨日、今日、君も見てくれたと思うが、いつも大勢の人間が私を取り囲んでいて、寝る時以外はほとんど自由な時間がない有様だ。だが、そのうち必ず時間を作るよ」

「手紙は、差し上げていいのでしょうか？」

「いや、それは賢明ではない。私宛の郵便は、事前に私の秘書が目を通すことになっている。何せ、夥しい数の封書が送られてくるからね、私の負担を減らすべく、秘書が、これはと思うものを絞り込むから、ほとんどのものは私に届かないんだ。君が以前出してくれた手紙を読むことができたことさえ、奇跡に等しい。お陰でこうして再会の日を迎えることができたんだが……」

アウグストはそれとなく自分の手の甲をつねった。軽い痛みをもたらし、この一瞬一瞬が夢ではないと思い至らせてくれた。

「お見せしたいものがあります」

アウグストは窓辺を離れた。アドルフは「うん？」と訝った目を投げてからアウグストの動きに続いた。

二人は再びテーブルを挟んで相対した。アウグストは鞄から封筒を出して中味を取り出し、テーブルの上に広げて見せた。アドルフがかつて送って寄越した手紙、葉書、スケッチの類だ。

「これらをお返しすべきかどうか、と思いまして……」

アドルフはひとつひとつを手にして眺めやった。格別、水彩画には一枚一枚、じっと見入った。

「よく取っておいてくれたものだ」

散らかったものを重ねながらアドルフが沈黙を解

いた。

「お返しすべきでしょうか？」

アウグストは同じ質問を繰り返した。

「いや、その必要はない。これらは君の物だ。私の、君への友情の証《あかし》そのものだ。他の何者の手にも渡ってはいけない」

アドルフは立ち上がって隣のベッドルームに行き、何やら電話をかけた。アウグストはその隙にテーブルのものを鞄にしまい込んだ。

アドルフが戻って来て間もなく、アルベルト・ボルマンが部屋に入って来た。

手に一冊の本を携えている。アドルフは無雑作にそれを手に取ってアウグストの前に突き出した。

「この著者のラビチュというのは、私の実科学校時代二、三年後輩だった男だ」

アウグストは受け取って頁を繰った。

「好意的に書いているが、私はこのラビチュと一度も口をきいたことがないし、話をしたこともない。それなのに、まるで当時の私のことを何もかも知っているかのように書いている」

ボルマンが傍らで直立不動のまま相槌を打った。

「伝記というものは、その人物のことを本当に良く知っている人間が書くべきものだ。私の場合、それに相似しい人物がいるとすれは　ボルマン、それはここにいるクビツェク君だよ。覚えておいてくれ」

「はっ」

ボルマンは恭しく敬礼した。

アドルフはアウグストに向き直り、手を差し出した。

「会えてよかった」

アウグストは別れの時が来たことを悟った。

（今度はいつ会えるのだろうか？）

アドルフはアウグストがおずおずと差しのべた手を力強く握りしめた。

「君が昔ながらに音楽を愛し、良き妻、良き子供達を得て幸せな日々を送っていることを知り得て嬉しいよ」

（あなたはどうなんですか？　功成り名を遂げなが

ら、何故孤独なんですか？）

アドルフの手を握り返しながら、こんな風に返したい衝動を、アウグストは必死の思いでこらえていた。

翌日の国民投票で、オーストリア国民の九九・九パーセントがドイツによる併合を是とした。

（三二一）

ジョー・ジェイコブスは漸くマックスとルイスとの試合を取り付けたが、一抹の不安を拭い切れなかった。自分をマネージャーにつけて以来、マックスは専らニューヨークで試合をこなして来て、その爽やかな風貌と、学歴は無いが知性を感じさせる気の利いたコメント、何よりも、ボクシングに賭ける情熱と実績によって多くのファンを得たが、ここ一年程はその人気にかげりが見え始めている。他でもない、人々はマックスの背後にちらつくアドルフ・ヒトラーの影を払拭できなかったからである。

ヒトラーの自伝『わが闘争』は、一九三四年、アメリカでも出版され、物議をかもしていた。同じ年に、イギリスでも刊行された。前者はニューヨークの「ホートン・ミフリン社」から『マイ・バトル（My Battle）』と題されて、後者は「ロンドンのハースト&ブラケット社」が『My Struggle』のタイトルで売り出した。イギリスでは初年度に一万八〇〇〇部を売り上げたが、翌年以降は年間数千部に落ち込んだ。アメリカでは初版五〇〇〇部と奮わなかったが、版元エーア出版に支払ったロイヤリティは二万ドルという破格の額だった。

だが、ニューヨークの教育委員会は目ざとくこの書物に目をつけ、「下劣な無法者のプロパガンダに加担した」とホートン・ミフリン社にかみつき、ニューヨーク市内での販売活動を阻止しようとした。

その実、イギリス人エドガー・ダグデールが翻訳した『わが闘争』は、原著そのものではなかった。エーア出版から英米翻訳版の話が出た時、ヒトラーはさすがに両国からの非難を恐れてそのまま翻訳されることをよしとせず、過激な部分を削除するよう指示した。それでも反ユダヤ思想を消し去ることはできなかった。

アメリカでは、激論の末、「この本が無知と愚かさと偏見の塊であり、人類、特にドイツに何ら資するものでないことを読者各人が認識すればよい」という結論に至り、販売停止処分にまでは及ばなかった。

ホートン・ミフリン社の幹部ロジャー・スケイフは、このいきさつを書き添えた書面と共に一冊を時の大統領ルーズヴェルトに献呈した。しかし、ルーズヴェルトが逸早く、外交官を通してドイツでエーア社が刊行した原著を手に入れていること、ルーズヴェルトはドイツ語に堪能であることをスケイフは見逃していた。

ユダヤ系の知識人達も、ホートン・ミフリン社版が完訳本でないことを見抜き、強烈な反ユダヤ思想の横溢した個所を白日の下にさらさなければこの本の真の毒性を見極められない、と主張した。

一方でアメリカは、ここ半世紀余り、ダーウィンの〝進化論〟に神経を尖らせていた。イギリスのピユーリタン（清教徒）によって開拓されたアメリカは、キリスト教がいわば国教であり、その根本思想は唯一神ヤハヴェによる〝天地創造説〟であったから、これにコペルニクス的転回を強いる〝進化論〟は到底受容できぬ思想であった。

進化論の中軸を成す理論に〝弱肉強食説〟がある。より強い雄が雌を得て生殖権を獲得する、という理論は、動物の世界においてのみあてはまるもののはずだったが、ヒトラーの『わが闘争』はそれを人類の世界に持ち込んだ由々しき思想である、と知識人達は訴えた。たとえば彼らは『わが闘争』の次のような件を俎上に載せた。

「自然は、より弱い個々の生物はより強いものと結合することさえ望まなかったと同様に、より高等な人種がより劣等な人種と混血してしまうことを望まないのである。何故なら、もしそうでなければ、昔から、恐らくは幾十万年も続けられてきた、より高度なものに進化させて行くという営みが、一挙に崩れ去ってしまうからである。

歴史はこれを証するあまたの例を示している。驚く程明瞭に、アーリア人種がより劣等な民族と混血した場合、文化の担い手であることを止めてしまうという結果につながった。

その住民のほとんど大部分が、劣等な有色民族とは混血したことのないゲルマン的要素から成り立っている北米は、主にロマン民族の移住民が、幾度となく、広範囲に亘って原住民と混血した中米や南米に反し、別種の人間性と文化を有している。

この一例を以てしても、人種混血の影響を極めて明白に認識させるのである。

アメリカ大陸の、人種的に純粋で、混血されることなく済んだゲルマン人は、その大陸の支配者に昇り詰めたのだ」

皮肉なことに、〝弱肉強食説〟を根幹とするダーウィンの進化論が世に出回った頃に、第十六代大統領リンカーンは、弱者であり続けた黒人の奴隷解放を宣言した。しかし、〝奴隷〟という最低の身分からは脱したものの、黒人は白人優位の社会で久しく差別を受け続けている。だが、ドイツにおけるユダヤ人のように〝寄生虫〟扱いはされていない。

ボクシング界では、ジャック・ジョンソンが人種差別の閉鎖社会に風穴をあけた。真に力ある者が世界を征服することを彼は示した。だが、その奢りと傍若無人な振る舞いによって白人の反感を煽り、一旦あけたはずの穴を自ら塞いでしまった。

ジョー・ルイスが、再び風穴をあけた。彼はボクサーとしての類稀な才能を持ちながら、ジャック・ジョンソンのように奢ることなく、マネージャーやトレーナーの忠告に素直に耳を傾け、着実に才能の芽を開花させ、黒人のヒーローとなり、白人の偏見も徐々に覆してボクシングファンを惹きつけた。

マックス・シュメリングに敗れるまで二八連勝し、敗れた後も連戦連勝、遂にブラドックを下して世界のチャンピオンの座に就いたジョー・ルイスは、初代のチャンピオン、ジャック・ジョンソンを上回る、数世紀に一人、不世出のヘビー級ボクサーとさえ称えられるに至っていたが、当のルイスは、シュメリングに敗れたその一敗故に、自分を正真正銘のチャンピオンとはみなせなかった。シュメリングを倒してこそその栄光に甘んじられる、と固く強く思いしめていた。

時代の流れは確実に彼に有利な方向に傾いていた。国内の尚根深いニグロへの差別、偏見よりも、ベルリンオリンピックが終わるや堰を切ったようにユダヤ人への迫害を露骨にし始めたナチスドイツへの反感をこそアメリカの世論は深めていたからだ。

その象徴とも言うべき運動がニューヨークで持ち上がった。ジョー・ルイスとマックス・シュメリングの一戦が六月二十二日にニューヨークで行われると両陣営から発表されるや、無党派反ナチス同盟とアメリカ・ユダヤ協会がボイコットに立ち上がった。ルイスのプロモーター、マイクと、シュメリングのマネージャーのジョー、双方のジェイコブスは、自分達がユダヤ人であることを楯に取って抗った。試合の収益の一部を、ドイツから逃れて来たユダヤ人難民に寄付する、と申し立てたマイク・ジェイコブスは、試合はジョーが勝利を収め、シュメリングのバック・ボーンであるヒトラーに一泡吹かせるだろう、と言い切った。

こうした懐柔策と相俟って、大統領が乗り出したことで反ナチス同盟のボイコット運動は収束した。

フランクリン・ルーズヴェルトはジョー・ルイスをホワイト・ハウスに招いて激励した。

「ジョー、屈んでみてくれ」

とルーズヴェルトはルイスの肩に手を置いた。

「君がどういう筋肉をしてるか、見たいんだ」

ルイスは素直に上体を屈めた。ルーズヴェルトは立ち上がってその背や上腕の筋肉を撫でたり摑んだりした。

「これだ。我々がドイツを倒すには、この筋肉が必要なんだよ」

五月初旬、ニューヨークのこうした騒ぎはほとんど知らないまま、マックスはマッホンと共に「ブレーメン号」でニューヨークに渡った。

埠頭に降り立ったその瞬間、二人は異様な空気を感じた。

少なからぬ人々が、歓呼ならぬ野次を放って待ち構えている。頭上にプラカードを掲げている者、拳を突き上げている者、等々。プラカードには「アーリア人のショーホース」とか「支配者民族」とか書かれている。

埠頭を出ると、警察官が二人を取り囲み、港湾警察の者だ、と名乗った。

「石でも投げられたら大変ですから、エスコートさせてもらいます」

ボスの警察官がそう言って二人をホテルまで導いてくれたが、ホテルの前も相当な人だかりで、「ナチスのシュメリングをボイコットせよ！」と大書したプラカードが左右に揺らいでいる。

ホテルではジェイコブスが待ち構えていたが、二人の浮かぬ顔に、いやあ、全く参ったよ、というようなゼスチャーをした。

「しかし、ま、気にするな。とにかくここまで来れたんだから。よくぞ連勝してくれたよ」

危うくおとり試合になりかねなかったハリー・トマスに勝利を収めた後、マックスはハンブルクで二試合をこなしていた。一人は南アフリカのベン・フールドで、一二ラウンド闘って判定勝ち、もう一試合はアメリカ人ボクサーのスチーブ・デュダス、六ラウンドでKO勝ちしていた。ルイス戦を間に挟んで七連勝中で、内六試合をKOで締めくくっている。

「マックスの体調は言うことなしだが、アウェーでこの雰囲気じゃな、精神的には相当不利だよ」

マッホンが渋い顔でジェイコブスに言った。

「確かに、風当たりは強い。しかし、俺がアメリカ国籍を取得したユダヤ人だったからまだしもだ。マネージャーがドイツ人だったら、いかにルイスが望んだとてニューヨークでの試合は叶わなかっただろう」

だが、ホテルには、連日のように悪質な誹謗中傷の手紙がマックス宛に舞い込んだ。「ハイル・ヒトラー！」と厭味なサインが記されていたり、「ヒトラーを殺してからアメリカへ来い！」といった文面もあった。数通に留まらず、数百、数千通にも達している。

気晴らしにブロードウェイや五番街に食事に出ると、マックスに気付いた連中は立ち止まって口々にわめき、拳を振り上げた。マックスは彼らの輪の中に入って弁明に努めた。自分はドイツ人だがナチス党員ではないし、その証拠にずっとユダヤ人をマネージャーにしている、政治には全く関わっていない、あくまで一ボクサーに過ぎないのだ、と。

見かねたアメリカ人の友人達は、マレーネ・ディートリッヒのように故国を離れてアメリカに帰化したらどうか、このままヒトラー支配下のドイツにいては体よくナチスに利用されるだけだし、試合のチャンスにも恵まれなくなる、ひいては、不本意でもボクサー生命を終わらせることにもなりかねない、帰化する方がずっと楽になるぞ、と進言した。

「妻君を説得できるんなら、真剣に考えたらどうだい」

ジェイコブスまでがそう言った。

「アメリカは好きだし、ニューヨークは第二の故郷のようなものだ。他ならぬジョー、あんたもいることだしね。ま、ゆっくり考えてみるよ。当面はルイスとの試合のことに専念させてくれないか」

「無論だ。ルイスをもう一度やっつけなきゃ、こっちでの試合は当分おぼつかないからな」

マックスはニューヨーク郊外にキャンプを張ってトレーニングにいそしんだ。見学に訪れた「ニューヨーク・ポスト」の記者ヒュー・ブラドリーは、〝厳格で忍耐を要するマックス・シュメリングのトレーニングキャンプ生活〟と題した記事を書いた。

「シュメリングは孤独な人間である。トレーナーのマックス・マッホンですら、彼とは本当には親しくない。その場の雰囲気に合わせ、必要とみなせばシュメリングは色んな話題について愛想よく話す。しかし、会話を通してシュメリングの本質に触れたインタビュアーはいない。優しい内面が隠れてしまい、冷たくて、いかめしく、苦々しいといった印象を免れない。

政治のことを話す時は、党の規律書通りのことを語る。質問が彼の気に入らない時は、話題が変わるまで、質問で逆に切り返す外交官の逃げ口上で受け流す。純粋に問題に関する質問にだけ、彼は熱心に答えた。

縄跳びをする時でも、彼は単に決められた時間に決められたことを形式的に行うことはしない。もし跳び損なったら、もう一度最初からメニューをやり直す」

穿った記事ではあるが、マックスは〝党の規律〟など何も知らなかったのだから、邪推の一面もある。

一方でブラドリーはルイスをもけなしている。

「彼は縄跳びもできないし、シャドーボクシングやロードワークを嫌がる。スパーリングパートナーとの練習も、たびたび繰り返されると飽きてしまう。スパーリングで相手の顎に一発パンチを見舞う単純な作業でタイトルを防衛する、というのが彼の考えだ」

これも事実と違っていた。ルイスは常に練習熱心だったし、雪辱を期したシュメリング戦に備えてそれまで以上に熱心に練習に励んでいる。

「二年前、シュメリング戦に敗れたことでルイスは変わった」

と、トレーナーのジョン・ロックスボロウはどの記者にも語った。

「ニューヨーク・ジャーナル・エンド・アメリカン」のビル・コラムはこう書いた。

「ルイスは誰かにボクシングを教えてもらっているとはとても思えない。黒人の伝統として、彼はある種の天賦の才能を受け継いでいる。生まれつき闘い方を知っており、型通りでなく本能で闘う、最も勝れてエキサイティングなヘビー級ボクサーだ。

規則正しいメニューを忠実に守る能力は彼に備わっていない。それはシュメリングのものだ」

チャンピオンベルトをしめたものの、ルイスを格別偉大なボクサーと評しているコラムは余りなかった。何と言ってもシュメリング戦での痛い敗北、その後は勝ち続けてはいるものの、ボブ・バスターやトミー・ファーとのフルラウンドの判定勝ちが印象を悪くし、尾を引いていた。

ルイスをほめたたえた数少ないライターの一人がダン・パーカーだった。

「四年間、様々なヘビー級ボクサーを見て来たが、ジョー・ルイスはどのボクサーよりも練達の域に達している」

ルイスは駆け出しの頃ロックスボロウに叩き込まれた〝教訓〟を忠実に守って来た。マスコミに対して余り口を利かなかった分、ジョンソンやシャーキーのような大口も叩かなかったし、いつもポーカーフェイスでいた。対戦相手の長所を褒め、自らはうぬぼれることなく、謙虚だった。

しかし、今回の対シュメリング戦のことを聞かれると、ルイスは普段のポーカーフェイスを崩し、興奮を露にした。「ニューヨーク・デイリー・ミラー」の記者マレー・ルウインは次のようなルイスの言葉を引き出している。

「俺は仕返しをしたい。シュメリングに望むのは、立ち続けて最後まで試合を止めないでいてくれることだ。生涯俺のことが忘れられず、この先ずっとグラブを壁にかけておかなきゃならないようにしてやる。この時が来るのを俺は二年間待った。今度こそ俺のものだ」

ロックスボロウは「ニューヨーク・タイムズ」のジョン・キーラン記者にこう語った。

「普段ジョーは相手のことを大して気にかけていない。しかし、今度のシュメリング戦は違う。最初の試合でKO負けして色々言われたことを跳ね返す試合だとわきまえている。ただの試合ではない。シュメリングに追いつき、借りを返して、うっ積してきたものを吐き出す絶好のチャンスと捉えている」

試合が近付くにつれ、ルイスを支持する取り巻き達は、ルイスの対シュメリングへの敵愾心を殊更に煽り立てる、あられもない噂を撒き散らした。曰く、

「シュメリングがタイトルを奪還したら、ヒトラーは彼をスポーツ大臣にするだろう」

「シュメリングのトレーナー、マックス・マッホンのクローゼットにはナチスの軍服が入ってるそうだ」

「黒人は支配者民族であるアーリア人を倒せない、とシュメリングは言ってるそうだぜ」

「ベルリンオリンピックに黒人選手が参加するのを容認はしたものの、それはヒトラーのたてまえで本音ではない。現にヒトラーはアメリカの誇る陸上界のホープ、ジェシー・オーエンスを祝福しなかった。ユダヤ人を毛嫌いする彼は黒人をも嫌っている、故に是が非でもシュメリングが勝利することを願っているのだ」

等々。

アメリカの新聞社は、ドイツのＡＰ（Associated Press）通信の記事内容を伝えた。

「ドイツのファンは、シュメリングの復活しか望んでいない。ヒトラー総統以下何百万という彼の崇拝者は、シュメリングが負けるとは誰も思っていない。ナチスの人種主義の立場からしても、ルイスがもし勝利を収めるようなことがあれば、それはドイツにとってこの上ない恥辱である」

アメリカのジャーナリズムは、もしシュメリングが勝たんか、タイトルを持ち帰ったままアメリカで防衛戦を行うことはなくなるのではないか、何故ならナチスは彼が戻ることを許さないだろうから、とまことしやかな憶測を流した。たとえば、「ベックリー・ポスト・ヘラルド」の編集委員はこう語った。

「ほとんどの人間はルイスが勝つことを期待している。シュメリングが勝てば彼がタイトルを故国に持ち帰ってしまうことを誰もが恐れている。

公平な感覚の持ち主なら、ヒトラーが支配する国で行われる次のヘビー級タイトルマッチを見たいとは思わないだろう。

ニューヨークのボクシングファンの七五パーセントはユダヤ人である。彼らにとってもシュメリングは、敵の最大の代表だ。

シュメリングを撃退するために、私はアメリカの黒人、ジョー・ルイスを選ぶ」

過熱する報道に、マックスは努めて冷静に抗弁した。

「勿論ヒトラーとドイツ国民は私がタイトルを取り戻すか否かに関心を持っている。しかし、ボクシングは、ドイツではあくまでスポーツの一つであり、それ以上でも以下でもない。ヒトラーはボクシングに大いに興味を持ち、自著『わが闘争』の中でも一頁を割いてこれに言及している程だが、だからと言って、もし私がルイスに負けたら刑務所にぶち込まなければならない重大事だとは豪《ごう》も考えていないだろう」

ではナチス政権下のドイツをどう捉えているか、との問いかけに、マックスはこう答えた。

「かつては頻繁に見られた労働者のストライキは、今では皆無となり、失業者もほとんど見なくなった。穏やかで幸せな時代だと思っている」

この発言はニューヨークのユダヤ人達の怒りの炎を燃え立たせた。

「ドイツ人にとってはそうだろうよ。だが、我らが同胞である在ドイツユダヤ人にとっては暗黒の時代ではないか！」

冷静を求める市民の声も新聞に寄せられた。「ニューヨーク・タイムズ」は、一室内装飾業者だというシカゴの読者の投稿文を掲載した。試合の四日前だった。

「少し前、ウェルター級のバーニー・ロス対ヘンリー・アームストロング戦をラジオで聞いていると、来るジョー・ルイス対マックス・シュメリング戦の予告が行われた。シュメリングの名が告げられると、観衆から大きな野次が湧き起こり、ルイスの名が呼ばれると声援が満ち溢れた。

アメリカの規範と主義を信ずる者として、私はこう思う。マックス・シュメリングをゲストとして相応にもてなせば、古き良きスポーツマンシップの国として、我々は諸外国から更に尊敬されるだろう。

一個人に敵意をむき出しにする程我々は頑迷な国民だろうか？

シュメリングは彼の国の政府とは何の関係もない。我々は常にスポーツの素晴らしさを語り合って来たではないか。今こそそのチャンスが訪れたのだ。これまで通りのアメリカ人に戻り、我々が紳士・淑女であることを知らしめようではないか。

因みに私は、アメリカがタイトルを防衛することを期してやまない者である」

試合の当日が来た。ゴーストライターの手によるルイスの談話が朝刊に掲載された。

「今夜私は、戦績の唯一の汚点の復讐をする為ばかりではなく、外国からの侵略者の挑戦に応じてアメリカの為に闘う。

単に一人の男ともう一人の男の闘いではない。これは、古き良きアメリカとドイツとの闘いだ」


一九三八年六月二十二日は水曜日だった。

午前十時、ジョー・ルイスは三人の州警察官に護衛され、ジャック・ブラックバーン、ジュリアン・ブラック、ジョン・ロックスボロウ、それにボディガードのカール・ネルソンと共に車に乗り込んでニューヨークへ向かった。

一時間後、車はニューヨーク・ボクシング委員会の前に止まった。

ルイスは、スーツとネクタイ、水玉模様のスカーフ、黒のバンド入りの白い帽子、サングラス等を脱ぎ取り、トランクス一枚になって計量に臨んだ。

シュメリングが先に着いていて、既にトランクス姿で記者やカメラマンに囲まれていた。

入って来たルイスに、シュメリングがにこやかに会釈した。ルイスはほとんど無表情で会釈を返した。

ルイスの体重は八九・八キロ、シュメリングは八七・五キロであった。

二人は言葉を交わさないまま会釈だけで別れた。

ニューヨークの六月は暑い。試合開始は夜気が昼間の暑気を払う頃を見計らって午後十時とされていた。

ルイスは計量を終えるとマネージャーのブラックバーンと共に幼馴染《なじみ》のフレディ・ウィルソンのアパートに足を向け、何気ないお喋りとランチを楽しんだ。その後は三人でハーレム川沿いを散策した。

「気分はどうだい？　ジョー」

ウィルソンが尋ねると、ルイスはボソリと答えた。

「怖いんだ」

ウィルソンとブラックバーンは思わず顔を見合わせた。

「怖いって、シュメリングのパンチがかい？」

ルイスは首を振った。

「そうじゃない。今夜俺は、シュメリングを殺してしまうかも知れないからだ」

ウィルソンとブラックバーンは息を呑んで顔を見合わせた。

午後七時にヤンキースタジアムへ入ったルイスは、控室で仮眠を取った。ブラックバーンやロックスボロウらは片隅で雑談しながら時を過ごした。

やがて夜の帷が降りると、七万を越す観客がスタジアムに入って来た。無党派反ナチス同盟の面々がドイツ製品のボイコットを訴えるチラシを、共産主義者達は、ルイスへの喝采とシュメリングには野次を飛ばすことを求めるチラシを配っていた。

午後九時、ブラックバーンはぐっすり寝入っていたルイスを起こし、テーピングを始めた。

マイク・ジェイコブスが入って来て檄を飛ばした。

「ジョーはあのドイツ人をＫＯするって皆に触れ回ったからな。俺に恥をかかせないでくれよ。早いうちに片をつけてくれよな」

ルイスは頷いた。

「三ラウンドまでが勝負だよ。それまでにシュメリングを倒せなかったら僕の負けだ」

マイクはほくそ笑んだが、ブラックバーンは首を振った。

「気弱なことを言うな。お前の今のコンディションなら、一五ラウンドまでフルに闘えるさ」

ルイスは首を縦にも横にも振らなかった。

　マックス・シュメリングは孤独感をかみしめていた。こんな時にこそその陽気さが慕わしいジョー・ジェイコブスにそばにいてほしかったが、数日前、マネージャーを務めるトニー・ガレントの試合に突拍子もないＰＲを思いついたのが仇となって、シュメリング側のコーナーはおろか、ロッカールームに入ることもまかりならぬ、との謹慎処分を課せられたのだ。

　トニー・ガレントはその肥満体から〝歩くビア樽〟のニックネームを奉られていた。ジョー・ジェイコブスはこれを逆手に取ってリング上でトニーと本物のビア樽を並べて写真を撮らせたのだ。普通なら他愛のないギャグとして見逃されてもよいのに、ニューヨークボクシング委員会はケチをつけ、ジェイコブスにペナルティを課したのだった。ガレントが委員会公認のボクサーでなかったせいもある。

「明らかに嫌がらせだ」

　とマックス・マッホンは憤りクレームをつけたが、委員会は受け付けなかった。

　マックスがニューヨークで試合をする時はセコンドに付いてくれたドクター、ケーシーも姿を見せなかった。シュメリングへのバッシングのすさまじさに恐れをなしたのだ。止むなくマッホンがジョー・ルイスのラッピングのチェックにルイスの控室へ赴いた。そのため、十時のゴング開始の数分前、控え室を出る寸前までマックスはひとりだった。ドアが開き、「時間です」と告げに来た係員の顔を見てやっと孤独感から解放された。

　リングまでは二五人もの警官がマックスの護衛に当たった。アメリカで数多くの試合をこなして来たから相応のシュメリングファンもいたが、罵声と怒号が彼らのエールの声を打ち消した。

　バナナの皮や紙コップが投げつけられた。警官の一人が気を利かせてマックスにタオルを渡し、頭から被るようにと言った。

　リングサイドには、クラーク・ゲーブル、ダグラス・フェアバンクス、「嘆きの天使」や「モロッコ」でマレーネ・ディートリッヒと共演して一躍スターダムにのし上がっていたゲーリー・クーパー、まだ二十二歳のグレゴリー・ペック等ハリウッドの俳優達、フランクリン・ルーズヴェルトの息子、幾つかの州の知事、ドイツ大使など、著名な俳優や政財界の大物が顔を揃えていた。十年前、大西洋横断飛行をやってのけたチャールズ・リンドバーグもいた。

リンドバーグは世界中にその勇名を馳せたが、六年前の一九三二年三月一日、幼い息子を何者かに誘拐された。アル・カポネが絡んでいるとの噂も流れたが、五月十二日、息子は死体で発見され、リンドバーグ夫妻を悲嘆のどん底に陥れた。

ダグラス・フェアバンクスやドイツ大使のディークホフと共に、リンドバーグはこの日の数少ないマックスびいきの一人だった。彼はヒトラーに共感を抱き、二年前にはベルリンに飛んでヒトラーを表敬訪問すると共に、第一次大戦下、腕利きのパイロットで空の英雄として名を轟かせたヘルマン・ゲーリングやエルンスト・ウーデットと親しく歓談したりした。

だが、スタジアムをゆるがす騒音の大部分は、ルイスへの声援とシュメリングへの罵声から成っていた。

マックスが先にロープをかいくぐる。ルイスがやや遅れてリングに上がる。数十名の警官が観衆の方を向いて二人をグルリと取り囲んだ。リングサイドからも執拗に投げつけられる異物の楯になるためだ。

ゴングが鳴るまでの数分間、司会のアナウンサーが元世界チャンピオン、ジャック・シャーキー、ジミー・ブラドック、マックス・ベアを紹介した。しかし、彼らはもはや過去の人間だった。ヒトラーの〝懐刀〟シュメリングと黒人のルイスにチャンピオンベルトを奪われ、アメリカ白人に屈辱感を味わわせ、さては、アメリカ人ならぬドイツ人にこの晴れの舞台を乗っ取られた不甲斐ないボクサー達だったから、拍手はまばらで、それよりも大きなブーイングを観衆は浴びせた。因みにこれらの前チャンピオン達はアメリカの反ナチスの空気に追従するように、いずれもルイスが勝つだろうとの予測を記者達に語っていた。全員がルイスにKOされた者達だったから、半分以上本音が混じっていたに相違ない。

ジャック・デンプシーとジーン・タニーは居合わせなかった。この二人は五分五分と予測した。全体のオッズは、二年前には二〇対一で一方的にルイスだったが、今回はその一割で二対一になっていた。

七万五〇〇〇枚のチケットは試合開始の二時間前にすべてが売り尽くされ、入場料収入だけでも一〇〇万ドルを超え、デンプシー対タニー戦に次いだ。

マックスは〝四面楚歌〟の中で最悪の精神状態にあったが、何とか気持ちを落ち着けようと、ひたすらルイスを見すえた。一見、ルイスの表情に格別の変化はない。自分とのそれも含めて何度か見た試合の時と同じように、ほとんど無表情で、ポーカーフェイスそのものだ。だが、マックスは両腕をダラリと垂らしているのに、ルイスは既にステップを踏み、空中にパンチを放っている。

レフェリーは今回もアーサー・ドノバンだった。

ゴングが鳴った。じっくりこちらの出方を窺ってくるだろうとのマックスの予測に反し、ルイスは数秒後には突進して来た。マックスは右足に重心を乗せ、上体をやや後にのけぞらせていた。先の試合では、ルイスは専ら左ジャブを放って来た。だが、今回は違った。強烈な左フックを放ち、マックスの顔面を捉えた。

完全に裏をかかれた形でマックスは後退した。すかさずルイスが踏み込んできて左右の連打を顔面に叩き込んだ。マックスはクリンチで逃れようとしたが、ルイスは両のグラブでマックスの上体を押し退け、ロープ際に追いやった。

マックスは次の突進を食い止めようと右の強烈なパンチを繰り出した。が、ルイスはびくともせず、数秒間足を止めたに留まった。

ルイスは右のフックを連発し、左のジャブでマックスをのけぞらせ、ガードの甘くなったボディに打ち込み、更に左右のフックを浴びせた。マックスはロープ際に逃げたが、左半身を自分に向けたその背にルイスはパンチを浴びせた。たまらずマックスは腰を折った。直に立ち上がったが、ただ立っただけで無防備そのものだった。ルイスの右フックが簡単にマックスの左顔面を捉えた。マックスの腰が砕け、前のめりになったかと思うと、柔道の受身をするように頭からクルッと一回転した。それでもマットに沈むことなく立ち上がった。だが、半ば意識朦朧の状態で、力なく左腕を伸ばしているものの、自ら何かを仕掛けようとする動きは全くなかった。

ルイスは的確な右フックを放った。マックスの顔が横向きにされたかと思った次の瞬間、また腰が砕けた。歓声と悲鳴がスタジアムを揺るがした。

ドクター、ケーシーはセコンドに付かず観衆の中に姿を紛らわしていたが、この時点でレフェリーはストップをかけるべきだと思った。

だが、立ち上がったマックスを見て、アーサー・ドノバンは試合を続行させた。開始からまだ二分しか経っていない。

ルイスはクールそのものだった。一切の手出しはなく、目もうつろになっているマックスにゆっくり近付くと、右、左、右と、サンドバッグを叩くようにパンチを浴びせた。マックスは腰砕けとなり、マットに四つん這いになった。

マックスに少しでも判断力が残っていたなら、ダウンを喫しても、レフェリーがカウント9を告げるまでじっとして僅かでも回復の時間を稼いだだろう。だが、すっかりうろたえ我を見失ったマックスは、三回のダウンですべてカウント2か3で立ち上がってしまった。しかも、かろうじて二本足で身を支えているのが精いっぱいで、打って下さいとばかり無防備の顔と体を相手に差し向けたのだ。

四度目のダウンは、ルイスの足もとに斜めに崩れ落ち、もはやファイティングポーズを取ることはできなかった。

マッホンがロープ外から真っ白なタオルを投げ入れた。ドノバンはリングに落ちたそれを左手で拾い、リング外に投げ返そうとしたが、タオルは真ん中のロープに引っかかった。その時点でもドノバンは尚試合をストップさせない。ニューヨークのボクシング委員会の規定では、セコンド陣が試合を止めることはできない、あくまでレフェリーが決めることになっている。

だが、マッホンはもはや自制が利かなかった。このまま打たれ続けたらマックスは致命的なダメージを受け、廃人になりかねない、と危惧した。ロープをかいくぐり、「早く試合を止めろ！」とドノバンに詰め寄った。「何をする気だ！　出ろ！　リングの外へ出るんだ！」

ドノバンはカウントも忘れて怒鳴った。公式記録員が慌ててカウントを始めた。マッホンは叫び続けた。

「冗談じゃない！　あんたは老眼か！　シュメリングがもう限界に来ているのが分からないのか！　俺の大事なボクサーを殺す気か！」

ルイスのセコンド陣もリングに駆け上がって来た。マッホンと共に彼らはマックスを抱き起こした。

ドノバンはマッホンを押し退け、ルイスの右手を上げた。警官が一斉にリングに駆け上がった。

ドノバンとルイスのセコンド陣に抱え上げられて、コーナーに連れ戻され、椅子に腰を落としたマックスに、

「大丈夫か？　俺が分かるか？」

とマッホンは問いかけた。

「背中が……背中がおかしい……」

半分正気、半分上の空でマックスは呟いた。

マッホンは頷きながら、マックスの腋に腕を差し入れ、立ち上がらせた。

「ルイスを祝福して帰ろう」

マックスを抱きかかえてマッホンはルイスのコーナーに歩み寄った。ルイスは一瞬驚いたように振り返ったが、苦痛に歪みながらも笑顔を作って差し出したマックスの手を無言で握り返した。静まり返っていた観衆から拍手が巻き起こったが、自分がルイスの手を握ったことも、観衆の反応も、もはやマックスの記憶に留まらなかった。

気が付いた時には、更衣室のベッドに横になっており、リングドクターの診察を受けていた。「要精密検査」と判断を下され、救急車に移されると、マックスは最寄りのボリクリニック病院に運び込まれた。途中、ハーレムを通過した時、通りに繰り出した楽団の演奏と共にダンスに興じている黒人の集団に出くわした。彼らは演奏の中途中途でジョー・ルイスの名を歓呼と共に叫んでいた。

頭や顔、ボディにさんざパンチを浴びながら、脳や頸椎、さては内臓の損傷はなく、肋骨三本にヒビが入っただけに留まったと知って、マッホンとジェイコブスは安堵した。しかし、一ヵ月は入院が必要で、最初の数日間は絶対安静だと告げられた。頸椎固定用のカラーが装着された。

夜、アニーから電話がかかった。

「あなた！　マックス！　大丈夫なの？　ラジオを聴いてて、あたし、もう生きた心地がしなくて……！」

すっかり取り乱し、ほとんど金切り声で一気にアニーはまくしたてた。

「大丈夫だよ。この通り、話もできる」

地獄で仏に会ったような安らぎを覚えながら、何よりのプレゼントであるチャンピオンベルトを妻に持ち帰れない現実を、マックスは苦々しくかみしめた。

「あたし、次の船でそちらへ行きます」

アニーが畳みかけた。

「いや、わざわざ来なくていい」

喜び勇んでならともかく、打ちのめされてベッドに縛りつけられている夫の身を案じながらの旅はさぞかし辛かろう。

「二、三日したら歩けるようになるだろうし、できるだけ早くそちらへ帰るよ」

「ほんと？　頭を強く何度も打たれたから、命は助かっても半身不随になるかもしれないって友達が心配して電話をかけてくるから、あたし、もう、気が気じゃなくって……」

「足は動く。手もこの通り受話器を握れるし、反対側の手もちゃんと動かせる。今すぐには無理だが、またリングに立てるよ」

「やめて、マックス。リングだなんて、こんな恐ろしいことはもう懲り懲りだわ。ポニッケルで静かに暮らしましょ。あなたはもう、一度チャンピオンベルトをつけたんだし、ルイスともこれで一勝一敗、引き分けよ。それでいいでしょ？」

「そうだね」

煮えたぎる口惜しさを押し殺して、マックスは素直に返した。

〝ポニッケル〟はケチのついたサーロウピースコウの土地を売り払って、新たに買い求めた土地のことだ。ポーランドに近い東ポメラニアの広い農園で、マックスは犬を連れてのハンティングを、アニーはハーブ園を造ってその栽培を楽しんでいた。

「ルイスはやはりこれまでで最も手強いボクサーだった。彼は今後も暫く勝ち続けるだろうし、もう一度やっても勝てそうにない。アニー、君の言う通り、今が潮時かも知れないね」

「そうよ」

アニーの声が漸く弾んだ。

「そんなに贅沢しなければ、蓄えだけで何とか生活していけるわよ。あたしはもう少し働けるでしょうし……」

気を取り直したようだがアニーはまだ涙声で、時折鼻をすすっている。今ここで抗うようなことを口にしたら、それこそ逆情しかねない。

「有り難う、アニー。意識が戻ってからは、正直なところ、気が滅入るばかりだったからね、君の声を聞いて元気が出たよ」

「嬉しいわ。でも、ほんとに行かなくていいの？仕事の方は何とか都合をつけるわよ」

「会いたいけど、いいよ。君のさっきの提案、じっくり考えてみるさ。幸か不幸か、考える時間は厭というほどあるからね」

最後は冗談めかして言った言葉に、アニーは笑ってくれた。

その実マックスは、腹の中でアニーに反発していた。一勝一敗には違いないが、先に負けて後で勝ったならまだしもだし、負けたにしても、ルイスが持ちこたえた一二ラウンドくらいまでは闘いたかった。僅か一二〇秒で無残にKOされたことはどうにも腑に落ちない。余程どうかしていたのだ。いや、理由は分かっている。あの厭がらせ、脅迫のレター、バナナの皮や紙コップの投擲《とうてき》。すべてはナチスのドイツから来たというハンデの為せる業だ。二年前には「ドイツは第二の母国だ、ドイツが好きだ」と言って、ボクシング嫌いの夫人を強いてまで自分のトレーニングキャンプに来てくれた大統領フランクリン・ルーズヴェルトは、晴れて大統領になった今は、自分には見向きもせず、ジョー・ルイスにこそエールを送った。それと知ったことも自分の孤独を深めた。ニューヨーク全体が、束になって自分に襲いかかり、セコンド陣も追い払って孤立化に陥れたのだ。

（このまま引き下がる訳にはいかない！）

アニーへの返事とは裏腹に、マックスはリベンジを誓っていた。

（下巻へ続く）

著者プロフィール

大鐘 稔彦（おおがね なるひこ）

1943年愛知県生まれ。

1968年京都大学医学部卒。母校の関連病院を経て1977年上京、民間病院の外科部長、院長を歴任。その間に「日本の医療を良くする会」を起会、関東で初のホスピス病棟を備えた病院を創設、手術の公開など先駆的医療を行う。

「エホバの証人」の無輸血手術68件を含め約６千件の手術経験を経て、1999年、30年執ってきたメスを置き南あわじ市（兵庫県）の公的診療所に着任、地域医療に従事して今日に至る。

医学専門書のほか、エッセイ、小説を手がけ、アウトサイダーの外科医を主人公とした『孤高のメス』は167万部のミリオンセラーとなり、2010年映画化された。

近著に『孤高のメス―死の淵よりの声』（第12巻　幻冬舎文庫）『患者を生かす医者、死なす医者』（朝日新聞出版）『そのガン、放置しますか？　近藤教に惑わされて、君、死に急ぐなかれ』（ディスカヴァー携書）など。

日本文藝家協会会員、短歌結社「短歌人」同人。

マックスとアドルフ―その拳は誰が為に―　上

2016年４月15日　初版第１刷発行
2017年４月１日　初版第２刷発行

著　者　大鐘 稔彦
発行者　瓜谷 綱延
発行所　株式会社文芸社
〒160-0022 東京都新宿区新宿１－10－１
電話 03-5369-3060（編集）
03-5369-2299（販売）

印刷所　株式会社フクイン

ISBN978-4-286-17078-7